NELSON DEMILLE

In der Kälte der Nacht

D1859202

BUCH Eigentlich hat es das Leben gut gemeint mit John Sutter. Mit einer Tochter aus bestem Hause verheiratet, hat er als Steueranwalt eine gutgehende Kanzlei an der Wall Street und lebt mit seiner Frau Susan in einem großen Herrschaftshaus auf Long Island. Doch nicht erst seit Frank Bellarosa, der oberste Mafiaboß New Yorks, die Nachbarvilla erworben hat, ziehen für die Sutters dunkle Wolken am Horizont herauf. Denn in all seinem Erfolg und Wohlstand hat der knapp vierzig Jahre alte John Sutter mehr und mehr das Gefühl, sein Leben verfehlt zu haben: Der Beruf langweilt ihn, und seine Ehe mit Susan weist tiefe Sprünge und Risse auf.

Und dann ist da eben noch Frank Bellarosa, der König der Unterwelt, der hartnäckig Kontakt mit seinen Nachbarn sucht und dessen italienischem Charme die Sutters, trotz anfänglicher Bemühungen um Distanz, allmählich wehrlos erliegen. Irgendwie wird ihr Verhältnis zu Bellarosa immer herzlicher und enger.

Und irgendwie kann John Sutter eines Tages nicht mehr anders, als Bellarosa einen »Gefallen« zu erweisen, um den dieser ihn bittet. Er soll Bellarosa in einer Mordanklage vor Gericht verteidigen. Mit einem Mal sieht sich Sutter in ein Netz von Gefälligkeiten und Abhängigkeiten verstrickt, aus dem er sich nicht mehr befreien kann. Sein Eheglück, seine Karriere, ja seine ganze Existenz scheinen von einem Tag auf den anderen bedroht, und mit gnadenloser Unausweichlichkeit droht alles auf eine Katastrophe zuzusteuern...

AUTOR Nelson DeMille wurde 1943 in New York geboren und lebt heute in Garden City N. Y. Nach seinem Einsatz in Vietnam begann er zu schreiben. Der durchschlagende Erfolg gelang ihm 1980 mit dem Roman »An den Wassern von Babylon«; seither gilt er als einer der profiliertesten Thrillerspezialisten.

Als Goldmann-Taschenbücher sind erschienen:

An den Wassern von Babylon. Roman (9647)
Das Ehrenwort. Roman (9425)
In den Wäldern von Borodino. Roman (9756)
Die Kathedrale. Roman (6795)
Wolfsbrut. Roman (8574)

NELSON DEMILLE

In der Kälte der Nacht

Roman

Aus dem Amerikanischen
von Edith Walter und Joachim Körber

GOLDMANN VERLAG

Ungekürzte Ausgabe

Titel der Originalausgabe: Gold Coast
Originalverlag: Warner Books, Inc., New York

Umwelthinweis:
Alle bedruckten Materialien
dieses Taschenbuches
sind chlorfrei und umweltschonend.

Der Goldmann Verlag
ist ein Unternehmen der Verlagsgruppe Bertelsmann

Copyright © 1990 der Originalausgabe bei Nelson DeMille
Copyright © 1990 der deutschsprachigen Ausgabe
beim Wilhelm Goldmann Verlag, München
Umschlagentwurf: Design Team München
Made in Germany · Verlagsnummer: 42509

ISBN 3-442-42509-3

Für meine drei Autoren der Zukunft
Ryan, Lauren und Alex

»Der Mensch lebt nicht nur sein
persönliches Leben als Einzelwesen,
sondern, bewußt oder unbewußt,
auch das seiner Epoche und Zeitgenossenschaft...«

THOMAS MANN
Der Zauberberg

1. Teil

Die Vereinigten Staaten an sich
sind ihrem Wesen nach das großartigste Poem.

WALT WHITMAN
Grashalme

1. Kapitel

Ich traf Frank Bellarosa zum erstenmal an einem sonnigen Samstag im April in Hicks' Großgärtnerei, einem Unternehmen, das die einheimische Oberschicht seit über hundert Jahren beliefert. Wir schoben beide rote Einkaufskarren voller Pflanzen, Düngemittel und ähnlichen Dingen über den kiesbedeckten Parkplatz zu unseren Autos. »Mr. Sutter?« rief er. »John Sutter, nicht wahr?«

Ich musterte den Mann mit der ausgebeulten Arbeitshose und dem blauen Sweatshirt. Zuerst dachte ich, er sei ein Angestellter der Großgärtnerei, aber als er näher kam, erkannte ich ihn. Ich hatte sein Gesicht schon oft in der Zeitung und im Fernsehen gesehen.

Frank Bellarosa ist keine Berühmtheit, deren Bekanntschaft man sucht. Er ist eine typisch amerikanische Berühmtheit – ein Gangster. Ein Mann wie Bellarosa würde in einigen Teilen der Welt verfolgt, in anderen säße er im Präsidentenpalast, hier in Amerika aber findet man ihn in jenem Milieu, das so treffend als »Unterwelt« bezeichnet wird. Er ist ein Verbrecher, der nie überführt und nie verurteilt wurde, und zugleich Bürger und Steuerzahler. Er gehört zu dem Personenkreis, den die Bundesstaatsanwälte meinen, wenn sie den auf Bewährung entlassenen Straftätern raten, sich »nicht mit bekannten Kriminellen einzulassen«.

Nicht im Traum hätte ich erraten, woher mich dieser berüchtigte Unterweltgangster kannte, was er von mir wollte oder warum er mir die Hand entgegenstreckte. Trotzdem nahm ich sie und sagte: »Ja, ich bin John Sutter.«

»Mein Name ist Frank Bellarosa. Ich bin Ihr neuer Nachbar.«

Wie bitte? Ich glaube, mein Gesicht blieb unbewegt, doch möglicherweise hatte es auch gezuckt. »Oh«, meinte ich, »das ist –«

... ja furchtbar! beendete ich lautlos den Satz.

»Freut mich, Sie kennenzulernen«, sagte er.

Mein »neuer Nachbar« und ich schwatzten ein paar Minuten miteinander und begutachteten gegenseitig unsere Einkäufe. Er hatte Tomaten, Auberginen, Paprikaschoten und Basilikum gekauft; ich Impatiens balsamina und Ringelblumen. Bellarosa riet mir, ich sollte doch etwas pflanzen, das man essen könne. Ich erklärte ihm, ich äße Ringelblumen und meine Frau Impatiens. Er fand das witzig.

Als wir uns trennten, schüttelten wir uns die Hand, ohne etwas Festes verabredet zu haben, und ich stieg in meinen Ford Bronco.

Es war alles ganz alltäglich, ganz wie immer, aber als ich den Motor anließ, war es mir, als könnte ich den Bruchteil einer Sekunde lang in die Zukunft blicken; und was ich dort zu sehen bekam, gefiel mir ganz und gar nicht.

2. Kapitel

Ich verließ die Gärtnerei und fuhr nach Hause.

Vielleicht wäre es angezeigt, etwas über die Wohngegend zu sagen, in der Frank Bellarosa mit seiner Familie in Zukunft zu leben gedachte. Es ist, ganz schlicht und einfach, die beste Wohngegend in Amerika; verglichen mit ihr sind Beverly Hills oder Shaker Heights die reinsten Reihenhaussiedlungen.

Es ist keine »normale« Wohngegend, sondern eine Ansammlung von Dörfern aus der Kolonialzeit und vornehmen Herrensitzen, die sich auf Long Island im Staat New York befindet. Die Einheimischen nennen das Gebiet »North Shore«, überregional und international aber kennt man es unter dem Namen »Gold Coast« – obwohl das nicht einmal ein Immobilienmakler laut sagen würde.

Es ist ein Gebiet, in dem alte Familien, Vermögen, alte gesellschaftliche Tugenden und Konventionen ebenso zu Hause sind wie alte Vorstellungen darüber, wem man das Wahlrecht einräumen und – vor allem – wem gestattet sein sollte, Land zu besitzen. Die Gold Coast ist nicht gerade von idyllischen Demokratievorstellungen à la Thomas Jefferson geprägt.

Die Neureichen, die nach einem neuen Wohnsitz Ausschau halten, aber begreifen, was es mit diesem Ort auf sich hat, sind entsprechend eingeschüchtert, wenn man ihnen eines der vornehmen Herrenhäuser zeigt, das wegen der höchst bedauerlichen finanziellen Schwierigkeiten einer alten Familie zum Verkauf steht. Möglicherweise lassen sie sich ja abschrecken und kaufen ein Grundstück am South Shore, wo sie sich wohler fühlen dürften. Falls sie sich aber doch entschließen, ein Stück der Gold Coast zu erwerben, tun sie es mit großem Unbehagen: Sie wissen, daß sie hier nie glücklich sein werden und lieber nicht versuchen sollten, die Leute aus dem benachbarten Herrenhaus um ein Glas Johnny Walker Black anzugehen.

Ein Mann wie Frank Bellarosa, dachte ich, hat natürlich keine Ahnung, welche gottähnlichen Wesen ihm hier begegnen werden und mit wie vielen gesellschaftlichen Eisbergen er zusammenstoßen wird. Ihm ist überhaupt nicht klar, daß er über geheiligten Boden schreitet.

Doch vielleicht wußte er es sogar, und es war ihm egal. In den wenigen Minuten, die wir miteinander sprachen, machte er auf mich den Eindruck eines Mannes mit dem primitiven Elan eines Besatzungssoldaten, der sich in der großen Villa eines besiegten Edelmannes einquartierte.

Mein Haus heißt Stanhope Hall; das seine Alhambra. Die großen Häuser in unserer Gegend haben Namen, keine Nummern, doch um der Post der Vereinigten Staaten entgegenzukommen, besteht meine volle Adresse aus einer Straße – Grace Lane – und einem eingemeindeten Dorf namens Lattingtown. Ich habe eine Postleitzahl, die ich, wie viele meiner Nachbarn, nur selten benutze. Mir ist der alte Name Long Island lieber, und daher lautet meine Adresse so: Stanhope Hall, Grace Lane, Lattingtown, Long Island, New York. Und meine Post kommt immer an.

Meine Frau Susan und ich leben nicht in Stanhope Hall selbst, denn allein die Heizkosten für diesen massiven Beaux-Arts-Klotz aus Vermont-Granit mit seinen fünfzig Zimmern würden mich alljährlich bis zum Februar finanziell ruinieren. Also wohnen wir im Gästehaus, einem bescheideneren Gebäude mit fünfzehn Zimmern, das um die Jahrhundertwende im Stil eines englischen Gutshauses erbaut wurde. Dieses Gästehaus und fünf von den insgesamt einhundert Hektar Land, die zu Stanhope gehören, hat meine Frau von ihren Eltern zur Hochzeit geschenkt bekommen. Unsere Post wird jedoch meist ins Torhaus gebracht, ein bescheidenes Sechszimmerhaus aus Stein, das von George und Ethel Allard bewohnt wird.

Die Allards sind sogenannte »alte Getreue«, langjährige Angestellte der Familie. George, der ehemalige Gutsverwalter, der schon für den Vater und den Großvater meiner Frau gearbeitet hat, ist heute eine Art Hausmeister für den ganzen Besitz. Er und Ethel wohnen mietfrei im Torhaus – als Nachfolger des Torhüters und seiner Frau, die in den fünfziger Jahren »freigesetzt« wurden. Mit den beschränkten Mitteln, die der Familie heute zur Verfügung stehen, tut George, was er kann. Seine Arbeitsmoral ist noch stark und ungebrochen, sein alter Körper jedoch nicht. Susan und ich haben den Eindruck, daß wir den Allards mehr helfen als sie uns, aber das ist in unserer Gegend nicht ungewöhnlich. George und Ethel konzentrieren sich hauptsächlich auf die Umgebung des Torhauses, trimmen die Hecken, streichen das schmiedeeiserne Tor, beschneiden den Efeu, der sich an den Mauern der Gutsgebäude und des Torhauses emporrankt, und bepflanzen im Frühling die Blumenbeete neu. Der Rest des Besitzes ist bis auf weiteres in Gottes Hand.

Ich bog von der Grace Lane ab und rollte über die kiesbedeckte Zufahrt zum Tor, das meist offensteht, weil es unser einziger Zugang zur Grace Lane und der Welt ist.

George kam herübergehinkt, wischte sich die Hände an seiner grünen Arbeitshose ab und öffnete mir die Wagentür, bevor ich es tun konnte. »Guten Morgen, Sir.«

George stammt noch aus der alten Schule, ist ein Überbleibsel jener kleinen Schicht professioneller Dienstboten, die in unserer großen Demokratie nur eine kurze Blütezeit erlebte. Ich kann ab und zu ein ziemlicher Snob sein, aber Georges Servilität ist mir manchmal unangenehm. Meine Frau dagegen, die in Stanhope Hall aufgewachsen ist, verschwendet keinen Gedanken daran und geht darüber hinweg. Ich klappte den Kofferraumdeckel des Branco auf und fragte: »Helfen Sie mir?«

»Selbstverständlich, Sir, selbstverständlich. Überlassen Sie mir das.« Er nahm die flachen Kartons mit den Ringelblumen und den Impatiens heraus und stellte sie am Rand der Zufahrt ins Gras. »Dieses Jahr sind sie richtig schön, Mr. Sutter. Hübsch, was Sie da mitgebracht haben. Ich werde sie um die Torsäulen herum einpflanzen. Dann komm' ich zu Ihnen rüber und helfe Ihnen.«

»Das schaffe ich schon allein. Wie geht es Ihrer Frau heute morgen?«

»Sehr gut, Mr. Sutter. Sehr freundlich, daß Sie sich nach ihr erkundigen.«

Meine Unterhaltungen mit George waren immer etwas förmlich und steif – es sei denn, er hatte ein paar Gläser getrunken.

George wurde vor über siebzig Jahren auf Gut Stanhope geboren, und seine Kindheitserinnerungen reichen in die stürmischen zwanziger Jahre zurück – bis zum Schwarzen Freitag. Natürlich hatte es auch nach dem Bankkrach von '29 noch Partys, Debütantinnenbälle, Regatten und Polomatches gegeben, aber, wie George mir einmal in einem sentimentalen Augenblick anvertraute: »Die Leute waren nicht mehr mit dem Herzen dabei. Sie hatten ihr Selbstvertrauen verloren. Und mit dem Krieg war die gute Zeit endgültig vorbei.«

Ich weiß das alles aus Geschichtsbüchern und durch eine Art Osmose, der man an diesem Ort ausgesetzt ist. Aber Georges Kenntnisse von der Gold Coast sind natürlich viel intimer, und wenn er ein bißchen was intus hat, erzählt er Geschichten über die großen Familien: wer mit wem geschlafen, wer in einem Anfall rasender Eifersucht wen erschossen hat – und wer sich vor Verzweiflung selbst erschossen hat. Es gab (und gibt) hier eine Nachrichtenbörse der Dienstboten; solche Klatschgeschichten sind der Eintrittspreis bei geselligen Zusammenkünften in den Küchen der noch verbliebenen großen Häuser, in Torhäusern oder Bars, in denen die arbeitende Bevölkerung verkehrt. Ihr da oben – wir da unten. Und nur der liebe Gott weiß, was sie über Susan und mich reden.

Aber wenn Diskretion auch nicht gerade zu Georges Tugenden gehört – loyal ist er. Einmal habe ich gehört, wie er zu einem Mann, der unsere Bäume beschnitt, sagte, es sei sehr angenehm, für die Sutters zu arbeiten. Doch eigentlich arbeitete er nicht für mich, sondern für Susans Eltern, William und Charlotte Stanhope, die als Pensionisten in Hilton Head leben und Stanhope Hall gern loswerden möchten, bevor es sie unter sich begräbt. Aber das ist wieder eine andere Geschichte.

Wie Ethel Allard. Obwohl sie immer korrekt und freundlich ist, spürt man bei ihr immer, daß dicht unter der Oberfläche der Klassenhaß schwelt. Ich bin überzeugt, daß nur irgend jemand mit einer roten Fahne zu winken bräuchte, und Ethel Allard würde den nächstbesten Pflasterstein aufheben und auf unser Haus zumarschieren. Soviel ich weiß, hatte Ethels Vater im Dorf einen gutgehenden Laden und war, von seinen reichen Kunden schlecht beraten, durch unkluge Investitionen sein ganzes Geld losgeworden. Hinzu kam noch, daß diese Kunden sich zwar von ihm mit Waren beliefern ließen, aber nicht bezahlten. Denn auch sie waren finanziell am Ende. Sicher, das war 1929, aber seither ist es hier nie wieder wie früher gewesen. Ich nehme an, die Leute haben das Gefühl, daß die Reichen das Vertrauen der unteren Klassen getäuscht hätten, indem sie bankrott gingen, sich mittels Alkohol, Kugeln und Fensterstürzen umbrachten oder einfach verschwanden – unter Zurücklassung ihrer Häuser, ihrer Schulden und ihrer Ehre. Ich weiß, es fällt einem schwer, mit den Reichen Mitleid zu haben, und deshalb habe ich Verständnis für Ethels Standpunkt.

Wie dem auch sei, heute, mehr als sechzig Jahre nach dem großen Bankkrach, ist es vielleicht an der Zeit, sich ein paar Wrackteile näher anzusehen.

Mag sein, daß der Ort, den ich hier beschreibe, nicht sehr amerikanisch wirkt. Aber ich kann Ihnen versichern, es ist Amerika. Nur die Äußerlichkeiten und die Landschaft sind ein bißchen anders.

»Wie ich Ihnen schon vor ein paar Tagen erzählt habe, Mr. Sutter«, sagte George eben, »sind nachts ein paar Halbwüchsige in die Hall eingestiegen und haben eine Party gefeiert...«

»Ist viel kaputtgegangen?«

»Nicht allzuviel. Unmengen von Schnapsflaschen haben da rumgelegen. Und dann habe ich einen Haufen von – von diesen Dingern gefunden...«

»Kondome?«

Er nickte. »Ich habe gründlich saubergemacht und das Fenster, durch das sie eingestiegen sind, mit einer Sperrholzplatte zugenagelt. Aber ich würde gern ein paar dünne Blechplatten besorgen.«

»Bestellen Sie sie. Lassen Sie mein Konto belasten.«

»Ja, Sir. Jetzt im Frühling...«

»Ja, ich weiß.« Die Hormone brodeln, und die einheimischen Häschen werden hitzig... Um ehrlich zu sein, ich bin früher auch in unbewohnte Herrenhäuser eingestiegen. Ein bißchen Wein, ein paar Kerzen, ein Transistorradio und vielleicht sogar ein Feuer im Kamin, obwohl das natürlich verräterisch war. Nichts geht über die Liebe zwischen Ruinen. Interessant, daß Kondome wieder in Mode sind. »Irgendwelche Anzeichen für Drogen?«

»Nein, Sir. Nur Alkohol. Soll ich wirklich nicht die Polizei rufen?«

»Nein.« Die hiesige Polizei scheint sich für die Probleme des Geldadels zwar sehr zu interessieren, aber mir war die Vorstellung peinlich, mit Polizisten, die sich bemühen, mitleidig dreinzuschauen, in einem verlassenen Herrenhaus mit fünfzig Zimmern herumzustehen. Außerdem wurde ja nichts beschädigt.

Ich stieg in meinen Bronco und fuhr durch das Tor; die Reifen knirschten über die dünn gewordene Kiesdecke. Wir brauchten fünfhundert Kubikmeter gemahlenen blauen Tonsandstein für sechzig Dollar per Kubikmeter, um die Winterschäden auf der Zufahrt mit einer etwa zwei Zentimeter dicken Schicht abzudecken. Ich machte mir in Gedanken eine Notiz, um demnächst meinen Schwiegervater mit dieser Neuigkeit zu beglücken.

Mein Haus, das Gästehaus, steht etwa zweihundert Meter vom Tor entfernt am Ende einer fünfzig Meter langen einspurigen Abzweigung, die auch dringend neu gekiest werden muß. Das Haus selbst ist in gutem Zustand; der importierte Cotswold-Stein, das Schieferdach, die mit Kupfer verkleideten Rahmen der Schiebefenster und Regenrinnen sind fast ebenso haltbar wie Seitenwandungen aus Aluminium und Kunststoffenster aus Vynil.

Die Mauern sind mit Efeu überwachsen, der beschnitten werden muß, da sich die neuen hellgrünen Ranken schon herauswagen. Hinter dem Haus befindet sich ein Rosengarten, der den Eindruck, man sei in England, noch verstärkt.

Susans Wagen, ein giftgrüner Jaguar XJ-6, ein Geschenk ihrer Eltern, stand auf dem Wendeplatz. Ein weiteres Requisit aus »merry old England«. Die Leute hier neigen zur Anglophilie. Das liegt an der Gegend.

Ich trat ins Haus und rief: »Lady Stanhope!« Susan antwortete aus dem Rosengarten, und ich ging durch die Hintertür hinaus. Sie saß in einem schmiedeeisernen Gartensessel. Nur Frauen, dachte ich, können in so einem Ding sitzen. »Guten Morgen, Mylady. Darf ich über Euch herfallen?«

Sie trank Tee. Die Tasse dampfte in der kühlen Aprilluft. Zwischen den kahlen Rosensträuchern blühten gelbe Krokusse und Lilien, und auf der Sonnenuhr wippte eine Drossel. Ein sehr erfreulicher Anblick, nur merkte ich sofort, daß Susan wieder einmal in sich gekehrt und verschlossen war.

»Bist du ausgeritten?« fragte ich.

»Ja. Deshalb trage ich nämlich Reitkleidung und rieche nach Pferd, Sherlock.«

Ich hockte mich auf den schmiedeeisernen Tisch vor ihr. »Wetten, daß du nicht errätst, wen ich in der Gärtnerei getroffen habe.«

»Nein, das errate ich bestimmt nicht.«

Ich betrachtete meine Frau einen Augenblick. Sie ist hinreißend schön, wenn ich ein bißchen ins Schwärmen kommen darf. Sie hat flammend rotes Haar – Tante Cornelia zufolge ein sicheres Zeichen für Verrücktheit – und so auffallend grüne Katzenaugen, daß die Leute sie anstarren. Ihre schwellenden Lippen lassen die Männer sofort an eine ganz besondere sexuelle Praxis denken. Ihr Körper ist so zierlich und straff, wie es sich ein Mann bei einer vierzigjährigen Ehefrau, die zwei Kinder geboren hat, nur wünschen kann. Das Geheimnis ihrer Gesundheit und ihres Glücks, meint sie, liegt darin, daß sie im Sommer, Herbst, Winter und Frühling reitet, gleichgültig, ob es regnet, schneit oder ob die Sonne scheint. Ich bin irrsinnig verliebt in diese Frau, obwohl es Zeiten gibt, wie eben jetzt, in denen sie launisch und verschlossen ist. Tante Cornelia hat mich auch davor gewarnt.

»Ich habe unseren neuen Nachbarn kennengelernt«, sagte ich.

»Oh? Die HRH Trucking Company?«

»Nein, nein.« Wie so viele der großen Anwesen war Alhambra laut Grundbucheintragung in den Besitz einer Kapitalgesellschaft übergegangen. Der Verkauf war im Februar gegen Bargeld getätigt worden, und die Übereignungsurkunde kam eine Woche später in den öffentlichen Aushang. Der Makler hatte behauptet, er kenne die Käufer nicht; aber die alte Garde hatte so lange nachgeforscht und war allen Gerüchten nachgegangen, bis das Feld so stark eingeengt war, daß nur noch Iraner, Koreaner, Japaner, ein südamerikanischer Pharmakonzern – und die Mafia übrig blieben. Ein weit gespanntes Netz möglicher Alpträume, von denen einer schlimmer war als der andere. Und tatsächlich hatten alle oben angeführten kürzlich Häuser und Grundbesitz an der Gold Coast erworben. Wer sonst hätte heutzutage so viel Geld? Der Widerstand bröckelte, die Republik kam unter den Hammer. »Ist dir der Name Frank Bellarosa ein Begriff?« fragte ich.

Susan überlegte einen Moment. »Ich glaube nicht.«

»Mafia.«

»Wirklich? Und das ist unser neuer Nachbar?«

»Das hat er gesagt.«

»Er hat gesagt, daß er zur Mafia gehört?«

»Natürlich nicht. Ich kenne ihn aus der Zeitung und vom Fernsehen. Ich kann nicht glauben, daß du noch nie etwas von ihm gehört hast. Bischof Frank Bellarosa.«

»Er ist Bischof?«

»Nein, Susan. Das ist nur sein Deckname bei der Mafia. Sie haben alle Decknamen.«

»Ist das wahr?«

Sie schlürfte ihren Tee und schaute abweisend in den Garten. Wie viele andere Bewohner dieses Garten Eden grenzt Susan den größten Teil der Außenwelt aus ihrem Leben aus. Sie liest Trollope und Agatha Christie, hört nie Radio und benutzt den Fernseher nur, um sich auf Video überspielte alte Filme anzusehen. Den Wetterbericht bekommt sie per Telefon; über lokale Ereignisse informiert sie sich in der Wochenzeitung *Good News* und einigen hochgestochenen Magazinen, die eigens für die wohlhabenden Gemeinden an der Gold Coast gedruckt werden. Im Hinblick auf bestürzende und erschütternde Nachrichten hält sie es mit der Philosophie von Thoreau: Wenn du von einem Zugunglück gelesen hast, weißt du über alle Bescheid.

»Beunruhigt dich diese Neuigkeit?« fragte ich.

Sie zuckte mit den Schultern und stellte mir eine Gegenfrage. »Beunruhigt sie dich?«

Als Anwalt mag ich es nicht, wenn Leute meine Fragen mit einer Frage beantworten. Daher sagte ich schnoddrig: »Aber nein. Grace Lane wird in Zukunft vom FBI und den hiesigen Kriminalbeamten bestens bewacht und beschützt werden.«

Sie schien über diese Information nachzudenken und sagte dann: »Dieser Mann – wie heißt er gleich?«

»Bellarosa.«

»Ach ja. Ich werde mit ihm über die Reitwege und das Wegerecht auf seinem Land reden.«

»Gute Idee. Sag ihm nur Bescheid.«

»Das werde ich.«

Mir fiel ein alberner Witz ein, der mir in dieser Situation passend schien. »Christoph Columbus betritt die Neue Welt – ach, das ist übrigens ein Witz – und ruft der Gruppe eingeborener Amerikaner ›*buenas dias!*‹ oder vielleicht auch ›*buon giorno!*‹ zu. Da dreht ein Indianer sich zu seiner Frau um und sagt: ›Schau, die neue Nachbarschaft!‹«

Susan lächelte gequält.

Ich rutschte vom Tisch, ging durch die hintere Gartentür hinaus und überließ Susan ihrem Tee, ihrer Laune und dem Problem, einem Mafia-Don das hiesige Wegerecht für Reiter erklären zu müssen.

3. Kapitel

Es gehört zu den heimischen Traditionen, daß jeder, der zu Fuß auf einem fremden Grundstück angetroffen wird, als unbefugter Eindringling gilt. Ein Mensch zu Pferd dagegen gehört grundsätzlich zur *Gentry* und kann also nie ein unbefugter Eindringling sein.

Mir war nicht klar, ob Frank Bellarosa darüber schon Bescheid wußte oder ob er sich dieser Tradition überhaupt zu unterwerfen gedachte. Dennoch überquerte ich am späten Nachmittag dieses Samstags die Grenze zu seinem Grundstück, die durch eine Reihe Weißkiefern markiert wird. Ich ritt auf Yankee, dem zweiten Pferd meiner Frau, einem sechsjährigen Wallach. Yankee ist ein gutmütiges Tier, anders als Sansibar, Susans nervöser Araberhengst. Yankee kann scharf geritten und naß in den Stall gestellt werden, ohne an Lungenentzündung einzugehen, während Sansibar wegen geheimnisvoller und kostspieliger Leiden ständig vom Tierarzt betreut werden muß. So spielt Yankee die gleiche Rolle wie mein Ford Bronco, der auch immer einspringen muß, wenn Susans Jaguar alle zwei Wochen in der Werkstatt ist. Aber Rasse hat nun einmal ihren Preis, nehme ich an.

Als ich die Kiefern hinter mir gelassen hatte, lag vor mir ein freies Feld, eine ehemalige Pferdekoppel, die jetzt mit Sträuchern und Baumschößlingen überwachsen ist. Wenn man sie in Ruhe läßt, wird hier eines Tages wieder ein Wald sein.

Überzeugt, daß Bellarosa wie die meisten seines Schlags weniger um sein Privatleben als um seine Sicherheit besorgt war, erwartete ich halb und halb, von finsteren Bewaffneten mit Pomade im Haar, schwarzen Augen und spitzen Schuhen angehalten zu werden. Ich ritt über das Feld auf ein Kirschbaumwäldchen zu. Die Dämmerung brach herein; in der milden Luft lag der würzige Geruch von frischer Erde. Man hörte nur das dumpfe Geräusch von Yankees Hufen im weichen Gras, und in weiter Ferne trillerten die Vögel in den Bäumen ihr Abendlied. Alles in allem ein wundervoller Spätnachmittag zu Frühlingsanfang.

Ich lenkte Yankee in das Kirschbaumwäldchen. Die vernachlässigten knorrigen alten Bäume waren neu ergrünt und hatten rosafarbene Knospen angesetzt.

Auf einer Lichtung des Wäldchens befand sich ein eingesunkener, mit Mosaiken ausgelegter Teich, in dem sich totes Laub gesammelt hatte. Um den Teich herum hielten sich ein paar gekehlte klassische Säulen mühsam auf ihren bröckelnden Sockeln aufrecht. Am anderen Ende des Teichs stand eine bemooste Neptunstatue mit erhobenem Arm, aber ohne Dreizack, so daß es aussah, als hole der Gott gerade zu einem Schwinger aus. Vier steinerne Fische zu seinen Füßen spien Wasser aus ihren weit aufgerissenen Mäulern. Es war einer der klassischen Gärten von Alhambra, die als künstliche Ruine erbaut worden war und jetzt ironischerweise wirklich verfiel.

Das Haupthaus von Alhambra selbst ist kein klassischer Bau, sondern ein Herrenhaus in spanischem Stil mit stuckverzierten Mauern, steinernen Bogengängen und roten Schindeldächern. Die vier Säulen des gewölbten Portikus waren in den zwanziger Jahren aus den Ruinen von Karthago herübergebracht worden, als es noch möglich war und als »schick« galt, archäologische Stätten zu plündern.

Ich lenkte Yankee zwischen den Gartenruinen hindurch und dann einen kleinen Hügel hinauf. Ein paar hundert Meter entfernt erhob sich in östlicher Richtung das Herrenhaus Alhambra. Aus einem Balkonfenster im ersten Stock fiel ein einsamer Lichtschein. Dort lag, wie ich wußte, die Bibliothek.

Wie so viele Räume in unseren herrschaftlichen Häusern stammt auch die Bibliothek von Alhambra aus Europa. Die ursprünglichen Besitzer und Erbauer von Alhambra, Mr. und Mrs. Julius Dillworth, hatten in den zwanziger Jahren eine Europareise gemacht und sich in die aus Eichenholz geschnitzte Bibliothek ihres Gastgebers, eines alten englischen Peers, verliebt, dessen Name und Titel mir immer wieder entfallen. Die Dillworths machten ihm ein zwar unerwartetes, aber erfreuliches Angebot für die gesamte Bibliothek, und der in Tweed gekleidete alte Gentleman, wahrscheinlich durch denselben Weltkrieg verarmt, der die Dillworths reich gemacht hatte, nahm dankend an.

Ungefähr eine Minute lang beobachtete ich das erleuchtete Fenster; dann wendete ich Yankee und ritt den Hügel hinunter, zurück zum Teich mit den Statuen.

Zwischen zwei gestürzten Säulen knabberte ein Schimmel an den jungen Grashalmen. Im Sattel saß eine vertraute Gestalt – eine Frau in engen Jeans und schwarzem Rollkragenpulli. Sie drehte sich zu mir um, als ich näher kam, und wandte dann wieder das Gesicht ab. Es war meine Frau Susan, doch an ihrer Miene erkannte ich, daß sie gerade in eine andere Rolle geschlüpft war. Theaterspielen ist nämlich eine Leidenschaft von ihr. Ich ging auf ihre Laune ein und rief: »Wer bist du?«

Sie drehte sich wieder zu mir um und entgegnete mit eisiger Stimme: »Und wer seid Ihr?«

Zwar wußte ich das noch nicht genau, doch ich improvisierte. »Mir gehört dieses Land«, sagte ich. »Hast du dich verirrt, oder bist du einfach widerrechtlich eingedrungen?«

»Weder – noch. Und ich bezweifle, daß jemand, der so gekleidet ist wie Ihr und einen solchen Klepper reitet, der Besitzer dieses Landes sein kann.«

»Sei nicht unverschämt. Bist du allein?«

»Ich war es, bis Ihr daherkamt«, erwiderte sie.

Ich lenkte Yankee an ihre Seite, bis seine Flanke die des weißen Arabers berührte. »Wie heißt du?«

»Daphne. Und wie heißt Ihr?«

Mir fiel noch immer kein Name für mich ein, daher sagte ich: »Du müßtest wissen, wem das Land gehört, auf dem du dich befindest. Steig ab.«

»Warum sollte ich?«

»Weil ich es sage. Und wenn du nicht gehorchst, hole ich dich aus dem Sattel und zieh dir eins mit meiner Gerte über. Hinunter mit dir!«

Sie zögerte und stieg dann ab.

»Bind ihn an!«

Sie band das Pferd an den Hauptast eines Kirschbaums, stellte sich dann aufrecht vor mich hin und sah mich an.

»Zieh dich aus!«

Sie schüttelte den Kopf. »Das tu' ich nicht.«

»Und ob du es tust!« fauchte ich. »Los!«

Sie stand einen Augenblick reglos da, zog dann den Rollkragenpulli aus und entblößte ihre festen Brüste. Mit dem Pullover in der Hand sah sie zu mir auf. »Muß ich wirklich?«

»Du mußt.«

Sie ließ den Pullover fallen und zog Stiefel und Socken aus. Zuletzt schlüpfte sie aus Jeans und Höschen und warf beides ins Gras.

Nackt stand sie im schwindenden Sonnenlicht vor mir. Ich drängte mein Pferd näher an sie heran und schaute auf sie hinunter. »Jetzt bist du nicht mehr so hochmütig, nicht wahr, Daphne?«

»Nein, Sir.«

So kann man Susans Meinung nach Sex auch noch in der Ehe interessant und aufregend gestalten. Und wenn ich ehrlich bin, habe ich nichts dagegen, bei ihren sexuellen Phantasien mitzuspielen. Manchmal gibt es zu diesen Dramen ein festes Script, und Susan führt Regie; manchmal sind sie (wie dieses) reine Improvisation. Die Örtlichkeiten wechseln mit den Jahreszeiten; im Winter tun wir's im Stall oder lassen in einem verlassenen Herrenhaus vor hellodernden Kaminfeuer unsere Jugend wieder aufleben.

Dies war unsere erste Freiluftbewegung in diesem Frühling, und eine Frau, die nackt auf einer Waldlichtung steht, hat etwas an sich, das an die Urinstinkte beider Geschlechter rührt und die modernen Konventionen verhöhnt, die uns vorschreiben, wie und wo wir lieben sollen. Glauben Sie mir: Man gewöhnt sich sogar an Ameisen und Hummeln, die einem hin und wieder in die Quere kommen.

»Was werdet Ihr mit mir tun?« fragte Susan.

»Was mir gerade einfällt.« Wieder sah ich sie an. Sie stand reglos da und wartete geduldig auf meinen Befehl, während der Wind ihr das lange rote Haar ins Gesicht wehte. Sie war nie Schauspielerin, doch sie hätte in diesem Beruf bestimmt großen Erfolg gehabt. Weder ihre Miene noch ihr Verhalten verriet, daß sie meine Ehefrau und dies ein Spiel war. In diesem Moment war sie ganz einfach eine nackte, wehrlose Frau, der ein Fremder zu Pferd Gewalt antun wollte. Ihr zitterten buchstäblich die Knie, und sie schien sich wirklich zu fürchten.

»Bitte, Sir, tut mit mir, was Ihr wollt. Aber tut es rasch.«

Stegreifspiele liegen mir nicht besonders, mir ist es lieber, wenn Susan die Handlung festlegt, damit ich weiß, wen ich darstellen soll oder – wenigstens – in welcher geschichtlichen Epoche wir uns befinden. Abwechselnd bin ich Römer oder Barbar, Ritter oder Aristokrat. Und sie ist Sklavin, Bauernmädchen oder eine hochmütige Adlige, die ihre wohlverdiente Strafe bekommt.

Ich stellte mich mit Yankee dicht neben sie, griff nach ihrem Kinn und hielt es in die Höhe.

»Schämst du dich?«

»Ja, Sir.«

Ich sollte erwähnen, daß Susan oft die dominierende Rolle übernimmt und ich den nackten Sklaven spiele, der zum Verkauf ausgestellt wird, oder den Gefangenen, der sich ausziehen mußte, weil er ausgepeitscht werden soll. Natürlich gibt es auch noch andere Varianten. Falls Sie jetzt glauben, wir seien sittlich vollkommen verkommen, sollen Sie erfahren, daß wir beide der Republikanischen Partei angehören und Mitglieder der Episkopalkirche sind, die wir regelmäßig besuchen – außer in der Jachtsaison.

Diesmal hatte ich das Gefühl, wir befänden uns ungefähr im 17. Jahrhundert. Daher dieser hochtrabende Dialog. Ich bemühte mich, eine neue starke Textzeile zu finden, und sagte schließlich: »Bist du Daphne, die Frau des Verräters Sir John Worthington?«

»Die bin ich, Sir. Und falls Ihr Lord Hart-Docht seid – ich bin gekommen, um Euch anzuflehen, bei Seiner Majestät, dem König, für meinen Gemahl Fürbitte einzulegen.«

Hart war mein Docht in diesem Augenblick tatsächlich, und ich wünschte, ich hätte eine weniger enge und etwas bequemere Hose angezogen. »Hart-Docht – insbesondere in meines Leibes Mitte«, antwortete ich, und über Susans Gesicht huschte ein Lächeln.

Sie fiel auf die Knie und umschlang meine Stiefel mit den Armen. »Oh, ich flehe Euch an, Mylord, Ihr müßt meine Petition König Charles überreichen!«

Geschichte ist nicht meine starke Seite, aber gewöhnlich gelingt es mir zu improvisieren. Außerdem ging es hier ja nicht um Geschichte... »Und welche Gunst willst du mir dafür gewähren?« fragte ich.

»Ich werde alles tun, was Ihr verlangt.«

Das war der Punkt. Und, um die Wahrheit zu sagen, die Spiele waren für mich gewöhnlich eine promptere »Starthilfe« als für Susan. Ich wollte also so schnell wie möglich zum letzten Akt kommen. »Steh auf!« befahl ich.

Sie stand auf, und ich packte ihr Handgelenk, während ich zugleich den Fuß aus dem Steigbügel nahm. »Stell deinen Fuß in den Bügel!«

Sie setzte den bloßen Fuß hinein, und ich zog sie herauf, so daß sie vor mir saß, das Gesicht mir zugewandt, an mich gepreßt in dem engen englischen Sattel, die Arme um mich geschlungen, die nackten Brüste an meine Brust gedrückt. Ich tippte Yankee leicht an, und er setzte sich in Bewegung.

»Nimm ihn raus«, sagte ich.

Sie öffnete meinen Reißverschluß, nahm ihn heraus und hielt ihn in ihrer warmen Hand. »Führ ihn ein!« befahl ich.

Sie schluchzte auf. »Ich tu das nur, um das Leben meines Mannes zu retten«, sagte sie. »Er ist der einzige Mann, den ich bisher gekannt habe.«

Ein paar schlagfertige Antworten glitten mir durch den Kopf, aber mein Intellekt wurde jetzt völlig von den Hormonen beherrscht, und ich sagte brüsk: »Tu ihn rein!«

Sie stand auf, setzte sich auf mich und schrie überrascht auf.

»Halt dich fest!« Ich stieß Yankee leicht die Ferse in die Flanke, und er begann zu traben. Susan umklammerte mich mit den Armen und schlang ihre kräftigen Beine um meine. Sie vergrub das Gesicht in meinem Hals und stöhnte auf, während das Pferd dahinjagte. Das war nicht gespielt.

Ich war jetzt völlig gefangen von der Hitze des Augenblicks. Leider bin ich nur ein mittelmäßiger Reiter, und mein geringes Können war solchen Bravourstücken bei weitem nicht gewachsen. Yankee trabte ganz schön flott durch den Kirschgarten und dann auf die Weide. Die scharfen Gerüche, die von dem Pferd und von unseren Körpern ausgingen, der Geruch aufgebrochener Erde und der moschusartige Geruch von Susan, der aus unserer Mitte aufstieg...

Was für ein Ritt! Susans schwerer Atem an meinem Hals, ihr Aufschrei, mein Keuchen und die Nässe, die sich zwischen uns ausbreitete.

Susan kam zuerst und schrie so laut auf, daß ein Fasan aus dem Gebüsch aufflog. Ich kam gleich darauf und zog unwillkürlich so heftig an dem Zügel, daß Yankee um ein Haar gestolpert wäre.

Das Pferd blieb stehen und begann zu grasen, als sei nichts geschehen. Susan und ich klammerten uns aneinander und versuchten wieder zu Atem zu kommen. Endlich gelang es mir, hervorzustoßen: »Puh, war das ein Ritt...«

Susan lächelte. »Tut mir leid, daß ich widerrechtlich Euer Land betreten habe, Sir.«

»Ich habe gelogen. Das Land gehört nicht mir.«

»Schon gut. Ich habe auch keinen Ehemann, der bei dem König in Ungnade gefallen ist.«

Wir lachten. »Was hast du hier gemacht?« fragte sie.

»Das gleiche wie du. Ich bin nur ein bißchen ausgeritten.«

»Hast du unseren neuen Nachbarn besucht?«

»Nein. Aber ich habe Licht in einem Fenster seines Hauses gesehen.«

»Ich werde mit ihm sprechen.«

»Vielleicht solltest du dir vorher was anziehen.«

»Vielleicht habe ich so mehr Glück. Sieht er gut aus?«

»Nicht schlecht – ungefähr wie ein europäischer Südländer.«

»Gut.«

Ich ließ Yankee wenden. »Komm, ich bring' dich zu Sansibar und deinen Kleidern zurück.«

Sie richtete sich auf. »Nein. Ich steige hier ab und gehe zu Fuß.«

»Mir wäre es lieber, du würdest das nicht tun.«

»Das ist schon in Ordnung. Halt meine Hand fest.«

Sie stieg vom Pferd und ging los. »Du hast keine Zeit mehr, mit Bellarosa zu sprechen!« rief ich ihr nach. »Wir kommen sonst wieder zu spät zu den Eltons.«

Sie hob den Arm und winkte, um mir zu zeigen, daß sie mich gehört hatte. Ich sah meine Frau nackt über die Weide schlendern, bis sie im Schatten des Kirschgartens verschwand. Dann wendete ich Yankee und machte mich auf den Heimweg.

Nach ein, zwei Minuten konnte ich Lord Hart-Docht wieder in meiner Hose unterbringen.

Übrigens liebe ich meine Frau Susan Stanhope Sutter auch gern in unserem Bett, und das beruht auf Gegenseitigkeit. Aber ich bin überzeugt, daß Ehen scheitern müssen, wenn sie nur auf nüchterner Sachlichkeit begründet sind, ebenso wie Menschen verkümmern, die sich nicht von Phantasien beflügeln lassen können. Mir ist klar, daß ein Paar, das seine sexuellen Phantasien auslebt, vorsichtig darauf achten muß, nicht auf die dunkle Seite der Psyche zu geraten. Susan und ich haben uns ein paarmal bis an die Grenze vorgewagt, aber immer wieder zurückgefunden.

Bei den Weißkiefern überquerte ich auch eine Grenze – die Grenze zwischen Bellarosas und Stanhopes Land. Es gefiel mir gar nicht, Susan in der einbrechenden Dunkelheit nackt die paar hundert Meter zu ihrem Pferd gehen zu lassen; doch wenn sie sagt, alles sei in Ordnung, heißt das: Geh weg.

Nun, dachte ich, die Blumen sind gekauft und gepflanzt, das große Haus ist wieder gegen Einbruch gesichert, zum Lunch haben wir Hähnchen Dijon mit Spargel gegessen; außerdem war ich im Dorf und habe ein paar Besorgungen erledigt, bin am Nachmittag geritten und hatte zugleich wunderbaren Sex. Alles in allem ein produktiver und erfüllter Samstag. Ich mag Samstage.

4. Kapitel

Am siebenten Tag hat der HERR geruht, und folglich, so heißt es, sollen alle, die er in sechs Tagen geschaffen hat, es ihm gleichtun.

George und Ethel Allard nehmen den Sabbat ebenso ernst wie die meisten Angehörigen der arbeitenden Klasse dieser Generation, die noch die Sechstagewoche mit sechzig Arbeitsstunden erlebt haben. Ich dagegen muß verhindern, daß des HERRN wilde Weinranken nicht unsere Fensterscheiben überwuchern.

Tatsächlich erledige ich sonntags keine beruflichen Dinge; doch während meiner Haus- und Gartenarbeiten habe ich die Muße, darüber nachzudenken, was am Montagvormittag getan werden muß.

Susan und ich beschnitten bis zehn Uhr morgens den wilden Wein. Dann duschten wir und zogen uns für den Kirchgang an.

Susan, die den Jaguar steuerte, hielt am Torhaus, um George und Ethel mitzunehmen. Die beiden warteten bereits vor der Haustür. George trug seinen guten braunen Anzug, Ethel war mit einem sackartigen Blumenbedruckten angetan. Unglücklicherweise erlebt diese Mode ein Comeback bei Frauen, die gern wie eine Tapete aus den vierziger Jahren aussehen möchten.

Eigentlich haben die Allards einen eigenen Wagen. William Stanhope hat ihnen seinen alten Lincoln hiergelassen, als Charlotte und er 1979 nach Hilton Head in Südkalifornien zogen. George war früher manchmal für den Chauffeur der Stanhopes eingesprungen und ist trotz seines Alters immer noch ein guter Fahrer. Da aber in der Markuskirche mittlerweile nur noch eine Messe gelesen wird, sähe es hochnäsig aus, wenn wir den beiden nicht anböten, sie mitzunehmen. Vielleicht bin ich zu empfindlich, doch der Balanceakt zwischen meiner Rolle als Gutsherr und als Georges und Ethels Gartengehilfe ist immer ein wenig heikel. Wir alle haben noch so viele Komplexe von früher her. Dabei ist George ja gar nicht das Problem – die rote Ethel ist es.

Die Allards stiegen ein, und wir stellten übereinstimmend fest, daß es wieder ein schöner Tag war. Susan bog in die Grace Lane ab und trat das Gaspedal bis zum Anschlag durch. Viele Straßen in der Umgebung wurden ursprünglich für leichte Pferdewagen angelegt. Sie sind immer noch so schmal wie früher und schlängeln sich sachte zwischen schönen alten Bäumen hindurch. Ein mit Höchstgeschwindigkeit dahinrasender Wagen ist daher nie mehr als eine Sekunde von einer Katastrophe entfernt.

Die knapp zwei Kilometer lange Grace Lane ist eine Privatstraße geblieben. Das bedeutet, es gibt zwar keine gesetzliche, aber doch eine pragmatische Geschwindigkeitsbeschränkung. Susan glaubt, sie liege bei siebzig, ich halte ungefähr vierzig für angemessen. Die Anlieger, hauptsächlich Grundbesitzer, sind für die Instandhaltung der Straße zuständig. Die meisten anderen Privatstraßen an der Gold Coast wurden vernünftigerweise dem Land, der Gemeinde, dem Staat New York oder irgendeinem anderen politischen Gebilde übereignet, das sich verpflichtet, die Kanalisation funktionsfähig zu halten und den Straßenbelag zu erneuern. Kostenpunkt: ungefähr fünfzigtausend Dollar pro Kilometer. Doch bei der Grace Lane haben sich ein paar Anwohner, besonders die reichen, stolzen und eigensinnigen (was gewöhnlich zusammenfällt), allen Bemühungen widersetzt, diese Via Dolorosa dem ahnungslosen Steuerzahler unterzujubeln.

Susan erreichte ihr persönliches Tempolimit, und ich spürte förmlich, wie der Asphalt unter uns von den Reifen zu Erdnußsplittern zermalmt wurde. Hohe Geschwindigkeiten scheinen bei älteren Leuten Schweigsamkeit auszulösen. Auch die Allards, die im Fond saßen, wurden ziemlich wortkarg, was mir nur recht war. George spricht am Sonntag nicht über die Arbeit, und andere Themen hatten wir schon vor Jahren erschöpfend behandelt. Auf der Rückfahrt reden wir manchmal über die Predigt. Ethel liebt Pfarrer James Hunnings heiß und innig, weil der Mann – wie so viele meiner episkopalen Brüder – weit links von Karl Marx steht.

Jeden Sonntag versucht man uns wegen unseres (sehr relativen) Reichtums ein schlechtes Gewissen einzuimpfen und bittet uns dann, einen Teil des Teufelszeugs zu Nutz und Frommen der ungefähr zwei Milliarden weniger glücklichen Menschen zu verwenden.

Ethel genießt die Predigten über soziale Gerechtigkeit, Gleichheit und so weiter ganz besonders. Einträchtig vereint sitzen wir da, die alten Blaublütigen neben den paar neuen schwarzen und lateinamerikanischen Mitgliedern der Episkopalkirche und den Rest-Weißen der arbeitenden Klasse und hören Pfarrer Mr. Hunnings zu, der uns seine Ansichten über Amerika und die Welt mitteilt. Und danach gibt es nicht einmal eine Fragestunde.

Zu meines Vaters und Großvaters Zeiten stand diese Kirche ein wenig rechts von der Republikanischen Partei. Damals richteten die Geistlichen ihre Predigten mehr an die Dienstboten und die arbeitende Bevölkerung in den Kirchenbänken. Sie sprachen über Gehorsam, harte Arbeit und Pflichten – und nicht über Revolution, Arbeitslose und Menschenrechte. Meine Eltern, die für ihre Zeit und ihren sozialen Status äußerst liberal waren, wären über solche Brandreden von der Kanzel empört. Und ich glaube auch nicht, daß diese »Predigten« im Sinne des HERRN sind.

Das Problem bei einer Kirche (jeder Kirche, denke ich) ist, daß, anders als bei einem Country-Club, jeder beitreten kann. Infolge dieser Politik der offenen Tür erleben wir Woche für Woche, daß sich alle gesellschaftlichen Schichten eine Stunde lang vor Gott demütigen müssen – und zwar unter demselben Dach, ohne daß sich einer gegen den anderen abschirmen kann. Ich trete nicht für Privatkirchen oder Kirchenbänke erster Klasse ein, wie es sie früher sehr wohl gab. Aber vor einigen Jahren verstand es sich noch von selbst, daß die eine Sorte Mensch die Frühmesse und die andere Sorte ein späteres Hochamt besuchte.

Nachdem ich das jetzt losgeworden bin, muß ich doch noch etwas hinzufügen, damit man mir keine elitären und undemokratischen Ansichten unterstellt. Erstens: ich fühle mich über keinen anderen Menschen erhaben; zweitens: ich glaube leidenschaftlich daran, daß wir alle frei und gleich geboren sind. Aber ich fühle mich auch sozial entwurzelt und weiß nicht mehr, wo außerhalb meiner engsten Umgebung mein Standort ist in dieser riesigen, sich ständig wandelnden Demokratie. Ich bin unsicher, wie ich inmitten der bröckelnden Ruinen, die mich umgeben, ein sinnvolles und erfülltes Leben führen soll. Pfarrer Hunnings glaubt, daß er die Antworten gefunden hat. Ich dagegen weiß nur eines ganz sicher – daß er sich irrt.

Susan verlangsamte das Tempo, als wir uns dem Dorf Locust Valley näherten. Das ist ein hübscher, sauberer Ort, eine kleine, blühende Gemeinde mit einem kleinen Bahnhof, von dem aus ich immer den Zug nach New York nehme. In Locust Valley gab es Schickimickis und Boutiquen, lange bevor jemand diese Ausdrücke kannte – obwohl zur Zeit eine neue Welle unnützer Läden mit modischem Schnickschnack den Ort überschwemmt.

Die Markuskirche erhebt sich am nördlichen Rand des Dorfes: ein kleiner gotischer Bau aus rötlich-braunem Sandstein mit schönen bunten Glasfenstern, die aus England stammen. Sie wurde 1896 vom Gewinn einer Pokerpartie erbaut, den sechs Millionärsgattinnen im Übermut beschlagnahmt hatten. Sie sind alle in den Himmel gekommen.

Susan fand einen Parkplatz – wobei sie einen Rolls-Royce blokkierte –, und dann betraten wir zu viert das Gotteshaus.

»Ich denke, Pfarrer Hunnings hat recht, wenn er sagt, daß wir alle in der Osterwoche wenigstens eine obdachlose Person aufnehmen sollten«, meinte Ethel auf der Rückfahrt.

Susan stieg aufs Gas und nahm eine überhöhte Kurve mit neunzig Stundenkilometern, so daß die Allards nach links kippten und Ethel abrupt verstummte.

George, der stets getreue Diener seines Herrn, entgegnete: »Ich finde, Pfarrer Hunnings sollte selbst die Nächstenliebe üben, die er predigt. Er bewohnt das große Pfarrhaus ganz allein mit seiner Frau.«

George durchschaut jeden Heuchler.

»Sie haben die Erlaubnis, über Ostern einen Obdachlosen bei sich aufzunehmen, Mrs. Allard«, sagte ich.

Eigentlich erwartete ich, daß sich im nächsten Moment eine Garotte um meinen Hals legen und Ethel mir mit gackerndem Gelächter die Luft abschnüren würde, aber sie meinte nur: »Nun, vielleicht schreibe ich an Mr. Stanhope und bitte ihn um Erlaubnis.«

Touché. Mit einem einzigen kurzen Satz hatte sie mich daran erinnert, daß der Besitz nicht mir gehörte. Und da Susans Vater das soziale Gewissen eines SA-Mannes hat, zog Ethel sich mit dieser Antwort zugleich selbst aus der Affaire. Der erste Punkt ging an sie.

Susan raste mit siebzig einen Hügel hinauf und fuhr fast auf einen kleinen roten TR3 auf. Sie wich auf die Gegenfahrbahn aus, zog an dem Triumph vorbei und scherte eben noch rechtzeitig vor einem entgegenkommenden Porsche wieder ein. Susan hat, glaube ich, eine neue Variante des Pawlowschen Experiments entwickelt, bei dem man immer mit der Möglichkeit eines plötzlichen Todes rechnen muß, wenn jemand im Wagen über etwas anderes als über das Wetter oder Pferde spricht.

»Eigentlich haben wir in diesem Frühling bisher nur wenig Regen gehabt«, bemerkte ich eilig.

»Aber der Boden ist vom Märzschnee noch naß«, fügte George hinzu.

Susan fuhr langsamer.

Da sonntags meistens ich den Wagen fahre und wir während der Jachtsaison schwänzen, ist unser Kirchgang nur etwa zwanzigmal im Jahr mit Lebensgefahr verbunden.

Allerdings ist mir aufgefallen, daß ich mich mit Susan am Steuer Gott wesentlich näher fühle als in der Kirche.

Vielleicht fragen Sie, warum wir überhaupt in die Kirche gehen oder uns nicht wenigstens eine andere aussuchen. Das kann ich Ihnen sagen: Wir gehen in die Markuskirche, weil wir *immer* in die Markuskirche gegangen sind; wir wurden beide dort getauft und haben dort geheiratet. Wir gehen in die Markuskirche, weil schon unsere Eltern hingegangen sind und unsere Kinder Carolyn und Edward hingehen, wenn sie in den Schulferien zu Hause sind.

Aus demselben Grund fahre ich noch immer an den Francis Pond zum Angeln, obwohl der letzte Fisch dort vor zwanzig Jahren gefangen wurde. Traditionsbewußtsein, Gewohnheit und Nostalgie bewegen mich, diese beiden Orte aufzusuchen, obwohl ich seit zwanzig Jahren in dem Teich keinen Fisch mehr gesehen und in der Kirche keinen Heiligen Geist mehr gespürt habe.

Susan bog in die Zufahrt ein, passierte das offene Tor und hielt am Torhaus an, um die Allards aussteigen zu lassen. Sie wünschten uns einen guten Tag und gingen hinein zu ihrem Sonntagsbraten und der Sonntagszeitung. Susan fuhr weiter. »Ich verstehe nicht, warum er nicht an die Tür gekommen ist«, sagte sie.

»Wer?«

»Frank Bellarosa. Ich hab' dir doch erzählt, daß ich bis zum Haus geritten bin und zu dem erleuchteten Fenster hinaufgerufen habe. Dann habe ich am Dienstboteneingang geklingelt.«

»Warst du nackt?«

»Natürlich nicht.«

»Tja, dann hatte er wohl kein Interesse, sich mit einer angezogenen hochnäsigen Frau hoch zu Roß zu unterhalten. Schließlich ist er Italiener.«

Susan lächelte. »Das Haus ist so riesig«, meinte sie. »Wahrscheinlich hat er mich nicht gehört.«

»Bist du nicht nach vorn gegangen?«

»Nein, da steht überall Baumaterial herum, und im Boden sind Löcher.«

»Was für Baumaterial?«

»Zementmischer, Gerüste, so'n Zeug eben. Sieht so aus, als ließe er eine Menge machen.«

»Gut.«

Susan hielt vor unserem Haus. »Ich möchte die Sache mit den Reitwegen mit ihm klären. Willst du nicht mitkommen?«

»Ich reiß' mich nicht drum. Und findest du nicht, daß man einem neuen Nachbarn erst einen Höflichkeitsbesuch machen müßte, bevor man ihn mit einem so schicksalsschweren Problem belästigt?«

»Wie recht du hast. Wir sollten uns an Sitte und Brauchtum halten, dann wird er es uns nachtun.«

Davon war ich nicht so recht überzeugt, aber man weiß ja nie. Manchmal ist das kulturelle Umfeld ja stark genug, Neuankömmlinge zu absorbieren, so daß sie die Sitten und Bräuche ihrer neuen Umgebung übernehmen. Doch ich weiß nicht, ob das immer möglich ist. Was die äußeren Formen betrifft, natürlich schon. Manchmal habe ich das groteske Bild vor Augen, wie fünfhundert in Tweed und Schottenkaro gekleidete Orientalen, Araber und Inder das Polomatch im Herbst mit höflichem Applaus bedenken. Nicht daß ich Rassist wäre, aber ich wüßte doch zu gern, was reiche Ausländer dazu treibt, unsere Häuser zu kaufen, unsere Mode zu übernehmen und unseren Sitten und Gebräuchen nachzueifern. Wahrscheinlich sollte ich mich geschmeichelt fühlen, und wahrscheinlich tue ich das auch. Ich meine, schließlich hatte ich noch nie das Verlangen, in einem Zelt zu sitzen und Kamelfleisch mit den Fingern zu essen.

»John? Hörst du mir zu, John?«

»Nein.«

»Also wollen wir unseren Höflichkeitsbesuch bei Frank Bellarosa machen?«

»Nein.«

»Warum nicht?«

»Er soll zu uns kommen.«

»Aber du hast doch eben gesagt...«

»Ist mir völlig egal, was ich gesagt habe. Ich gehe nicht hinüber und du auch nicht.«

»Wer sagt das?«

»Lord Hart-Docht.« Ich stieg aus dem Wagen und ging ins Haus. Susan stellte den Motor ab und folgte mir. Eine lastende Stille hing in der Luft – jene besondere Stille zwischen einem Ehepaar, das gerade eine Auseinandersetzung hatte. Der Countdown lief: fünf, vier, drei, zwei, eins. »In Ordnung«, sagte Susan. »Wir warten, bis er kommt. Willst du was trinken?«

»Ja, gern.«

Susan ging ins Eßzimmer und holte eine Flasche Cognac aus der Kredenz. Dann schritt sie in den Anrichteraum, in dem früher der Butler residierte, und ich folgte ihr. Sie nahm zwei Gläser aus dem Schrank und schenkte ein. »Gut so?«

»Gib ein bißchen Wasser dazu.«

Sie drehte den Leitungshahn auf, ließ viel zuviel Wasser in den Cognac laufen und reichte mir das Glas. Wir stießen an, tranken und begaben uns dann in die Küche. »Gibt es eine Mrs. Bellarosa?« fragte Susan.

»Das weiß ich nicht.«

»Na ja, hat Mr. Bellarosa einen Ehering getragen?«

»Auf so was achte ich nicht.«

»O doch, wenn es sich um eine attraktive Frau handelt.«

»Unsinn!« Aber sie hatte recht. Wenn eine Frau attraktiv ist und ich entsprechend unternehmungslustig bin, ist es mir egal, ob sie unverheiratet, verlobt, verheiratet, schwanger, geschieden oder auf Hochzeitsreise ist. Vielleicht bin ich deshalb nie über einen Flirt hinausgekommen. Körperlich bin ich sehr treu. Susan dagegen flirtet nie; und eine solche Frau darf man nicht aus den Augen lassen.

Sie setzte sich an den großen runden Tisch unserer englischen Landhausküche.

Ich öffnete den Kühlschrank.

»Wir sind mit den Remsens im Club zum Essen verabredet«, sagte sie.

»Wann?«

»Um drei.«

»Dann esse ich einen Apfel.«

»Die habe ich an die Pferde verfüttert.«

»Dann esse ich ein bißchen Hafer.« Schließlich aber entdeckte ich erfreulicherweise eine Schüssel mit Kirschen im Kühlschrank. Ich aß sie im Stehen, spuckte die Kerne in den Ausguß und trank Cognac dazu. Frische Kirschen mit Cognac schmecken köstlich.

Wir schwiegen eine Zeitlang, und der Regulator an der Wand tickte unermüdlich vor sich hin. Endlich sagte ich: »Hör zu, Susan, wenn der Typ ein iranischer Teppichhändler oder ein koreanischer Importeur oder egal was wäre, und wenn das irgend jemand hier nicht gefiele, zum Teufel mit ihm. Aber Frank Bellarosa ist ein Gangster, wahrscheinlich sogar der oberste Mafia-Boß von New York, wenn man den Zeitungen Glauben schenken darf. Ich bin Anwalt und außerdem ein angesehener Bürger dieser Gemeinde. Bestimmt sind Bellarosas Telefone angezapft, und mit Sicherheit wird sein Haus überwacht. Ich muß also mit meinen Beziehungen zu diesem Mann sehr vorsichtig sein.«

»Ich verstehe deine Lage, Mr. Sutter«, antwortete Susan. »Es gibt ein paar Leute, die sogar die Stanhopes als angesehene Mitglieder dieser Gemeinde betrachten.«

»Sei nicht sarkastisch, Susan. Ich spreche als Anwalt, nicht als Snob. Ungefähr die Hälfte meiner Einnahmen stammen von Leuten aus dieser Gegend. Bitte denke an meinen Ruf und versprich mir, nicht hinüberzugehen und ihn oder seine Frau zu besuchen – falls er eine hat.«

»Na schön, aber vergiß nicht, was Tolkien gesagt hat.«

»Was hat Tolkien gesagt?«

»Er hat gesagt: ›Es ist verhängnisvoll, einem lebendigen Drachen keine Beachtung zu schenken, wenn er sich in deiner Nähe angesiedelt hat.‹«

5. Kapitel

Das Essen im *Creek Club* mit Lester und Judy Remsen begann sehr angenehm. Die Unterhaltung drehte sich hauptsächlich um belanglosen Gesellschaftsklatsch (ein Neubürger, dessen Besitz an den Club grenzte, ging gerichtlich gegen das Tontaubenschießen vor, von dem sich angeblich seine Kinder und sein Hund bedroht fühlten), aber auch um weltbewegende Themen (die PGA sollte im Mai wieder in Southampton veranstaltet werden) und schließlich um dringende ökologische Probleme: Das restliche Land des alten Guthrie-Besitzes, ein paar hundert Hektar, war von einem Bauträger aufgekauft worden, der um die Genehmigung angesucht hatte, zwanzig Häuser (Preisklasse pro Stück: um die zwei Millionen) zu bauen. »Empörend«, erklärte Lester Remsen, der wie ich kein Millionär ist, aber ein sehr hübsches umgebautes Kutschenhaus und fünf Hektar des ehemaligen Guthrie-Besitzes sein eigen nennt. »Empörend und ökologisch völlig unvernünftig«, betonte er.

Der Guthrie-Besitz war früher eine hundertfünfzig Hektar große, terrassenförmig angelegte Pracht; das Haupthaus mit seinen achtzig Räumen war eine Kopie des Schlosses Meudon bei Paris und hieß auch danach. Doch 1950 hatte die Familie Guthrie ihr Schloß lieber abreißen lassen, als horrende Steuern dafür zu zahlen, und so war der Besitz wieder als Bauerschließungsland eingestuft worden.

Ein paar Einheimische hielten den Abriß von Schloß Meudon für ein Sakrileg, andere wiederum sahen darin nur einen Akt der ausgleichenden Gerechtigkeit, denn der erste Guthrie, William D., ein Gefolgsmann des Rockefeller-Clans, hatte 1905 den Ort Lattingtown – sechzig Häuser und Läden – aufgekauft und abgerissen. Offenbar war er seinen Bauplänen im Weg gewesen. Daher hat Lattingtown keinen Ortskern, und deshalb müssen wir zum Einkaufen und zum Kirchgang nach Locust Valley fahren. Aber wie ich schon sagte, passierte das in einer Zeit, in der man Europa mit amerikanischem Geld stückweise aufkaufte oder zumindest hier zu kopieren versuchte. Das kleine Dorf Lattingtown, ein winziger Weiler mit etwa hundert Seelen, konnte, als man ihm den dreifachen Marktwert für Grund und Boden bot, ebensowenig widerstehen wie der englische Aristokrat, dessen Bibliothek heute Alhambra ziert.

Vielleicht wird durch das, was heute geschieht, die ausgleichende Gerechtigkeit auf die Spitze getrieben. Es liegt eine gewisse Ironie darin, daß Bodenspekulanten, Ausländer und Gangster die Ruinen und Halbruinen einer schwer besteuerten und zum Teil bankrotten amerikanischen Aristokratie aufkaufen. Meine Familie hatte nie so viel Geld, weshalb meine Gefühle ein bißchen ambivalent sind: Einerseits bin ich blaublütig genug, um mit Wehmut der Vergangenheit zu gedenken, andererseits habe ich dabei kein schlechtes Gewissen wie die Leute aus Susans Schicht. Schließlich komme ich aus keiner der Familien, die ihr Geld wie einen Bulldozer einsetzten und alles und jeden plattwalzten, der sich ihnen in den Weg stellte.

»Die Baufirma«, fuhr Lester Remsen fort, »hat versprochen, die meisten seltenen Bäume zu erhalten und uns fünf Morgen Land als Park zu übereignen, wenn sie unser Sachverständigengutachten kostenlos bekommt. Vielleicht könntest du dich mit diesen Leuten treffen und die Bäume kennzeichnen.«

Ich nickte. Ich bin hier in der Gegend so etwas wie der Fachmann für Bäume. Eigentlich sind wir eine ganze Gruppe, die der Gartenbaugesellschaft Long Island angehört. Da einige Einheimische entdeckt haben, daß man die Baulöwen abschrecken kann, indem man das ökologische Fähnlein schwenkt, bin ich plötzlich sehr gefragt. Ironischerweise ist das auch einer der Gründe, warum die hundert Hektar von Stanhope nicht verkauft werden können, was für mich von Vorteil ist, nicht aber für meinen Schwiegervater. Eine ziemlich verzwickte Situation, und ich stecke mittendrin. Mehr davon später. Ich sagte zu Lester: »Also gut, ich suche mir ein paar Freiwillige, und dann können wir die seltenen Bäume mit Namensschildchen versehen und so weiter. Wann wollen Sie mit dem Ausbaggern anfangen?«

»In drei Wochen ungefähr.«

»Ich werde tun, was ich kann.«

Ich komme aus dem Staunen nicht heraus, weil der Käuferstrom nie zu versiegen scheint, egal wie viele Millionen-Dollar-Häuser gebaut werden. Wer sind diese Leute? Und woher haben sie ihr Geld?

Anschließend redeten Lester und ich über das Problem des Tontaubenschießens. Laut *Long Island Newsday* vom Tag zuvor hatte ein Richter in einer einstweiligen Verfügung das Tontaubenschießen vorerst untersagt – ohne Rücksicht darauf, daß dieser Sport mehr als ein halbes Jahrhundert hier ausgeübt wurde, also lange vor dem Hauskauf oder vielleicht sogar der Geburt des Klägers. Doch ich kann auch seinen Standpunkt verstehen. Die Bevölkerungsdichte nimmt zu, man muß sich um den Lärmschutz kümmern und für die Sicherheit der Leute sorgen. Wild oder Fasanen werden hier nicht mehr gejagt, und der *Meadowbrook Hunt Club*, dessen Tage gezählt sind, mußte von Jahr zu Jahr kompliziertere Routen zusammenstellen, damit Pferde und Meute nicht durch neu entstandene Hinterhöfe, Gärten oder Einkaufszentren rasten. Wer hat da etwas von »Terror gegen die Neubürger« gesagt?

Mir ist klar, daß wir hier in ein Rückzugsgefecht verwickelt sind, um einen Lebensstil zu bewahren, der schon vor zwanzig oder dreißig Jahren hätte aussterben sollen. Ich bin darüber keineswegs verbittert, sondern eher erstaunt, daß wir so lange davongekommen sind. Gott segne Amerika, Land der Evolution und nicht der Revolution.

»Könnt ihr denn keine Schalldämpfer auf eure Flinten schrauben?« fragte Susan.

»Schalldämpfer sind gesetzlich verboten«, erklärte ich.

»Warum?«

»Damit die Gangster sich keine besorgen und andere Leute lautlos damit umbringen können.«

»Oh, ich wette, ich weiß, wo du einen Schalldämpfer bekommen könntest.« Sie lächelte übermütig.

Lester Remsen betrachtete sie erstaunt.

»Außerdem«, fügte ich hastig hinzu, »macht es ohne Krach nur halb soviel Spaß.«

Lester gab mir recht und fragte dann Susan, wo um alles in der Welt sie einen Schalldämpfer herbekommen könnte.

Susan streifte mich mit einem Blick und erkannte wohl, daß jetzt nicht der richtige Augenblick für dieses Thema war. »Hab' nur Spaß gemacht«, meinte sie.

Der Club-Speisesaal war sonntags immer überfüllt. Die Clubs in dieser Gegend sind nämlich die letzten Bastionen gegen Westgoten und Hunnen, die das Land überschwemmen und rund um die großen Güter herum ihre Zedernholz- und Glaszelte aufstellen, die schneller gebaut sind, als man die Marmorfußböden von Stanhope Hall polieren kann. Okay, das war ein bißchen hochnäsig, aber allmählich hat man sie eben satt, diese kahlen, zeitgenössischen Wohnwaben mit Oberlichten, die sich, überall wohin man schaut, wie die Viren vermehren.

Clubs gibt es in allen möglichen Variationen: Country-Clubs, Jachtclubs, Reitclubs und so weiter. Ich bin Mitglied im *The Creek*, einem Country-Club, in dem wir gerade mit den Remsens essen, und gehöre außerdem dem *Seawanhaka Corinthian Yacht Club* an. Mein Boot, eine elf Meter lange Morgan, liegt im Yacht-Club.

The Creek ist nach Ansicht der Medien »sehr exklusiv« – was übertrieben klingt – oder »ein privates Refugium der Reichen« – was vernichtend klingt. Außerdem ist es nicht wahr. Reichtum zählt hier, kein Zweifel, aber er ist nicht alles wie bei den Neureichen. Um das »Establishment des Ostens« besser zu verstehen, muß man wissen, daß ein Mensch arm oder sogar Demokrat sein kann und trotzdem in einen Club wie *The Creek* aufgenommen wird, wenn er aus der richtigen Familie kommt, die richtigen Schulen besucht hat und die richtigen Leute kennt.

Remsen und ich sind nicht reich, wie gesagt, aber wir haben das Interview des Aufnahmekomitees locker hinter uns gebracht, und zwar sofort nach dem College – das ist die beste Zeit sich zu bewerben, bevor man sich sein Leben versaut oder in einem Job bei der Bekleidungsindustrie landet. Um ehrlich zu sein, es ist auch sehr hilfreich, wenn man den richtigen Akzent hat. Als Produkt von St. Thomas Aquinas auf der Fifth Avenue in Manhattan, St. Paul's in New Hampshire und Yale spreche ich das, was Sie vermutlich einen »Ostküsten-Preppie*-Akzent« nennen würden. Ein guter Akzent. Vorherrschend ist hier jedoch ein anderer, der (landesweit, wie ich entdeckt habe) als »Locust-Valley-Maulsperre« bekannt ist. Vor allem Frauen sind davon betroffen, aber auch Männer zeigen starke Symptome. Mit der »Locust-Valley-Maulsperre« ist man fähig, in ganzen und meist verständlichen Sätzen zu sprechen, ohne den Mund aufzumachen – ähnlich wie ein Bauchredner also. Ein toller Trick, den Susan hervorragend beherrscht, wenn sie mit ihren boshaften Freundinnen zusammen ist. Ich meine, man kann zum Beispiel im Patio des Clubs still und beschaulich vor seinem Glas sitzen, an einem Tisch in der Nähe beobachten, und zu dem Schluß kommen, daß sie sich stumm und spöttisch angrinsen... Aber dann hört man Worte, hört ganze Sätze – ich werde es nie begreifen.

The Creek wurde benannt nach dem Frost Creek am Nordende des am Long Island Sound gelegenen Clubgeländes, einem ehemaligen Herrensitz. Es gibt hier noch ungefähr ein Dutzend weiterer Country- und Golf-Clubs, aber nur noch einer zählt: der *Piping Rock.* Der *Piping Rock* gilt als der exklusivere Club, und das trifft wohl auch zu, denn sein Mitgliederverzeichnis sieht dem *Who's Who* viel ähnlicher als das des *The Creek.* Dafür haben sie aber auch keinen Tontaubenschießstand. Na ja, wir vielleicht auch nicht mehr lange. Übrigens steht Susan ebenso im *Who's Who* wie ihre Eltern, die als Hauptwohnsitz immer noch Stanhope Hall angeben. Meiner Meinung nach ist es nicht ungefährlich, wenn das Verzeichnis prominenter Persönlichkeiten jedermann zugänglich ist. Schließlich könnte es ja vielleicht doch einmal zu einer Revolution kommen; und deshalb sähe ich es nicht gern, wenn

* Schüler einer auf ein College vorbereitenden Privatschule (Anm. d. Übers.)

Ethel Allard ein Exemplar davon hätte. Ich besitze eine John-Deere-Mütze, die ich zu tragen gedenke, falls der Mob jemals das Tor von Stanhope Hall erstürmt. Dann werde ich mich vor der Tür unseres Hauses postieren und rufen: »Dieses Haus haben wir schon besetzt. Das Haupthaus liegt am Ende der Zufahrt!« Aber Ethel würde mich bestimmt verraten.

Susan blickte von ihrem Nachtisch mit Himbeeren auf und fragte Lester: »Wißt ihr schon, wer in Alhambra einzieht?«

»Nein«, antwortete er, »ich wollte euch gerade fragen. Wie ich gehört habe, herrscht dort seit über einem Monat Hochbetrieb. Die Laster kommen und gehen.«

»Aber einen Umzugswagen hat noch niemand gesehen«, mischte Judy sich ein, »doch Edna DePauw sagt, daß ungefähr einmal in der Woche der Lieferwagen einer Möbelfirma kommt. Glaubt ihr, daß schon jemand eingezogen ist?«

Susan warf mir einen Blick zu. »John hat den neuen Besitzer gestern ganz zufällig bei Hicks getroffen«, sagte sie.

Ich stellte die Kaffeetasse auf den Tisch. »Einen gewissen Frank Bellarosa.«

Es folgte ein kurzes Schweigen, dann sagte Judy nachdenklich: »Der Name kommt mir bekannt vor...« Sie drehte sich zu Lester um, der mich musterte, als überlege er, ob das ein Witz sein sollte. Schließlich fragte er: »Meinst du *den* Frank Bellarosa?«

»Ja.«

Darauf sagte Lester eine Zeitlang gar nichts. Vermutlich wartete er darauf, daß der Knoten in seinem Magen sich löste. Schließlich schien es soweit zu sein, denn er räusperte sich und fragte: »Hast du mit ihm *gesprochen?*«

»Ja. Ein wirklich netter Kerl.«

»Na ja, vielleicht war er nett zu *dir*, aber...«

Judy hatte den Namen endlich untergebracht. »Der Gangster! Der Mafia-Boß!«

An den Tischen neben uns wurden die Leute aufmerksam und drehten sich nach uns um. »Ja«, sagte ich.

»*Hier?* Ich meine, *dein* nächster Nachbar?«

»Ja.«

»Und wie ist dir dabei zumute?« fragte Lester.

Ich dachte eine Weile nach und antwortete dann ganz aufrichtig: »Lieber ein Gangster als fünfzig neureiche Börsenmakler mit ihrer kreischenden Brut, Rasenmähern und qualmenden Barbecues.« Was in dem Moment, in dem ich es aussprach, auch recht vernünftig klang. Ich wünschte nur, ich hätte es nicht so *laut* ausgesprochen. Unvorstellbar, wie man meine weisen Worte mißdeuten konnte, falls sie die Runde machten!

Lester Remsen starrte mich an und widmete sich dann wieder seinem Apfelkuchen. Judy sagte zu Susan (ohne den Mund aufzumachen): »Kannst du mir bitte die Sahne reichen?« Susan antwortete (und nicht einmal ihr Kehlkopf zitterte; offenbar kamen die Laute aus ihrer Nase): »Selbstverständlich, meine Liebe.«

Ich fing einen Blick von Susan auf. Sie blinzelte mir zu, und sogleich fühlte ich mich wohler. Nicht daß ich meine Worte bedauerte. Ich wollte nur, ich hätte rechtzeitig bedacht, daß Lester Börsenmakler ist.

Die Probleme begannen.

2. Teil

Amerikas Sache ist das Geschäft.

Calvin Coolidge

6. Kapitel

Die nächste Woche verging ohne besondere Vorkommnisse. Ich fuhr am Montag in meine Rechtsanwaltskanzlei in Locust Valley und pendelte am Dienstag, Mittwoch und Donnerstag mit dem Zug in mein Büro in Manhattan. Der Freitag fand mich wieder in Locust Valley. Dieser Zeitplan gefällt mir, da ich so einerseits oft genug in der City bin, um Wall-Street-Anwalt zu sein, auf der anderen Seite aber nicht ausschließlich pendeln muß.

Ich bin Partner in der Anwaltsfirma meines Vaters: *Perkins, Perkins, Sutter and Reynolds*. Die Firma hat den Ruf, klein, alt und *wasp* (also weiß, angelsächsisch, protestantisch) zu sein, ihre Klientel auf die Wall Street und die wohlhabenden Kreise der Gesellschaft zu beschränken und so weiter und so weiter; Sie verstehen schon. Unser Büro in Manhattan liegt im renommierten Morgan-Gebäude, Wall Street 23, und wir vertreten weniger Firmen, als reiche Privatpersonen. Die Inneneinrichtung – »*Wasp*-Schäbigkeit«, wie ich immer sage – hat sich seit den zwanziger Jahren kaum verändert. In den Räumen riecht es nach ranziger Limonenpolitur, brüchig gewordenem altem Leder, Pfeifentabak und Respektabilität.

Übrigens verübten Anarchisten im Jahre 1920 einen Bombenanschlag auf das Morgan-Gebäude, bei dem etwa vierhundert Menschen verletzt oder getötet wurden. Die Spuren im Mauerwerk sind heute noch zu sehen. Seither bekommen wir an jedem Jahrestag des Attentats eine Bombendrohung. Das ist bereits Tradition. Außerdem haben sich nach dem Schwarzen Freitag 1929 sechs Leute von diesem Gebäude heruntergestürzt, was meines Wissens für ein einzelnes Gebäude absoluter Rekord ist.

Das Büro in Locust Valley ist bei weitem nicht so spektakulär. Es ist ein hübsches viktorianisches Haus in der Birch Hill Road, einer Hauptstraße des Ortes, und seit wir 1921 dort eingezogen sind, hat es keine besonderen Aufregungen gegeben. Unsere Klientel dort bilden hauptsächlich ältere Leute, deren Rechtsprobleme vorwiegend darin bestehen, Nichten und Neffen zu enterben und ihr Vermögen Heimen für heimatlose Katzen zu vermachen.

Die Arbeit in der City – Aktien, Obligationen und Steuern – ist interessant, aber unwichtig. Die Arbeit auf dem Land – Testamente, Testamentvollstreckungen und allgemeine Lebensberatung – ist sinnvoller, aber nicht interessant.

Die meisten älteren Klienten sind Freunde meines Vaters und der Herren Perkins und Reynolds. Der erste Perkins auf dem Briefkopf, Frederic, war mit J. P. Morgan befreundet und in den zwanziger Jahren einer der legendären Wall-Street-Broker, bis er am 5. November 1929 zum legendären Wall-Street-Springer wurde. Ich nehme an, die ständigen Aufforderungen seines Börsenmaklers, die Deckungssumme zu erhöhen, sind ihm schließlich auf die Nerven gegangen. Mein Vater sagte einmal über diesen Zwischenfall: »Gott sei Dank hat er niemanden auf dem Gehsteig verletzt, sonst hätten wir heute noch einen Rechtsstreit am Hals.«

Der zweite Perkins, Frederics Sohn, hat sich aus der Firma zurückgezogen. Der letzte Seniorpartner, Julian Reynolds, gewissermaßen auch. Er sitzt in dem großen Eckbüro am Ende des Flurs und beobachtet den Hafen. Ich habe nicht die leiseste Ahnung, was er dort betrachtet und wonach er sucht. Nebenbei gesagt, es ist dasselbe Büro, aus dem Frederic Perkins senior die Firma so abrupt verlassen hat, obwohl ich nicht glaube, daß Julian deshalb so fasziniert von diesem Fenster ist. Meine Sekretärin Anne unterbricht Mr. Reynolds' Wache jeden Tag um fünf, worauf ihn eine Limousine zu seiner Wohnung am Sutton Place bringt, von der aus er eine hervorragende Aussicht auf den East River hat. Ich glaube, der Ärmste leidet an der Alt-Herren-Krankheit.

Mein Vater, Joseph Sutter, war so vernünftig, sich zurückzuziehen, bevor jemand diesen Wunsch zu hegen begann. Das ist mittlerweile drei Jahre her, und ich erinnere mich mit einer gewissen

Rührung an diesen Tag. Er rief mich in sein Büro, sagte mir, ich solle mich in seinen Sessel setzen, und verschwand. Ich nahm an, er käme gleich wieder zurück; aber das war nicht der Fall.

Meine Eltern leben noch, aber davon merken wir kaum etwas. Southampton liegt am Ostende von Long Island, knapp hundert Kilometer von Lattingtown und Locust Valley entfernt, doch meine Eltern haben beschlossen, diese Tatsache zu ignorieren. Wir sind uns nicht böse; ihr hartnäckiges Schweigen ist ganz einfach ihre Art, mir zu verstehen zu geben, daß ihrer Ansicht nach bei mir alles in Ordnung ist. Das vermute ich zumindest – sicher sein kann man nie.

Wie Sie wohl schon erraten oder gewußt haben, haben viele weiße Angelsachsen der Oberschicht zu ihren ein bis zwei Kindern eine Beziehung wie ein Lachs zu seinem aus ein bis zwei Millionen Eiern bestehenden Laich. Wahrscheinlich habe ich zu meinen Eltern dasselbe Verhältnis wie sie zu den ihren. Meine Beziehung zu meinen Kindern, Carolyn, neunzehn, und Edward, siebzehn, ist wohl ein bißchen herzlicher und wärmer – offenbar ist mehr zwischenmenschliche Wärme ein Trend bei modernen Beziehungen aller Art. Aber was uns an Wärme fehlt, machen wir wett durch Manieren und Tradition. Es gibt jedoch Zeiten, in denen ich meine Kinder vermisse und auch nichts dagegen hätte, von meinen Eltern zu hören. Susan und ich besitzen ein Sommerhaus in East Hampton, einem Ort, der wenige Kilometer von Southampton entfernt liegt; und im Juli und August sehen wir und meine Eltern uns jeden Freitagabend zum Dinner, ob wir nun hungrig sind oder nicht.

Mit Susans Eltern in Hilton Head telefoniere ich einmal wöchentlich, um einen Lagebericht abzugeben; doch ich war noch nie bei ihnen. Susan fliegt ab und zu hinunter, ruft aber selten an. Die Stanhopes kommen auch nie herauf, es sei denn, sie haben hier etwas Geschäftliches zu erledigen. Wir tun unser Bestes, um den Kontakt auf ein Minimum zu beschränken, und das Telefaxsystem ist in dieser Hinsicht ein wahrer Segen.

Susans Bruder Peter hat nie geheiratet, reist in der Welt umher und versucht den Sinn des Lebens zu ergründen. Aus den Poststempeln seiner unregelmäßig eintreffenden Briefe – Sorrent, Monte Carlo, Cannes, Grenoble und so weiter –, schließe ich, daß er sich die richtigen Orte dafür aussucht.

Meine Schwester Emily hat ihren IBM-Ehemann zehn Jahre lang auf einer Firmenodyssee durch sieben der gräßlichsten Städte Amerikas begleitet. Vergangenes Jahr aber hat Emily eine sehr attraktive Frau, den Sinn *ihres* Lebens, in Form eines jungen Sexbolzens namens Gary an einem texanischen Strand gefunden und die Scheidung eingereicht.

Am Freitagnachmittag verließ ich mein Büro in Locust Valley sehr früh und fuhr die paar Kilometer in den *Creek Club,* um einen Schluck zu trinken. Auch das ist Tradition und zwar eine der angenehmeren.

Ich passierte das Eingangstor des Country-Clubs und rollte über die gekieste, von herrlichen amerikanischen Ulmen gesäumte Zufahrt zum Clubhaus. Susans Jaguar stand nicht auf dem Parkplatz. Manchmal kommt sie am Freitag auf ein Glas in den Club; dann essen wir hier oder besuchen ein anderes Restaurant. Ich stellte meinen Bronco ab und ging rasch auf das Clubhaus zu.

Wenn man »altes« Geld besitzt – oder die Leute glauben macht, man hätte welches –, fragt niemand danach, welches Auto man fährt. Der reichste Mann, den ich kenne, ein Vanderbilt, fährt einen Chevrolet-Kombi, Baujahr 1977. Die Leute hier halten das entweder für exzentrisch oder für ein Zeichen nicht zu überbietenden Selbstbewußtseins. Schließlich sind wir nicht in Kalifornien, wo Ihr Wagen fünfzig Prozent Ihrer Persönlichkeit ausmacht.

Außerdem ist nicht wichtig, was man fährt; die Aufkleber auf der Stoßstange sind es, die einen zum Parken auf bestimmten Parkplätzen berechtigen. Diese Aufkleber sind eine Art zivilistisches Äquivalent zu militärischen Orden; nur steckt man sie sich nicht ans Jackett. Ich habe Aufkleber von Locust Valley vom *Creek Club,* vom *Seawanhaka Corinthian* und vom Tennisclub in Southampton – und damit ist eigentlich alles klar.

Ich betrat das Clubhaus, ein weitläufiges Gebäude in georgianischem Stil. Da es ein ehemaliges Herrenhaus ist, haftet ihm nichts Sachlich-Nüchternes an, sondern es besitzt eine gemütliche und trotzdem elegante Atmosphäre. Von der Cocktail-Lounge blickt man auf den Golfplatz und das Polospielfeld hinaus, und in der Ferne sieht man den Long Island Sound, wo der Club mehrere Strandhäuser hat. Hallentennis, Squash und Tontaubenschießen (so Gott will) sind nur einige der Ablenkungen für Leib und Seele, denen man hier frönen kann. Der Club ist also eine Oase irdischer Freuden für ungefähr dreihundert Familien mit einflußreichen Freunden und Verwandten.

Ich ging in die Lounge, in der hauptsächlich Männer in dieser Freitags-Stimmung saßen, die mich immer an grinsende Idioten bei einer Siegesfeier in einem Umkleideraum denken läßt.

Es folgten die üblichen Hallo-und-wie-geht's-John-Rufe, ein paar kräftige Hiebe auf den Rücken und noch ein paar andere Begrüßungsrituale. Viel interessanter war jedoch, daß Beryl Carlisle mir zuzwinkerte. Mit ihr würde ich nur allzugern einmal zu weit gehen, wenn ich nicht so treu wäre.

Ich sah mich im Raum um und fühlte mich getröstet, weil es noch so viele von uns gab. Ein Engländer hat einmal gesagt, für ihn sei es leichter, Mitglied eines Clubs als Mitglied der menschlichen Rasse zu sein, denn die Satzungen seien kürzer, und er kenne alle anderen Mitglieder persönlich. Das trifft ungefähr den Kern der Sache.

Ich entdeckte Lester Remsen, der mit Randall Potter und Martin Vandermeer an einem Tisch in der Nähe des Fensters saß.

Am besten, du setzt dich ganz einfach zu ihm, dachte ich, da ich seit Sonntag nichts mehr von ihm gehört hatte. Das tat ich dann auch. Lester begrüßte mich ein bißchen kühl, und ich hatte den Eindruck, daß die beiden anderen eben einige wenig vorteilhafte Dinge über mich zu hören bekommen hatten. Die Cocktail-Kellnerin kam, und ich bestellte einen Gin-Martini pur.

Die Satzung und die Regeln dieses Clubs verbieten berufliche Gespräche und Fachsimpeleien in den Clubräumen, wodurch eine forciert lockere und ungezwungene Atmosphäre entstehen soll.

Heute legen wir die Satzung jedoch gern so aus, daß sich die Mitglieder im Club keine unfairen beruflichen oder geschäftlichen Vorteile über Leute verschaffen sollen, die hier keinen Zutritt haben. Aber Amerikas Sache ist das Geschäft; daher kehrten Randall und Martin zu ihrer geschäftlichen Unterredung zurück, und ich nahm die Gelegenheit wahr, Lester Remsen ebenfalls eine geschäftliche Frage zu stellen. »Ich habe eine Klientin«, sagte ich, »eine Frau in den Siebzigern mit fünfzigtausend Aktien der *Chase National Bank*. Die Aktien wurden 1928 und 1929 ausgegeben...«

Lester beugte sich zu mir vor. »Bist du sicher?«

»Ja. Sie hat sie in einer Reisetasche in mein Büro in Locust Valley angeschleppt. Ihr Mann ist letzten Monat gestorben und hat sie ihr hinterlassen.«

»Du meine Güte!« rief Lester. »Ich habe noch nie Aktien von *Chase National* zu Gesicht bekommen. Weißt du, daß das die heutige *Chase Manhattan Bank* ist?«

»Nein, das wußte ich nicht. Darüber wollte ich eben mit dir sprechen.« Natürlich hatte ich es gewußt, aber ich sah förmlich, wie Lesters aufgeplustertes Gefieder sich glättete und glänzender wurde.

»Wie sehen sie aus?« fragte er.

Manche Männer geraten aus dem Häuschen, wenn sie sich den *Playboy* ansehen, bei Lester bewirkt anscheinend der Gedanke an alte Aktienzertifikate ähnliche Hormonschübe. Na ja, jeder nach seiner Fasson. »Sie sind hellgrün mit reichverzierten schwarzen Buchstaben und der Gravur eines Bankgebäudes darauf«, antwortete ich. Ich beschrieb ihm die Zertifikate, so gut ich konnte, und seine Augen begannen zu glänzen, als hätte ich ihm mitgeteilt, sie hätten einen üppigen Busen.

»Aber«, fuhr ich fort, »jetzt kommt der Haken. Auf der Rückseite steht folgendes: ›Zu jeder Aktie gehört die gleiche Anzahl von Anteilscheinen der *Amerex Corp.*‹« Ratlos zuckte ich mit den Achseln, und diesmal war meine Unwissenheit echt.

Lester hob es ein paar Zentimeter aus seinem Clubsessel.

»Amerex ist heute *American Express.* Damals ein absolutes Nichts. Das steht tatsächlich dort?«

»Ja.« Diese Nachricht brachte sogar mich leicht aus der Ruhe.

»*American Express* hat heute nachmittag bei Börsenschluß dreiunddreißigeinhalb notiert«, sagte Lester. »Das bedeutet...«

Ich sah die Computer-Zentraleinheit zwischen seinen Ohren blinken. »Das sind«, sagte er, »eine Million sechshundertfünfundsiebzigtausend. Für *American Express. Chase Manhattan* notierte bei Börsenschluß vierunddreißigeinviertel...« Lester schloß die Augen, runzelte die Stirn und öffnete dann den Mund, um uns zu verkünden: »Das sind eine Million siebenhundertzwölftausendfünfhundert.«

Lester sagt nie »Dollar«. Niemand hier sagt je »Dollar«. Ich nehme an, wenn man das Geld verehrt, nimmt man – wie ein alter Hebräer, der nie den Namen Gottes aussprechen darf – niemals das Wort Dollar in den Mund. »Dann haben diese Aktien also auf der Vorder- und auf der Rückseite ihren Wert?« fragte ich.

»Das kann ich nicht bestätigen, bevor ich sie geprüft habe. Aber es klingt ganz so. Und natürlich sind in den von mir genannten Zahlen die Aktiensplits sei 1929 nicht enthalten. Möglicherweise sprechen wir hier über zehn, vielleicht sogar zehn Punkt fünf.«

Das bedeutete zehn oder zehneinhalb Millionen *Dollar.* Eine wirklich erfreuliche Nachricht für meine Klientin, die das Geld gar nicht brauchte. »Das wird die Witwe glücklich machen«, meinte ich.

»Hat sie Dividenden kassiert?«

»Das weiß ich nicht. Doch da ich Testamentsvollstrecker ihres verstorbenen Gatten bin, werde ich es wissen, wenn ich mich durch alle Papiere durchgewühlt habe.«

»Falls«, sagte Lester gedankenvoll nickend, »*Chase* oder *American Express* im Laufe der Jahre aus irgendeinem Grunde die Verbindung zu diesen Leuten verloren haben sollte, kann sich auch noch ein kleines Vermögen an Dividenden angesammelt haben.«

Ich nickte ebenfalls. »Meine Klientin hat keine Ahnung. Du kennst ja diese alten Edelwitwen.«

»Und ob ich sie kenne«, sagte Lester. »Ich würde die Information gern zur Überprüfung an meine Untersuchungsabteilung weitergeben. Schick mir doch Fotokopien von den Zertifikaten, jeweils die Vorder- und die Rückseite. Dann kann ich dir genau sagen, wie oft die Aktien beider Gesellschaften gesplittet wurden und was sie heute wert sind. Ich kann auch in Erfahrung bringen, ob *Chase* oder *American Express* vielleicht nach deiner Klientin suchen, um ihr ihre Dividenden auszahlen zu können.«

»Würdest du das tun? Das wäre sehr hilfreich für mich.«

»Die Aktien müssen überprüft, ihre Echtheit muß beglaubigt werden, und dann sollte man sie gegen neue Aktien umtauschen. Oder noch besser, eine Maklerfirma sollte die neuen Zertifikate verwalten. Es hat keinen Sinn, so viel Geld herumliegen zu lassen. Ich bin erstaunt, daß sie sechzig Jahre überlebt haben, ohne daß ihnen etwas zugestoßen ist.«

»Das klingt nach einem guten Rat. Ich möchte im Namen meiner Klientin ein Konto bei dir eröffnen.«

»Aber selbstverständlich. Warum bringst du mir nicht die Originalzertifikate am Montag ins Büro? Und komm, wenn möglich, mit deiner Klientin. Sie muß ein paar Papiere unterschreiben, und ich brauche die Bestätigung, daß sie wirklich einzige Nutznießerin des Erbes ist.«

»Ich mache dir einen besseren Vorschlag: Komm doch nach Börsenschluß zu mir ins Büro. Montag um halb fünf.«

»Sehr gern. Wo sind die Aktien jetzt?«

»In meinem Tresor. Und dort will ich sie nicht länger als nötig haben.«

Lester überlegte eine Weile und lächelte dann. »Weißt du, John, als Testamentsvollstrecker könntest du diese Aktien ohne Schwierigkeiten zu Bargeld machen.«

»Und warum sollte ich das wohl tun?«

Lester lachte gezwungen. »Laß mich die Transaktion durchführen, und wir teilen uns die rund zehn Millionen.« Abermals lachte er, um mir zu zeigen, daß es ein Scherz sein sollte. Ha, ha, ha!

»Sogar nach den heute in der Wall Street geltenden Maßstäben könnte man uns das als Verstoß gegen das Berufsethos auslegen.« Ich deutete durch ein Lächeln an, daß ich seinen kleinen Scherz verstanden hatte. Er lächelte zurück, doch ich sah ihm an, daß er heftig darüber nachdachte, was er unternehmen würde, wenn die zehn Millionen über das Wochenende in *seinem* Tresor lägen. Bei Lester wäre das nicht für die Katz', wie man so schön sagt.

Nach ein paar Minuten mischten sich Randall und Martin in unsere Unterhaltung, und wir redeten über Golf, Tennis, Schießen und Segeln. Fast in ganz Amerika wird am Freitagabend in jedem Pub und in jeder Bar über Sportarten wie Football, Baseball und Basketball gesprochen, doch soviel ich weiß, hatte im *Creek Club* bisher noch keiner den Mut zu sagen: »He, was haltet ihr von den Mets?«

Andere Tabuthemen sind – wie üblich – Religion, Politik und Sex, auch wenn das in der Satzung nicht ausdrücklich erwähnt wird. Da wir gerade beim Thema Sex sind – Beryl Carlisle, die bei ihrem aufgeblasenen Idioten von Ehemann saß, suchte gerade meinen Blick und lächelte mir zu. Lester und Randall sahen es, sagten aber nicht: »He, Johnny, alter Junge, die Tante ist scharf auf dein Werkzeug!« oder etwas ähnliches, was Männer in einer Bar bei solchen Gelegenheiten zu sagen pflegen. Im Gegenteil, sie ignorierten das kleine Zwischenspiel, tauschten nicht einmal einen bedeutungsvollen Blick. Lester begann wieder über das verdammte Tontaubenschießen zu reden, während meine Gedanken sich mit Beryl Carlisle und dem Für und Wider eines Ehebruchs beschäftigten.

»John?«

Ich sah Randall Potter an. »Ja?«

»Lester hat mir erzählt, daß du Frank Bellarosa kennengelernt hast.«

Offensichtlich hatten sie während meiner momentanen Geistesabwesenheit das Thema gewechselt. Ich räusperte mich. »Ja, das stimmt. In Hicks' Großgärtnerei.«

»Netter Kerl?«

Ich warf einen Blick auf Lester, der meinen Augen auswich. Offensichtlich war ihm seine Geschwätzigkeit einen winzigen Augenblick lang selbst peinlich.

»Höflich ist vielleicht der angemessenere Ausdruck«, antwortete ich.

Martin Vandermeer beugte sich zu mir vor. Martin ist ein direkter Nachkomme einer waschechten alten Knickerbocker-Familie und der Typ von Mann, der uns Angelsachsen gern daran erinnert, daß seine Vorfahren die erste Schiffsladung Engländer im Hafen von New Amsterdam mit Kanonenfeuer begrüßt hatten. »Höflich?« fragte er. »Auf welche Weise, John?«

»Na ja, vielleicht sollte ich lieber... ›respektvoll‹ sagen«, antwortete ich, meinen Sprachschatz durchforstend und ein wenig auf Kosten meiner Glaubwürdigkeit.

Martin Vandermeer nickte auf seine gewichtige holländische Art.

Ich möchte nicht den Eindruck erwecken, daß ich mich von diesen Leuten einschüchtern lasse; tatsächlich fühlen sie sich oft von mir eingeschüchtert. Aber wenn man einen *Fauxpas* begangen hat, also richtig ins Fettnäpfchen getreten ist, indem man zum Beispiel behauptet hat, ein Mafia-Don sei ein netter Kerl und man hätte viel lieber ihn zum Nachbarn als hundert Lester Remsens, na ja, dann muß man eben klarstellen, wie das gemeint war. Politiker tun das ununterbrochen. Dennoch wußte ich nicht, warum die drei eigentlich so betreten waren. Schließlich war ich es, der Tür an Tür mit Frank Bellarosa leben mußte.

»Hatte er Leibwächter bei sich?« fragte Randall aufrichtig interessiert.

»Jetzt, da du es erwähnst – er hatte einen Fahrer, der seine Einkäufe in den Kofferraum packte. Schwarzer Cadillac«, fügte ich mit einem spöttischen Grinsen hinzu, um so anzudeuten, was ich von schwarzen Cadillacs hielt.

»Ob diese Leute wohl bewaffnet herumlaufen?« überlegte Martin laut.

Anscheinend war ich urplötzlich zum Club-Experten für Mafia-Probleme avanciert. Also antwortete ich: »Nicht die Dons. Normalerweise jedenfalls nicht. Sie wollen keine Schwierigkeiten mit der Polizei.«

»Aber hat Bellarosa nicht vor ein paar Monaten einen kolumbianischen Drogenhändler erschossen?« fragte Randall.

Eigentlich aber hatte ich keine rechte Lust, mich zum Mafia-Groupie abstempeln zu lassen, und zuckte daher mit den Schultern. »Keine Ahnung.« Tatsächlich erinnere ich mich noch sehr gut an die Presseberichte vom letzten Januar, weil ich damals dachte, daß ein Mann, der in Bellarosas Position eigenhändig einen Mord beging, verrückt sein müßte.

»Was hat er deiner Meinung nach bei Hicks' gemacht?« fragte Lester.

»Vielleicht arbeitet er am Wochenende dort«, sagte ich und löste damit einen allgemeinen Heiterkeitssturm aus. Wir bestellten eine neue Runde. Ich hätte mich liebend gern noch einmal zu Beryl Carlisle umgedreht, aber ich wußte, daß ich diesmal nicht ungeschoren davonkommen würde.

Martins Frau Pauline tauchte in der Tür neben der Bar auf und schwenkte die Arme wie Windmühlenflügel, um ihn auf sich aufmerksam zu machen. Martin bemerkte sie endlich, löste seinen großen, ungeschlachten Körper aus dem Sessel und schlenderte zu ihr hinüber.

Auch Randall entschuldigte sich; er mußte mit seinem Schwiegersohn sprechen. Lester und ich schwiegen uns einen Moment an, dann sagte ich: »Susan hat mir vorgeworfen, daß ich letzten Sonntag eine höchst unglückliche Bemerkung gemacht habe. Wenn das zutrifft, möchte ich nur sagen, daß es unbeabsichtigt geschehen ist.« Eine solche rhetorische Meisterleistung ist unter *wasps* gleichbedeutend mit einer Entschuldigung. Und wenn sie im richtigen Ton richtig formuliert wird, merkt der andere sehr genau, daß man eine Entschuldigung eigentlich für überflüssig hält.

Lester hob abwehrend die Hand. »Zerbrich dir darüber nicht den Kopf. Hattest du Gelegenheit, einen Blick auf Meudon zu werfen?«

Das wiederum bedeutet unter *Wasps:* Ich nehme deine halbherzige Entschuldigung ohne Vorbehalt an. »Ja, ich bin heute morgen mit dem Bronco das Gelände abgefahren. War schon seit Jahren nicht mehr dort. Das Grundstück ist inzwischen ziemlich verwildert, aber die seltenen Bäume sind in einem bemerkenswert guten Zustand.«

Wir redeten eine Zeitlang über Meudon. Lester ist, müssen Sie wissen, ebensowenig Naturfreak wie die meisten seiner Freunde und meiner Nachbarn. Doch wie ich schon sagte, haben sie entdeckt, daß Naturbegeisterung für die Wahrung ihrer Interessen, die einzig und allein auf die Erhaltung ihres Lebensstils ausgerichtet sind, sehr zweckmäßig sein kann. Das hat zu einer seltsamen Koalition zwischen aristokratischer Oberschicht und Studenten, reichen Grundbesitzern und Angehörigen der Mittelschicht geführt. Ich bin beides – Aristokrat und Naturfreak – und daher von unschätzbarem Wert.

»Ich will keine fünfzig Zweimillionen-Traktorenschuppen in meinem Hinterhof«, erklärte Lester.

Traktorenschuppen nennt er die modernen Ein- oder Zweifamilienhäuser. Ich nickte verständnisvoll.

»Könnten wir nicht erreichen, daß Meudon in Zehn-Hektar-Parzellen aufgeteilt wird?«

»Vielleicht. Wir müssen abwarten, bis der Bauträger seine Pläne zur Infrastruktur einreicht.«

»Na schön. Behalten wir das im Auge. Wie sieht es mit deinem Besitz aus?«

Stanhope Hall ist, wie man weiß, nicht mein Besitz, aber Lester war nicht nur neugierig, sondern auch höflich. »Es gibt keine Interessenten, die die ganzen hundert Hektar mit dem Haus erwerben wollen«, antwortete ich. »Und auch keine Interessenten für das Haus mit den umliegenden fünf Hektar. Ich habe beides inseriert.«

Diesmal nickte Lester verständnisvoll. Die Zukunft von Stanhope Hall, dem großen Haus, ist ungewiß. Ein so riesiger Landsitz mag für manche Leute ein Traumschloß sein, doch selbst ein arabischer Scheich, dem die Ölmillionen nur so in die Taschen fließen, hätte heutzutage Schwierigkeiten, ein Haus von der Größe eines mittleren Hotels zu erhalten und mit Personal auszustatten.

»Es ist ein so schönes Haus«, sagte Lester. »Hat es nicht schon mal einen Preis bekommen?«

»Mehrere. *Town & Country* hat es in seinem Baujahr 1906 zum Haus des Jahres gewählt. Aber die Zeiten ändern sich.«

Die andere Möglichkeit war, das Haus abzureißen, so wie sie es mit Meudon gemacht haben. Dann wäre die Finanzbehörde gezwungen, den Grund als unerschlossenes Land einzustufen. Das Gästehaus gehört Susan, und wir bezahlen unsere Steuern gesondert. Das Torhaus, in dem die Allards wohnen, ist durch Großvater Stanhopes Testament geschützt. Theoretisch jedenfalls.

»Was sind das für Leute, die sich für das Haus interessieren?« fragte Lester.

»Solche, die sich einbilden, mit fünfhunderttausend sei ein Fünfzigzimmerhaus gut bezahlt.« Das ist die Summe, die ich für das Haus und zehn Hektar Grund herauszuschlagen versuche. Die Ironie bei der Sache ist, daß der Bau des Hauses allein im Jahre 1906 fünf Millionen verschlungen hat. Das sind nach heutigem Geld ungefähr fünfundzwanzig Millionen Dollar. Die andere Variante – der Abriß – birgt abgesehen von ästhetischen Bedenken auch einige praktische Probleme in sich. Mein sparsamer Schwiegervater William Stanhope müßte immerhin die Kosten für den Abbruch eines Granitbaus aufbringen, der ein Jahrtausend überdauern sollte, und dann den Bauschutt nach den Richtlinien der heutigen Umweltgesetze abtransportieren lassen. Der Granit und der Marmor wurden per Eisenbahn aus Vermont nach Long Island gebracht; vielleicht möchte Vermont den Schutt ja wiederhaben.

Susan interessiert sich übrigens nicht für das Haupthaus oder die anderen Bauten – abgesehen von den Stallungen und den Tennisplätzen. Erinnerungen, die mit dem Haus, der Gartenlaube oder dem Liebestempel zusammenhängen, sind für sie offenbar nicht sonderlich wichtig oder sogar unerfreulich. Aufgeregt hat sie sich nur damals, als Vandalen eines Nachts ihr Spielhaus niederbrannten. Es war eine Art Hänsel- und Gretel-Lebkuchenhaus, so groß wie ein kleines Cottage, aber aus Holz und in schlechtem Zustand. Man stelle sich vor, ein kleines Mädchen, das mit seinen Puppen in einem eigenen Haus einsame Spiele spielt!

»Hast du schon etwas von der Bezirks-Parkverwaltung gehört?« erkundigte sich Lester.

»Ja. Von einem Typen namens Pinelli. Er sagt, er sei der Meinung, der Bezirk besitze vorläufig genügend Herrensitze an der Gold Coast. Aber das könnte nur der Eröffnungszug gewesen sein, denn Pinelli hat mich auch gefragt, ob das Haus eine architektonische oder historische Bedeutung habe.«

»Architektonisch ist es bestimmt von Bedeutung«, sagte Leser. »Wer war der Architekt?«

»McKim, Mead, White«, antwortete ich. Lester ist weder in Architektur noch in Geschichte besonders gut bewandert, doch mittlerweile hat es ihm nicht nur die Natur, sondern auch die soziale und architektonische Geschichte der Gold Coast angetan. »Und im Hinblick auf die historische Bedeutung weiß ich, daß Teddy Roosevelt ab und zu aus Oyster Bay herüberkam und Lindbergh hier dinierte, als er sich bei den Guggenheims aufhielt. Es hat noch andere höchst illustre Gäste gegeben, doch ich glaube, die Bezirksverwaltung denkt an etwas Spektakuläreres als an Dinnereinladungen. Ich muß da mal ein bißchen recherchieren.«

»Wie wäre es, wenn du was erfindest?« schlug Lester halb im Scherz vor. »Zum Beispiel, daß Teddy Roosevelt auf Stanhope Hall den Entwurf für eine wichtige Rede geschrieben hat.«

Ich ignorierte diese Bemerkung und fuhr fort: »Was den Verkauf des Besitzes als Museum mit Park an den Bezirk problematisch macht, ist die Tatsache, daß die Grace Lane immer noch Privatstraße ist. Das paßt den Bürokraten nicht. Auch wäre ich in der Grace Lane bestimmt nicht mehr sehr beliebt, wenn jedes Wochenende tausend Autos mit Gaffern aus Brooklyn und Queens hier auftauchen würden.«

»Nein, das wärst du wirklich nicht«, stimmte Lester zu.

»Außerdem wäre der Preis, den uns der Park bieten würde,

wahrscheinlich genauso hoch wie die Steuerschuld, die auf dem Anwesen lastet. So läuft es bei denen.«

Lester fragte nicht, um welche Summe es ging, denn er hatte es wahrscheinlich im *Locust Valley Sentinel* unter der Schlagzeile STEUERRÜCKSTÄNDE nachgelesen.

Die Steuerschuld, die auf Stanhope Hall liegt, beträgt mit Zinsen und Säumniszuschlägen ungefähr vierhunderttausend Dollar, plus oder minus ein paar Zerquetschte. Sie können es ja im Finanzbericht nachlesen. Na ja, vielleicht denken Sie jetzt: Wenn ich viertausend Dollar Steuerschulden hätte, von vierhunderttausend ganz zu schweigen, würden sie mir mein Haus und meine Kinder pfänden. – Wahrscheinlich haben Sie recht. Aber bei den Reichen ist das anders. Sie haben eben bessere Anwälte, mich zum Beispiel.

Allerdings habe ich inzwischen fast alle legalen Steuertricks erschöpft, die man mir an der juristischen Fakultät von Harvard beigebracht hat, und ich kann die Zwangsversteigerung zur Deckung der Steuerschulden oder eine Zwangsvollstreckung über diesen wertvollen Besitz nicht mehr lange verhindern. Normalerweise arbeite ich nicht ohne Honorar, doch mein Schwiegervater hat mir nicht angeboten, mich für meine Dienste zu bezahlen, und so nehme ich an, daß er bei mir die Ausnahme von der Regel ist. Nicht nur, daß die Reichen ihre Rechnungen nicht pünktlich bezahlen – wenn sie es endlich tun, möchten sie offensichtlich auch noch gern selbst bestimmen, wieviel sie schuldig sind.

Lester schien meine finsteren Gedanken lesen zu können, denn er sagte: »Ich hoffe doch, dein Schwiegervater weiß zu schätzen, was du für ihn getan hast.«

»Da bin ich mir ganz sicher. Aber er hat jede Beziehung zu den neuen Realitäten der Landnutzung und der Umweltprobleme hier verloren. Wenn er den Besitz nicht als Ganzes losschlagen kann, will er ihn parzellieren lassen und an ein Unternehmen für Grundstückserschließung verhökern. Doch selbst wenn man die hundert Hektar parzellieren könnte, was fängt man mit dem Haus an? William hat die Vorstellung, daß die Baulöwen, die das Grundstück kaufen, das alte Haus entweder abreißen oder den neuen Bewohnern als Clubhaus anbieten werden. Unglücklicherweise ist der Abriß kostspielig und die Instandsetzung und Erhaltung unbezahlbar.«

»Ja, es ist wirklich ein weißer Elefant«, erklärte Lester. »Aber du möchtest doch sicher wenigstens das Land behalten?«

»Natürlich. Doch es ist nicht mein Land. Ich bin in der gleichen Situation wie du, Lester; ich lebe in glorreicher Abgeschiedenheit auf wenigen Hektar eines toten Besitzes. Bin nur Herr über ungefähr fünf Prozent.«

Lester dachte einen Moment nach und meinte dann: »Nun ja, vielleicht erscheint eines Tages ein weißer Ritter, um den weißen Elefanten zu retten.«

»Vielleicht.« Ein *weißer Ritter* ist eine gemeinnützige Gesellschaft – eine Privatschule, eine religiöse Institution oder eine medizinische Einrichtung. Viele Besitzer von Herrenhäusern und Landbesitz favorisieren diese Lösung, und die meisten Nachbarn können damit leben, weil das Land offen bleibt und die Bevölkerungsdichte nicht zunimmt. Ich hätte nichts dagegen, ein paar Nonnen über den Grund und Boden von Stanhope schlendern zu sehen, hätte auch nichts gegen Rekonvaleszenten nach Nervenzusammenbrüchen; Schüler einer Privatschule wären mir allerdings am wenigsten erwünscht.

»Hast du dich je mit der Maklerfirma in Glen Cove in Verbindung gesetzt, die Kapitalgesellschaften mit Grundbesitzern zusammenbringt?« fragte Lester.

»Ja, aber es scheint ein Überangebot an Landsitzen und einen Mangel an Kapitalgesellschaften zu geben, die einen Landsitz brauchen.« Ich muß allerdings hinzufügen, daß einige Kapitalgesellschaften sehr wohl ganze Landsitze zu ihrem eigenen Gebrauch gekauft haben. Der alte Astor-Besitz in Sands Point zum Beispiel ist jetzt ein IBM-Country-Club. In einem elisabethanischen Landhaus der Vanderbilts mit fünfzig Hektar Grund in Old Brookville sitzt heute die Hauptverwaltung von *Banfi Vintners*, die das Sechzig-Zimmer-Haus und den Park in alter Pracht wiedererstehen ließen. Alles, alles wäre besser als – nun ja, zwanzig Traktorenschuppen, die von Börsenmaklern und ihrer Brut bevölkert werden.

William Stanhope ist zum Glück zu weit vom Schuß, um abzuschätzen, daß mein Engagement für die Umwelt und seine Anweisungen an mich sich praktisch gegenseitig ausschließen. Das nennt man einen Interessenkonflikt, und der ist nicht nur illegal, sondern auch mit dem Berufsethos nicht zu vereinbaren. Aber deshalb lasse ich mir keine grauen Haare wachsen.

Mein Schwiegervater, müssen Sie wissen, könnte, wenn alle Stricke reißen, die vierhunderttausend Dollar für die rückständigen Steuern aufbringen, ist aber fest entschlossen, das nicht zu tun – oder zumindest erst, wenn ein Käufer oder die Zwangsversteigerung vor der Tür steht.

Wenn Sie mich fragen, wieviel dieser *weiße Elefant* für William Stanhope und seinen Erben und Nachfolgern wert ist, hier sind die Zahlen: hundert Hektar der sagenhaften Gold Coast in fünf Hektar große Parzellen aufgeteilt, von denen jeder über eine Million einbringen würde, ergäben vor Abzug der Steuern über zwanzig Millionen Dollar.

Susan, nehme ich an, wird eines Tages genug erben, um einen Stallknecht und für den alten George und mich einen Gartengehilfen einstellen zu können.

Jetzt fragen Sie sich wahrscheinlich, was für mich sonst noch dabei herausspringt.

Nun, diese Leute geben ihr Geld nur selten an jemanden weiter, der nicht zur engsten Familie gehört. Deshalb habe ich sogar eine voreheliche Vereinbarung unterschrieben, lange bevor die Mittelschicht wußte, daß es so etwas überhaupt gibt. William Stanhope und sein Anwalt hatten diesen »Ehevertrag«, wie das damals hieß, aufgesetzt. Ich war mein eigener Anwalt und bestätigte damit das Sprichwort, daß ein Anwalt, der sich selbst vertritt, einen Narren zum Klienten hat. Immerhin aber hat sich William seit damals von diesem Narren anwaltlich beraten und betreuen lassen. Kostenlos, wie gesagt.

Einen Lichtblick aber gibt es: Für Edward und Carolyn wurden Treuhandvermögen eingerichtet, in die Stanhopesches Geld fließt. Und um fair gegenüber Susan zu sein – der »Ehevertrag« war nicht ihre Idee. Im übrigen: Ich will das Geld der Stanhopes sowieso nicht. Aber ich will auch nicht ihre Probleme...

»Weder Susan und ich«, sagte ich zu Lester, »sind scharf darauf, daß Stanhope Hall aus finanziellen Gründen ›erschlossen‹ wird. Doch wenn dieses Paradies der alteingesessenen Aristokratie endgültig zu einem Tummelplatz der Parvenus degradiert werden sollte, müssen wir uns alle entscheiden, ob wir bleiben oder gehen wollen.«

»Gehen – wohin, John? Wohin gehen Leute wie wir?«

»Nach Hilton Head.«

»Hilton Head?«

»Ein kleines Eden, wo sich nie etwas ändern wird.«

»Hier ist mein Zuhause, John. Die Remsens sitzen seit über zweihundert Jahren hier.«

»Wie die Whitmans und die Sutters. Das weißt du.« Ich sollte vielleicht erwähnen, daß Lester Remsen und ich um fünf Ecken miteinander verwandt sind, doch wir beide legen keinen Wert darauf, Licht in diese undurchsichtige Angelegenheit zu bringen.

Familien, die vor den Millionären da waren, können sich einen gewissen Snobismus leisten, auch wenn ihre Vorväter Fischer oder Farmer waren. »Unsere Tage hier sind gezählt«, sagte ich zu Lester. »Das weißt du.«

»Spielst du den Advocatus Diaboli oder gibst du auf? Wollt ihr etwa wegziehen, Susan und du? Ist diese unglaubliche Sache mit Bellarosa der letzte Tropfen, der das Faß zum Überlaufen bringt?«

Manchmal bilde ich mir ein, daß Lester mich mag; deshalb hielt ich seine Frage für einen Ausdruck der Besorgnis, nicht des Wunschdenkens. »Ich habe schon einige Male daran gedacht«, antwortete ich. »Susan hat bisher noch nichts dergleichen erwähnt.«

»Wohin würdest du gehen?«

Noch fünf Sekunden, bevor er mir diese Frage stellte, hätte ich nur mit den Achseln gezuckt. Doch plötzlich wußte ich es. »Ich würde zur See gehen.«

»Wohin?«

»Zur See. See. Das ist das nasse Zeug, das die Grundstücke an den Ufern so teuer macht.«

»Oh...«

»Ich bin ein guter Seemann. Ich würde mir einen Achtzehn-Meter-Schoner zulegen und losschippern.« Ich war jetzt richtig aufgeregt. »Zuerst hinunter nach Florida und dann weiter in die Karibik...«

»Und Susan?« unterbrach er mich.

»Was ist mit ihr?«

»Die Pferde, Mann. Die Pferde.«

Ich überlegte einen Moment. Ein Pferd an Bord wäre natürlich ein Problem. Ich bestellte noch einen Drink.

Wir saßen eine Zeitlang stumm da und tranken unsere Gläser leer. Allmählich spürte ich die Wirkung meines vierten Martini. Ich wandte mich wieder nach Beryl Carlisle um, aber ihr Idiot von Ehemann fing meinen Blick auf. Ich lächelte ihn blöd an und meinte dann zu Lester: »Netter Kerl.«

»Wer?«

»Beryl Carlisles Mann.«

»Er ist ein Schmock.«*

Solche Worte schnappt Lester dort auf, wo er arbeitet. Großartige Worte, meiner Meinung nach, aber ich finde einfach nie die richtige Gelegenheit, eins auszuprobieren.

Wir blieben noch eine Weile sitzen, und der Club leerte sich allmählich. Ich fragte mich, wo Susan steckte und ob ich mich vielleicht irgendwo mit ihr treffen sollte. Susan bildet sich oft ein, mir irgend etwas gesagt zu haben, und wirft mir Vergeßlichkeit vor, wenn ich ihr widerspreche. Von Freunden habe ich gehört, daß das bei Ehefrauen gang und gäbe ist. Ich bestellte noch einen Drink, um mein Gedächtnis zu beleben.

* *Schmock* kommt aus dem Jiddischen und bedeutet in etwa »Fiesling« (Anm. d. Übers.)

Pferde und Boote gingen mir durch den Kopf, und ich versuchte, beides irgendwie miteinander in Einklang zu bringen. Vor meinem geistigen Auge erstand ein hübsches Bild von Sansibar als Galionsfigur am Bug meines Achtzehn-Meter-Schoners. Ausgestopft natürlich.

Ich sah zu Lester hinüber, der ebenfalls seinen Gedanken nachhing; vermutlich stellte er sich gerade vor, wie Angehörige der Oberschicht hoch zu Roß die Traktorenschuppen dem Erdboden gleichmachten. Dann hörte ich Susans Stimme neben mir. »Hallo, Lester«, sagte sie. »Bist du noch beleidigt?« Susan kann manchmal sehr direkt sein.

»Wie meinst du das?« fragte Lester, Ahnungslosigkeit heuchelnd.

Susan ging darüber hinweg und fragte: »Wo ist Judy?«

»Weiß ich nicht«, antwortete Lester diesmal völlig aufrichtig. Er dachte einen Moment nach und fügte hinzu: »Ich sollte sie anrufen.«

»Zuerst mußt du wissen, wo sie ist«, stellte Susan fest. »Worüber habt ihr euch unterhalten, du und John?«

»Aktien und Golf«, erwiderte ich hastig, bevor Lester wieder von Stanhope Hall anfangen konnte – nicht unbedingt Susans Lieblingsthema. Zu Lester sagte ich: »Wie wäre es, wenn du mit uns zu Abend essen würdest, während du dir den Kopf darüber zerbrichst, wo deine Frau stecken könnte?« Ich hätte den vierten Martini nicht trinken dürfen. Der fünfte war in Ordnung. Aber den vierten hätte ich mir verkneifen sollen.

Lester stand unsicher auf. »Jetzt weiß ich es wieder. Wir haben Gäste zum Dinner.«

»Das Rezept mußt du mir geben«, sagte Susan.

Sie war offensichtlich verärgert. Der arme Lester schien ganz durcheinander. »Ja, klar, mach' ich. Habt ihr Lust, mitzukommen? Ich ruf' Judy an.«

»Danke«, sagte Susan, »aber wir haben schon was vor.«

Ich wußte nicht, ob das stimmte. Susan teilt mir solche Dinge nie mit.

Lester wünschte uns guten Abend, und Susan sagte ihm, er solle vorsichtig fahren.

Ich stand ein wenig schwankend auf und hielt mich an der Wand fest; dabei lächelte ich Susan an. »Schön, dich zu sehen.«

»Wie oft siehst du mich?« fragte sie.

»Ich bin völlig nüchtern«, versicherte ich ihr; dann wechselte ich eilig das Thema und sagte: »Dort drüben seh' ich die Carlisles. Ich dachte, wir könnten sie fragen, ob sie mit uns essen wollen.«

»Warum?«

»Bist du nicht mit Beryl befreundet?« fragte ich.

»Nein.«

»Ach, und ich habe gemeint... Ich mag« – mir wollte sein Vorname einfach nicht einfallen – »Ihren Mann ganz gern.«

»Du hältst ihn für ein aufgeblasenes Arschloch. Wir sind zum Dinner verabredet.«

»Mit wem?«

»Das habe ich dir doch heute morgen gesagt.«

»Nein, hast du nicht. Mit wem? Wo? Ich kann nicht fahren.«

»Das ist nicht zu übersehen.« Sie nahm meinen Arm. »Wir sind *hier* zum Dinner verabredet.«

Wir gingen in den größten Speisesaal des Clubs. Susan steuerte mit mir auf einen Tisch zu, an dem ausgerechnet die Vandermeers saßen.

Für mich war es ganz offensichtlich, daß auch Martins Frau ihren Mann nicht über ihre abendlichen Pläne informiert hatte.

Susan und ich nahmen an dem runden Tisch Platz und unterhielten uns mit den Vandermeers über belanglose Dinge. Meine These, daß in diesen Kreisen wirklich alle Leute austauschbar sind, wurde wieder einmal bestätigt. Alle Gäste in diesem Raum hätten an diesem Abend »Tischchen wechsle dich« spielen können, und die Gespräche wären nicht einen Augenblick ins Stocken gekommen.

Mir war klar, daß meine wachsende Kritik an dieser Gesellschaftsschicht nicht etwa darauf zurückzuführen war, daß *sie* sich veränderte; *ich* war es, der ein anderer wurde. Was ich früher als angenehm empfunden hatte, machte mich heute unruhig, und ich war, ganz offen gesagt, besorgt über die vielen Kompromisse, die sich klammheimlich in mein Leben eingeschlichen hatten und es jetzt beherrschten. Ich hatte es satt, der Hausmeister von Stanhope Hall zu sein, beobachtete mit Widerwillen, wie krampfhaft sich alle an den Status quo klammerten, war des oberflächlichen Geredes überdrüssig und ärgerte mich über alte Damen, die mit zehn Millionen Dollar in einer alten Reisetasche in mein Büro kamen. Mit einem Wort, alles, was einmal Grundlage meiner Zufriedenheit gewesen war, machte mich jetzt unglücklich.

Seltsamerweise konnte ich mich nicht erinnern, daß mich vor einer Woche solche ketzerischen Gedanken und Empfindungen bewegt hatten. Ich wußte nicht genau, woher diese Erkenntnis kam, aber so sind Erkenntnisse nun einmal: Eines Tages knallen sie einem ins Gesicht, und man begreift, daß man auf die Wahrheit gestoßen ist – obwohl man nicht einmal wußte, daß man sie gesucht hat. Dann ist nur noch die Frage, was man damit anfängt.

Zwar wußte ich das in diesem Moment noch nicht, aber ich war zu einem großen Abenteuer bereit. Was ich ebenfalls nicht ahnte, war, daß mein neuer Nachbar beschlossen hatte, mir eines zu verschaffen.

7. Kapitel

Der Samstagvormittag verlief ereignislos, außer daß ich leichte Kopfschmerzen hatte. Zweifellos kamen sie von der heißen Luft, die die Vandermeers von sich gegeben hatten. Die beiden Allards hatten Grippe; also machte ich einen Krankenhausbesuch bei ihnen. In der kleinen Küche des Torhauses brühte ich Tee für sie auf und fühlte mich wie der Barmherzige Samariter persönlich. Ich blieb sogar auf eine Viertelstunde, während der George sich sechsmal für seine Grippe entschuldigte. Wenn Ethel krank ist, ist sie nicht mehr mürrisch, sondern weinerlich. Ich finde sie so erträglicher.

Ich sollte erwähnen, daß George Allard – wie übrigens alle gesunden männlichen Bediensteten von Stanhope Hall – während des zweiten Weltkriegs seinem Land gedient hat. George erzählte mir einmal, daß durch diesen Exodus von Hausangestellten das Leben für die reichen Familien sehr schwierig geworden sei, da nun die männlichen Arbeitskräfte fehlten, die für die schweren Arbeiten auf den Gütern gebraucht wurden. Aber auch die Hausmädchen hätten sich im Krieg durch höhere Löhne in die Fabriken und zu anderen Verteidigungsaufgaben weglocken lassen! George scheint zu glauben, ich müßte noch im nachhinein das schwere Los betrauern, unter dem die Stanhopes und andere während des Krieges zu leiden hatten. Wie recht Sie haben, George! Wenn ich mir vorstelle, daß William Stanhope sich jeden Morgen seine Kleider selbst herauslegen mußte, während sein Kammerdiener sich an der Küste der Normandie amüsiert hat, dann steigt mir wahrhaftig ein Kloß in die Kehle.

William hat übrigens in diesen nationalen Notzeiten ebenfalls seinem Land gedient. Es gibt zwei Fassungen dieser Geschichte; ich gebe Ethels Version wieder: William Stanhope wurde dank der familiären Beziehungen Offizier bei der Küstenwache. Aber es kam noch besser: Sein Vater, der für seine Zweiundzwanzig-Meterjacht *Sea Urchin* keine Verwendung hatte, verkaufte sie, wie viele andere Jachtbesitzer während des Krieges, für einen Dollar an die Regierung. Die *Sea Urchin* wurde zum Patrouillenboot umgerüstet, und ihr Skipper war kein anderer als Lieutenant William Stanhope. Und nun behauptet Ethel, das sei kein Zufall gewesen! Mehr noch: Die mit grauer Tarnfarbe gestrichene und mit Unterwasserortungsgerät, Wasserbomben und einem .50-Kaliber-MG ausgerüstete *Sea Urchin* hatte ihren Liegeplatz günstigerweise im *Seawanhaka Corinthian.* Von da aus patrouillierte Lieutenant William Stanhope von Long Island Sound hinauf und hinunter, bereit, den amerikanischen *way of life* gegen die deutsche U-Boot-Flotte zu verteidigen. Ab und zu lief er *Martha's Vineyard* an, um ein paar Biere zu trinken. Und da er Skrupel hatte, auf Regierungskosten zu wohnen, lebte er weiterhin auf Stanhope Hall.

Ethel hat vermutlich recht mit ihrer Überzeugung, daß William Stanhopes Kriegszeit die schlimmsten Aspekte des amerikanischen Kapitalismus sehr treffend symbolisiert. Doch soweit ich weiß, haben die meisten Angehörigen der Oberschicht damals ihre Pflicht getan. Aber Ethel verdrängt alle Tatsachen, die sie in ihren Vorurteilen stören könnten. In dieser Beziehung gleicht sie William Stanhope, mir und allen anderen menschlichen Wesen, denen ich bisher begegnet bin, mögen sie nun normal oder verrückt gewesen sein.

George kam jedenfalls 1945 mit Malaria aus dem Pazifik zurück, und er wird auch heute noch hin und wieder von Anfällen geplagt. Diesmal jedoch war es offensichtlich nur eine Grippe, die ihm zu schaffen machte. Ich erbot mich, den Arzt zu holen, doch Ethel lehnte mit der rätselhaften Begründung »Er kann uns nicht helfen« ab.

George und Ethel hatten kurz vor dem Auslaufen seines Schiffes geheiratet. Und wie es damals Sitte gewesen war, hatte Augustus Stanhope den Hochzeitsempfang im großen Haus ausgerichtet.

Als ich jedoch vor ein paar Jahren mit einem älteren Klienten Klatsch austauschte, erfuhr ich, daß sich Großpapa Augustus, der damals bereits in den Fünfzigern war, auch später ein wenig um Ethel gekümmert hatte, während George im Pazifik künftige Alliierte umbrachte. Offenbar hat es sich gelohnt, daß Ethel damals ein wenig Zeit und Mühe investierte, denn die Allards wurden als einzige vom gesamten Personal nie entlassen. Außerdem war da noch das großzügige Geschenk der kostenlosen Logis im Torhaus – und das auf Lebenszeit! Oft habe ich mich gefragt, ob George wohl weiß, daß sein Herr seine Feder in das Tintenglas seines treuen Dieners getaucht hat. Doch selbst wenn er es wüßte, wäre

George sicher felsenfest überzeugt, daß er die Großzügigkeit des Alten viel mehr seiner eigenen Loyalität als der Untreue seiner Frau zu verdanken hatte. Na ja, vielleicht hat er recht. Ein guter Arbeiter ist immer noch schwerer zu finden als eine willige Bettgefährtin.

Normalerweise kümmere ich mich nicht um Klatsch, aber diese Story faszinierte mich. Während ich meinen Tee trank, sah ich Ethel an und lächelte. Sie zog eine schmerzliche Grimasse. Über ihrem Kopf hing an der Wand des kleinen Wohnzimmers ein Foto von ihr und George, er in weißer Marineuniform, sie in einem weißen Kleid. Kein Zweifel, sie war eine sehr attraktive junge Frau gewesen.

Was mich an der Geschichte faszinierte, war, daß ausgerechnet Ethel Allard, die gute christliche Sozialistin, ihrem Gutsherrn zu Willen gewesen war und ihn dann vielleicht mehr oder weniger offen erpreßt hatte.

Wenn alle diese Geschichten, von denen es an der Gold Coast bestimmt genug gibt, herauskämen, würde das die Struktur dieser Gesellschaft gewiß nachhaltiger erschüttern als Depression, Krieg und Steuern.

Die Allards haben übrigens eine Tochter namens Elizabeth, die George so ähnlich sieht, daß ich mir keine Sorgen machen muß, es könnten noch mehr Stanhope-Erben auftauchen. Elizabeth ist Ladeninhaberin wie ihr Großvater mütterlicherseits; ihr gehören drei gutgehende Boutiquen in den umliegenden Dörfern, und Susan schickt alle ihre kauffreudigen Freundinnen zu ihr. Übrigens habe ich Elizabeths Namen einmal in einem Zeitungsartikel über eine Spendengala für die Republikanische Partei entdeckt. Gott segne Amerika, Ethel! Wo sonst könnte eine stramme Sozialistin Republikaner zur Welt bringen und umgekehrt?

Ich verabschiedete mich von den Allards und schärfte ihnen ein, mich oder Susan anzurufen, wenn sie etwas brauchten. Susan hat trotz ihrer zurückhaltenden Art diesen gewissen Sinn für *noblesse oblige* – eine der wenigen Eigenschaften, um derentwillen ich diesen alten Geldadel bewundere. Deshalb fühlt sie sich verantwortlich für die Leute, die für sie arbeiten. Ich hoffe nur, Ethel vergißt das nicht, wenn die Revolution über uns hereinbricht.

Ich verbrachte den frühen Nachmittag mit Erledigungen in Locust Valley und kehrte dann auf ein Bier in McGlades Kneipe ein. Die üblichen Samstagsgäste waren dort versammelt: unter ihnen das Softball-Team der Bar, das eben in einem Match die zehn jämmerlichen Weichlinge der Gärtnerei fertig gemacht hatte. Die waren allerdings auch da und tischten uns eine ganz andere Version des Spieles auf. Ein paar selbständige Bauunternehmer waren auf einen Drink hereingekommen, nachdem sie den ganzen Vormittag für die Hausbesitzer Kostenvoranschläge ausgearbeitet hatten; außerdem sah man Wochenend-Jogger – deren noch verdächtig wenig abgetretene Hundert-Dollar-Schuhe an den Schnürsenkeln über der Fußleiste der Bar hingen – und Angehörige des niedrigen und des höheren Geldadels. Viele von uns studierten, während wir unser Bier tranken, aufmerksam die von unseren Frauen verfaßten Auftragslisten, und in unseren Brieftaschen wurden, wenn wir sie zum Bezahlen öffneten, rosa Reinigungszettel sichtbar. Im Restaurant unterhielten sich gut angezogene und mit Einkaufstüten bewaffnete Frauen bei Hüttenkäse und Salat. Es war unverkennbar Samstag.

Mehr noch vielleicht als Kirchen sind gute Bars große soziale Gleichmacher; denn wenn man in einer Bar an den Tresen tritt, tut man es in dem vollen Bewußtsein, daß Unterhaltung hier nicht nur erlaubt, sondern häufig sogar erwünscht ist.

Während ich mein zweites Bier trank, entdeckte ich im Barspiegel meinen Klempner, der hinter mir an der Wand lehnte. Ich ging zu ihm, und wir unterhielten uns über Installationsprobleme. Zur Information: Er möchte unser gußeisernes Abflußrohr, das einen Sprung hat, durch ein nicht eben billiges PVC-Rohr ersetzen. Ich dagegen bin der Meinung, man könnte das alte löten. Er fragte mich, was es ihn kosten würde, wenn ich die Adoption des Sohnes seiner zweiten Frau für ihn in die Wege leitete, und ich nannte ihm meine ungefähre Forderung. Anschließend wußten wir beide, daß wir füreinander zu teuer sind, und kamen auf die Mets zu sprechen. Hier kann man wenigstens auch über Baseball reden!

Ich schwatzte noch mit ein paar anderen Bekannten, dann mit dem Barmann und einem alten Herrn in einer pinkfarbenen Tweedjacke, der trotz seines exzentrischen Aufzugs nicht dem höheren Geldadel angehörte, sondern nur ein pensionierter Butler war und die abgelegten Sachen seines Chefs auftrug. Früher ist das hier oft vorgekommen, doch in den letzten Jahren sehe ich es seltener.

An einem so schönen Tag wäre es eine Sünde gewesen, länger als eine Stunde in der Bar zu sitzen. Daher ging ich, nachdem ich meinem Klempner die Nummer eines Anwalts gegeben hatte, der auf Adoptionen spezialisiert ist und bescheidenere Honorare nimmt. Er wiederum nannte mir den Namen eines Mannes, der vielleicht mein Abflußrohr schweißen könnte.

Ich stieg in den Bronco und fuhr nach Hause. Unterwegs kam ich an meinem Büro vorbei. Ich dachte an die Aktien im Wert von zehn Millionen, die in meinem Tresor lagen. Es wäre kein Problem, Mrs. Lauderbach – so heißt meine Klientin – zu überreden, die Papiere zu unterschreiben, die zum Verkauf der Aktien nötig waren, und anschließend in Rio einen sehr, sehr langen Urlaub zu verbringen. Doch ich hatte noch nie das Vertrauen eines Klienten mißbraucht oder einen Cent gestohlen. Und ich würde es auch nie tun! Ich kam mir sehr edel vor. Was für ein Tag!

Ich war bester Laune, bis ich mich dem Tor von Stanhope Hall näherte. Dort »verdüsterte sich meine Stirn«, wie man so schön sagt. Ich hatte es noch nie bemerkt, doch jetzt wußte ich es: Dieser Ort deprimierte mich. Es fiel mir wie Schuppen von den Augen. Das war keine Feld-Wald-und-Wiesen-Variante oder Midlife-Crisis. Das war überhaupt keine Krise. Es war Offenbarung, war Epiphanias, war die Wahrheit. Unglücklicherweise wußte ich wie die meisten Männer mittleren Alters mit der Wahrheit nichts anzufangen. Aber ich war für Vorschläge offen.

Ich hielt im Torhaus und schaute zu den Allards hinein, die Radio hörten und lasen. Ethel war in *The New Republic* vertieft (wahrscheinlich war es das einzige Exemplar, das es in Lattingtown gab), und George las den *Locust Valley Sentinel,* den er seit sechzig Jahren bezog, um immer auf dem laufenden darüber zu sein, wer gestorben war, heiratete, Kinder bekam oder Steuerschulden hatte.

Ich nahm die Post für Susan und mich mit, die stets im Torhaus abgegeben wird, und sah sie beim Hinausgehen flüchtig durch. »Ein Herr war hier, der Sie sprechen wollte!« rief Ethel mir nach. »Seinen Namen hat er nicht genannt.«

Manchmal, wenn das Telefon klingelt, weiß man ganz einfach, wer anruft. Und an der Art, wie Ethel das Wort »Herr« betont hatte, erkannte ich sofort, daß es kein Herr gewesen sein konnte. »Ein dunkelhaariger Mann, der einen Cadillac fährt?« fragte ich.

»Ja.«

Ethel sagt nie »Sir«; daher mischte George sich ein. »Ja, Sir. Ich habe ihm gesagt, daß Sie heute keine Besucher empfangen. Hoffentlich war es recht so. Ich habe ihn nicht gekannt«, fügte er hinzu. »Und ich glaube auch nicht, daß Sie ihn kennen...«

– oder gern kennen möchten. Nicht wahr, George? Ich lächelte bei dem Gedanken daran, was Frank Bellarosa wohl für ein Gesicht gemacht hatte, als George ihm mitteilte, Mr. Sutter empfange heute nicht. Ich fragte mich, ob er wußte, daß das schlicht und einfach »hau ab« bedeutete.

»Was soll ich sagen, wenn er wiederkommt, Sir?« fragte George.

Ich antwortete, als hätte ich schon darüber nachgedacht (und vermutlich hatte ich das auch): »Wenn ich zu Hause bin, lassen Sie ihn rein.«

»Ja, Sir«, erwiderte George mit dieser unvergleichlichen Mischung aus beruflichem Desinteresse und persönlicher Mißbilligung gegenüber dem Arbeitgeber.

Ich verließ das Torhaus und stieg wieder in den Bronco.

Ich fuhr an der Abzweigung zu unserem Domizil vorbei und weiter zum Haupthaus hinauf. Dazwischen liegt ein Tennisplatz, um dessen Instandhaltung Susan sich kümmert. Dahinter steigt die von Bäumen gesäumte Zufahrt an; ich hielt auf dem höchsten Punkt und stieg aus. Jenseits des ehemaligen Rasens, der längst von Wildblumen und hohen Gräsern überwuchert ist, erhebt sich Stanhope Hall.

Laut Susan basiert der Grundriß auf Vorbildern der französischen und italienischen Renaissance. Die Außenmauern sind jedoch nicht aus europäischem Marmor, sondern aus gutem Yankee-Granit. Die Fassade schmücken in regelmäßigen Abständen Säulen oder viereckige Stützpfeiler mit ionischen Kapitellen, und in der Mitte des Hauses befindet sich ein hoher, offener Portikus mit freistehenden klassischen Säulen. Das Dach ist flach und mit einer Brustwehr versehen, die sich um die drei gewaltigen Flügel des Hauses zieht. Stanhope Hall sieht ein wenig wie das Weiße Haus aus; nur ist es solider gebaut.

Früher hat es auf den sanft abfallenden Terrassen, die das Haus umgeben, architektonisch angelegte Parkanlagen gegeben. Jedes Jahr um diese Zeit beginnt der Park noch immer üppig zu blühen; Rosen und Rhododendren, gelbe Forsythien und bunte Azaleen entfalten ihre Pracht. Die gesündesten Pflanzen, die überlebt haben, feiern die Unabhängigkeit der Natur vom Menschen.

Trotz des europäischen Einschlags hat das Haus unverkennbar amerikanische Züge – ein großes Panoramafenster nach hinten hinaus, einen Frühstücksraum im Stil eines Wintergartens, der die aufgehende Sonne einfängt, ein Solarium auf dem Dach und eine amerikanische Infrastruktur aus Stahlträgern, Heizungsrohren, guten Sanitäranlagen und sicherer Elektrizität.

Aber um Lester Remsens Frage zu beantworten: An diesem deplazierten europäischen Palast gibt es nichts, das architektonisch bedeutungsvoll oder einzigartig wäre. Wenn McKinn, Mead oder White damals ein *echt amerikanisches* Haus gebaut hätten, (was immer man im Jahre 1906 darunter verstanden haben mag), würden heute alle Denkmalschützer erklären: »So etwas gibt es im ganzen Land nicht noch einmal.«

Aber die Architekten dieser Zeit und ihre amerikanischen Auftraggeber blickten nicht in die Zukunft; sie versuchten nicht einmal, etwas für ihre Gegenwart zu schaffen; sie blickten über die Schulter zurück in eine europäische Vergangenheit, deren Blütezeit bereits vorbei war, als der erste Granitblock auf dieser Baustelle eintraf. Was diese Leute hier in der Neuen Welt schaffen oder wiedererschaffen wollten, weiß ich nicht. Ich kann mich weder in ihren Kopf noch in ihr Herz hineinversetzen, aber ich kann verstehen, daß sie um eine Identität gerungen haben, kann die Verwirrung verstehen, die uns Amerikaner von Anbeginn peinigte: Wer sind wir, wo passen wir hinein, wohin gehen wir?

Mir ist klargeworden, daß diese Landsitze nicht nur eine architektonische Scharlatanerie darstellen, sondern in einem noch viel weitergehenden Sinne *Fälschungen* sind. Anders als ihre europäischen Vorbilder, haben diese Güter nie etwas hervorgebracht – keinen einzigen Getreidehalm, keinen Eimer Milch, keine Flasche Wein. Natürlich hat es ein paar Hobbyfarmer gegeben, aber von den Erträgen wurden ganz gewiß nie das Haus, die Dienerschaft und die Rolls-Royce unterhalten. Und niemand, der hier das Land bestellt hat, wird je die Erregung empfunden haben, die einen Menschen überwältigt, wenn er begreift, daß er die Ernte der Erde und dem Herrn und nicht der Effektenbörse verdankt.

Nun, was weiß denn ich davon. Sicher, meine Vorfahren waren größtenteils Farmer und Fischer, und vom Fischen verstehe ich etwas; aber meine Fähigkeiten, dem Boden etwas abzuringen, beschränken sich auf Ungenießbares, was Bellarosa sehr schnell durchschaut hatte. Doch dann erinnerte ich mich wieder an seinen roten Einkaufswagen, in dem sich die Töpfchen mit Gemüsepflänzchen stapelten, welche er zu Höchstpreisen in einer erstklassigen Gärtnerei erstanden hatte – und kam zu dem Schluß, daß auch er ein Scharlatan war.

Diese ganze alberne Gold Coast war nichts anderes als Scharlatanerie – eine amerikanische Anomalie in einem Land, das für den Rest der Welt eine Anomalie war. Na ja, noch niemand hat behauptet, daß Wahrheit glücklich macht – sie macht nur frei.

Ich ließ meine Blicke über die Umgebung von Stanhope Hall

schweifen. Auf dem Rasen, der sich hinter dem Haus erstreckte, stand der große Aussichtspavillon, eine weitere amerikanische Errungenschaft; und ein Stückchen weiter weg sah ich den englischen Heckenirrgarten, wo wohlbehütete junge Damen kichernd mit ihren albernen Verehrern umherzuirren pflegten.

Hinter den Hecken fiel das Land leicht ab, doch ich sah die Spitzen der Pflaumenbäume, von denen die Hälfte bereits tot war. Laut Susan hatte der Obstgarten früher der »Heilige Hain« geheißen. In seiner Mitte erhebt sich ein römischer Liebestempel, ein kleiner Rundbau mit perfekten Proportionen und braunen Marmorsäulen, die ein rundes Fries mit in den Stein gemeißelten, ziemlich eindeutigen erotischen Szenen tragen. Im kugelförmigen Dach ist eine Öffnung, und Sonnen- und Mondstrahlen, die zu bestimmten Stunden ins Innere des Tempels dringen, beleuchten zwei nackte Skulpturen aus rosa Marmor – einen Mann oder Gott und eine vollbusige Venus, die sich leidenschaftlich umarmen.

Sinn und Zweck dieses Bauwerks begreife ich nicht, aber auf den luxuriöseren Landsitzen findet man häufig solche Tempel. Nun, die klassische Nacktheit fiel nicht unter das sexuelle Tabu. Griechisch-römische Busen und Hintern waren eben nicht nur Kunst; die antikische Verfremdung war im Jahre 1906 eine der wenigen Möglichkeiten, diese Körperteile überhaupt darzustellen. Und nur Millionäre konnten sich diesen kostspieligen Kitzel in ihrem Garten leisten.

Ich weiß nicht, ob junge Frauen oder sogar reife Damen sich in den Pflaumenhain wagten, um dieses Pornoschlößchen zu besichtigen, doch Sie können sicher sein, daß Susan und ich es an Sommerabenden gut zu nutzen wissen. Susan liebt es, die vestalische Jungfrau zu spielen, die von John, dem Barbaren, überrascht wird, während sie im Tempel betet. Auf diese Weise wurde sie ungefähr sechzigmal defloriert – vermutlich ein absoluter Rekord.

Der Tempel mag eine Fälschung sein (aber eine wunderschöne!), Susan ist keine Jungfrau, und ich bin ein sehr unzulänglicher Barbar – aber die Orgasmen, bei denen einem fast das Herz stehenbleibt, sind echt.

Mir war auf der Stelle klar, daß ich trotz der Ernüchterung, die mich jäh aus meiner verzauberten Welt gerissen hatte, diesen Ort vermissen würde.

Ich stieg in den Bronco und fuhr nach Hause.

8. Kapitel

Lester Remsen suchte mich am Montagnachmittag in meinem Büro in Locust Valley auf, um sich mit Mrs. Lauderbachs Zehn-Millionen-Dollar-Problem zu befassen. Laut Lesters Ermittlungsabteilung hatte der genaue Wert um drei Uhr nachmittag 10132564 Dollar und ein paar Cents betragen. Darin waren die Dividenden für sechzig Jahre enthalten, die unglücklicherweise nicht verzinst wurden.

Mrs. Lauderbach hatte einen Termin beim Friseur und konnte leider nicht kommen, doch ich hatte die anwaltliche Vollmacht, die meisten Papiere der Maklerfirma in ihrem Namen zu unterschreiben. Lester und ich stiegen zur juristischen Bibliothek im zweiten Stock des victorianischen Hauses auf der Birch Hill Road hinauf und breiteten unseren Papierkram auf dem großen Tisch aus.

Dann schlugen wir uns gemeinsam mit dem ermüdenden Papierkram herum, der mich natürlich noch weniger interessierte als Mrs. Lauderbach. Als wir fast fertig waren, bestellte ich Kaffee. Lester reichte mir ein Dokument, und ich reichte ihm eins. Doch er schien nicht sonderlich bei der Sache zu sein, legte das Papier auf den Tisch, schwieg einen Moment und fragte dann: »Wie alt ist sie? Achtundsiebzig?«

»Das war sie, als wir angefangen haben.«

Lester schien meinen Witz nicht zu verstehen und fragte weiter: »Und du hast also auch ihr Testament aufgesetzt und bist Testamentsvollstrecker?«

»Richtig.«

»Darf ich fragen, wer ihre Erben sind?«

»Natürlich darfst du fragen, aber ich darf es dir nicht sagen.« Dann fügte ich jedoch hinzu: »Sie hat drei Kinder.«

Lester nickte. »Eine Tochter kenne ich. Mary. Sie ist mit Phil Crowley verheiratet. Die beiden leben in Old Westbury.«

»Richtig.«

»Ich wußte gar nicht, daß die Lauderbachs so viel Geld haben.«

»Das wußten die Lauderbachs selbst auch nicht.«

»Na ja, ich meine, es ist ihnen immer gutgegangen. Ihnen hat doch mal The Beeches gehört, oder?« Er suchte auf einem Dokument nach Mrs. Lauderbachs Adresse. »Dann aber sind sie in ein Haus in Oyster Bay Village umgezogen.«

»Ja.«

»Und The Beeches haben sie an einen persischen Juden verkauft, nicht wahr?«

»Ja. Sie haben einen fairen Preis erzielt, und der neue Besitzer hält den Besitz gut instand.«

»He, es macht mir nichts aus, daß es ein persischer Jude ist.« Lester lächelte. »Besser als ein Mafia-Don.«

Besser als zwanzig Lester Remsens. Die Lauderbachs hatten mit der Abwicklung des Verkaufs von The Beeches übrigens eine große Anwaltsfirma beauftragt, die keinerlei Verbindung zu den alten Familien hat. Das wird häufig so gehandhabt, wenn der Familiensitz an Leute mit seltsamen Nachnamen verkauft wird. Manche der hier ansässigen Anwälte wollen lieber nichts mit einem Immobiliengeschäft zu tun haben, das andere Klienten oder Nachbarn mißbilligen könnten. Ich weiß nicht, ob ich die Sache übernommen hätte, wenn man damit an mich herangetreten wäre. Sie hätte mir wahrscheinlich zehntausend Dollar für die Arbeit eines einzigen Tages eingebracht. Ich habe ja überhaupt nichts gegen persische Juden oder sonstige Ausländer. Aber einige meiner Klienten und Nachbarn denken da anders.

»Du glaubst, Mr. Lauderbach hat nicht gewußt, daß er Aktien im Wert von zehn Millionen besaß?« fragte Lester.

»Keine Ahnung, ob er es wußte, Lester. Ich habe es jedenfalls nicht gewußt, sonst hätte ich ihm geraten, bei dir ein Konto zu eröffnen. Aber er besaß ja auch sonst genug; deshalb war es ihm wohl nicht wichtig. Du kannst im Laufe eines Lebens eben nur eine bestimmte Summe ausgeben. Ernest Lauderbach hatte viel weniger Zeit als Geld.«

»Aber die Dividenden hätten reinvestiert werden müssen! Sie haben einfach in einem Tresor gelegen und ihnen keinen Cent gebracht. Das ist ja so, als ob man der *Chase Manhattan* und *American Express* zinslose Kredite geben würde!«

Geld, das nicht arbeitet, macht Lester nervös. Seine Kinder hatten nie Sparschweine. Sie hatten Sparkonten.

Sorgfältig studierte Lester Ernest Lauderbachs Letzten Willen. »Weder Mary noch die anderen beiden Kinder Randolf und Herman werden in diesem Testament erwähnt.«

»Sie haben eben nichts geerbt.« Es war Lesters Recht, das Testament zu prüfen und festzustellen, daß Mrs. Lauderbach allein erbberechtigt war und der gesamte Besitz an sie fiel. Mein Vater hatte die sechste und letzte Fassung dieses Dokuments vor etwa zehn Jahren aufgesetzt, aber die Aktien und Obligationen erschienen nur unter »Sicherheiten und andere Wertpapiere, die ich möglicherweise zur Zeit meines Todes besitze«. Ganz offensichtlich hatte niemand gewußt, welchen Schatz der Kellertresor des Hauses in Oyster Bay enthielt. Ich war ziemlich sicher, daß die drei Kinder es auch jetzt noch nicht wußten, sonst hätte ich inzwischen längst von allen dreien oder ihren Anwälten gehört.

»Wo leben Herman und Randolf?« fragte Lester.

»Herman hat sich nach Virginia zurückgezogen, und Randolf ist Geschäftsmann in Chicago. Warum?«

»Falls sie erben sollten, möchte ich ihren Aktienbesitz verwalten. Darum.«

Natürlich ging es bei diesem Gespräch eigentlich um die Möglichkeit, sicherzustellen, daß Mary, Herman und Randolf dieses

Aktienpaket *nicht* erbten. Aber obwohl das uns beiden bewußt war, sagte ich nur: »Ich werde dich ihnen empfehlen.«

»Danke. Ich nehme an, sie wissen über das hier Bescheid.« Er schlug mit der flachen Hand leicht auf das Aktienpaket.

Ich ignorierte die Frage und die Anspielung dahinter und sagte höflich, aber bestimmt: »Lester, was diese Papiere betrifft – spekuliere nicht für Mrs. Lauderbach. Sorge nur dafür, daß deine Klientin rückwirkend und in Zukunft pünktlich ihre Dividendenschecks bekommt. Sollte sie Geld für die Erbschaftssteuer brauchen, werde ich dich beraten, und wir verkaufen ein paar Anteile für Uncle Sam.«

»John, du weißt genau, daß ich dieses Konto nicht wegen der Courtage melken würde.«

Man muß Lester zugute halten, daß er ein Makler mit Berufsethos ist; sonst würde ich mich auf keine Geschäfte mit ihm einlassen. Doch in seinem Beruf würde selbst Jesus Christus Angstzustände bekommen, so groß sind die Versuchungen. Das war zum Beispiel jetzt bei diesen zehn Millionen der Fall, die vor Lester auf dem Mahagonitisch lagen. Fast konnte ich das Teufelchen auf seiner linken und das Engelchen auf seiner rechten Schulter sehen, die ihm beide die Ohren volltrompeteten. Ich wollte nicht stören, sagte aber schließlich: »Letztendlich ist es doch ganz egal, wer von diesem Geld weiß, wer es braucht, wer es verdient oder daß Agnes Lauderbach sich keinen Deut darum schert.«

Er zuckte mit den Schultern und wechselte so halb und halb das Thema. »Ich frage mich nur, warum die Lauderbachs The Beeches nicht behalten haben, wenn sie wußten, daß sie so viel Geld hatten.«

»Nicht jeder will ein Fünfzig-Zimmer-Haus und hundert Hektar Grund, Lester«, antwortete ich. »Es ist Geldverschwendung, auch wenn man Geld hat. Wie viele Badezimmer brauchst du?«

Lester lachte leise in sich hinein und fragte dann: »Würdest du Stanhope Hall verkaufen, wenn du zehn Millionen hättest?«

»Du meinst fünf Millionen, Partner.«

Er grinste und sah mich an, um festzustellen, ob ich ihn nur aufziehen wollte. Dann senkte er den Blick, und wieder wanderten seine Augen über den mit Papieren übersäten Tisch. Auf dem Aktienpaket kamen sie schließlich zur Ruhe. »Oder würdest du dein Achtzehn-Meter-Boot kaufen und in den Sonnenuntergang hineinsegeln?«

Ich bedauerte längst, daß ich ihm diesen Traum anvertraut hatte, und antwortete nicht.

»Oder würdest du dafür sorgen, daß Susan wieder in das Fünfzig-Zimmer-Haus ziehen kann?« Schweigen hing im Raum. Lester überlegte, was er mit fünf Millionen anfangen könnte, und ich dachte darüber nach, was ich mit zehn tun würde. Ich hatte nämlich nicht die Absicht, ein Verbrechen mit einer Sünde zu koppeln und die Beute mit Lester Remsen zu teilen.

Mir wurde klar, daß Lester zu den Menschen gehört, die nur aus Furcht ehrlich sind; doch er kokettiert gern mit der Unehrlichkeit, um zu sehen, wie es wäre, wenn man Courage hätte. Und er beobachtet gern, wie andere Menschen auf seine Verführungsversuche reagieren.

Schließlich sagte er in einem Ton, der den Schluß zuließ, daß es sich bloß um einen Scherz handeln sollte: »Nachdem ich die erforderlichen Papiere und die Zertifikate gesehen habe, kann ich dir versichern, daß es keine Probleme gäbe, John. Und die Summe ist so groß, daß es sich lohnt. Wenn wir alles richtig machen, müssen wir hinterher nicht einmal das Land verlassen. Du mußt nur dafür sorgen, daß diese Papiere nicht im Testament der alten Dame auftauchen.«

In diesem Stil fuhr er fort, ohne ein einziges Mal so gemeine Worte wie Steuerhinterziehung, Diebstahl, Fälschung oder Betrug in den Mund zu nehmen.

Warum ich ehrlich bin, weiß ich nicht. Ich nehme an, es ist zum Teil ein Verdienst meiner Eltern, die – wenn schon nichts anderes – ein wahrer Ausbund an Tugend waren. Und als ich in den fünfziger Jahren heranwuchs, handelten die Predigten in der Sonntagsschule weniger von den Übeln und Ungerechtigkeiten dieser Welt als von dem menschlichen Anstand, den man anderen gegenüber an den Tag legen sollte. Sie handelten von den Zehn Geboten und anderen Verhaltensmaßregeln aus der Bibel; und ob Sie es glauben oder nicht, man erwartete von den jungen Männern und Frauen, daß sie sich einen Wahlspruch für ihr Leben aussuchten. Der meine lautete: »Ich will mich bemühen, jeden Tag mehr zu geben als ich empfange.« Ich weiß nicht, wo ich ihn herhatte; aber so zu leben, ist eine sichere Möglichkeit, pleite zu gehen. Früher muß ich mich jedoch danach gerichtet haben – wahrscheinlich bis ich achtzehn war. Vielleicht auch noch länger.

Doch Millionen von Männern und Frauen meiner Generation wurden so erzogen, und einige davon sind trotzdem Diebe geworden. Andere sogar noch Schlimmeres. Warum also bin ich ehrlich? Was trennt mich von den zehn Millionen Dollar und den halbnackten Damen am Strand von Ipanema? Das war es, was Lester wissen wollte. Und das war es, was ich wissen wollte.

Versonnen betrachtete ich den Aktienstapel. Lester unterbrach seinen Vortrag darüber, wie man am sichersten zehn Millionen stehlen konnte, und meinte: »Es interessiert wirklich niemanden mehr, John. Die Regeln sind zum Fenster hinausgeflogen. Das ist weder meine Schuld noch die deine. Es ist einfach so. Ich bin es leid, der Gimpel zu sein, der nach den Regeln des Marquis von Queensbury kämpft, während man mir in die Eier tritt und der Unparteiische dafür bezahlt wird, daß er in die andere Richtung schaut.«

Ich schwieg.

Bis vor kurzem war einer der Gründe für meine Ehrlichkeit die Zufriedenheit mit meinem Leben. Doch was hindert einen daran, den Familienwagen zu stehlen und einfach abzuhauen, wenn man zu dem Schluß gekommen ist, daß einem das Zuhause nicht fehlen wird? Ich sah Lester an, der zur Abwechslung einmal meinem Blick standhielt. »Wie du schon einmal festgestellt hast, lockt mich Geld nicht«, sagte ich, und das war die Wahrheit.

»Warum lockt Geld dich nicht?«

»Ich weiß es nicht.«

»Geld ist neutral, John. Es ist nicht an sich gut oder böse. Stell es dir als eine Art indianisches Wampum vor. Es hängt einzig und allein von dir ab, was du damit machst.«

»Und wie kriegt man es?«

Lester zuckte mit den Achseln.

»Einer bekloppten alten Frau Geld zu stehlen, ist für mich einfach reizlos«, sagte ich. »Es ist unter meiner Würde, zumal ich durchaus die beruflichen Fähigkeiten besitze, kluge Leute zu beklauen. Also, finde etwas Gefährlicheres, und wir reden wieder darüber. Ich schicke dir die Aktien morgen in dein Manhattaner Büro«, fügte ich hinzu.

Lester sah zugleich enttäuscht und erleichtert aus. Er legte die anderen Papiere in seinen Aktenkoffer und stand auf. »Na ja – aber was wäre das Leben, wenn wir nicht träumen könnten?«

»Dann träum doch was Schönes.«

»Das habe ich getan. Du solltest auch ein bißchen träumen.«

»Sei kein Schmock, Lester.«

Er schien leicht aus dem Konzept gebracht; also hatte ich das Wort vermutlich richtig angewandt. »Vergiß nicht, daß ich Mrs. Lauderbachs Unterschriftenkarten brauche«, meinte er kühl.

»Ich sehe sie morgen. Sie ist zum Lunch verabredet und kommt vorher auf einen Sprung zu mir.«

Wir schüttelten uns die Hand. »Danke, daß du mir dieses Konto gegeben hast«, sagte er. »Dafür bin ich dir ein Abendessen schuldig.«

»Das ist eine großartige Idee.«

Lester warf einen Abschiedsblick auf die zehn Millionen Dollar und ging dann. Ich trug die Zertifikate hinunter und schloß sie in meinen Tresor ein.

Der Rest der Woche – es war die Karwoche – verging wie üblich. Am Donnerstagabend – Gründonnerstag – fuhren wir mit den wieder genesenen Allards in die Markuskirche, wo Pfarrer Hunnings einem Dutzend Männern und Frauen der Gemeinde die Füße wusch. Bei dieser Zeremonie handelt es sich um eine Nachahmung der Fußwaschung, die Christus an seinen Jüngern vornahm – angeblich ein Symbol der Demut der Großen vor den Kleinen. Ich hatte keine Fußwaschung nötig, aber bei Ethel war das offenbar anders, denn sie ging mit einer Gruppe anderer Leute zum Altar vor, die sich vermutlich schon vorher freiwillig dazu gemeldet hatten, denn keine der Frauen trug Strumpfhosen und keiner der Männer hatte verrückte Socken an. Ich möchte mich ja nicht über meine eigene Religion lustig machen, doch diese Zeremonie kommt mir außerordentlich bizarr vor. Tatsächlich findet sie auch nur selten statt, aber Hunnings scheint sie zu genießen. Irgendwann einmal werde ich mich an einem Gründonnerstag freiwillig zur Fußwaschung bei Pfarrer Hunnings melden, und wenn ich die Socken ausziehe, wird ihn von jedem Zehennagel ein aufgemaltes fröhliches Gesicht anlachen.

Nach dem Gottesdienst baten wir George und Ethel mit den sauberen Füßen zu uns zum »letzten Abendmahl«, wie Susan es nennt. Damit meint sie, daß dies das letzte Essen ist, das sie bis Montag zuzubereiten gedenkt.

Karfreitag. Mir fällt seit ein paar Jahren auf, daß die Leute – zumindest in unserer Gegend – die europäische Sitte übernommen haben, an diesem ernsten Tag nicht zu arbeiten. Sogar die Börse ist geschlossen und daher natürlich auch *Perkins, Perkins, Sutter and Reynolds.* Ob dieser neue Feiertag auf ein Wiedererwachen des religiösen Bewußtseins in unserem Land oder eher auf den simplen Wunsch nach einem verlängerten Wochenende zurückzuführen ist, weiß ich nicht, und keiner sagt es mir. Auf jeden Fall hatte ich zu Beginn der Woche erklärt, das Büro in Locust Valley bleibe am Karfreitag ebenfalls geschlossen. Dann aber überraschte ich meine Angestellten und verärgerte meine Wall-Street-Partner mit der Mitteilung, daß ich in Locust Valley nach europäischer Sitte auch den Ostermontag heiligen wollte.

Susan und ich besuchten mit Ethel und George den Drei-Uhr-Gottesdienst, denn dies war die Stunde, als sich der Himmel verdunkelte, die Erde bebte und Christus am Kreuz starb. Ich erinnere mich an einen strahlend sonnigen Karfreitag in meiner Kindheit, an dem tatsächlich dunkle Gewitterwolken am Himmel aufzogen, als ich die Stufen der Markuskirche hinaufstieg. Ich weiß noch, daß ich ganz ehrfürchtig zum Himmel starrte und darauf wartete, daß nun auch die Erde zu beben beginnen würde. Heute jedoch wurde das schöne Wetter durch keinerlei dramatische meteorologische Phänomene beeinträchtigt, und hätte sich etwas Derartiges ereignet, so hätten wir dank des Wetterberichts um sechs Uhr bald die logische Ursache erfahren.

Die Markuskirche war mit gutgekleideten Leuten gefüllt, und Pfarrer Hunnings, im hochroten Meßgewand der Karwoche prachtvoll anzusehen, kam sogleich zur Sache – also zu dem Tod Jesu Christi. Die Predigt enthielt diesmal keine soziale Botschaft, wofür ich Gott dankte. Übrigens gesteht Hunnings unserem Schuldbewußtsein am Ostersonntag und auch zu Weihnachten stets eine kleine Verschnaufpause zu und erwähnt Materialismus und Kommerzialisierung höchstens am Rande.

Nach dem Gottesdienst setzten Susan und ich die Allards vor ihrem Haus ab, ließen den Jaguar stehen und machten einen langen Spaziergang über das ganze Grundstück. Ich kann mir vorstellen, wie Stanhope Hall zu seiner Blütezeit ausgesehen haben muß, als Gärtner und Landschaftsgärtner hier eifrig bei der Arbeit waren, pflanzten, harkten, Bäume und Hecken trimmten. Aber jetzt sieht alles ganz verloren aus. Die Natur hat sich des Parks und der Gärten noch nicht völlig wieder bemächtigt, aber wie so vieles hier – mein Leben eingeschlossen – befinden sie sich in dem Niemandsland zwischen Ordnung und Chaos.

Als wir über die Auffahrt Stanhope Hall entgegengingen, sagte Susan: »Erinnerst du dich noch an das große Ostereiersuchen hier im Haus?«

Ich lächelte. »Ja, wir haben in den fünfzig Zimmern hundert Eier für zwanzig Kinder versteckt, aber nur achtzig Eier wurden gefunden. Dort drin faulen also noch immer irgendwo zwanzig Eier vor sich hin.«

Susan lachte. »Und ein Kind hat sich verirrt – Jamie Lermer. Er schrie im Nordflügel eine halbe Stunde lang wie am Spieß, bevor wir ihn fanden.«

»Haben wir ihn wirklich gefunden? Ich hab' gedacht, er ist noch immer drin und ernährt sich von den übriggebliebenen Ostereiern.«

Hand in Hand gingen wir an dem großen Haus vorbei, überquerten den hinteren Rasen und setzten uns in den alten Aussichtspavillon. Wir schwiegen eine Zeitlang, dann sagte Susan: »Wo sind nur die Jahre hin?«

Ich zuckte mit den Achseln.

»Stimmt etwas nicht?« fragte sie.

Wenn diese Frage von einer Ehefrau gestellt wird, birgt sie eine Menge Gefahren in sich. »Nein«, erwiderte ich – was in diesem Fall bei allen Ehemännern ja heißt.

»Eine andere Frau?«

»Nein.«

»Was ist es dann?«

»Keine Ahnung.«

»Du warst sehr weit weg«, stellte sie fest.

Susan ist manchmal so weit weg, daß ich eine Vorwahlnummer brauche, um sie zu erreichen. Aber Leute wie sie sind ungehalten, wenn es einmal umgekehrt läuft. Ich antwortete mit der üblichen Ehemann-Phrase: »Es hat nichts mit dir zu tun.«

Manche Ehefrauen wären erleichtert über diese Antwort, selbst wenn sie nicht der Wahrheit entspräche, aber Susan machte keine Anstalten, mir mit einem strahlenden Lächeln um den Hals zu fliegen. Statt dessen sagte sie: »Judy Remsen hat mir erzählt, du hättest zu Lester gesagt, daß du gern um die Welt segeln möchtest.«

Wäre Lester dagewesen, hätte ich ihm eine geklebt.

»Und? Willst du denn um die Welt segeln?«

»Es schien mir damals eine ganz gute Idee. Ich war betrunken«, meinte ich lahm. Dann fügte ich, um der Wahrheit die Ehre zu geben, hinzu: »Aber ich habe daran gedacht.«

»Komme ich auch in diesem Plan vor?«

»Würdest du denn in unserem Haus in East Hampton wohnen wollen?« fragte ich zurück.

»Nein.«

»Warum nicht?«

»Weil es mir hier gefällt.«

»Es gefällt dir auch in East Hampton«, wandte ich ein.

»Es ist ein hübscher Ort, um einen Teil des Sommers dort zu verbringen.«

»Warum segeln wir nicht um die Welt?«

»Warum segelst *du* nicht um die Welt?«

»Gute Frage.« Hinterhältig, aber gut. »Vielleicht tu' ich das auch.«

Susan stand auf. »Eine noch bessere Frage, John: Warum fragst du dich nicht, wovor du davonläufst?«

»Versuch nicht, mich zu analysieren, Susan.«

»Dann laß dir von mir sagen, was dir fehlt. Deine Kinder kommen zu Ostern nicht nach Hause, deine Frau ist ein Miststück, deine Freunde sind Idioten, dein Beruf langweilt dich, du magst meinen Vater nicht, du haßt Stanhope Hall, du bist nicht reich genug, um etwas zu bewegen, und nicht arm genug, um es ganz bleiben zu lassen. Soll ich weitersprechen?«

»Aber klar doch.«

»Du hast dich deinen Eltern entfremdet oder umgekehrt, du hast einmal zu oft im Club zu Abend gegessen, attraktive junge Frauen nehmen dich nicht mehr ernst, wenn du mit ihnen flirten willst, das Leben ist keine Herausforderung mehr, ist vielleicht sinnlos und möglicherweise sogar hoffnungslos geworden. Und außer dem Tod und den Steuern gibt es nichts Sicheres mehr. Willkommen in der Midlife Crisis der oberen Mittelschicht Amerikas, John Sutter.«

»Besten Dank.«

»Oh, und damit ich es nicht vergesse – ein Mafia-Don ist eben ins Nachbarhaus gezogen.«

»Das ist vielleicht der einzige Lichtblick.«

»Durchaus möglich.«

Susan und ich sahen uns an, machten aber beide keine Anstalten, dem anderen zu erläutern, was wir mit diesen letzten Bemerkungen gemeint hatten. Ich stand auf. »Jetzt geht es mir schon wieder besser.«

»Gut. Du hast nur ein mentales Klistier gebraucht.«

Susan schlang ihren Arm um meine Schultern, was ich manchmal fast ein wenig intimer finde als eine Umarmung. »Ich wünschte, ich wäre eine andere Frau«, sagte sie. »Dann könnte ich dein Problem sehr rasch aus der Welt schaffen.«

»Es gibt schon noch ein paar attraktive junge Frauen, die mich ernst nehmen«, meinte ich lächelnd.

»Oh, davon bin ich überzeugt.«

»Gut.«

Wir verließen den Aussichtspavillon und gingen einen Pfad entlang, der in eine baumbestandene Mulde südlich des großen Hauses führte. »Du bist nicht immer ein Miststück«, sagte ich. »Und deinen Vater finde ich keineswegs unsympathisch, ich hasse ihn wie die Pest.«

»Das ist sehr gut, weil es ihm mit dir genauso geht.«

»Ausgezeichnet.«

Wir gingen durch die bewaldete Mulde weiter. Susans Arm lag noch immer auf meinen Schultern. Ich neige normalerweise nicht zu Selbstmitleid oder Selbsterforschung, aber manchmal muß man innehalten und nachdenken. Nicht nur um seiner selbst willen, sondern auch, um andere Menschen nicht zu verletzen.

»Übrigens war letzten Samstag der Bischof da«, sagte ich beiläufig. »George hat ihm erklärt, daß ich an diesem Tage nicht empfinge.«

»Das hat George zu Bischof Eberly gesagt?«

»Aber nein, zu Bischof Frank.«

»Oh...« Susan lachte. »Zu *diesem* Bischof.« Sie überlegte einen Moment. »Der kommt wieder.«

»Glaubst du? Ich wüßte gern, was er wollte«, fügte ich hinzu.

»Du wirst es schon noch erfahren«, erwiderte sie.

»Das klingt ja sehr geheimnisvoll, Susan. Ich glaube, er möchte ganz einfach gute Beziehungen mit seinen Nachbarn.«

»Zu deiner Information: Ich habe die Eltons und die DePauws angerufen, und sie haben weder von ihm gehört noch ihn gesehen.«

»Scheinbar will Bellarosa nur uns mit gutnachbarlichen Beziehungen beglücken«, sagte ich.

»Tja. Als du ihn getroffen hast, hast du vielleicht irgend etwas zu ihm gesagt, das ihn ermutigt hat.«

»Kaum.« Ich wunderte mich noch immer, woher er gewußt hatte, wer ich war und wie ich aussah. Es beunruhigte mich.

Wir kamen zu einem kleinen mit bemoosten Steinen gepflasterten Fußweg. Ich steuerte mit Susan auf den Weg zu, fühlte, daß sie sich kurz dagegen wehrte, dann aber nachgab. Wir gingen den Weg entlang, den ein altes Rosenspalier säumte. An seinem Ende stand die verkohlte Ruine des Lebkuchen-Spielhauses. An den übrig gebliebenen Balken und Dachsparren klammerten sich Efeuranken fest, die aus dem steinernen Schornstein des offenen Kamins hinaufgekrochen waren. Der Kamin selbst war noch intakt, ebenso die Kamineinfassung und der große schwarze Kessel, der immer noch an einem schmiedeeisernen Arm hing.

»Warum wolltest du hierher?« fragte Susan.

»Ich dachte ganz einfach, nachdem du mein Seelenleben analysiert hast, möchte ich wissen, warum du nie hierherkommst.«

»Woher weißt du, daß ich nie herkomme?«

»Weil ich hier in der Nähe noch nie einen Hufabdruck entdeckt habe.«

»Es ist ein so trauriger Anblick.«

»Aber wir waren auch vor dem Brand nie zusammen hier, haben hier nie unsere Spiele gespielt.«

Sie antwortete nicht.

»Ich kann natürlich verstehen, wenn du der Meinung bist, daß Sex nicht in ein Spielhaus mit Kindheitserinnerungen paßt.«

Sie sagte immer noch nichts.

Ich ging auf die Überreste der Haustür zu, doch Susan folgte mir nicht. Ein Blumenkasten, der von einem Fenstersims gefallen war, bunte Glasscherben, geschmolzenes Blei, das verbrannte Skelett eines Bettes und ein Stück von einer verkohlten Matratze, die aus dem ersten Stock gefallen waren. »Nun«, fragte ich, »sind es schöne oder unerfreuliche Erinnerungen?«

»Beides.«

»Erzähl mir von den schönen.«

Sie machte ein paar Schritte auf das Haus zu, kniete dann nieder und hob eine Tonscherbe auf. »Im Sommer habe ich hier einmal mit meinen Freundinnen übernachtet«, sagte sie. »Ein Dutzend Mädchen. Wir waren die ganze Nacht wach, kicherten, lachten, sangen und fuhren bei jedem Geräusch von draußen zusammen.«

Ich lächelte.

Sie kam noch näher und betrachtete die verkohlten Hölzer, die auch noch zehn Jahre nach dem Brand nicht geruchlos waren. »Viele schöne Erinnerungen.«

»Das freut mich. Komm, gehen wir.« Ich nahm ihren Arm.

»Willst du nichts über die unerfreulichen Dinge hören?«

»Nicht unbedingt.«

»Die Hausangestellten kamen manchmal her und feierten Partys. Und trieben es miteinander.« Sie fügte hinzu: »Das wurde mir klar, als ich ungefähr dreizehn war. Sie sperrten immer die Tür ab. Als ich es dann wußte, wollte ich nie wieder in dem Bett schlafen.«

Ich antwortete nicht.

»Ich meine, es war mein Haus. Jedenfalls hatte ich geglaubt, daß es mir gehörte.«

»Ich verstehe.«

»Und dann – eines Tages – ich war ungefähr fünfzehn, kam ich hierher, und die Tür war nicht abgeschlossen, und ich ging hinein und die Treppe hinauf, um etwas zu holen, das ich im Schlafzimmer vergessen hatte... Und da lag dieses Paar, nackt, und schlief...« Sie warf mir einen Blick zu. »Ich glaube, es war ein traumatisches Erlebnis.« Sie zwang sich zu einem Lächeln. »Heute würde das eine Fünfzehnjährige wahrscheinlich nicht mehr so empfinden. Man sieht es schließlich oft genug im Fernsehen.«

»Stimmt.« Aber ich konnte nicht glauben, daß es das war, worunter sie heute noch litt. Es steckte mehr dahinter, und ich ahnte, daß sie es mir jetzt erzählen würde.

Sie schwieg eine Weile. »Meine Mutter ist mit jemandem hergekommen«, sagte sie endlich.

»Ich verstehe.« Ich hätte gern gewußt, ob es ihre Mutter gewesen war, die sie im Bett überrascht hatte, und mit wem.

Sie schritt über die rußigen und völlig verdreckten Dielenbretter zum Bett. »Und ich habe hier meine Unschuld verloren.«

Ich antwortete nicht.

Mit einem traurigen Lächeln wandte sie sich mir zu. »Was für ein Spielhaus!«

»Gehen wir.«

Sie schlenderte an mir vorbei auf den Weg zwischen den Rosensträuchern. Ich holte sie ein. »Hast du es niedergebrannt?« fragte ich.

»Ja.«

Ich wußte nicht, was ich sagen sollte, also entgegnete ich: »Tut mir leid.«

»Schon gut.«

Schweigend gingen wir durch die Mulde zurück, und als ich mit dem Finger über ihre Wange strich, entdeckte ich, daß sie weinte.

»Es wird alles gut«, versicherte ich ihr.

»Ich bin zu alt für Märchen«, flüsterte sie.

Auf Susans Anregung schlugen wir den Weg zum Pflaumengarten ein – dem »Heiligen Hain« mit dem römischen Liebestempel. Mehr als die Hälfte der Pflaumenbäume war schon tot oder im Absterben begriffen, und in jedem Frühling gab es weniger Blüten, doch die Luft war immer noch von ihrem Duft durchdrungen.

Wir kamen auf die Lichtung, auf der sich der runde Marmortempel erhob. Wortlos stiegen wir die Stufen hinauf, und ich öffnete das große Bronzetor.

Die Sonne stand schon tief, und ein einziger schräger Strahl fiel durch die Öffnung in der Kuppel und auf eine bestimmte Körperregion der erotischen Plastik auf dem Sockel. Susan ging über den

Marmorfußboden auf die nackte Venus und ihren Liebhaber zu und blieb vor ihnen stehen. Die beiden Statuen aus rosa Marmor saßen Seite an Seite auf einem unbehauenen Block aus schwarzem Stein, hatten die Arme umeinander gelegt und wollten sich gerade küssen. Der Mann hatte sein Feigenblatt vergessen, und sein Penis war voll erigiert. Wie ich schon sagte, war diese Darstellung für das Jahr 1906 ziemlich gewagt gewesen, und auch heute noch wird ein erigierter Penis in der Kunst von manchen als pornographisch angesehen.

Es ist jedenfalls möglich, daß eine Frau sich auf den Schoß dieses virilen Mannes setzen und seinen Penis in sich eindringen lassen kann. Tatsächlich haben sich im alten Rom bei Orgien Jungfrauen auf diese Weise selbst defloriert und dazu, soviel ich weiß, die Statue des griechischen Fruchtbarkeitsdämons Priapos benutzt, dessen Glied allzeit bereit ist.

Ich habe Ihnen erzählt, daß Susan und ich uns in diesem Tempel einigen interessanten Sexualpraktiken hingaben, zu denen allerdings nicht die eben geschilderte römische Praxis gehörte, eine Marmorstatue zu vergewaltigen. Ich muß hinzufügen, daß die beiden Plastiken überlebensgroß sind und das Tatwerkzeug des römischen Gentleman vielleicht ein bißchen größer ist als das meine – aber der Unterschied ist nicht so gravierend, daß ich neidisch werden müßte.

Nun, jedenfalls waren wir an einem Karfreitag nach dem Kirchgang, einem Augenblick der Wahrheit im Aussichtspavillon und einem emotionalen Intermezzo im Spielhaus in diesem heidnischen Tempel gelandet. Und, um ehrlich zu sein, diese Ereignisse hinterließen in mir das unbehagliche Gefühl, daß dies vielleicht weder Zeit noch Ort für eine Romanze war.

Susan hingegen schien genau zu wissen, was sie wollte. »Nimm mich in die Arme und lieb mich, John«, sagte sie.

Diese Worte bedeuten, daß wir nicht spielen, sondern uns wie Frau und Mann lieben werden. Sie bedeuten auch, daß Susan sich unsicher fühlt oder vielleicht sogar wehmütig gestimmt ist.

Also nahm ich sie in die Arme, und wir ließen uns zu Füßen der beiden Statuen nieder, ahmten unbewußt ihre Pose nach. Wir schleuderten die Schuhe von den Füßen und halfen uns gegenseitig, uns auszuziehen, bis wir beide nackt waren. Ich legte mich mit dem Rücken auf den kühlen Marmor, zog sie zu mir herunter und küßte sie. Dann legte sie sich der Länge nach auf mich. Wir umarmten und küßten uns, während ihre Hüften sich hoben und senkten.

Ihr Körper spannte sich und entspannte sich dann plötzlich, doch sie fuhr fort, die Hüften zu bewegen... Nach dem dritten Mal konnte sie nur noch keuchend atmen, aber sie hielt nicht inne, fieberte schon dem nächsten Orgasmus entgegen. Auf diese Weise war sie schon einmal ohnmächtig geworden. Jetzt aber ließ auch ich mich los, und wir kamen zusammen.

Dann lag sie da, das Gesicht auf meiner Brust vergraben; ihr langes rotes Haar fiel in Wellen über meine Schultern. »Danke, John«, hörte ich sie zwischen zwei tiefen Atemzügen flüstern.

Es war angenehm, so dazuliegen und Susans Körper auf mir zu spüren. Unsere Lenden fühlten sich warm und feucht an. Ich spielte mit ihrem Haar, streichelte ihren Rücken und ihre Hinterbacken, und wir rieben unsere Füße aneinander.

Durch die offene Kuppel sah ich, daß das Sonnenlicht langsam dahinschwand, und auch im Tempel wurde es dunkler. Aber direkt über mir konnte ich noch die Marmorstatuen in ihren ewigen Umarmungen sehen, und aus unserer Perspektive wirkten ihre Mienen und ihr ganzes Verhalten noch viel lustvoller und leidenschaftlicher, als würden die acht Jahrzehnte ihrer steinernen Frustration im nächsten Moment in einem Akt sexuellen Wahnsinns explodieren.

Wir müssen eingeschlafen sein, denn als ich die Augen aufschlug, war es im Tempel stockfinster, und ich fror. Dann bewegte sich Susan, und ich fühlte ihre warmen Lippen auf meinem Hals.

»Schön«, sagte ich.

»Geht's dir jetzt besser?«

»Ja«, antwortete ich. »Und dir?«

»Ja.« Sie fügte hinzu: »Ich liebe dich, John.«

»Ich liebe dich auch.«

Sie erhob sich und sagte: »Steh auf!«

Ich tat, wie sie geheißen, und Susan nahm mein Hemd, zog es mir an und knöpfte es zu. Dann band sie mir die Krawatte. Als nächstes waren meine Shorts und die Socken an der Reihe, dann meine Hose. Sie schloß meine Gürtelschnalle und zog den Reißverschluß hoch. Sich von einer Frau ausziehen zu lassen, ist sehr erotisch, aber Susan ist die einzige, die mich je danach wieder angezogen hat. Das ist etwas sehr Liebevolles und Zärtliches. Dann zog sie mir die Schuhe an, band die Schnürsenkel, klopfte mein Jackett ab und half mir hinein. »So«, sagte sie, nachdem sie mir die Haare glattgestrichen hatte, »jetzt siehst du wieder aus, als kämst du direkt aus der Kirche.«

»Außer daß meine Lenden klebrig sind.«

Lächelnd und splitterfasernackt stand sie vor mir. Ich sah sie an und sagte: »Danke.«

»Es war mir ein Vergnügen.«

Ich versuchte sie anzuziehen, kam aber mit der Strumpfhose nicht zurecht und hatte Schwierigkeiten mit den Haken und Ösen des BHs. »John«, meinte sie strafend, »früher hast du mich im Dunkeln mit einer Hand ausgezogen.«

»Das ist etwas anderes.«

Endlich schafften wir es mit vereinten Kräften, Susan anzuziehen, und gingen dann Hand in Hand durch die Dunkelheit zum Haus zurück.

»Du hattest recht, weißt du«, sagte ich. »Ich meine, mit deiner scharfsinnigen Analyse meiner Gefühle. Ich will mich nicht langweilen, und ich will auch nicht diese ständige Unruhe empfinden, aber ich tu's nun mal.«

»Vielleicht«, meinte sie, »brauchst du einfach eine richtige Herausforderung. Und vielleicht fällt mir etwas ein, das dich herausfordern könnte.«

»Gute Idee«, erwiderte ich. Und diese Antwort sollte sich als das absolut Dümmste erweisen, was ich je gesagt hatte.

9. Kapitel

Am Karsamstag ließ ich den Gottesdienst aus, denn ich hatte vorläufig genug von Pfarrer Hunnings und den Allards. Auch Susan schwänzte und verbrachte den Vormittag damit, mit zwei Collegestudenten, die über die Ferien nach Hause gekommen waren, den Stall auszumisten. Ich lehne Stallarbeit ab, ließ mich aber herab, ihnen einen Kühlbehälter mit alkoholfreien Säften zu bringen.

Sansibar und Yankee waren unter dem großen Kastanienbaum im Freien angepflockt, knabberten Gras und beachteten die Menschen nicht, die für sie Sklavenarbeit leisteten. Ich finde, Pferde sollten ihre Ställe selbst sauberhalten. Früher habe ich Pferde gemocht, aber jetzt hasse ich sie. Ich bin eifersüchtig.

Zum selben Thema: Susan, die gleichaltrigen Verehrern gegenüber kalt wie Eis ist, ist zu jungen Männern immer sehr nett. Das ist zum Teil natürlich reine Mütterlichkeit. Schließlich ist sie ja alt genug, um Kinder im College-Alter zu haben, und die hat sie ja auch. Was mich ärgert, ist, daß es bei ihrer Aufgeschlossenheit gegenüber jungen Männern auch einen nicht-mütterlichen Teil gibt. Jedenfalls schien es den dreien verdächtig viel Spaß zu machen, Scheiße zusammenzukarren.

Ich nahm den Kühlbehälter aus dem Bronco und stellte ihn auf eine Steinbank.

Auf dem kopfsteingepflasterten Hof vor dem Stall stapelte sich der Pferdemist, der später seinen Weg in den Rosengarten hinter unserem Haus finden würde. Vielleicht ist das der Grund, daß ich nie dort stehenbleibe und an den Rosen rieche.

Für den Fall, daß jemand aus dem Stall kam, stellte ich, um Männlichkeit zu demonstrieren, einen Fuß auf die Steinbank, öffnete eine Flasche Apfelsaft und trank. Wenn ich Tabak und Papier dabeigehabt hätte, hätte ich mir eine Zigarette gedreht. In dieser Pose wartete ich eine Weile, aber aus dem Stall kam nur Gelächter.

Ich betrachtete den langen, einstöckigen Stallkomplex. Er ist zur gleichen Zeit wie das große Haus entstanden – in einer Zeit, in der Pferde noch ein viel verläßlicheres und würdigeres Transportmittel darstellten als Automobile. Es gab dreißig Boxen für Reitpferde, Gespanne und Zugpferde und ein großes Kutschenhaus, in dem vermutlich zwei Dutzend Kutschen, leichte Wagen und Schlitten mit dem nötigen Zubehör untergebracht gewesen waren. Das obere Stockwerk war zum Teil Heuboden und zum Teil Wohnquartier für die ungefähr vierzig Pferdepfleger, Stalljungen und Kutscher, die nötig waren, um den Stallbetrieb aufrechtzuerhalten. In den zwanziger Jahren wurde das Kutschenhaus zur Garage, und die Pferdepfleger, Stalljungen und Kutscher verwandelten sich in Chauffeure und Automechaniker.

Susan und ich stellen manchmal den Jaguar in die Garage, und George benutzt sie regelmäßig für seinen Lincoln, da seine Generation noch der Ansicht ist, man müsse sein Eigentum schonen. Torhaus, Gästehaus und Haupthaus hatten natürlich keine eigenen Garagen, denn wenn man sein Pferd, seine Kutsche oder sein Automobil benötigte, mußte man nur die Klingel für das Kutschenhaus betätigen. Deshalb befindet sich in unserer Küche eine Klingel mit dem Schild *Kutschenhaus*, aber ich kann draufdrükken, sooft ich will, es kommt niemand.

Die Stallungen stehen auf dem Grund der Stanhopes – ein Problem für Susan, sobald das Land verkauft wird. Die einzig vernünftige Lösung wäre, auf Susans Besitz einen kleineren Holzstall zu bauen. Ich meine, schließlich wohnen wir nicht in dem großen Haus, warum sollen also die Pferde in dem großen Stall stehen? Aber Susan befürchtet offenbar, die Tiere könnten ein seelisches Trauma erleiden, wenn sie gezwungen wären, gesellschaftlich abzusteigen. Daher möchte sie, daß zumindest ein Teil des großen Stalles abgebaut und Ziegel um Ziegel, Schieferplatte um Schieferplatte, Kopfstein um Kopfstein auf ihr Land transferiert wird. Und sie will das so rasch wie möglich über die Bühne bringen, bevor die Steuerfritzen anfangen die Vermögenswerte zu erfassen. Ihr Vater hat ihr gnädig gestattet, das ganze oder einen Teil des Gebäudes auf ihren Grund und Boden zu versetzen, und Susan hat für ihre kostbaren Pferdchen bereits ein hübsches, von Bäumen beschattetes Stückchen Land mit einem Teich ausgesucht. Jetzt brauchen wir nur noch eine Ställe versetzende Firma und hundert Sklaven, die die Arbeit erledigen. Susan schlägt vor, die Kosten mit mir zu teilen. Ich muß mir diesen vorehelichen Vertrag noch einmal ansehen.

Ich trank den letzten Schluck Apfelsaft, schob den Daumen in den Gürtel und wartete darauf, daß jemand mit einem Schubkarren voll dampfender Fäkalien aus dem Stall kam.

Nachdem ich etwa eine Minute lang in dieser Pose verharrt hatte, beschloß ich, mit dem albernen Gehabe aufzuhören und einfach hineinzugehen. Aber als ich auf das Haupttor zuging, flog aus der Dachbodenluke ein Heubüschel und landete auf mir. Offensichtlich veranstalteten sie dort oben eine Balgerei im Heu. Stocksauer machte ich kehrt, stieg in den Bronco, startete, schaltete und beschrieb eine ganz enge U-Schleife vor dem Haupttor. Ich hörte, daß Susan mir aus der offenen Dachluke irgend etwas zurief, als ich mit Vierradantrieb mitten durch den Haufen Pferdemist brauste.

Am Nachmittag zogen wir uns, nachdem wir uns sehr vernünftig über mein kindisches Benehmen unterhalten hatten, zum Tennisspielen um und gingen zu den Plätzen hinunter, wo wir zu einem Match verabredet waren. Es war sehr warm für einen Apriltag, und nach ein paar Volleys zog Susan Pullover und Trainingshose aus. Ich muß Ihnen sagen, daß diese Frau im Tennisdress unglaublich reizvoll aussieht, und wenn sie in ihrem Röckchen nach dem zweiten Ball fischt, verlieren die Männer auf dem Platz für eine oder zwei Minuten die Konzentration.

Schließlich erschienen Jim und Sally Roosevelt, unsere Tennispartner. Jim ist einer von den Oyster-Bay-Roosevelts, die noch immer in dieser Gegend leben. Die Roosevelts, Morgans, Vanderbilts und ihresgleichen sind ein einheimisches Naturphänomen; sie erneuern ihren Bestand ständig selbst wie die Fasane und sind ebenso selten. Wenn man einen Roosevelt oder einen Fasan zum Dinner hat, kann man sich glücklich schätzen: Das ist entweder ein gesellschaftlicher oder ein kulinarischer Coup. Im Grunde ist Jim ein ganz durchschnittlicher Bursche mit einem berühmten Namen und einem Treuhandvermögen. Wichtiger ist für mich, daß ich ihn beim Tennis vom Platz fegen kann.

Sally Roosevelt ist eine geborene Grace von den Schiffahrtslinien-Graces. Sie sieht gar nicht übel aus, und um mich für den Zwischenfall auf dem Heuboden zu revanchieren, flirtete ich zwischen den Sätzen ein wenig mit ihr. Aber weder sie noch Susan und nicht einmal Jim schienen im geringsten davon berührt. Daher wurden meine Schläge immer waghalsiger, und ich verlor.

Gegen sechs Uhr – wir waren gerade mitten in einem Spiel – entdeckte ich einen glänzenden schwarzen Cadillac Eldorado, der sich auf die Tennisplätze zubewegte und schließlich in unmittelbarer Nähe hielt. Frank Bellarosa stieg aus und kam auf uns zu.

»Ich glaube, da sucht dich jemand«, meinte Jim ganz überflüssigerweise.

Ich entschuldigte mich, legte den Schläger weg und ging Bellarosa entgegen.

»Hallo, Mr. Sutter. Haben Sie meinetwegen Ihr Spiel unterbrochen?«

Und ob du das hast, Ittaker. Also, was willst du? Nein, nein, das sage ich natürlich nicht. Ich sagte: »Ach, halb so schlimm.«

Er streckte mir die Hand entgegen. Ein kurzes Händeschütteln ohne das berühmte Knorpel-Knacker-Spiel. »Leider kann ich nicht Tennis spielen«, sagte er.

»Ich auch nicht«, erwiderte ich.

Er lachte. Ich mag Männer, die meinen Humor verstehen, doch in diesem Fall war ich fest entschlossen, eine Ausnahme zu machen.

Bellarosa trug eine graue Leinenhose und einen blauen Blazer; er schien also doch fähig zu sein, sich den Sitten und Gebräuchen seiner Umgebung anzupassen. Aber dazu hatte er ganz gräßliche glänzende weiße Schuhe an, und sein Gürtel war viel zu schmal. Der schwarze Rollkragenpulli war zwar ganz okay, gilt aber nicht mehr als *très chic*. Ich sah keine Ringe an seinen kleinen Fingern und auch keinen anderen protzigen Schmuck, keine Ketten oder andere Glitzerdinger, aber er trug eine Rolex Oyster am Handgelenk, ein fragwürdiger Geschmack – wenigstens für mich. Diesmal fiel mir auf, daß er einen Ehering trug.

»Ein wirklich schöner Tag«, meinte Bellarosa mit aufrichtiger Zufriedenheit.

Mir war klar, daß sein Tag wesentlich schöner war als der meine. Ich wette, Mrs. Bellarosa hatte den Vormittag nicht damit verbracht, mit zwei jungen Sexbolzen auf dem Heuboden rumzualbern. »Erstaunlich warm für die Jahreszeit«, stimmte ich zu.

»Super, dieser Besitz, den Sie hier haben.«

»Danke«, erwiderte ich.

»Schon lange hier?«

»Seit dreihundert Jahren.«

»Wie bitte?«

»Damit habe ich meine Familie gemeint. Die Familie meiner Frau hat das Haus hier im Jahre 1906 gebaut.«

»Ist das Ihr Ernst?«

»Sie können es nachlesen.«

»Tja.« Er sah sich nach allen Seiten um. »Wirklich ein Super-Besitz.«

Ich betrachtete Frank Bellarosa einen Moment. Er entsprach nicht dem landläufigen Klischee des zu klein geratenen, vierschrötigen, froschähnlichen Mafia-Dons. Sein Körperbau war ziemlich kräftig, als sei er es gewohnt, einbetonierte Leichen hochzuheben; er hatte scharfe Gesichtszüge, dunkle Haut, tiefliegende Augen und eine Römernase. Sein Haar war blauschwarz, wellig, gut gestylt, grau an den Schläfen und noch voll. Er war ein paar Zentimeter kleiner als ich, aber ich messe einsdreiundachtzig, also hatte er Durchschnittsgröße. Ich schätzte ihn auf etwa fünfzig Jahre; aber *das* konnte *ich* ja nachlesen – in Prozeßberichten zum Beispiel.

Sein freundliches, sanftes Lächeln paßte gar nicht zu seinen harten Augen und seinem gewalttätigen Leben. Außer diesem Lächeln hatte er weder im Aussehen noch in seinem Verhalten etwas von einem Bischof. Ich hielt ihn eigentlich nicht für besonders gutaussehend, doch mein Instinkt sagte mir, daß es bestimmt Frauen gab, die ihn attraktiv fanden.

Frank Bellarosa wandte sich wieder mir zu. »Ihr Mann im Torhaus – wie heißt er eigentlich...«

»George.«

»Ja. Er hat mir gesagt, daß Sie Tennis spielen, meinte aber, ich könne ja mal reinfahren und nachsehen, ob Sie fertig sind. Nur sollte ich Sie auf keinen Fall beim Spiel stören.«

Bellarosas Ton verriet mir, daß er mit George nicht sehr zufrieden war.

»Ach, es macht nichts.« George wußte natürlich, wer dieser Mann war, obwohl wir nie über unseren neuen Nachbarn gesprochen hatten. Als Torhüter ist George auch der Hüter aus der Mode gekommener Etikette; Ladies oder Gentlemen dürfen das Haupttor ungehindert passieren. Händler, Lieferanten oder Killer, mit denen man ins Geschäft kommen will, müssen dagegen den Eingang für das Personal benutzen, der ein Stück weiter unten an der Straße liegt. Ich mußte George sagen, daß er mit Bellarosa nicht so streng verfahren sollte. »Was kann ich für Sie tun?« fragte ich.

»Nichts. Ich wollte nur guten Tag sagen.«

»Das ist nett von Ihnen. Eigentlich hätte ja ich Sie aufsuchen müssen.«

»Ach ja? Warum?«

»Nun ja – weil es sich so gehört.«

»Tatsächlich? Bisher ist aber noch niemand vorbeigekommen.«

»Wie merkwürdig. Vielleicht wissen die anderen Nachbarn noch nichts von Ihrer Anwesenheit.« Die Unterhaltung wurde langsam etwas absurd, also sagte ich: »Tja, danke, daß Sie hereingeschaut haben. Und willkommen in Lattingtown.«

»Danke. Haben Sie 'nen Moment Zeit? Ich hab' was für Sie. Kommen Sie mit.« Er machte kehrt und winkte mir, ihm zu folgen. Ich warf einen Blick zum Tennisplatz zurück und folgte ihm dann.

Bei seinem Cadillac blieb Bellarosa stehen und öffnete den Kofferraumdeckel. Ich erwartete, Georges Leiche zu sehen; statt dessen aber nahm Bellarosa ein Tablett mit Sämlingen heraus und gab es mir. »Hier. Ich habe zuviel davon gekauft. Haben Sie wirklich keinen Gemüsegarten?«

»Nein.« Ich betrachtete das Kunststofftablett. »Jetzt habe ich einen, schätze ich.«

Er lächelte. »Allerdings. Ich habe Ihnen ein paar von jeder Sorte mitgebracht. Die kleinen Namensschildchen habe ich drangelassen, damit Sie wissen, was es ist. Gemüsepflanzen brauchen viel Sonne. Leider weiß ich nichts über die Erde in dieser Gegend. Was haben Sie hier für einen Boden?«

»Nun ja – ein bißchen sauer, etwas lehmig, aber guten Mutterboden, Glazialschutt...«

»Was?«

»Glazial... Versandet, stellenweise etwas Schotter...«

»Alles, was ich hier sehe, sind Bäume, Sträucher und Blumen. Versuchen Sie es mal mit diesem Gemüse. Im August werden Sie mir dafür dankbar sein.«

»Ich bedanke mich schon im April.«

»Schön. Stellen Sie es ab. Nicht auf den Wagen.«

Ich stellte das Tablett auf den Boden.

Bellarosa holte eine durchsichtige Plastiktüte aus dem Kofferraum, die eine Menge purpurfarbener Blätter enthielt.

»Hier«, sagte er. »Das ist Radicchio. Kennen Sie das? Wie Salat.«

Ich nahm die Tüte und betrachtete die gezackten Blätter mit höflichem Interesse.

»Eigenproduktion«, erklärte Bellarosa stolz.

»Sie müssen es da drüben ja um einiges wärmer haben.«

Er lachte. »Nein, den Radicchio habe ich nicht im Freien gezogen. Sie wissen doch – ich habe drüben einen Raum – eine Art Gewächshaus – die Dame von der Immobilienfirma sagte...«

»Einen Wintergarten.«

»Ja. Wie ein Gewächshaus, nur daß er zum Haus gehört und nicht im Garten steht. Ich habe es im Januar als erstes instandsetzen lassen. Jede einzelne Fensterscheibe war zerbrochen und der Gasradiator verschwunden. Hat mich zwanzigtausend Piepen gekostet, aber ich kann jetzt schon Zwiebeln und Salat ernten.«

»Ziemlich teure Zwiebeln«, stellte ich fest.

»Stimmt. Aber was soll's, zum Teufel.«

Ich sollte Ihnen sagen, daß Bellarosas Akzent ganz gewiß nicht nach Locust Valley klang, aber auch nicht nach Brooklyn pur. Da der Akzent bei uns enorm wichtig ist, ist mein Gehör in dieser Beziehung besonders empfindlich. Ich kann gewöhnlich sagen, aus welchem der umliegenden Bezirke jemand kommt. Manchmal höre ich sogar, welche Preparatory School* jemand besucht hat oder ob er, wie ich, in Yale war. Frank Bellarosa hatte nicht in Yale studiert, aber manchmal klang sein Akzent irgendwie merkwürdig, fast nach Prep School, auch wenn er seine Worte nicht mit der gleichen Sorgfalt wählte. Wider besseres Wissen fragte ich ihn: »Wo haben Sie vorher gelebt?«

»Wo? Oh, in Williamsburg.« Er sah mich an. »Das ist in Brooklyn. Kennen Sie Brooklyn?«

»Nicht sehr gut.«

»Super-Gegend. Das heißt, früher war es eine Super-Gegend. Jetzt gibt es dort zu viele... Ausländer, verstehen Sie? Meine ganze Familie stammt von dort. Als mein Großvater rüberkam, hat er zuerst in der Havemeyer Street gewohnt.«

Ich nahm an, daß Bellarosas Großvater aus dem Ausland gekommen war – zweifellos aus Italien – und daß die Deutschen und Iren aus Williamsburg ihn wohl auch nicht mit offenen Armen und Schnitzeln empfangen haben. Als dieser Kontinent noch von Indianern bewohnt gewesen war, brauchten die ersten Europäer sie nur umzubringen, um Raum für sich zu schaffen. Für die nachfolgenden Immigranten-Wellen war das Leben schon rauher; sie mußten kaufen oder pachten. Da ich nicht glaubte, daß Bellarosa sich für meine sarkastischen Gedanken interessierte, sagte ich: »Hoffentlich gefällt Ihnen Long Island.«

* Aufs College vorbereitende Schule (Anm. d. Übers.)

»Aber ja doch. Ich kenne Long Island. War hier draußen in einer Internatsschule.«

Mehr gab er nicht preis, und ich drängte ihn nicht, obwohl ich mich fragte, welche Internatsschule Frank Bellarosa wohl besucht haben konnte. Vielleicht war das seine ganz persönliche Umschreibung für eine Besserungsanstalt. »Noch einmal vielen Dank für den Salat«, sagte ich.

»Essen Sie ihn bald. Er ist frisch gepflückt. Sie müssen ein bißchen Essig und Öl dazu tun.«

Ob die Pferde ihn wohl ohne Essig und Öl fressen würden? »Machen wir bestimmt. Nun...«

»Ist das Ihre Tochter?«

Ich wandte mich um und sah, wie Susan den Weg herunterkam. »Das ist meine Frau.«

»Ach ja? Sie ist einmal auf einem Pferd über mein Land geritten.«

»Das pflegt sie manchmal zu tun.«

Er schaute mich an. »He, wenn sie über mein Land reiten will, ist das okay. Wahrscheinlich ist sie schon dort geritten, bevor ich den Besitz gekauft habe. Ich will kein böses Blut. Ich habe ungefähr hundert Hektar, und der Pferdemist ist ein guter Dünger. Nicht wahr?«

»Ein ausgezeichneter Rosendünger.«

Susan ging direkt auf Frank Bellarosa zu und streckte ihm die Hand entgegen. »Ich bin Susan Sutter. Und Sie müssen unser neuer Nachbar sein.«

Bellarosa zögerte einen Moment, bevor er ihre Hand nahm. Ich vermute, daß die Männer in seiner Welt den Frauen nicht die Hand schüttelten. »Frank Bellarosa«, sagte er.

»Freut mich, Sie kennenzulernen, Mr. Bellarosa. John hat mir erzählt, daß er Sie vor ein paar Wochen in der Gärtnerei getroffen hat.«

»Hat er.«

Bellarosa hielt ständigen Blickkontakt mit Susan, obwohl mir nicht entging, daß seine Augen für den Bruchteil einer Sekunde zu ihren Beinen abschweiften. Ich war nicht sehr angetan davon, daß sie ihre Trainingshose nicht angezogen hatte und sich einem völlig Fremden in einem Tennisröckchen präsentierte, das kaum ihren Schritt bedeckte.

»Sie müssen entschuldigen, daß wir Sie nicht aufgesucht haben«, sagte Susan zu Bellarosa, »aber wir wußten ja nicht, ob Sie schon fertig eingerichtet sind und bereits empfangen.«

Diese Erklärung schien Bellarosa einen Augenblick zu beschäftigen; die Sache mit dem Empfangen und Empfangenwerden bereitete ihm offensichtlich Probleme. Ich sollte vielleicht darauf hinweisen, daß Susan gern in die Rolle der Lady Stanhope schlüpft, wenn sie gewissen Leuten Unbehagen einflößen will. Ich weiß allerdings nicht, ob es sich dabei um Verteidigung oder Angriff handelt.

Bellarosa schien sich jedoch durchaus nicht unbehaglich zu fühlen, obwohl er gegenüber Susan ein wenig zurückhaltender war als mir gegenüber. Vielleicht lenkten ihn ihre Beine zu sehr ab. »Ich habe Ihrem Mann eben erzählt, daß ich Sie ein- oder zweimal mit Ihrem Pferd auf einem Land gesehen habe. Kein Problem.«

Ich dachte schon, er würde gleich wieder die für ihn vorteilhaften wachstumsfördernden Nebenwirkungen erwähnen, doch er lächelte mir nur zu. Ich erwiderte das Lächeln nicht. Dieser Tag ist wirklich pure Pferdescheiße, dachte ich.

»Das ist sehr freundlich von Ihnen«, sagte Susan zu Bellarosa. »Ich sollte Sie aber darauf hinweisen, daß es bei uns Sitte ist, einem Reiter das Wegerecht einzuräumen. Wenn Sie bestimmte Wege sperren wollen, ist das Ihr gutes Recht, aber Sie müssen sie markieren. Sollten jedoch wieder Jagden geritten werden, werden die Pferde hinter den Hunden und die Hunde hinter der Witterung herjagen. Aber wenn es soweit ist, wird man Sie rechtzeitig informieren.«

Frank Bellarosa sah Susan lange an; weder sie noch er zuckten mit einer Wimper. Zu meiner Überraschung entgegnete Bellarosa in kühlem Ton: »Ich schätze, es gibt hier einiges, das ich noch nicht verstehe, Mrs. Sutter.«

Ich hielt es für angebracht, das Thema zu wechseln und über etwas zu reden, von dem er etwas verstand; also hielt ich den Plastikbeutel in die Höhe. »Stell dir vor, Susan, Mr. Bellarosa hat diesen Salat – er heißt Radicchio – im Wintergarten von Alhambra gezogen.«

Susan betrachtete den Beutel und wandte sich dann wieder an Bellarosa. »Oh«, sagte sie, »haben Sie den Wintergarten renovieren lassen? Wie schön.«

»Ja. Der gesamte Besitz macht allmählich Fortschritte.«

»Und diese Sämlinge«, fügte ich hinzu und zeigte auf das Tablett auf dem Boden, »sind Gemüsepflanzen für unseren Garten.«

»Wie aufmerksam von Ihnen.«

Bellarosa lächelte Susan zu. »Ihr Mann hat mir erzählt, daß Sie Blumen essen.«

»Nein, Sir, nur die Dornen. Vielen Dank für Ihren Besuch.«

Bellarosa ging darüber hinweg, daß sie ihn damit praktisch verabschiedet hatte, und wandte sich an mich. »Wie heißt Ihr Besitz? Er hat doch einen Namen, nicht wahr?«

»Ja«, antwortete ich, »Stanhope Hall.«

»Was heißt das?«

»Nun – er ist nach Susans Urgroßvater Cyrus Stanhope benannt. Er hat ihn gebaut.«

»Ja. Das sagten Sie schon. Muß ich meinem Besitz auch einen Namen geben?«

»Er hat schon einen.«

»Das weiß ich. Hat mir die Immobilien-Dame gesagt. Alhambra. Unter dieser Adresse bekomme ich meine Post. Es gibt keine Hausnummer. Ist das zu glauben? Also, soll ich jetzt dem Besitz einen neuen Namen geben oder was?«

»Das können Sie, wenn Sie wollen«, erwiderte Susan. »Manche tun es; andere behalten den ursprünglichen Namen bei. Haben Sie schon einen neuen?«

Frank Bellarosa dachte einen Moment nach und schüttelte dann den Kopf. »Nee. Alhambra ist vorläufig okay. Klingt aber spanisch. Muß noch darüber nachdenken.«

»Geben Sie uns Bescheid, wenn wir Sie irgendwie beraten können«, sagte Susan.

»Danke. Glauben Sie, ich sollte ein Schild mit dem Namen des Besitzes heraushängen? An einigen Toren habe ich solche Schilder gesehen. Sie haben keines.«

»Das liegt ganz bei Ihnen«, versicherte ich unserem neuen Nachbarn. »Aber verständigen Sie das Postamt, wenn Sie den Namen ändern.«

»Ja. Klar.«

Susan fügte – hinterhältigerweise, wie ich fand – hinzu: »Manche Leute hängen einfach ein Schild mit ihrem Namen heraus. Andere, besonders wenn sie berühmte Namen haben, lassen es bleiben.«

Bellarosa sah sie lächelnd an. »Ich glaube nicht«, sagte er, »daß es eine besonders gute Idee wäre, ein Schild mit meinem Namen herauszuhängen, oder, Mrs. Sutter?«

»Nein, das glaube ich auch nicht, Mr. Bellarosa.«

Allmählich wurde es mir ein bißchen ungemütlich. »Jetzt müssen wir aber wirklich zu unseren Gästen zurück«, meinte ich.

Bellarosa zögerte einen Augenblick und sagte dann: »Ich gebe morgen ein kleines Osterdingsda. Ein paar Freunde, ein bißchen Familie. Nichts Großartiges. Traditionelles italienisches Osteressen. Ich bin eigens nach Brooklyn gefahren, um *Capozella* zu besorgen. Einen Lammkopf. Aber wir haben auch noch das ganze übrige Lamm. Gegen zwei Uhr. Okay?«

Ich wußte nicht, ob ich das mit dem Lammkopf richtig verstanden habe. »Leider haben wir schon eine andere Einladung angenommen«, antwortete ich.

»Ach ja? Vielleicht können Sie trotzdem vorbeikommen. Ich zeige Ihnen das Haus, und wir trinken einen Schluck. Okay?« Er sah Susan an.

»Wir werden es auf jeden Fall versuchen«, antwortete sie. »Aber wenn wir es nicht schaffen sollten, wünsche ich Ihnen schon jetzt fröhliche und gesegnete Ostern.«

»Danke.« Bellarosa schloß den Kofferraumdeckel und ging zur

Wagentür. »Haben Sie was dagegen, wenn ich hier noch ein bißchen rumfahre?«

»Aber durchaus nicht«, sagte Susan. »Schließlich ist das ein ziemlich langer Wagen, und es dürfte schwierig sein, ihn hier zu wenden. Fahren Sie bis zum Haupthaus weiter und wenden Sie auf dem Vorplatz.«

Um Susan zu ärgern, hätte ich Bellarosa erzählen sollen, daß der alte Besitz zum Verkauf stand, doch ich hatte das Gefühl, daß wir für einen Tag ausreichend Gesprächsstoff hatten.

Bellarosa sah uns über das Wagendach hinweg an, und wir erwiderten seinen Blick. Das ist eine Kampfansage oder vielleicht auch das erste Scharmützel beim Zusammenprall zweier Kulturen, dachte ich. Susan und ich waren dazu erzogen worden, sozial Tieferstehende nie unverschämt zu behandeln. Nur wenn sie sich anmaßten, wie Gleichgestellte aufzutreten, durfte man sie notschlachten. Aber Frank Bellarosa versuchte nicht, sich aufzuspielen und gab nicht vor, etwas anderes zu sein, als er war. Dazu waren wir ihm nicht wichtig genug.

Ich erinnerte mich an meinen ersten Eindruck von ihm – ein Eroberer, neugierig auf die müde Gesellschaft, die er eben niedergetrampelt hatte, vielleicht auch ein bißchen belustigt über die Alteingesessenen und ganz gewiß gänzlich unbeeindruckt von einer Kultur, die sich gegen Menschen wie Frank Bellarosa nicht verteidigen konnte. Das, sollte ich später erfahren, war ein sehr zutreffender erster Eindruck gewesen. Doch in diesem Moment war ich einfach froh, daß er ging. Mir war natürlich klar, daß ich ihn wiedersehen würde – wenn auch nicht zum österlichen Lammkopfessen, aber doch ein andermal in sehr naher Zukunft. Aber ich hatte damals natürlich keine Ahnung, wie eng unsere Schicksale miteinander verbunden sein würden. Und mit welcher Wucht wir uns gegenseitig in die Katastrophe stürzen würden.

Bellarosa lächelte uns an, und wieder war ich über die Sanftheit dieses Lächelns betroffen. »Ich werde ein guter Nachbar sein«, sagte er schroff. »Keine Sorge. Wir werden miteinander auskommen.« Damit stieg er in seinen Wagen und fuhr davon.

Ich reichte Susan den Beutel mit Salat. »Essig und Öl«, sagte ich und fügte hinzu: »Du warst ein bißchen hochnäsig.«

»Ich?« fragte sie. »Und wie steht's mit dir? Hast du denn Lust, schnell mal auf ein Lammohr oder etwas Ähnliches bei ihm vorbeizuschauen?«

»Ich glaube nicht.«

Sie schwieg einen Augenblick und meinte dann: »Obwohl es natürlich schon interessant sein könnte.«

»Du bist merkwürdig, Susan«, sagte ich.

»Ach ja, wirklich?« erwiderte sie mit rauchiger Stimme, machte lachend kehrt und ging zu den Tennisplätzen zurück. Ich ließ das Tablett mit den Sämlingen stehen und folgte ihr. »Glaubst du, ich sollte dieses Jahr Gemüse pflanzen?«

»Du mußt.« Sie lachte wieder. »Das ist doch verrückt.«

Das richtige Wort wäre *beängstigend* gewesen, nicht *verrückt*, und wir beide wußten es. Nicht beängstigend im physischen Sinn vielleicht; man würde uns nicht liquidieren, weil wir uns nicht in Bellarosas Haus sehen ließen, seine Sämlinge nicht pflanzten oder ein bißchen kurz angebunden zu ihm gewesen waren. Doch beängstigend, weil dieser Mann die Macht hatte, Menschen liquidieren zu lassen, über die er sich ärgerte. Und trotz Susans Zurückhaltung und meiner – wie ich hoffte – kühlen Indifferenz ging man mit Bischof Bellarosa anders um als mit den Remsens, den Eltons oder den DePauws. Und der Grund dafür war nicht besonders subtil: Frank Bellarosa war ein Killer.

»Vielleicht *Casa Bellarosa*«, sagte Susan.

»Was?«

»Sein Haus. Vielleicht lass' ich als Einzugsgeschenk für ihn ein hübsches Schild machen. Perlmutt zum Beispiel. *Casa Bellarosa*, wie findest du das?« Susan zog ein Radicchioblatt aus dem Beutel und knabberte daran. »Ein bißchen bitter. Braucht tatsächlich Öl oder so. Aber sehr frisch. Willst du kosten?«

»Nein, besten Dank.«

»Hätten wir Bellarosa den Roosevelts vorstellen sollen? Du weißt schon, ungefähr so: ›Jim und Sally, darf ich euch mit unserem neuesten Freund und Nachbarn Frank, Bischof von Bellarosa, bekannt machen?‹ Oder sollte man lieber ›Don Bellarosa‹ sagen, um die Roosevelts gebührend zu beeindrucken?«

»Sei nicht kindisch. Was hältst du von ihm?«

»Er hat einen gewissen primitiven Charme«, antwortete sie ohne Zögern, »und weiß sich auch gegen meine wohlerzogene Arroganz selbstsicher zu behaupten.« Nach einer kleinen Pause fügte sie hinzu: »Er sieht viel besser aus, als ich dachte.«

»Ich finde nicht, daß er gut aussieht. Und er zieht sich ziemlich komisch an.«

»Das hat er mit der Hälfte aller Typen hier gemeinsam.«

Wir betraten den Platz, auf dem Jim und Sally Volleys schlugen. »Entschuldigung.« Sie müssen wissen, daß es geradezu ein Sakrileg ist, ein Tennismatch zu unterbrechen, wenn es nicht gerade um Leben und Tod geht.

»Susan meinte, das könnte euer neuer Nachbar sein«, antwortete Jim.

»Er war es auch.« Ich nahm meinen Schläger auf und ging auf den Platz. »Wie war der Spielstand?«

»Frank Bellarosa?« fragte Sally.

»Ich denke, ich hatte Aufschlag«, meinte ich.

»Wir nennen ihn nur den Bischof«, sagte Susan zu Sally.

Drei von uns fanden das komisch. Ich wiederholte: »Mein Aufschlag, dreißig – null.«

Susan zeigte den Roosevelts den Beutel mit Radicchio, und sie begutachteten ihn, als handle es sich um lebende Pflanzen vom Mars oder so etwas Ähnliches.

»Es wird langsam dunkel«, bemerkte ich.

»Was wollte er?« wandte Jim sich an Susan.

»Er möchte, daß wir seinen Radicchio essen und einen Gemüsegarten anlegen«, antwortete Susan.

Sally kicherte.

»Und«, fuhr Susan fort, »er wollte wissen, ob man von ihm erwartet, daß er ein Schild ans Tor hängt, auf dem ›Alhambra‹ steht. Außerdem hat er uns zum Ostermahl zu sich eingeladen.«

»Das darf doch nicht wahr sein!« quiekte Sally.

»Es gibt Lammkopf!« rief Susan.

»Oh, um Himmels willen«, sagte ich. Noch nie habe ich erlebt, daß die Spieler die Fortsetzung eines Matchs hinausgezögert haben, um sich auf dem Platz zu unterhalten – abgesehen von einem einzigen Mal im Tennisclub von Southampton, als ein eifersüchtiger Ehemann dem Trainer seinen Dunlop-Blue-Max-Schläger über den Schädel zu hauen versuchte ... aber nachdem der Ehemann und Trainer hinter dem Clubhaus verschwunden waren, wurde weitergespielt! »Meine Muskeln werden hart«, meinte ich. »Und das war's dann wohl.« Ich packte meine Sachen zusammen und ging vom Platz. Die drei anderen folgten, wobei sie sich weiterhin angeregt unterhielten.

Es war warm genug, um im Garten zu sitzen, und Susan brachte eine Flasche alten Port heraus. Als *Hors d'œuvres* gab es Cracker mit Käse, garniert mit Radicchio, was sogar mich amüsierte.

Ich trank und sah der untergehenden Sonne zu, roch den frischen Pferdemist aus dem Rosengarten und versuchte, dem Gesang der Vögel zuzuhören, aber Susan, Sally und Jim redeten noch immer über Frank Bellarosa, wobei Susan Ausdrücke wie »aufregend unheimlich« und »primitiver Charme« und sogar »faszinierend« verwendete. Dabei ist der Mann ungefähr so faszinierend wie ein Zementbottich. Aber Frauen sehen Männer nun mal anders als Männer. Sally fand Susans Beschreibung offenbar äußerst anregend. Auch für Jim schien es im Moment kein interessanteres Thema zu geben.

Wenn Sie etwas über die »Rangordnung« auf meiner Terrasse erfahren wollen, bitte – die Grace und die Stanhope, die mir gegenübersitzen, sind, jedenfalls an amerikanischen Maßstäben gemessen, alter Geldadel: Bis vor ungefähr hundert Jahren war nämlich noch nicht sonderlich viel amerikanisches Kapital im Umlauf. Aber der Roosevelt neben mir würde die Grace und die Stanhope als neureich einstufen. Die Roosevelts waren nie stinkreich, aber ihr Stammbaum läßt sich bis zu den Anfängen der Geschichte der Neuen Welt zurückverfolgen, sie besitzen einen guten Namen und haben sich im Krieg und im Frieden um ihr Land verdient gemacht. Darin unterscheiden sie sich von mindestens einem Stanhope, den ich namentlich nennen könnte.

Ich habe Ihnen schon viel von den Sutters erzählt, doch Sie sollten auch wissen, daß meine Mutter eine Whitman ist und ihr Vorfahre Walt Whitman war, der berühmteste Dichter von Long Island. Daher sind der Rangordnung nach Jim und ich etwa mit dem Hochadel zu vergleichen, und unsere Frauen, obwohl reich, hübsch und schlank, stehen auf der sozialen Leiter eine Sprosse tiefer. Haben Sie das verstanden? Keine Sorge, es ist völlig unwichtig. Wichtig ist jetzt einzig und allein, wo Frank Bellarosa hingehört.

Als ich Susan und die Roosevelts so reden hörte, wurde mir klar, daß sie Frank Bellarosa mit ganz anderen Augen sahen als ich. Mein Interesse galt Bellarosas Vergehen gegen die Gesetze unserer Gesellschaft, wie zum Beispiel Mord, Erpressung, Wucher und ähnliche Kleinigkeiten. Aber Susan, Sally und sogar Jim ging es um *größere* Dinge, etwa Bellarosas glänzenden schwarzen Cadillac, seine glänzenden weißen Schuhe und die größte seiner Missetaten, den Kauf von Alhambra. Susan, finde ich, benimmt sich ganz anders, wenn sie mit Leuten wie Sally Grace zusammen ist.

Ich war auch verblüfft über die Tatsache, daß die drei Bellarosa einen gewissen Unterhaltungswert zusprachen. Sie redeten über ihn, als sei er ein Gorilla in einem Käfig und als seien sie die Zuschauer. Fast beneidete ich sie um ihre unvergleichliche Selbstüberschätzung, die Überzeugung, daß sie nicht Artisten im Zirkus des Lebens waren, sondern Eintrittskarten für die Ehrenloge an der Hauptmanege hatten. Diese Überheblichkeit war Sally und Susan von Kindheit an eingeimpft worden und bei Jim ein natürlicher Bestandteil seines blauen Blutes. Ich nehme an, daß auch ich überheblich und elitär sein kann. Aber in meiner Familie haben alle gearbeitet, und wenn man seinen Lebensunterhalt verdienen muß, haben Überheblichkeit und elitäre Haltung ihre Grenzen.

Während ich Susan zuhörte, hätte ich sie gern daran erinnert, daß wir beide in diesem besonderen Fall nicht zum zahlenden Publikum gehörten – ganz im Gegenteil, wir waren Teil der Show, saßen mit dem Gorilla im Käfig und würden Aufregung und eisiges Frösteln unmittelbar und nicht nur aus zweiter Hand erleben...

Auf meinen Vorschlag hin kamen wir auf die Jachtsaison zu sprechen. Die Roosevelts blieben bis acht und gingen dann.

»Ich kann an Bellarosa weder etwas Amüsantes noch Interessantes entdecken«, sagte ich zu Susan.

»Du darfst das nicht so eng sehen«, antwortete sie und schenkte sich noch einen Port ein.

»Er ist ein Verbrecher«, sagte ich knapp.

Sie antwortete ebenso knapp: »Wenn Sie das beweisen können, Herr Anwalt, sollten Sie den Staatsanwalt verständigen.«

Was mich an das eigentliche Problem erinnerte: Wenn die Gesellschaft Frank Bellarosa nicht loswerden konnte, wie sollte ich es dann anstellen? Dieses Versagen des Gesetzes bedeutete das Ende jeder Moral – selbst Lester Remsen war ja überzeugt davon, daß alle Regeln beim Teufel waren. Ich war mir dessen nicht so sicher. »Du weißt, wovon ich spreche«, sagte ich zu Susan. »Bellarosa ist ein berüchtigter Mafia-Don.«

Sie leerte ihr Glas, seufzte dann und meinte: »Hör mal, John, der Tag war lang, und ich bin müde.«

Es war wirklich ein langer Tag gewesen, und auch ich fühlte mich körperlich und seelisch erschöpft. »Ja, ja«, sagte ich unklugerweise, »Balgereien im Heu zehren eben an den Kräften eines Menschen.«

»Laß das.« Sie stand auf und ging auf das Haus zu.

»Haben wir die Roosevelts geschlagen oder nicht?« fragte ich. »Wird mir mein sexueller Wunsch erfüllt?«

Sie zögerte. »Möchtest du, daß ich verschwinde und es mit mir selber treibe?«

Eigentlich ja.

Sie öffnete die Verandatür, die ins Arbeitszimmer führt. »Ich bin sicher, dir ist noch gewärtig, daß wir um neun von den De-

Pauws zu einem späten Abendessen erwartet werden. Man könnte es ein *Osterdingsda* nennen. Bitte sei rechtzeitig fertig.« Damit ging sie ins Haus.

Ich schenkte mir noch ein Glas Port ein. Nein, es war mir nicht mehr »gewärtig« gewesen. Mehr noch, es war mir verdammt egal. Mir kam der Gedanke, daß gewisse Leute, die Frank Bellarosa ein nicht unattraktives Äußeres und einen »primitiven Charme« attestierten und ihn sogar »aufregend unheimlich« und »faszinierend« fanden, daß sie sich eine Stunde lang über ihn unterhalten konnten, mich vielleicht nur für nett, langweilig und berechenbar hielten. Das, zusammengenommen mit der Balgerei im Heu am frühen Nachmittag, brachte mich auf den Gedanken, daß Susan vielleicht mit der Zeit ebenfalls ein wenig zu Rastlosigkeit und Unruhe neigte.

Ich stand auf, nahm die Portweinflasche, verließ den Garten und wanderte in die Dunkelheit hinein. Ich ging und ging, bis ich mich schließlich beim Irrgarten wiederfand. Schon etwas alkoholisiert, stolperte ich in das Labyrinth hinein, dessen Pfade von den wuchernden Zweigen bereits weitgehend zugewachsen waren. Ziellos wanderte ich umher, bis ich überzeugt war, mich total verirrt zu haben. Dann streckte ich mich auf dem Boden aus und schlief unter den Sternen ein. Der Teufel hole die DePauws.

10. Kapitel

Ich hörte ganz in der Nähe die Vögel singen und öffnete die Augen, konnte aber nichts sehen. Verwirrt und in Panik fuhr ich in die Höhe. Jetzt merkte ich, daß mich Nebel einhüllte, und für einen Moment glaubte ich, ich sei gestorben und im Himmel. Aber dann stieß mir der Portwein auf, und ich begriff, daß ich noch lebte, aber daß es mir nicht besonders gutging. Nach und nach erinnerte ich mich daran, wo ich war und wie ich hierhergekommen war. Da ich diese Erinnerung nicht besonders schön fand, verdrängte ich sie rasch.

Über mir färbten die ersten Vorboten der Morgendämmerung den Himmel purpurn und hochrot. Mein Kopf fühlte sich fürchterlich an, ich fror, und meine Muskeln waren so steif wie Pappendeckel. Ich rieb mir die Augen. Es war Ostersonntag, und John Sutter war in der Tat auferstanden.

Langsam rappelte ich mich auf, entdeckte die Portweinflasche auf dem Boden und erinnerte mich, sie als Kissen benutzt zu haben. Ich hob sie auf und trank den letzten Schluck, um mir den Mund zu erfrischen. »Pfui Teufel...«

Dann säuberte ich meinen Trainingsanzug und machte den Reißverschluß meiner Jacke zu, um mich vor der Kälte zu schützen. Männer mittleren Alters sollten sich, selbst wenn sie noch in guter Verfassung sind, nicht die ganze Nacht mit der Schnauze voller Fusel auf dem kalten Boden herumsielen. »Oh – mein Nakken...«

Ich hustete, streckte mich, nieste und widmete mich anderen morgendlichen Betätigungen. Alles schien zu funktionieren, außer meinem Verstand, der das Ungeheuerliche, das ich getan habe, einfach nicht fassen konnte.

Versuchsweise machte ich ein paar Schritte – es ging – und begann dann die Zweige des Heckenlabyrinths auseinanderzubiegen. Ich versuchte meinen Spuren vom Abend vorher zu folgen, aber Fährtensuche gehört nun einmal nicht zu meinen Freizeitbeschäftigungen, und bald wußte ich nicht mehr weiter. Ich hatte schon gestern nicht mehr weiter gewußt. Jetzt hatte ich überhaupt keine Energie mehr.

Der Himmel wurde heller, und ich konnte Ost und West unterscheiden. Der Ausgang des Irrgartens lag auf der Ostseite der Hecke. Also versuchte ich mich in diese Richtung zu bewegen, stellte jedoch fest, daß ich immer wieder meinen eigenen Weg kreuzte. Wer immer dieses Labyrinth angelegt hat, er muß ein sadistisches Genie gewesen sein.

Endlich, eine halbe Stunde nachdem ich losgegangen war, durchbrach ich die Hecken und sah die Sonne über dem weit entfernten Aussichtspavillon aufgehen.

Ich setzte mich auf die Steinbank am Eingang des Irrgartens und zwang mich, nachzudenken. Nicht nur, daß ich Susan sitzengelassen und eine Einladung geschmissen hatte, ich hatte auch den Frühgottesdienst in der Markuskirche verpaßt. Susan und die Allards waren mittlerweile wahrscheinlich außer sich vor Angst. Nun, Susan und Ethel vielleicht nicht, aber George würde sich große Sorgen machen, und die beiden Frauen waren sicher zumindest leicht beunruhigt.

Ich fragte mich, ob Susan tapfer zu den DePauws gegangen war und ihnen erklärt hatte, wie sehr ihr Mann es bedaure, nicht kommen zu können. Oder hatte sie die Polizei angerufen und die ganze Nacht beim Telefon gewacht? Interessierte sich überhaupt jemand dafür, ob ich tot oder lebendig war? Ich glaube, im Grunde wollte ich nur das wissen. Während ich darüber nachdachte, hörte ich dumpfe Hufschläge auf der feuchten Erde. Ich blickte auf und sah Roß und Reiter direkt aus der Sonne auf mich zukommen. Langsam stand ich auf und blinzelte ins Licht.

Susan zügelte Sansibar ungefähr fünf Meter vor mir. Weder sie noch ich sagten etwas, nur der blöde Gaul schnaubte so verächtlich, daß ich in Wut geriet, so unlogisch das auch scheinen mag.

Ich hatte erwartet, daß ich bei Susans Anblick voller Reue und Zerknirschung sein würde, doch merkwürdigerweise war mir noch immer alles egal. »Hast du mich gesucht, oder bist du nur ausgeritten?« fragte ich.

Es muß der Ton meiner Stimme gewesen sein, der sie davon abhielt, mir eine schnippische Antwort zu geben. »Ich habe dich gesucht«, sagte sie.

»Na schön, jetzt hast du mich gefunden und kannst wieder verschwinden. Ich will allein sein.«

»In Ordnung.« Sie begann Sansibar über den kurzen Zügel zu wenden und fragte dann über ihre Schulter hinweg: »Kommst du um elf Uhr mit uns in die Kirche?«

»Wenn ich komme, fahre ich meinen Wagen.«

»In Ordnung. Wir sehen uns später.« Sie ritt davon, und Sansibar entledigte sich eines Lüftchens. Hätte ich eine Flinte dabeigehabt, hätte ich ihm eine Ladung Rehposten in den Arsch gejagt.

Nun, dachte ich, das ging ja leicht. Jetzt fühlte ich mich richtig wohl. Ich begann zu gehen, lockerte meine Muskeln, joggte dann eine Weile und atmete tief die kühle Morgenluft ein. Wie schön war doch die Morgendämmerung, und wie schön war es doch, mit der Sonne aufzustehen, durch den Bodennebel zu laufen und von Beta-Blockern oder Endorphinen* *high* zu werden. Hüpfend, springend und rennend verbrachte ich eine volle Stunde, ohne mich zu fragen, warum und weshalb, ganz einfach, weil es mir guttat.

An der Grenze des Grundstücks, wo man einen Ausblick auf den *Creek Club* hat, kletterte ich auf eine große Linde. Was für eine wunderbare Aussicht! Ich blieb eine Weile im Baum sitzen und durchlebte noch einmal das ungemein köstliche Vergnügen, das ich in meiner Kindheit dabei empfunden hatte. Nur sehr widerwillig stieg ich hinunter und fing wieder an zu joggen. Schließlich – ich vermutete, es war neun Uhr – fühlte ich mich körperlich völlig erschöpft, aber geistig so hellwach wie schon lange nicht mehr. Ich hatte nicht einmal einen Kater. Jetzt steuerte ich auf die Weißkiefern zu, die Grenze zwischen dem Stanhopeschen Gebiet und Alhambra-Land. Mein ganzer Körper war schweißüberströmt, und mit dem Schweiß wurden alle Toxine aus mir herausgeschwemmt.

Mit hämmerndem Herzen und weichen Knien lief ich über die verwilderte Pferdekoppel und durch den Kirschgarten und erreichte schließlich den klassischen Garten, in dem Susan und ich damals unser sexuelles Drama aufgeführt hatten.

Ich ließ mich auf eine Steinbank fallen und sah mich um. Die imposante Neptunstatue stand noch immer am Ende des Teichs, in dem sich das Mosaik spiegelte, doch jetzt hielt der Gott einen

* Körpereigene Stoffe u. a. zur Steuerung vegetativer Funktionen (Anm. d. Übers.)

bronzenen Dreizack in der Faust. »Schau dir das an...« Ich sah auch, daß die vier steinernen Fische jetzt Wasser aus den Mäulern spien; das Wasser sammelte sich in einer riesigen Marmormuschel und lief in das gesäuberte, spiegelnde Becken über. »Ich will verdammt sein...«

Ich stand auf, stelzte steifbeinig zu der Quelle hinüber, die länger als zwanzig Jahre nicht mehr funktioniert hatte. Dann kniete ich mich nieder, wusch mir das Gesicht in der Seemuschel und leckte dann das kalte Wasser auf. »Ah – wirklich hübsch, Frank, das muß man dir lassen.«

Ich gurgelte mit einer Mundvoll Wasser und spuckte es dann, die steinernen Fische nachahmend, in hohem Bogen aus.

In diesem Augenblick hörte ich ein Geräusch und drehte mich um.

Keine zehn Meter von mir entfernt, auf dem Weg, der vom Haus hierherführte, war eine Frau. Sie trug ein geblümtes Kleid, einen rosa Hut und einen weißen Schal um die Schultern. Wie angewurzelt stand sie da und betrachtete mich. Ich konnte mir vorstellen, was für einen Anblick ich bot, schnaufend und prustend, in einem schmutzigen Trainingsanzug, mit verfilzten Haaren. Ich spuckte das restliche Wasser aus und sagte: »Hallo!«

Sie machte kehrt und entfernte sich rasch, wobei sie sich noch einmal umwandte, um zu sehen, was ich vorhatte. Es war eine Frau Mitte Vierzig mit einer etwas molligen Figur und blonden Haaren, die sogar aus dieser Entfernung gebleicht aussahen. Sie war nicht gerade dezent geschminkt; der purpurne Lidschatten und der pinkfarbene Lippenglanz hätten gut von übrig gebliebenen Ostereierfarben stammen können. Sogar in ihrem Ostersonntagsstaat mit Hut sah sie ein bißchen billig und zu auffallend aus. Aber sie war gut gebaut. Ich lege keinen Wert auf Busen und ziehe den geschmeidigen, immer frisch geschrubbt aussehenden amerikanischen Typ vor, für den Susan ein Musterbeispiel ist. Aber da ich mich den ganzen Morgen abwechselnd atavistisch und pubertär aufgeführt hatte, war ich in der richtigen Stimmung, die primitive Kriegsbemalung dieser Frau mit den schwellenden Brüsten und dem breiten Hintern sexuell unglaublich stimulierend zu finden. Auf unklare Weise erinnerte sie mich an die Venusstatue im Liebestempel.

Sie blickte noch immer über die Schulter zurück, während sie sich entfernte. Ich dachte daran, mich vorzustellen, damit sie sich nicht fürchtete; doch wenn sie zum Bellarosa-Clan gehörte, war es vielleicht besser, wenn wir uns nicht unter diesen Umständen kennenlernten. Schon wollte ich aufstehen und in die andere Richtung davonschreiten, wie es sich für einen uninteressanten Anwalt und Gentleman gehört hätte. Doch dann erinnerte ich mich an meinen jüngsten Erfolg bei Susan, ging auf alle viere hinunter und knurrte laut.

Die Frau begann zu rennen und verlor ihre hohen Absätze.

Ich stand da und wischte mir den Mund mit dem Ärmel ab. Was für ein Spaß. Zwar kam mir der Gedanke, daß mein Verhalten kaum normal zu nennen war, aber wer bin ich schon, um psychiatrische Sachverständigenurteile abzugeben? Als ich am Rand des spiegelnden Teichs entlangging und über meine nächste »Untat« nachdachte, entdeckte ich noch etwas Neues. Am anderen Ende des langen, schmalen Teichs stand eine weiße Statue. Als ich näher kam, sah ich, daß es sich um eine jener billigen Gipsheiligen mit den himmelblauen Nischen handelte, die man auf italienischen Rasen sieht, gewöhnlich zusammen mit einem oder zwei rosa Flamingos.

Jetzt sah ich auch, daß es eine Statue von Maria war, die den kleinen Jesus auf dem Arm trug. Ich fand diese Gegenüberstellung von christlicher Ikone und heidnischer Gottheit ziemlich merkwürdig. Hier Unsere Liebe Frau mit Kind, dort der halbnackte, virile Gott mit dem erhobenen Dreizack, die Antithese des jüdischchristlichen Gottes der Liebe.

Ich erinnerte mich, wie überrascht ich bei meinem ersten Aufenthalt in Rom gewesen war, daß die beiden die italienische Kultur beherrschenden Kulturen – die heidnische und die christliche – eine scheinbar völlig konfliktlose Koexistenz eingegangen waren. Die Fremdenführer schienen weder theologische noch ästhetische

Probleme mit dieser Mischung zu haben: »Sie fanden es offensichtlich ganz normal, wenn ein Fries mit mannbaren Nymphen und lüsternen Cupidos einen Raum schmückte, in dem eine Statue der Heiligen Jungfrau stand.

Ich war damals zu dem Schluß gekommen, daß die Italiener selbst Heiden und Christen in einem waren und – wie ihre Kunst – grausam und zart, römisch und katholisch. Es war, als sei die falsche Religion diesem Land und diesem Volk aufgepfropft worden – Menschen, die großartige Heiden gewesen wären, aber lausige Christen waren.

Wie seltsam, daß derselbe Frank Bellarosa, der dem Neptun seinen Dreizack wiedergegeben hatte und also offensichtlich wußte, was in eine Faust gehörte – daß dieser Frank Bellarosa, wohl um ein Gleichgewicht herzustellen, seiner Welt mit dieser Statue ein Symbol der Liebe und der Hoffnung entgegensetzte. Er war ein Mann, der sein ganzes Operationsgebiet abdeckte. Interessant.

Irgendwo beim Haus hörte ich einen Hund bellen und beschloß, über all das nachzudenken, während ich vor den Muskelmännern der Dons Reißaus nahm. Ich mag verrückt gewesen sein, aber ich bin nicht blöd.

So schnell ich konnte lief ich in die Richtung von Stanhope Hall, und mir fiel ein, daß ich seit dem Samstags-Lunch nur noch Radicchio und Käse in den Magen bekommen hatte. Die bellenden Hunde – mittlerweile waren es zwei – kamen näher.

Ich rannte noch schneller und überquerte die Grenzlinie bei den Weißkiefern mit Höchstgeschwindigkeit. Auch jetzt verlangsamte ich das Tempo nicht, denn es schien mir nicht unwahrscheinlich, daß Hunde und Muskelmänner, obwohl keine Aristokraten hoch zu Roß, gewiß auf ihrer Verfolgungsjagd keine Grenzen respektieren und in Stanhope-Land eindringen würden.

Ich sah den flachen Teich unweit des Platzes, auf den Susan die Stallungen setzen wollte, und stürzte mich hinein. Halb watete ich, halb wandelte ich über das Wasser auf die andere Seite. Zwar haperte es bei mir mit der Fährtensuche, aber das machte ich durch hervorragende Flucht- und Ausweichtechniken wieder wett.

Ich rannte weiter und konnte hinter mir die Hunde um den Teich herum hecheln und jaulen hören, wo sie meine Fährte verloren hatten. Ich hatte bereits angenommen, daß die Hunde in Begleitung von Männern waren, Gewißheit gewann ich allerdings jetzt, als hinter mir ein Schuß losging. Meine Beine reagierten automatisch und bewegten sich schneller, als mein Herz und meine Lungen es aushielten. Ich hatte meinen gesamten Glukose- und Adrenalinvorrat sowie alle Endorphine verbraucht und brach zusammen. Minutenlang lag ich regungslos auf der Erde und horchte.

Dann erhob ich mich langsam und begann mich durch das Unterholz zu schleichen. Ich kreuzte eine alte Schotterstraße, die zum Personaleingang in der Grace Lane führte, und folgte ihr, bis ich zwischen den jungen Knospen der Kirschbäume das Gästehaus erblickte. Da ich überzeugt war, daß die Jungs mit den Schießeisen nicht so weit auf Stanhope-Land vordringen würden, ließ ich mir mit dem restlichen Heimweg Zeit. Das Gefühl, daß jemand auf mich geschossen, mich aber dabei verfehlt hatte, war ungeheuer befriedigend. Mir ging es prächtig, und ich bedauerte nur, daß ich diese Geschichte niemandem erzählen konnte. Mir wurde klar, daß ich Freunde brauchte, die für diese Eskapade Verständnis haben würden. Susan hätte ich sie erzählt, aber sie war nicht mehr meine Freundin.

Ich betrat das Haus durch den Rosengarten und sah an der Uhr im Arbeitszimmer, daß ich mich in der Zeit verschätzt hatte: Es war bereits nach elf. Keine Spur von Susan. Wieder stellte ich fest, daß es mir egal war. Festzustellen, daß einem alles gleichgültig geworden ist, was man früher geliebt hat, ist schön und gut; aber als nächstes muß man herausfinden, was einem jetzt etwas bedeutet.

Auf dem Küchentisch lag eine Nachricht: *Bitte denk dran, daß Du um drei bei Deiner Tante erwartet wirst.* Ich knüllte den Zettel zusammen. Zum Teufel mit Tante Cornelia. Ich öffnete den Kühlschrank und »graste« eine Zeitlang, das heißt, ich stopfte mir alles in den Mund, worauf ich gerade Appetit hatte, und ließ ein unappetitliches Chaos aus offenen Büchsen, Verpackungen und angebissenem Obst zurück. Dann schnappte ich mir eine Handvoll Blaubeeren und ging nach oben.

Primitivität hat ja einiges für sich, aber eine heiße Dusche ist auch nicht zu verachten. Also duschte ich ausgiebig und aß die Blaubeeren, rasierte mich aber nicht. Dann zog ich mich ganz leger an – Jeans, Sweatshirt und Tennisschuhe ohne Socken – und verließ das Haus.

Ich schwang mich in meinen Bronco und bog auf den alten überwachsenen Weg ein, der früher die Verbindung zwischen dem Gästehaus und der Straße für das Personal gewesen war und natürlich zum Eingang für das Personal geführt hatte. In den großen Häusern dieser alten Güter gab es nicht nur Eingänge, sondern auch eigene Treppen für die Dienerschaft, und außerdem ein ganzes Netzwerk kleiner Straßen und Wege für Lieferanten- und andere ähnlich profane Fahrzeuge. Diese Herrensitze waren in gewisser Weise Vorläufer von Disney Land, wo ganze Armeen von Arbeitern sich nur auf versteckten Straßen, in Tunnels und durch Hintertüren bewegen und sich um alles kümmern, Mahlzeiten wie durch Zauberhand auftauchen lassen, Zimmer säubern und Gärten zum Blühen und Gedeihen bringen.

Ich überquerte die Privatstraße und fuhr über einen Fußweg zum Teich. Dort stieg ich aus dem Bronco, untersuchte die im Erdreich noch deutlich sichtbaren Fußspuren, sah die Eindrücke der Hundepfoten am schlammigen Ufer und fand die Hülse einer Gewehrpatrone – Kaliber acht. Ich steckte sie in die Tasche. Zufrieden, daß ich keine von Beta-Blockern hervorgerufenen Halluzinationen gehabt hatte, setzte ich mich wieder in den Bronco und fuhr weiter zum Personaleingang, um nicht mit Susan und den Allards zusammenzutreffen, falls sie gerade aus der Kirche nach Hause kamen. Der Personaleingang, der nicht mehr benutzt wird, war mit einem Vorhängeschloß gesichert, doch als guter Hausmeister hatte ich einen Schlüsselring im Bronco, an dem der Schlüssel für jedes einzelne Schüsselloch auf Stanhope Hall hing. Ich sperrte das Vorhängeschloß auf, öffnete das Tor und kam ein paar hundert Meter vom Haupttor entfernt auf die Grace Lane.

Um dem Jaguar auszuweichen, der aus Locust Valley kommen würde, wandte ich mich nach Norden und überlegte mir währenddessen, wohin ich eigentlich wollte. Auf Abwege geratene Ehemänner sollten ein Ziel haben, doch nur wenige haben wirklich eines und konzentrieren sich darauf, Orte zu meiden, wo sie gefragt werden könnten, wie es der lieben Frau geht.

Ich fuhr am Tor von Alhambra vorbei und sah zwei Herren in Schwarz, die in der Einfahrt Posten bezogen hatten.

Ich schätze, ich hatte wegen der Ereignisse des vergangenen Tages noch eine königliche Wut im Bauch, obwohl ich wußte, daß ich keinem Freund und keiner Freundin begreiflich machen könnte, warum ich über den Zwischenfall auf dem Heuboden und den Besuch von Bellarosa so maßlos aufgebracht war. Die Leute verstehen so etwas nicht. Natürlich würde ich sagen: »Da steckt mehr dahinter«; und das stimmte ja auch. Aber das Ganze spielte sich nur eben größtenteils in meinem Kopf ab, besaß keinen Bezug zur realen Welt; und außer einem Gehirnklempner würde sich niemand meinen Monolog über die Ungerechtigkeiten im Leben und in der Ehe ruhig anhören.

Ich fuhr eine Zeitlang umher und kam schließlich nach Bayville, einer Art Arbeiterdorf in einer erstklassigen Gegend am Long Island Sound. Dieser Ort ist reif für die Aristokratie, aber ich denke, es gibt eine Gemeindeverordnung gegen BMWs und Naturkostläden.

Die Haupterwerbszweige von Bayville bilden Fischerei und Bootsbau; daneben gibt es Läden für nautisches Zubehör und andere, die dazu da sind, den Alkohol unter die Leute zu bringen. Man würde nicht erwarten, in einer so kleinen Gemeinde so viele Kneipen zu finden, aber das ist eine Sache von Angebot und Nachfrage. Ein paar Lokale sind übel, andere noch übler, und das übelste ist eine Spelunke namens *The Rusty Hawsehole* (Zur rostigen Ankerklüse). Eine Ankerklüse, falls es Sie interessiert, ist das Loch im Bug eines Schiffes, durch das die Ankerkette läuft. Ich vermute, die Bars und Restaurants auf Long Island suchen schon ganz tief unten im Kielraum nach nautischen Begriffen, die noch nicht verwendet worden sind; doch dieses Lokal sah tatsächlich wie ein rostiges Loch aus. Aber immerhin hatte es auch an Ostern für seine Gäste geöffnet. Ich parkte den Bronco auf einem gekiesten Platz zwischen einem Pick-up und vier Motorrädern und ging hinein.

Eine Kneipe in der Hafengegend hat abends gewöhnlich Lokalkolorit, man trifft dort auf Ausgelassenheit und ein gewisses *je ne sais pas qoui.* Aber an einem Sonntagnachmittag – und noch das dazu am Ostersonntag – geht es im *Rusty Hawsehole* so munter zu wie im Vorraum einer Einsegnungshalle.

Ich setzte mich auf einen Barhocker an der Bar und bestellte ein gezapftes Bier. Das Lokal war mit dem üblichen nautischen Zubehör eingerichtet, doch ich hätte mit dem Zeug, das an den Wänden und von der Decke hing, nicht einmal einen Müll-Leichter ausgestattet. Ich stellte fest, daß zu den Leuten, die mit mir feierten, drei Männer und eine Frau in interessanter schwarzer Motorrad-Lederkleidung gehörten, dazu ein paar alte Seebären mit einer Haut, die (seltsame Mischung) halb von der Sonne verwittert und halb vom Alkohol gegerbt war, und vier junge Männer in Jeans und T-Shirts, die sich mit Videospielen amüsierten und abwechselnd aus einer Art Starrkrampf in einen Veitstanz verfielen und umgekehrt. Ich glaube nicht, daß im ganzen Haus ein einziges vollständiges Gebiß zu finden war. In den dunklen Ecken und Nischen saßen noch mehr von diesen Verdammten.

Ich kaufte mir ein paar Imbißhappen von der Art, die mit Etiketten versehen sein sollte, auf denen vor dem Verzehr gewarnt wird, und kaute drauflos. Der *Seawanhaka Corinthian Yacht Club* ist knapp zwei Kilometer von hier entfernt, und im Sommer sucht die seefahrende Aristokratie nach einem beim Segeln verbrachten Tag häufig Spelunken wie das *Rusty Hawsehole* auf. Sitzt man dann wieder behütet und geborgen in seinem Country-Club, erwähnt man diesen Besuch ganz beiläufig, um zu demonstrieren, daß man ein echter Mann ist. Doch ich war jetzt außerhalb der Saison hier, trank Bier, kaute Proletarierfraß und beobachtete den blauen Schleier des Zigarettenrauchs, der an den Barlampen vorüberzog.

Ich bestellte noch ein Bier und sechs dieser Stangen aus luftgetrocknetem Rindfleisch zum Nachtisch. Als ich schon dachte, niemand interessiere sich für mich oder fühle sich durch meine Anwesenheit beleidigt, fragte mich einer der ledernen Gentlemen: »Wohnen Sie hier in der Gegend?«

Sie müssen verstehen, daß man John Whitman Sutter nicht einmal in Jeans, Sweatshirt, unrasiertem Zustand und mit einem Bronco auf dem Parkplatz für »einen von den Jungs« halten konnte, besonders nachdem ich einmal meinen *Preppie*-Mund aufgemacht hatte. Also mußte die Frage einen tieferen Sinn haben. »Lattingtown«, antwortete ich.

»La-di-da«, echote er musikalisch.

Ich bin sehr froh, daß es in diesem Land keine Klassenunterschiede gibt: Denn gäbe es sie, wäre das Verhalten dieses ledernen Gentleman ziemlich rüde gewesen.

»Haben Sie sich verirrt oder was?« fragte er.

»Muß wohl so sein, wenn ich hier drin bin.«

Das fanden alle sehr komisch. Humor ist die beste Methode, den Unterschied zwischen kultivierten Männern und Kretins auszugleichen.

»Hat Ihre Alte Sie rausgeschmissen oder was?« fragte der Ledermann.

»Nein, sie liegt im St.-Franziskus-Krankenhaus im Koma. Fahrerflucht. Es sieht nicht gut aus. Die Kinder sind bei meiner Tante.«

»Oh! He, das tut mir aber leid.« Der Ledermann spendierte mir ein Bier.

Ich lächelte ihn traurig an und wandte mich wieder meinen Stangen aus luftgetrocknetem Rindfleisch zu. Sie schmecken gar nicht so schlecht, und wenn man sie mit den Nüssen kaut, die in Gläsern auf jedem Bartresen stehen, bildet sich im Mund eine teigige Masse, die das Bier absorbiert. Dann schluckt man den ganzen Pfropfen auf einmal runter. Das habe ich in New Haven gelernt. So nennen wir Yale. Es klingt nicht so hochnäsig.

Ich sollte um drei Uhr bei Tante Cornelia sein, hatte auf dem

Zettel gestanden. Es handelte sich um ein jährlich stattfindendes Familientreffen. Mit dem Auto brauchte man von hier aus zu Tante Cornelias Haus in Locust Valley ungefähr fünfzehn Minuten; und jetzt war es ein paar Minuten vor zwei. Tante Cornelia, die Schwester meiner Mutter, ist *die* Tante, die so ihre eigenen Theorien über rotes Haar hat. Warte nur, bis du deinen Lieblingsneffen hereinstolzieren siehst, dachte ich, – ohne Krawatte oder Jackett, unrasiert und nach Bier und Nüssen riechend.

Während ich überlegte, ob ich die nächste Stunde in diesem Loch verbringen sollte, setzte sich eine Frau auf den Hocker neben mich. Sie mußte aus einer der dunklen Nischen gekommen sein, da die Eingangstür sich nicht geöffnet hatte. Ich blickte sie an, und sie lächelte strahlend zurück. Ich schaute in den Spiegel hinter der Bar, und unsere Blicke trafen sich. Abermals lächelte sie. Ein nettes Ding.

Sie war ungefähr dreißig, hätte sich aber ruhig für vierzig ausgeben können. Sie war geschieden und lebte im Moment mit einem Mann zusammen, der sie schlug. Sie arbeitete irgendwo als Kellnerin, und ihre Mutter kümmerte sich um die Kinder. Sie hatte ein paar gesundheitliche Probleme, hätte die Männer hassen müssen, tat es jedoch nicht, spielte im Lotto und wollte sich nicht damit abfinden, daß das Leben nie besser werden würde. Das alles sagte sie natürlich nicht; sie sagte eigentlich gar nichts. Aber die Leute, die man im *Rusty Hawsehole* findet, gleichen jenen Spielen, bei denen man nur die richtigen Adjektive einsetzen muß, um die Lösung zu bekommen. Manchmal fragt man sich, wie eine so sagenhaft reiche Nation sich eine weiße unterprivilegierte Klasse heranzüchten kann.

Ich hörte zwei Schuhe auf den Boden plumpsen.

»Meine Füße bringen mich um.«

»Wieso das denn?« fragte ich.

»Oje, ich habe den ganzen Vormittag gearbeitet, konnte nicht einmal in die Kirche gehen.«

»Wo arbeiten Sie?«

»*Stardust Diner* in Glen Cove. Kennen Sie das Lokal?«

»Aber klar doch.«

»Hab' Sie aber noch nie dort gesehen.«

Und das wirst du auch nie. »Darf ich Sie zu einem Drink einladen?«

»Aber sicher. Ich hätt' gern eine Mimose, wenn's geht. Hasse es, vor sechs Uhr zu trinken. Aber jetz' brauch' ich was.«

Ich winkte dem Barmann. »Eine Mimose.« Dann wandte ich mich wieder meiner Nachbarin zu. »Mögen Sie eine Rindfleischstange?«

»Danke, nein.«

»Ich heiße John.«

»Sally.«

»Doch nicht etwa Sally Grace?«

»Nein, Sally Ann.«

»Sehr erfreut«, sagte ich.

Ihre Mimose kam, und wir stießen an. Wir schwatzten ein paar Minuten, dann fragte sie: »Was machen Sie in einem solchen Lokal?«

»Ich finde, es liegt auf meiner Linie.«

Sie lachte. »Also, das nun wirklich nicht.«

Ich nehme an, ich fühlte mich von dieser Antwort geschmeichelt. Es tat meinem Ego gut, daß niemand in dieser Bar glaubte, ich gehörte hierher – und das sogar schon, bevor sie meinen Akzent aufgeschnappt hatten. Umgekehrt würde ich, wenn jemand von diesen Leuten im *The Creek* auftauchte, die gleiche Frage an ihn richten – selbst wenn er Tweed trüge. »Ich bin geschieden und einsam und suche ständig an den falschen Orten nach Liebe.«

Sie kicherte. »Sie sind verrückt.«

»Und meine Clubs sind heute geschlossen, meine Jacht liegt im Trockendock, und meine Ex-Frau ist mit den Kindern nach Acapulco gefahren. Ich hatte drei Möglichkeiten – ich hätte zur Party eines Mafia-Dons oder zu meiner Tante Cornelia gehen können – oder eben hierher.«

»Und da sind Sie hierhergekommen?«

»Hätten Sie das nicht getan?«

»Nein, ich wäre zu der Party des Mafia-Dons gegangen.«

»Das ist ja interessant. Sind Sie zufällig eine Roosevelt?«

Sie lachte wieder. »Aber sicher. Und Sie, sind Sie ein Astor?«

»Nein. Ich bin ein Whitman. Kennen Sie den Dichter Walt Whitman?«

»Klar. *Grashalme.* Hab' ich in der Schule gelesen.«

»Gott segne Amerika.«

»Hat er das auch geschrieben?«

»Wahrscheinlich.«

»Sind Sie mit Walt Whitman verwandt?«

»Gewissermaßen.«

»Sind Sie auch Dichter?«

»Ich versuche, einer zu sein.«

»Sind Sie reich?«

»War ich einmal. Habe alles im Lotto verspielt.«

»Du liebe Güte, wie viele Scheine haben Sie denn gekauft?«

»Alle.«

Sie lachte wieder. Damit war ich akzeptiert und drehte meinen Hocker zu ihr um. Man sah ihr an, daß sie früher einmal recht attraktiv gewesen war, doch die Jahre waren nicht gnädig mit ihr umgesprungen, wie man so sagt. Dennoch, sie hatte ein hübsches Lächeln und bestimmt ein weites Herz. Ich sah ihr an, daß sie mich mochte und mich mit ein bißchen Ermutigung von meiner Seite auch geliebt hätte. Viele meiner Schulfreunde trieben es gern mit armen Mädchen, aber ich machte da nicht mit. Nein, das nehme ich zurück. An der Gold Coast ist es Tradition, daß am Mittwochabend die Hausmädchen ausgehen; und dann sind alle Bars für junge Leute voll von bezaubernden Irinnen und Schottinnen, die mit einem Arbeitsvisum hier sind. Wie dem auch sei, jedenfalls ist es schon sehr lange her, seit ich mit einem arbeitenden Mädchen in einer Bar zusammengesessen habe, und so wußte ich nicht recht, wie ich mit Sally Ann umgehen sollte. Aber ich glaube, ich muß einfach nur ganz natürlich sein – manche Leute mögen Trottel. Außerdem kam ich mit Sally Ann besser zurecht als mit Sally Grace. Wir schwatzten noch eine Weile, sie kicherte in ihre dritte

Mimose, und die Ledermannschaft wurde allmählich mißtrauisch wegen der »Meine-Frau-liegt-im-Koma-Geschichte«.

Ich warf einen Blick auf die Bar-Uhr und sah, daß es drei war. Doch ich hatte weder Lust, Sally Ann nach Hause zu bringen noch zu Tante Cornelia zu gehen. »Tja, ich muß los.«

»Oh, so eilig?«

»Leider ja. Ich muß den Earl of Sussex vom Bahnhof abholen und zu meiner Tante Cornelia bringen.«

»Ist das wahr...«

»Geben Sie mir Ihre Telefonnummer?«

Sie zierte sich einen Moment und lächelte dann scheu. »Ich schätze...«

»Haben Sie eine Karte?«

»Oh... Lassen Sie mich sehen...« Sie kramte in ihrer Tasche und fand dann ihren Kellnerinnen-Bleistiftstummel. »Muß es eine Karte sein?«

»Eine Serviette tut's auch.« Ich schob ihr eine hin, und sie notierte Namen und Telefonnummer. »Ich wohne hier in Bayville«, sagte sie. »Kann aus meinem Fenster das Wasser sehen.«

»Sie sind zu beneiden.« Ich steckte die Serviette zu der Patronenhülse in die Tasche. Allmählich könnte ich ein Sammelalbum für Raritäten anlegen. »Ich rufe Sie an«, sagte ich und rutschte vom Hocker.

»Ich habe den ganzen restlichen Monat Spätdienst. Von fünf bis Mitternacht. Ich schlafe, wann ich kann. Sie können es also jederzeit versuchen. Außerdem habe ich einen Anrufbeantworter.«

»Alles klar. Bis bald.« Ich ließ mein Kleingeld auf dem Tresen liegen und trat aus dem *Rusty Hawsehole* in den strahlenden Sonnenschein. Irgendwo auf der Welt mußte es einen Platz für mich geben, aber das *Rusty Hawsehole* kam bestimmt nicht in die engere Wahl.

Ich stieg in meinen Bronco. Noch konnte ich zwischen Don Bellarosa und Tante Cornelia wählen. Ich fuhr über die Shore Road in südlicher Richtung und hoffte auf ein göttliches Eingreifen, ein Versagen der Bremsen, zum Beispiel.

Jedenfalls fand ich mich auf der Grace Lane wieder und fuhr an Stanhope Hall vorbei. Das Tor war geschlossen. Die Allards waren vermutlich bei ihrer Tochter, und Susan war schon bei meiner Tante oder – was wesentlich interessanter wäre – bei Frank, wo sie wahrscheinlich gerade eine Schafsnase verzehrte und einem Profi-Killer den Auftrag gab, mich umzubringen.

Ich fuhr weiter, und da tauchte auch schon die unverwechselbare Ziegel- und Stuckmauer von Alhambra auf. Ich ging vom Gas herunter und hielt direkt gegenüber dem offenen Einfahrtstor von Alhambra. Die beiden schwarz gekleideten Männer waren noch immer da und starrten zu mir herüber. Hinter ihnen, beim Torhaus, das in die Umfriedungsmauer hineingebaut war, stand der Osterhase. Es war ein ziemlich großer Osterhase, ungefähr einsachtzig, die Ohren nicht mitgerechnet, und er trug eine Osterkiepe, die, wie ich vermutete, mit bunten Handgranaten gefüllt war.

Ich wandte meine Aufmerksamkeit wieder den beiden Gehilfen des Osterhasen zu, die mich noch immer argwöhnisch beäugten. Ich bezweifelte nicht, daß einer oder sogar beide mich heute morgen verfolgt hatten.

Die Zufahrt von Alhambra führt schnurgerade zum Haupthaus, das man, vom schmiedeeisernen Tor und den Torsäulen perfekt eingerahmt, von der Straße aus sehen kann. Die Zufahrt selbst ist nicht gekiest, sondern mit Kopfsteinpflaster versehen und wird von stattlichen Pappeln gesäumt. Auf der Zufahrt parkten jetzt bis dicht ans Haus Automobile. Da es vorwiegend lange schwarze Limousinen waren, kam mir der Gedanke, daß Leute mit schwarzen Autos und schwarzen Anzügen praktischerweise jederzeit an einer Beerdigung teilnehmen können.

Während ich die Szene auf der anderen Seite der Straße betrachtete, beschlich mich das Gefühl, daß Frank Bellarosa unbewußt eine dieser Gatsby-Partys nachahmte, auf der die Gäste alles haben können, was sie sich wünschen – nur den Gastgeber nicht; denn der hält Distanz und ist nur als Beobachter seines eigenen Festes anwesend.

Auf bizarre Weise wiederholte sich mit Bellarosas protzigem Osterfest die Geschichte – wenn man den Histörchen über die Millionäre Glauben schenken will, die sich in den zwanziger Jahren an Geschmacklosigkeit gegenseitig zu überbieten versuchten. Otto Kahn zum Beispiel, einer der reichsten Männer des Landes, wenn nicht der Welt, veranstaltete ein Ostereiersuchen auf den dreihundert Hektar Land, die sein Hundertfünfundzwanzig-Zimmer-Haus in Woodbury umgaben. Unter den Gästen waren außer den Angehörigen der oberen Zehntausend und Millionären auch heruntergekommene Schauspieler, Schriftsteller, Musiker und Ziegfeld-Girls. Um die Sache interessanter zu gestalten, war in jedes bunt bemalte Ei eine Tausenddollarnote gelegt worden. Es war eine überaus populäre Veranstaltung, die auf recht originelle Art die Auferstehung Jesu Christi feierte.

Ich weiß, daß mich bestimmt nicht die tausend Dollar – für manche Leute in den zwanziger Jahren immerhin fast ein Jahresgehalt – auf Kahns Besitz gelockt hätten, doch die Ziegfeld-Girls wären möglicherweise eine große Versuchung für mich gewesen.

Ähnlich ging es mir mit Frank Bellarosa; zwar lief mir nicht gerade das Wasser im Mund zusammen, wenn ich an den Lammkopf dachte, aber meine Neugier auf seine Familie und seine »entfernte« Verwandtschaft war stärker als ich. Während ich noch das Für und Wider abwog und überlegte, ob ich nun durch dieses Tor fahren sollte oder nicht, merkte ich, daß es einem der Herren in Schwarz offenbar lästig geworden war, mich zu beobachten, denn er gab mir mit Handzeichen zu verstehen, ich solle weiterfahren. Da ich Mitbesitzer der Grace Lane bin und den Fortgang von Bellarosas Party in keiner Weise behinderte, kurbelte ich mein Fenster hinunter und zeigte dem Mann das, was man bei uns oft den italienischen Gruß nennt.

Offenbar überglücklich, daß ich die italienischen Sitten so gut kannte, erwiderte er meinen Gruß energisch mit beiden Händen.

Ungefähr im selben Augenblick tauchte eine Limousine mit dunklen Fenstern auf und hielt am Tor. Die Fenster öffneten sich, und einer der Wachleute überprüfte die Insassen des Wagens, während der große Osterhase Süßigkeiten aus seiner Kiepe verteilte.

Jemand klopfte auf der Beifahrerseite laut an mein Fenster, und ich drehte mich rasch um. Ein Mann spähte durch die Scheibe und drehte an einer imaginären Fensterkurbel. Ich zögerte, griff dann hinüber und öffnete das Fenster. »Ja? Was is'n los?« fragte ich, den harten Typen mimend, während ich fühlte, wie mein Herzschlag sich beschleunigte.

Der Mann schob die Hand durch das offene Fenster und hielt mir eines dieser Etuis mit Marke und Ausweis samt Foto unter die Nase. Dann streckte er sein Gesicht herein, damit ich es mit dem Bild vergleichen konnte. »*Special Agent* Mancuso«, sagte er. »*Federal Bureau of Investigation.*«

»Oh...« Ich holte tief Atem. Das ist wirklich zuviel, dachte ich. Und alles hier auf der Grace Lane. Die Mafia, ein einsachtzig großer Osterhase, ein durchgebrannter Ehemann und jetzt dieser Typ vom FBI. »Was kann ich für Sie tun?«

»Sie sind John Sutter, richtig?«

»Wenn Sie vom FBI sind, bin ich John Sutter.« Ich vermute, sie hatten vor einigen Minuten das Kennzeichen meines Wagens nach Albany durchgegeben – oder vielleicht sogar schon vor einigen Monaten, als Bellarosa eingezogen war.

»Sie wissen wahrscheinlich, warum wir hier sind, Sir?«

Mir fielen gleich mehrere sarkastische Antworten auf einmal ein, doch ich antwortete: »Kann schon sein, daß ich es weiß.«

»Natürlich haben Sie das Recht, hier zu parken, und wir sind nicht befugt, Ihnen zu sagen, daß Sie weiterfahren sollen.«

»Richtig«, sagte ich. »Diese Straße ist Privateigentum. Mein Eigentum.«

»Ja, Sir.« Mancuso hatte die Arme auf die Unterkante des Wagenfensters gelegt, sein Kinn ruhte auf seinem Unterarm, und er hielt den Kopf leicht schräg, als sei er ein alter Freund, der sich mit mir unterhalten wollte. Er war ungefähr fünfzig und hatte unglaublich große weiße Zähne. Er hatte eine fahle Hautfarbe, und Augen und Wangen waren tief eingesunken, als bekäme er zu wenig zu essen. Von seinen Haaren waren nur noch ein buschiger Kranz und links auf dem Schädeldach ein wenig vorteilhafter krauser Flaum übrig, so daß er aussah wie ein Zirkusclown. »Ich weiß nicht einmal, ob Sie das Recht haben, hier zu sein«, fügte ich hinzu.

Mancuso zuckte zusammen, als hätte ich ihn beleidigt; vielleicht aber roch er auch nur das Bier und die Nüsse und das gedörrte Rindfleisch. »Nun«, sagte er, »ich bin Anwalt, und Sie sind Anwalt. Also könnten wir uns darüber ein andermal in aller Ruhe unterhalten.«

Ich wußte nicht, warum ich gegen den Mann so aggressiv war. Vielleicht hatte ich den Schreck noch nicht ganz überwunden, der mir in die Knochen gefahren war, als er ans Fenster geklopft hatte, und reagierte deshalb so gereizt. Vielleicht war ich aber auch noch auf meinem Primitiv-Trip. Auf jeden Fall wurde mir klar, daß ich mich benahm, als sei ich ein Sprachrohr für den Don. Daher beruhigte ich mich ein wenig und sagte: »Und?«

»Nun ja, wir machen Fotos, und Ihr Fahrzeug steht uns im Weg.«

»Was für Fotos?«

»Das wissen Sie.«

Er sagte es mir nicht und ich fragte auch nicht, von wo er oder sie fotografierten, aber es konnte nur aus dem Haus der DePauws sein, das etwa hundert Meter von der Grace Lane entfernt auf einer kleinen Anhöhe steht – direkt gegenüber der Toreinfahrt von Alhambra. Ich fand es aufregend, daß sich die DePauws, ohnehin Leute vom Typ »Unterstützt euren lokalen Polizeistaat«, mit den Mächten des Guten gegen die Mächte des Bösen verbündeten. Allen DePauw würde den Bundesbehörden bestimmt auch erlauben, ein Maschinengewehrnest zu errichten, und selbst die Munition dafür liefern. Die Grace Lane veränderte sich.

Ich blickte zu dem mit Schindeln verkleideten großen Haus aus der Kolonialzeit hinauf und wandte mich dann zum Tor von Alhambra um. Wahrscheinlich fotografierte das FBI die amtlichen Kennzeichen der Autos mit Teleobjektiv und bekam sicher recht hübsche Bilder von den Gästen, wenn sie aus den Wagen stiegen. Mir wurde klar, daß ich tatsächlich direkt in der Schußlinie zwischen dem Haus der DePauws und dem Tor von Alhambra stand. Da steckt doch mehr dahinter, dachte ich. »Ich wollte sowieso nicht bleiben«, sagte ich.

»Danke.« Mancuso machte keine Anstalten, sich von meinem Fahrzeug wegzubewegen. »Ich schätze, Sie haben hier angehalten, weil Sie neugierig waren«, sagte er.

»Aber nein, ich bin eingeladen.«

»Ach, wirklich?« Mancuso schien zunächst überrascht und dann wieder nicht. Er nickte nachdenklich. »Sollten Sie je den Wunsch haben, mit uns zu sprechen« – er holte eine Visitenkarte heraus und reichte sie mir –, »dann rufen Sie mich bitte an.«

»Worüber sollte ich mit Ihnen sprechen wollen?«

»Ganz gleich, worüber. Gehen Sie hinein?«

»Nein.« Ich steckte die Karte in die Tasche zu der Patronenhülse und der Cocktailserviette. Vielleicht wäre ein Schaukasten besser als ein Sammelalbum.

»Es ist okay, wenn Sie hineinwollen.«

»Danke, Mr. Mancuso.«

Seine perlweißen Zähne blitzten. »Ich meine, wir verstehen Ihre Situation. Sie sind immerhin Nachbarn und so.«

»Sie wissen noch nicht einmal die Hälfte.« Ich schaute zum Tor von Alhambra hinüber und sah, daß die beiden Männer und der Osterhase aufgeregt miteinander redeten und zu uns herüberlinsten. Eines Tages würden sogar die reichen Leute, die ich kenne, keine Hilfskräfte mehr bekommen, wenn sie ein Dinner geben wollten (es sei denn, sie speisten im *Stardust Diner*); Don Bellarosa hingegen konnte sich mit Sicherheit auch dann noch zwei Muskelmänner, einen Osterhasen und weitere Profikiller leisten. Ich wandte mich an Mancuso, der an Ostern auch nicht bei seiner Familie sein konnte, und fragte leicht sarkastisch: »Wann kann ich damit rechnen, daß Mr. Bellarosa für einige Zeit von der Bildfläche verschwindet?«

»Dazu kann ich nichts sagen, Mr. Sutter.«

»Ich bin über diese Situation nicht erfreut, Mr. Mancuso.«

»Wir auch nicht, Sir.«

»Dann verhaften sie den Kerl doch!«

»Wir sammeln Beweise, Sir.«

Ich merkte, daß ich ärgerlich wurde. Gleich würde sich über dem armen Mr. Mancuso, der hier staatliches Unvermögen und staatliche Unfähigkeit vertrat, mein gerechter Bürgerzorn entladen. »Seit fast drei Jahrzehnten«, fauchte ich, »weiß man, daß Frank Bellarosa ein Verbrecher ist, und er lebt besser als Sie oder ich, Mr. Mancuso. Aber Sie sammeln noch immer Beweise.«

»Ja, Sir.«

»Vielleicht macht Verbrechen sich in diesem Land doch bezahlt.«

»Nein, Sir, das tut es nicht. Nicht auf die Dauer.«

»Sind dreißig Jahre etwa keine Dauer?«

»Tja, Mr. Sutter, wenn alle ehrlichen Bürger so empört wären wie Sie und helfen würden...«

»Nein, nein, Mr. Mancuso. Verschonen Sie mich mit diesem Scheiß. Ich bin kein Sicherheitsbeamter, kein Richter und kein Mitglied einer Selbstschutzgruppe. Zivilisierte Menschen bezahlen Steuern an die Regierung, und die sind ein Teil des Sozialvertrags. Die *Regierung* ist verpflichtet, uns Frank Bellarosa vom Hals zu schaffen. Ich gehöre zu den Geschworenen.«

»Ja, Sir«, sagte er und fügte hinzu: »Anwälte dürfen nicht Geschworene sein.«

»Ich würde es, wenn ich dürfte.«

»Ja, Sir.«

Ich habe in meiner Eigenschaft als Anwalt schon ein paarmal mit Typen von einer Bundesbehörde zu tun gehabt, und wenn sie die Platte mit »Ja, Mr. Bürger Steuerzahler« auflegen, dann ist das für mich das Ende jeder Kommunikation. Ich sagte nur noch: »Tja, dann gehen Sie nur los, und knipsen Sie noch ein bißchen.«

»Danke, Sir.«

Ich ließ den Motor an und legte den Gang ein. »Wenigstens ist unsere Gegend jetzt sicher.«

»Das ist unter diesen Umständen meistens so, Mr. Sutter.«

»Welch feine Ironie«, stellte ich fest.

»Ja, Sir.«

Ich sah Mancuso in die Augen und fragte: »Wissen Sie, was *Capozella* ist?«

Er grinste. »Klar. Meine Großmutter wollte mich immer dazu bringen, es zu essen. Es ist eine Delikatesse. Warum?«

»Ich wollte es nur wissen. *Arrivederci.*«

»Frohe Ostern.« Er richtete sich auf, und ich sah nur noch seinen dicken Bauch. Dann trat ich aufs Gas, ließ die Kupplung kommen und schleuderte ein bißchen Kies hoch, als ich lospreschte.

Die Straße endet in einem Rondell vor einem Anwesen namens Fox Point, das seine Rückfront dem Long Island Sound zukehrt. Fox Point soll möglicherweise eine Moschee werden, doch darüber später mehr.

Ich wendete und fuhr die Grace Lane nun in südlicher Richtung entlang, passierte also noch einmal Alhambra und die Stelle, an der Mancuso gestanden hatte. Wie erwartet, war er nicht mehr da. Um das hartnäckige Gefühl, dieser ganze Tag bestünde nur aus Halluzinationen, ein für allemal loszuwerden, zog ich seine Karte aus der Tasche und starrte sie an. Ich erinnerte mich, daß ich die Patronenhülse ebenfalls aufgehoben hatte, um einen greifbaren Beweis für mein vorletztes ungeheuerliches Erlebnis zu haben. »Reiß dich zusammen, John!«

Ich dachte kurz über Mancuso nach. Er schien ein Clown zu sein, aber er war kein Narr. Er strahlte ruhige Selbstsicherheit aus, und mir gefiel der Gedanke, daß ein Italiener den Fall eines anderen Italieners bearbeitete. Der Himmel wußte, warum das Establishment in Washington mit Bellarosa und seinesgleichen nicht fertig wurde. Die Tage von Elliot Nes gehörten der Vergangenheit an, und italo-amerikanische Staatsanwälte und FBI-Agenten hatten mit ihren kriminellen Landsleuten mehr Glück als Angelsachsen. Nun, früher hatte der römische Senat Barbarensöldner angeheuert, um die Barbaren zu bekämpfen. Zufrieden mit meiner Analyse fuhr ich zu Tante Cornelia.

Innerhalb von zehn Minuten war ich in Locust Valley. Tante Cornelias Haus ist eine große victorianische Villa in einer stillen Straße, nur ein paar Blocks von meinem Büro entfernt. Das Haus hat ein Türmchen, ein riesiges Dachgeschoß und eine umlaufende Veranda; es ist genau das Heim, das zu Tante Cornelia paßt und mit dem mich liebe Kindheitserinnerungen verbinden. Tante Cornelias Mann, Onkel Arthur, ist ein Versager im Ruhestand: das heißt, er hat ungeheure Summen seines ererbten Vermögens in Unternehmungen gesteckt, die alle scheiterten. Aber er hat nie die oberste *Wasp*-Maxime vergessen: Greif unter keinen Umständen das Kapital an. Was bedeutet, daß dieses Kapital, seit er sich von seinen Geschäften zurückgezogen hat, ebenso wie sein Einkommen immer größer wird. Ich hoffe, er mischt sich nie mehr in die Geschäfte ein. Seine drei Söhne, meine hirnlosen Cousins, die das Talent ihres Vaters für Fehlschläge und finanzielle Verluste geerbt haben, müssen sich jeden Morgen vorsagen: Greif unter keinen Umständen das Kapital an! Solange sie sich daran halten, wird es ihnen und ihren ebenso einfältigen Kindern gutgehen.

In Tante Cornelias Straße stand eine endlose Kette von Wagen; hier scheinen nämlich alle Tanten, Großmütter und Mütter der ganzen Stadt zu wohnen. In dieser Straße ist es – frei nach Robert Frost – völlig egal, welches Haus man betritt, wenn man die Feiertage schon daheim verbringen muß.

Ich fand eine Parklücke und ging zu Fuß zu Tante Cornelias Haus. Eine Weile blieb ich auf der Veranda stehen, holte tief Atem, öffnete die Eingangstür und trat ein.

Drinnen wimmelte es von Leuten, die alle auf diese oder jene Weise mit mir und miteinander verwandt waren, nehme ich an. Ich habe mit der entfernten Verwandtschaft so meine Schwierigkeiten, weiß nie, wen ich küssen soll, welche Kinder wem gehören, und so weiter. Ich trete regelmäßig ins Fettnäpfchen, weil ich Geschiedene frage, wie es dem Partner geht, bankrott gegangene Verwandte frage, wie das Geschäft läuft und mich nach der Gesundheit von Vätern oder Müttern erkundige, die seit Jahren tot sind. Susan, die mit diesen Leuten nur durch mich verwandt ist, kennt alle Namen sowie den Verwandtschaftsgrad zu mir und weiß auch, wer gestorben und geboren und wer von wem geschieden ist – ganz so, als sei es ihre Aufgabe, die Eintragungen in die Familienbibel vorzunehmen. Ich wünschte fast, sie wäre jetzt an meiner Seite und flüsterte mir ins Ohr: »Das ist deine Cousine Barbara, die Tochter deiner Tante Annie und deines verstorbenen Onkels Bart. Barbaras Mann, Carl, hat sie wegen eines Mannes verlassen. Barbara hat sich ziemlich aufgeregt, trägt es aber mit Anstand. Allerdings haßt sie jetzt alle Männer.« So vorgewarnt, wäre ich gewappnet, wenn ich Barbara begrüßte, obwohl wir sicher nicht viel miteinander zu reden hätten – höchstens über Frauentennis oder solche Dinge.

Auf jeden Fall waren alle da, hielten ein Glas in der linken Hand, ihre Kiefer mahlten, die Münder schnappten auf und zu, und meine Gedanken rasten, um mögliche Fallgruben im voraus zu erkennen. Ich sagte ein paarmal hallo, aber es gelang mir, tiefgehenden Gesprächen aus dem Weg zu gehen, indem ich in dem großen, alten Haus durch die mächtigen Doppeltüren aus einem Raum in den nächsten eilte, als sei ich unterwegs ins Bad.

Ich sah Judy und Lester Remsen, die immer bei Zusammenkünften meiner Familie dabei sind. Ich habe bisher niemanden gefunden, der mir sagen konnte, wie Lester mit uns verwandt ist. Möglicherweise ist es ja nur ein schrecklicher Irrtum seinerseits, den er vielleicht sogar irgendwann einmal erkannt hat... Und jetzt fürchtet er sich wahrscheinlich davor, nicht mehr zu kommen und auf diese Weise direkt zuzugeben, daß er dreißig Jahre lang mit der falschen Familie gefeiert hat.

Während ich aus einem Zimmer ins andere schlüpfte, um den Gesprächsfallen zu entgehen, erhaschte ich einen Blick auf meine Eltern und Susan, aber ich wich ihnen aus. Mir war peinlich bewußt, daß ich falsch angezogen war und ungepflegt aussah. Sogar die Kinder trugen gebügelte Sachen und Lederschuhe.

Ich entdeckte die Bar, die im Anrichteraum aufgebaut war, und machte mir einen Scotch mit Soda. Jemand tippte mir auf die Schulter, und als ich mich umdrehte, sah ich mich meiner Schwester Emily gegenüber, von der es geheißen hatte, sie könne nicht aus Texas herüberkommen. Wir umarmten und küßten uns. Emily und ich stehen uns sehr nahe, obwohl die Zeit und die weite Entfernung uns getrennt haben, und wenn es außer Susan und meinen Kindern auf der Welt jemanden gibt, den ich liebe, dann ist es meine Schwester.

Hinter ihr stand ein Mann, und ich vermutete, daß es ihr neuer Verehrer war. Er lächelte mich an, und Emily machte uns miteinander bekannt. »John, das ist mein Freund Gary.«

Gary war ein gutaussehender, sonnengebräunter junger Mann, der etwa zehn Jahre jünger als Emily sein mochte. Wir schüttelten uns die Hand. »Freut mich, Sie kennenzulernen, Mr. Sutter.«

»John. Ich habe schon viel von Ihnen gehört.« Ich musterte Emily. Sie strahlte mich an. Wir unterhielten uns eine Weile zu dritt; dann entschuldigte sich Gary, und Emily und ich verzogen uns in den Vorratsraum hinter der Anrichte. Emily nahm meine Hand. »John, ich bin so glücklich.«

»Das sieht man dir an.«

Sie schaute mir in die Augen. »Ist mit dir alles in Ordnung?«

»Ja. Ich bin kurz davor, durchzudrehen. Es ist wunderbar.«

Sie lachte. »Ich bin eine Schlampe, und du siehst wie ein Penner aus. Unsere Eltern sind empört.«

Ich lächelte. »Gut.« Wie ich schon sagte, vertreten meine Eltern einen progressiven sozialen Standpunkt; aber wenn Angehörige der eigenen Familie sich als Bilderstürmer betätigen, werden Vater und Mutter zu Hütern traditioneller Werte.

»Ist bei dir und Susan alles in Ordnung?« fragte Emily.

»Das weiß ich nicht.«

»Sie hat mir gesagt, du seist unglücklich, und sie macht sich Sorgen. Ich glaube, sie wollte, daß ich mit dir rede.«

Ich rührte in meinem Scotch mit Soda und trank dann einen Schluck. Susan weiß, daß außer ihr selbst nur Emily an mich herankommt. »Die meisten ihrer Probleme hat Susan sich selbst zuzuschreiben«, antwortete ich. »Und an den meisten meiner Probleme bin ich selbst schuld. Das ist das eigentliche Problem. Ich glaube, wir langweilen uns«, fügte ich hinzu. »Wir bräuchten irgendeine Herausforderung.«

»Dann fordert euch gegenseitig heraus.«

Ich lächelte. »Wozu? Zu einem Schwertkampf? Außerdem ist die Sache gar nicht so ernst.«

»Aber natürlich ist sie das.«

»Es ist niemand sonst in die Sache verwickelt«, sagte ich. »Von meiner Seite aus wenigstens nicht.« Ich leerte mein Glas und stellte es auf ein Regal. »Wir haben immer noch ein befriedigendes Liebesleben.«

»Dessen bin ich sicher. Dann geh jetzt gleich mit ihr hinauf und liebt euch.«

»Also wirklich, Emily!« Leute, die frisch verliebt sind, bilden sich ein, sie hätten ein Allheilmittel für alle Sorgen und Nöte des Lebens gefunden.

»John, sie liebt dich über alles.«

Ich kann Emily nicht böse sein, aber ich sagte ein wenig scharf: »Susan ist egozentrisch, maßlos, narzißtisch, und sie lebt in einem Elfenbeinturm. Sie liebt nur Susan und Sansibar. Manchmal auch Yankee. Aber das ist eben Susan – und es ist gut so.«

»Sie liebt *dich*.«

»Ja, das tut sie wahrscheinlich. Doch ich bin für sie zu einer Selbstverständlichkeit geworden – wie ein altes Möbelstück.«

»Ah«, sagte meine scharfsinnige Schwester. »Ah!«

»Verschon mich mit deinem Ah!« Wir lachten beide, dann sagte ich ernst: »Aber ich benehme mich nicht bloß anders, etwa um ihre Aufmerksamkeit zu erregen. Ich habe mich wirklich verändert.«

»Wieso das?«

»Na ja, ich habe mich gestern betrunken und im Freien geschlafen. Und dann habe ich eine Frau angeknurrt wie ein Hund.« Da Emily für mich eine gute Freundin ist, erzählte ich ihr strahlend, was ich am Morgen getrieben hatte, und wir lachten beide so ausgelassen, daß jemand – wer es war, konnte ich nicht sehen – die Tür öffnete, hereinschaute und sie wieder schloß.

Emily nahm meinen Arm. »Kennst du den Witz? Frage: Was stellt sich ein richtiger Mann unter Gruppentherapie vor? Antwort: den zweiten Weltkrieg.« Ich lächelte etwas zaghaft, und Emily fuhr fort: »Nach der Midlife Crisis oder den männlichen Wechseljahren, was immer das ist, bleibt der Wunsch, einfach noch ein Mann zu sein. Ich meine, im grundlegendsten, rein biologischen Sinn, auf eine Weise, über die man in einer zivilisierten Gesellschaft nicht spricht. Der Wunsch, Krieg zu führen, jemandem eins über den Schädel zu geben oder dich durch irgendeine Ersatzhandlung abzulenken, wie zum Beispiel zu jagen oder in den Bergen ein Blockhaus zu bauen – das ist es, was hinter deinen morgendlichen Eskapaden steckt. Ich wünschte, mein Mann hätte sich ab und zu so gehenlassen! Statt dessen fing er an zu glauben, daß der Papierkram, mit dem er rumjongliert, nicht nur wichtig, sondern wahnsinnig aufregend und eine Herausforderung ist. Ich freu' mich, daß du durchgedreht bist. Versuch, etwas Konstruktives daraus zu machen.«

»Du bist eine sehr kluge Frau.«

»Ich bin deine Schwester, John. Ich liebe dich.«

»Und ich liebe dich.«

Ein paar Sekunden lang standen wir verlegen da; dann fragte Emily: »Hat dieser Bellarosa etwas mit deinem augenblicklichen geistig-seelischen Zustand zu tun?«

Er hatte etwas damit zu tun, obwohl ich nicht ganz begriff, wieso die Anwesenheit von Frank Bellarosa an der Peripherie meines Besitzes mich dazu gebracht hatte, mein Leben neu einzuschätzen. »Vielleicht... Ich meine, der Kerl hat alle Gesetze übertreten, er ist ein Außenseiter, und er scheint völlig im Frieden mit sich selbst zu leben. Wie um Gottes willen ist das nur möglich? Er hat alles unter Kontrolle, und Susan findet ihn interessant.«

»Ich verstehe. Und darüber hast du dich geärgert. Typisch Mann. Aber laut Susan scheint er dich zu mögen.«

»Sieht so aus, ja.«

»Und du möchtest der Vorstellung gern entsprechen, die er von dir hat.«

»Nein – aber…«

»Sei vorsichtig, John. Das Böse ist sehr verführerisch.«

»Ich weiß.« Ich wechselte das Thema. »Wie lange bleibst du?«

»Gary und ich sind heute morgen herübergeflogen. Komm uns doch besuchen. Wir haben eine absolut scheußliche Hütte am Wasser. Dort essen wir Garnelen und trinken Corona-Bier, joggen am Strand und killen Moskitos.« Sie fügte hinzu: »Und wir lieben uns. Bring Susan mit, wenn du willst.«

»Vielleicht.«

Sie legte die Hand auf meinen Arm und sah mir in die Augen. »John, du mußt hier raus. Das ist die *alte* Welt. Kein Mensch lebt mehr in *diesem* Amerika. Dieser Ort hat eine dreihundert Jahre alte Geschichte mit Geheimprotokollen, uraltem Groll und einer erstickenden Klassenstruktur. Im Vergleich zur Gold Coast ist Neuengland locker, zwanglos und freundlich.«

»Das weiß ich alles.«

»Denk darüber nach.« Sie ging zur Tür. »Willst du dich hier drin verstecken?«

Ich lächelte. »Eine Weile.«

»Ich bring' dir was zu trinken. Scotch und Soda?«

»Genau das richtige.«

Sie ging und kam gleich darauf mit einem großen Glas, gefüllt mit Eiswürfeln und Sodawasser, und einer ganzen Flasche *Dewar's* zurück. »Verschwinde nicht, ohne mir auf Wiedersehen gesagt zu haben.«

»Vielleicht muß ich das aber.«

Wir küßten uns, und sie ging. Ich setzte mich auf einen Hocker, trank und sah mich in dem Raum um, in dem sich Tischwäsche, Silber, Kristall und andere Dinge aus einer – wie wir es nennen – vornehmeren Zeit stapelten. Vielleicht hatte Emily recht. Diese Welt war halb Ruine und halb Museum, und wir alle waren von stummen Zeugen vergangener Pracht umgeben, was psychologisch nicht gesund ist und auch nicht gut für unsere kollektiven Egos. Aber was gibt es dort draußen, im amerikanischen Kernland? Dairy-Queen-Ladenketten und K-Marts-Drogeriemärkte,

Pick-ups und Moskitos? Gibt es westlich der Allegheny Mountains noch Mitglieder der Episkopalkirche? Wie viele meiner Altersgenossen habe ich zwar bereits die ganze Welt gesehen, aber Amerika noch nie.

Ich stand auf und wappnete mich innerlich für einen zweiten Vorstoß in den Hexenkessel brodelnden Familienblutes. Allerdings ging ich nach oben, wo, wie ich wußte, weniger Leute sein würden, und betrat das Turmzimmer, das wie zu meiner Zeit immer noch ein Spielzimmer für Kinder ist. Auch jetzt waren hier Kinder, zehn Stück insgesamt, aber sie spielten nicht »So tun als ob« wie ich früher, sondern sahen sich irgendeinen widerwärtigen Horrorfilm auf Video an, den eines von ihnen hereingeschmuggelt haben mußte. »Fröhliche Ostern«, sagte ich, und ein paar Köpfe drehten sich zu mir um. Diese Kinder konnten sich zwar noch nicht verständlich artikulieren, lernten jetzt aber bereits in allen Einzelheiten, wie man mit der Axt Menschen umbrachte.

Ich schaltete den Fernseher aus und nahm die Videokassette aus dem Recorder. Niemand sagte ein Wort, aber einige vierteilten mich im Geist mit der Kettensäge.

Ich setzte mich zu ihnen und erzählte ihnen Geschichten über die Zeit, als es noch kein Fernsehen gab und ich in diesem Zimmer gespielt hatte. »Und einmal«, sagte ich zu dem zehnjährigen Scott, »haben dein Vater und ich so getan, als seien wir hier eingesperrt und dieses Zimmer sei der Tower in London. Und wir hätten nichts anderes als Wasser und Brot.«

»Warum?«

»Nun – wir haben eben so getan als ob.«

»Warum?«

»Jedenfalls haben wir Papierflieger gemacht, auf die wir Hilferufe gekritzelt haben, und sie dann zum Fenster hinausfliegen lassen. Und dann hat ein Dienstmädchen einen dieser Papierflieger gefunden. Sie hielt den Hilferuf für echt und hat die Polizei geholt.«

»Ziemlich blöd«, sagte Justin, zwölf. »Muß eine Spanierin gewesen sein.«

»Die können doch nicht einmal Englisch lesen, Blödmann«, erklärte ihm ein kleines Mädchen.

»Das Mädchen«, sagte ich verärgert, »war eine Schwarze. Es gab damals sehr viele schwarze Hausmädchen hier. Und sie konnte sehr wohl Englisch lesen und war eine sehr verantwortungsbewußte Frau. Nun, die Polizei kam, und Tante Cornelia rief uns hinunter, damit die Beamten mit uns reden konnten. Es war eine heilsame Lektion für uns, denn als die Polizei weg war, wurden wir zur Strafe tatsächlich eingesperrt. Im Wurzelkeller.«

»Was ist ein Wurzelkeller?«

»Sie hat euch eingesperrt? Warum?«

»Habt ihr das diesem Hausmädchen heimgezahlt?«

»Ja«, antwortete ich. »Wir haben ihr den Kopf abgehackt.« Ich stand auf. »Aber nun genug vom letzten Osterfest.« Keiner verstand meinen subtilen Humor. »Spielt Monopoly«, schlug ich vor.

»Können wir die Kassette wiederhaben?«

»Nein.« Trauriger, aber weiser geworden, ging ich mit der Videokassette hinaus.

Ich hatte größte Lust, mich wieder in den Wurzelkeller zu setzen, aber als ich in den Flur einbog, stieß ich mit Terri zusammen, einer hinreißenden Blondine, die mit meinem Cousin Freddie, einem von Arthurs hirnlosen Söhnen, verheiratet ist. »Oh, hallo«, sagte ich. »Wohin willst du?«

»Hallo, John. Ich will nach den Kindern sehen.«

»Es geht ihnen gut«, teilte ich ihr mit. »Sie spielen Doktor.« Sie lächelte gezwungen.

»Hast du schon deine Generaluntersuchung hinter dir?« fragte ich.

»Benimm dich.«

Ich ging zu einer Tür gegenüber der Treppe und öffnete sie. »ich wollte eben auf den Speicher hinauf. Hast du Lust, mitzukommen?«

»Warum?«

»Es gibt dort wunderschöne alte Kleider. Vielleicht möchtest du ein paar probieren?«

»Wie geht es Susan?«

»Frag Susan.«

Terri kam mir ein bißchen nervös vor, aber ich wußte nicht, ob sie verärgert war oder sich die verschiedenen Möglichkeiten überlegte. Ich schloß die Tür zum Dachboden wieder und ging zur Treppe. »Ich glaube, wir sind zu alt, um ›So-tun-als-Ob‹ zu spielen.« Ich begann langsam die Treppe hinunterzusteigen.

»Was ist das?« fragte sie und zeigte auf die Videokassette.

»Dreck. Es kommt in den Müll.«

»Oh – diese verdammten Kinder... Ich bin froh, daß du sie ihnen weggenommen hast.«

»Das ist mein Job. Onkel Schnüffler.«

Sie lachte. »Ich wünschte, Freddie würde das ab und zu tun.«

»Man steht damit vielleicht auf verlorenem Posten. Aber als kultivierte Menschen haben wir die Pflicht, es zu versuchen.«

»Ja.« Sie musterte mich von Kopf bis Fuß. »Du bist heute sehr leger angezogen, John.«

»Ich stecke mitten in einer Identitätskrise und hab's noch nicht raus, wie man sich dafür richtig anzieht.«

»Du bist verrückt.«

»Na und?« Ich sah sie starr an.

Sie antwortete nicht, und ich sah, daß sie am Haken hing; ich brauchte die Leine nur noch einzuholen. Terri, müssen Sie wissen, ist eine Frau, die daran gewöhnt ist, daß Männer ständig um sie herumscharwenzeln und an ihr rumschnuppern, und sie verfügt über ungefähr fünfzig höfliche und unhöfliche Methoden, damit fertig zu werden. Aber jetzt stand sie nur da, sah mich wehrlos an und wartete auf meinen nächsten Zug. Ich bekam ein schlechtes Gewissen oder etwas Ähnliches und sagte daher: »Wir sehen uns später.«

»John, könnte ich wegen eines Testaments mit dir sprechen? Ich glaube, ich brauche ein Testament.«

»Das brauchst du wirklich, wenn du noch keines hast.«

»Soll ich dich anrufen?«

»Ja, ich bin Dienstag, Mittwoch und Donnerstag in der Stadt und Montag und Freitag in Locust Valley. Wir könnten zusammen essen.«

»In Ordnung. Vielen Dank.«

Ich ging die gewundene Treppe hinunter, aber es war, als ob ich schwebte. Es hatte gefunkt. Ich war magnetisch, charismatisch, interessant. Ich glaubte es, und daher war es so. Und ich brauchte dazu nicht einmal mein Tausenddollar-Sportjackett aus Kaschmir oder meine Neunzigdollar-Krawatte von Hermès. Ich hatte Macht über Männer und Frauen. Sollte ich es Susan erzählen? Nein, besser ich hielt den Mund und wartete ab, ob sie es selbst bemerkte.

Ich wußte auch, daß ich verschwinden sollte, bevor die alten Leute mich in eine Ecke manövrierten; sie verstehen es ausgezeichnet, sich strategisch im Raum zu verteilen, ihre Beute anzuvisieren und ihr dann durch telepathisch koordinierte Bewegungen jeden Fluchtweg abzuschneiden.

Ich stürzte auf die Haustür zu, wobei ich so tat, als bemerkte ich die beiden Cousins nicht, die meinen Namen riefen. Schließlich hießen viele Leute John.

Ich entkam ins Freie, machte einen Satz die Verandastufen hinunter und lief zu meinem Wagen; nur einmal hielt ich kurz an, um die Videokassette in den Gulli zu werfen. Dann sprang ich in den Bronco und fuhr los.

Es dämmerte bereits. Ich fuhr langsam, kurbelte das Fenster auf und atmete tief die kühle Luft ein.

Ich fahre gern, weil ich dann unerreichbar bin. Ich habe kein Autotelefon mit Anrufbeantworter, kein Autofax oder Telex, keinen Piepser oder anderen technischen Schnickschnack. Nur einen sogenannten *Fuzzbuster*, ein sehr praktisches Gerät, das mich vor Radarfallen warnt. Außerdem habe ich ein Radio, das aber meist auf die Vorhersage des US-Marine-Wetterdienstes auf Block Island eingestellt ist. Ich mag Wetterberichte, weil sie nützliche Informationen darstellen und man selbst nachprüfen kann, ob sie zutreffen. Und die Jungs von der Marinevorhersage sprechen gleichbleibend monoton und machen keine Witze wie die Idioten vom regulären Rundfunk oder Fernsehen. Sie melden einen bevorstehenden Hurrikan im selben Ton, in dem sie einem mitteilen, daß es sonnig und mild sein wird.

Ich schaltete die Wetter-Station ein, und die Stimme wiederholte den Wetterbericht für den ganzen Tag, ohne mir zu erzählen, was es doch für ein schöner Tag für die Osterparade auf der Fifth Avenue gewesen sei. Ich erfuhr, daß sich Kumulonimbuswolken zusammenzogen und für Montagmorgen schwere Regenfälle zu erwarten waren, außerdem Nordostwind mit zehn bis fünfzehn Knoten pro Stunde. Dann gab es noch Ratschläge für kleine Boote. Nun, man würde sehen.

Ich fuhr noch etwa eine Stunde umher, aber dann nahm der Verkehr stark zu, und ich machte, daß ich nach Hause kam. Sonntagabende waren noch nie meine Sache. Unter den günstigsten Umständen bin ich übellaunig und gehe früh ins Bett.

Susan kam, als ich schon im Bett lag und das Licht gelöscht hatte. »Soll ich dir etwas bringen?« fragte sie.

»Nein.«

»Fühlst du dich nicht wohl?«

»Ich fühle mich sehr wohl.«

»Deine Mutter und Tante Cornelia wollten wissen, ob mit dir etwas nicht in Ordnung ist.«

»Dann hätten sie mich fragen sollen, nicht dich.«

»Du bist ihnen aus dem Weg gegangen. Dein Vater war enttäuscht, weil er nicht mit dir sprechen konnte.«

»Er hat über vierzig Jahre Zeit gehabt, mit mir zu sprechen.«

»Möchtest du mit mir reden?«

»Nein, ich möchte pennen. Gute Nacht.«

»Emily schickt dir ihre besten Wünsche. Gute Nacht.« Susan ging hinunter.

Ich lag ganz still da und blickte zur dunklen Zimmerdecke hinauf. Mir war in den letzten Tagen zweierlei widerfahren – Apostasie und Apotheose zur gleichen Zeit. Ich war meinem alten Glauben abtrünnig geworden und hatte, während das geschah, neue gottähnliche Kräfte erworben. Nun ja, das mag übertrieben sein, aber ich war ganz gewiß nicht mehr der Mann, der ich noch vor ein paar Wochen gewesen war.

Nach ein paar Minuten Metaphysik schloß ich die Tür hinter diesem Tag. Donner grummelte in der Ferne, und ich stellte mir vor, daß ich nachts draußen auf See war, allein mit meinem Boot, daß die Wellen sich an meinem Bug brachen und die Segel sich mit Wind füllten. Es war ein gutes Gefühl, doch ich wußte, wenn der Sturm losbrach, konnte ich das Ruder und die Segel nicht allein bedienen. Während ich mich fragte, was da zu machen war, schlief ich ein.

11. Kapitel

Am Montag – Ostermontag – regnete es, wie vorhergesagt. Der Wind kam tatsächlich aus Nordost und fegte von Cape Cod und vom Sund her über uns hinweg. Ein letztes Aufbäumen des Winters.

Ich war bei Tagesanbruch aufgestanden und hatte entdeckt, daß Susan woanders geschlafen hatte – wahrscheinlich in einem der Gästezimmer. Ich duschte, zog Jeans und Pullover an und fuhr nach Locust Valley, wo ich in einem Coffee Shop frühstückte.

Ich ließ mir mit dem Kaffee Zeit und las zum erstenmal seit zehn Jahren die *New York Post*. Eine interessante Zeitung – etwa so wie Rindfleischstangen für den Geist.

Anschließend bestellte ich noch einen Kaffee zum Mitnehmen, verließ den Coffee Shop und fuhr durch den Regen zu meinem Büro. Ich ging in mein Privatbüro hinauf, das früher einmal das Wohnzimmer im Obergeschoß gewesen war, und machte Feuer im Kamin. Dann setzte ich mich in meinen ledernen Ohrensessel, legte die nackten Füße auf den Kaminvorsetzer und schmökerte im

Long Island Monthly, während ich den Kaffee aus dem Pappbecher trank. Das Magazin enthielt einen Artikel, wie man sein Haus im East End für den Memorial Day am 10. Mai – Heldengedenktag und offizieller Sommeranfang – herausputzen sollte. Dabei fiel mir natürlich ein, daß ich ja ein Haus hatte, in das ich mich zurückziehen konnte, wenn ich in ein selbstgewähltes Exil gehen wollte oder auf Stanhope-Land zur *persona non grata* erklärt würde.

Mein Haus in East Hampton ist ein mit Zedernschindeln verkleidetes 1796 erbautes Kolonialhaus, das inmitten von Glyzinen und Obstbäumen liegt. Das Haus gehört Susan und mir gemeinsam – das heißt, es gehört mir, Susan und der Bank.

Meine Vorfahren väterlicherseits waren in den sechziger Jahren des 17. Jahrhunderts als Siedler aus England gekommen – damals, als diese Neue Welt wirklich neu war. Ich besitze noch eine echte Urkunde über eine staatliche Landzuweisung, die anno 1663 von Charles II. an einen gewissen Elias Sutter ausgestellt wurde. Dieses Land umfaßte ungefähr ein Drittel des Verwaltungsbezirks Southampton. Jetzt ist dieses Gebiet eine der exklusivsten Strandgemeinden an der Ostküste; und wenn das Land noch den Sutters gehörte, wären wir Milliardäre.

Dieser weit östlich liegende Inselstreifen, der in den Atlantik hineinragt, besitzt eine hinreißend schöne Landschaft. Geographisch ist dieser Landstrich ganz anders als die Gold Coast, aber die Familienbeziehungen und Sozialstrukturen sind dort recht ähnlich. Entscheidender ist, daß dieses Gebiet viel weniger dicht besiedelt ist und die Naturfreaks dort das Sagen haben. Man kann kaum einen Briefkasten aufstellen, ohne eine schriftliche Erklärung abzugeben, daß die Umwelt dadurch nicht geschädigt wird.

Die uralte Verbindung zur östlichen Spitze von Long Island hat mich – gewissermaßen als abstrakte Fußnote zu meinem Leben – schon immer interessiert, bisher jedoch mein Denken kaum beeinflußt. Aber neuerdings habe ich angefangen, mich zu fragen, ob es nicht an der Zeit ist, auf Sutter-Land zu leben anstatt auf Stanhope-Land.

Man stelle sich vor: Ich als Kleinstadt-Anwalt, die bestrumpften Füße auf dem Schreibtisch eines Büros, das früher ein Laden gewesen ist, und mit einem Einkommen von etwa dreißigtausend im Jahr. Und mittendrin in der Menge, die zu den Docks stürmt, wenn die Blaufische auf ihrer Laichwanderung vorüberkommen...

Ob Susan wohl bereit wäre, das ganze Jahr über dort zu leben? Zwar würde sie ihre Pferde in eine Pension geben müssen, aber reiten kann man dort phantastisch. Die öffentlichen Reitwege führen durch die Shinnecock Hills direkt zum Atlantischen Ozean hinunter und den weißen Sandstrand entlang. Vielleicht brauchen wir so etwas, um uns selbst wiederzufinden.

Hin und wieder gehe ich an freien Tagen ganz gern ins Büro, um Liegengebliebenes aufzuarbeiten, doch noch nie habe ich mich vor häuslichen Problemen hierhergeflüchtet. Ich ließ das Magazin sinken, schloß die Augen und lauschte dem knisternden Feuer, dem Wind und dem Regen. Es war einfach köstlich.

Ich hörte, daß jemand die Haustür öffnete, die ich nicht abgesperrt hatte. Es konnte ja durchaus sein, daß ein besonders Eifriger ein paar Stunden arbeiten oder – wie ich – einfach seinem Zuhause entfliehen wollte. Wir haben ein Dutzend Angestellte hier: sechs Sekretärinnen, zwei Praktikanten, zwei Juniorpartner und zwei Referendarinnen, die im Sommer ihre Anwaltsprüfung ablegen wollen. Eine dieser Referendarinnen ist Karen Talmadge, die es weit bringen wird, weil sie intelligent und energisch ist und sich gut ausdrücken kann. Außerdem ist sie auch sehr schön, doch das erwähne ich nur nebenbei.

Ich hoffte, daß die Schritte, die ich hörte, Karen gehörten, da ich ein paar interessante Rechtsfälle habe, die ich gern mit ihr besprochen hätte. Doch im nächsten Moment wurde mir klar, daß es mich überhaupt nicht interessierte, ob sie es war, meine Frau, meine unscheinbare Sekretärin, meine attraktive Cousine Terri oder meine kleinen Nichten und Neffen mit Äxten und Kettensägen. Ich wollte ganz einfach allein sein, wollte weder Sex noch Gewalt.

Ich horchte, und dann wurde mir klar, daß die Schritte langsam und schwer waren, anders als der Gang einer Frau. Vielleicht war es der Postbote oder ein Lieferant, vielleicht sogar ein Klient, der nicht wußte, daß ich den Ostermontag als neuen Feiertag eingeführt hatte. Wer immer dort unten war, er ging von einem Zimmer ins andere, schien jemanden zu suchen.

Am besten war es wohl, ich ging hinunter und sah nach, wer es war. Aber dann hörte ich die unterste Stufe ächzen, und eine Stimme rief: »Mr. Sutter!«

Ich stellte den Kaffee ab und stand auf.

»Mr. Sutter!«

»Ich bin hier oben«, antwortete ich nach kurzem Zögern. »Zweite Tür links.«

Frank Bellarosa, in einem formlosen Regenmantel und mit einem grauen Filzhut auf dem Kopf, betrat mein Büro. »Ah«, sagte er, »hier sind Sie also. Ich habe draußen Ihren Jeep gesehen.«

»Meinen Branco.«

»Ja. Haben Sie ein paar Minuten Zeit? Ich möchte gern etwas mit Ihnen besprechen.«

»Wir haben heute geschlossen«, erklärte ich. »Ostermontag.«

»He, Sie haben ja Feuer gemacht. Haben Sie was dagegen, wenn ich mich setze?«

Ich hatte ganz gewiß etwas dagegen, aber ich deutete auf den hölzernen Schaukelstuhl auf der anderen Seite des Kamins. Bellarosa zog den nassen Mantel aus, nahm den nassen Hut ab und hängte beides an den Kleiderständer bei der Tür. Dann setzte er sich. »Sind Sie religiös?« fragte er.

»Nein. Ich gehöre der Episkopalkirche an.«

»Ach! Aber Sie nehmen sich heute frei?«

»Manchmal. Die Geschäfte gehen schlecht.« Ich nahm den Schürhaken in die Hand und schaute zufällig zu Bellarosa hinüber, der nicht ins Feuer und nicht auf mich, sondern auf den schweren, unförmigen Gegenstand in meiner Hand sah. Der Mann hat wirklich sehr primitive Instinkte, dachte ich. Ich schürte die Scheite im Feuer und legte den Schürhaken dann langsam und ohne allzu abrupte Bewegungen wieder weg. Eigentlich hatte ich die größte Lust, Bellarosa zu fragen, ob das ein Überfall war, aber ich wollte unsere neue Beziehung nicht mit schlechten Witzen belasten. »Haben Sie heute auch frei?« fragte ich statt dessen.

Er lächelte. »O ja.«

Ich setzte mich wieder in meinen Sessel. »In welcher Branche sind Sie eigentlich tätig?«

»Das gehört zu den Dingen, über die ich mit Ihnen reden möchte.« Er kreuzte die Beine und versuchte ein paarmal zu schaukeln, als habe er noch nie in einem Schaukelstuhl gesessen. »Meine Großmutter hatte so einen Stuhl«, sagte er. »Schaukel, schaukel, schaukel – den ganzen Tag ging das so. Sie ging auf zwei Stöcken, wissen Sie. Damals gab es diese Gehhilfen noch nicht. Und manchmal, wenn man an ihr vorüber in die Küche wollte, zog sie einem mit einem ihrer Stöcke eins über.«

»Warum?«

»Das weiß ich nicht. Ich habe sie nie gefragt.«

»Ich verstehe.« Ich betrachtete Bellarosa einen Augenblick lang. Er trug im Grunde die gleiche Kleidung wie am Samstag, nur farbverkehrt, wenn man das so sagen kann: grauer Blazer, marineblaue Hose, schwarze Schuhe, weißer Rollkragenpullover. Wesentlich interessanter fand ich, daß das Schulterhalfter zu sehen war.

»Haben Sie je Schwierigkeiten mit unbefugten Eindringlingen?« fragte er plötzlich.

Ich räusperte mich. »Hin und wieder. Nichts Ernstes. Warum?«

»Na ja, gestern morgen war so ein Kerl auf meinem Grund und Boden. Hat meine Frau zu Tode erschreckt. Meine – Gärtner haben ihn verjagt.«

»Die Leute gehen ab und zu gern auf den Gütern spazieren. Mit Vandalismus hat man es hauptsächlich nachts zu tun – das sind die Halbwüchsigen.«

»Das war kein Halbwüchsiger. Ein Weißer, ungefähr fünfzig. Hat wie ein Penner ausgesehen.«

»Tatsächlich? Und hat er Ihre Frau wirklich absichtlich erschreckt?«

»Ja. Er hat sie angeknurrt.«

»Du meine Güte! Haben Sie die Polizei verständigt?«

»Aber nein. Meine – Gärtner sind mit den Hunden hinter ihm her, aber er hat sich auf Ihren Besitz verzogen. Ich hätte Sie angerufen, aber leider stehen Sie nicht im Telefonbuch.«

»Vielen Dank. Ich werde die Augen offenhalten.«

»Gut. Meine Frau möchte unbedingt wieder nach Brooklyn zurück. Vielleicht können Sie mir sagen, daß es hier sicher ist.«

»Ich werde sie anrufen.«

»Oder vorbeikommen.«

»Vielleicht.« Ich saß in meinem Ohrensessel und starrte konsterniert in das knisternde Feuer. *Fünfzig?* Sie muß blind vor Angst gewesen sein. Hoffentlich.

Der Wind war stärker geworden, und der Regen prasselte gegen die Fensterscheiben. Wir saßen eine Weile schweigend da, während zumindest einer von uns über Sinn und Zweck dieses Besuches nachdachte. »Haben Sie die Gemüse schon in die Erde gebracht?«

»Noch nicht. Aber ich habe den Radicchio gegessen.«

»Ach ja? Und hat er Ihnen geschmeckt?«

»Sehr gut. Ich hoffe, Sie haben mir auch davon ein paar Pflanzen gegeben.«

»Oh, selbstverständlich. Sie sind alle markiert. Sie haben Radicchio, Basilikum, grüne Paprika und Auberginen bekommen.«

»Oliven auch?«

Er lachte. »Nein. Oliven wachsen auf einem Baum. Die Bäume sind ein paar hundert Jahre alt. Leider gedeihen sie hier nicht. Mögen Sie Oliven?«

»Für meine Martinis.«

»Ach ja? Aber ich habe Feigenbäume gepflanzt. Ich habe fünf grüne und fünf blaue gekauft. Im Winter muß man die Bäume hier allerdings abdecken. Man packt sie in Teerpappe und stopft Laub um sie herum, damit sie nicht erfrieren.«

»Wirklich? Ist die Gärtnerei Ihr Hobby?«

»Hobby? Ich habe keine Hobbys. Was ich mache, mache ich richtig.«

Davon war ich überzeugt. Ich trank meinen Kaffee aus und warf den Becher ins Feuer. »So...«

»He«, sagte Frank Bellarosa, »Sie haben gestern eine tolle Party verpaßt. Viele nette Leute, eine Menge zu essen und zu trinken.«

»Tut mir leid, aber wir konnten nicht kommen. Wie hat der Lammkopf geschmeckt?«

Er lachte. »Den essen nur die alten Leute. Solche Sachen müssen da sein, sonst glauben sie, man wird zu amerikanisch.« Er überlegte einen Moment und fügte dann hinzu: »Wissen Sie, als Kind hätte ich keinen Kalmar oder dieses ganze ausländische Zeug gegessen. Jetzt esse ich das meiste.«

»Aber keinen Lammkopf.«

»Nein. Das bringe ich nicht fertig. Jesus, sie zupfen die Augen raus und schneiden die Zunge ab und essen die Nase, die Wangen und das Hirn.« Er kicherte. »Ich esse nur Lammkoteletts. Was essen Sie zu Ostern?«

»Kopfloses Frühlingslamm mit Minzsoße.«

»Ja, aber wissen Sie was? Ich beobachte, daß sich die Kinder wieder mehr für die alten Bräuche interessieren. Ich sehe es an meinen Nichten und Neffen und bei meinen eigenen Kindern. Erst wollen sie keine Italiener sein, aber je älter sie werden, um so italienischer werden sie. Bei den Iren, den Polen, den Juden ist es das gleiche. Ist Ihnen das aufgefallen?«

Ich hatte zwar noch nicht bemerkt, daß Edward oder Carolyn um den Maibaum tanzten und geräucherten Hering aßen, aber mir war aufgefallen, daß ein paar ethnische Gruppen den Weg »zurück zu unseren Wurzeln« proklamieren. Ich mißbillige das nicht, solange keine Menschenopfer nötig sind.

»Ich meine«, fuhr Bellarosa fort, »daß die Menschen etwas suchen. Möglicherweise fehlt der amerikanischen Kultur etwas, das der Mensch braucht.«

Ich sah Frank Bellarosa mit neu erwachtem Interesse an. Natürlich hatte ich ihn nie für einen kompletten Idioten gehalten, aber ich hatte auch nicht erwartet, daß ich je Worte wie »amerikanische Kultur« aus seinem Mund zu hören bekommen würde. »Sie haben Kinder?« fragte ich.

»Klar. Drei Jungen, Gott segne sie. Alle gesund und klug. Der Älteste, Frankie, ist verheiratet und lebt in Jersey. Tommy ist auf dem College, er studiert Hotel-Management. Ich habe in Atlantic City ein Haus, das er leiten soll. Tony ist im Internat. In La Salle, wo ich auch war. Alle meine Kinder waren dort. Kennen Sie diese Schule?«

»Ja, natürlich.« Das La Salle ist eine katholische Militär-Akademie in Oakdale, South Shore, Long Island. Ich habe katholische Freunde, die ihre Söhne in diese Schule schicken, und war einmal bei einer Spendengala dort. »Eine sehr gute Schule«, sagte ich.

Bellarosa lächelte. Jetzt ist er stolz, dachte ich. »Ach ja. Dort habe ich vielleicht pauken müssen! Da kann man sich nicht drükken, die verstehen keinen Spaß. Haben Sie Machiavelli gelesen? *Der Fürst?*«

»Hab' ich, hab' ich.«

»Ich kann ganze Seiten daraus zitieren.«

Und könntest wahrscheinlich eine Fortsetzung schreiben, dachte ich. Ich hatte bereits Gerüchte gehört, daß Jungen aus gewissen Familien, zum Beispiel aus Bellarosas Familie, Schüler dieser Anstalt waren. Auf einer etwas höheren Ebene gab es eine Reihe von Führern gewisser lateinamerikanischer Länder, die in La Salle graduiert hatten – unter anderem General Somoza, ehemals Nicaragua. Und dieselbe Schule brachte auch Männer hervor, die sich in der Politik, beim Schutz von Recht und Gesetz in der Armee und im katholischen Klerus hervorgetan hatten. Wirklich eine interessante Schule, dachte ich. »War nicht auch John Sununu, der Stabschef des Weißen Hauses, an dieser Schule?«

»Aber natürlich. Ich habe ihn gekannt. Die Klasse von 1957. Ich war in der von 1958. Habe auch Peter O'Malley gekannt. Kennen Sie ihn?«

»Meinen Sie den Präsidenten der Dodgers?«

»Ja. Was war das nur für eine Schule! Sie kaufen Ihnen den Schneid ab, die guten christlichen Brüder. Aber vielleicht heutzutage nicht mehr so sehr. Dieses ganze verdammte Land ist völlig verweichlicht. Mir haben sie damals den Schneid abgekauft.«

»Ich bin sicher, es hat Ihnen irgendwie genützt«, sagte ich. »Vielleicht werden Sie eines Tages reich und berühmt.«

Er ging auf den Scherz ein und antwortete: »O ja. Vielleicht wäre ich im Gefängnis gelandet, wenn ich nicht dort zur Schule gegangen wäre.« Er lachte.

Ich lächelte. Gewisse Dinge an Frank Bellarosa waren jetzt verständlich, unter anderem sein Akzent, den man beinahe als kultiviert hätte bezeichnen können, und sein Spitzname »der Bischof«. Eine katholische Militärschule war für mich schon immer ein Widerspruch in sich selbst gewesen, aber auf einer bestimmten Ebene ist wahrscheinlich überhaupt nichts mehr widersprüchlich. »Waren Sie Soldat?« fragte ich.

»Wenn Sie damit meinen, ob ich bei der Armee war, dann muß ich nein sagen«, antwortete Bellarosa.

»Was für Soldaten gibt es denn sonst noch?« fragte ich unschuldig.

Er sah mich an und spitzte einen Augenblick nachdenklich die Lippen, bevor er antwortete: »Wir alle sind Soldaten, Mr. Sutter, denn das Leben ist Krieg.«

»Das Leben ist Konflikt«, stimmte ich zu, »aber genau das macht es interessant. Krieg ist etwas anderes.«

»Nicht, wenn ich Konflikte auf meine Art löse.«

»Dann sollten Sie vielleicht Konflikte zu Ihrem Hobby machen.«

Er schien darüber nachzudenken und nickte dann. »Ja.« Dann begann er wieder von seiner Alma mater zu sprechen. »Ich war sechs Jahre in La Salle und habe militärische Organisation schätzen gelernt. Das hat mir bei meinem Geschäft sehr geholfen.«

»Das glaube ich gern«, pflichtete ich ihm bei. »Ich war Offizier bei der Armee und stelle immer wieder fest, daß ich heute noch im

Beruf und im Privatleben Dinge anwende, die ich beim Militär gelernt habe.«

»Ach ja. Sie verstehen also, was ich meine.«

»Sehr gut sogar.« Hier saß ich also und unterhielt mich fast freundschaftlich mit dem Oberhaupt der mächtigsten Verbrecherfamilie New Yorks. Trotz meiner Anspielungen auf sein »Geschäft« war es eine ganz lockere Unterhaltung, und ich muß zugeben, daß der Mann okay war, überhaupt nicht schleimig, dumm oder brutal. Und wenn man eine Bandaufnahme dieses Gesprächs vor einem Geschworenengericht oder bei einer Cocktailparty abspielte, würden einige Leute wahrscheinlich gähnen. Aber worüber sollte er denn sonst sprechen? Über Mord und Drogenhandel?

Es besteht immerhin die Möglichkeit, dachte ich, daß er wirklich nur gutnachbarliche Beziehungen sucht. Als Anwalt aber war ich skeptisch und als gesellschaftlich geachtetes Mitglied dieser Gemeinde auf der Hut. Ich wußte, daß von ihm nichts Gutes kommen konnte, und dennoch wollte ich die Unterhaltung nicht beenden. Ja, Emily, das Böse ist wirklich sehr verführerisch. Wenn ich jetzt zurückblicke, kann ich nicht behaupten, ich hätte es nicht gewußt oder man habe mich nicht gewarnt. »Und hat der religiöse Teil des Lehrstoffes in La Salle Sie ebenso nachhaltig beeindruckt wie der militärische Aspekt?« fragte ich.

Er überlegte einen Moment und sagte dann: »Ich habe eine Wahnsinnsangst vor der Hölle.«

Ich erinnerte mich an die Marienstatue am Ufer des Teiches. »Nun, das ist ein Anfang«, meinte ich.

Er nickte und begann sich dann in meinem Büro umzusehen, musterte das Holz, die Jagddrucke, das Leder und das Messing und dachte wahrscheinlich: Typischer *Wasp*-Schund.

»Das ist eine alte Anwaltskanzlei.«

»Ja.« Vermutlich dachte er, weil die Möbel alt waren, war auch die Kanzlei alt, doch ich hatte sein Interesse an mir unterschätzt, denn er fügte hinzu: »Ich habe mich umgehört. Mein Anwalt hat den Namen Ihrer Kanzlei gekannt und sofort gewußt, um wen es sich handelt.«

»Ich verstehe.« Mir kam der abwegige Gedanke, daß er mir ein Angebot für das Haus machen wollte. Nun, zwei Millionen wären ein fairer Preis.

»Jedenfalls«, sagte er, »sind wir jetzt beim Thema. Ich kaufe ein Geschäft auf der Glen Cove Road und brauche einen Anwalt, der mein Angebot einreicht und mich beim Vertragsabschluß vertritt.«

»Sprechen wir jetzt geschäftlich?«

»Ja. Drücken Sie auf die Stoppuhr, Herr Anwalt.«

»Sie haben eben angedeutet, daß Sie schon einen Anwalt haben«, sagte ich, nachdem ich einen Moment überlegt hatte.

»Ja. Den Mann, der Ihre Firma kannte.«

»Warum beauftragen Sie nicht ihn?«

»Weil er in Brooklyn ist.«

»Schicken Sie ihm das Fahrgeld fürs Taxi.«

Bellarosa grinste. »Vielleicht kennen Sie ihn? Sein Name ist Jack Weinstein.«

»Aha.« Mr. Weinstein ist ein bekannter Anwalt der Unterwelt, gewissermaßen eine kleine Berühmtheit im Amerika des 20. Jahrhunderts. »Kann er kein Immobiliengeschäft abschließen?«

»Nein. Er ist ein unglaublich schlauer Jude, müssen Sie wissen. Aber Immobiliengeschäfte sind nicht seine Sache.«

»Und was«, fragte ich sarkastisch, »ist seine Sache?«

»Ein bißchen dies und ein bißchen das. Aber nicht Immobilien. Ich möchte einen Mann aus Long Island, einen Mann wie Sie, der sich um meine Geschäfte in Long Island kümmert. Jemanden, der weiß, wie man mit den Leuten hier umgehen muß. Ich glaube, Sie kennen alle ›richtigen‹ Leute, Mr. Sutter«, fügte er hinzu.

Und Sie, Mr. Bellarosa, dachte ich, kennen die ›falschen‹. »Sie müssen doch eine Anwaltskanzlei haben, die Ihre kommerziellen Interessen vertritt.«

»Ja, ich habe eine reguläre Kanzlei in der City. *Bellamy, Schiff and Landers.*«

»Die auch den Kauf von Alhambra für Sie getätigt haben.«

»Ja, genau die. Haben Sie das nachgeprüft?«

»So etwas wird bei uns veröffentlicht. Warum arbeiten Sie also nicht wieder mit *Bellamy, Schiff and Landers?*«

»Wie ich Ihnen schon gesagt habe, möchte ich eine ortsansässige Kanzlei.«

Mir fiel die Unterhaltung ein, die ich mit Lester Remsen über den Lauderbach-Besitz geführt hatte, und ich sagte zu Bellarosa: »Meine Kanzlei ist ziemlich exklusiv, und um ganz offen mit Ihnen zu sein, meine Klienten gehören zu den Leuten, die einen Anwalt nach der Gesellschaft einschätzen, in der er sich bewegt.«

»Das heißt?«

»Das heißt, daß ich Klienten verlieren könnte, wenn ich Sie als Klienten akzeptierte.«

Er schien nicht beleidigt; offensichtlich zweifelte er nur daran, daß ich wußte, wovon ich sprach. »Mr. Sutter«, sagte er betont geduldig, »*Bellamy, Schiff and Landers* sind eine durch und durch rechtschaffene Firma. Kennen Sie sie?«

»Ja.«

»Sie haben keine Probleme mit meinem Geschäft.«

»Hier ist nicht New York City. Hier werden die Dinge anders gehandhabt.«

»Ach, wirklich? Das konnte ich bisher eigentlich nicht feststellen.«

»Nun, eben hatten Sie Gelegenheit dazu.«

»Hören Sie, Mr. Sutter, Sie haben ein Büro in Manhattan. Sie können doch meine Geschäfte von dort aus erledigen.«

»Das kann ich nicht.«

»Warum nicht?«

»Ich habe es Ihnen gesagt – meine Klienten ... Nein, tatsächlich ist es so, daß ich persönlich Sie nicht vertreten möchte, und Sie wissen, warum.«

Einen Augenblick saßen wir uns schweigend gegenüber, und mir gingen verschiedene unangenehme Dinge durch den Kopf. Im allgemeinen ist es nicht sehr klug, mit Leuten eine Auseinandersetzung zu suchen, die bewaffnet sind, und ich hoffte, daß unsere Unterredung damit zu Ende sein würde. Doch Frank Bellarosa war es nicht gewohnt, mit einem Nein abgespeist zu werden. In dieser Beziehung unterschied er sich nicht von den meisten amerikanischen Geschäftsleuten.

Er kreuzte die Beine und knetete nachdenklich seine Unterlippe. Endlich sagte er: »Ich möchte Ihnen erklären, um was es geht. Wenn Sie dann immer noch nein sagen, schütteln wir uns die Hände und bleiben Freunde.«

Mir war gar nicht bewußt, daß wir mittlerweile Freunde geworden waren. Diese Neuigkeit verwirrte mich ein wenig. Eigentlich wollte ich auch nichts über das Geschäft hören, aber deutlicher konnte ich nicht mehr werden, ohne beleidigend zu sein. Gewöhnlich bin ich in solchen Situationen viel gelassener, aber dank Frank Bellarosa hatte ich meinen Stil geändert. Er war mitverantwortlich für meinen Streit mit Susan, obwohl er das natürlich nicht wußte. Dieser Streit aber hatte weitreichende Folgen gehabt, und die Krönung war der neue John Sutter. Hurra! Und obwohl ich einen Mann wie Frank Bellarosa jetzt besser einschätzen konnte, würde ich trotzdem nicht für ihn arbeiten. Jetzt würde es mir sogar leichter fallen, ihm zu sagen, er solle endlich abschwirren. »Ich kann Ihnen«, sagte ich, »eine Firma in Glen Cove nennen, die Sie wahrscheinlich vertreten würde.«

»Okay. Aber vorher möchte ich Sie um Ihre Meinung über das betreffende Geschäft bitten. Um einen ganz einfachen nachbarschaftlichen Rat. Keine formelle Übereinkunft, nichts Schriftliches und keine Rechnung von Ihnen.« Er lächelte. »Ich will den alten Ausstellungsraum von *General Motors* auf der Glen Cove Road kaufen. Kennen Sie ihn?«

»Ja.«

»Ein erstklassiger Besitz. Da kann man viel draus machen. Vielleicht einen Autosalon als Vertragshändler von Subaru. Vielleicht auch Toyota. Irgendeine japanische Autovertretung eben. Glauben Sie nicht, daß das eine feine Sache wäre?«

Wider besseres Wissen sagte ich ihm offen, was ich davon hielt. »Ich selbst kaufe keine japanischen Wagen, und die meisten Leute, die ich hier kenne, tun es auch nicht.«

»Ach, tatsächlich? Bin ich froh, daß ich Sie gefragt habe! Jetzt verstehen Sie wohl, was ich meine. Sie kennen die Gegend, und Sie sind ehrlich. Jeder andere hätte nur Dollarzeichen vor Augen gehabt.«

»Vielleicht. Ich gebe Ihnen noch einen kostenlosen Hinweis, Mr. Bellarosa – Sie können nicht einfach das entsprechende Grundstück kaufen und dann frei entscheiden, welche Autofirma Sie vertreten wollen. Diese Vertretungen werden streng kontrolliert und umfassen streng abgegrenzte Gebiete. Außerdem gibt es noch einige Anforderungen, die Sie vielleicht nicht erfüllen können. Das muß Ihnen klar sein.«

»Sie wollen *mich* über Gebietsabgrenzungen aufklären?« Er lachte. »Egal. Auf jeden Fall kann ich jede Firmenvertretung bekommen, die ich haben will.«

»Ach, tatsächlich?«

»Ja, tatsächlich.«

Eigentlich hätte ich Bellarosa mit Lester bekannt machen sollen, doch wahrscheinlich würden sie sich nicht mögen und einander nicht über den Weg trauen. Eines aber hatten sie gemeinsam: Sie wollten einen glauben machen, *daß jeder, jeder, jeder es tat.* Ich bin fest davon überzeugt, daß es in diesem Land weniger Korruption gibt als man gemeinhin annimmt; doch diese Vorstellung ist es, die Leute wie Frank Bellarosa ausnutzen, um Geschäftsleute, Anwälte, Polizisten, Richter und Politiker zu demoralisieren und schließlich zu korrumpieren. Aber ich fiel auf so etwas nicht herein.

»Also«, fuhr er fort, »ich biete sechs Millionen für das Grundstück und das Gebäude. Sie kennen den Besitz. Ist das ungefähr angemessen?«

»Ich weiß nicht, wie der Markt im Augenblick aussieht«, sagte ich. »Aber ich habe den Eindruck, daß Sie Ihr Angebot schon eingereicht haben und jetzt nur noch einen Anwalt brauchen, der die Sache zum Abschluß bringt.«

»Ja und nein. Es gibt immer einen Verhandlungsspielraum, stimmt's? Die Besitzer haben ein paar bessere Angebote, aber ich habe ihnen mein bestes Angebot gemacht und muß sie überzeugen, daß mein bestes Angebot auch für sie das beste ist.«

»Das ist allerdings eine ungewöhnliche Methode, Geschäfte zu machen.«

»Nicht für mich. So mache ich es immer.«

Bellarosa lächelte und fügte hinzu: »Ich möchte dem Mann nicht die Daumenschrauben ansetzen, will aber auch nicht, daß man sie mir ansetzt. Sagen wir also, sechs ist fair. Und was schaut für Sie dabei heraus? Ein Prozent. Das sind sechzigtausend für ein paar Tage Arbeit, Mr. Sutter.«

Das ist es, was man die Stunde der Wahrheit nennt. Doch in den letzten Wochen hatte es ihrer so viele gegeben. Einer alten Dame zehn Millionen zu stehlen, war ungesetzlich und unmoralisch. Rechtmäßig sechzigtausend bei einem Ganoven zu verdienen, war hart an der Grenze der Legalität. »Ich dachte, wir hätten uns darauf geeinigt, daß Sie von mir kostenlos einen nachbarschaftlichen Rat bekommen und nicht mehr«, sagte ich.

»Wir waren auch übereingekommen, daß Sie sich erst einmal anhören, um was für ein Geschäft es sich handelt.«

»Ich habe es mir angehört. Jetzt sagen Sie mir, wie Sie jede Firmenvertretung bekommen können, die Sie haben wollen.«

Meine kleinlichen Sorgen waren ihm nur eine lässig abwehrende Handbewegung wert. »Bei dem Immobiliengeschäft gibt es nicht das geringste Problem«, sagte er. »Es ist absolut sauber. Das dürfen Sie mir glauben.«

»Okay, ich glaube Ihnen. Aber vielleicht ist die Quelle, aus der das Geld kommt, nicht ganz so sauber.«

Er sah mich an, und ich merkte, daß ich seine Geduld ein wenig überstrapaziert hatte. »Darüber soll sich die Regierung den Kopf zerbrechen«, sagte er kühl.

Dagegen konnte ich nichts einwenden, denn ich hatte gestern von Bellarosas Haus gegenüber Mr. Mancuso vom FBI einen ähnlichen Standpunkt vertreten. Ich stand auf. »Ich weiß Ihr Vertrauen aufrichtig zu schätzen, Mr. Bellarosa, aber ich schlage Ihnen vor, sich an *Cooper and Stiles* in Glen Cove zu wenden. Sie werden weder mit dem Geschäft noch mit dem Honorar Probleme haben.«

Bellarosa stand ebenfalls auf und holte sich Mantel und Hut.

Dann sagte er plötzlich aus heiterem Himmel: »Ich habe mich über die Beschaffenheit des Bodens hier informiert. Es ist dieser eiszeitliche Sander, wie Sie sagten.«

»Gut.«

»Ich werde Rebstöcke pflanzen. Concord-Tafeltrauben aus den nördlichen Provinzen. In meinem Buch steht, daß sie hier gut gedeihen.«

»Das Buch hat recht.«

»Aber ich möchte eine Traube, aus der ich Wein machen kann. Gibt es das hier in der Gegend?«

»Hauptsächlich weiter östlich. Aber die Weinhändler in Old Brookville hatten mit Chardonnay-Trauben großen Erfolg. Sie sollten sich einmal mit ihnen unterhalten.«

»Ach ja? Sehen Sie jetzt, was ich meine?« Er tippte sich an die Stirn. »Sie sind ein kluger Mann, Mr. Sutter, das wußte ich. Keine japanischen Autos, Chardonnay-Trauben.«

»Alles honorarfrei.«

»Sie bekommen eine Kiste von meinem ersten Wein.«

»Danke, Mr. Bellarosa. Aber verkaufen Sie keinen Wein ohne Steuerbanderolen.«

»Wo denken Sie hin – was meinen Sie, wie wär's mit *Casa Bianca?* Weißes Haus statt Alhambra?«

»Ein bißchen abgedroschen, finden Sie nicht? Klingt so nach Pizzeria. Denken Sie weiter nach.«

Er nickte. »Grüßen Sie Mrs. Sutter von mir.«

»Das will ich gern tun. Auch meine besten Grüße an Ihre Frau, und ich hoffe, sie hat ihren Schreck überwunden.«

»Tja, Sie kennen doch die Frauen. Sie reden mit ihr, okay?«

Ich öffnete Bellarosa die Tür, und wir schüttelten uns die Hand. Er ging mit drei Abschiedsworten: »Wir sehen uns.«

Ich schloß die Tür hinter ihm. »Tja.« Dann trat ich ans Fenster und sah ihn im Regen die Birch Hill Road überqueren.

In Locust Valley lebt nicht nur gehobene Mittelschicht, es gibt auch ein Glasscherbenviertel. Als ich dreizehn war, habe ich ein paar von den Schlägertypen kennengelernt, die dort zu Hause waren. Das Seltsame war, daß ziemlich viele der Meinung waren, ich sei zwar ein Trottel, aber ganz okay. Einer von den Burschen, Jimmy Curcio, ein zukünftiger Killer, wie er im Buche steht, schüttelte mir bei jeder Gelegenheit die Hand. Dieses kleine Monster war unerschütterlich in seiner Freundlichkeit. Einmal stand er, von seinen Capos und Fußsoldaten umringt, auf dem Schulhof, und als ich vorüberging, legte er einen Finger an die Stirn und sagte zu ihnen: »Der ist 'n kluger Junge.«

Ich beobachtete, wie Frank Bellarosa auf seinen Cadillac zuging, und war nicht überrascht, als ein Chauffeur – vielleicht sollte ich lieber Fluchtautofahrer oder Leibwächter sagen – heraussprang und die Fondtür aufriß. Vanderbilts und Roosevelts fahren ja heutzutage selbst, nicht aber Don Bellarosa und seinesgleichen.

Ich wandte mich vom Fenster ab, ging zum Kamin zurück und stocherte in den Flammen herum. Eigentlich bin ich wirklich ein kleiner Junge. Und Frank Bellarosa war, wie ich nach und nach feststellte, klüger als ich gedacht hatte. Wahrscheinlich hätte ich wissen müssen, daß Dummköpfe es in seiner »Branche« nicht so weit brachten wie er und auch nicht so lange am Leben blieben.

Dieses Immobiliengeschäft mochte es ja tatsächlich geben, aber es war auch ein Köder. Ich wußte das, und er wußte, daß ich es wußte. Wir sind eben beide kluge Kerle, dachte ich.

Doch warum ausgerechnet ich?

Na ja, wenn man es sich genauer überlegte, dann war es ganz einfach guter Geschäftssinn. Ich meine, was für ein Team wären wir: meine feine Lebensart, sein Charisma, meine Ehrlichkeit, seine Unehrlichkeit, meine Fähigkeit, Geld zu verwalten, seine Fähigkeit, es zu stehlen, mein Anwaltspatent, seine Pistole.

Darüber sollte man einmal nachdenken, oder?

12. Kapitel

Ich lungerte den ganzen Tag in dem alten Haus in der Birch Hill Road herum, ignorierte das klingelnde Telefon, sah in den Regen hinaus und arbeitete sogar ein bißchen. Niemand außer dem Postboten kam vorbei, und ich war unvernünftigerweise verärgert, weil sich meine Angestellten an dem von mir geschaffenen Feiertag tatsächlich freigenommen hatten. Ich hätte ihnen gern ein sehr unfreundliches Memo geschrieben, aber ich kann nicht tippen.

Gegen fünf klingelte das Telefax, und ich ging aus reiner Neugier hin. Ein Stück dieses scheußlichen Papiers rutschte heraus, und ich las die handgeschriebene Nachricht:

John,
alles ist vergessen und vergeben. Komm nach Hause zu einem kalten Abendessen und heißem Sex. *Susan*

Ich betrachtete die Nachricht einen Moment, kritzelte dann mit verstellter Handschrift eine Antwort und schickte sie an mein Heim-Telefax:

Susan,
John ist im Moment nicht im Büro. Ich gebe ihm Ihr Fax, sobald er zurückkommt. *Jeremy*

Jeremy Wright ist einer unserer Juniorpartner in Locust Valley. Eigentlich freute ich mich ja, von Susan zu hören, aber wie kam sie darauf, daß *sie mir* vergeben mußte? Ich war nicht derjenige, der sich mit zwei College-Knaben im Heu gewälzt hatte und dann auch noch fand, daß Frank Bellarosa gut aussah. Natürlich war ich auch etwas wütend darüber, daß sie einen solchen Text ins Büro faxte. Andererseits aber freute es mich, daß sie ihren Humor wiedergefunden hatte, der ihr in letzter Zeit weitgehend abhanden gekommen war – sieht man einmal von dem Gekichere auf dem Heuboden ab.

Da klingelte das Telefax wieder:

Jerry,
kommen Sie zum Dinner und zum etc.? *Sue*

Ich nahm natürlich an, daß Susan meine Schrift erkannt hatte, und antwortete:

Sue,
in zehn Minuten. *Jerry*

Draußen hatte es aufgeklärt. Auf dem Heimweg sah ich nur noch kleine schwarze Wolkenfetzen, die über einen sonnigen Himmel segelten. Südöstliche Winde brachten das warme Wetter zurück. Long Island ist keine große Landmasse, aber das Wetter auf der Atlantik-Seite kann sich von dem am Sund und am East End stark unterscheiden. Dreierlei Wetter also und ständig wechselnd. Das ist es, was das Leben und den Segelsport hier so interessant macht.

Ich bog in das Tor von Stanhope ein und winkte George zu, der auf einer Leiter stand und eine Buche von den tiefhängenden Zweigen befreite.

Auf der letzten Wegstrecke zu meinem Haus versuchte ich mich in die richtige Nachkriegs- und Vor-Beischlafsstimmung zu versetzen.

Susan riß die Tür auf – splitternackt. »Jerry!« rief sie und preßte dann eine Hand auf den Mund, die andere auf die Schamhaare. »Oh...«

»Sehr komisch«, sagte ich.

Das Abendessen war wirklich kalt – ein Salat, Weißwein und noch halbgefrorene Garnelen. Susan hat nie gern gekocht, was ich ihr aber nicht übel nahm. Wenn man bedenkt, daß sie die Küche von Stanhope Hall mit zwanzig Jahren zum erstenmal betreten hat, grenzt es doch an ein Wunder, daß sie überhaupt weiß, wie man einen Herd einschaltet! Außerdem servierte sie mir das Abendessen nackt – worüber sollte ich mich also beklagen?

Susan setzte sich mir auf den Schoß und schob mir die eiskalte Garnele mit den Fingern in den Mund, hielt mir das Weinglas an die Lippen und tupfte mir das Gesicht mit der Serviette ab. Sie sagte nicht viel und ich auch nicht, aber ich hatte das Gefühl, daß alles in Ordnung war. Es ist sehr angenehm, mit einer nackten Frau auf dem Schoß zu essen, besonders wenn das Essen nicht viel taugt. »Das«, sagte ich, »war also das kalte Abendessen. Und was gibt es zum Nachtisch?«

»Mich.«

»Stimmt.«

Ich nahm sie auf die Arme und stand auf.

Sie schüttelte den Kopf. »Nicht hier. Heute möchte ich an den Strand.«

Manche Frauen wechseln die Partner, um Eintönigkeit zu vermeiden; Susan wechselt Szenerie und Kostüme.

»Klingt gut«, sagte ich, obwohl ich, wenn ich ehrlich sein wollte, ein Bett vorgezogen hätte, und zwar in den nächsten zwei Minuten.

Susan zog sich an, und wir stiegen in den Jaguar. Ich öffnete das Schiebedach und ließ die Frühlingsluft herein.

»Willst du jetzt gleich an den Strand?«

»Nein, erst wenn es dunkel ist.«

Ich fuhr ohne bestimmtes Ziel der sinkenden Sonne entgegen. Sanfte Hügel, schattige Feldwege, Wiesen, Teiche und kleine Wälder zogen an uns vorbei.

Hier, an der nördlichen Küste von Long Island, keine Autostunde von Manhattan entfernt, gibt es also diesen Landstrich, der den Bewohnern der umliegenden Vorstädte fast unbekannt ist. Ein Landstrich, in dem man auf den ersten Blick den Eindruck gewinnen könnte, als seien die Uhren am schwarzen Freitag 1929 stehengeblieben.

Dieses halb mythische Land, die Gold Coast, grenzt im Norden an die Buchten und Strände des Long Island Sound und im Süden an die nach dem Krieg gebauten Wohnsiedlungen der Hempstead Plains: die Levittowns*, jene »erschwinglichen Eigenheime«, die sich gleichen, als seien sie von einem architektonischen Zucker-

* Wohnsiedlungen aus einheitlichen Fertighäusern in den Außenzonen amerikanischer Städte, benannt nach dem Häuserfabrikanten S. Levitt (Anm. d. Übers.)

bäcker nach Ausstechformen gebaut. Mit diesen Zehn- bis Fünfzehntausend-Dollar-Häusern, die man auf Long Islands legendären Kartoffelfeldern aus dem Boden gestampft hatte, wurde jenes große Nachkriegs-Versprechen erfüllt, das da lautete: »Jedem Helden sein eigenes Heim.«

Doch hier in der Gold Coast war die Erschließung langsamer vorangegangen. Große Güter sind keine Kartoffelfelder; ihr Todeskampf dauert ein bißchen länger.

»Der faszinierende Mr. Bellarosa war heute bei mir im Büro«, sagte ich zu Susan.

»Ach wirklich?«

Sie überhörte das Wort *faszinierend.* Frauen reagieren selten direkt auf Eifersüchteleien. Oder sie schauen einen an, als sei man übergeschnappt.

Schweigend fuhren wir weiter. Der Himmel war jetzt ganz klar, und das Sonnenlicht funkelte auf den nassen Bäumen und Straßen.

»Was hat er dir diesmal mitgebracht?« fragte Susan, endlich doch von ihrer Neugier besiegt. »Schafskäse?«

»Nein. Er wollte, daß ich ein Immobiliengeschäft für ihn abwickle.«

»Tatsächlich?« Sie schien ein wenig belustigt. »Hat er dir ein Angebot gemacht, das du nicht ausschlagen konntest?«

Ich mußte unwillkürlich lächeln und antwortete: »So ungefähr. Aber ich habe trotzdem abgelehnt.«

»War er sauer?«

»Ich bin nicht sicher. Es klang so, als handle es sich um ein ganz legales Geschäft, aber diesen Leuten kann man nie trauen.«

»Ich glaube nicht, daß er wegen eines illegalen Geschäfts zu dir käme, John.«

»Es gibt Weiß und Schwarz – und dazwischen eine Grauzone mit hundert Schattierungen.« Ich erklärte ihr kurz, um was es sich handelte, und fügte hinzu: »Bellarosa sagte, er habe sein bestes Angebot abgegeben und müsse jetzt die Besitzer überzeugen, daß es *ihr* bestes Angebot ist. Für meinen Geschmack klingt das ein bißchen nach Nötigung.«

»Vielleicht bist du überempfindlich, wenn es um ihn geht.«

»Gut, lassen wir das Geschäft einmal beiseite. Ich muß an meinen Ruf denken.«

»Das ist richtig.«

»Mein Honorar für den Vertrag und die gesamte Abwicklung hätte sich auf sechzigtausend Dollar belaufen.« Ich sah Susan an.

Wenn man Stanhope heißt, stimmt das vermutlich. Und das ist vielleicht der einzige Luxus, um den ich die Reichen beneide: daß sie ohne Bedauern nein sagen können, wenn es um unsauberes Geld geht. Obwohl ich nicht reich bin, leiste ich mir diesen Luxus ebenfalls. Vielleicht hilft es, wenn man eine reiche Frau hat.

Ich überlegte, ob ich Susan von meinem Ostermontag im Park von Alhambra erzählen sollte, aber rückblickend kam mir dieser Zwischenfall ziemlich idiotisch vor – besonders, daß ich die Frau angeknurrt hatte. Statt dessen berichtete ich ihr von meiner Begegnung mit Mr. Mancuso – eine Geschichte, die ja ebenfalls einen gewissen Unterhaltungswert besaß.

Dann wandte ich meine Aufmerksamkeit wieder der Landschaft zu. Nicht weit von hier steht ein riesiger zweigeteilter Felsblock, und zwischen den beiden Hälften ragt eine hohe Eiche auf, wie es bei indianischen Grabstätten üblich ist. In den Felsen sind folgende Worte eingemeißelt:

HIER RUHT DER LETZTE
DER MATINECOC

Der Felsblock befindet sich auf dem Friedhof einer Episkopalkirche, und am Stamm der Eiche ist dicht über dem Boden ein Metallschild mit der Aufschrift STÄNDIGE GRABPFLEGE angebracht.

Mehr ist von der tausendjährigen Geschichte der Matinecocs nicht geblieben, die innerhalb weniger Jahrzehnte durch ein historisches Ereignis hinweggefegt wurden, das sie nicht begriffen und gegen das sie sich nicht wehren konnten. Die Holländer und die Engländer – meine Vorfahren –, die als Siedler hierherkamen, hinterließen ihre Spuren auf den Landkarten und in der Landschaft, bauten Dörfer und Straßen und tauften Teiche und Flüsse und Hügel um; doch manchmal beließen sie es auch bei den uralten indianischen Namen.

Heutzutage aber wecken diese Namen kaum noch Erinnerungen an Indianer oder Siedler, sondern sind unlösbar verbunden mit jenen kurzen fünfzig Jahren, die hier das Goldene Zeitalter genannt werden. Wenn Sie heute gegenüber einem Einheimischen die Namen Lattingtown oder Matinecoc erwähnen, wird er an Millionäre, Herrenhäuser und insbesondere an die wilden zwanziger Jahre denken, jene glanzvolle Epoche, deren Ende schließlich auch den Untergang des Goldenen Zeitalters mit sich brachte.

»Woran denkst du?« fragte Susan.

»An die Vergangenheit. Ich habe mich gefragt, wie es wohl war, in diesem riesigen Haus zu leben. Hat es dir gefallen?«

Susan und ihr Bruder Peter hatten mit ihren Eltern noch zu Lebzeiten ihrer Großeltern auf Stanhope Hall gelebt. In einem Haus mit fünfzig Zimmern und ebensoviel Personal kann man schließlich zahlreiche Generationen bequem unterbringen.

Nach dem Tod von Susans Großeltern in den siebziger Jahren hatten die Erbschaftssteuern dafür gesorgt, daß Stanhope Hall praktisch geschlossen werden mußte, weil man sich das Personal für einen so großen Besitz nicht mehr leisten konnte. Susans Eltern hatten allerdings noch eine Weile darin gewohnt; doch als die Ölpreise auf das Vierfache stiegen, sahen sie sich gezwungen, auf einen Wohnsitz in einem wärmeren Klima auszuweichen. »Hat es dir gefallen?« fragte ich noch einmal.

»Ich weiß es nicht. Ich habe nichts anderes gekannt. Ich dachte, alle Leute leben so... Erst als ich älter wurde, wurde mir klar, daß nicht jeder Pferde, Hausmädchen, Gärtner und eine Kinderfrau hatte.« Sie lachte. »Klingt wahrscheinlich blöd.« Sie dachte eine Weile nach. »Aber ohne in Psychogelaber verfallen zu wollen – ich hätte gern mehr von meinen Eltern gehabt.«

Einmal habe ich Susan gefragt, wo das Vermögen der Stanhopes eigentlich ursprünglich hergekommen ist. Und ich denke, sie sagte die Wahrheit, als sie mir antwortete: »Keine Ahnung.« Soviel ich weiß, hat niemand aus dieser Familie jemals auch nur einen Finger gerührt, um es zu verdienen. Dieses Vermögen war einfach da: Das konnte man schwarz auf weiß in den großen Hauptbüchern nachlesen, die mein Vater in seinem Arbeitszimmer unter Verschluß hielt.

Wie die meisten Menschen ihrer Klasse drückt sich auch Susan äußerst unklar aus, wenn es um Geld geht. Diese Leute finden es gewöhnlich schlicht unfein, über ihre Vermögensverhältnisse zu sprechen.

Auch über ihre Erinnerungen an die Kindheit in Stanhope Hall redet sie nur sehr selten. George ist da eine wesentlich ergiebigere Informationsquelle. Manchmal erzählt er mir eine Anekdote aus Susans Kindheit, irgendeine Geschichte, die er einfach lustig findet, die für mich aber oft ein Schlüssel zur Persönlichkeit meiner Frau ist.

Nach allem, was ich gehört habe, war Susan ein frühreifes, altkluges, hinterhältiges kleines Miststück, das alle für intelligent und schön hielten. Daran hat sich nicht viel geändert, doch die extrovertierte junge Dame, die ich kennenlernte, ist im Laufe der Jahre immer launischer und abweisender geworden. Je näher die Außenwelt heranrückt, um so mehr zieht sie sich in ihre eigene Welt zurück.

Ich würde sie keineswegs als unglücklich bezeichnen – eher als einen Menschen, der noch überlegt, ob es der Mühe wert ist, unglücklich zu sein. Mit mir ist sie jedenfalls nicht unglücklich, und ich glaube, wir tun einander gut.

Ich sollte vielleicht noch erwähnen, daß Susan sich weitaus mehr Dienstboten leisten könnte. Nach einer stillschweigenden Übereinkunft aber leben wir hauptsächlich von meinem Einkommen, das, gemessen am durchschnittlichen Lebensstandard der Amerikaner, sehr hoch ist, von dem wir uns in diesem überteuerten Teil der Welt jedoch keine Dienstboten halten können. Susan hat nichts dagegen, ein paar Haushaltspflichten zu übernehmen und im Garten zu arbeiten, und ich kann damit leben, daß ich nicht in Stanhope Hall einziehen und fünfzig Leute für die Haus- und Gartenarbeit einstellen kann.

»An welchem Strand wollen wir uns lieben?« fragte Susan.

»An einem, wo es keine rasiermesserscharfen Muscheln gibt. Ich hatte da einmal einen gar nicht ungefährlichen Unfall.«

»Ach, tatsächlich? Das muß vor meiner Zeit gewesen sein. Wie hat sie geheißen?«

»Janie.«

»Etwa Janie Tillman?«

»Nein.«

»Du mußt mir später mehr darüber erzählen.«

»Gut, mach' ich.« In unserem Bestreben, einander nach zwanzigjähriger Ehe treu zu bleiben, erzählen wir uns manchmal voreheliche Liebesgeschichten, um das Vorspiel anzuheizen. Ich habe in einem Buch gelesen, daß das ganz in Ordnung ist, aber wenn man *danach* nebeneinanderliegt, ist einer der Partner gewöhnlich ein wenig eingeschnappt, und dem anderen tut es leid, weil er alles so plastisch geschildert hat. Tja, man kann sich eben auch verbrennen, wenn man mit dem Feuer spielt, um in Hitze zu geraten...

»Was hast du heute gemacht?« fragte ich.

»Die Gemüse gepflanzt, die uns dieser Herr Wie-heißt-er-doch-gleich gegeben hat.« Sie lachte.

»Im Regen?«

»Mögen Gemüsepflanzen keinen Regen? Ich habe sie in eine der alten Blumenterrassen vor Stanhope Hall eingesetzt.«

Der alte Cyrus Stanhope und die Architekten McKim, Mead und White rotieren jetzt wohl in ihren Gräbern, dachte ich und die Vorstellung bereitete mir ein heimliches Vergnügen.

»Nun, John, wie werden wir Mr. Bellarosa behandeln? Wie einen gewöhnlichen, charakterlosen Eindringling oder als amerikanisches Erfolgsphänomen?«

»Ich überlege noch.«

»Dann will ich dir dabei helfen, John. Du bist nämlich genauso froh wie ich, daß Alhambra nicht in hundert kleine Haziendas aufgeteilt wird. Andererseits aber hättest du im Nachbarhaus lieber jemanden gehabt, dessen Vermögen nicht so eng mit dem Verbrechen verknüpft ist. Richtig?«

»Es gibt da draußen auch noch Menschen, die ihr Geld ehrlich verdienen.«

»Das weiß ich. Sie wohnen in Levittown.«

»Du bist zynisch.«

Schweigend fuhren wir weiter. Als wir in eine schmale, von Parkmauern gesäumte Straße bogen, kamen uns sechs Reiter entgegen. Susan und ich winkten ihnen zu, und sie erwiderten den Gruß.

»Da fällt mir ein«, sagte Susan, »daß ich den Stall jetzt endlich versetzen lassen möchte.«

Ich erwiderte nichts.

»Wir werden eine Baugenehmigung brauchen.«

»Woher weißt du das?«

»Ich habe mich erkundigt«, sagte ich. »Der Stall wird weniger als hundert Meter von du-weiß-schon-wessen Besitz entfernt sein.«

»Verdammt!«

»Ich habe mir von der Gemeinde die Papiere schicken lassen. Wir müssen Pläne zeichnen und sie von du-weißt-schon-wem unterschreiben lassen.«

»Verdammt!«

»Das ist doch keine Affaire, John. Schick sie ihm einfach mit ein paar Zeilen zu.«

Es ist schwer, mit einer Frau zu streiten, mit der man sich demnächst lieben möchte. Trotzdem wollte ich mein Bestes versuchen. »Könntest du denn keinen anderen Platz für den Stall finden?«

»Nein.«

»Na schön.« Der Gedanke, Frank Bellarosa um einen Gefallen zu bitten, behagte mir gar nicht – besonders nachdem ich ihm eben erst gesagt hatte, er solle sich gefälligst einen anderen Anwalt suchen. »Es ist dein Besitz und dein Stall. Ich lasse die Pläne zeichnen und kümmere mich um den anderen Papierkram. Aber du übernimmst du-weißt-schon-wen.«

»Danke.« Sie legte den Arm um mich. »Sind wir Freunde?«

»Ja.« Aber ich hasse deine blöden Gäule.

»John, du siehst so gut aus, wenn du nackt bist. Dürfte ich dich vielleicht nackt im Freien malen?«

»Nein.« Susan hat drei Leidenschaften: Landschaftsmalerei, Pferde und manchmal mich. Mit ihren Ölbildern hat sie hier in der Gegend schon eine gewisse Berühmtheit erlangt. Ihre Lieblingsmotive sind Gold-Coast-Ruinen, wobei sie sich von den Renaissance-Malern inspirieren läßt, die klassische römische Ruinen gemalt haben.

Besonders haben es ihr efeuumrankte Säulen und bröckelnde Mauern angetan, die bereits von Grünpflanzen überwuchert sind. Damit will sie uns meiner Ansicht nach daran mahnen, daß die Natur die größten vom Menschen geschaffenen architektonischen Kostbarkeiten eines vergangenen Goldenen Zeitalters zurückfordert.

Ihr berühmtestes Bild stellt Sansibar dar, ihren blöden Gaul, der, wenn schon nichts anderes, so doch ein herrlich aussehendes Tier ist. Sansibar steht mondbeschienen im verfallenden gläsernen Palmenhof von Laurelton Hall, dem ehemaligen Herrenhaus von Louis C. Tiffany.

Susan möchte mich vor derselben Kulisse und ebenfalls bei Mondschein als Akt malen. Aber obwohl Susan meine Frau ist, hindert mich eine gewisse Scheu daran, nackt vor ihr zu posieren. Auch kann ich mich des wirklich abwegigen Gedankens nicht erwehren, daß ich am Ende auf dem Bild wie ein Kentaur aussehen könnte.

Susans Kunden sind hauptsächlich Neureiche, die sich auf dem Grund und Boden ehemaliger Herrensitze eingekauft haben. Diese Kunden kaufen alle Werke von Susan und zahlen pro Bild drei- bis fünftausend Dollar. Susan malt zwei bis drei Landschaften im Jahr und erhält von dem Geld ihre beiden Pferde. Meiner Meinung nach könnte sie zwei oder drei Bilder mehr malen und mir einen neuen Bronco kaufen.

»Warum darf ich dich nicht nackt malen?«

»Was willst du mit dem Bild anfangen?«

»Ich hänge es über den Kamin. – Du bekommst von mir zusätzliche sechs Zentimeter! Dann geben wir eine Cocktailparty, und die Frauen werden dich anschmachten und sich um dich reißen.« Sie lachte.

»Beherrsch dich bitte!« Ich fuhr jetzt in Richtung Hempstead Bay, wo es mehrere einsame, abgeschlossene Strände gibt. An den meisten hatte ich mindestens ein sexuelles Abenteuer erlebt. Die salzige Luft hat einfach so etwas an sich, das mich ganz schön scharf macht.

Ich dachte über Susans Bilder nach und fragte mich, warum sie diese verfallende Welt unbedingt in Öl verewigen wollte und wie sie es fertigbrachte, daß die Ruinen auf Leinwand so zauberhaft aussahen. Dann sagte ich mir, daß das Bild eines intakten Herrenhauses wohl ziemlich langweilig wäre, während diese gefallenen Paläste eine morbide Schönheit besitzen. Auf den Ländereien dieser Herrensitze findet man noch immer Marmorbrunnen, Statuen, Nachahmungen römischer Ruinen (wie auf Alhambra), klassische Liebestempel (wie auf Stanhope), Aussichtspavillons, Märchenspielhäuser für Kinder (wie das von Susan), Teehäuser, Wassertürme, wie die Wachtürme aussehen, und von Balustraden begrenzte Terrassen mit Ausblick auf Land und Meer. All diese einsamen Bauten geben der Landschaft ein etwas bizarres Aussehen, als habe jemand vor vielen Jahren einen Märchenpark gebaut und sich später nie mehr darum gekümmert.

»Hast du schon einmal daran gedacht, von hier wegzuziehen?« fragte ich nach einer Weile.

»Nein.«

»Susan – ich gebe dem Land hier noch zehn Jahre, dann wirst du es nicht wiedererkennen. *Die Amerikaner kommen.* Verstehst du, was ich meine?«

»Nein.«

»Die Hamburger-Ketten, Einkaufszentren und Pizzerien sind ja bereits da. Es wird der Tag kommen, an dem wir keinen einsamen Strand mehr finden, wo wir uns lieben können. Würdest du nicht auch lieber alles so im Gedächtnis behalten, wie es vorher war?«

Sie antwortete nicht, und ich wußte, es hatte keinen Sinn, sie mit einer Realität zu konfrontieren, die in ihrer Welt keinen Platz hatte.

Ich schaute zu Susan hinüber, die jetzt die Augen geschlossen hatte.

Sie hatte den Kopf in den Nacken geworfen, und ihre herrlichen schwellenden Lippen schienen den Himmel zu küssen. Ich wollte die Hand ausstrecken und sie berühren, als sie meinen Blick oder vielleicht auch meine Gedanken zu spüren schien, und die Hand auf meinen Oberschenkel legte.

»Ich liebe dich«, sagte sie.

»Und ich liebe dich.«

Susan streichelte meinen Oberschenkel.

»Auf zum Strand.«

»Ja, Madame.«

13. Kapitel

Bis Mittwoch hatte ich alle nötigen Papiere beisammen, um bei der Gemeinde Lattingtown um die Baugenehmigung für den Stall anzusuchen.

Auch das Gesuch für die Sondergenehmigung, unter die wir Frank Bellarosas Unterschrift brauchten, hatte ich bereits aufgesetzt.

»Ich bring's ihm rüber«, sagte Susan, als wir beim Dinner auf dieses heikle Thema zu sprechen kamen.

»Fein. Ich möchte es lieber nicht tun.«

»Es ist mein Stall. Ich kümmere mich darum. Würdest du mir bitte den Hackbraten reichen?«

»Den Hackbraten? Ich dachte, es sei Brotpudding.«

»Was es auch immer sein mag, reich es mir rüber.«

Ich reichte es ihr (was es auch immer sein mochte) und sagte: »Ich schlage vor, daß du morgen im Lauf des Tages nach Alhambra gehst, so daß du vielleicht nur Mrs. Bellarosa antriffst. Sie kann das Gesuch dem *Duce* übergeben«

Susan lächelte. »Ist das Ihr Vorschlag, Anwalt?«

»Ja, das ist er.«

»In Ordnung.« Sie dachte einen Moment nach. »Wie sie wohl aussehen mag?«

Nun, ich wußte, daß sie eine vollbusige Blondine war. Eben deshalb schickte ich ja Susan hinüber und ging nicht selbst. »Könntest du mir – das dort drüben reichen?«

»Das ist Spinat. Ich glaube, ich habe ihn ein bißchen zu lang kochen lassen.«

»Danke. Ich möchte nur den Wein.«

Am nächsten Tag rief Susan mich in meinem New Yorker Büro an. »Es war niemand zu Hause, aber ich habe die Papiere im Torhaus bei einem jungen Mann namens Anthony gelassen, der zu begreifen schien, daß er sie bitte Don Bellarosa aushändigen soll.«

»In Ordnung. Aber du hast doch nicht etwa *Don Bellarosa* gesagt, oder?«

»Nein. Das hat Anthony getan.«

»Du machst Witze.«

»Aber nein, bestimmt nicht. Und ich wünsche, daß George uns von heute an Don und Donna nennt.«

»Ich denke, daß ich lieber Sir John genannt werden möchte. Um halb sieben bin ich zu Hause.«

An diesem Abend, bei einem von Susans Spezialessen – Pfeffersteak mit frischem Frühlingsspargel und neuen Kartoffeln, heiß geliefert von *Culinary Delights* –, meinte ich: »Ich würde Bellarosa ja anrufen, aber er steht nicht im Telefonbuch.«

»Wir ja auch nicht. Aber ich habe unsere Nummer auf meine Karte geschrieben.«

»Dann ist ja alles okay.« Auf Susans Karten steht übrigens schlicht und einfach: *Susan Stanhope Sutter, Stanhope Hall.* Sie denken wahrscheinlich, es sei unnütz und snobistisch, so etwas mit sich herumzutragen, aber hier gibt es immer noch Leute, die diese Karten benutzen und sie nach einem Besuch in der Halle auf ein silbernes Tablett legen. Wenn die »Herrschaften« nicht zu Hause sind oder nicht empfangen, hinterläßt man die Besuchskarte beim Torhüter, einem Hausmädchen oder – heutzutage – bei jedem, der einem zufällig über den Weg läuft. Frank Bellarosa zum Beispiel hätte George seine Karte überreichen müssen, als er bei seinem ersten Besuch hörte, daß ich nicht empfinge. Übrigens besitze auch ich Besuchskarten, aber nur weil Susan sie vor ungefähr zwanzig Jahren für mich drucken ließ. Vier davon habe ich bei gesellschaftlichen Anlässen verbraucht – eine ganze Menge mehr jedoch, um in Restaurants wackelige Tische abzustützen.

Während ich noch über die Bedeutung von Besuchskarten in der modernen Gesellschaft nachdachte, klingelte das Telefon. »Ich geh' schon hin«, sagte ich und nahm in der Küche ab, wo der Zweitapparat an der Wand hängt. »Hallo.«

»Hallo, Mr. Sutter. Frank Bellarosa.«

»Hallo, Mr. Bellarosa.« Ich warf einen Blick auf Susan, die die Gelegenheit genutzt und meinen Spargel auf ihren Teller transferiert hatte.

»Ich seh' mir eben den Schrieb an, den Ihre Frau hiergelassen hat«, sagte Bellarosa.

»Aha.«

»Sie wollen einen Stall bauen?«

»Ja. Falls Sie keine Einwände haben.«

»Was geht mich denn das an? Werde ich die Pferdescheiße riechen?«

»Ich glaube nicht, Mr. Bellarosa. Der vorgesehene Platz ist von Ihrem Haus ziemlich weit entfernt, aber in der Nähe der Grundstücksgrenze. Da die Gemeinde jedoch im Bebauungsplan eine Baugrenze festgesetzt hat, die nur mit Genehmigung des Anliegers überschritten werden darf, brauchen wir Ihre Unterschrift.«

»Ach ja?«

»Ja.« Susan hatte meinen Spargel vertilgt und aß jetzt mein Steak. Ihr Appetit ist bei weitem nicht so groß, wenn sie selbst kocht. »Hör auf damit!«

»Womit soll ich aufhören?« fragte Bellarosa.

Ich wandte meine Aufmerksamkeit wieder dem Telefon zu. »Damit waren nicht Sie gemeint. Falls Sie also keinen Einwand haben, wäre ich Ihnen sehr verbunden, wenn Sie das Gesuch unterschreiben und in einem Umschlag per Post an die Gemeinde schicken würden.«

»Warum brauchen Sie mein Okay dazu?«

»Nun ja, wie ich schon sagte, soll der Neubau weniger als hundert Meter von Ihrer Grundstücksgrenze entfernt errichtet werden, und das Gesetz...«

»Das Gesetz?« rief Bellarosa, als sei das ein unanständiges Wort. »Scheiß auf das Gesetz! Wir sind Nachbarn, um Himmels willen. Fangen Sie nur an! Natürlich unterschreibe ich den Wisch.«

»Danke.«

»Ich habe mir die Pläne angesehen, die Sie mir geschickt haben, Mr. Sutter. Sie brauchen jemanden, der Ihnen das Ding baut, nicht wahr?«

»Nein, ich habe Ihnen die Pläne geschickt, weil – weil die Vorschriften verlangen, daß Sie Einsicht nehmen können...«

»Ach ja? Warum? He, das Ding ist aus Ziegel und Backstein. Damit könnte ich Ihnen aushelfen.«

»Eigentlich – versetzen wir nur einen bereits existierenden Stall.«

»Tatsächlich? Meinen Sie das Ding, das ich gesehen habe, als ich vorige Woche drüben war? Das Ding, in dem jetzt die Pferde stehen?«

»Ja.«

»Sie wollen dieses ganze Scheißding versetzen?«

»Nein, nur einen Teil. Das sehen Sie in den Plänen...«

»Aber warum denn das? Sie könnten für viel weniger Geld doch etwas Hübsches, Neues bauen.«

»Das stimmt. Bleiben Sie am Apparat.« Ich bedeckte die Sprechmuschel mit der Hand und sagte zu Susan: »Frank sagt, etwas Hübsches, Neues käme uns viel billiger. Und jetzt leg diese Scheißkartoffel auf meinen Teller zurück.«

»Achte auf deine Sprache, John.« Susan schob die letzte Kartoffel in den Mund.

Ich wandte mich wieder meinem Gesprächspartner zu. »Die Stallungen, die Sie gesehen haben, Mr. Bellarosa, haben einen beträchtlichen architektonischen und historischen Wert«, erklärte ich ihm und fragte mich gleichzeitig, warum ich mir diese Mühe machte.

Wie ich erwartet hatte, zeigte Bellarosa kein Interesse für den architektonischen und historischen Wert von Susans Ställen. »Also, haben Sie jemanden, der Ihnen das Ding versetzt oder nicht?«

»Eigentlich noch nicht... aber es gibt hier in der Umgebung ein paar gute Firmen, die so was machen.«

»Ach ja? Hören Sie, bei mir arbeiten ungefähr hundert italienische Kanaken, die das Haus wieder auf Vordermann zu bringen versuchen. Ich schicke den Boß am Samstagvormittag zu Ihnen rüber.«

»Das ist sehr freundlich von Ihnen, aber...«

»He, kein Problem, die Kerle sind gut. Handwerker aus der Alten Welt. Solche Leute gibt es in diesem Land nicht. Hier will jeder einen Stehkragen tragen. Glauben Sie mir, diese Kerle könnten die Sixtinische Kapelle versetzen, wenn der Papst es wollte.«

»Nun...«

»He, Mr. Sutter, diese Ittaker leben mit dem Zement. Okay? Der Boß heißt Dominic. Er spricht fließend Englisch. Ich übernehme persönlich die Garantie für seine Arbeit. Diese Jungs machen keinen Scheiß. Und der Preis wird auch stimmen. Samstag früh. Wie wär's mit neun Uhr?«

»Nun, ja, das wäre schon recht, aber...«

»Ich freu' mich, Ihnen behilflich sein zu können. Und sonst – ich brauche also nur diesen Wisch zu unterschreiben, richtig?«

»Ja.«

»Essen Sie in Ruhe weiter. Kein Problem. Ist schon erledigt.«

»Danke.«

»Keine Ursache.«

Ich hängte ein und ging zum Tisch zurück. »Kein Problem.«

»Gut.«

»Gibt es noch was zu essen?«

»Nein.« Susan schenkte mir etwas Wein nach. »Was hat er zum Schluß gesagt?«

»Er schickt Dominic rüber, damit er sich die Sache ansieht.«

»Wer ist Dominic?«

»Anthonys Onkel.« Ich trank meinen Wein und dachte über die unerwartete Wendung nach, die unser Gespräch genommen hatte.

»Ist es dir jetzt peinlich, daß du abgelehnt hast, ihn zu vertreten?«

»Nein. Ich habe ein Berufs- und ein Privatleben. Beruflich will ich mit ihm nichts zu tun haben – und privat nur, wenn ich es als Nachbar unbedingt muß. Und damit hat es sich.«

»Ist das wahr?«

Ich zuckte mit den Schultern. »Ich habe ihn nicht gebeten, Dominic herüberzuschicken. Bellarosa macht es einem schwer, ihn vor den Kopf zu stoßen.«

»Hattest du den Eindruck, daß er dich mag, als er bei dir im Büro war?«

»Ich glaube schon. Er hält mich für schlau.«

»Na, das bist du ja auch.«

»Sicher. – Wenn ich wirklich schlau wäre, hättest du mich nie überreden können, diesen Stall zu versetzen, die Hälfte zu bezahlen und mich mit Bellarosa einzulassen.«

»Das stimmt. Vielleicht bist du doch nicht so schlau.«

»Was gibt es zum Nachtisch?«
»Mich.«
»Schon wieder? Das hat es doch erst gestern abend gegeben.«
»Heute bekommst du Schlagsahne dazu.«

Am Samstag erschien Dominic pünktlich um neun an unserer Hintertür. Er hatte seinen Laster auf der Hauptzufahrt geparkt und war die letzten hundert Meter zu unserem Haus trotz des leichten Nieselregens zu Fuß gegangen. Da er sowohl den Kaffee als auch den Hut ablehnte, den wir ihm anboten, gingen Susan und ich mit ihm zum Bronco und fuhren zu den Ställen.

Dominic ist ein Mann Ende Vierzig, und sein Körperbau ähnelt dem eines Gorillas, der sich seine Bananen als Gewichtheber verdient. Er trug grüne Arbeitskleidung, und seine Haut war für diese Jahreszeit schon stark von der Sonne gebräunt. Ich wußte noch immer nicht, ob er Englisch sprach oder ob er nur so tat. Susan spricht ein bißchen Italienisch und probierte es an Dominic aus. Er schaute mich an, als wolle er, daß ich übersetzte oder zu Susan sagte, sie solle den Mund halten.

Jedenfalls standen wir gemeinsam im Nieselregen, während Dominic die Stallungen einer oberflächlichen Prüfung unterzog.

Susan versuchte sich zu vergewissern, ob er verstand, daß wir nur den Mittelteil versetzt haben wollten, nicht die langen Seitenflügel oder das Kutschenhaus. »Wir wollen auch das Kopfsteinpflaster, diese Steintröge, die schmiedeeisernen Teile und das Schieferdach mitnehmen«, sagte sie. »Und alles muß dort drüben wieder so aufgebaut werden wie hier.« Sie zeigte in eine unbestimmte Ferne. »*Intatto, tutto intatto, capisce?* Schaffen Sie das?«

Er sah sie an, als habe sie eben seine Männlichkeit in Frage gestellt.

»Was kostet es?« fragte ich.

Dominic zog ein Stück braunes Papier aus der Tasche, schrieb eine Zahl darauf und reichte es mir.

Ich sah mir diesen Kostenvoranschlag an. Er bestand nur aus einer einzigen Zahl, die ungefähr halb so hoch war, wie sie meiner

Meinung nach sein sollte. Es gibt, wie ich im Laufe der Jahre festgestellt habe, viele Formen von Bestechung, Schmiergeldern und »Gefälligkeiten«. Dies war eine davon. Aber was konnte ich tun? Susan war diese Sache wichtig und Frank Bellarosa anscheinend auch. Also sagte ich zu Dominic: »Der Preis ist zu niedrig.«

Er zuckte mit den Achseln. »Ich habe keine hohen Geschäftsunkosten. Ich billig arbeiten.«

Susan machte sich nicht die Mühe, die Zahl auf dem Zettel anzusehen. »Wann können Sie anfangen?« fragte sie.

»Montag. Drei Wochen – wir fertig.«

Damit würden also die kühnsten Träume jedes Hausbesitzers in Erfüllung gehen. »Wir überlegen es uns«, sagte ich zu Dominic.

Dominic sah mich an, und dann tat er etwas Merkwürdiges. Er sagte: »Bitte!« und machte eine unmißverständliche Kopfbewegung in Richtung Alhambra.

Zwar fuhr er sich nicht direkt mit dem ausgestreckten Zeigefinger über die Kehle, doch ich gewann unmißverständlich den Eindruck, daß er Schwierigkeiten zu erwarten hatte, wenn er ohne mein Okay vor den großen Caesar trat. Ich sah Susan an, der diese hintergründigen Feinheiten zu entgehen schienen.

»O John«, meinte sie, »ich habe wirklich keine Lust, zu Pontius und Pilatus zu laufen. Wenn er zu billig ist, gib ihm einen Bonus.« Sie lachte. »Montag, John. *Capisce?*«

Wider besseres Wissen sagte ich zu Dominic: »In Ordnung.«

»*Molto bene*«, rief Susan.

Dominic schien überglücklich, daß er für uns Sklavendienste mit symbolischer Bezahlung leisten durfte. »Soll ich Ihnen den Scheck gleich geben?« fragte ich.

Er wedelte mit der Hand durch die Luft. »Nein, nein. Wir arbeiten für Mr. Bellarosa. Sie sprechen zu ihm. Okay?«

Ich nickte.

»Sie bringen Ihre Pferde zu Mr. Bellarosa in Stall, wenn wir arbeiten hier?«

Susan schüttelte den Kopf. »Wir haben noch eine Menge anderer Ställe hier.« Sie machte eine weit ausholende Handbewegung.

»Aber Mr. Bellarosa Ställe ganz saubermachen lassen. Wir hier machen Menge Lärm mit Preßlufthammer...« Er tat so, als benutze er einen Preßlufthammer, und ahmte recht gekonnt das Geräusch nach. *Dadadadadada.* »Nix gut für Ihr Pferden«, fügte er hinzu.

Für Susan war das natürlich ein entscheidendes Argument. »Ich bringe sie am Montag hinüber«, sagte sie.

Wir stiegen in den Bronco, und ich brachte Dominic zu seinem Laster auf der Hauptzufahrt. Susan blieb im Wagen, während ich Dominic zu seinem Auto begleitete. »Ist Mr. Bellarosa zu Hause?« fragte ich ihn.

Er nickte.

»Sagen Sie ihm bitte, daß er mich anrufen soll.«

»Okay.«

Ich nahm die Brieftasche heraus und reichte ihm meine Besuchskarte. Er betrachtete beide Seiten – offensichtlich suchte er nach der Telefonnummer. Ich nehme an, der Mann hatte nie zuvor eine Besuchskarte gesehen. »Mr. Bellarosa hat meine Nummer«, erklärte ich ihm. »Geben Sie ihm nur meine Karte, und sagen Sie ihm, er soll mich anrufen.«

»Okay.«

Ich nahm eine Hundertdollarnote aus der Brieftasche und gab sie ihm. Er schob sie ein, ohne sich auch nur eine Seite anzusehen. »Sehr vielen Dank.«

Wir schüttelten uns die Hände. »Also, bis Montag.« Ich ging zum Bronco zurück, und wir fuhren nach Hause. In der Küche zeigte ich Susan den Zettel und meinte: »Bellarosa schießt wohl bei der Arbeit etwas zu.«

»Woher weißt du das?«

»Nachdem ich fünfzehn Jahre lang hier Kostenvoranschläge eingeholt habe und dein Vater mir ständig erzählt, sie seien zu hoch, kenne ich die Preise.«

Susan schien das nicht zu stören. »Wie der Heilige Hieronymus schon gesagt hat«, erwiderte sie lächelnd. »›Einem geschenkten Gaul schaut man nicht ins Maul.‹«

Eine klassische Bildung hat schon ihre Vorteile. Ich goß gerade Kaffee in zwei Tassen, als das Telefon klingelte. »Hallo?«

»Mr. Sutter?«

»Mr. Bellarosa?«

»Haben Sie alles geregelt?«

»Möglicherweise«, antwortete ich. »Aber ich glaube nicht, daß er die Arbeit für diesen Preis machen kann.«

»Klar kann er das.«

»Wie?«

»Billige Arbeit, keine Geschäftsunkosten und Ihr Material.«

Ich sah Susan an, die mich sehr genau beobachtete, und sagte dann zu Bellarosa: »In Ordnung. Bei wem bezahle ich?«

»Bei mir. Ich kümmere mich um die Jungs.«

Das letzte, was ich wollte, war ein von mir auf Bischof Bellarosa ausgestellter Scheck. »Ich zahle bar«, sagte ich.

»Ich nehme für viele Dinge Bargeld«, entgegnete er. »Aber ich dachte, Leute wie Sie wollen für alles einen Beleg.«

Nicht für alles, Frank. »Es ist in diesem Land noch immer nicht ungesetzlich, bar zu bezahlen«, antwortete ich. »Ich brauche aber von Dominic eine quittierte Rechnung auf dem Papier der Baufirma.«

Bellarosa lachte. »Jetzt muß ich für den Kerl auch noch Firmenpapier drucken lassen. Auf diese Weise kommen aber hohe Geschäftsunkosten zusammen. Okay. Kein Problem. He, was sind das für Karten, die Ihre Frau und Sie da haben und auf denen nichts steht?«

»Unsere Namen stehen drauf«, sagte ich. »Damit Sie wissen, daß es unsere Karten sind.«

»Ach ja. Aber da steht nur Stanhope Hall. Wo sind denn die Telefonnummer, die Postleitzahl und all das?«

»Es sind Besuchskarten«, erklärte ich ihm.

»Versteh' ich nicht.«

»Ich auch nicht. Es ist eine alte Sitte.«

»Ach so.«

»Ich wollte Ihnen nur noch sagen«, fuhr ich fort, »daß Dominic sein Fach zu verstehen scheint und es sehr angenehm war, mit ihm zu verhandeln.« Also bring ihn gefälligst nicht um.

»Gut. Er weiß mit Ziegeln und Zement umzugehen. Das liegt ihm im Blut. Haben Sie die Caracalla-Thermen gesehen? Die haben großen Eindruck auf mich gemacht. So was können sie heutzutage nicht mehr bauen. Zweitausend Jahre, Mr. Sutter. Glauben Sie, der Mist hier wird noch in zweitausend Jahren stehen?«

»Wir werden sehen. Ach ja, wegen der Pferde: Besten Dank für Ihr Angebot, aber wir geben sie in eine Pferdepension, während...«

»Nee, wieso denn? Warum wollen Sie Ihr Geld rausschmeißen? Ich habe einmal einen Hund in Pension gegeben, und er ist gestorben.«

»Wir waren beide im Internat – und wir leben noch«, gab ich zu bedenken.

Er fand das wahnsinnig komisch. Ich weiß nicht, warum ich ausgerechnet ihn mit meinem messerscharfen Witz traktierte. Vielleicht, weil er darüber lacht.

Noch immer lachend sagte er: »He, also das muß ich meiner Frau erzählen. Okay, hören Sie, Mr. Sutter, ich möchte Ihnen noch einmal versichern, daß ich Ihnen die andere Sache nicht übelnehme. Geschäft ist Geschäft, und privat ist privat.«

»Das ist richtig.« Ich sah Susan an. Sie blätterte am Küchentisch in unserer Lokalzeitung, die es geradezu ängstlich vermeidet, die neuesten Nachrichten zu drucken. »Meine Frau und ich möchten uns gern für Ihre Hilfe bedanken – und dafür, daß Sie das Baugesuch unterschrieben haben.«

»He, kein Problem. Mir ist aufgefallen, daß die Papiere auf Ihre Frau ausgestellt waren.«

»Der Besitz gehört ihr«, sagte ich nach einem kurzen Zögern. »Mein Landsitz ist in der Werkstatt zur Reparatur.«

Ha, ha, ha! Ich hoffte, daß er sich meine Geistesblitze notierte. Überzeugt, daß sein Telefon angezapft war und Mancuso oder seinesgleichen mithörten, sagte ich mit besonderer Betonung: »Wenn die Kosten am Ende höher sind, bestehe ich darauf, die

Differenz zu bezahlen. Ich werde ein zu niedriges Angebot nicht akzeptieren – auch nicht als persönlichen Gefallen, Mr. Bellarosa, denn Sie schulden mir keinen Gefallen, und ich schulde Ihnen keinen, und es wäre gut, wenn wir gar nicht erst damit anfingen –«

»Sie haben mir vor ein paar Tagen einen guten Rat gegeben, Mr. Sutter, und ich sehe weit und breit keine Rechnung. Also war es ein Gefallen. Ich revanchiere mich nur.«

Ich wußte, daß ich auf meine Worte achten sollte, nicht nur wegen Mancuso, sondern auch wegen Frank Bellarosa, der seinen Lebensunterhalt genau wie ich mit dem gesprochenen Wort verdiente und nicht zögern würde, alles, was ich sagte, später gegen mich zu verwenden. »Nun gut. Dann sind wir also jetzt quitt«, meinte ich.

»Klar. Wenn ich den Pferdemist für meinen Garten behalten darf. Meine besten Grüße an Ihre Frau. Ich wünsche Ihnen einen guten Tag, Mr. Sutter.«

»Und ich Ihnen, Mr. Bellarosa.« Ich hängte ein.

14. Kapitel

Die nächsten Wochen vergingen ereignislos, es sei denn, man hält es für ein Ereignis, wenn ein Stall versetzt wird.

Eigentlich hatte ich erwartet, daß Bellarosa gleich zu Beginn der Arbeiten vorbeikommen würde, um seinen Leuten auf die Finger zu schauen, aber weder Susan noch die Allards waren seiner ansichtig geworden. Er rief auch nie an, weder tagsüber noch abends, und ich begann schon zu glauben, daß ich sein Interesse an uns überschätzt hätte.

Susan mußte selbstverständlich jeden Tag nach Alhambra fahren, um ihre Pferde zu versorgen, meinte aber, auch dort bekäme sie weder den Don noch die Donna zu Gesicht. Sie hatte sich jedoch ein bißchen mit Anthony angefreundet, und einer von Bellarosas »Parkwärtern« half ihr beim Tränken und Füttern der Pferde.

Ein zweiter Bautrupp vom Besitz des Don hatte bereits den Grund ausgehoben und die Fundamente für den Stall gegossen. Je länger ich die Arbeiten beobachtete – zehn bis zwanzig Mann, acht bis zehn Stunden täglich, sechs Tage pro Woche –, um so klarer wurde mir, daß der Preis, den ich bezahlte, für die erbrachte Leistung geradezu lächerlich gering war. Doch irgendwie war ich als Ehemann glücklich, weil ich meine Frau glücklich machen konnte. Mißverstehen Sie mich nicht, ich wälze nicht die ganze Schuld an dieser Episode auf sie ab. Menschen wie wir sind unser Lebtag in den Käfig unserer Korrektheit und unseres Verantwortungsbewußtseins eingesperrt, der uns, obwohl er uns Schutz bietet, andererseits zu einer leichten Beute für Leute macht, die begreifen, daß wir aus diesem Käfig nicht entrinnen können.

George Allard hingegen war über die Sache mit dem Stall ganz und gar nicht glücklich, was ich auch nicht erwartet hatte. Aber natürlich verlieh er seiner Mißbilligung nie durch eine kritische Bemerkung Ausdruck, sondern stellte nur Fragen wie: »Sollten wir nicht vielleicht in die Lücke zwischen den übrig gebliebenen beiden Stallflügeln Sträucher pflanzen, Sir?«

Ansonsten nervte er die Arbeiter; ständig trieb er sich auf der Baustelle herum und sammelte ihre Papierabfälle und die leeren Bierdosen auf. Susan erzählte mir einmal, sie habe gesehen, wie einer der Männer zum Spaß bei George mit einem Meterstab Maß nahm und zwei andere ein »Grab« aushoben. Da waren die Leute des Don wohl in ihrem Element...

Ich ließ mich nur sehr selten auf der Baustelle sehen, doch wenn ich kam, waren alle höflich und respektvoll. Ich nehme an, jeder Freund des *Padrone* verdient Respekt. Susan schaute mindestens einmal täglich vorbei, und ich hatte das Gefühl, daß ihre Besuche durchaus willkommen waren. Sie geht mit Arbeitern äußerst lokker und ungezwungen um – keine Spur von dem Lady-Stanhope-Gehabe, das sie im Zusammensein mit ihresgleichen an den Tag legt. Einmal beobachtete ich sie bei einem ihrer Besuche auf der

Baustelle und sah, daß die Männer ihr nachblickten, als sei sie ein heißes *Antipasto*. Italienische Männer sind ziemlich direkt. Viele Frauen würden sich von einem Dutzend Männer mit nacktem Oberkörper eingeschüchtert fühlen. Susan dagegen genießt das.

Eines Morgens ging ich direkt nach dem Frühstück zu den Ställen, um nachzusehen, wie weit die Arbeit gediehen war. Obwohl es noch nicht einmal acht Uhr war, standen schon ein halbes Dutzend Männer herum.

Ich ging auf einen der Männer zu und fragte: »Dominic?«

Der Mann zeigte ganz allgemein in die Richtung von Stanhope Hall, und so machte ich mich auf den Weg zu dem großen Haus. Als ich den höchsten Punkt der Zufahrt erreichte, erblickte ich Dominic, der, die Hände in die Hüften gestützt, zu dem Haus hinaufblickte.

Ich zögerte, auch noch die letzten zweihundert Meter bis zum Haus zu gehen, denn ich hatte um zehn Uhr einen Termin in der Stadt. Aber eine innere Stimme sagte mir, daß ich wissen sollte, was Dominic hier wollte.

Er hörte meine Schritte auf der gekiesten Zufahrt, drehte sich um und ging mir ein Stück entgegen. »Hallo«, sagte ich. »Gefällt Ihnen das Haus?«

»*Madonna*«, erwiderte er. »Wunderschön.«

Aus dem Munde eines gebürtigen Italieners und erstklassigen Maurermeisters ist das ein beachtliches Kompliment. »Wollen Sie es kaufen?« fragte ich.

Er lachte.

»Billig«, fügte ich hinzu.

»Billig oder nicht billig, ich nix Geld haben.«

»Ich auch nicht. Ist es gut gebaut?«

Er nickte. »Sehr. Alles gemeißeltes Granit.«

Natürlich war es möglich, daß Dominic nur ein künstlerisches Interesse an dem Haus hatte; aber Sie werden sicher verstehen, daß ich daran gewisse Zweifel hegte. Ich sah ihm in die Augen. »Vielleicht möchte es Mr. Bellarosa kaufen?«

Er zuckte mit den Schultern.

»Ist Mr. Bellarosa zu Hause?«

Dominic nickte.

»Hat er Sie gebeten, es sich anzusehen?«

»Nein.«

»Sagen Sie ihm, es wird zweitausend Jahre überdauern.« Ich legte Dominic die Hand auf die Schulter, drehte ihn herum und zeigte auf den Pflaumenhain. »Hinter den Bäumen finden Sie einen römischen Tempel. Kennen Sie Venus?«

»Klar.«

»Sie ist in dem Tempel. Sie hat herrliche Brüste und einen phantastischen Hintern«, fügte ich hinzu.

Er lachte ein bißchen verlegen und sah mich an.

Ich klopfte ihm auf den Rücken. »Los, gehen Sie schon. Der Tempel ist sehr schön. Sehr römisch.«

Er machte ein skeptisches Gesicht, begann aber auf den »Heiligen Hain« zuzugehen. Ich rief ihm nach: »Und dann machen Sie einen Spaziergang durch das Heckenlabyrinth!«

Rasch ging ich die Zufahrt hinauf und verweilte nur kurz bei dem terrassierten Garten, aus dem Susan einen Gemüsegarten gemacht hatte. Die Pflanzen waren fünfzehn bis zwanzig Zentimeter hoch, die Reihen sauber gejätet, kein Unkraut und keine Wildblume mehr zu sehen. Am Fuß der marmornen Stützmauer sah ich einen großen leeren Düngemittelsack. Susan pflegte ihren Garten gut.

Ich setzte den Weg zu unserem Haus fort. Es war keine große Überraschung für mich, daß Frank Bellarosa sich für Stanhope Hall interessierte.

Doch Stanhope Hall ist ungefähr dreimal so groß wie Alhambra, und ich konnte mir nicht vorstellen, daß Bellarosa genug Geld hatte, sein neues Haus aufzugeben und von vorn anzufangen. Nein, ich bin nicht naiv; ich weiß, wieviel Geld das organisierte Verbrechen einbringt, aber nur ein Bruchteil dieses Geldes kann gewaschen und für legale Zwecke verwendet werden.

Seit ein paar Wochen schickte ich meine New Yorker Sekretärin in die öffentliche Bibliothek, wo sie Material über Frank Bellarosa sammeln sollte. Aus den Zeitungs- und Illustriertenartikeln, die sie mir mitbrachte, hatte ich ein paar interessante Fakten über den Boß von New Yorks größter Verbrecherfamilie zusammengetragen. Nämlich: er hatte kürzlich einen Landsitz auf Long Island bezogen. Nun, das war mir bekannt. Außerdem: er besaß einen Service für Luxuslimousinen und ein paar Blumenläden, die wohl mit Friedhofsblumen die besten Geschäfte machten. Er war Eigentümer eines Müllabfuhrunternehmens, einer Firma für Restaurantbedarf, einer Baufirma (mit der ich wahrscheinlich gerade zu tun hatte) und der *HRH Trucking Company*, die wiederum als Eigentümerin von Alhambra auftrat. Mit diesen Firmen erwirtschaftete er wahrscheinlich legales Geld. Doch ich vermutete, daß Frank Bellarosa darüber hinaus Teilhaber oder Inhaber mehrerer anderer Firmen war, die nicht im Handelsregister standen.

Aber konnte er Stanhope Hall kaufen? Und würde er dann dort wohnen? Was hatte der Kerl vor?

Ich ging in unser Haus und holte meinen Aktenkoffer aus dem Arbeitszimmer. Da es schon ziemlich spät war und man am Bahnhof kaum einen Parkplatz findet, bat ich Susan, mich zum Zug zu bringen.

»Ist heute morgen etwas schiefgegangen?« fragte sie auf der Fahrt.

»Oh... Nein. Ich habe nur über verschiedenes nachgedacht.«

In Locust Valley blieben uns bis zur Ankunft des Zuges noch ein paar Minuten.

»Wann kommst du nach Hause?« fragte Susan.

»Ich bin um halb sechs wieder hier.«

»Ich hol' dich ab«, sagte Susan. »Oder noch besser, treffen wir uns im *McGlade's*, und ich lade dich zu einem Drink ein. Vielleicht sogar zum Abendessen, wenn du dann besserer Laune bist.«

»Klingt gut.« Susan war seit Wochen nur noch lieb und sanft, und ich wußte nicht, ob das eine Folge meiner österlichen Demonstration oder ihrer Freude über die Verlegung des Stalles war. »Dein Garten sieht gut aus«, meinte ich dann.

»Danke. Ich weiß gar nicht, warum wir nicht schon früher Gemüse gepflanzt haben.«

»Vielleicht weil es einfacher ist, es in Dosen zu kaufen.«

»Aber es ist richtig aufregend, die Pflänzchen wachsen zu sehen! Ich möchte gern wissen, was aus ihnen wird.«

»Hast du sie nicht markiert? Es hingen doch Schildchen dran, als du-weißt-schon-wer sie uns brachte.«

Auf der Fahrt nach Manhattan versuchte ich mir über ein paar Dinge klarzuwerden, die ich einfach nicht begriff. Bellarosas Schweigen zum Beispiel, obwohl mir sehr willkommen, war auf merkwürdige Weise nervenaufreibend.

Doch dann dachte ich an die Geschichte, die ich über Mussolini gehört hatte: daß er die Massen unter der heißen italienischen Sonne stundenlang warten ließ, bis sie fast umfielen vor Müdigkeit und vor Erwartung halb wahnsinnig waren. Dann, bei Sonnenuntergang, erschien er; und die Massen weinten und warfen Blumen und schrien sich heiser vor Glück.

Wie es sich herausstellte, brauchte ich nicht lange zu warten, bis der *Duce* beschloß, wieder in Erscheinung zu treten.

Der Zug zurück war pünktlich, ich stieg um siebzehn Uhr dreiundzwanzig aus, überquerte den Bahnhofsplatz und betrat das *McGlade's.* Das ist an Wochenenden ein guter irischer Pub, unter der Woche ein Speiselokal für Geschäftsleute und am Montag und Freitag von fünf bis sieben Uhr abends eine Dekompressionskammer für nervöse und abgespannte Pendler.

Susan erwartete mich in einer der Nischen. Sie trug ein sehr hübsches, eng anliegendes rotes Strickkleid, das mir für einen frühen Abend in *McGlade's Pub* ein bißchen zu elegant vorkam.

Als wir unser schlichtes, aber geschmackloses Mahl verzehrt hatten, sagte ich: »Der Küchenchef hier muß dein Rezept für Kartoffelbrei haben.«

Sie lächelte. »Also, ich finde, daß die Kartoffeln hier noch nicht ganz gar und der Brei klumpig war.«

Genau das hatte ich gemeint, aber ich wollte nicht deutlicher werden. »Na ja, es gibt ja sicher noch einen Nachtisch.«

»Natürlich. Wie wäre es mit Cannoli und Espresso?«

»Das gibt es in einem irischen Pub nicht.«

»Und vielleicht ein bißchen Sambuca?«

»O nein, Susan, nein, nein, nein.«

»Ja. Anna Bellarosa hat mich am Nachmittag angerufen und uns zum Kaffee eingeladen. Gegen acht. Ich habe zugesagt.«

»Warum hast du nicht mit mir telefoniert?«

»Weil du nein, nein, nein gesagt hättest.«

Jetzt war mir klar, warum sie dieses Kleid trug. »Ich gehe nicht hin.«

»Komm, John, das ist doch viel besser als ein Dinner oder so ein gräßliches Osterdingsda mit Lammkopf. Gehen wir, und bringen wir's hinter uns. Das ist einfacher, als noch ein paar Jahre lang Ausreden erfinden zu müssen.«

»Nein, ist es nicht.«

»John, seine Männer versetzen unseren Stall.«

»Ich lasse mich weder zwingen noch bestechen. Außerdem habe ich mir für heute abend einen ganzen Koffer voll Arbeit mitgebracht.« Ich klopfte auf den Aktenkoffer neben mir.

»Tu es für mich.« Sie schürzte ihre wunderschönen vollen Lippen. »Bitte.«

»Ich werde es mir überlegen.« Ich brummte noch etwas Unverständliches und sah auf die Uhr. Es war erst Viertel nach sieben. Also rief ich die Kellnerin und bestellte einen doppelten Scotch. Wir saßen uns gegenüber, ich, mit meinem Scotch und meinem Groll beschäftigt, Susan, über dieses und jenes schwatzend. Ich unterbrach sie mitten im Satz. »Trägt Anna Bellarosa eine Brille?«

»Eine Brille? Woher soll ich das wissen? Das sieht man so schlecht durchs Telefon.«

»Da hast du auch wieder recht.«

»Warum?«

»Ach, nur so'n Gedanke. Ich glaube, ich habe sie schon mal irgendwo gesehen, und überlegte gerade, ob sie mich wohl wiedererkennen wird.«

Ich widmete mich wieder meinem Scotch, spielte im Geist die Szene an der Quelle ein paarmal durch und kam zu dem Schluß, daß ich das Risiko, im Nadelstreifenanzug von ihr erkannt zu werden, ungefähr mit fünfzig zu fünfzig veranschlagen mußte. Jedenfalls nahm ich mir fest vor, nicht auf allen vieren herumzulaufen und sie auch nicht anzuknurren.

Um halb acht, sagte ich zu Susan: »Ich habe ein bißchen in Bellarosas Vergangenheit herumgestochert. Er hat einmal gesessen – wurde 1976 wegen Steuerhinterziehung zu zwei Jahren verurteilt. Das nennt man die Spitze eines Eisberges.«

»Er hat seine Schuld gegenüber der Gesellschaft beglichen«, antwortete Susan.

Ich erstickte fast an einem Eiswürfel. »Ist das dein Ernst?«

»Ich habe diese Zeile einmal in einem alten Film gehört. Sie hat mir gefallen.«

»Außerdem wirft man ihm Drogenhandel, Erpressung, Prostitution, Nötigung, Bestechung vor und daß er an Mordkomplotten beteiligt war und so weiter. Darüber hinaus ermittelt der Staatsanwalt des Southern District von New York, Mr. Alphonse Ferragamo, gegen Bellarosa, weil es Anhaltspunkte dafür gibt, daß er höchstpersönlich einen Mann ermordet hat. So. Hast du noch immer Lust, im Haus dieses Mannes Kaffee zu trinken?«

»John, ich muß unbedingt sehen, was sie aus Alhambra gemacht haben.«

»Würdest du bitte nur für einen Augenblick ernst sein?«

»Tut mir leid.«

»Hör mir zu, oder lies von meinen Lippen ab. Bereit? Ich bin ein gesetzestreuer Bürger und werde mich nicht mit Kriminellen einlassen.«

»Ich höre dich. Und jetzt hör *mir* zu, oder lies von meinen Lippen ab. Bereit? Steuerhinterziehung? Bill Turner, ein Jahr mit Bewährung. Nötigung? Dick Conners, dein ehemaliger Golfpartner, zwei Jahre für Nötigung auf der Autobahn. Drogen? Ich kann dir acht Leute nennen, die Drogen nehmen und mit denen wir gesellschaftlich verkehren. Und wie hieß noch gleich der Anwalt, mit dem du immer beim Segeln warst und der die Konten seiner Klienten geplündert hat?«

Geknickt ließ ich den Kopf über meinem Scotch hängen und leerte dann das Glas. »Schön, Susan, die moralische Korruption grassiert. Es kommt einem nur nicht ganz so arg vor, wenn sich die *richtigen* Leute etwas zuschulden kommen lassen.« Ich lachte leise, um ihr zu zeigen, daß ich scherzte.

»Was für ein ekelhafter Wichtigtuer du manchmal bist. Aber wenigstens weißt du es selbst.«

»Ja.« Ich schwieg eine Weile und blickte zur Bar hinüber. Die stadtneurotischen Pendler gingen nach und nach, und die Singles auf Partnersuche waren noch nicht da. Es war die stille Stunde.

Ich griff über den Tisch und nahm Susans Hand in die meine. »Unsere Welt verändert sich in rasendem Tempo«, sagte ich, »und wir, eine aussterbende Rasse, lassen nicht ab von unseren alten Ritualen. Die alten Sitten und Gebräuche sind für uns wie die Gesetzestafeln Moses'. Manchmal, Susan, denke ich, daß wir ganz einfach lächerlich sind.«

Sie drückte mir die Hand. »Dazu noch ein Wort des Heiligen Hieronymus: ›Das alte Rom zerfällt, doch wir werden den Kopf hoch tragen.‹«

»Das klingt gut.«

»Gehen wir?«

»Ja. Muß ich seinen Ring küssen?«

»Ein Händedruck genügt. Nimm diesen Abend als Herausforderung, John«, fügte sie hinzu. »Du brauchst eine.«

Damit hatte sie leider recht. Warum können manche Männer nicht mit einem warmen Feuer und einer leidenschaftlichen Ehefrau zufrieden sein? Warum zogen Männer in den Krieg? Warum ging ich nach Alhambra, um den Drachen zu besuchen? Weil ich eine Herausforderung brauchte. Heute weiß ich, ich hätte lieber im *McGlade's* bleiben und Susan zu einem kriegerischen Videospiel herausfordern sollen.

3. Teil

Weit ist das Tor, und breit ist der Weg,
die in die Verderbnis führen.

Matthäus 7:13

15. Kapitel

Alhambra. Wir kamen zehn Minuten zu spät, aber das ist schließlich vornehm. Ich fuhr Susans Jaguar und hielt vor dem schmiedeeisernen Tor, das geschlossen war. In der Nähe meines Fensters stand ein Pfosten mit einer Wechselsprechanlage, und ich drückte auf den Knopf. Niemand meldete sich, aber das Tor schwang langsam auf. Technik ist mir unheimlich. Doch sie gestattet uns, ohne Hausmädchen, Köchinnen, Putzfrauen und andere hilfreiche menschliche Wesen einigermaßen angenehm zu leben. Und sie sorgt in etwa für die Sicherheit und Bequemlichkeit, für die früher Torhüter und Gutsverwalter zuständig waren.

Bellarosa verfügte jedoch über Technik *und* Personal; denn als ich den Jaguar durch das Tor fuhr, erschien im Licht meiner Scheinwerfer ein riesiges menschenähnliches Wesen. Ich hielt an, und die Gestalt näherte sich meinem Fenster. Ein Gorilla, wie er im Buch stand – fast hatte man den Eindruck, daß seine Fingerknöchel im Affengang den Boden berührten. Er war ungefähr dreißig, und sein gewaltiger Oberkörper steckte in einem dunklen Seidenhemd, das bis zum Nabel offenstand und aus dem so viel Haar quoll, daß ich einsah, daß er das Hemd nicht zuknöpfen konnte. Darüber trug er ein dunkles Sportjackett; es saß jedoch nicht lokker genug, um sein Schulterhalfter zu verdecken, als er sich in den Wagen beugte.

Der Mann hatte ein unangenehmes Gesicht mit einem nicht minder unangenehmen Ausdruck. »Kann ich Ihnen helfen?«

»Ja klar. Die Suttas wollen zu den Bellarosas.«

Er entdeckte Susan und lächelte. »Oh, hallo, Mrs. Sutta.«

»Hallo, Anthony.«

»Hätt' Ihren Wagen erkennen müssen.«

»Ach, schon gut.«

»Mr. Bellarosa wartet schon auf Sie.«

Das alles spielte sich nur wenige Zentimeter vor meinem Gesicht ab, aber da ich nicht existierte, machte es nichts. Bevor Susan und Anthony mit ihrer Unterhaltung ganz fertig waren, trat ich aufs Gas, und der Jaguar hüpfte über das Kopfsteinpflaster. »Kommst du oft hierher?« fragte ich Susan.

»Er ist netter als er aussieht.«

Die Zufahrt von Alhambra ist ungefähr einen halben Kilometer lang, schnurgerade, wie ich schon sagte, und wird von hohen, lombardischen Pappeln gesäumt. Zwischen den Pappeln standen neue Gartenleuchten, die Tausende frisch gepflanzter Blumen mit einem weichen bernsteinfarbenen Glanz übergossen. Übersättigt wie ich bin, fühle ich immer prickelnde Erregung, wenn ich abends bei einem dieser großen Häuser vorfahre. Ihre Eingänge waren entworfen worden, um Könige und Millionäre zu beeindrucken und alle anderen einzuschüchtern. Unglücklicherweise waren die Bellarosas nicht mit der Sitte vertraut, in allen vorderen Räumen Licht zu machen, wenn Gäste erwartet wurden. Daher sah das Haus dunkel und irgendwie unheimlich aus, denn nur die Haustür und der Vorplatz waren beleuchtet.

Auf dem runden Vorplatz stand im Glanz bunter Lichter ein neuer Marmorbrunnen mit drei übereinanderliegenden Becken, aus denen munter das Wasser schäumte und kaskadenartig herabstürzte.

Hier stellte ich den Wagen ab. Wir stiegen aus und gingen über das Kopfsteinpflaster zur Haustür. Ich blieb stehen und drehte mich zur Auffahrt um, die wir eben entlanggefahren waren. Der Blick zur Straße mit den beiden Pappelreihen war wirklich prächtig. Trotz meiner Vorbehalte gegen die Fülle bunter Lichter war es hübsch zu sehen, daß dieser große Besitz wieder zum Leben erwachte. »Nicht schlecht«, verkündete ich. Hinter dem Tor und jenseits der Grace Lane sah ich auf dem Hügel das stattliche Kolonialhaus der DePauws. Ich winkte.

»Wem winkst du denn?« fragte Susan.

»Mr. Mancuso«, antwortete ich.

»Wem? Oh...« Sie schwieg einen Augenblick und fragte dann: »Bist du bereit?«

»Ich glaube ja.« Ich wandte mich wieder zum Haus um und stellte fest, daß die Stuckverzierungen bereits größtenteils ausgebessert waren. Auf dem Vorplatz standen mehrere Lafetten mit roten Dachschindeln, Zementtröge und Schubkarren. »Weißt du, wie Italiener laufen lernen?«

»Nein, John, sag es mir.«

»Sie schieben einen Schubkarren vor sich her.« Es klang nicht so lustig wie bei Bellarosa.

»Wie können sie Schubkarren schieben, wenn sie nicht gehen können?« fragte Susan.

»Nein, du kapierst nicht. Siehst du... Ach, lassen wir's. Hör zu, ich möchte, daß du um Viertel vor zehn Kopfschmerzen bekommst.«

»Du bereitest mir jetzt schon Kopfschmerzen. Und warum«, fügte sie hinzu, »muß ich immer Kopfschmerzen kriegen? Die Leute müssen langsam glauben, ich hätte einen Gehirntumor. Warum sagst du nicht, daß deine Hämorrhoiden um Viertel vor zehn immer verrückt spielen?«

»Wollen wir streiten?«

»Nein. Du sollst dich benehmen.«

»Sehr wohl, Madame.«

Wir stiegen die Stufen aus weißem Kalkstein zu einer massiven Eichentür mit Rundbogen und schmiedeeisernen Langbändern hinauf.

Susan zeigte auf eine der Steinsäulen, die den Portikus trugen. »Hast du gewußt, daß das echte karthagische Säulen sind?«

»Ich hab's gehört.«

»Unglaublich«, sagte sie.

»Plünderei«, antwortete ich. »Ihr Millionäre habt die Alte Welt geplündert, um eure Häuser zu schmücken.«

»Dazu ist das Geld ja da«, teilte Lady Stanhope mir mit. »Du erinnerst dich vielleicht, daß jeder Kamin in Stanhope Hall aus einem anderen italienischen Palazzo stammt.«

»Ja. Und ich erinnere mich noch sehr genau an den Palazzo in Venedig, in dem der Kaminsims fehlte.« Ich zog an der Klingelkette. »Zeit für den Nachtisch.«

Susan achtete nicht auf mich. Sie war von den karthagischen Säulen fasziniert, berührte eine mit der Hand, strich langsam darüber. »Nun sind also«, sagte sie nachdenklich, »zweitausend Jahre, nachdem Frank Bellarosas Vorfahren Karthago geplündert haben, Frank Bellarosa und die Beute seiner Ahnen wieder vereint.«

»Das ist sehr philosophisch, Susan. Aber ich schlage vor, daß wir uns heute abend auf Themen wie Gemüse und Stallbauten beschränken.«

»Wenn du deine Karten richtig ausspielst, Anwalt«, flüsterte sie mir zu, »könntest du, bevor dieser Abend zu Ende ist, *Consigliere* des *Padrone* sein.«

»Das finde ich nicht lustig.«

»Okay, dann verlange ich, daß du ihn zu Boden schlägst, wenn er mich in den Hintern kneift.«

»Ich schlage ihn zu Boden, wenn er *mich* in den Hintern kneift. Dein Hintern gehört dir, Liebling.« Ich kniff sie leicht, sie hüpfte kichernd in die Höhe, und zugleich ging die Tür auf. Vor uns stand Don Bellarosa höchstselbst und lächelte. »*Benvenuto a nostra casa.*«

»*Grazie*«, antwortete Susan und lächelte ebenfalls.

»Treten Sie ein, treten Sie ein«, sagte Bellarosa in schlichtem Englisch.

Ich schüttelte meinem Gastgeber die Hand, und Susan wurde nach italienischer Sitte auf beide Wangen geküßt. Das konnte ja heiter werden.

Wir kamen in ein höhlenartiges Vestibül mit einem Säulengang, eine Art Palmenhof oder Atrium, wie man heute sagt. Der Boden bestand aus roten rautenförmigen Platten, und um den ganzen Hof herum liefen Säulen aus rosa Marmor, die Stuckbögen trugen. Über der ersten Säulenreihe war noch eine zweite mit vorspringenden schmiedeeisernen Balkons. Der ganze Hof wurde überwölbt von einer gläsernen Kuppel. Interessanter fand ich jedoch, daß auf beiden Säulenebenen zwischen blühenden Pflanzen und den eingetopften Palmen ein paar Dutzend Käfige mit leuchtend bunt gefiederten Tropenvögeln hingen, die nach Herzenslust zwitscherten und tirilierten. Das Ganze kam mir vor wie eine Kreuzung zwischen einem öffentlichen Vogelhaus in Rio de Janeiro und einem hochgestochenen Blumenladen in einem Einkaufszentrum in Florida.

Bellarosa, stets der feinfühlige, zurückhaltende Gentleman, meinte: »Eine irre Vorhalle, wie?«

»Sie ist wunderschön«, sagte Susan atemlos.

Bellarosa sah mich erwartungsvoll an.

»Wie kriegen Sie nur den Vogelmist aus den Käfigen dort oben raus?« fragte ich.

Susan warf mir einen vernichtenden Blick zu, aber Bellarosa erklärte es mir bereitwillig, ohne mit der Wimper zu zucken. Er hatte eigens eine neun Meter hohe Leiter auf Rädern dafür anfertigen lassen. Sehr interessant.

Dann musterte er mich von Kopf bis Fuß. »Sie sind so elegant.«

Mir wurde klar, daß er mich noch nie in meiner Rüstung von *Brooks Brothers'* gesehen hatte, und damit er sich nicht einbildete, ich hätte mich seinetwegen so herausgeputzt, sagte ich: »Ich komme direkt von der Arbeit.«

»Ah.«

Bellarosa, das sollte ich vielleicht erwähnen, hatte eine leichte graue Hose und ein weißes Polohemd an, das seine neue Bräune betonte. Ich schaute verstohlen auf seine Füße herab und sah, daß er Socken und Sandalen trug. Und als sei das noch nicht schlimm genug, waren die Socken gelb. Ich wollte Susans Aufmerksamkeit auf Bellarosas Füße lenken, hatte jedoch keine Gelegenheit dazu. Wenn wir in dieser Gegend Leute zu uns nach Hause einladen, ziehen die Männer gewöhnlich ein Jackett an und binden sich eine Krawatte um, damit sie sich ja nicht wohl fühlen. Die Frauen ziehen an, was Frauen eben so anziehen. In diesem besonderen Fall stellte ich fest, daß ich mich über das eng anliegende rote Kleid ärgerte. Aber Rot steht Susan sehr gut, und so war ich stolz und eifersüchtig zugleich.

»Wie sieht es mit der Scheune aus?« wandte Bellarosa sich an Susan.

»Mit der...« Sie schluckte. »Der Abbruch geht ganz reibungslos«, antwortete sie. »Aber können die Leute das Ganze auch wieder zusammenbauen?«

Bellarosa lachte höflich. »Dominic versteht sein Handwerk«, sagte er. »Aber vielleicht baut er heimlich ein paar römische Rundbögen ein.«

Sie lachten gemeinsam. Sehr komisch.

»Kommen Sie«, meinte er dann und winkte uns, ihm zu folgen. »Warum stehen wir hier herum?«

Weil du uns hier rumstehen läßt, Frank.

Wir folgten unserem Gastgeber durch einen Bogengang des Palmenhofs und kamen in einen langen, leeren Raum, in dem es nach frischer Farbe roch. Bellarosa blieb stehen und fragte mich: »Was ist das für ein Zimmer?«

»Ist das ein Test?«

»Nein, ich meine, wir haben hier so viele Zimmer, und ich komme einfach nicht dahinter, was wohl hier gewesen ist.«

Ich sah mich um. »Auf keinen Fall ein Badezimmer.«

»Es ist – es ist der Speisesaal«, mischte Susan sich ein.

Bellarosa sah sie an. »Sind Sie sicher?«

»Ja. Ich war oft hier, als die letzte Familie noch hier wohnte.«

»Dieser blöde Innenarchitekt... Was ist dann das dort drüben?« Er zeigte durch einen Bogengang.

»Das ist das Morgenzimmer.«

»Jetzt hat mir dieser Idiot von Innenarchitekt dort den Speisesaal eingerichtet!«

»Es macht nichts«, versicherte ihm Susan. »Die Räume in diesen alten Häusern werden heutzutage ganz nach Belieben genutzt. Sie können sich einrichten, wie es für Sie am bequemsten ist.«

Wir trotteten hinter Bellarosa durch seinen neu entdeckten Speisesaal und den Bogengang in das Morgenzimmer. Es grenzt direkt an den Anrichteraum, in dem einst der Butler geherrscht hatte; und dieser wiederum liegt neben der Küche. In den meisten Herrenhäusern ist das so. Bellarosa schien es jedoch überhaupt nicht peinlich zu sein, uns im Morgenzimmer – das manchmal auch Frühstückszimmer genannt wird – zu bewirten. Mir war natürlich klar, wie verwirrend das alles für so einen Bauerntölpel sein mußte.

Bellarosa rückte am Ende eines langen Eßtisches zwei Stühle für uns zurecht. »Setzen Sie sich«, kommandierte er.

Wir setzten uns, während Bellarosa zu einer Anrichte ging, ein Tablett mit Likören und Kristallgläsern nahm und es vor uns auf den Tisch stellte. »Hier. Bedienen Sie sich. Seien Sie nicht schüchtern. Ich bin in fünf Minuten wieder da.«

Er ging durch eine Flügeltür in den Anrichteraum, und ich sah seinem sich zur Küche entfernenden Rücken nach. Die Tür schwang zu. Fünf, vier, drei, zwei, eins...

»John, du warst biestig.«

»Danke.« Ich besah mir eine der Flaschen. »Sambuca, mein Liebes?«

»Benimm dich. Ich meine es ernst.«

»Okay. Ich will schließlich nicht, daß man uns umbringt.« Ich schenkte zwei Gläser Sambuca ein. »*Cheers.*«

»*Centanni.*«

Wir tranken. Dann fragte ich: »Was war das mit der Cosa Nostra?«

»*Nostra casa,* John. Unser Haus. Willkommen in unserem Haus.«

»Oh! Warum hat er das nicht gesagt?« Während ich langsam meinen Sambuca trank, blickte ich mich in dem Raum um. Die Süd- und die Ostwand des Zimmers bestanden nur aus Fenstern, und als ich hinaussah, flammten plötzlich farbige Scheinwerfer auf und erleuchteten den wiedererstandenen Garten in mehreren Schattierungen von Rot, Blau und Grün. »Die Detektoren zeigen wohl an, daß sich ein Erschießungskommando nähert. Wenn du Schüsse hörst, wirf dich auf den Boden.«

»John!«

»Entschuldige.«

»Und sprich bitte leise.«

Ich brummte etwas und schenkte noch einmal ein. Ich mag Sambuca. Er erinnert mich an die Likörstangen zu einem Cent das Stück. Ich sah mir den Rest des Zimmers an. Die Möbel waren dunkel und wirkten ziemlich steif – mediterran eben, schätze ich.

»Hast du mir nicht erzählt, daß du noch hier warst, kurz bevor Bellarosa Alhambra gekauft hat?« fragte ich Susan.

»Ja, im letzten Herbst, mit Jessica Reid, der Immobilienmaklerin, und noch ein paar anderen Damen. Wir haben nur ein bißchen rumgeschnüffelt. Jessica hatte einen Schlüssel, den sie allerdings nicht gebraucht hätte, weil die Hälfte aller Schlösser aufgebrochen war.«

»Ich gehe wohl recht in der Annahme, daß keine von euch das Anwesen gekauft hat?«

»Es war in einem wirklich schrecklichen Zustand. Im Haus waren Eichhörnchen, und überall nisteten Vögel.«

»Vögel sind immer noch da«, brummte ich.

Sie ging nicht auf meine blöde Bemerkung ein. »Erstaunlich, was ein paar hunderttausend Dollar bewerkstelligen können.«

»Ja, wirklich erstaunlich, aber die wären trotzdem nur ein Tropfen auf den heißen Stein. Versuch's lieber gleich mit ein paar Millionen. Und er ist noch nicht fertig. Vielleicht wird er's nie, und Alhambra schafft den Don.«

Ich schenkte mir noch einmal ein, aber der Sambuca besänftigte mich nicht; ganz im Gegenteil. Dann schaute ich auf meine Uhr. Mehr als fünf Minuten waren verstrichen, und ich fing an mich zu fragen, ob Bellarosa wohl gerade die Mussolini-Show abzog. Dann sah ich das Telefon auf einem kleinen Tischchen am anderen Ende des Raums. Es war ein komplizierter Apparat mit mehreren Leitungen, von denen eine aufleuchtete. Der Don wählte und wählte.

Ich begann mich wieder umzusehen und entdeckte über der Anrichte einen billig gerahmten Druck. Christus, die Arme ausgestreckt, mit einem bloßliegenden leuchtend roten Herzen auf der

Brust. Am unteren Rand des Druckes standen die Worte: *Geheiligtes Herz Jesu.* Ich machte Susan auf das Bild aufmerksam.

Sie betrachtete es einen Moment und stellte dann fest: »Es sieht sehr katholisch aus.«

»Es sieht wie eine Pistolenzielscheibe aus.«

Ich muß zugeben, daß ich trotz meiner zur Schau getragenen Unbekümmertheit vor der Begegnung mit Mrs. Bellarosa ein bißchen Fracksausen hatte. Sicher, ich hatte sie weder beleidigt noch bedroht, sondern nur auf allen vieren angeknurrt. Aber was war, wenn sie zur Hysterie neigte? Wenn sie bei meinem Anblick zu kreischen anfing? »Frank! Frank! Das ist er! Das ist er! Bring ihn um!«

Das wäre kein sonderlich guter Anfang für unsere Bekanntschaft. Ich hätte nicht herkommen sollen, das war mir klar, aber wahrscheinlich wäre ich doch irgendwann einmal zufällig mit Mrs. Bellarosa zusammengetroffen. Obwohl sie, wenn genug Zeit verstrichen war, vielleicht vergessen haben würde, wie der »Penner« ausgesehen hatte. Ich hätte mir ja auch einen Schnurrbart wachsen lassen können.

Bei diesem Gedanken kam mir eine Idee. So lässig wie möglich nahm ich meine Lesebrille aus der Brusttasche und setzte sie auf. Dann zog ich ein paar Flaschen zu mir heran und tat, als studiere ich die Etiketten.

Susan beobachtete mich aus den Augenwinkeln. »Interessant?« fragte sie.

»Ja. Hör dir das mal an. ›Capella ist ein einzigartiger Likör, der aus der *nocciola,* einer italienischen Nuß, gewonnen wird. Capella wird in Turin produziert und abgefüllt...«

»Bist du betrunken?«

»Noch nicht.« Ich schenkte uns beiden noch einen Sambuca ein.

»Das reicht jetzt.«

»Er hat gesagt, wir sollen nicht schüchtern sein.«

Ein paar Minuten lang tranken wir, ohne ein Wort zu sagen. Das Licht am Telefon war ausgegangen, aber dann klingelte der Apparat einmal, irgendwo wurde abgenommen, und eine andere

Taste leuchtete auf. Ich stellte mir vor, wie der Don in der Küche die Zubereitung von Kaffee und Desserts beaufsichtigte, während er gleichzeitig telefonisch Geschäfte erledigte und Namen von Leuten an die Wand kritzelte, die umgebracht werden sollten.

»Behältst du die Brille auf?«

Ich drehte mich zu Susan um. »Ja.«

»Warum?«

»Wieso hast du eigentlich dieses Haus nie gemalt?« fragte ich, um das Thema zu wechseln.

Sie schien im ersten Moment ein bißchen verwirrt, antwortete aber: »Es war zu deprimierend. Aber ich habe einen ganzen Film mit Farbdias verknipst, als ich mit Jessica hier war. Hauptsächlich vom Palmenhof. Du hättest sehen sollen, wie der ausgeschaut hat.«

»Erzähl mir ein bißchen was drüber.«

»Ich werde dir die Dias zeigen. Warum trägst du...«

»Ach, komm schon, erzähl, wie es hier ausgesehen hat.«

Sie zuckte mit den Achseln. »Na schön. Die Glaskuppel war zerbrochen, und es hatte hereingeregnet. Aus dem Fußboden wuchsen Gras, Flechten und Schwämme, die Wände waren bemoost, und im Stuck wucherten Farne. Eine unglaublich gute Studie von Fäulnis und Verfall. Ich habe mir gedacht, ich könnte die Dias als Vorlage nehmen.«

»Hör mal, ich möchte nicht, daß du ihnen ein Bild verkaufst.«

»Ich wollte es ihnen gern zum Einzug schenken.«

Ich schüttelte den Kopf.

»Sie würden sich darüber freuen, John. Italiener sind kunstliebende Menschen.«

»Aber klar doch.« Ich wies mit dem Kopf auf den Druck vom Geheiligten Herzen Jesu an der Wand.

»Und schließlich schulden wir ihm wegen des Stalles einen großen Gefallen.«

»Nein, in dieser Beziehung sind wir quitt – ich habe ihn kostenlos beraten. Und du bekommst auch einen kostenlosen Rat von mir – halte dich von ihm fern.«

»Ich habe nicht das Gefühl, daß wir uns entsprechend revanchiert haben, und wenn ich will...«

»Du könntest ihm doch wirklich ein Casa-Bellarosa-Schild in Perlmutt schenken. Oder wie wär's mit einem Haufen Pferdemist für seinen Garten?«

»Bist du fertig?«

»Nein.«

Doch bevor wir anfangen konnten, uns zu streiten, erschien Frank Bellarosa mit einer großen elektrischen Kaffeekanne in der Hand in der Flügeltür. »Okay, hier ist der Kaffee.« Er stellte die Kanne auf die Anrichte und steckte den Stecker ein. »Wenn jemand will, wir haben auch Espresso.« Damit setzte er sich ans Kopfende des Tisches und schenkte sich ein Glas Capella ein. »Aber lieber keinen Cappuccino. Als ich vor ein paar Monaten in Neapel war, habe ich direkt in einem Restaurant eine schöne Espressomaschine gekauft. Ich ließ sie einfliegen, aber sie ist nie bei mir angekommen. Wurde wohl auf dem Kennedy Airport geklaut. Der Mann in Neapel hat gesagt, er habe die Maschine abgeschickt, und ich glaube ihm. Also habe ich mich auf dem Kennedy Airport umgehört, aber keiner wußte was. Natürlich nicht. Und die Feds* lamentieren dauernd über das organisierte Verbrechen hier. Glauben Sie, daß das organisierte Verbrechen Kaffeemaschinen stiehlt? Nein. Ich kann Ihnen sagen, wer dort stiehlt – die *Melanzane*.« Er sah Susan an. »*Capisce?*«

»Die Auberginen?«

Bellarosa lächelte. »O ja. Die Auberginen. Die Schwarzen. Und die Hispanos und die Punker vom privaten Überwachungsdienst. *Die* stehlen. Aber wenn es irgendwo ein Problem gibt, ist immer das organisierte Verbrechen daran schuld. Falsch. Das *nicht* organisierte Verbrechen macht dieses Land kaputt. Die Drogensüchtigen und die Spinner. *Capisce?*« Er sah uns beide an.

Nach diesem grotesken Monolog hatte es mir buchstäblich die Sprache verschlagen. Susan dagegen, die, wie ich schon sagte, in

* FBI-Agenten

mancher Beziehung ein bißchen naiv ist, fragte das Oberhaupt der größten Verbrecherfamilie New Yorks: »Haben Sie den Diebstahl dem Zoll gemeldet?«

»Klar.« Bellarosa begann zu kichern. »Das wäre genau das, was ich brauche. Richtig? Wenn die Presse Wind von der Geschichte bekäme, würde sie mich so lächerlich machen, daß ich mich in der Stadt nicht mehr sehen lassen könnte.«

»Wieso?« fragte Susan.

Bellarosa warf mir einen wissenden Blick zu und sagte dann zu Susan: »Weil alle der Meinung sind, daß *ich* auf dem Flughafen stehle.«

»Oh, ich verstehe. Das wäre freilich nicht ohne Ironie.«

»Ach ja. Da haben Sie wohl recht.« Bellarosa nippte an seinem Capella. »Ah, sehr schön. Meine Frau kommt. Sie mußte sich unbedingt überzeugen, daß alles perfekt ist. Dabei habe ich immer wieder zu ihr gesagt: ›Sei nicht nervös, das sind unsere Nachbarn und nette Leute.‹« Er sah mich an. »Aber Sie wissen ja, wie Frauen sind. Machen um alles ein Riesentrara.«

»Kein Kommentar«, bemerkte ich weise. Im selben Moment ging die Flügeltür auf. Ich rückte meine Brille zurecht und wollte aufstehen, doch es war nicht Mrs. Bellarosa, sondern eine unscheinbare junge Frau in einem einfachen schwarzen Kleid mit Zierschürzchen, die ein Tablett trug. Sie stellte es auf der Anrichte ab und deckte dann den Tisch mit Tassen und Untertassen, Silberzeug, Servietten und allem Drum und Dran. Dann machte sie kehrt und ging wortlos wieder hinaus.

»Das ist Filomena«, sagte Bellarosa. »Sie kommt von jenseits.«

»Von welchem Jenseits?« erkundigte ich mich.

»Von jenseits des Ozeans. Italien. Sie spricht nicht viel Englisch, aber das stört mich nicht. Diese *Paesan'* lernen schnell. Nicht so wie Ihre Hispanos.« Er fügte hinzu: »Arme Filomena, sie ist so häßlich, daß kein amerikanischer Junge sie jemals heiraten wird. Ich habe ihr versprochen, daß sie von mir eine Aussteuer bekommt, nach Neapel zurückgehen und sich dort einen Mann suchen kann, wenn sie drei Jahre bei mir bleibt. Aber sie will nicht mehr nach Neapel zurück. Ich werde einen Blinden für sie suchen müssen.«

Ich sah Bellarosa an. Das war der *Padrone* in seinem Element; er griff bestimmend in das Leben der Menschen ein, grausam und großzügig zugleich.

Wir schwatzten noch etwa zehn Minuten so weiter, und ich müßte lügen, wenn ich sagte, es sei nicht unterhaltsam gewesen. Der Mann wußte, wie man Hof hielt und Geschichten erzählte, und obwohl nichts von Bedeutung und nichts besonders Intelligentes gesprochen wurde, war Bellarosa sehr angeregt und setzte innerhalb von zehn Minuten mehr Gesten und Mienenspiel ein als ich in einem ganzen Jahr. Er füllte unsere Gläser mit Sambuca, überlegte es sich dann und bestand darauf, daß wir Amaretto probierten, den er in frische Gläser einschenkte, während er ununterbrochen weiterredete.

Das war ein Mann, der das Leben offensichtlich genoß – was ziemlich verständlich bei einem Menschen war, der aus erster Hand wußte, wie jäh es zu Ende sein konnte. »Haben Sie auch hier im Haus Leibwächter?« fragte ich ihn sehr direkt. »Oder nur Anthony da draußen?«

Er sah mich an, antwortete lange nicht und meinte dann: »Mr. Sutter, ein reicher Mann muß sich und seine Familie in diesem Land genauso wie in Italien gegen Kidnapper und Terroristen schützen.«

»Nicht in Lattingtown«, versicherte ich ihm. »Wir haben hier eine sehr strenge Gemeindeverordnung.«

Bellarosa lächelte. »Auch bei uns gibt es eine strenge Vorschrift, Mr. Sutter, und vielleicht kennen Sie sie. Sie lautet – man legt nie Hand an einen Mann in seinem eigenen Haus oder in Gegenwart seiner Familie. Also braucht niemand in der Nachbarschaft Angst zu haben. Okay?«

Die Unterhaltung hatte eine interessante Wendung genommen. »Vielleicht könnten Sie an der nächsten Gemeinderatssitzung teilnehmen und das öffentlich erklären – fürs Protokoll«, antwortete ich.

Bellarosa blickte mich an, sagte aber nichts.

Ich wurde leichtsinnig und fragte weiter. »Warum haben Sie dann Ihre Sicherheitsleute hier?«

Er beugte sich zu mir vor und sagte leise: »Sie haben mich gefragt, was ich in La Salle gelernt habe. Zum Beispiel folgendes: Egal, wie der Friedens- oder Waffenstillstandsvertrag aussieht, den Sie geschlossen haben, stellen Sie immer rund um die Uhr Wachen auf. Da bleibt jeder ehrlich, und die Leute können besser schlafen. Also, machen Sie sich deshalb keine Sorgen.« Er klopfte mir auf die Schulter. »Sie sind hier sicher.«

»Sie haben doppelten Schutz, Mr. Bellarosa«, sagte ich. »Mit den besten Empfehlungen vom amerikanischen Steuerzahler. *Capisce?*«

Er lachte und schnaubte dann verächtlich. »Ach ja. Sie beobachten meine Toreinfahrt, aber ich passe auf meinen Hintern auf. Sie wissen also darüber Bescheid, Mr. Sutter? Woher eigentlich?«

Ich wollte schon antworten, bekam aber einen leichten Tritt in den Knöchel. Und ein Tritt in den Knöchel bedeutet natürlich nicht: »Du bist so charmant und witzig, mein Lieber, mach nur so weiter.«

»Kann ich Ihrer Frau in der Küche helfen?« fragte Susan.

»Nein, nein. Sie wird gut allein fertig. Macht nur ein Riesengetue. Ich will Ihnen sagen, was sie jetzt gerade treibt, weil ich es weiß. Sie füllt *Cannoli*. Sie wissen doch, wenn man sie schon gefüllt kauft, sind sie manchmal schlabbrig, auch in guten Bäckereien. Deshalb kauft meine Frau die Teighüllen und die Crème extra – oder macht sie selbst –, und dann stopft und stopft und stopft sie. Mit einem Löffel.«

Susan nickte – ein wenig verwirrt, wie mir schien.

Auch ich war überrascht, mit welcher Unbefangenheit dieser Mann erwähnte, daß seine Frau in der Küche ihres Landhauses eigenhändig das Gebäck mit Crème füllte. Mit einem Löffel. Ich wußte nicht, ob ich gerührt oder verärgert sein sollte.

Wieder ging die Tür auf, und herein kam jene mir nicht unbekannte füllige Blondine mit einem riesigen Tablett, auf dem so viel

Gebäck aufgehäuft war, daß es für eine mittelgroße chinesische Stadt gereicht hätte. Bellarosa erhob sich, nahm ihr das Tablett ab und sagte: »Meine Frau Anna.« Dann stellte er das Tablett auf den Tisch. »Anna, das sind Mr. und Mrs. Sutter.«

Lächelnd strich Anna sich mit den Händen über die Hüften. »Hallo.« Sie und Susan gaben sich die Hand, dann wandte sie sich mir zu.

Unsere Blicke trafen sich, unsere Hände berührten sich, unsere Lippen lächelten – dann zog sie die Stirn in Falten. »Ich freue mich sehr, Sie endlich kennenzulernen«, sagte ich. Sie sah mich unverwandt an, und ich hörte förmlich die alten Synapsen zwischen ihren zusammengekniffenen Augen einrasten. Klick, klick, klick. »Haben wir uns schon einmal irgendwo gesehen oder so?« fragte sie.

»Es war das ›Oder so‹, das mich ein bißchen beunruhigte. »Vielleicht bei *Loparo?*« meinte ich. *Loparo* war der italienische Supermarkt in Locust Valley, in dem ich nicht einmal als Leiche erwischt werden wollte.

»Ja-a«, stimmte sie mir zögernd und keinesfalls überzeugt zu. »Nein, nein... Aber es fällt mir schon noch ein.«

Wäre ich ein richtiger Mann, hätte ich meine Brille heruntergerissen, mich auf alle viere niedergelassen und meine wahre Identität preisgegeben. Doch ich sah nicht ein, wozu das gut sein sollte.

»Warum stehen wir eigentlich alle?« fragte Bellarosa. »Setzen Sie sich, setzen Sie sich«, befahl er. Wir setzten uns, und er schenkte seiner Frau einen Amaretto ein.

Bellarosas Frau saß mir am Tisch direkt gegenüber, was mir gar nicht gefiel. Sie trug etwas, das man, wie ich glaube, Kaminanzug nennt. Eine Art orangefarbener Pyjama, dessen Farbe bei jeder Bewegung changierte. An ihren Ohrläppchen baumelten riesige, dreieckige goldene Ohrringe, die es ihr, an ein Kurzwellenradio angeschlossen, sicher ermöglicht hätten, Radio Neapel zu hören. Um den Hals trug sie eine Kette mit einem goldenen Kreuz, das sich in ihren Brustansatz schmiegte. Fünf ihrer zehn Finger waren golden beringt, und an beiden Handgelenken klapperten goldene

Armreifen. Würde sie untergehen, wenn sie einmal in den Teich bei den Statuen fiele, oder würde die Tragkraft der beiden großen Lungen sie an der Wasseroberfläche halten?

Ich sollte vielleicht noch etwas mehr über ihr Aussehen sagen. Sie war nicht unattraktiv. Dabei kommt es ja immer auf das an, was einem gefällt. Sie war zu stark geschminkt, doch ich sah, daß sie für eine Italienerin eine ziemlich helle Haut hatte. Ihre Augen waren haselnußbraun, ihre vollen Lippen signalrot bemalt und ihr Haar, wie ich schon sagte, blond gebleicht. Man sah die dunklen Haarwurzeln. Sie schien recht umgänglich, lächelte leicht, und ihre Gesten waren erstaunlich anmutig. Auch ihr Parfum war sehr angenehm.

Ich weiß ja nicht, wie die Frau eines Mafia-Dons aussehen sollte, da man sie gewöhnlich weder in der Öffentlichkeit noch in den Nachrichten zu sehen bekommt; doch ich schätzte, daß Anna Bellarosa gewiß zu den attraktivsten gehörte.

Mittlerweile unterhielten wir uns recht ausgelassen miteinander. Gemeinsam überlegten wir uns ein paar neue Namen für Alhambra, und ich schlug *Casa Cannoli* vor. Frank Bellarosa erkundigte sich nach Susans Gemüsegarten, und Anna fragte mich, ob ich die Jacke ausziehen und die Krawatte abnehmen wollte. Nun, das wollte ich ganz bestimmt nicht, denn auf diese Weise hätte ich womöglich ihr Erinnerungsvermögen aktiviert: Zehn, fünfzehn Minuten später war das Eis gebrochen, wie es so schön heißt, und Bellarosa sagte: »He, nennen Sie mich Frank. Okay? Und meine Frau Anna.«

Selbstverständlich sagte Susan: »Nennen Sie mich bitte Susan.«

»John«, sagte ich.

Ich habe noch nie einen Mafia-Don beim Vornamen genannt und fand das ganz schön aufregend. Ich konnte es kaum erwarten, die Neuigkeit im *Creek Club* zu verbreiten.

Mrs. Bellarosa stand auf und schenkte uns Kaffee ein. Wir alle nahmen uns Gebäck. Kaffee und Gebäck schmeckten köstlich. In dieser Richtung gab es keine Klagen.

Wir kamen auf unsere Kinder zu sprechen, wie das bei Eltern so üblich ist, mögen sie nun König und Königin oder Dieb und Hure sein. Anna Bellarosa erzählte in epischer Breite über ihre drei Söhne Frankie, Tommy und Tony und fügte dann hinzu: »Ich möchte ja nicht, daß sie ins Familiengeschäft eintreten, aber Tony – das ist der in La Salle – will unbedingt mit seinem Vater zusammenarbeiten. Frank ist sein großes Vorbild.«

»Ich bin durch meinen Onkel ins Familiengeschäft gekommen. Mein Vater hat zu mir gesagt: ›Tu's nicht, Frank. Es ist nicht gut für dich. Aber ich habe nicht auf ihn gehört. Und warum nicht? Weil ich glaubte, mein Onkel sei ein Held. Er hatte immer Geld, Autos, elegante Kleidung, Frauen. Mein Vater dagegen hatte nichts. Nun, wenn ich heute zurückblicke, weiß ich, daß der wirkliche Held mein Vater war. Er hat sich sechs Tage in der Woche krummgelegt, um für uns das Essen auf den Tisch zu bringen. Wir waren fünf Kinder und die Zeiten schwer. Aber überall um uns herum war Geld. In Amerika sieht man einfach zuviel Geld. Sogar Dummköpfe können hier reich werden. Da fragen sich die Leute eben: ›Warum kann ich nicht reich sein?‹ Wer in diesem Land arm ist, ist schlimmer als ein Verbrecher.«

»Nun«, sagte ich, »ein paar Leute gibt es schon noch, die lieber arm und ehrlich bleiben.«

»Ich kenne keinen. – Nun, Frankie und Tommy haben jedenfalls keinen Sinn fürs Familiengeschäft. Aber Tony will unbedingt herein.« Bellarosa grinste stolz. »Der kleine Kerl möchte meinen Job. Und wissen Sie was? Wenn ihm wirklich so verdammt viel daran liegt, dann kriegt er ihn.« Er schenkte sich noch einen Amaretto ein. »Und was machen Ihre Kinder?«

»Carolyn ist in Yale, und Edward macht im Juni sein Examen in St. Paul's.«

»Wollen sie beide Anwälte werden?«

»Carolyn bereitet sich auf das Jurastudium vor«, sagte Susan. »Edward hat noch keine festen Zukunftspläne. Ich denke, weil er weiß, daß er von seinen Großeltern ziemlich viel Geld erben wird, hat er nicht den rechten Ansporn.«

Das hatte ich Susan noch zu niemandem sagen gehört – nicht einmal ich hatte es gewußt. Ich ärgerte mich ein bißchen über sie, weil sie vor diesen Leuten Familiengeheimnisse preisgab; aber wahrscheinlich verkehrten die Bellarosas so weit außerhalb unseres Bekanntenkreises, daß es nichts ausmachte. Dennoch meinte ich, etwas zu Edwards Verteidigung sagen zu müssen. »Edward ist ein typischer Siebzehnjähriger. Sein größter Ehrgeiz besteht im Moment darin, mit möglichst vielen Mädchen ins Bett zu gehen.«

Bellarosa lachte. »Na dann! Mit siebzehn macht er schon sein College-Examen?« fragte er.

»Aber nein«, antwortete ich. »St. Paul's ist eine *Prep School.*« Wenn man mit diesen Leuten redete, hatte man manchmal das Gefühl, als müsse man das Rad neu erfinden. »Hatten Sie in La Salle ein Stipendium?« fragte ich Bellarosa.

»Nein. Mein Onkel hat es bezahlt – Sie wissen schon, der Onkel, der mich ins Familiengeschäft genommen hat. Und mein Vater hatte einen hungrigen Schnabel weniger zu füttern.«

»Ich verstehe.«

»Frank arbeitet viel zuviel«, beklagte sich Anna. »Er genießt sein neues Haus gar nicht richtig. Selbst wenn er daheim ist, hängt er andauernd am Telefon, und ständig kommen Leute her, um mit ihm über Geschäfte zu reden. Immer wieder sage ich zu ihm: ›Arbeite nicht so viel, Frank. Du bringst dich noch um damit.‹«

Ich warf Bellarosa einen Blick zu, um zu sehen, ob ihm die unfreiwillige Ironie dieser letzten Bemerkung aufgefallen war; doch er blieb völlig ungerührt. Ungefähr eine halbe Sekunde lang glaubte ich, daß ich mich ganz furchtbar geirrt hatte und Frank Bellarosa ganz einfach nur ein gestreßter Unternehmer war.

Der Kaffeedampf schlug sich wieder einmal auf meinen Brillengläsern nieder, und ich wischte sie mit dem Taschentuch ab, ohne die Brille abzunehmen. Susan musterte mich verblüfft. Auch Anna Bellarosa warf mir neugierige Blicke zu. Bisher war der unglückliche Zwischenfall am Ostersonntag noch nicht zur Sprache gekommen, und ich konnte nur hoffen, Frank dachte nicht mehr daran, daß er mich gebeten hatte, seiner Frau zu erklären, wie schön und sicher unsere Gegend war. Aber als Susan Anna fragte, ob Sie Brooklyn sehr vermissen würde, wußte ich, was die Stunde geschlagen hatte.

»Das darf ich nicht sagen«, antwortete Anna lachend und warf einen Blick auf ihren Mann.

Bellarosa schnaufte verächtlich. »Diese Italienerinnen aus Brooklyn! Ich kann Ihnen sagen, selbst wenn Sie mit ihnen in die Villa Borghese ziehen, werden sie sich beklagen, weil sie nicht mehr in Brooklyn sind.«

»O Frank, du brauchst ja auch nicht den ganzen Tag zu Hause zu sitzen. Es ist so einsam hier.« Und dann leuchtete auch schon das kleine Lämpchen in ihrem Kopf auf. »Wissen Sie, was mir am Ostersonntag passiert ist?« Sie sah mich an. »Ich bin morgens hinten bei unserem Teich spazierengegangen, und da war plötzlich ein Mann« – sie schauderte – »ein Irrer, der wie ein Tier auf allen vieren kauerte. Und dann hat er mich angeknurrt.«

»Tatsächlich?« sagte ich und rückte an meiner Brille.

»Du meine Güte!« rief Susan.

Anna wandte sich an Susan. »Ich bin weggerannt und habe die Schuhe verloren.«

»Ich habe John davon erzählt«, sagte Frank. »Er meinte, so etwas hat es hier noch nie gegeben. Richtig, John?«

»Richtig, Frank. – Und Ihr ältester Sohn lebt also in New Jersey?«

»Haben Sie die Polizei geholt?« wandte sich Susan an Anna.

Anna warf abermals einen Blick auf ihren Mann. »Frank hat nicht gern mit der Polizei zu tun.«

»Ich habe meine eigenen Sicherheitsleute hier«, sagte Frank. »Es gibt keinen Grund zur Beunruhigung.«

»Ich fürchte mich hier, wenn Frank abends nicht da ist«, klagte Anna. »Es ist so still.«

»Sie könnten doch den Straßenlärm von Brooklyn auf Band aufnehmen«, schlug ich vor.

Anna Bellarosa lächelte mich unsicher an, als sei das keine so schlechte Idee.

Damit war die Klippe des Ostersonntags elegant umschifft. Wir redeten noch eine Stunde lang, wobei wir die Kaffeekanne – ungefähr zwanzig Tassen – und die zweite Flasche Sambuca leerten. Der Gebäckberg war ungefähr zwölf Zentimeter kleiner geworden. Ich hatte schon zu Beginn des Abends gemerkt, daß es sinnlos war, Speisen und Getränke abzulehnen. »Essen Sie, essen Sie«, rief Mrs. Bellarosa lachend; es fehlte nicht viel, und sie hätte mir das Gebäck eigenhändig in den Mund geschoben. »Trinken Sie, trinken Sie«, befahl Mr. Bellarosa und füllte unsere Gläser mit jeder erdenklichen Flüssigkeit.

Während der Unterhaltung hatte ich Muße, Anna Bellarosa noch etwas eingehender zu betrachten. Sie behandelte ihren Mann ehrerbietig, wozu sie laut Ehevertrag natürlich verpflichtet war. Doch hin und wieder zeigte sie italienisches Feuer, und dann gab der Don nach. Aus der Unterhaltung und dem dynamischen Austausch zwischen den beiden reimte ich mir zusammen, daß Don Bellarosas Ehefrau den Status einer Königin und die Rechte einer Sklavin hatte.

Mir fiel auch auf, daß Anna Bellarosa trotz ihrer guten Laune und ihrem stets bereiten Lachen traurige Augen hatte, als hätten Jahrzehnte der Sorge das fröhliche Funkeln gedämpft, das früher ihr Lachen begleitet haben mußte.

Bellarosa stand plötzlich auf, und ich glaubte schon, der Abend sei zu Ende; aber er sagte: »Anna, zeig Susan das Haus. Sie möchte es gern sehen. John, Sie kommen mit mir.«

Zu viert marschierten wir ins Eßzimmer, und Bellarosa erklärte seiner Frau: »Das ist das *richtige* Eßzimmer. Wir waren im Morgenzimmer. Dort frühstückt man. Ich möchte, daß du Susan fragst, was das früher für Zimmer waren. Sie kennt das Haus. Ihr führt euch gegenseitig, okay?«

Wir gingen in den Palmenhof, und Frank nahm meinen Arm und schob mich zur Treppe. »Wir treffen uns später im Wohnzimmer«, sagte er zu seiner Frau. »Das Gewächshaus möchte ich Ihnen gern selbst zeigen.« Er korrigierte sich. »Den Wintergarten. Richtig?«

Ich fing Susans Blick auf, der mir zu sagen schien: Was willst du denn, du amüsierst dich doch gut. Ich kenne diesen Blick. Was ich nicht verstand, war, daß Susan sich so gut amüsierte. Die Kopfschmerzen um Viertel vor zehn waren unerwähnt geblieben, und da ich ein Macho bin, wollte ich nicht über nicht vorhandene Hämorrhoiden klagen oder ehrlich zugeben, daß ich müde war und das Essen aus dem irischen Pub und das italienische Dessert in meinem angelsächsischen Magen rumorten. Also ließ ich mich von meinem Kumpel Frank die Stufen hinausbugsieren.

Es gelang uns beiden, die gewundene Treppe ohne Schwierigkeiten zu überwinden, und ich sah, daß Bellarosa den Alkohol genausogut vertrug wie ich. Wir kamen auf die zweite Ebene und gingen um das Zwischengeschoß herum, das sich hufeisenförmig um drei Seiten des Palmenhofs zog. Alle fünf bis sechs Meter kamen wir an einer schweren Eichentür vorüber; endlich blieb Bellarosa vor einer stehen und öffnete sie. »Hier hinein.«

»Was ist hier drin?«

»Die Bibliothek.«

»Wollen wir etwa lesen?«

»Nein, wir wollen eine Zigarre rauchen.« Er winkte mich hinein.

Wider besseres Wissen betrat ich den schwach beleuchteten Raum.

16. Kapitel

Frank Bellarosa zeigte auf einen ledernen Clubsessel. »Setzen Sie sich.« Ich setzte mich. Ich nahm die Brille ab und steckte sie in die Brusttasche. Bellarosa nahm in dem Sessel mir gegenüber Platz. Ich hatte nicht geglaubt, daß er eine Waffe trug, und konnte mir auch keinen Grund vorstellen, warum er das in seinem eigenen

Haus tun sollte. Auch sah ich keine Möglichkeit, sie unter seinem knapp sitzenden Hemd und seiner engen Hose unterzubringen. Doch als er die Beine kreuzte, entdeckte ich unter seinem rechten Hosenaufschlag die Ausbuchtung einers Knöchelhalfters. Er merkte, daß ich es gemerkt hatte, und sagte: »Ich habe eine Lizenz.«

»Ich auch.«

»Sie haben eine Lizenz zum Tragen einer Waffe?«

»Nein. Eine Fahrlizenz. Aber ich fahre nicht in meinem Haus.«

Er verzog leicht die Lippen.

Im Staat New York ist es sehr schwierig, einen Waffenschein für Pistolen zu bekommen, und ich fragte mich, wie Bischof Frank Bellarosa das fertiggebracht hatte. »New York?« fragte ich ihn.

»Ja. Ich habe eine kleine Jagd im Norden. Dort oben stellen sie nicht so viele Fragen. Ich darf überall im *Staate* New York eine Waffe tragen, aber nicht in der *Stadt* New York. In der Stadt braucht man eine Sonderlizenz, und sie wollen mir keine geben. Doch genau dort wäre es notwendig. Richtig? Jeder Irre trägt dort eine Waffe. Hat er einen Waffenschein? Nein. Aber ich kann es mir nicht leisten, wegen unerlaubten Waffentragens verdonnert zu werden. Also muß ich in der Stadt unbewaffnet herumlaufen, und jeder billige Junkie kann Frank Bellarosa fertigmachen.«

Wie unfair. »Und was ist mit Ihren Leibwächtern?« fragte ich. »Sind die bewaffnet?«

»Na klar. Doch es ist nicht das gleiche, wie wenn man sein eigenes Schießeisen dabei hat. Manchmal spielen die Leibwächter einem was vor. Und manchmal haben sie am Abend zuvor den Boß gewechselt, und man weiß nichts davon. *Capisce?*«

»O ja. Ich hatte ja keine Ahnung, wie groß der Streß in Ihrer Branche ist.«

»He, Sie wollen es ja auch gar nicht wissen.«

»Das ist richtig.«

Zwischen uns befand sich ein niedriger Couchtisch, auf dem eine Kiste mit echten Havannazigarren stand. Bellarosa klappte den Deckel auf. »Bitte, bedienen Sie sich.«

»Ich rauche nicht.«

»Ach, kommen Sie schon, nehmen Sie eine Zigarre.«

Ich nahm eine. Um die Wahrheit zu sagen, alle *Wasp*-Anwälte wissen, wie man eine Zigarre raucht, denn das gehört zu gewissen Ritualen. Ich nahm die Zigarre aus dem Metallbehälter und durchstach das Ende mit einem silbernen Stachel, den Bellarosa mir reichte. Mit einem goldenen Tischfeuerzeug gab er zuerst mir und dann sich selbst Feuer. Wir pafften Rauchwolken in die Luft.

»Ist das Ihr Büro?« fragte ich.

»Ja. Als wir's das erstemal zu sehen kriegten, war es rosa und weiß gestrichen. Sogar der Holzfußboden. Der Immobiliendame hat es gefallen. Sie sagte, Innenarchitekten hätten das für irgendeine Show gemacht.«

»Eine Designer-Ausstellung.«

»Ach ja? Jeder Raum sah aus, als ob sie ein paar Schwule mit Pinseln darauf losgelassen hätten.«

Ich sah mich um. Das war also die Bibliothek, von der Susan mir einmal erzählt hatte. Die Bibliothek, die aus einem englischen Herrenhaus stammte und in den zwanziger Jahren von den Dillworths erschachert worden war. Die Regale waren dunkle Eiche und voller Bücher, doch ich war ziemlich gut überzeugt, daß es sich nicht um die Bücher aus der ursprünglichen Bibliothek handelte.

An der einen Wand befand sich ein Kamin und ihm gegenüber eine doppelflügelige Tür, die auf den Balkon führte, hinter dem ich das Licht gesehen hatte, als ich im April hier vorbeigeritten war. In der Mitte des großen Raumes stand ein Eichenschreibtisch mit einer grünen Lederplatte. Hinter ihm, in einem geräumigen Alkoven, sah ich einen Personal Computer, einen Kopierer, Telex und Telefax. Die Mafia war also ganz zeitgemäß mit High Tech ausgestattet.

»Es hat mich fünf Riesen gekostet, die Farbe entfernen zu lassen. Weitere fünf habe ich für die Bücher bezahlt. Dreißig Zentimeter Bücher kosten zehn Piepen.«

»Wie bitte?«

»Wir haben hier hundertzweiundfünfzig Meter Regale. Bücher kosten pro Meter rund dreißig Dollar. Macht zusammen fünf Riesen – fünftausend Dollar.« Er fügte hinzu: »Aber ich hatte auch ein paar eigene Bücher.«

Ich glaube, hier kann man über Geld reden. »Da haben Sie ja ein bißchen eingespart«, stellte ich fest.

»Ja. Ich hatte meine Schulbücher.«

»Machiavelli.«

»Ja. Und Dante. Und den Heiligen Augustinus. Haben Sie den mal gelesen?«

»Ja. Aber haben Sie mal etwas vom Heiligen Hieronymus gelesen?«

»Klar. Seine gesammelten Briefe. Ich haben Ihnen doch erzählt, daß diese christlichen Brüder mich gezwungen haben zu lernen – und wie!« Er sprang auf, ging zu einem Regal, holte ein Buch heraus und schlug es auf. »Hier haben wir den Heiligen Hieronymus. Das gefällt mir. Hören Sie zu.« Er las vor: »›Mein Land ist der Barbarei anheimgefallen, und seine Menschen kennen nur einen Gott, ihren Bauch, und sie leben nur für die Gegenwart.‹« Er klappte das Buch zu. »Nun, was ist seither anders geworden? Die Menschen ändern sich nicht. Wäre der Kerl kein Priester gewesen, hätte er gesagt: ›Für ihren Bauch und ihren Schwanz.‹ Die meisten Männer laufen ihrem Schwanz hinterher und lassen ihr Leben von ihm bestimmen. Aber man muß mit dem Kopf denken, nicht mit dem Schwanz. Man muß an die Zukunft denken, bevor man ihn wo reinsteckt, wo er nicht hingehört.«

»Leichter gesagt als getan.«

»Das ist richtig.« Er sah seine Bücher an. »Manchmal sitze ich abends mit einem meiner alten Schulbücher hier. Dann denke ich gelegentlich, ich hätte eigentlich Priester werden sollen. Aber da war mir eben – na, Sie wissen schon – mein Schwanz im Weg.« Er fügte hinzu: »Jesus, Frauen machen mich verrückt.«

Ich nickte mitfühlend. »Dann sind Sie gar kein richtiger Bischof?«

Er stellte das Buch ins Regal zurück und lachte. »Nein. Mein

Onkel nannte mich immer so, weil mein Kopf vollgestopft war mit dem Zeug aus La Salle. Er sagte immer zu seinen Freunden: ›Das ist mein Neffe, der Bischof.‹ Dann mußte ich etwas Lateinisches aufsagen.«

»Sie sprechen Latein?«

»Nee. Nur das bißchen, was ich auswendig gelernt hatte.« Er ging zu einem Servierwagen, nahm eine Karaffe und zwei Cognacschwenker und stellte sie auf den Couchtisch. Dann setzte er sich wieder und schenkte uns ein. »Grappa. Schon mal getrunken?«

»Nein.«

»Schmeckt wie Brandy, ist aber stärker.« Er hob sein Glas.

Ich griff nach meinem, wir stießen an, und ich schüttete den Inhalt hinunter.

Ich hätte Bellarosas versteckte Warnung beachten sollen. Ich kann alles trinken, aber das war etwas anderes. Mein Hals begann zu brennen, dann hob sich mir der Magen, und ich dachte, ich müßte die ganze Kaffeestunde über die Zigarren pusten. Aus tränenden Augen sah ich, daß Bellarosa mich über den Rand seines Glases hinweg beobachtete. Ich räusperte mich. »*Mamma mia*...«

»Ach ja. Schön langsam und schluckweise trinken.« Er leerte sein Glas, schenkte sich zum zweitenmal ein und hielt mir dann die Flasche hin.

»Nein danke.« Ich versuchte zu atmen, aber der Zigarrenrauch hinderte mich daran. Hastig drückte ich meine Zigarre aus, stand auf und ging auf den Balkon.

Bellarosa folgte mir, Zigarre und Glas in der Hand. »Hübsche Aussicht.«

Ich nickte, während ich tief die klare Nachtluft einatmete. Allmählich beruhigte sich mein Magen wieder.

Bellarosa deutete mit der Zigarre in die Ferne. »Was ist das dort drüben? Man kann es nachts nicht sehen. Schaut wie ein Golfplatz aus.«

»Ja. Genau wie ein Golfplatz. Das ist der *Creek*.«

»Krieg?«

»*Creek* – wie Flüßchen. Es ist ein Country-Club.«

»Ach ja. Kann man dort Golf spielen?«

»Ja. Auf dem Golfplatz.«

»Spielen Sie Golf?«

»Ein bißchen.«

»Ich verstehe dieses Spiel nicht. Wieso macht es Spaß?«

Ich überlegte einen Moment und sagte dann: »Wer hat denn behauptet, daß es Spaß macht? Es gibt dort auch einen Tontaubenschießplatz. Schießen Sie?«

Er lachte.

Ich fand, es sei an der Zeit, Frank Bellarosa zu zeigen, daß ich ein richtiger Mann bin. »Ich kann mit einer Schrotflinte ganz gut umgehen«, prahlte ich.

»Ach ja? Ich habe einmal mit einer Schrotflinte geschossen.«

»Tontauben oder Vögel?«

Er schwieg einen Augenblick und antwortete dann: »Vögel. Enten. Aber ich mag keine Schrotflinten.«

»Wie steht es mit Gewehren?« fragte ich.

»Das ist etwas anderes. Ich gehöre einem Club in der Stadt an – dem *Italian Rifle Club*. Er hat eine rein gesellschaftliche Funktion. Wahrscheinlich haben Sie schon von ihm gehört.«

Das hatte ich tatsächlich. Ein interessantes Etablissement in Little Italy. Ein paar seiner Mitglieder hatten noch nie ein Gewehr abgefeuert, fanden jedoch den Schießstand im Keller sehr praktisch für Pistolenschießübungen. »Was für ein Gewehr haben Sie?« fragte ich.

»Weiß ich nicht mehr.«

Ich versuchte mich daran zu erinnern, wie der columbianische Drogenkönig ermordet worden war. Fünf Kugeln aus einer Pistole, abgefeuert aus nächster Nähe.

»Geht es Ihnen jetzt besser?« fragte er.

»Ja.«

»Gut.« Bellarosa schlürfte seinen Grappa, rauchte seine Zigarre und betrachtete sein Königreich. »Da drüben habe ich einen Brunnen und eine Neptunstatue entdeckt. Dort, wo dieser Kerl Anna zu Tode erschreckt hat. Kennen Sie die Stelle?«

»Ja. Ich bin kreuz und quer über dieses Land geritten.«

»Ich habe das Ganze herrichten lassen. Den Teich, den Brunnen, die Statue. Und dann habe ich eine Statue der Heiligen Jungfrau dort aufgestellt und alles von einem Priester segnen lassen. Ein Freund von mir. Sie müssen es sich einmal ansehen.«

»Der Priester hat die Neptunstatue gesegnet?«

»Klar. Warum nicht? Außerdem lagen dort noch jede Menge römischer Ruinen herum. Zerbrochene Säulen und so. Der Landschaftsgärtner hat gesagt, das ist Absicht, das Ding ist so angelegt worden. Stimmt das?«

»Ja.«

»Warum hat man denn eine Ruine hingestellt?«

»Das war früher einmal sehr beliebt.«

»Warum?«

Ich zuckte mit den Schultern. »Vielleicht wollte man sich daran erinnern, daß nichts ewig dauert.«

»*Sic transit gloria mundi* – oder wie?«

Ich sah ihn an. »Ja. Genau das.«

Er nickte nachdenklich und zog an seiner Zigarre.

Ich blickte über das weite Alhambra-Land. Hoch stand der Halbmond an einem makellos klaren Himmel; vom Sund her wehte ein leichter Wind und brachte den Geruch des Meeres und den Duft der Maiblüten mit. Was für eine Nacht!

Auch Bellarosa schien diesen Augenblick zu genießen. »Brooklyn. Pfeil auf Brooklyn. Wenn ich hier mal weg will, gehe ich nach Italien. Ich habe ein Haus in Italien, in der Nähe von Sorrent.«

»In Sorrent war ich schon. Wo ist Ihr Haus?«

»Das kann ich Ihnen nicht sagen. Verstehen Sie? Es ist ein Haus, in das ich mich vielleicht eines Tages zurückziehen muß. Nur fünf Menschen wissen, wo es ist. Ich, meine Frau und meine Kinder.«

»Das ist klug.«

»Tja, man muß eben vorausdenken. Im Augenblick gefällt es

mir hier. Mit Brooklyn ist es vorbei. Wir hatten ein hübsches Haus in Brooklyn«, fuhr er sinnend fort. »Ein altes Haus aus rötlichbraunem Sandstein. Vier Stockwerke. Sehr schön. Aber es stand nicht frei, und das Grundstück war zu klein für einen großen Garten. Ich wollte schon immer Land besitzen. Meine Großeltern waren Bauern. Es ist ihr alter Hof, den ich den späteren Besitzern abgekauft habe. Die Leute dürfen das Land weiter nutzen – kostenlos. Ich behalte das Bauernhaus. Ein weißes Stuckhaus mit einem roten Dach, wie dieses hier. Aber kleiner.«

Eine Weile schwiegen wir beide, dann sagte er: »Sie haben drüben ja einen richtigen Tempel. Dominic hat es mir erzählt. Einen Venustempel.«

»Ja.«

»Seid ihr Heiden da drüben?«

»Manchmal.«

»Ach ja? Ich würde den Tempel gern einmal sehen.«

»Klar.«

»Ich würde auch das große Haus gern einmal von innen sehen.«

»Wollen Sie es kaufen?«

»Vielleicht.«

»Eine halbe Million.«

»Das weiß ich.« Er fügte hinzu: »Sie hätten auch mehr sagen können.«

»Nein, das hätte ich nicht, weil der Preis eine halbe Million beträgt. Mit fünf Hektar Grund.«

»Ach ja? Und wie steht es mit dem ganzen Besitz?«

»Ungefähr zwanzig Millionen für das Land.«

»*Madonna!* Was haben Sie denn dort? Erdöl?«

»Nein. Aber gute, lockere Erde. Davon gibt es nicht mehr viel. Warum wollen Sie noch einen Besitz dazukaufen?«

»Ich weiß nicht... Vielleicht, um Häuser darauf zu bauen. Kann ich Geld verdienen, wenn ich Häuser baue?«

»Wahrscheinlich. Sie müßten einen Gewinn von fünf bis sechs Millionen herauswirtschaften können.«

»Wo ist der Haken?«

»Sie brauchen eine Bewilligung, um das Land aufzuteilen.«

»Von wem?«

»Der Landerschließungsbehörde. Aber die Nachbarn und die Umweltschützer werden gegen Sie prozessieren.«

Er dachte eine Weile nach, und ich wußte, daß er überlegte, wer geschmiert, wer das beste Angebot bekommen und wem ganz offen gedroht werden mußte. »Der Besitz gehört den Eltern meiner Frau«, sagte ich. »Haben Sie das gewußt?«

»Aber ja.«

»Mein Haus gehört nicht dazu, und außerdem muß in jeden Vertrag die Klausel aufgenommen werden, daß mein Torhüter und seine Frau bis an ihr Lebensende mietfrei im Torhaus wohnen dürfen. Aber die Venusstatue gehört zur Masse, und sie hat schöne Brüste.«

»Das habe ich gehört«, sagte er lachend. »Ich werde es mir überlegen.«

»Fein.« Ich stellte mir vor, wie William Stanhope sich zum Vertragsabschluß mit einem Mafia-Don an einen Tisch setzte. Dieses Vergnügen wäre es mir sogar wert gewesen, auf das Honorar für die Aufsetzung des Vertrages zu verzichten.

Tatsächlich würde ich es jedoch ablehnen, diesen Vertrag unter Dach und Fach zu bringen. Ich mußte ja noch länger hier leben. William und Charlotte besuchen hier hin und wieder ein paar Freunde, nehmen an Beerdigungen teil und so weiter. Sie haben ihre Mitgliedschaft im *Creek Club* aufrechterhalten und übernachten gelegentlich in einem der Club-Häuser, die Besuchern wie ihnen zur Verfügung stehen. Aber wenn Frank Bellarosa Stanhope Hall kaufte, würden William und Charlotte nie wieder einen Fuß auf die Gold Coast setzen. Diese Möglichkeit gefiel mir – trotz der Vorbehalte, die ich gegen eine Umzingelung durch Mafiosi und FBI-Agenten mit Kameras hatte. »Wie haben Sie eigentlich Alhambra entdeckt?« fragte ich Bellarosa.

»Ich habe mich verrirrt. Ich war auf der Schnellstraße und wollte nach Glen Cove in ein Restaurant. Wollte mich dort mit jemandem treffen. Mein blöder Fahrer nimmt die falsche Ausfahrt, und wir kutschieren kreuz und quer durch die Gegend und versuchen Glen Cove zu finden. Wir fahren die Straße hier entlang, und ich bin stocksauer. Aber dann seh' ich das Tor Ihres Besitzes und sag' dem Trottel, er soll langsam fahren. Und dann sah ich dieses Haus, und es erinnert mich an die großen Villen am Wasser in Sorrent. Verstehen Sie? Ich sehe auch, daß das Haus unbewohnt ist, also marschiere ich nach dem Lunch in ein Maklerbüro. Ich weiß nicht einmal genau, wo das Haus steht, doch ich erkläre es den Leuten so gut ich kann. Es dauerte eine Woche, bis diese blöde Immobilien-Tussi sich mit mir in Verbindung setzt, aber dann schickt sie mir ein Foto. ›Ist es das?‹ Es ist es tatsächlich, und ich rufe sie an. Was kostet es? Sie sagt es mir. Es gehört der Bank, und Steuerschulden müssen auch noch abgegolten werden und so weiter. Die Bank möchte nur eins: es loswerden. Ich bezahle die Bank, bezahle das Finanzamt, und irgendwelche Leute namens Barrett kriegen auch ein bißchen Geld. Danach bin ich um ungefähr zehn Millionen ärmer. *Madonna mia.* Aber mir gefallen die Pappeln so gut. Und dann zeige ich es meiner Frau, und es gefällt ihr überhaupt nicht. Jesus Christus...«

»Heißt das, Sie haben das Haus gekauft, ohne daß Ihre Frau es vorher gesehen hat?«

»Aber klar doch. Also sage ich zu ihr: Mir gefällt es, also gewöhn dich lieber dran. Sie lamentiert: Es ist eine Ruine, Frank. Es ist dreckig, Frank! Diese verflixten Weiber können sich nicht vorstellen, wie etwas in Zukunft aussehen wird, hab' ich nicht recht? Also hole ich mir die Ittaker her, sie reißen sich den ganzen Winter den Arsch auf, und dann fahre ich mit Anna her, und sie weint den ganzen Weg über. Ich bilde mir ein, daß sie schon aufhören wird zu weinen, wenn sie es erst mal sieht. Aber nein, es gefällt ihr noch immer nicht. Es ist zu weit weg von ihrer verrückten Mutter und ihren verrückten Schwestern. Und wo sind die Läden, Frank? Wo gibt es hier Leute? Blablabla. Zum Teufel mit den Läden und zum Teufel mit den Leuten. Hab' ich recht?« Er sah mich an. »Hab' ich recht?«

»Sie haben recht. Zum Teufel mit ihnen.«

»Richtig.« Er trank seinen Grappa aus, zog an seiner Zigarre und schnippte die Asche über die Balustrade. »*Madonna*, sie vermißt ihre Kirche. Ist früher drei- oder viermal die Woche in die Kirche gerannt und hat mit den Priestern geredet. Es waren lauter Italiener. Manche kamen von drüben. Die Kirche hier ist eigentlich sehr hübsch. Ich war ein paarmal da. Sankt Maria. Kennen Sie sie? Aber die Priester sind lauter Iren, und einer ist Pole, und sie will nicht mit ihnen reden. Ist das zu glauben? Ein Priester ist doch ein Priester, um Christi willen. Richtig?«

»Nun...«

»Ich möchte daher folgendes: Ich möchte, daß Susan Anna unter ihre Fittiche nimmt und ihr beibringt, wie der Laden hier läuft. Verstehen Sie? Daß sie sie ab und zu mitnimmt und mit ein paar Leuten bekannt macht. Vielleicht zeigen Sie mir mal diesen Club da drüben – *The Creek*. Wenn er mir gefällt, werde ich Mitglied.«

Mein Magen hob sich schon wieder. »Nun...«

»Schon gut. Natürlich braucht das seine Zeit. Also, reden Sie mit Susan.«

Langsam irritierte mich dieser Kommandoton. Aber irgendwie war man wehrlos dagegen.

»Ach ja. He, schauen Sie mal dort hinunter!« Er deutete mit dem Zigarrenstummel in den weitläufigen spanischen Patio, der von bernsteinfarbenen Kandelabern erleuchtet wurde. »Sehen Sie das? Neben dem Barbecue? Das ist ein Pizzaofen. Habe ich eigens einbauen lassen. Ich kann dort draußen Pizzas machen, backen und alles mögliche warm machen. Wie finden Sie das?«

»Sehr praktisch.«

»Tja.«

Ich sah Bellarosa an. Er hatte sein Glas auf dem Sims abgestellt und die Zigarre ausgetreten. Die Arme über der Brust gefaltet, betrachtete er den riesigen Patio unter ihm, der so groß war wie eine Piazza. Er ertappte mich dabei, daß ich ihn ansah, und lachte. »Aber klar doch. So etwa.«

Er streckte das Kinn heraus. »Ist es das, was Sie denken? Frank Bellarosa bildet sich ein, er ist der *Duce*. Hab' ich recht?«

»Kein Kommentar.«

Er schob die Hände in die Taschen. »Wissen Sie, alle Italiener wollen der Boß sein. Keiner will sich einem anderen unterordnen. Deshalb ist Italien so im Arsch, und deshalb müssen Leute wie ich Leute wie Anthony um sich haben. Weil jeder Ittaker mit Knarre, Wut im Bauch und einem Funken Ehrgeiz den Caesar umlegen möchte. *Capisce?*«

»Trauen Sie Anthony?«

»Nein. Ich trau' keinem, außer meiner Familie. Meinen *Paesani* traue ich auch nicht. Vielleicht kann ich Ihnen trauen.«

»Und Sie können nachts gut schlafen?«

»Wie ein Baby. Ich habe Ihnen doch gesagt, niemand hat einen – Unfall im eigenen Haus.«

»Aber Sie tragen selbst in Ihrem eigenen Heim eine Waffe.«

Er nickte. Nach einer Weile sagte er: »Ich habe in letzter Zeit ein kleines Problem. Unter meinen Sicherheitsleuten gibt es ein paar faule Kunden, und die muß ich finden.«

»Ich dachte, Ihr Haus sei sakrosankt.«

»Das schon. Aber wir haben es jetzt mit Hispanos zu tun, mit Jamaikanern, mit Asiaten. Sie müssen unsere Regeln erst lernen. Sie müssen lernen, sich anzupassen. ›Bist du in Rom, tu, was die Römer tun.‹ Wer hat das gesagt? Der Heilige Augustinus?«

»Der Heilige Ambrosius.«

Er sah mich an, unsere Blicke trafen sich, und ich erkannte plötzlich, daß dieser Mann ein *riesengroßes* Problem hatte.

»Gehen wir rein«, sagte er.

Drinnen setzte er sich in seinen Sessel und schenkte sich, während ich wieder ihm gegenüber Platz nahm, noch einen Grappa ein.

Meine Blicke fielen auf die Schulbücher im Regal hinter ihm. Ich konnte den Titel nicht entziffern, doch ich war ziemlich sicher, daß die meisten der größten Denker, Philosophen und Theologen des westlichen Kulturkreises dort zu finden waren und daß Frank Bellarosas empfänglicher junger Verstand ihre Worte wißbegierig in sich aufgenommen hatte. Doch anscheinend war ihm die eigentliche Botschaft dieser Worte entgangen, die Botschaft Gottes, die Botschaft der Zivilisation, die Botschaft der Humanität. Oder, schlimmer noch, er hatte diese Botschaft verstanden und bewußt das Verbrechen gewählt, genauso wie sein Sohn es wollte... Wie unglaublich deprimierend. »Tja, vielen Dank für den Drink«, sagte ich und sah auf meine Uhr.

Er überhörte meine Worte, lehnte sich im Sessel zurück und trank Schluck für Schluck seinen Grappa. Dann sagte er: »Sie haben wahrscheinlich in der Zeitung gelesen, daß ich einen Mann getötet habe. Einen kolumbianischen Drogenhändler.«

Das war nun wirklich nicht mehr der übliche Gold-Coast-Small-Talk bei Cognac und Zigarren, und ich wußte nicht so recht, was ich antworten sollte. Schließlich sagte ich: »Ja, ich hab's gelesen. Die Zeitungen haben einen Helden aus Ihnen gemacht.«

Er lächelte. »Da sieht man mal wieder, wie verbogen wir alle sind. Ich und ein Held! Richtig? Zum Glück bin ich intelligent genug, um es besser zu wissen.«

Er war es tatsächlich. Ich war beeindruckt.

»Dieses Land lernt jetzt das Fürchten. Man schreit nach einem Revolverhelden, der den verdammten Schweinestall säubert. Aber ich bin nicht dazu da, die Arbeit der Regierung zu erledigen. Soll sie sich gefälligst selbst anstrengen.«

Ich nickte. Genau das hatte ich auch Mancuso erklärt.

»Frank Bellarosa arbeitet für Frank Bellarosa«, sagte Bellarosa. »Frank Bellarosa kümmert sich um seine Familie und um seine Freunde. Niemand soll glauben, daß ich ein Teil der Lösung bin. Ich bin unbestritten ein Teil des *Problems.* Denken Sie da anders darüber?«

»Nein – das war schon immer meine Meinung.«

»Gut. Auf dieser Basis können wir weitermachen.«

»Und was haben wir vor?«

»Wer weiß.«

Ich nahm mein Glas und trank einen Schluck Grappa. Auch jetzt schmeckte mir dieses Getränk kein bißchen besser. »Alphonse Ferragamo hält Sie nicht für einen Helden«, meinte ich.

»Nein, der Mistkerl hat es auf mich abgesehen.«

»Vielleicht bringen Sie ihn in eine peinliche Lage. Ich meine, als Italo-Amerikaner.«

»Sie denken, das ist es? Falsch. Sie müssen noch eine Menge über Italiener lernen, mein Freund. Alphonse Ferragamo geht es um eine persönliche *Vendetta.*«

»Warum?«

Er überlegte einen Moment und meinte dann: »Ich will es Ihnen erzählen. Ich habe ihn einmal vor Gericht lächerlich gemacht. Das heißt, nicht ich persönlich. Aber mein Anwalt. Doch das macht keinen Unterschied. Es ist jetzt sieben, acht Jahre her. Ferragamo war in meinem Fall der Anklagevertreter. Wegen irgendeiner Scheißsache, mit der er nicht durchkommen konnte. Mein Anwalt, Jack Weinstein, brachte die Geschworenen dazu, Alphonse auszulachen. Ich habe Weinstein schon damals gesagt, daß er Mist gebaut hat. So etwas kann man einem Italiener in der Öffentlichkeit nicht antun. Ich wußte, ich würde noch einmal von Ferragamo hören. Jetzt ist dieser Trottel Staatsanwalt des Southern District von New York. Und ich muß mit ihm leben oder verschwinden.«

»Ich verstehe.« Und ich hatte Alphonse Ferragamo immer für einen absolut korrekten Beamten gehalten. Wenn ich jedoch ehrlich sein soll, glaubte ich Frank Bellarosas Darstellung und Analyse von Ferragamos Motiven nicht so ganz. Da ich dachte, ich hätte genug gehört, nahm ich einen zweiten Anlauf: »Ich muß morgen sehr früh raus.«

Auch über diese Bemerkung ging Bellarosa hinweg. »Ferragamo kann mir nichts anhängen, also erzählt er der Presse, ich hätte diesen Columbianer Juan Carranza erschossen.«

»Hören Sie, ich kann einfach nicht glauben, daß ein Staatsanwalt wissentlich eine falsche Beschuldigung gegen Sie erheben würde.«

Bellarosa lächelte nachsichtig, als sei ich ein bißchen einfältig. »Aber er hat es doch nicht getan, um eine falsche Beschuldigung gegen mich zu erheben. Sie müssen noch viel lernen, Herr Anwalt.«

»Ach, wirklich?«

»Ach ja. Ferragamo will die Columbianer auf mich hetzen. *Capisce?* Sie sollen die Dreckarbeit für ihn erledigen.«

Ich fuhr in meinem Sessel in die Höhe. »Sie ermorden?«

»Genau das.«

Das zu glauben, fiel mir allerdings noch schwerer. »Sie wollen mir weismachen, daß ein U.S.-Bundesanwalt Sie ermorden lassen will?«

»Genau das. Sie glauben es nicht? Sind Sie ein Pfadfinder oder was? Grüßen Sie jeden Morgen die Flagge? Ihr Leute kapiert wirklich überhaupt nichts.«

Ich antwortete nicht.

Bellarosa beugte sich zu mir vor. »Alphonse Ferragamo will meinen Arsch tot und nicht noch einmal vor Gericht sehen. Er ist ein total verbiesterter *Paesan'. Capisce?* Er hat beschissene acht Jahre im eigenen Saft geschmort und auf die Chance gewartet, es mir heimzuzahlen. Und wenn die Columbianer mich erwischen, wird jeder, der es wissen will, erfahren, daß der große Alphonse Ferragamo der Drahtzieher war. Dann erst wird er wieder glücklich sein.« Bellarosa sah mir in die Augen. »Okay?«

Ich schüttelte den Kopf. »Nicht jeder denkt wie Sie. Warum glauben Sie nicht ganz einfach, daß der Mann nur seine Pflicht tut? Er meint eben, daß Sie jemanden getötet haben.«

»Quatsch.« Bellarosa lehnte sich zurück und drehte sein Glas zwischen den Fingern.

»Ich muß gehen.«

»Nein. Bleiben Sie sitzen.«

»Wie bitte?«

Ich sah ihn an. Und er sah mich an. Und da war er – der *Don* Bellarosa. Aber nur eine oder zwei Sekunden lang, dann saß mir wieder Frank gegenüber. Es mußte das Licht gewesen sein.

»Lassen Sie mich zu Ende reden, Anwalt«, sagte er. »Okay? Sie sind ein kluger Bursche, aber Sie kennen die Fakten nicht. He, es ist mir egal, ob Sie glauben, daß ich den Columbianer erschossen habe. Aber alles hat seine zwei, drei oder vier Seiten. Ein kluger

Bursche wie Sie sieht zwei Seiten, vielleicht auch drei. Ich will Ihnen aber noch eine Seite zeigen, so daß Sie, wenn Sie hier rausgehen, ein besserer Bürger sein werden. Okay?« Ich nickte. »Okay. Als diese Arschlöcher in Washington Ferragamo zum Bundesanwalt für den New Yorker Süden ernannten, wußten sie zur Abwechslung einmal genau, was sie taten. Sie haben es sich ganz genau überlegt, diese smarten Kerle aus dem Justizministerium. Sie wollen, daß die Columbianer mich abknallen, denn dann fangen meine Freunde an, die Columbianer abzuknallen, und die lachenden Dritten sind die Beerdigungsunternehmer und die FBI-Agenten. Verstehen Sie? Oder ist Ihnen dieses Gespräch unangenehm?«

»Nein...«

»Wenn Sie also das nächstemal da draußen mit Mancuso reden, erzählen Sie ihm, was ich Ihnen eben erzählt habe. Für einen Cop ist Mancuso nämlich okay. Er hat nichts gegen mich persönlich und ich nichts gegen ihn. Wir respektieren uns gegenseitig. Er glaubt an das Gesetz, und deshalb respektiere ich ihn, auch wenn es dumm von mir ist. Er will eben keine Schießereien in den Straßen.«

»Sie wollen, daß ich Mancuso über dieses Gespräch informiere?«

»Klar. Warum nicht? Soll er doch zu Ferragamo gehen und ihm sagen, daß Bellarosa sein Spiel durchschaut hat.«

»Sie haben zu viel Machiavelli gelesen.«

»Finden Sie?«

»Wollen Sie andeuten, daß nicht nur Ferragamo, sondern der Generalbundesanwalt und das Justizministerium in Washington an einer Verschwörung beteiligt sind, deren Ziel es ist, Sie zu ermorden und einen Bandenkrieg zu entfesseln?«

»Klar. Warum, glauben Sie, ist Alphonse noch hier? Es ist verdammt offensichtlich, was er mit dieser Carranza-Scheiße bezweckt. Und wenn das Justizministerium den Kerl nicht schleunigst von hier wegholt oder ihm sagt, er soll sich ein bißchen beruhigen, dann steckt das Ministerium eben mit drin. Richtig?«

»Ihre Logik...«

»Wenn sich die beiden größten Spieler erst einmal gegenseitig ausgepustet haben, kann sich das FBI um die Jamaikaner und um die anderen *Melanzane* kümmern. Danach gehen sie auf die Asiaten los. Teile und herrsche. Richtig?«

Ich zuckte mit den Schultern. »Davon verstehe ich nichts. Ich beschäftige mich vor allem mit der juristischen Seite von Hauskäufen.«

»Stimmt. Doch nehmen wir einmal an, Sie kaufen mir ab, was ich sage. Was empfinden Sie als guter Bürger dabei?«

Was ich empfand, war tiefe Betroffenheit bei dem Gedanken, daß die Kräfte, die für Recht und Gesetz eintraten, schon sehr verzweifelt sein mußten, wenn sie sich auf Bellarosas Ebene begaben, um Bellarosa loszuwerden. Aber ich sagte: »Als guter Bürger wäre ich – sehr zornig, wenn ich dächte, daß die Regierung einen gefährlichen Bandenkrieg provozieren könnte.«

»Klar. Aber irgendwie gefällt Ihnen die Idee, daß die Hispanos und die Ittaker sich endlich gegenseitig ausrotten. Stimmt's?«

»Nein.«

»Quatsch.«

»Kein Kommentar. Warum wenden Sie sich nicht an die Presse, wenn Sie wirklich glauben, was Sie sagen?«

Er lachte. »Na, das gäb' ein Fest!«

»Sie würden es drucken.«

»Darauf können Sie Ihren Arsch wetten. Die drucken es auch, wenn ich einen fahren lasse. Aber in meiner Branche wendet man sich mit seinen Problemen nicht an die Öffentlichkeit. Wenn Sie den Mund gegenüber der Presse zu weit aufreißen, sind *alle* stocksauer auf Sie – auch Ihre Freunde, die nie zugeben würden, daß es so etwas wie die Mafia überhaupt gibt. Reden Sie mit der Presse über Ihre Feinde, und Ihre Freunde werden Sie umlegen.«

»Warum erzählen Sie mir das?«

»Weil Sie Anwalt sind.«

»Aber nicht der Ihre. Außerdem«, fügte ich hinzu, »brauchen Sie keinen Anwalt. Sie brauchen Leibwächter.« – Oder einen Psychiater, dachte ich.

»Ja, aber ich brauche auch einen objektiven Rat. Ich habe meinen Freunden zugehört, meinen Anwälten, Jack Weinstein. Jetzt möchte ich die Meinung eines Mannes hören, der die Dinge anders sieht als die Leute um mich herum.«

»Sie wollen einen Rat von mir hören? Gehen Sie in Pension, und ziehen Sie sich nach Sorrent zurück.«

»In meiner Branche geht man nicht in Pension. Ist je einer der Caesaren in Pension gegangen? Sie können nicht alles wieder geradebiegen, was Sie den Menschen angetan haben, Sie können die Toten nicht zum Leben erwecken, Sie können nicht zur Regierung gehen und sagen: ›Tut mir leid, ich zahle jetzt die Steuern, die ich hinterzogen habe, und gebe alles zurück, was ich mit Schwarzgeld erworben habe.‹ Sie können den Tiger nicht loslassen, weil er über Sie herfällt und Sie frißt. Sie müssen auf dem Tiger sitzenbleiben und die Macht in Ihren Händen behalten.«

»Nein. Sie können nach Sorrent gehen.«

»Vielleicht gefällt mir das ja, was ich mache.«

»Sie lieben die Macht.«

»Klar. Sorrent ist für meine alten Tage bestimmt. Wenn ich müde geworden bin, Macht, Geschäft und Frauen mich nicht mehr interessieren. Bis dahin bleiben mir noch ein paar Jahre.«

»Vielleicht auch nicht.«

Er sah mich an. »Ich laufe nicht weg. Die Puertos, Mexikaner und Konsorten vertreiben Frank Bellarosa nicht. Und auch das FBI nicht. *Capisce?*«

»Ja, jetzt verstehe ich.«

Wir saßen uns eine Weile schweigend gegenüber. Ich hatte den Eindruck, daß er auf ein Wort, einen Rat von mir wartete. Mein Beruf ist es zwar, Leute zu beraten, aber ich bin nicht geneigt, kostenlose und freundschaftliche Ratschläge zu erteilen. »Sind wir jetzt fertig?« fragte ich.

»Fast. Ferragamo kann der Presse nicht einblasen, daß ich im Verdacht stehe, Juan Carranza ermordet zu haben, und es dabei bewenden lassen. Richtig?«

»Richtig.«

»Er muß eine Untersuchung der Grand Jury anberaumen.«

»Stimmt.«

»Nun, und ich will, daß Sie mich dabei vertreten.«

»Ich wollte Sie nicht einmal bei einem Immobiliengeschäft vertreten, warum sollte ich also eine Strafsache für Sie übernehmen?«

»Weil es einerseits um Geld und andererseits um Gerechtigkeit geht.«

Wie mühelos ihm das Wort Gerechtigkeit über die Lippen ging! Ich schüttelte den Kopf. »Ich befasse mich nicht mit Strafsachen. Dazu bin ich nicht qualifiziert.«

»Aber klar sind Sie das. Sie sind Anwalt.«

»Welchen Beweis will Ferragamo einer Grand Jury vorlegen, damit Sie angeklagt und abgeurteilt werden können?«

»Er hat nicht einmal Scheiße in der Hand. Aber kennen Sie nicht den Satz: ›Eine New Yorker Grand Jury erhebt sogar Anklage gegen ein Schinkensandwich‹?«

»Ja.« New Yorker Grand Jurys sind so etwas wie Star-Kammern. Dreiundzwanzig aufrechte Bürger treffen zu einer geheimen Sitzung zusammen, und weder der Verdächtige noch sein Anwalt sind zugegen. Ohne jeden Beweis und nur auf Grund dessen, was die Regierung vorbringt, entscheidet sich die Grand Jury gewöhnlich für eine Anklage. Man konnte also ziemlich sicher damit rechnen, daß Frank Bellarosa angeklagt würde.

»Sie denken, Ferragamo will Sie mit dieser Anklageerhebung nur schikanieren?« sagte ich.

»Genau. Ein reguläres Geschworenengericht wird mich nicht verurteilen, weil Ferragamo keine Beweise gegen mich vorlegen kann. Daher wird der Fall Bellarosa gegen die Vereinigten Staaten nicht zur Verhandlung kommen. Aber inzwischen gibt Ferragamo Pressekonferenzen und erzählt jedem, der es hören will, daß die Mafia die Columbianer und Jamaikaner fertigmacht. Ist natürlich völliger Quatsch: Jeder von uns hat seinen Bereich. Dann sagt er: ›Bellarosa hat Juan Carranza selbst getötet, um ein Exempel zu statuieren.‹ Verstehen Sie? Und dann geraten diese columbianischen Säcke in Aufruhr. Jesus, die sind noch schlimmer als Italiener. Carranza war bei ihnen ein großer Mann. Okay, und dann muß ich mir auch noch um meine Leute Sorgen machen. Die wollen nämlich kein Blutbad, weil sie alle zu fett und zu verweichlicht sind. Die Südamerikaner dagegen sind hungrig und hart. Obwohl sie nur Scheiße im Kopf haben, bringen sie eine Menge fertig. Okay, vielleicht sind sie zu dämlich, um an mich heranzukommen. Was machen sie also? Sie gehen zu meinen Freunden und sagen: ›He, bringen wir das in Ordnung, bevor Frank vor Gericht muß und Menschen verletzt werden. Wir haben alle genug Probleme und brauchen nicht noch zusätzlich diese Scheiße mit Bellarosa.‹ Und vielleicht sagen dann meine Leute: ›Wir regeln die Sache mit Frank.‹ Verstehen Sie? Diese Hundesöhne opfern mich, um ihre eigenen Ärsche zu retten. Obwohl sie wissen, daß ich Carranza nicht umgebracht habe. Vor zehn, zwanzig Jahren hätte ein Italiener zu einem Hispano gesagt: ›Scher dich hier raus, bevor ich dir deine Eier zum Lunch serviere.‹ Aber heute liegen die Dinge anders. Dort draußen ist eine ganz neue Welt. Verstehen Sie?«

Das verstand ich. Offensichtlich hatte also sogar die Mafia Schwierigkeiten, sich in dieser »neuen Welt« anzupassen. »Das alles ist wirklich faszinierend, Frank«, sagte ich. »Aber ich sehe nirgends einen Ausweg für Sie.«

Er lachte. »Vielleicht fällt Ihnen doch etwas ein. Ich brauche einen aufrechten, sehr ehrenwerten Anwalt, der mit Ferragamo redet. Er muß eine seiner Pressekonferenzen einberufen und erklären, daß neue Beweise im Fall Carranza auf einen anderen Täter hinweisen – oder daß er überhaupt keine Beweise hat. Sprechen Sie mit ihm.«

»Aber vielleicht habe ich ja meine Zweifel an Ihrer Darstellung der Dinge.«

»Die werden Ihnen vergehen, wenn Sie Ferragamos Gesicht sehen, nachdem Sie ihm gesagt haben, daß ich weiß, was er vorhat.«

Bellarosa, erkannte ich, war ein Mann, der seinem Instinkt vertraute. Er würde zum Beispiel keinen handfesten Beweis brauchen, um einen Mann ermorden zu lassen, den er für einen Verräter hielt. Ihm genügte wohl ein bloßes Indiz, vielleicht ein Wort oder ein Satz, an dem ihm irgend etwas nicht paßte. Und im Fall von Alphonse Ferragamo unterstellte er zunächst ein Motiv und schloß dann daraus, daß der Mann das Verbrechen begangen hatte. Ich leugnete nicht den hohen Wert dieses Instinkts – wer ihn nicht besitzt, ist vor Gericht verloren. Doch Frank Bellarosa, der seinem wachen Instinkt die Freiheit und das Leben verdankte, vertraute vielleicht zu sehr auf seine Fähigkeit, Gefahren zu wittern, Freund und Feind zu unterscheiden und in den Köpfen und Herzen der Menschen zu lesen. Deshalb aber saß ich hier – weil Bellarosa sich in wenigen Minuten ein Urteil über mich gebildet hatte und zu dem Schluß gekommen war, ich sei sein Mann. Ich fragte mich, ob er recht hatte.

»Der Generalstaatsanwalt von New York, Lowenstein, will mit dem Fall nichts zu tun haben. Von einigen Leuten aus seiner Umgebung habe ich erfahren, daß er die Sache für nasse Scheiße hält. Was sagen Sie dazu, Herr Anwalt?«

»Ich bin mir nicht sicher. Ich beschäftige mich noch immer nicht mit Strafsachen.«

»He, es könnte Ihnen Spaß machen. Denken Sie darüber nach.«

»Das werde ich.«

»Gut.« Er lehnte sich zurück. »He, nächste Woche schließe ich dieses Immobiliengeschäft ab. Ich bin zu der Firma in Glen Cove gegangen, die Sie mir empfohlen haben. Man hat mir einen gewissen Torrance zugeteilt. Kennen Sie ihn? Taugt er was?«

»Ja.«

»Gut. Ich will keine Komplikationen.«

»Immobilienverträge sind eine ziemlich einfache Sache, wenn man auf Details achtet.«

»Sie hätten die Sache deichseln sollen, Herr Anwalt.«

Ich musterte Bellarosa einen Moment. Ich wußte nicht, ob er verärgert war oder mich nur für einen Narren hielt.

»Das haben wir doch schon hinter uns.«

»Ja. Aber ich möchte Ihnen sagen, daß Sie der erste sind, der ein solches Honorar von mir ausgeschlagen hat.«

»Das ist ziemlich entmutigend.«

»Ach ja? Nun ja, ein paar Leute haben Bestechungsgelder abgelehnt. Aber nie ein völlig legales Honorar bei einer legalen Sache.«

»Dieses Thema haben wir doch auch schon zur Genüge durchgekaut.«

»Ach ja. Und wegen dieser Grand-Jury-Sache – ich weiß, Sie sind nicht auf Geld aus, aber ich bezahle Ihnen glatte fünfzigtausend, wenn Sie mit Ferragamo reden, und noch einmal fünfzigtausend, wenn die Grand Jury nicht einberufen wird.«

»Falls ich in einer Strafsache tätig würde, bekäme ich dreihundert die Stunde, das Doppelte für die Zeit vor Gericht. Ich nehme kein Erfolgshonorar für den Fall, daß Sie nicht angeklagt oder verurteilt werden, und ich gebe Ihnen das Geld auch dann nicht zurück, wenn Sie doch im Knast landen.«

Bellarosa lächelte mich an, doch es war kein angenehmes Lächeln. »Ich muß Ihnen sagen, Ihre Bemerkungen sind nicht immer witzig.«

»Das weiß ich.«

»Sie haben Schiß.«

»Auch das weiß ich.«

Er nickte. »Ich habe zu viele Typen um mich rum, die mir den Hintern küssen, und jeder einzelne würde mir ein Messer in den Rücken jagen.«

»Sie sind zu bedauern.«

»He, das gehört zum Leben.«

»Nein, das tut es nicht.«

»Zu *meinem* Leben. Aber ich habe auch Kerle um mich herum, die mich respektieren. Leute, die mir zwar nicht den Hintern, aber die Hand küssen.«

»Hat niemand Sie gern?«

»Das ist mir scheißegal.«

»Daran sollten Sie etwas ändern, Frank.«

Er sah mich an und sagte: »Ich muß Ihnen noch etwas sagen. Ihre Familie ist seit dreihundert Jahren hier, haben Sie mir erzählt. Richtig? Deshalb sind Sie der Meinung, alle die später gekommen sind, sind ungeladene Gäste oder so. Aber meine Familie in Italien ist schon seit über tausend Jahren in dieser Stadt bei Sorrent ansässig. Vielleicht sogar zweitausend Jahre. Vielleicht war einer meiner Vorfahren ein römischer Soldat, der England besetzte und zu seinem Erstaunen feststellte, daß Ihre Leute mit Tierfellen bekleidet waren und in Lehmhütten hausten. *Capisce?*«

»Ich bin ausreichend geschichtlich gebildet und weiß die Bedeutung der italienischen Kultur gebührend zu würdigen. Sie dürfen auf dieses Erbe wirklich stolz sein. Doch das, worüber wir im Augenblick sprechen – also die Mafia – ist nicht unbedingt der großartigste Beitrag Italiens zur Kultur der westlichen Welt.«

»Das ist Ansichtssache.«

»Aber so denken die meisten Menschen.«

Bellarosa dachte eine volle Minute lang nach und sagte dann: »Okay. Sie müssen jetzt eine wichtige Entscheidung treffen, weil Sie nämlich momentan mich und sich selbst zum Hampelmann machen. Also: Entweder Sie stehen auf, drehen sich um, gehen durch diese Tür, holen Ihre Frau und verlassen mein Haus. Dann hören Sie nie wieder von mir. Oder wir trinken noch ein Glas zusammen.«

Also: Ich brauchte nur aufzustehen und zu gehen. Warum blieb ich sitzen?

Ich sah Frank Bellarosa an. Was hatte ich während der letzten Stunden erfahren? Daß Bellarosa nicht nur intelligent, sondern auch wesentlich vielschichtiger war, als ich vermutet hatte. Und eines mußte ich Susan zugute halten: Ihr erster Eindruck war der richtige gewesen. Bellarosa *war* interessant. Vielleicht war das Susans Geschenk an mich: war das die Herausforderung, die ich brauchte? Ich nahm mein Glas in die Hand und roch an dem Grappa. »Woraus ist das?«

»Aus Trauben. Es ist wie Cognac, das hab' ich Ihnen doch gesagt.«

Wir stießen miteinander an und tranken.

Dann stand Bellarosa auf. »Gehen wir zu den Frauen.«

17. Kapitel

Wir verließen die Bibliothek und schlenderten durch das Zwischengeschoß. »Warum«, fragte ich, »gehen Sie nicht direkt zu den Columbianern und sagen ihnen, daß man Sie reinlegen will?«

»Caesar geht nicht zu den Barbaren, um Erklärungen abzugeben. Der Teufel soll sie holen.«

Ich erkannte, daß meine geradlinige angelsächsische Logik in dieser Situation nicht gefragt war, meinte jedoch: »Schließlich ist ein römischer Kaiser zu Attila, dem Hunnenkönig, gegangen, um Friedensverhandlungen mit ihm zu führen.«

»Das weiß ich. Aber was hatte er davon? Er hat dabei nur schlecht ausgesehen, und Rom wurde trotzdem überfallen. Sehen Sie, wenn die Leute auf Ihre Eier losgehen, bedeutet das, daß Sie welche haben. Sobald man glaubt, Sie hätten keine, behandelt man Sie wie eine Frau.« Offensichtlich riß ihn mein erster Rat als *Consigliere* nicht vom Stuhl. »Aber genau damit rechnet Ferragamo ja«, sagte ich. »Er weiß, daß Sie nicht zu den Columbianern gehen werden.«

»Das stimmt. So etwas kann eben nur ein Ittaker verstehen.«

»Also? Wenn Sie sich nicht selbst mit den Columbianern treffen wollen, dann schicken Sie jemanden zu ihnen.« *Aber nicht mich.*

»Vergessen Sie's.«

Wir überquerten den Palmenhof. Ich fand das Problem als intellektuelle Herausforderung sehr interessant und hätte gern eine Lösung gefunden. Mir war jedoch auch klar, daß hinter meinem Interesse für seine Probleme mehr als die Freude an einer Denksportaufgabe steckte. »Fordern Sie die Columbianer auf, zu Ihnen zu kommen«, sagte ich. »Verabreden Sie ein Treffen zu Ihren Bedingungen.«

Er wandte sich mir lächelnd zu. »Ach ja? Vielleicht kommen sie sogar. Doch wie Sie es auch drehen und wenden, immer wäre ich es, der den ersten Schritt tut. Zur Hölle mit ihnen. Wenn sie glauben, daß sie mächtig genug sind, um es mit mir aufzunehmen, sollen sie es doch versuchen. Vielleicht haben sie eine Lektion in Respekt nötig.«

Mamma mia, war der Bursche zäh. Mir fiel ein, was er bei mir im Büro gesagt hatte: Leben ist Krieg. Aber ich hatte noch einen letzten Vorschlag. »Finden Sie Carranzas Mörder, und legen Sie ihn dem Generalstaatsanwalt Lowenstein vor die Füße.«

»Ich mache keine Polizeiarbeit.«

»Dann liefern Sie ihn bei den Columbianern ab.« Ich staunte über meine eigenen Worte.

»Das kann ich nicht.«

»Warum nicht?«

»Weil ich bereits weiß, wer Carranza getötet hat. Die Cops. Die DEA*. Sie haben ihm fünf Kugeln in den Schädel gejagt – nach Gangsterart, wie sie sagen.«

»Woher wissen Sie das?«

»Ich kenne die Jungs, die es getan haben. Und falls Sie glauben, das sind *gute* Jungs: Es war keine Notwehr. Und auch keine Vendetta für den DEA-Mann, der in Columbien erschossen wurde. Sie haben Carranza auf Eis gelegt, weil er sie bei einem Handel aufs Kreuz gelegt hat.«

O Gott, war das deprimierend. In was für einer Welt lebten diese Männer? Hier, in Amerika? Natürlich hatte ich schon von solchen Dingen gelesen. Aber das ist nicht das gleiche, wie wenn man so etwas direkt zu hören bekommt. »Und warum wissen das die Columbianer nicht?« fragte ich.

»Weil sie blöd sind. Sie haben keine Kontakte, sie haben keine Quellen. Sie sind einfach ziemlich beschränkt. Ich habe alle möglichen Quellen, bei der Polizei, bei den Politikern, bei der Justiz.« Bellarosa blieb stehen und legte mir die Hand auf die Schultern. »Wissen Sie, das, was die Regierung Mafia nennt – die Sizilianer und Neapolitaner –, wir sind seit hundert Jahren in Amerika. Wir gehören zum Establishment. Deshalb sind wir für die Arschlöcher

* Drug Enforcement Administration – Sondereinheit zur Bekämpfung des Drogenhandels (Anm. d. Übers.)

vom Justizministerium jetzt ein gefundenes Fressen. Aber lassen Sie sich eins von mir sagen: Verglichen mit diesen neuen Typen aus Südamerika sind wir Waisenknaben. Wir halten uns noch an diese blödsinnigen Spielregeln. Wir schießen nicht auf Cops, wir schießen nicht auf Richter, wir brechen nicht in Häuser ein und massakrieren Familien. Wir verteilen unsere Spenden an die richtigen Leute und an die Kirche. Aber bei den Columbianern und den *Melanzane* von den Inseln sitzen die Schießeisen und die Messer locker. Die Hälfte von diesen Typen ist selbst von dem Dreckszeug abhängig, das sie verkaufen. Aber ist Ferragamo etwa hinter diesen gefährlichen Typen her? Nein. Dieses Arschloch vergeudet Zeit und Geld anderer Leute, um seine *Paesani* kleinzukriegen – weil er an sie rankommt, weil er sie versteht. Und er ist ehrgeizig. Er will sich einen Namen machen. *Capisce?* Und er weiß, er hat von uns nichts zu befürchten. Ist Ferragamo gut für die Öffentlichkeit, für den Steuerzahler? Nein. Aber zum Teufel mit ihm. Vielleicht schlitzt ihm irgend so ein Columbianer eines Tages die Kehle auf, weil er seine Uhr haben möchte. Hab' ich nicht recht?«

»Sehr recht sogar.«

»Gut. Dann wollen wir uns wieder den Frauen widmen.« Er hakte sich bei mir unter und führte mich durch einen Bogengang ins Wohnzimmer.

Dieser Raum war ungefähr zwölf Meter breit und doppelt so lang. Bedauerlicherweise war es nicht das Wohnzimmer. Es wäre selbst für ein so großes Haus zu groß gewesen. Am entgegengesetzten Ende dieses Saales stand eine Sitzgruppe, auf der Anna und Susan saßen und ziemlich winzig und verloren wirkten.

Bellarosa und ich legten die fünfundzwanzig Meter zu ihnen zurück, und mir fiel ein, daß ich mich wieder hinter meiner Brille verstecken mußte. Ich setzte mich, bevor Bellarosa sagen konnte: »Setzen Sie sich.« Er selbst blieb stehen.

»Das Haus ist schön«, sagte Susan zu ihm.

»Das stimmt«, meinte er lächelnd.

»Worüber habt ihr denn so lange geredet?«

»Über Machiavelli«, antwortete ich.

»John ist kein großer Redner«, sagte sie zu Bellarosa. »Aber er kann gut zuhören.«

»Ihr Mann ist sehr klug.«

»Susan hat die Leute gekannt, die früher hier gewohnt haben«, wandte Anna sich an ihren Herrn und Meister. »Die Barretts. Sie hat oft im Gästezimmer übernachtet.«

Bellarosa lächelte Susan zu. »Es gehört Ihnen, falls Sie einmal Krach mit Ihrem Mann haben.«

Susan erwiderte sein Lächeln. Ich brachte keines zustande.

»Susan weiß eine Menge über dieses Haus, Frank«, sagte Anna. »Stell dir vor, das hier ist gar nicht das Wohnzimmer, Frank.«

»Jesus!«

»Es ist ein Ballsaal.«

»Was?«

»Und das Zimmer, in dem wir den Fernseher haben, ist der Salon.« Sie sah Susan an. »Erklären Sie ihm, was das ist.«

»Das ist der Raum, in den sich die Gäste nach dem Dinner zurückziehen«, sagte Susan. »Aber als Fernsehzimmer kann man ihn auch benutzen.«

Und dann machte Susan die Bellarosas in einem Schnellkurs mit dem Grundriß eines Herrenhauses der Gold Coast vertraut. Bemerkenswert jedoch war, daß sie so humorvoll tat, als sei das alles ziemlich albern, und den Bellarosas nie das Gefühl vermittelte, sie seien vulgäre Halbidioten, die in einem solchen Haus nichts zu suchen hatten. Das war eine neue Susan.

Inzwischen bemühte ich mich zu ergründen, wie es gekommen war, daß ich diesen Abend, der ganz harmlos in einem irischen Pub begonnen hatte, als Mitglied der Bellarosa-Familie beendete. Doch wahrscheinlich geschah das alles gar nicht wirklich. Wahrscheinlich träumte ich nur und würde demnächst am Bahnhof Locust Valley aufwachen, aus dem Zug steigen und mich ins *McGlades'* begeben, wo Susan bereits auf mich wartete...

»Kommen Sie«, sagte Bellarosa zu meiner Frau, »jetzt zeige ich Ihnen den Wintergarten.«

Diese Einladung schien mich nicht einzuschließen; also blieb ich sitzen, als Susan aufstand. Lady Stanhope und Don Bellarosa entfernten sich. Ich wandte mich zu Anna um, und wir lächelten einander zu.

Sie drohte mir mit dem Finger. »Ich kenne Sie von irgendwoher.«

»Dabei habe ich doch wirklich ein Durchschnittsgesicht. Oder haben Sie vielleicht mein Bild auf dem Postamt oder in der Zeitung gesehen?«

»Sie in der Zeitung?«

»In der Lokalzeitung, manchmal. Ihren Mann«, fuhr ich fort, »habe ich zum Beispiel sofort erkannt, als ich ihm zum ersten Mal begegnet bin. Nachdem er so oft im Fernsehen und in der Zeitung zu sehen war, hatte ich sogar das Gefühl, ihn zu kennen.«

Sie sah ein wenig verlegen aus, und ich bereute meine Worte. In Zukunft würde ich Anna behandeln, als habe sie nichts mit alledem zu tun – jedenfalls solange ich nichts Gegenteiliges erfuhr.

»Möglicherweise war dieser Umzug doch gut für uns«, meinte sie. »Vielleicht lernt Frank hier nette Menschen kennen – wie Sie und Susan.« Sie senkte die Stimme. »Ich mag die meisten Leute nicht, mit denen Frank Geschäfte machen muß.«

Daß ich zu diesen netten Leuten gehören könnte, ahnte sie nicht. Ich war eigentlich nicht überrascht, daß seine Frau Bischof Frank Bellarosa für einen guten Menschen hielt, der nur ein paar anständige Leute brauchte, um auf den Pfad des Heils zurückzukehren. Sie konnte sich nicht einmal vorstellen, wie weit ihr Mann in Schurkereien und möglicherweise noch viel schlimmere Dinge verwickelt war.

Wir unterhielten uns eine Weile über dies und das, und während wir redeten, nahm ich die Brille ab und sah Anna direkt in die Augen. Sie zögerte ein, zwei Sekunden, dann denke ich, dämmerte es ihr. Ich erwartete, daß sie aufspringen und einen Fünfundzwanzig-Meter-Sprint zur Tür hinlegen würde. Offensichtlich aber schien ihr das, was sich da in ihrem winzigen Hirn einnisten wollte, doch zu absurd, und so fuhr sie fort zu schwatzen.

Wenn ich sonst in einer solchen Situation mit einer Frau allein gelassen werde, fange ich einen harmlosen Flirt an – aus purer Höflichkeit, vielleicht aber auch, um zu beweisen, daß ich unter dem Zipfel meines Oxford-Hemdes noch lebendig bin. Manchmal flirte ich auch, weil ich wirklich Lust verspüre. Aber ich hatte jedem Flirt abgeschworen, zumindest bis zum Beginn der nächsten Fastenzeit. Außerdem: mit der Frau des Caesars würde ich gewiß nicht meine Spielchen treiben. Arme Anna, man hatte ihr bestimmt keinen unsittlichen Antrag mehr gemacht, seit Frank seinen ersten Ballermann bekommen hatte. Trotzdem konnte ich meine Augen nicht von dem Gebirge ihrer Brüste wenden, und sie lächelte mir freimütig zu.

Um ehrlich zu sein, nach Frank wirkte Anna wie ein leichtes Schlafmittel. Sie war sehr lieb, sogar ein bißchen lustig, aber ich hatte für diesen Abend genug Brooklyn-Englisch gehört. Ich wollte gehen.

Anna beugte sich zu mir vor und senkte wieder ihre Stimme. »John?«

»Ja?«

»Ich möchte Sie etwas fragen.«

Das Oberteil des Kaminanzugs war – falls ich das noch nicht erwähnt habe – ziemlich weit und neigte dazu aufzuklaffen. Wenn sie sich also vorbeugte, sah ich, ob ich wollte oder nicht, ganz »hautnah« diesen riesigen Busen.

»John – es ist eine alberne Frage, aber...«

»Ja?«

Ihre Finger griffen nach dem Kreuz, das frei über ihrem Brustansatz baumelte, und spielten damit. »Ich habe Susan gefragt, und sie hat nein gesagt – aber gibt es hier irgendwelche Geschichten über Gespenster?«

»Gespenster?«

»Gespenster. Sie wissen doch? Wie man das immer von großen, alten Häusern hört. So wie im Fernsehen.« Sie sah mich an und spielte dabei weiter mit ihrem Kreuz.

»Oh...« Ich überlegte eine Weile, bis mir eine sehr effektvolle

Gespenstergeschichte einfiel. »Ja, da gibt es eine Geschichte, von der ich gehört habe – aber eigentlich lohnt es sich gar nicht, sie zu erzählen.«

Sie streckte die freie Hand aus und berührte meine. »Doch – erzählen Sie.«

»Na schön. Vor einigen Jahren hatten die Barrett-Kinder eine Gouvernante. Dieser Gouvernante, einer attraktiven jungen Frau, kam eines Tages der Verdacht, daß das Mädchen – nun ja, daß sie vom Geist der früheren Gouvernante, einer gewissen Miß Jessel, besessen war...«

»Oh!« Anna drückte meine Hand. »Nein!«

»Ja. Und es kam noch schlimmer, denn der Junge war vom Geist des ehemaligen Gutsverwalters besessen – einem bösartigen Menschen namens Peter.«

Anna bekam ganz große Augen. »O John! Glauben Sie... Ich meine, der Mann, den ich gesehen habe – könnte das...«

Daran hatte ich bisher noch nicht gedacht. Aber warum eigentlich nicht? Besser er als ich. »Tja«, sagte ich, »soviel ich weiß, war dieser Peter in meinem Alter, hatte ungefähr meine Figur...«

»O mein Gott!«

»Vielleicht sollte ich lieber nicht weitererzählen.«

»Unbedingt. Ich muß es wissen.«

»Na schön. Also, man hat mir erzählt, daß die Gouvernante einen erschreckenden Schluß zog. Sie war überzeugt, daß der tote Peter und die tote Miß Jessel ihre irdische sexuelle Beziehung durch die besessenen Körper des jungen Geschwisterpaares fortsetzten.«

»Nein!« Sie ließ meine Hand los und schlug hastig ein Kreuz; dann fiel sie in ihren Sessel zurück. »In diesem Haus? Wo? In welchem Zimmer?«

»Na ja – im Gästezimmer.« Ich wollte nicht, daß sie ohnmächtig in meine Arme fiel, daher sagte ich: »Ich denke, das reicht. Ich glaube kein Wort davon...«

»Nein, John. Erzählen Sie mir den Rest. Erzählen Sie!«

Als der wohlerzogene Gast, der ich war, fuhr ich fort: »Es gab ein paar Leute, die dachten, die neue Gouvernante habe eine Affaire mit dem Jungen, der natürlich nur das unschuldige Werkzeug des bösartigen Peter war. Andere wieder erzählten, die Gouvernante habe auch eine lesbische Beziehung mit dem Mädchen, das natürlich Miß Jessel...«

»Sie meinen, die Gouvernante war – und die beiden Barrett-Kinder waren... und die Gouvernante...«

»Wer weiß?« Tatsächlich wußte ich auch jetzt, nachdem ich Henry James' Erzählung *The Turn of the Screw* dreimal gelesen hatte, noch immer nicht, wer es eigentlich mit wem trieb. Also sagte ich zu Anna nur: »Ich habe keine Ahnung, wieviel von dem stimmt, was mir zu Ohren gekommen ist – falls überhaupt etwas Wahres dran ist. Aber ich weiß, daß die Barretts 1966 Hals über Kopf weggezogen und nie wieder zurückgekehrt sind. Seither hat das Haus leergestanden...« – Orgelcrescendo bitte – »bis jetzt. Aber sagen Sie Susan nicht, daß ich Ihnen das erzählt habe, sie regt sich noch immer darüber auf.«

Anna nickte und rang nach Atem. Du meine Güte, sie war tatsächlich blaß geworden. »Nein – ich sage nichts... John, sind sie denn noch immer da?«

»Die Barretts?«

»Nein, die Gespenster.«

»Oh... Ich weiß es nicht.« Mein Gewissen meldete sich, also fügte ich hinzu: »Ich bezweifle es. Sie waren nur an Sex interessiert.«

»Mein Gott...« Sie bekreuzigte sich wieder und sagte: »Bevor wir eingezogen sind, haben wir das Haus von einem Priester segnen lassen.«

»Na also. Kein Grund zur Sorge. Soll ich Ihnen einen Sherry holen? Oder einen Grappa?«

»Nein, ich bin okay.« Sie umklammerte noch immer ihr Kreuz und verwehrte mir damit den Einblick ins Tal der Freuden.

Ich warf einen Blick auf die Uhr. Ungefähr zwanzig Minuten waren vergangen, seit Susan und Frank zu ihrem Spaziergang aufgebrochen waren; allmählich wurde ich ärgerlich.

Dann – endlich – kamen sie zurück. »Du solltest den Wintergarten sehen«, sagte Susan zu mir. »Er ist eine wahre Pracht. Lauter Blüten, tropische Pflanzen, Palmen und Farne. Einfach herrlich.«

»Keine Zucchini?«

»Ich habe jetzt alle Gemüse im Freien«, erklärte Bellarosa. »Mein Gärtner kümmert sich um den Wintergarten. Er versetzt die Pflanzen immer wieder. Läßt sie gewissermaßen rotieren. Verstehen Sie?«

Susan und Frank setzten sich. Jetzt wurde nur noch über Pflanzen geredet, und meine Gedanken schweiften ab. Im Geiste ging ich noch einmal die Szene in der Bibliothek durch. Diese Episode lag so weit außerhalb meines Erfahrungsbereichs, daß ich noch immer nicht ganz fassen konnte, was sich dort oben abgespielt hatte. Aber ich hatte das Gefühl, daß Bellarosa und ich irgendeine Übereinkunft getroffen hatten.

Eine hohe, schöne verzierte Standuhr in der gegenüberliegenden Ecke zeigte die volle Stunde an, und zwölf Schläge hallten durch den Ballsaal. Ich nahm die Gelegenheit wahr, um zu sagen: »Ich fürchte, wir sind zu lange geblieben.« Das ist *Wasp*-Rotwelsch und bedeutet: können wir jetzt endlich gehen, zum Teufel?

»Nee«, sagte Bellarosa gelassen, »wenn ich gewollt hätte, daß Sie gehen, hätte ich es Ihnen gesagt. Also wozu diese Eile.«

»Ich spüre meine Hämorrhoiden«, erklärte ich.

Mrs. Bellarosa, die sich von dem Schrecken über meine Gespenstergeschichte erholt zu haben schien, meinte mitfühlend: O ja, die können einen wirklich wahnsinnig machen. Ich hatte während der Schwangerschaft darunter zu leiden.«

»Susan ist es nicht anders ergangen.« Ich stand auf und wich Susans eisigem Blick aus.

Jetzt standen alle auf, und wir trotteten hinter den Bellarosas aus dem Ballsaal. Ich streichelte Susan mit der Schuhspitze leicht am Bein, und sie boxte mich leicht in den Arm.

Dann waren wir wieder im Palmenhof. Ich ahmte den Ruf des Gelbfinken nach, den ich gut kann, und alle eingesperrten Vögel begannen zu zwitschern und zu kreischen.

Bellarosa blickte über die Schultern zu mir zurück. »Donnerwetter«, sagte er anerkennend.

»Gern geschehen.« Wieder boxte Susan mich in den Arm.

Wir standen an der Haustür und wollten uns gerade verabschieden, als Susan plötzlich sagte: »Ich möchte Ihnen beiden gern zum Einzug etwas schenken.«

Ich hoffte, daß sie sich für das Perlmutt-Schild entschieden hatte, aber nein, sie fuhr fort: »Ich male die Häuser der Gold Coast...«

»Sie bekommt neunhundert für ein Zimmer«, fiel ich ihr ins Wort, »aber in Ihrem Haus wird sie alle Zimmer kostenlos verschönern.«

»Es sind Ölgemälde«, sagte Susan nach einem vernichtenden Blick auf mich. »Ich habe Ihren Palmenhof als Ruine fotografiert und würde ihn gerne malen. Zwar habe ich die Dias, aber ich müßte auch ein bißchen hier arbeiten, um die Perspektive, die Proportionen und die Beleuchtung richtig hinzukriegen.«

Die arme Mrs. Bellarosa war völlig verwirrt. »Sie wollen ihn malen, wie er war, als ich ihn zum ersten Mal gesehen habe? Als *Trümmerhaufen?«*

»Als *Ruine«*, korrigierte Susan. Sie ist in künstlerischen Dingen sehr genau.

»Ich verstehe«, mischte Frank sich ein. »Du erinnerst dich doch sicher an die Bilder, die wir im Museum in Rom gesehen haben, Anna? An die altrömischen Ruinen, aus denen Pflanzen wuchsen, und an die Schafe und die Leute mit Mandolinen davor. Klar. So was machen Sie?«

»Ja.« Susan sah Anna Bellarosa an. »Es wird ein schönes Bild. Glauben Sie mir.«

Anna wandte sich mit fragendem Blick ihrem Mann zu. »Klingt großartig«, meinte Frank. »Aber ich möchte es bezahlen.«

»Nein, es ist mein Geschenk für Sie beide.«

»Okay. Fangen Sie an, wann Sie wollen. Mein Haus steht Ihnen immer offen.«

Es kam mir so vor, als habe Frank schon vorher Bescheid gewußt, und ich schloß nicht aus, daß Susan ihr Ziel direkt angesteuert und mich und Anna Bellarosa einfach übergangen hatte. Susan erreicht, was Susan will.

Ich ging auf die Tür zu. »Es war ein sehr unterhaltsamer und interessanter Abend«, sagte ich, mit meiner Standard-Verabschiedung beginnend.

»O ja«, stimmte Frank mir zu.

Auch Susan sagte brav ihren Text auf. »Anna, Sie müssen mir unbedingt das Rezept für Ihre Cannoli-Crème geben.«

Ich fühlte, wie sich mein Magen wieder hob.

»Ich habe kein Rezept«, antwortete Mrs. Bellarosa. »Ich mache sie einfach.«

»Das ist phantastisch«, meinte Susan verständnislos und beendete dann ihre Sprechrolle: »Ich weiß nicht, wann ich mich das letztemal so gut unterhalten habe. Wir müssen uns wiedersehen. Das nächste Mal kommen Sie aber zu uns.«

Anna lächelte. »Okay. Wie wär's gleich morgen?«

»Ich rufe Sie an«, sagte Susan.

Frank öffnete die Tür. »Fahren Sie vorsichtig. Und nehmen Sie sich vor den Bullen in acht.« Er lachte.

Ich schüttelte meinem Gastgeber die Hand und küßte Anna auf die Wange. Dann küßten sich Anna und Susan und schließlich Susan und Frank. Als alle bedient waren, wandte ich mich zur Tür, blieb stehen, nahm eine Besuchskarte aus meiner Brieftasche und legte sie auf einen Blumentisch.

Dann gingen wir zum Wagen, und Susan setzte sich ans Steuer. Sie wendete den Wagen auf dem Vorplatz, und wir winkten den Bellarosas zu, die noch unter der Tür standen.

Als wir uns dem Tor näherten, schwang es auf, und Anthony trat aus dem Torhaus. Er winkte, und Susan winkte zurück. Sie bog nach rechts in die Grace Lane ein und sagte endlich: »Ich hatte einen netten Abend. Du auch?«

»Ja.«

Sie sah mich an. »War das ein Ja?«

»Ja.«

»Gut. Du bist also froh, daß wir hingegangen sind?«

»Ja.«

Sie fuhr durch das offene Tor von Stanhope Hall und hielt dann an. Im Unterschied zu den Bellarosas haben wir kein Tor, das sich automatisch schließt; also stieg ich aus und erledigte das von Hand. Das Torhaus war natürlich dunkel, da die Allards früh schlafen gehen. Wenn ich das Tor geschlossen habe, teile ich meiner Frau manchmal mit, daß ich von hier aus lieber zu Fuß nach Hause gehen möchte. Darauf reagiert Susan meistens mit einem Kavaliersstart, bei dem die Räder durchdrehen und der Kies aufspritzt. Am nächsten Morgen bringt George mit Besen und Rechen alles wieder in Ordnung.

»Kommst du nun oder kommst du nicht?« rief Susan aus dem Wagen.

»Ich komme, meine Liebe.« Ich stieg wieder in den Wagen, und Susan fuhr langsam die unbeleuchtete Zufahrt hinauf. Sie sagte: »Du hättest deine Besuchskarte nicht dort lassen müssen.«

»Warum nicht?«

»Nun... Worüber habt ihr euch eigentlich die ganze Zeit unterhalten, Frank und du?«

»Über Mord.«

»Anna ist recht nett. Ein bißchen – simpel, vielleicht. Aber nett.«

»Ja.«

»Frank kann sehr charmant sein«, fuhr Susan fort. »Er ist gar nicht so grob, wie er aussieht oder redet.«

Aha.

»Ich gaube, du hast Anna gefallen, John. Sie hat dich den ganzen Abend angestarrt.«

»Wirklich?«

»Findest du sie attraktiv?«

»Sie hat Rubenssche Titten. Warum malst du sie nicht, während sie nackt durch den Palmenhof tanzt?«

»Ich male keine nackten Frauen.« Sie hielt vor dem Haus, wir stiegen aus, ich schloß auf, und wir gingen hinein.

Wir liefen beide schnurstracks in die Küche, und ich schenkte uns einen Club Soda ein. »Habt ihr über Geschäfte gesprochen?« fragte Susan.

»Ja. Über Mord.«

»Sehr komisch. Seid ihr, du und Anna, endlich dahintergekommen, wo ihr euch schon gesehen habt?«

»Ja. In der Apotheke von Locust Valley. Wegen der Hämorrhoidenzäpfchen.«

»Warum hast du deine Lesebrille aufgesetzt?«

»Damit Frank mich nicht erschießt.«

»Aha. Du bist verrückt, weißt du das?«

Susan trank ihr Club Soda aus und ging zur Tür. »Ich bin müde. Kommst du?«

»In einer Minute.«

»Gute Nacht.« Sie zögerte, dann wandte sie sich noch einmal zu mir um. »Ich liebe dich.«

»Das freut mich.« Ich setzte mich an den Tisch, starrte auf die Kohlensäureperlen in meinem Club Soda und hörte dem Regulator zu. »Mord«, sagte ich zu mir. Aber *diesen* Mord hatte er nicht begangen. Ich glaubte ihm. Er hatte ein Dutzend Straftaten auf dem Buckel und wahrscheinlich auch einige Morde. Aber nicht *diesen.*

Wenn ich heute an diesen Abend zurückdenke, weiß ich eines ganz genau: Hätte Susan mir gesagt, sie lege keinen Wert auf weitere Begegnungen mit den Bellarosas, wäre die Sache auch für uns erledigt gewesen. Statt dessen aber hatte Lady Stanhope sich in den Kopf gesetzt, ein Bild von Alhambra zu malen, und würde dadurch fast täglich mit Don und Donna Bellarosa zusammenkommen. Ich nehme an, ich hätte die dieser Situation innewohnenden Gefahren erkennen müssen. Vielleicht habe ich sie ja sogar erkannt, doch anstatt von Susan zu verlangen, sie solle die Sache mit dem Bild abblasen, schwieg ich. Offensichtlich gingen wir beide aus ganz persönlichen Gründen auf Bellarosas unerwünschte Aufmerksamkeit ein: ich, weil ich eine Herausforderung witterte und Susan beweisen wollte, daß ihr Mann kein langweiliger Anwalt und vielleicht sogar selbst ein bißchen zwielichtig war; und Susan – nun, das wußte ich damals nicht, aber ich fand es später heraus.

Es waren also zeitgleich mehrere Ereignisse eingetreten – der Zwischenfall auf dem Heuboden, der Zwischenfall auf dem Tennisplatz und mein Anfall von Überdruß –, die sich mit Bellarosas Einzug und seinen Problemen überschnitten und uns einander näherbrachten.

Aber diese nüchterne Einsicht kommt zu spät. An diesem Abend war mein Geist benebelt und mein gesundes Urteil beeinflußt durch den Wunsch, Susan und mir selbst etwas zu beweisen. Daraus können Sie ersehen, daß es nicht gut ist, wenn man unter der Woche versumpft.

4. Teil

Wir wollen jetzt, mehr ins Detail gehend,
über den Kampf ums Überleben diskutieren.

Charles Darwin
Der Ursprung der Arten

18. Kapitel

Die Bellarosas verbrachten weder den nächsten Abend noch die folgenden Abende bei uns. Offensichtlich hatten wir nicht vor, sie so bald wiederzusehen. Wie bereits erwähnt, überlasse ich es Susan, unsere gesellschaftliche Aktivität zu planen. Sie allein entscheidet, wo wir abends hingehen und wen wir bei uns empfangen. Wie Sie bemerkt haben dürften, habe ich nicht einmal mehr ein Vetorecht. Daher wartete ich gespannt, aber vergeblich auf eine Mitteilung meiner Frau, welche Schritte zur weiteren Vertiefung unserer Bekanntschaft mit den Bellarosas sie ins Auge faßte.

Susan hatte mit dem Bild des Palmenhofs begonnen, und dieser Umstand sowie die Tatsache, daß ihre Pferde immer noch in Bellarosas Stall standen, führte sie fast jeden Tag nach Alhambra.

Offensichtlich entwickelte sich zwischen ihr und Anna Bellarosa ein freundschaftliches Verhältnis. Diese Beziehung wurde mit Sicherheit von Frank Bellarosa gefördert. Bestimmt lag ihm viel daran, daß sie ihm nicht ständig vorjammerte, warum er sie aus dem Brooklyn in diese gefährliche Gegend verschleppt hatte, wo sie keinen Menschen kannte.

Susan erwähnte Frank kaum, und ich fragte auch nie nach ihm. Wenn ich ihn mir in diesem Idyll zu dritt vorstellte, dann als vielbeschäftigten Mann, der Susan ein paar Minuten beim Aufstellen ihrer Staffelei zusah, den Frauen ein paar Nettigkeiten sagte und sich dann zum Arbeiten zurückzog – oder, was wahrscheinlicher war, in seine Limousine stieg und in die große Stadt verschwand, um ein bißchen gesetzesbrecherisch tätig zu werden.

»Ich habe bei unseren Nachbarn etwas sehr Merkwürdiges erlebt«, sagte Susan eines Abends. »Ein Mann hat Frank die Hand geküßt.«

»Wieso ist das merkwürdig? Meine Juniorpartner küssen mir jeden Morgen die Hand.«

»Sei bitte ernst. Ich will dir noch etwas sagen. Jeder, der das Haus betritt, wird in die Garderobe geholt und durchsucht. Ich kann das Geräusch des Metalldetektors hören.«

»Wirst du auch durchsucht?«

»Natürlich nicht. Warum ist er so paranoid?«

»Das ist er nicht. Es gibt tatsächlich Leute, die es auf ihn abgesehen haben. Wieso verstehst du das nicht?«

»Na ja, wahrscheinlich versteh ich's ja. Aber es kommt mir so bizarr vor... Ich meine, direkt nebenan.«

»Hat Mr. Mancuso schon mit dir gesprochen?«

»Nein. Wird er das?«

»Vielleicht.«

Damit war dieses kurze Gespräch über Frank auch schon wieder zu Ende.

Im Hinblick auf Anna war Susan mitteilungsfreudiger. Sie erzählte mir, daß Anna nicht ritt, nicht Tennis spielte, nicht segelte und auch sonst keinen Sport trieb. Das überraschte mich nicht. Einmal versuchte Anna Susan zu einem Proberitt auf Yankee zu bewegen, aber Anna wagte sich nicht einmal in die Nähe der schnaubenden Bestie. Wie sich herausstellte, interessierte sich Anna Bellarosa aber für Malerei. Sie sah Susan bei der Arbeit zu und fragte ständig, was Susan gerade tat. Susan redete ihr zu, sich eine Staffelei und Farben zu kaufen, und erbot sich, ihr Stunden zu geben, aber Anna Bellarosa schien genausowenig malen wie reiten oder überhaupt irgend etwas Neues versuchen zu wollen. So gern Susan die Frau auch zu haben schien, ich hatte den Eindruck, daß ihr Annas Lethargie ziemlich auf die Nerven ging. »Ihr Lebensinhalt ist eben Kochen, Putzen, Sex und Kindererziehung«, erklärte ich Susan. »Du darfst sie nicht verunsichern.«

Meine Erzählung über den Gespensterspuk auf Alhambra blieb nicht ohne Folgen. Eines Abends berichtete mir Susan, daß Anna mit der Limousine nach Brooklyn gefahren und ein paar Stunden später mit zwei Priestern zurückgekommen war. »Sie schauten alle ziemlich grimmig drein«, sagte Susan. »Sie sind durch das ganze Haus marschiert, haben überall Weihwasser verspritzt, und Anna hat sich achtmal in der Minute bekreuzigt. Komisch, nicht wahr?«

Was Frank Bellarosa betraf, so bezweifelte ich nicht, daß zwischen uns nunmehr eine persönliche Beziehung bestand; nur wußte ich nicht recht, welcher Art diese Beziehung war. Jedenfalls schien sie fürs erste auf Eis gelegt, denn der Monat ging zu Ende, ohne daß ich irgend etwas von ihm gehört hätte.

Mit der Zeit kam mir die ganze Episode in der Bibliothek immer unwirklicher vor. Vermutlich bedauerte er jetzt, daß er mich ins Vertrauen gezogen hatte, und dachte nicht einmal mehr im Traum daran, meine Dienste als Anwalt in Anspruch zu nehmen. Richtig?

In der Woche vor dem Memorial Day legten Dominic und seine Mannschaft letzte Hand an den Stall.

Dann kam der große Tag, an dem Sansibar und Yankee nach Hause zurückkehrten. Ich schlug dreifarbige Beflaggung und Blumengirlanden vor, doch Susan wollte davon nichts wissen und brachte die Zeremonie schlicht und würdevoll über die Bühne – mit Dominic als einzigem Publikum. Ich vermutete, er wolle sein Geld abholen, aber als ich ihn um die Rechnung bat, zeigte er nur mit dem Daumen in Richtung Alhambra. Ich gab ihm einen Bonus von fünfhundert Dollar in bar für ihn und seine Männer und schickte Frank durch Susan eine kurze Nachricht; aber eine Woche ging ins Land, und ich hatte noch immer keine Rechnung. Jetzt schuldete ich dem Kerl also nicht nur eine Menge Drinks, sondern auch noch einen Haufen Geld.

Eigentlich hatte ich erwartet, daß Susan nun nicht mehr so häufig nach Alhambra fahren würde. Doch sie schien immer noch recht oft dort zu sein. Ich meine, ich bin tagsüber natürlich im Büro, aber wenn ich zu Hause anrief, war sie nie da, und meine Nachrichten auf dem Anrufbeantworter blieben unbeantwortet.

Auch hielt George, der allzeit Getreue, mich manchmal auf, wenn ich nach Hause kam, und sagte Dinge wie: »Mrs. Sutter war den ganzen Tag nicht da, sonst hätte ich mich an sie gewandt...« Und dann folgte irgendeine völlig überflüssige oder unwichtige Frage. George glaubt zwar, sehr subtil vorzugehen, ist aber leicht zu durchschauen. Offensichtlich mißbilligte er unsere Verbindung zu den Bellarosas. George ist eben ein weitaus größerer Snob als jeder Astor oder Vanderbilt, dem ich je begegnet bin. Viele der älteren Diensboten sind so und versuchen ihre jüngere Herrschaft dazu zu bringen, sich ein Beispiel an ihren Eltern zu nehmen, die immer genau wußten, was sich gehörte. Dienstboten haben ein sehr selektives Gedächtnis.

Wie Ethel über die Bellarosas oder unsere Beziehung zu ihnen dachte, bekam ich leider nicht heraus. Offensichtlich war sie in dieser Frage ziemlich leidenschaftslos. Wahrscheinlich lag das daran, daß die Bellarosas in keine ihrer Klassenkampf-Theorien paßten. Sozialiastische Doktrinen werden zumeist etwas vage, wenn es um Kriminelle geht, und Ethel bezieht ihre Ansichten hauptsächlich von den Radikalen des 19. Jahrhunderts, die glaubten, daß das grausame kapitalistische System Verbrechen und Verbrecher erst geschaffen hat. Daher war sie möglicherweise der Meinung, daß Frank Bellarosa eher Opfer als Nutznießer des freien Unternehmertums war.

An einem Tag, an dem ich in der Stadt arbeitete, wollte ich Susan um jeden Preis erreichen, um sie zu fragen, ob sie sich mit mir und den Petersons, zwei Klienten, mit denen wir befreundet waren, in Manhattan zum Abendessen treffen würde. Ich rief zu Hause an und hinterließ zwei Nachrichten auf Susans Anrufbeantworter. Als die verabredete Uhrzeit immer näher rückte, rief ich im Torhaus an und sprach mit Ethel. Sie teilte mir mit, daß Mrs. Sutter am Morgen mit Sansibar nach Alhambra geritten und ihres Wissens noch nicht zurückgekommen war. Ob sie George dorthin schicken solle, um ihr eine Nachricht zu übermitteln? Ich behauptete, es sei nicht wichtig, obwohl es natürlich wichtig sein mußte, wenn ich sogar im Torhaus anrief. Dann beendete ich das Gespräch mit Ethel, rief wieder Susans Apparat an und hinterließ eine letzte, ziemlich kurz angebundene Nachricht, die im wesentlichen nur aus der verabredeten Uhrzeit und dem Namen des Restaurants bestand. Ich hatte Bellarosas Telefonnummer nämlich immer noch nicht, und Susan behauptete, sie habe sie auch nicht.

Als ich nach dem Essen mit den Petersons, zu dem Susan nicht erschienen war, spätabends nach Hause kam, sagte ich: »Heute habe ich ein paarmal versucht, dich zu erreichen.«

»Ja, ich habe den Anrufbeantworter abgehört, und auch Ethel hat es mir ausgerichtet.«

Ich frage nie: »Wo warst du?«, denn wenn ich das täte, würde auch sie anfangen zu fragen: »Und wo warst du?«, was unweigerlich zu: »Mit wem warst du zusammen, und was habt ihr gemacht?« führt. Nur Angehörige der *unteren* Mittelschicht verlangten von ihren Partnerinnen, Rechenschaft über ihren Tag oder ihren Abend abzulegen. So meinte ich lediglich: »Ich möchte dich gern erreichen können, wenn du in Alhambra bist. Ist es dir lieber, wenn ich George hinüberschicke, oder würdest du die Bellarosas um ihre Telefonnummer bitten?«

Sie zuckte mit den Achseln. »Ich habe keinen Grund, sie anzurufen. Am besten, du schickst George hinüber.«

Ich hatte das Gefühl, Susan verstand nicht ganz, was ich wollte. »George ist nicht immer greifbar«, wandte ich ein. »Vielleicht könntest du dich doch um die Nummer der Bellarosas kümmern, Susan. Ich bin sicher, irgendwann wirst du einen Grund haben, sie anzurufen.«

»Ich glaube nicht. Ich komme und gehe einfach, wie ich Lust habe. Wenn ich eine Nachricht hinterlassen möchte, gebe ich sie Anthony, Vinnie oder Lee.«

»Wer, darf ich fragen, sind Anthony, Vinnie und Lee?«

»Anthony, den Torhüter, kennst du ja. Vinnie ist der zweite Torhüter. Sie wohnen beide im Torhaus. Lee ist Anthonys Freundin, sie wohnt auch im Torhaus. Es gibt dort drei Schlafzimmer.«

»Lee ist also eine Frau. Und was macht der arme Vinnie so ganz allein?«

»Vinnie hat auch eine Freundin, Delia, aber sie wohnt nicht dort.«

»Aha.« Ich war an einem Punkt angelangt, an dem ich Mafia-Dons in schwarzen Limousinen beinahe tolerieren konnte, aber mit Revolverhelden, Gangsterbräuten und sonstigem Pack war das etwas anderes. Lady Stanhope fand diese Typen ja offensichtlich *molto simpatico*, doch ich, der bornierte John Sutter aus der gehobenen Mittelschicht, war nicht so tolerant. »Vielleicht sollten wir Anthony, Vinnie, Lee und Delia mit den Allards bekannt machen, damit sie sich gegenseitig Tips in der Kunst des Wacheschiebens geben können«, sagte ich.

Da sie mich keiner Antwort würdigte, kehrte ich zu dem ursprünglichen Thema zurück: »Aber gewiß wäre es in einer dunklen, stürmischen Nacht leichter, Susan, die Bellarosas anzurufen, anstatt ins Torhaus zu gehen und dort zu stören.«

»Hör zu, John, wenn du die Telefonnummer haben willst, dann bitte Frank darum. Wie geht es den Petersons?«

»Sie haben dich vermißt.« Auf diese Weise hatte sie die Sache mit der Telefonnummer geschickt mir zugespielt, und an mir würde sie auch hängenbleiben. Wahrscheinlich hatte Tante Cornelia mich doch zu Recht vor der Dickköpfigkeit rothaariger Frauen gewarnt.

Ich hatte viel zu tun, besonders in meinem Manhattaner Büro. Meine Kanzlei hat genausoviel mit Geld zu tun wie mit Recht und Gesetz. Oder, um genauer zu sein, meine Klienten möchten wissen, wie sie ihr Geld legal vor dem Zugriff der Regierung retten können. Diesen temperamentvollen Wettkampf zwischen Steuerzahler und dem Finanzamt gibt es seit dem Tag, an dem der Kongreß im Jahre 1913 den Nachtrag zum Einkommensteuergesetz verabschiedete.

Meine Klienten sind hauptsächlich Leute oder die Erben von Leuten, die es 1929 schwer getroffen hat. Diejenigen, die sich erholen konnten, hatten es jetzt mit Steuersätzen zu tun, die in den fünfziger Jahren neunzig Prozent ausmachten.

Diese Leute heuern mich an, um sicher zu sein, daß sie nicht im Gefängnis landen werden, wenn ihre Finanzberater eine neue, schlaue Möglichkeit ausgetüftelt haben, der Steuer eins auszuwischen. Es ist natürlich alles illegal; wenn es das nicht wäre, würden sie mich nicht zu bemühen brauchen. Unser Wahlspruch lautet: Steuern zu hinterziehen, ist illegal; Steuern zu vermeiden, ist legal. Und, möchte ich hinzufügen, ein Bürgerrecht sowie eine moralische Pflicht.

Obwohl ich ehrlich spiele, stehe ich trotzdem manchmal mit einem Klienten vor den Schranken des Finanzgerichts, um eine Meinungsverschiedenheit beizulegen. Aber keiner meiner Klienten ist je wegen Steuerbetrugs bestraft worden, es sei denn, er hatte mich belogen oder mir etwas verschwiegen. Ich will, daß meine Klienten so ehrlich sind wie ich. Wenn man beim Poker, im Leben oder bei den Steuern betrügt, bringt man sich selbst um die Ehre, die Freude am Gewinnen und den Genuß, den es bereitet, den Gegner fair und anständig zu schlagen. Das hat man mich in der Schule gelehrt.

Ich gebe zu, die andere Seite spielt nicht immer fair, doch in diesem Land hat man immer die Möglichkeit, »Fowl!« zu rufen und vor Gericht zu gehen. Wenn ich in einem anderen Land lebte, in dem es keine ehrliche und unabhängige Justiz gibt, würde ich auch nicht fair spielen. Schließlich spreche ich vom Überleben, nicht von Selbstmord. Aber hier, in Amerika, funktionierte das System noch, und ich glaubte daran.

Zumindest bis um elf Uhr an diesem schicksalhaften Morgen. Um zwölf war ich als eine vom Aussterben bedrohte Art in ein anderes Stadium meines Lebens eingetreten und versuchte hastig, ein paar zusätzliche besondere Überlebenstaktiken zu entwickeln, um nicht selbst im Gefängnis zu landen.

An diesem schönen Maimorgen saß ich nichtsahnend vor einem Berg von Arbeit in meinem Büro in Manhattan und freute mich auf den Sommer. Auch dieses Jahr würde ich die verlängerten Juliwochenenden und den ganzen August in meinem Sommerhaus in East Hampton verbringen.

In dieser Zeit pflegte ich meine eigene Steuererklärung zu machen, für die ich jedes Jahr Fristverlängerung beantragte.

Ich erwähne das, weil meine Sekretärin Louise gerade in dem Augenblick mich anklingelte, als ich im Büro an mein Sommerhaus und meine Steuern dachte. Ich nahm ab. »Ja?«

»Ein Mr. Novac vom *Internal Revenue Service* ist am Apparat.«

»Sagen Sie ihm, er soll mich im September wieder anrufen.«

»Er will aber unbedingt mit Ihnen sprechen.«

»Schön«, antwortete ich verärgert, »dann stellen Sie bitte fest, um welchen Fall oder welchen Klienten es sich handelt, suchen Sie die Akte raus, und sagen Sie ihm, er soll am Apparat bleiben.«

»Ich habe ihn schon gefragt, Mr. Sutter«, entgegnete Louise. »Er wollte es mir nicht sagen. Er sagt, er muß Sie persönlich sprechen.«

»Oh...« Ich glaubte zu wissen, um wen es ging. Doch warum sollte mich die Steuerbehörde wegen Frank Bellarosa anrufen?

»Ja, Sir.« Ich hörte ein Klicken, dann sagte eine heuchlerisch klingende Männerstimme, die ich sofort unsympathisch fand: »Mr. John Sutter?«

»Ja.«

»Mein Name ist Stephen Novac, ich bin Steuerbeamter beim IRS.«

»Ja?«

»Ich würde gern bei Ihnen vorbeikommen, um mit Ihnen etwas zu klären.«

»Was – etwas?«

»Eine ernste Angelegenheit, Mr. Sutter.«

»Was und wen betreffend?«

»Das möchte ich am Telefon lieber nicht sagen.«

»Warum nicht?« fragte ich leichthin. »Werden Ihre Telefone vom Revolutions-Komitee der Steuerzahler abgehört?« Ich wartete auf das höfliche Lachen, aber es kam nicht. Das war nicht gut. Ich wartete auch auf das Wort »Sir«, doch auch das kam nicht. Ärgerlich zog ich meinen Terminkalender näher heran. »In Ordnung, wie wäre es nächsten Mittwoch um...«

»Ich bin in einer halben Stunde bei Ihnen, Mr. Sutter. Seien Sie bitte da, und veranschlagen Sie eine Stunde für meinen Besuch. Danke.«

Damit legte er auf. »Eine solche Frechheit...« Ich drückte auf den Summer. »Sagen Sie alle Termine bis Mittag ab, Louise. Und wenn Mr. Novac erscheint, lassen Sie ihn eine Viertelstunde warten.«

»Ja, Sir.«

Ich stand auf, trat ans Fenster und blickte auf die Wall Street hinunter. Geld, Macht, Prestige – das waren Bollwerke gegen die Unannehmlichkeiten der Welt. Aber Mr. Novac vom IRS hatte in fünfzehn Sekunden geschafft, was anderen in fünfzehn Tagen oder Wochen nicht gelingt: Er hatte alle Befestigungsanlagen erstürmt und würde an demselben Vormittag, an dem er angerufen hatte, in meinem Büro sitzen. Unglaublich.

Der arrogante Ton des Mannes hatte mir natürlich verraten, daß es sich um eine Strafsache handelte. (Falls sich herausstellte, daß es eine Zivilsache war, würde ich ihn aus dem Fenster werfen.) Blieb also die Frage, wegen welches Kriminellen Mr. Novac mich sprechen wollte. Wegen Bellarosa? Wegen eines meiner Klienten? Aber Novac wäre nicht so arrogant, wenn es ihm um meine Mitarbeit zu tun wäre. Also war es ihm nicht um meine Mitarbeit zu tun. Also...

Um elf Uhr fünfzehn führte Louise Mr. Novac in mein Büro. Er gehörte zu jenen Leuten, deren Telefonstimme haargenau ihrem Aussehen entspricht.

Nach dem nicht zu umgehenden schlaffen Händedruck zeigte Mr. Novac mir seinen Ausweis; er war Special Agent und kein Steuerbeamter, wie er mir gesagt hatte. Ein Special Agent gehört, falls Sie noch keine Gelgenheit gehabt haben sollten, einem zu begegnen, zur *IRS Criminal Investigation Division* – der Kriminalabteilung der größten Bundessteuerbehörde.

»Sie haben sich am Telefon mißverständlich ausgedrückt«, sagte ich.

»Wieso?«

Ich sagte ihm wieso und fügte hinzu: »Sie sprechen mit einem Anwalt, denken Sie daran, Mr. Novac.« Natürlich war der Mann jetzt stocksauer und würde jede Gelegenheit ergreifen, mich aufzuspießen. Aber ich hatte das Gefühl, daß er das so oder so getan hätte. »Setzen Sie sich«, befahl ich.

Er setzte sich. Ich blieb stehen und schaute auf ihn hinunter. Das ist mein kleines Powerplay. Mr. Novac war um die Vierzig, und einer, der in diesem Alter noch beim IRS ist, ist ein absoluter Karrierebeamter, ein ausgefuchster Profi. Manchmal schicken sie mir grüne Jungen, die vielleicht frischgebackenen Steuerberatern oder Anwälten mit ihren Diplomen, auf denen die Tinte noch nicht ganz getrocknet ist, imponieren können; ich aber fresse sie und spucke sie wieder aus, bevor sie noch ihr Aktenköfferchen aufgemacht haben. Doch Stephen Novac wirkte kühl, ein bißchen selbstgefällig, eben wie ein Cop, der weiß, daß er das Gesetz in seiner ganzen Härte auf seiner Seite hat. Er schien von seiner Umgebung überhaupt nicht beeindruckt, war nicht im geringsten eingeschüchtert durch das Ambiente einer ehrwürdigen, alteingesessenen Rechtsanwaltskanzlei. Keine angenehme Sache. »Was kann ich für Sie tun, Mr. Novac?«

Er schlug die Beine übereinander und nahm ein kleines Notizbuch aus der Tasche. Ohne zu antworten, schlug er es auf und begann es gründlich zu studieren.

Ich hätte ihn am liebsten aus dem Fenster geworfen, ließ es aber bleiben, denn dann würde man mir nur einen anderen schicken. Statt dessen betrachtete ich ihn einen Moment genauer. Er trug einen schrecklichen grauen Popelineanzug, so ein Ding, wie man es bei der Entlassung aus einer Strafanstalt bekommt. Seine Schuhe hatten wirklich und wahrhaftig Gummisohlen, und das sogenannte Oberleder bestand aus diesem Kunststoff, den man ohne weiteres mit Brillo reinigen konnte. Sein Hemd, die Krawatte, die Socken, ja sogar sein Haarschnitt waren Sonderangebote von den Ramschtischen im Untergeschoß, und ich fühlte mich wider alle Vernunft durch die so betont zur Schau getragene vernünftige Genügsamkeit des Mannes beleidigt. Ich hasse Männer, die sich keine guten Anzüge leisten.

Was mir jedoch an Novac ganz besonders mißfiel, war die Tatsache, daß er in mein Büro gekommen war, um mein Leben zu zerstören. Dazu hätte er sich wenigstens besser anziehen können.

»Mr. Novac«, sagte ich, »darf ich Ihnen vielleicht in Ihrem Büchlein suchen helfen?«

Er blickte auf. »Mr. Sutter, Sie haben 1971 in East Hampton für 55 000 Dollar ein Haus gekauft. Korrekt?«

So harmlos die Frage Ihnen vorkommen mag, es war nicht die, die ich hören wollte. Ich antwortete: Ich habe Anfang der siebziger Jahre in East Hampton ein Haus für ungefähr diesen Preis gekauft.«

»Aha. Und Sie haben dieses Haus 1979 für 365 000 Dollar weiterverkauft. Korrekt?«

»In etwa.« Die beste Investition, die ich je gemacht habe.

»Das bedeutet einen langfristigen Netto-Kapitalgewinn von 310 000 Dollar.«

»Nein, die 310 000 Dollar waren der Bruttogewinn. Zwischen netto und brutto besteht ein Unterschied, Mr. Novac. Ich bin sicher, das haben Sie in der Schule gelernt, auch wenn die Steuerbehörde diesen feinen Unterschied vielleicht nicht kennt.« *Vorsicht, Sutter.*

Er sah mich wieder an. »Wie hoch war dann ihr Netto-Kapitalgewinn?«

»Sie ziehen nämlich den Kapitalaufwand und andere Kosten vom Bruttogewinn ab, und was übrig bleibt, nennen wir in der Privatwirtschaft netto.«

»Und wieviel war das, Mr. Sutter?«

»Da habe ich im Moment wirklich keine Ahnung.«

»Wir auch nicht, Mr. Sutter, da Sie uns nie auch nur einen Dollar davon gemeldet haben.«

Touché, Mr. Novac. »Warum hätte ich es als Einkommen angeben sollen?« antwortete ich aggressiv. »Ich habe in East Hampton ein anderes Haus für mehr als 400 000 Dollar gekauft. Daher war der Kapitalgewinn, wie hoch auch immer, aktivisch abgegrenzt. Soll ich Ihnen den entsprechenden Paragraphen im Steuergesetz zeigen?«

»Mr. Sutter, Sie hatten laut damaligem Gesetz achtzehn Monate Zeit, mit dem Gewinn aus dem Verkauf des Hauses eine Neuinvestition zu tätigen. Sie haben aber *dreiundzwanzig* Monate gewartet, bevor Sie im Januar 1981 das Haus in der Berry Lane in East Hampton kauften. Daher fand ein Steuerereignis statt, und Sie hätten nachrechnen und für Ihren Kapitalgewinn Steuern zahlen müssen.« Er fügte hinzu: »Sie haben es unterlassen, einen bedeutenden Betrag Ihres Einkommens zu melden.«

Der Mann hatte natürlich recht, und nur deshalb saß er noch da und war nicht schon längst hinausgeflogen. Doch damit Sie nicht denken, ich sei ein Gauner, hier die Erklärung. »Ich hatte die Absicht, ein Haus zu *bauen*«, sagte ich zu Mr. Novac. »Das Gesetz gesteht einem in diesem Fall eine Zeitspanne von vierundzwanzig Monaten zu, wie vielleicht auch Sie schon gehört haben.«

»Aber das Haus in der Berry Lane, das Sie gekauft haben und noch besitzen, wurde nicht von Ihnen gebaut«, entgegnete Mr. Novac. »Meinen Recherchen zufolge war es ein bereits vorhandenes Haus.«

»Ja. Ich hatte einen Vorkaufsvertrag für ein Grundstück, auf dem ich ein Haus bauen wollte, doch der Verkäufer trat im letzten Augenblick zurück. Ich wollte gerichtlich gegen ihn vorgehen, aber wir haben uns verglichen. Es gibt Gerichtsprotokolle über diesen Vorgang, die das bestätigen. Sie sehen also, daß meine Absicht, ein Haus zu bauen, vereitelt wurde. Die Uhr tickte, und ich wußte, daß ich kein neues Grundstück finden und rechtzeitig mit dem Bauen beginnen konnte, um den schwachsinnigen Steuervorschriften der Regierung zu genügen. Da also meine Absicht zu bauen durchkreuzt worden war, kaufte ich schnell ein bereits vorhandenes Haus – das in der Berry Lane, das recht hübsch ist. Fahren Sie doch dort vorbei, wenn Sie mal nach East Hampton kommen.« Ich fügte hinzu: »Steuern zu hinterziehen ist illegal, Steuern zu vermeiden, ist legal, wie Sie sicherlich wissen. Danke, daß

Sie vorbeigekommen sind und mir kostbare Regierungszeit gewidmet haben. Ich sehe gern, wie meine Steuergelder ausgegeben werden.« Damit ging ich zur Tür, öffnete sie und meinte abschließend: »Ich schicke Ihnen die einschlägigen Protokolle und Gerichtspapiere über das Grundstücksgeschäft, das nicht zustande kam, damit Sie sie nicht lange in East Hampton suchen müssen. Lassen Sie Ihre Karte bei meiner Sekretärin.«

Aber Mr. Novac war nicht zu der offenen Tür unterwegs. Er blieb sitzen und sagte: »Mr. Sutter, Sie haben die Bedingung, innerhalb der vorgegebenen Zeit ein Haus zu kaufen, nicht erfüllt. Daher fand zum damaligen Zeitpunkt ein Steuerereignis statt, das heißt, es wurden Steuern fällig. Nichts, was Sie rückwirkend tun oder sagen, ändert etwas an diesem Steuerereignis.« Er fügte hinzu: »Sie haben das Gesetz gebrochen.«

Ich schloß die Tür wieder, damit Louise sich nicht aufregte, und ging auf Mr. Novac zu, der eisern auf seinem Standpunkt beharrte – oder vielmehr auf seinem Arsch sitzenblieb. »Mr. Novac«, begann ich leise, »in dieser unserer großen Nation ist ein Bürger solange unschuldig, bis man ihm eine Schuld nachweist.« Mit etwas mehr Lautstärke: »Das ist das zentrale Prinzip unseres Rechtssystems, eine Säule unserer bürgerlichen Freiheiten. Dennoch verlangt der *Internal Revenue Service* von amerikanischen Bürgern, daß sie Beweise für ihre Unschuld erbringen. Dazu hat er kein Recht, Mr. Novac.« Mit voller Lautstärke: »Wenn Sie Beweise für meine Schuld haben, verlange ich sie zu sehen. Jetzt!«

Er blieb gelassen und brüllte nicht zurück, was ich fürs Protokoll gern provoziert hätte. Der Mann war eben ein Profi. »Mr. Sutter«, sagte er, »ob es Ihnen gefällt oder nicht, bei Vergehen gegen das Steuergesetz liegt die Beweislast bei Ihnen. Aber auf Grund Ihres eigenen Geständnisses und meiner Ermittlungen werden Sie um die Zahlung von Kapitalgewinnsteuer plus Zinsen plus Geldstrafe nicht herumkommen.« Er holte ein Stück Papier aus der Tasche, überflog es und sagte: »Falls Sie keine Quittungen und annullierte Schecks für Kapitalaufwandsabzüge vorweisen können, betrug der Kapitalgewinn in dem Jahr, in dem Sie das Haus verkauften, 310000 Dollar. Nach dem damals geltenden Steuersystem, plus Zinsen und Strafen – der Strafe für Fahrlässigkeit, der Strafe für Nichterfüllung und der Strafe für Steuerhinziehung – schulden Sie den Vereinigten Staaten 314513 Dollar.«

Jetzt wünschte ich mir, ich hätte in meinem Sessel gesessen. Ich holte tief und unauffällig Atem. Das war der Moment, auf den Mr. Novac gewartet hatte – vielleicht monatelang –, und ich wollte ihm keine Gelegenheit geben, ihn zu genießen. »Und ich bekomme noch immer nur Null heraus«, sagte ich.

Er reichte mir das Papier, doch ich weigerte mich, es zu nehmen, also legte er es auf den Schreibtisch. »Ihre Absicht, die Steuer auf legale Weise zu *vermeiden,* ist irrelevant«, sagte er.

»Falsch«, sagte ich. »Bei einem zivilen Steuerfall kommt es sehr wohl auf meine Absicht an. Wo sind Sie in die Schule gegangen?« Mr. Novac lächelte nur, und dabei fühlte ich mich gar nicht wohl. Ich fuhr fort: »Erwarten Sie nicht, daß ich mich auf einen vorher ausgehandelten Vergleich einlasse. Ich stehe auf dem Standpunkt, daß ich keine Steuern schulde. Und sollten Sie versuchen, etwas von meinen Vermögenswerten zu pfänden, werde ich das zu verhindern wissen und Sie verklagen.« Diese Drohung war unglücklicherweise so sinnlos, daß Mr. Novac offen grinste. »Der IRS hat die fast uneingeschränkte Macht, sich Dinge von Ihnen zu holen, und Sie müssen schon prozessieren, wenn Sie sie zurückhaben wollen. Außerdem rufe ich meinen Kongreßmann an«, fügte ich hinzu.

Mr. Novac schien davon nicht beeindruckt. »Von einem Normalbürger, Mr. Sutter«, sagte er, »würde ich die Erklärung akzeptieren, daß er sich geirrt hat. Aber Sie sind ein studierter Mann, ein Steueranwalt noch dazu, und deshalb ist der IRS der Ansicht, daß es sich nicht um einen Irrtum handelt, sondern um einen Fall vorsätzlicher Steuerhinterziehung. Betrug. Ich muß Sie darauf hinweisen, daß wir zusätzlich zu den Geldbußen eine Strafverfolgung in Erwägung ziehen.«

Das hatte ich gerochen, und wenn ein Cop »Strafverfolgung« sagt, ist es egal, wer Sie sind, wie viele akademische Grade Sie erworben und wie viele Urkunden Sie an der Wand hängen haben – Ihr Herz schlägt einen Purzelbaum. Ich kenne ein paar Männer mit wesentlich mehr Macht und Geld, die für eine Weile »weggeschickt« wurden, wie man es nennt. Zwei kenne ich: Sie sind völlig verändert zurückgekommen. Ich sah Mr. Novac in die Augen. »Erwachsene Männer tragen keine Baumwollanzüge«, erklärte ich.

Zum ersten Mal ließ er sich ein Gefühl anmerken; er wurde rot, aber nicht vor Verlegenheit über sein armseliges Aussehen, wie ich füchte. Nein, er war jetzt endgültig stocksauer, beherrschte sich jedoch und sagte: »Bitte bereiten Sie sich auf eine gründliche Überprüfung Ihrer Steuererklärungen von 1979 bis heute vor, inklusive der Erklärung für dieses Jahr, die Sie noch nicht eingereicht haben. Legen Sie dem Prüfer, der sich heute nachmittag mit Ihnen in Verbindung setzen wird, alle Dokumente und Unterlagen vor. Wenn Sie sie nicht freiwillig herausgeben, müssen wir sie unter Strafandrohung beschlagnahmen.«

Meine Unterlagen sind in Locust Valley, doch darüber wollte ich mir heute nachmittag den Kopf zerbrechen. Jetzt weiß ich, wie man sich fühlt, wenn man eins auf den Schädel kriegt. Ich ging zur Tür und machte sie auf. »Und kein Mensch in der freien Welt trägt Schuhe aus Kunstleder. Mr. Novac, Sie müssen ein Spion sein.«

Er ging ohne ein weiteres Wort, und als ich die Tür hinter ihm zumachte, fiel mir etwas ein. »Schmock!« rief ich ihm nach. Louise fiel fast das falsche Gebiß aus dem Mund. Ich knallte die Tür zu.

Trotz meines kühlen, aristokratischen Auftretens war ich doch ein wenig beunruhigt über die Aussicht, eine drittel Million Dollar auszuhusten und in ein Bundesgefängnis gesteckt zu werden. Ich schenkte mir aus der Karaffe ein Glas Eiswasser ein, ging zum Fenster, öffnete es und ließ etwas von der letzten verhältnismäßig frischen Luft herein, die es in dieser Höhe in Manhattan noch gibt.

Da war er also: der große Alptraum der gehobenen Mittelschicht – eine fatale Steuerpanne in Höhe einer sechsstelligen Zahl.

Erste Phase: Ich tat mir selbst ungeheuer leid. Ich arbeitete mir den Arsch flach, ich hatte zwei Kinder großgezogen, ich leistete das meine für Gesellschaft und Nation, ich zahlte Steuern – nun, anscheinend doch nicht alle, aber die meisten schon. Und nun das. Nein, das war wirklich nicht fair.

Zweite Phase: Ich wurde langsam wütend. Diese Nation wird von Drogenhändlern und Mafia-Dons überrannt, die wie die Fürsten leben. Die Straßen gehören den Verbrechern, Mörder laufen frei herum, Milliarden werden für die Wohlfahrt ausgegeben, aber es ist nicht genug Geld da, um Gefängnisse zu bauen, Kongreßabgeordnete und Senatoren tun Dinge, die mich hinter Gittern bringen würden, und große Firmen können sich so ungeheuerliche Steuergaunereien leisten, daß die Regierung sich lieber auf einen Kompromiß einläßt, anstatt zu kämpfen.

Und *mich* nannten sie einen Verbrecher? Was, zum Teufel, lief hier falsch?

Dritte Phase: Ich dachte nüchtern und sachlich über meine Situation nach. Mir kriminellen Vorsatz zu beweisen, würde schwer sein, aber nicht unmöglich. Doch selbst wenn ich den Strafprozeß und die Geldstrafen vermeiden konnte, mußte ich wahrscheinlich – ich warf einen Blick auf das Papier auf meinem Schreibtisch – 314513 Dollar herausrücken, was mehr war als der ganze sogenannte Gewinn aus dem Verkauf des Hauses. Das ist eine Menge Geld, sogar für einen Wall-Street-Anwalt. Besonders für einen ehrlichen.

Und theoretisch war Susan für die Hälfte dieses Betrages haftbar. Obwohl wir wegen ihres komplizierten Einkommens aus dem Treuhandvermögen und einer Klausel unseres Ehevertrags getrennte Steuererklärungen abgeben, gehörte die Hälfte des Hauses in East Hampton ihr, und ihr hätte auch die Hälfte des angeblichen Kapitalgewinns zugestanden. Aber natürlich drohte Novac auch im Zeitalter der Gleichberechtigung nur mir und nicht auch Susan mit Gefängnis. Das war typisch.

In dieser meiner ratlosen Phase wußte ich auch, daß ich die Anwaltsfirma der Stanhopes anrufen und ihnen das Problem zu Füßen legen sollte. Wahrscheinlich würden diese Gentlemen jedoch zum IRS eilen und den Leuten dort dabei behilflich sein, mir den Kragen umzudrehen, wenn dafür ihre kleine Erbin straffrei ausging. Sie denken, in eine superreiche Familie einzuheiraten, sei ein ungetrübtes Vergnügen? Versuchen Sie's doch. Als nächstes mußte ich jedenfalls einen meiner Partner mit diesem »Fall« beauftragen – und mir dann einen Strafverteidiger besorgen.

Das Wort Strafverteidiger stellte meine Gedankenassoziation her: Strafverteidiger – Bellarosa.

Ich dachte einen Moment an meinem Kumpel Frank. Bellarosa war während seines Gaunerlebens einmal im Gefängnis gewesen, und das wegen Steuerhinterziehung. Aber offensichtlich betrog er das Finanzamt weiterhin, da er gewiß sein Einkommen aus Drogenhandel, Prostitution, Glücksspiel und Raubüberfällen nicht versteuerte.

Ich stand also da, blickte auf die Wall Street, bemitleidete mich selbst und war stocksauer beim Gedanken an die vielen Verbrechen, die heute nicht von der Regierung schikaniert wurden.

Ich glaube, das war der Augenblick, in dem ich anfing, meinen Glauben an das System zu verlieren. Ich, ein Champion dieses Systems, ein Vorkämpfer für Recht und Ordnung, ein Patriot, ein Republikaner – ich fühlte mich plötzlich meinem Land entfremdet. Vermutlich ist das die übliche Reaktion eines ehrlichen Mannes und guten Bürgers, den man mit Al Capone und Frank Bellarosa in einen Topf wirft.

Ich erinnerte mich an Frank Bellarosas Worte: *Sind Sie ein Pfadfinder oder so? Grüßen Sie jeden Morgen die Flagge?*

Nun, das tat ich wirklich. Aber dann wurde mir klar, daß die vielen Jahre, in denen ich ein guter Bürger war, für den Richter nur in einem wohlwollenden Eröffnungsbeschluß zählen würden.

Meine Logik – nein, mein Überlebensinstinkt sagte mir, daß ich aufhören mußte, ein guter Bürger zu sein, wenn ich ein freier Bürger bleiben wollte. Also: entweder freiwilliger Gehorsam oder: *Kommt und holt mich doch, ihr Schweine!*

Ich wußte natürlich, daß es nur einen Mann gab, der mir helfen konnte, und ich wünschte, ich hätte jetzt, in diesem Augenblick, seine Telefonnummer gehabt.

19. Kapitel

»Gib dem Caesar, was des Caesars ist«, zitierte Frank Bellarosa. »Aber«, fügte er hinzu, »nie mehr als fünfzehn Prozent vom Nettogewinn.«

Es war Freitagabend, und ich saß wie üblich an meinem Tisch in der Cocktail-Lounge des *Creek Club*. Sie war überfüllt, und alles war genau so, wie ich es schon einmal beschrieben habe. Nur leistete mir heute abend der Bischof Gesellschaft.

Ich brauchte mich nicht einmal umzudrehen, ich spürte, daß den anderen fast die Augen aus dem Kopf fielen, während sie die Blicke zwischen mir und meinem Freund Frank hin- und herwandern ließen. Am Nebentisch saßen Lester Remsen, Randall Potter und Allen DePauw, der, wie Sie vielleicht noch wissen, der Regierung einen bevorzugten Beobachtungsplatz gegenüber der Toreinfahrt von Alhambra zur Verfügung gestellt hatte.

An einem anderen Tisch in der Nähe, der offenbar für Leute mit holländischem Blut reserviert war, sah ich Jim Roosevelt, Martin Vandermeer und Cyril Vanderbilt – letzterer war vermutlich aus dem *Piping Club* herübergekommen, um sich für eine Nacht unters niedrige Volk zu mischen.

Frank schnippte mit den Fingern nach dem alten Charlie, dem früheren Kellner im Speisesaal, der, nachdem er sein millionstes Essen serviert hatte, in die Cocktail-Lounge aufs Altenteil geschickt worden war, wo er trinken, rauchen, reden und es sich gutgehen lassen konnte wie die Club-Mitglieder. Charlie ignorierte natürlich das Fingerschnippen, und Frank schnippte noch einmal und rief: »He Sie!«

Ich zuckte zusammen und sagte hastig: »Ich hole uns die Drinks«, stand auf und ging zur Bar.

Gustav, der Barmann, hatte meinen Martini eingeschenkt, bevor ich am Tresen war. Ich sagte zu ihm: »Und einen Rye mit Ginger Ale.« Gustavs dämliches Grinsen verriet mir, was er von diesem Getränk hielt.

Lester tauchte an meiner Seite auf. Wahrscheinlich war er durch ein paar Rippenstöße ermuntert worden, mit mir zu sprechen. »Hallo, John«, sagte er.

»Hallo, Lester«, sagte John.

»Wer ist der Typ, mit dem du hier bist?«

»Ach der! Das ist Antonio Pugliesi, der weltberühmte Opernsänger.«

»Sieht so aus, als wär's Frank Bellarosa, John.«

»Bemerkenswerte Ähnlichkeit, wie?«

»John – das ist nicht gut.« Der Rye mit Ginger Ale kam, und ich unterschrieb die Rechnung für die Drinks. »Was soll denn das, John?« fuhr Lester fort.

»Er ist mein Nachbar«, sagte ich. »Und er wollte herkommen.« Was die Wahrheit war. Meine Idee war es bestimmt nicht gewesen.

»Bleibt ihr zum Dinner?« fragte Lester.

»Ja. Susan und Mrs. Bellarosa kommen bald nach.«

»Hör zu, John, als Vorstandsmitglied des Clubs und als dein Freund...«

»...und mein Cousin...«

»Ja, auch das – denke ich, ich sollte dir sagen, daß sich ein paar Leute hier heute abend nicht sehr wohl fühlen.«

»Also, mir kommen alle recht glücklich und zufrieden vor.«

»Du weißt genau, was ich meine. Ich verstehe deine Lage ja, und wenn du ab und zu mit ihm herkommst, um etwas zu trinken, ist das ganz in Ordnung.« *Sotto voce* fügte er hinzu: »Sogar gegen einen Lunch ab und zu ist nichts einzuwenden. Aber ein Dinner ist nicht drin, John, und nicht mit den Frauen.«

»Lester«, antwortete ich kurz, »erst vor ein paar Monaten hast du versucht, mich zu Betrug, Fälschung und Unterschlagung zu überreden. Also warum steigst du nicht von deinem hohen Roß herunter und verpißt dich.« Ich nahm die Drinks und ging an meinen Tisch zurück.

Als ich das Glas hob, stellte ich fest, daß meine Hand zitterte.

Frank rührte in seinem Highball. »Sie haben die Kirsche vergessen.«

»Verdammt noch mal, ich bin kein Kellner.« Ich war nicht unbedingt bester Laune, wie Sie vielleicht erraten haben. Ich denke, am Vormittag mit einem IRS-Mann zu streiten, hat auf die Stimmung ungefähr die gleiche Wirkung wie ein Krach mit der Ehefrau. »Was würden Sie an meiner Stelle tun?« fragte ich Bellarosa. »Den Kerl bestechen? Oder drohen, ihm das Hirn herauszublasen?«

Bellarosa bekam ganz große Augen, als sei er völlig schockiert. »Man schießt nie, *nie* auf einen Bundesbeamten.«

»Wenn Sie Novac kennengelernt hätten, würden Sie eine Ausnahme machen.« Er lächelte, sagte jedoch nichts. »Also, soll ich ihn bestechen?« fragte ich.

»Nein. Sie sind ein ehrlicher Mensch. Tun Sie nichts, was Sie nicht auch sonst tun. Außerdem hat der Kerl bestimmt ein verstecktes Aufnahmegerät dabei.«

Ich nickte. Wenn ich ehrlich sein sollte, fände ich es weniger widerwärtig, Novac zu erschießen als zu bestechen.

Ich musterte Frank Bellarosa, der seine Standarduniform, Blazer mit Rollkragenpulli, trug. Er muß diese Kombination einmal in einer Zeitungsanzeige gesehen haben, in der vor dem Hintergrund eines Herrenhauses für lässig-elegante Kleidung geworben wurde, und hat wohl beschlossen, sich daran zu halten. Nur die Farben wechselten. Heute war der Blazer grün und der Rollkragenpulli kanariengelb. Hätte Frank Bellarosa nicht daringesteckt, wäre beides nicht besonders aufgefallen, denn nach der Tweed-Saison stürzen sich die meisten *Wasps* in lächerliche Sommerfarben und sehen bis zum Labor Day wie tropische Vögel aus. Doch wenigstens war Bellarosa nicht in einem Anzug aus schillernder grauer Haihaut hier hereinspaziert. »Lassen Sie die Rolex weg, Frank«, sagte ich zu ihm.

»Ach ja?«

»Ach ja. Manche Leute können sich das leisten, Sie nicht. Kaufen Sie sich eine Sportuhr und ein Paar leichte Slipper. Wissen Sie, was ich meine?«

»Klar.«

Doch ich glaube nicht, daß er es wußte. Ich trank meinen Martini aus, machte Charlie auf mich aufmerksam, ohne mit den Fingern zu schnippen, und bestellte die nächste Runde. »Und eine Maraschinokirsche für diesen Gentleman.«

»Möchte der Gentleman eine grüne oder eine rote Kirsche, Sir?« fragte Charlie, als hätte ich meine Bulldogge mitgebracht und bestellte eine Schüssel Milch für sie.

»Eine rote!« bellte Bellarosa. Charlie schlurfte davon.

Mehrere Frauen waren erschienen, hatten sich zu ihren Männern gesetzt oder wollten sie abholen, und ich entdeckte jetzt auch Beryl Carlisle, die mit ihrem Mann – wie heißt er gleich? – an einem Tisch saß. Sie kehrte mir das Profil zu, und ich beobachtete sie eine Weile, während sie an einem Strohhalm saugte. Es sah hübsch aus. Sie blickte zu mir herüber, und wir lächelten uns zu.

Bellarosa sah Beryl und dann mich an. »Das ist ein Prachtweib dort drüben. Ich glaube, die kriegt Ihretwegen heiße Schlüpfer.«

Ich freute mich, meine Meinung durch eine zweite bestätigt zu finden, teilte ihm jedoch mit: »Wir sprechen hier im Club nicht über Sex.«

Er grinste. »Nein? Worüber reden Sie denn? Über Geld?«

»Wir sprechen über Geschäfte, aber nie über Geld.«

»Wie, zum Teufel, machen Sie das?«

»Es ist nicht einfach. Hören Sie, Frank, wer ist eigentlich Ihr Steueranwalt? Nicht der, den Sie hatten, als Sie für zwei Jahre in den Bau mußten, sondern der, den Sie jetzt haben und der Sie so schön aus dem Gefängnis raushält.«

Die Drinks kamen, Bellarosa ließ die widerlich gefärbte Kirsche an ihrem Stengel baumeln und biß sie dann ab.

»Ihren Steueranwalt«, drängte ich.

Er kaute die Kirsche. »Sie brauchen keinen Anwalt. Anwälte sind nur nötig, wenn man vor Gericht muß. Sie müssen raus aus der Sache.

»Okay. Wie?«

»Bevor Sie das Wie kennen, müssen Sie wissen, warum.«

»Ich weiß, warum. Ich habe keine Lust, über dreihunderttausend Dollar auf den Tisch des Hauses zu blättern und für ein paar Jahre ins Gefängnis zu wandern. Das ist der Grund.«

»Aber Sie müssen das *Warum* verstehen. Warum wollen Sie das nicht?«

»Weil es wirklich ein Irrtum war.«

»Nicht diesen Schrott, Freund.«

Ich zuckte mit den Schultern und widmete mich wieder meinem Martini. Dann sah ich mich im Raum um, stellte gewissermaßen im Geist eine Anwesenheitsliste auf. Ein paar Leute wichen meinen Augen aus, ein paar andere wie Martin Vandermeer erwiderten meinen Blick auf nicht besonders angenehme Weise. Beryl hingegen strahlte mich an. Wahrscheinlich hing es irgendwie mit meiner Nachbarschaft zu Bellarosa zusammen, daß Beryl Carlisle, wie er es rüde ausgedrückt hatte, heiße Schlüpfer kriegte. Beryl ist eine jener Frauen, die früher ziemlich wild waren, bei ihrer Heirat und ihren Affairen dann eher auf Sicherheit bedacht war, aber wohl immer noch die bösen Buben liebte. Ich schätze, in mir sah sie jetzt die ideale Mischung – sozusagen einen Preppie-Ganoven.

Ich wandte mich wieder Bellarosa zu. Offenbar steckten wir solange in einer Sackgasse, bis ich dieses *Warum* ausgetüftelt hatte. »Novac hat es persönlich auf mich abgesehen«, sagte ich. »Das ist der Grund. Ich hab's mal mit seiner Frau getrieben und sie dann während eines Schneesturms in einem Motel hoch oben in den Catskills sitzenlassen.«

Bellarosa grinste. »Jetzt kommen wir der Sache schon näher.«

Aus der Schale, die auf dem Tisch stand, nahm er sich eine Handvoll dieser widerlichen Goldfischli und stopfte sie in den Mund. Ich hatte die Absicht gehabt, dem Club-Manager wegen dieser grauenhaften Snacks zu schreiben, aber nach dem heutigen Abend war ich wohl besser beraten, wenn ich mich über gar nichts beschwerte.

Bellarosa schluckte die Goldfischli und sagte: »Okay, ich werde Ihnen sagen, wie ich die Sache sehe. Die Leute wollen nicht wahrhaben, daß in diesem Land, in dieser unserer hübschen Demokratie, ein ewiger unerbittlicher Klassenkampf tobt. Sie glauben das nicht? Die ganze Geschichte ist ein Kampf zwischen drei Klassen – der oberen, der mittleren und der untersten. Das hat mir ein Geschichtslehrer in La Salle beigebracht. Verstehen Sie, was er damit gemeint hat?«

Ich schätze schon, Frank. Ich war in Yale, um Himmels willen. »Und wo paßt da die kriminelle Klasse hinein?« fragte ich.

»Genau die gleiche Scheiße. Sie glauben nicht, daß es verschiedene Klassen von Kriminellen gibt? Sie sind der Meinung, ich bin nichts anderes als irgendein *Melanzane*, der mit Crack dealt?«

Nun, irgendwie war ich dieser Meinung. »Ethel, die Frau meines Torhüters, glaubt an den Klassenkampf«, sagte ich. »Ich werde Sie beide miteinander bekannt machen. Müßte ganz lustig sein.«

»Ach ja? Ich denke, Sie kapieren noch nicht ganz. Okay, es ist nicht wie in Europa mit all diesen verrückten politischen Parteien, aber es gibt ihn tatsächlich auch bei uns. Den Klassenkampf.«

»Aha, und deshalb hat Novac es auf mich abgesehen. Ist er Kommunist?«

»Außerdem findet noch ein zweiter Krieg statt, der genauso alt ist wie der Klassenkampf. Ein Krieg zwischen den Arschlöchern von der Regierung und den smarten Leuten, die nicht in der Regierung sind. Die Arschlöcher in der Regierung wollen, daß die Armen und Dummen glauben, sie bedeuteten der Regierung etwas. *Capisce?* Jetzt wissen Sie auch, wo Typen wie wir bleiben. Mit einer Hand müssen wir unsere Eier schützen und mit der anderen Hand unsere Brieftaschen.«

Der Mann hatte natürlich recht. Aber wenn ich meinen Klienten das gleiche sage, drücke ich mich etwas anders aus. Vielleicht begreifen sie es deshalb nicht immer.

»Und«, fuhr Bellarosa fort, »es stimmt nicht, daß Sie für die Steuerbehörde nur eine Nummer sind. Sie sind sogar verdammt wichtig für die, glauben Sie mir. Aber der Grund dafür dürfte Ihnen nicht sonderlich gefallen.«

Ich runzelte ungläubig die Stirn. »Meines Wissens sind es einfach beschränkte Bürokraten. Ich weiß es. Ich habe tagtäglich mit ihnen zu tun. Ich glaube nicht, daß der IRS oder Novac es auf mich persönlich abgesehen haben.«

»Es fängt damit an, daß sie hinter Ihresgleichen her sind. Und das ist weder zufällig noch idiotisch, Freund. Das ist geplant. Und wenn es geplant ist, bedeutet es Krieg. Wenn außerdem ein Kerl wie dieser Novac sich in Ihren Fall verbeißt, wird es immer eine persönliche Sache. Haben Sie ihn verarscht?«

»Ein bißchen.« Ich lächelte.

»Ach ja. Das war Fehler Nummer eins.«

»Das weiß ich.«

»Hören Sie, Anwalt, dieser Novac kriegt vielleicht dreißig- oder vierzigtausend im Jahr. Sie verdienen möglicherweise das Zehnfache. Es ist wie mit mir und Ferragamo. Haargenau das gleiche. Entscheidend ist: Sie haben die Abzeichen. Also keine Beleidigungen. Man darf ihnen nie ins Gesicht sagen, wie man über sie denkt.«

»Der Mensch hat mich wütend gemacht.«

»Ja. Das tun sie gern. Hören Sie, Novac ist nicht zum IRS gegangen, um Ihr Geld zu schützen. Und Novac hat Macht. Die Macht, einen Mann wie Sie und – o ja – sogar mich soweit zu bringen, daß wir uns krümmen und winden wie die Würmer. Und das macht ihn an, das fährt ihm in die Eier, weil er sonst nirgends Macht hat – nicht auf der Bank, nicht im Amt, vielleicht nicht einmal zu Hause, wenn Sie im Jahr dreißigtausend verdienen.« Bellarosa sah mir in die Augen. »Schlüpfen Sie doch einmal für einen Tag in Novacs Schuhe.«

»Guter Gott, nein! Er trägt welche aus Plastik.«

»Ach ja? Da haben Sie's. Dann wohnen Sie eben mal einen Tag in seinem Scheißhaus oder seiner Scheißwohnung, machen Sie sich einmal im Leben Sorgen um den Preis von Kleidung, den Preis von Lebensmitteln. Liegen Sie einmal nachts wach, und zerbrechen Sie sich den Kopf darüber, wie Sie es schaffen sollen, Ihre Kinder aufs College zu schicken, und ob Sie eine schlechte Beurteilung von Ihrem Boß kriegen oder ob die Regierung sich in diesem Jahr die Gehaltserhöhungen schenkt. Und dann gehen Sie und besuchen Sie Mr. Sutter in seinem stinkvornehmen Angeberbüro. Und jetzt sagen Sie mir, wie Sie mit ihm umspringen werden.«

Du meine Güte, fast tat dieser Stephen Novac mir leid. »Das verstehe ich alles, aber ich möchte wissen...«

»Ja, Ihnen muß zuallererst klar sein, mit wem Sie es zu tun haben, und Sie müssen begreifen, daß sie gern Leute schikanieren, die irgendwie in der Öffentlichkeit stehen. Leute wie mich und – o ja – auch Sie. Leute, deren Steuerprobleme Schlagzeilen machen werden. Und wissen Sie auch, warum?«

»Ja, Frank. Ich verdiene mit den Steuerproblemen anderer Leute meinen Lebensunterhalt. Der IRS macht gern Schlagzeilen, um ein paar Millionen Steuerzahlern, die seine Häscher nicht selbst aufsuchen können, eine Höllenangst einzujagen. Das ergibt eine bessere Steuermoral.«

»Ach, denen ist es doch scheißegal, ob Sie der Regierung ein paar Steuern retten. Sie haben es noch nicht kapiert. Denen geht es nur um die Höllenangst der Leute. Das ist Macht. Und das ist Neid. Ein Kerl wie Novac hat nicht den Mumm, so reich zu werden wie Sie und ich, aber er hat genug Grips, um stocksauer zu sein, weil er nicht so reich ist. So einer ist gefährlich.«

Ich nickte. Bellarosa redete tatsächlich wie Machiavelli in einer modernen Übersetzung.

»Nehmen Sie einen Typen wie Ferragamo«, fuhr er fort. »Er tut so, als ginge es ihm nur um Recht, Demokratie und Gleichheit, als gelte seine einzige Sorge den Armen und den Opfern von Verbrechen. Falsch. Darum geht es ihm überhaupt nicht. Es geht um die verdammte Macht. Und um den Neid. Und das wird dann unter dem Mäntelchen hübsch klingender Affenscheiße verkauft. He, ich könnte Ihnen in Brooklyn Straßen zeigen, wo es in einem einzigen Block mehr Verbrechen gibt als in diesem ganzen verdammten Bezirk. Sehen Sie Ferragamo dort irgendwo? Sehen Sie Mancuso dort? Sehen Sie Novac dort, wie er sich bei Zuhältern und Dealern erkundigt, ob Sie Ihre Einkommensteuererklärung ausgefüllt haben? Und ich sage Ihnen, Anwalt, es ist ganz egal, ob Sie gelebt haben wie ich oder ob Sie gelebt haben wie Sie. Wenn Sie beschlossen haben, Ihnen den Arsch aufzureißen, weil Sie angeblich ein Verbrechen begangen haben, dann haben wir beide fünf oder zehn Jahre Knast vor uns – und vielleicht auch noch mehr. Bewährung für gute Führung kriegen Sie erst, wenn Sie drin sind, vorher nicht. *Capisce?* Und ich sag' Ihnen noch etwas, das Sie nicht hören wollen. Wenn Sie eine Jury ansehen, sieht die Sie genauso an und versucht Sie einzuschätzen; und Sie bemühen sich natürlich, unschuldig und freundlich auszuschauen. Wenn ich eine Jury ansehe, dann glaubt die eine Hälfte, ich hätte die andere Hälfte geschmiert, und alle denken, daß man ihnen das Hirn aus dem Kopf blasen wird, wenn sie für schuldig stimmen. Das ist Macht, Freund. Ich habe sie. Sie nicht. Mit mir legt sich keiner an. Und hier ist eine weitere Kurznachricht für Sie: Wenn Sie glauben, daß die Regierung nicht Ihren Skalp will, weil Sie ein stinkreicher Steueranwalt sind, der sie in ihrem eigenen Spiel schlägt, dann haben Sie's noch immer nicht kapiert. Denken Sie drüber nach.« Er lehnte sich im Sessel zurück und verschlang den letzten Goldfischli. »So, damit kennen Sie das Warum. Und jetzt gehen Sie zu Mr. Melzer, er wird Ihnen das Wie erklären.«

Ich ließ ein paar Sekunden verstreichen, dann war mir klar, daß ich nachfragen mußte. »Wer ist Mr. Melzer?«

»Er war früher mal auf der anderen Seite. Ein großes Tier beim IRS. Jetzt ist er privat als Berater tätig. Und er ist reich geworden, weil er die Geheimnisse des Feindes verkauft. Er kennt die Arschlöcher persönlich. Verstehen Sie? Ich habe ihn leider zu spät für mich kennengelernt. Aber vielleicht kann er das Richtige für Sie tun.«

Ich überlegte einen Augenblick. Es gab tatsächlich ein paar Renegaten, die den Indianern Gewehre verkauften. Aber ich würde meinen Klienten keinen von ihnen empfehlen. Meines Wissens arbeiteten sie in einer Grauzone, spekulierten auf persönliche Beziehungen beim IRS, zahlten vielleicht sogar Schmiergelder oder erpreßten ehemalige Kollegen, was wußte ich schon davon. Ihre Klienten ahnten nicht einmal, wie der Handel zustande gekommen war. Nein, John Sutter würde seinen Klienten nie einen IRS-Abtrünnigen empfehlen, auch wenn es legal war. Das widersprach seinem Berufsethos.

Ich muß unentschlossen, skeptisch, vielleicht sogar enttäuscht ausgesehen haben, denn Bellarosa sagte: »Mr. Melzer wird Ihnen von vornherein garantieren, daß es keinen Prozeß gegen Sie geben wird. Keine Strafanzeige, kein Gefängnis.«

»Wie kann er das garantieren?«

»Das ist seine Sache, mein Freund. Wenn Sie es auf Ihre Weise durchkämpfen wollen, dann bitte, tun Sie, was Sie nicht lassen können. Wollen Sie es mit Melzer machen – und mit der Garantie, daß Sie nie ein Bundesgefängnis von innen sehen werden –, dann geben Sie mir Bescheid. Aber Sie müssen sich schnell entscheiden, bevor die Arschlöcher sich so in die Sache verbissen haben, daß Melzer die Sache auf seine Weise nicht mehr regeln kann.«

Ich sah Bellarosa an. Er war es letzten Endes, der mir die Garantie gab, daß ich nicht ins Gefängnis mußte. Ich würde vielleicht trotzdem um eine drittel Million ärmer sein, doch wenigstens mußte ich die Schecks an den IRS nicht im Büro des Gefängnisdirektors ausfüllen. Was fühlte ich? Erleichterung? Dankbarkeit gegenüber meinem neuen Freund? »Okay. Melzer.«

»Gut. Er wird sich mit Ihnen in Verbindung setzen.« Bellarosa sah sich wieder in dem Raum um. »Hübsch ist es hier.«

»Ja.«

»Sie nehmen auch Katholiken auf. Richtig? Italiener?«

»Ja.«

»Meine Söhne können auch herkommen, wenn ich Mitglied bin?«

»Ja.«

»Wie ist das Essen?«

»Nicht so gut wie das von Anna.«

Er lachte und sah mich dann ein paar Sekunden lang schweigend an. »Gut. Dann helfen Sie mir also, hier Mitglied zu werden. Okay?«

»Aber Sie brauchen drei Bürgen. Verstehen Sie?«

»Na klar. Ich bin schon Mitglied in ein paar Clubs. Besorgen Sie mir die Bürgen. Ich kenne ja hier niemanden.«

Das hatte ich kommen sehen. »Ich muß Ihnen leider sagen, daß Sie beim Aufnahme-Komitee keine Chance hätten, selbst wenn es mir gelingen sollte, zwei Bürgen für Sie zu finden.«

»Ach ja? Und warum?«

Warum – das schien die Frage des Abends zu sein. »Sie wissen, warum.«

»Nein. Sagen Sie es mir.«

»Okay. Weil das einer der exklusivsten und vornehmsten Clubs in ganz Amerika ist und man keinen – wie nennen Sie sich eigentlich selbst? Ich meine, wenn Sie ganz ehrlich sind, Frank?«

Er antwortete nicht, also half ich ihm. »Mafia-Don? Oberhaupt einer organisierten Verbrecherfamilie? Was wollen Sie in den Aufnahmeantrag schreiben? Was haben Sie letztes Jahr in Ihre Einkommensteuererklärung geschrieben? Gangster?«

Wieder antwortete er nicht, also sagte ich: »Jedenfalls ist das eine Institution, die Sie weder mit Drohungen noch mit Geld oder politischen Beziehungen zwingen können, Sie aufzunehmen. Eher werde ich ein Mafia-Don als Sie Mitglied dieses Clubs.«

Bellarosa dachte einen Moment nach, und da ich ihm ansah, daß er über diese Mitteilung nicht gerade erfreut war, schob ich noch eine weitere nach. »Sie sind hier nicht einmal als Gast willkommen. Wenn ich Sie noch einmal hierher mitbringe, muß ich auf dem öffentlichen Golfplatz spielen, und Tontauben schießen kann ich nur noch im Keller des *Italian Rifle Club*.«

Er trank sein Glas aus und lutschte ein paar Eiswürfel, die er dann mit den Zähnen zermalmte. Ich bekam Gänsehaut dabei.

»Okay«, sagte er endlich, »dann tun Sie mir eben einen anderen Gefallen.«

Das hatte ich erwartet. »Wenn er legal und nicht unmöglich ist, dann gern.«

»Gut. Ich weiß auch schon einen. Sie vertreten mich bei dieser Mordanklage. Aus Gefälligkeit.«

Schachmatt. Ich holte tief Luft und nickte.

»Gut. Für Gefälligkeiten bezahle ich nicht.«

»Und ich stelle sie nicht in Rechnung.«

Bellarosa lächelte. »Aber ich komme für ihre Spesen auf.«

Ich zuckte mit den Achseln. Einen entsetzlichen Augenblick lang dachte ich, Bellarosa würde mir über den Tisch die Hand entgegenstrecken. Ich hatte die bizarre Vision eines Fotos in der Club-Zeitung mit dem Text: *Mafia-Don und Prominentenanwalt schließen im Creek einen Handel ab.* Doch er machte keine Anstalten zu einem Handschlag, Gott sei gedankt, und so wechselte ich das Thema und sagte: »Ich schulde Ihnen noch Geld für den Stall.«

»Ach ja. Welche Summe hat Dominic Ihnen genannt?«

Ich sagte es ihm, fügte aber hinzu: »Der Umbau muß aber wesentlich mehr gekostet haben.«

»Diese Itaker arbeiten in den ersten Jahren billig. Dann lernen sie ein bißchen Englisch, sehen, was hier los ist, und fangen an, die Kunden auszunehmen wie alle anderen. Das ist der amerikanische Traum.«

»Aber die Männer haben ja nicht einmal einen Mindestlohn verdient.«

»Na und?« Er zuckte mit den Schultern. »Sie werden es nie lernen, wenn sie Ihnen leid tun und Sie ihnen mehr geben. Die Leute sind für den Scheiß, den sie bauen, selbst verantwortlich. Richtig?«

»Ja, aber ich denke, Sie haben etwas dazugezahlt. Sie versuchen mich zu Ihrem Schuldner zu machen.«

Darauf ging er nicht ein, sondern fragte: »Sind Sie mit der Arbeit und dem Preis zufrieden?«

»Ja.«

»Ende der Diskussion.«

»An wen bezahle ich?«

»An mich. Kommen Sie demnächst mal zum Kaffee vorbei. Bargeld, Scheck, mir völlig egal.«

»In Ordnung.«

Bellarosa lehnte sich zurück, schlug die Beine übereinander und sah mich einen Moment an. »Seit Sie wissen, daß Sie nicht ins Gefängnis müssen, sehen Sie glücklicher aus«, meinte er.

Ich wäre noch glücklicher gewesen, wenn ich gewußt hätte, daß er ins Gefängnis mußte. Was für ein Durcheinander.

»He, das Bild, das Ihre Frau malt, wird großartig«, sagte er. »Sie erlaubt mir nicht, ihr über die Schulter zu schauen, wissen Sie. Sie scheucht mich immer weg, aber wenn sie gegangen ist, werfe ich einen Blick unter das Tuch. Sie ist eine verdammt gute Malerin.«

»Freut mich, daß Ihnen das Bild gefällt.«

Da ich merkte, daß irgend etwas den Lärm um uns herum plötzlich fast zum Verstummen gebracht hatte, blickte ich zum Eingang und sah Susan mit Anna Bellarosa auf mich zukommen.

Anna trug wieder einen ihrer losen, fließenden Hosenanzüge, und ihre Füße steckten in mit funkelnden Rheinkieseln besetzten weißen Sandalen. Sie hatte sich mit genug Gold behängt, um auf dem Goldmarkt eine Preisschwankung zu bewirken.

Anna beobachtete verstohlen ihre Umgebung, und als sie sah, daß sie Mittelpunkt des allgemeinen Interesses war, begann sie albern und verlegen zu lächeln. Arme Anna. Ob sie wohl wußte, warum die Leute sie anstarrten? Daß alle dachten, sie sei unmöglich angezogen, habe die größten Titten im ganzen Club und könne eigentlich nur die Frau des Mafia-Don sein?

Susan war natürlich so selbstsicher wie eine Königin; ohne eine Spur von Verlegenheit schritt sie neben ihrer Begleiterin her, als wäre Anna alter europäischer Adel.

Frank und ich standen auf, als die Frauen näher kamen, und wir begrüßten und küßten uns. Ich wette, daß an diesem Abend jeder der hier Anwesenden bestimmt auf seine Kosten kam.

Sie sollten wissen, daß Susan und mir trotz allem, was ich zu Frank gesagt hatte, nicht die gesellschaftliche Ächtung drohte. Nein, John Whitman Sutter und Susan Stanhope Sutter konnten sich eine Menge leisten. Die Leute sind der Meinung, je älter eine Familie, um so überspannter und exzentrischer ihre Mitglieder. Galt in den sechziger und siebziger Jahren bei den Rockefellers und Roosevelts Radikalismus als schick und ging man damals mit schwarzen Radikalen und Leuten ohne Schuhe zum Essen, so waren eben jetzt Kriminelle in.

Die Neureichen unter den *Creek*-Mitgliedern würden natürlich unüberhörbar ihr Mißfallen äußern, weil die beiden sie an die Zeit erinnerten, als sie selbst noch in Lefrak City oder Levittown gelebt hatten.

Susan sah in ihrem schlichten weißen Seidenkleid hinreißend aus; es war eine Art griechisch-römischer Tunika, die kaum ihre Knie bedeckte und ihre sonnengebräunte Haut betonte. Wir setzten uns alle, und Charlie kam angelaufen, denn Lady Stanhope braucht einen Kellner nicht zu rufen. Selbst in neuen Restaurants fühlten das die Kellner und tauchten lautlos an ihrer Seite auf. Schon das allein ist Grund genug, mit ihr verheiratet zu bleiben.

Drinks wurden bestellt, und wir stürzten uns in das übliche oberflächliche Geplauder. »Sie sehen heute abend sehr hübsch aus«, sagte ich zu Anna.

Sie lächelte, und ihre Augen funkelten. Man merkte ihr an, daß sie mich mochte. Aus irgendeinem Grund schweifte mein Blick zu ihrem Brustansatz, und da war es wieder, das goldene Kreuz, schmiegte sich zwischen die beiden voluminösen Hügel, und wenn es je ein Doppelsignal gegeben hat, dann dies.

»Habt ihr eure Geschäfte erledigt?« wandte sich Susan an Frank und mich.

»Frank hat mir sehr geholfen«, antwortete ich.

»Gut«, sagte Susan und dann zu Frank: »Stellen Sie sich vor, meine Anwälte haben mir geraten, eine separate Vereinbarung mit der Regierung zu treffen und John dabei über die Klinge springen zu lassen. Ist das zu glauben?«

Bellarosa hatte sich wohl dasselbe gefragt, als er erfuhr, daß Susan eigenes Geld hatte. Doch er schien die unterschwellige Bedeutung dieser Frage zu verstehen und antwortete: »Regierungen kommen und gehen. Gesetze kommen und gehen. Loyalität schuldet man der Familie, seinem eigenen Fleisch und Blut und der Ehefrau oder dem Ehemann. *Capisce?*« Natürlich kannte Frank die Stanhopes nicht. Meine Antwort bestand in einem unverständlichen Murmeln. »Wer seine Familie verrät oder betrügt«, fuhr Bellarosa fort, »ist verdammt in alle Ewigkeit. Wenn die Familie Sie betrügt, ist keine Strafe schwer genug.«

Das klang wie ein Spruch, den man aus einem Knallbonbon zog – aus einem Cannoli-Knallbonbon, falls es so etwas überhaupt gab. Ich hatte nichts dagegen, daß Frank predigte, wenn wir allein waren, aber in Susans Anwesenheit wollte ich nicht den Eindruck erwecken, als hinge ich an jeder seiner nicht immer in bestem Englisch vorgetragenen Banalitäten. Daher sagte ich: »Was meinen Sie mit Betrug? Wie ist es damit in sexueller Hinsicht?«

Er vergaß, daß ich ihm gesagt hatte, wir sprächen im Club nicht über Sex, und antwortete: »Ein Mann kann mit einer anderen Frau zusammensein, ohne seine Frau zu betrügen. Es ist die Natur des Mannes. Aber eine Frau kann keinen anderen Mann haben, ohne ihren Mann zu betrügen.«

Natürlich wußte ich, daß er so etwas sagen würde, aber ich wollte, daß Susan es hörte, – obwohl mir nicht klar war, warum. Eine Erklärung wie diese hätte sonst zwischen zwei normalen, modernen Paaren eine ziemlich lebhafte Diskussion ausgelöst, doch wenn Frank Bellarosa eine Schwäche hatte, dann diese: Einen Hauch von Anachronismus umwehte ihn, er schien ein Relikt aus den fünfziger Jahren, groß geworden in seiner einzigartigen Subkultur, seinem ethnischen Hintergrund und seinem »Beruf«. Was er nicht verstand, war, daß man solche Dinge in Amerika nicht mehr aussprach. Frank Bellarosa war kein sensitiver Mann. Das hatte er gar nicht nötig, und darum beneidete ich ihn ein bißchen.

Ich sah Susan an, die, wie ich vermutet hatte, nicht beleidigt war und sich über den Primitiven, der neben ihr saß, nur amüsierte.

Anna hatte natürlich keine Meinung und würde nie eine haben.

»Aber«, fuhr Frank fort, »ein Mann muß auf der Hut sein, wenn er zu einer Frau geht, die nicht die seine ist. Große Männer sind schon ruiniert worden, weil Frauen sie dazu verführten, ihre Freunde und ihre Familie zu vergessen, und dann ihren Feinden die Tür öffneten.«

Ich hatte das Gefühl, daß Frank gern weitergeredet hätte, aber ich wollte das Thema wechseln. Daher sagte ich zu Susan: »Frank hat mir erzählt, daß ihm dein Bild gefällt.«

Susan lächelte und warf Frank dann einen strengen Blick zu. »Wenn er nicht aufhört zu spionieren, male ich sein Gesicht.«

Du liebe Güte, waren wir nicht ein Herz und eine Seele mit dem Mafia-Don?

Und so schwatzten wir uns durch eine Getränkerunde nach der anderen und verschafften unserem Publikum ein Gesprächsthema übers Wochenende.

Um acht Uhr gingen wir in einen der Speisesäle, wo Susan und ich ein paar Leute begrüßten und sie mit den Bellarosas bekannt machten, ohne einen von Franks Titeln zu nennen. Natürlich schnitt niemand die Bellarosas, wie das noch vor zwanzig oder dreißig Jahren der Fall gewesen wäre. Im Gegenteil, Höflichkeit ist Trumpf bei der amerikanischen Gesellschaft, als seien wir mit Lachgas geimpft worden, und der hochnäsige Typ findet nichts dabei, einem Mordverdächtigen die Hand zu schütteln oder wohl auch bewaffneten Räubern die Tür zu öffnen, um nicht unhöflich zu erscheinen. Daher wußte ich bereits im voraus, daß man uns wegen der Bellarosas keine Szenen machen würde, und ich hatte recht.

Wir bestellten bei Richard, einem älteren Herrn, der sich rühmte, sich jede Bestellung zu merken, ohne sie notieren zu müssen. Leider ist das nicht mehr der Fall – schon seit einigen Jahren nicht mehr. Wenn daher Richard Ihr Kellner ist, essen Sie entweder, was er Ihnen bringt, oder Sie kränken ihn, indem Sie es zurückschicken. Ich esse, was er bringt.

Susan warnte die Bellarosas lächelnd vor, doch sie fanden das nicht so komisch wie unsere Freunde, die an die Eigenheiten alter Clubs gewöhnt sind.

»Warum feuern sie den Kerl nicht?« fragte Frank.

Ich erklärte ihm, die Mitglieder würden es nicht zulassen, daß ein alter Angestellter gefeuert wurde.

Frank schien das zu verstehen, da er ja selbst Arbeitgeber war, ein *Padrone*, der Don, ein Mann, der Treue belohnt. »Sie würden auch niemanden hinauswerfen, der für seinen Job zu alt geworden ist?« fragte ich ihn.

»Ich glaube nicht«, antwortete er lächelnd. »Aber ich habe in meiner Branche noch niemanden kennengelernt, der zu alt geworden ist.« Er lachte, und sogar ich mußte lächeln. Susan kicherte, während Anna so tat, als höre oder verstehe sie nicht. Am liebsten hätte sie sich wahrscheinlich bekreuzigt. Frank spielte seine Rolle weiter. »Natürlich muß ich manchmal Leute feuern, aber manchmal muß ich auch *auf* Leute feuern.«

Drei von uns lachten; Anna betrachtete ein Bild an der Wand.

Die Vorspeisen kamen: zwei richtig, zwei falsch.

Und so aßen wir zu Abend, die Sutters und die Bellarosas. Und die Bellarosas – jedenfalls er – waren wesentlich unterhaltsamer als zum Beispiel die Vandermeers. Frank hatte ein ganzes Repertoire an Witzen, die rassistisch, sexistisch, schmutzig und einfach beleidigend für alle waren, Italiener eingeschlossen. Wie er sie erzählte, ohne sich zu entschuldigen oder danach verlegen zu werden, klangen sie wirklich ganz in Ordnung, und wir lachten alle, bis uns das Gesicht weh tat.

Die Leute um uns herum schienen uns zu beneiden, weil wir uns so gut amüsierten. Die Hauptgerichte wurden serviert, eines richtig, drei falsch, aber mittlerweile war es allen egal. Susan hatte angefangen, mich *Consigliere* zu nennen, was Frank sehr komisch fand, was mir aber, obwohl ich betrunken war, nicht besonders gefiel.

Richard versuchte ein paarmal, Franks grünen Salat wegzunehmen, der noch unberührt war. Frank sagte ihm, er solle ihn stehenlassen, und als Richard das nächstemal danach griff, packte

Frank sein Handgelenk. »Hören Sie, Freund«, sagte er, »ich habe gebeten, den verdammten Salat in Ruhe zu lassen.«

Das wirkte für ein paar Sekunden. Richard ging rücklings ab und verbeugte sich fast, während er sich das Handgelenk rieb. Ich freute mich über den kleinen Zwischenfall, weil er mir bestätigte, daß Frank Bellarosa genau das war, was Alphonse Ferragamo von ihm behauptete. Wie die meisten Außenseiter der Gesellschaft hatte er eine kurze Zündschnur und konnte innerhalb einer Sekunde explodieren und gewalttätig werden, nachdem er eben noch gelacht hatte. Sogar Susan, merkte ich, die Bellarosa charmant, interessant und was weiß ich was fand, war leicht bestürzt.

Frank begriff, daß er in Gesellschaft nicht die Zähne fletschen sollte, und erklärte mit einer kleinen, beschwichtigenden Handbewegung: »Italiener essen den Salat nach dem Hauptgang. Es reinigt den Gaumen. Das hat der Mann wahrscheinlich nicht gewußt.«

Ich schätze, jetzt weiß er es, Frank.

Frank aß seinen Salat.

Nach ungefähr fünfzehn Minuten hatten alle vergessen, daß Frank sich danebenbenommen hatte. Frank strengte sich sogar besonders an, nett zu Richard zu sein, erklärte ihm die Sache mit dem Salat, machte ein paar dumme Witze über italienische Kellner und versicherte Richard, er dürfe sich unserem Tisch ruhig wieder nähern, ohne fürchten zu müssen, einen Körperteil zu verlieren. Richard ließ trotzdem eine Schüssel fallen.

Wir bestellten Kaffee und Desserts, und Frank wollte außerdem vier Gläser Marsalawein. Er erklärte Richard, daß Italiener oft Marsala zum Dessert tranken und manchmal auch zum Käse. Richard, dem das schnurzegal war, tat so, als sei er fasziniert.

Das Mahl endete fröhlich, ohne Blutvergießen oder weitere Zwischenfälle, außer daß Frank darauf bestand zu bezahlen, auch nachdem ich ihm erklärt hatte, mit Geld könne er im Club nichts anfangen. Enttäuscht, weil sein Versuch der Wiedergutmachung mißlungen war, schob er Richard ein paar Scheine in die Westentasche.

Als wir ausgetrunken hatten, stand ich unsicher auf. »Sie wollen hier schließen.«

Frank sprang aus seinem Sessel in die Höhe. »Dann fahren wir noch zu mir.«

Susans Ja kam zugleich mit meinem Nein. Gewöhnlich sind wir in solchen Fragen sehr synchron und können uns mit einem Blick verständigen. Doch offensichtlich sendeten wir heute nicht auf derselben Wellenlänge. »Ich habe morgen einen schweren Tag«, sagte ich zu Susan. »Aber du kannst ruhig mitfahren, wenn du willst.«

»Ich glaube, ich will auch nach Hause.«

Frank schien weder enttäuscht noch erleichtert, und Anna sah mich seltsam an, fast so, als seien sie und ich *simpatico* und die beiden anderen Spinner.

Susan und Anna waren in Franks Cadillac gekommen, den der Fluchtautofahrer fuhr, und Susan und ich nahmen Franks Angebot an, uns nach Hause bringen zu lassen, da wir beide nicht mehr fahrtüchig waren.

Wir stapften in die milde Nacht hinaus. Franks Wagen brauste heran und hielt mit quietschenden Bremsen, als denke der Fahrer, wir hätten den *Creek Club* eben ausgeraubt.

Wir quetschten uns alle auf den Rücksitz, was Leute, die sich nur oberflächlich kennen, gewöhnlich nicht tun – jedenfalls, wenn sie nüchtern sind. Irgendwie kam es zu der Sitzordnung Susan, Frank, Anna und ich. Der Wagen fuhr an, und wir schwankten alle und lachten. Dank Annas üppigen Hüften war es wirklich sehr eng, und daher schien es ganz natürlich, daß Susan halb auf Franks Schoß landete. Anna war sehr verlegen, um nicht zu sagen fast in Panik, weil sie mit ihrem rechten Oberschenkel und ihrer rechten Brust meinem linken Arm und linken Oberschenkel sehr nahe kam. Was sich rechts von ihr abspielte, schien ihr völlig gleichgültig. Erstaunlich.

Wir lachten und scherzten und waren alle sehr albern, die typischen Vorstädter mittleren Alters, die in alkoholisiertem Zustand ihre Späßchen trieben, was ihnen am nächsten Morgen sehr peinlich sein würde, wenn sie dumm genug waren, darüber nachzudenken.

Der Fahrer, ein Mann, den Frank Lenny nannte, beobachtete uns durch den Rückspiegel und sah mich sogar einmal über seine Schulter hinweg an. Lenny war ein Grinser, und am liebsten hätte ich ihm die Faust in sein idiotisches Gesicht geknallt oder Frank gesagt, er solle ihm eine Kugel durch den Hinterkopf jagen.

Auf jeden Fall kannte Lenny den Weg, passierte das offene Tor von Stanhope Hall und fand auf der unbeleuchteten Straße zielsicher die Abzweigung zu unserem Haus. Interessant. Er stieg aus, öffnete Susan die Tür und half ihr von Bellarosas Knien hinunter und aus dem Wagen. Ich stieg ohne Hilfe aus, wenn man außer acht ließ, daß Anna ihre Hüften zurechtrückte, wobei sie mich unabsichtlich, aber schwungvoll ins Freie beförderte.

Susan und ich winkten den schwarzen Scheiben von Bellarosas Cadillac nach, gingen dann ins Haus und stiegen die Treppe zu unserem Schlafzimmer hinauf. Wir zogen uns aus und fielen ins Bett. Susan und ich schlafen das ganze Jahr über *au naturel,* was bedeutet, daß unsere Flitterwochen noch nicht vorüber sind und wir unserer jungen Hispano-Wäscherin eine Menge Stoff zum Klatschen liefern.

Übrigens, zu demselben Thema, Susan griff zu mir herüber und packte mich, fand jedoch leider von John nicht einmal soviel, daß man's mit vier Fingern fassen konnte. »Ich habe zuviel getrunken«, teilte ich ihr mit.

Das ist für Susan keine Zurückweisung, sondern eine Herausforderung. Tatsächlich ist es so, daß sie, einmal in Fahrt, sogar meine Krawatte hart machen könnte.

»Tu so, als wäre ich Anna Bellarosa und als hätten wir heute nacht die Partner getauscht«, sagte sie.

»Okay.« Da Susans und Annas körperliche Merkmale sich stark voneinander unterscheiden, war das etwas anstrengend. Susan knipste die Lampe aus, um es mir zu erleichtern, und sagte: »Ich bin jetzt mit Frank auf dem Rücksitz seines Wagens, und wir ziehen uns aus, während der Chauffeur uns herumfährt.«

Das Bild gefiel mir nicht, aber einem Teil von mir mußte es dennoch zusagen, weil ich merkte, wie dieser Teil in Susans Hand härter wurde. Sie lachte leise. »Siehst du?« sagte sie. »Und schon funktioniert es. Und du wirst jetzt Anna Bellarosa bumsen. Sie war, außer mit ihrem eigenen, noch nie mit einem Mann zusammen. Sie ist scheu, hat schreckliche Angst, aber sie ist erregt. Und du weißt, sie wird es wunderbar finden, wie du es machst, und du fragst dich, wie und wann du sie ihrem Mann zurückgeben sollst und wann er mich dir zurückgibt und was wir alle zueinander sagen werden.«

Du meine Güte, was hatte diese Frau für eine Phantasie. Und sie weiß, was mich antörnt. Ich meine, die Idee, die Frauen zu tauschen, war mir in der Heimfahrt flüchtig durch mein benebeltes Hirn geschossen.

Jedenfalls lag ich jetzt auf dem Rücken, Susans Hand umschloß meinen Penis, und ich hörte sie sagen: »Ach, du lieber Himmel, John, du bist ja viel größer als Frank.«

»Was?«

Gekonnt ahmte sie Annas Brooklyn-Akzent nach: »Bitte tu ihn nicht rein in mich. Mein Mann wird uns umbringen!«

»Er treibt's gerade mit Susan«, antwortete ich. »Dein Mann bumst meine Frau.«

»Ich betrüge meinen Mann«, sagte sie. »Der liebe Gott möge mir vergeben.«

Ich rollte mich auf sie und legte ihre Beine über meine Schultern.

»Was tust du?« rief sie. »Was willst du tun?«

Ich drang in sie ein, und sie schrie erschrocken auf. Während ich sie liebte, stöhnte und schluchzte sie, beruhigte sich dann aber und begann zu genießen. Zwischen tiefen Atemzügen stieß sie keuchend ein paar italienische Worte hervor, die ich nicht verstand, aber sie klangen sexy und zotig.

Na ja, zugegeben, wir sind schon ein bißchen pervers. Doch wir wußten, wo wir die Grenzen ziehen mußten, und hatten es immer getan. Diesmal hatte ich jedoch das Gefühl, daß wir bei unserem

Spiel über das Ziel hinausgeschossen waren. Phantasien waren eine Sache, aber Leute wie die Bellarosas in unser Schlafzimmer hereinzubringen, war gefährlich. Was geschah nur mit uns?

Als wir hinterher auf dem Bett lagen – durch die halbe Breite eines Bettlakens voneinander getrennt, was ganz ungewöhnlich war –, sagte Susan: »Ich denke, wir sollten verreisen. Urlaub machen.«

»Zusammen?«

Sie ließ ein paar Sekunden verstreichen und meinte dann: »Natürlich. Wir müssen hier raus, John. Jetzt. Bevor es zu spät ist.«

Ich hatte keine Lust zu fragen, wie dieses *zu spät* gemeint war. »Ich kann jetzt nicht weg«, antwortete ich. »Es ist zuviel los.«

Sie sagte sehr lange nichts und entgegnete dann: »Vergiß nicht, daß ich dich darum gebeten habe.«

20. Kapitel

Mr. Melzer setzte sich mit mir in Verbindung, wie Frank Bellarosa mir versprochen hatte. Er bestand darauf, daß wir uns bei mir zu Hause trafen, und kam pünktlich zur verabredeten Zeit, an einem Mittwoch um achtzehn Uhr.

Melzer war ein weißhaariger Gentleman, der ziemlich leise sprach, was mich am Telefon überrascht hatte. Wie ich jetzt sah, paßte seine Stimme zu seiner Erscheinung. Er trug einen taubengrauen Anzug, der teuer und überraschend geschmackvoll war. Seine Schuhe waren nicht nur echtes Leder, sie waren Eidechsenleder und kosteten ungefähr tausend Dollar das Paar. Oh, oh, Mr. Melzer, Sie sind wirklich auf eine Goldmine gestoßen, nicht wahr? Ich wünschte, Mr. Novac könnte seinen ehemaligen Kollegen jetzt sehen.

Wir saßen in meinem Arbeitszimmer, aber außer einem Stuhl bot ich Melzer nichts an.

Da er ein Überläufer war, hatte ich erwartet, daß er etwas Lichtscheues an sich haben würde. Statt dessen schien er völlig entspannt, nur manchmal ziemlich ernst, als sei das, was wir besprachen, sehr schwerwiegend und daher sehr kostspielig.

Mir war der Mann nicht so unsympathisch wie Novac, aber er hatte eine etwas ölige Art, die er sich wahrscheinlich angewöhnt hatte, seit er nicht mehr bei der Steuerbehörde war. Die Eidechsenschuhe schienen mir für Melzer die passende Fußbekleidung zu sein.

»Ich bekomme zwanzigtausend Dollar Vorschuß«, teilte er mir mit, nachdem wir ungefähr eine Viertelstunde miteinander geredet hatten. Das war, wenn man den Fall berücksichtigte, eine angemessene Summe. Wäre es mein Fall, hätte ich sogar mehr verlangt. Aber dann fügte er hinzu: »Später nehme ich die Hälfte von dem, was ich Ihnen an Steuern erspare.«

»Die *Hälfte?* Das Gesetz erlaubt Anwälten nur, ein Drittel von dem zu fordern, was sie für ihren Klienten in einem Zivilverfahren herausholen.«

»Ich bin kein Anwalt, Mr. Sutter. Kein Gesetz schreibt mir meine Honorare vor. Sie müssen auch verstehen, daß ich ziemlich hohe Spesen habe.«

»Sie haben doch nicht einmal ein Büro.«

»Ich habe andere Spesen, über die Sie aber bestimmt nichts wissen wollen.«

»Nein, das will ich nicht.« Ich sah ihm in die Augen. »Und es gibt kein Strafverfahren, keine Anklage wegen Steuerbetrugs?«

»Kein Strafverfahren, Mr. Sutter.«

»In Ordnung. Sie sind mein Mann.«

Er fügte hinzu: »Ich kann und werde dafür sorgen, daß sich die Summe, die Sie an die Steuerbehörde zahlen müssen, erheblich reduziert! Meine Honorarforderung ist dabei doch ein guter Ansporn, finden Sie nicht auch? Außerdem will ich versuchen, eine bequeme Zahlungsweise auszuhandeln, muß Ihnen aber sagen, daß sie das Geld meist recht schnell haben wollen, wenn sie mit ihren Forderungen heruntergehen.«

»Fein. Aber von Novac will ich nichts mehr sehen oder hören.«

»Ich spreche mit Steve.«

Steve? »Wie und wann wollen Sie den Vorschuß haben?« fragte ich.

»Ein Scheck geht in Ordnung, und jetzt gleich wäre angenehm.«

»Nicht für mich. Ich schicke Ihnen den Scheck nächste Woche. Aber ich möchte, daß Sie sofort an die Arbeit gehen.« Wenn das Klienten zu mir sagen, ziehe ich wie alle Anwälte die Brauen in die Höhe.

Melzer winkte nur ab. »Sie sind ein Freund von Mr. Bellarosa. Da gibt es mit der Bezahlung keine Probleme.«

Das konnte man zumindest auf zweierlei Art auslegen. Ich erhob mich. Melzer stand ebenfalls auf, trat an das Fenster und sah hinaus.

Dann meinte er: »Ich habe schon auf der Herfahrt Ihren Besitz bewundert. Er ist wirklich sehr beeindruckend.«

»Er war es.«

»Ja, war, das trifft die Sache wohl eher. Ist es nicht unglaublich, Mr. Sutter, wie die Reichen gelebt haben, bevor es eine Einkommensteuer gab?«

»Ja, das ist es.«

»Als ich noch bei der Regierung war, hat es mich immer geschmerzt, wieviel von dem schwerverdienten persönlichen Reichtum die Steuern fressen.«

»Mich schmerzt es auch, Mr. Melzer. Deshalb bin ich auch dem Schicksal für Ihre Bekehrung dankbar.«

Er wandte sich vom Fenster ab, lächelte, sagte aber nichts.

Ich ging zur Tür. »Und Sie brauchen meine Steuerunterlagen wirklich nicht?«

»Ich glaube nicht, Mr. Sutter. Ich gehe anders an das Problem heran. Was mich interessiert, sind die Unterlagen, die der IRS über Sie hat.«

»Ich verstehe. Und wie kann ich Sie erreichen, falls es einmal nötig sein sollte?«

»Ich rufe Sie in einer Woche an.« Melzer ging zur Tür, zögerte und sagte: »Vielleicht werde ich eines Tages Ihre Dienste in Anspruch nehmen. Es geht mir ausgezeichnet, verstehen Sie, aber ich bin kein Anwalt.«

»Deshalb geht es Ihnen auch ausgezeichnet und nicht nur eben so lala.«

Er lachte leise in sich hinein. »Man kennt Sie im Manhattaner Büro des IRS sehr gut, haben Sie das gewußt?«

Ich hatte es vermutet. »Benutzen Sie mein Bild als Zielscheibe beim Dartspiel?« fragte ich.

»Als ich noch dort arbeitete, hatten wir im Pausenraum tatsächlich eine ganze Wand, die wir ›Verbrecheralbum‹ nannten.« Er lächelte; ich war jedoch weniger belustigt. »Keine Fotos, natürlich, aber Namen und Sozialversicherungsnummern. Nicht von Steuerbetrügern, sondern von Anwälten und Steuerberatern, die den IRS immer wieder in seinem eigenen Spiel schlugen. Das mag man dort nicht. Sie sehen also, daß ich bereits von Ihnen gehört hatte, bevor Bellarosa mich Ihretwegen anrief.« Nach einer kleinen Pause fügte er hinzu: »Es ist schon eine Ironie des Schicksals, daß Sie jetzt selbst in Nöten sind und bei mir Hilfe suchen.«

Ironie riecht für mich immer nach einer abgekarteten Sache, und das deutete er ja auch an. »Glauben Sie, daß es sich bei diesem Fall um einen persönlichen Racheakt gegen mich handelt?« fragte ich.

Er ließ eine bedeutungsschwere Sekunde verstreichen, ehe er antwortete. »Wer kann das mit Sicherheit sagen? Bürokraten können so kleinlich sein. Entscheidend ist, daß sie fündig geworden sind, nicht wahr? Auch wenn es sich bei Ihrer Transaktion um einen bloßen Verfahrensfehler gehandelt hat.«

Ein ziemlich kostspieliger Verfahrensfehler. Nun, wenn der einzige einem Löwendompteur angemessene Tod der ist, von einem Löwen gefressen zu werden, dann muß ein Steueranwalt wohl damit rechnen, irgendwann einmal vom IRS verschlungen – das heißt, finanziell ruiniert – zu werden.

Melzer kehrte zu seinem ursprünglichen Thema zurück und sagte: »Ich würde Sie gern einmal aufsuchen und mich von Ihnen beraten lassen.«

Das war kaum der richtige Moment, ihm zu sagen, er sollte sich verpissen. »Ich stehe Ihnen für mein übliches Honorar zur Verfügung.«

»Gut. Und wären Sie möglicherweise auch für eine größere Aufgabe zu haben? Ich meine, würden Sie zum Beispiel in Betracht ziehen, eine limitierte Partnerschaft mit mir einzugehen?«

Mamma mia, ich bekam mehr Angebote als eine Hure auf der Twelfth Avenue. »Ich glaube kaum, daß ein Mann, dem man Steuerbetrug vorwirft, ein Gewinn für Sie wäre, Mr. Melzer.«

»Sie sind zu bescheiden.«

»Und Sie überaus freundlich.«

»Ich könnte Ihr augenblickliches Einkommen schon im ersten Jahr verdoppeln, Mr. Sutter.«

»Das könnte ich auch, Mr. Melzer, wenn ich wollte. Guten Abend.«

Er nahm den schweren Zaunpfahl hin, mit dem ich winkte, legte sich ihn über die Schulter und ließ, als er ging, den Kopf hängen.

Ich hatte das Gefühl, daß ich eigentlich unter die Dusche müßte, machte mir statt dessen jedoch einen Drink zurecht, lockerte die Krawatte, setzte mich in meinen Lehnsessel und trocknete mir mit dem Taschentuch die Stirn.

Schluck für Schluck trank ich einen Gin mit Tonic, meinen Sommerdrink mit echtem Schweppes, das Chinin gegen Malaria enthält, und echtem Boodles Gin, der mich gegen die Realität immunisieren sollte.

Ihr augenblickliches Einkommen verdoppeln. Mein Gott, dachte ich, das war früher einmal eine Nation, die nützliche Güter hergestellt, Eisenbahnen und Dampfschiffe gebaut und sich einen Kontinent unterworfen hat. Jetzt vertun wir unsere Zeit mit albernen Dienstleistungen, machen Geschäfte, die nur auf dem Papier stehen, und verplempern das riesige Kapital, das sich durch ehrliche Arbeit in zweitausend Jahren angesammelt hat.

Wenn Melzer mein Einkommen auf ungefähr 600000 Dollar verdoppeln konnte, dann mußte er selbst für über eine Million gut sein. Und was tat er für diese Million? Er löste Steuerprobleme, die zu einem großen Teil von Leuten wie ihm geschaffen wurden. Und wahrscheinlich hatte der Kerl eine zweitklassige Universität besucht und mit viel Mühe ein Examen in Buchhaltung abgelegt.

Ich machte mir einen zweiten Drink und ging auf die Terrasse hinter dem Haus. Susan, die in diesem Sommer Campari mit Soda trank (wahrscheinlich weil es auf Alhambra serviert wurde), kam zu mir heraus. »Alles in Ordnung?« fragte sie.

»Ja. Aber du mußt mir zwangzigtausend Dollar leihen.«

»Ich stelle dir morgen eine Scheck aus.«

»Danke. Du bekommst das Geld zurück, sobald ich ein paar Papiere verkauft habe. Wieviel Zinsen nimmst du?«

»Ein Prozent pro Woche mit täglich abzuliefernden Zinseszinsen, und du hast neunzig Tage Zeit, das Kapital zurückzuzahlen, sonst breche ich dir die Beine.« Sie lachte.

»Wo hast du das gelernt? Bei unserem Nachbarn?«

»Nein, nein. Ich lese ein Buch über die Mafia.«

»Warum?«

»Warum? Du liest ein Buch über einheimische Bäume, und ich lese ein Buch über einheimische Raubtiere.« Sie überlegte einen Moment und meinte dann: »Irgendwie glaube ich, daß Frank anders ist. Er versucht, nur noch hundertprozentig saubere Geschäfte zu machen.«

»Hat er dir das gesagt?«

»Natürlich nicht. Anna war es. Aber so ganz hinten herum. Sie gibt ja nicht einmal zu, daß er das Oberhaupt einer Mafia-Familie ist. Ich nehme an, daß sie es – wie ich – auch nie in der Zeitung gelesen hat.«

»Susan«, erwiderte ich, »Frank Bellarosa ist der Verbrecher Nummer eins in New York, vielleicht sogar in ganz Amerika. Selbst wenn er wollte, könnte er keine ehrlichen Geschäfte machen oder ein ehrliches Leben führen. Und ich versichere dir, er will es auch gar nicht.«

Sie zuckte die Achseln. »Hast du heute den Artikel in der *Times* gesehen?«

»Ja. Liest du denn jetzt Zeitung?«

»Jemand hat gesagt, ich soll ihn lesen.«

»Ich verstehe.« In dem Artikel ging es um eine Erklärung von Mr. Alphonse Ferragamo, dem Bundesanwalt für den New Yorker Süden. Mr. Ferragamo gab bekannt, daß er damit befaßt war zu untersuchen, ob und wie Mr. Frank Bellarosa, ein angeblicher Angehöriger der Unterwelt, in den Mord an einem gewissen Mr. Carranza, columbianischer Staatsbürger und vermeintlicher Drogendealer, verwickelt war. Der Fall gehörte in die Zuständigkeit der Bundesregierung, sagte Mr. Ferragamo, weil Opfer und Verdächtiger in grenzüberschreitende und organisierte Verbrechen verwickelt waren. Daher verlangte die Regierung eine formelle Anklage wegen Mordes vor einem Bundesgerichtshof.

Mir war der tiefstapelnde Stil der *New York Times* immer sehr sympathisch gewesen; jeder wurde mit Mr. tituliert, und man ließ unzählige »angeblich«, »vermeintlich« und »vorgeblich« einfließen. Es klang alles so zivilisiert.

»Carolyn und Edward kommen morgen oder übermorgen nach Hause«, sagte Susan. »Aber leider nur für ein paar Wochen.«

Keines der Kinder war gleich nach Schulabschluß heimgekommen. Carolyn war nach Cape Code gefahren, wo die Eltern ihrer Zimmergenossin ein Sommerhaus besaßen, und Edward war aus irgendeinem nebulösen Grund in St. Paul's geblieben, wahrscheinlich wegen eines Mädchens. »Wohin wollen sie denn in ein paar Wochen?« fragte ich.

»Carolyn geht mit einer Gruppe von Austauschstudenten nach Cuba, um für den Weltfrieden zu werben und ihr Spanisch zu verbessern. Edward fährt mit ein paar Mitschülern nach Cocoa Beach, wo ihnen jemand ein Haus zur Verfügung gestellt hat. Mit dem Weltfrieden hat das, glaube ich, wenig zu tun.«

»Aber das ist doch in jeder Hinsicht phantastisch. Der Weltfrieden beginnt mit dem inneren Frieden, und der hängt ganz wesentlich davon ab, daß man die Probleme seiner Lenden löst.«

Am nächsten Tag rief mich Lester Remsen in meinem Büro in Locust Valley an. »John«, sagte er, »wir hatten gestern abend im Club eine Versammlung – und zwar deinetwegen.«

»Wer war dabei?«

»Nun – das ist unwichtig...«

»Für mich ganz bestimmt nicht, wenn es bei der Versammlung um mich gegangen ist.«

»Es ist viel wichtiger, um was es dabei ging. Es ging...«

»Wenn es wichtig ist, Lester, werden wir es bei der nächsten ordentlichen Vorstandsversammlung auf die Tagesordnung setzen. Ich dulde nicht, daß bei einer heimlichen Sitzung einiger Wichtigtuer, die anonym bleiben möchten, hinter meinem Rücken über mich gesprochen wird. *Capisce?*«

»Was?«

»Hast du verstanden?«

»Ja, aber...«

»Da wir gerade miteinander telefonieren, Lester: Mrs. Lauderbach hat mich angerufen und mir gesagt, du hättest ihr vorgeschlagen, die Hälfte ihrer *American-Express*-Aktien zu verkaufen und *United Bauxit* zu kaufen. Warum?«

»Warum? Ich sag' dir gern, warum.« Worauf er sich in einen ellenlangen Verkaufssermon stürzte.

Ich unterbrach ihn und fragte: »Was ist Bauxit?«

»Es ist – es ist wie – ein wichtiges... Man könnte es, glaube ich, ein Mineral nennen...«

»Es ist Aluminium-Erz. Schwer arbeitende Männer graben es aus dem Boden, damit die Leute ihr Bier in Dosen kaufen können. Lester, ich habe dir gesagt, laß das Lauderbach-Konto in Ruhe, oder ich nehme es dir weg.«

Er murmelte etwas, doch bevor ich einhängen konnte, sagte er: »Hör zu, John, ich will noch ganz kurz auf die andere Sache zurückkommen. Ich möchte mit dir darüber reden. Nur unter uns.«

»Rede.«

»Vor allem denke ich, daß du dich bei mir entschuldigen solltest.«

»Wofür?«

»Für das, was du im Club zu mir gesagt hast.«

»Ich denke, du müßtest dich bei mir entschuldigen – für die Unverschämtheit, mich zu einem Betrug überreden zu wollen.«

»Keine Ahnung, wovon du sprichst. Ich will, daß du dich dafür bei mir entschuldigst, daß du gesagt hast, ich soll mich verpissen.«

»Ich entschuldige mich.«

»Oh – okay. Nächster Punkt. Bellarosa. Vor zwanzig Jahren hätte man dich wegen dieses kleinen Streichs gebeten, deine Mitgliedschaft zurückzugeben. Wir sind inzwischen alle ein bißchen toleranter geworden. Zugleich aber sind wir natürlich wegen der vielen neuen Leute besorgt, die hierherziehen. Wir wollen nicht, daß der Club in den Ruf gerät, diese Leute könnten dort ein und aus gehen – auch nicht als Gäste. Und ganz gewiß wollen wir nicht, daß es heißt, ein berüchtigter Mafia-Boß verkehre regelmäßig im *Creek Club.*«

»Lester, ich habe nicht das Verlangen, dir oder anderen Clubmitgliedern Kummer zu bereiten. Ich bin ein genauso großer Snob wie du. Wenn John Sutter jedoch im Club mit dem Teufel persönlich speisen will, dann geht es weder dich noch sonst jemanden etwas an, solange nicht gegen die Club-Regeln verstoßen wird.«

»Verdammt, John, ich spreche von gesundem Menschenverstand und, ja, ganz normalem Anstand...«

»Und wenn du oder irgend jemand sonst den Vorschlag macht, einen neuen Paragraphen in die Club-Statuten aufzunehmen, der Mafia-Bossen den Zutritt verbietet, dann werde ich wahrscheinlich dafür stimmen. Die Tage des *Gentlemen's Agreement* und der Geheimprotokolle sind vorbei, mein Freund, weil es keine Gentlemen mehr gibt und Geheimprotokolle illegal sind. Wenn wir überleben wollen, müssen wir uns anpassen, oder wir entwickeln einen Schlachtplan und fangen an, uns zu wehren. Wir dürfen nicht länger herumstehen und jammern und klagen, weil auf einem sinkenden Schiff nicht gut tanzen ist. Verstehst du mich?«

»Nein.«

»Dann laß es mich so erklären. Ich prophezeie, daß am Ende dieses Jahrhunderts Frank Bellarosa im Club-Vorstand sitzt, oder aber es gibt überhaupt keinen *Creek Club* mehr. Und wenn dann daraus ein Einkaufszentrum geworden ist, wo jeder hingehen kann, können wir über Parkplatzprobleme und halbwüchsige Rowdys lamentieren.«

»Du hast vielleicht recht«, sagte Lester unerwartet. »Aber bis dahin, John, wären wir dir sehr verbunden, wenn du Bellarosa nicht mehr als Gast mitbrächtest.«

»Ich will es mir überlegen.«

»Tu das bitte«, sagte Lester. »Und grüß Susan herzlich von mir.«

»Ebenfalls herzliche Grüße an Judy. Und Lester...«

»Ja?«

»Geh und verpiß dich.«

Ich beschloß, den *Creek Club* eine Zeitlang zu meiden, zum Teil wegen des Telefongesprächs mit Lester, doch hauptsächlich deshalb, weil ich im Sommer lieber im *Seawanhaka Corinthian Yacht Club* verkehre.

Am Freitagabend, einen Tag nachdem Edward und zwei Tage nachdem Carolyn nach Hause gekommen war, fuhren wir mit den Kindern zu einem frühen Dinner in den Jachtclub. Gleich hinterher wollten wir zu einem Drei-Tage-Törn aufbrechen.

Wir nahmen meinen Bronco, der mit Bier, Lebensmitteln und Anglerzeug hoch beladen war. Es war wie in alten Zeiten, mit dem Unterschied, daß Carolyn jetzt fuhr und Edward vorher nicht vor lauter Aufregung wie ein Känguruh durchs Haus hüpfte. Er sah statt dessen wie ein Halbwüchsiger aus, der andere Dinge im Kopf hatte; wahrscheinlich das Mädchen, das er in der Schule zurückgelassen hatte. Und Carolyn, nun ja, sie war jetzt eine Frau, und jemand – nicht ich – hatte ihr beigebracht, mit Gangschaltung zu fahren. Wo sind nur die Jahre hin?

Wir bogen auf das parkartige Gelände des *Seawanhaka Corinthian Yacht Club* ein. Der Club, gegründet von William K. Vanderbilt, liegt auf Center Island, einer Halbinsel, die von Oyster

Bay, Cold Spring Habor, dem Long Island Sound und der Aura alten Reichtums umgeben ist. Ein Schild mit der Aufschrift: *Zutritt verboten* erübrigt sich.

Wir näherten uns dem Clubhaus über eine gekieste Zufahrt. Es ist ein zweistöckiges Gebäude aus grauen Zedernschindeln mit weißen Verzierungen, hat eine seitliche Veranda und ein Giebeldach. Im Jahre 1880 wurde es in einem einzigen architektonischen Stil erbaut, der an der Ostküste der amerikanische Schindel-Stil genannt wird. Das ist eine Kreuzung zwischen einheimischen Zedernschindeln und klassischen Ornamenten, wobei das klassische Zubehör nicht aus Marmor, sondern aus weißgestrichenem Holz besteht. Um das Clubhaus zogen sich viereckige Stützpfeiler, deren Kapitelle annähernd korinthisch waren; daher kommt auch wahrscheinlich der zweite Name des Clubs. Seawanhaka war der Mann eines ausgestorbenen Indianerstammes. Auf diese Weise vereint der Name – wie die eigenwillige Architektur des Hauses – zwei ausgestorbene Kulturen miteinander.

Carolyn parkte den Bronco, wir stiegen aus und machten uns auf den Weg zum Clubhaus.

Im Speisesaal setzten wir uns an einen Tisch in der Nähe des großen, kleinscheibigen Fensters mit Ausblick auf Oyster Bay. Am Ende eines weiter entfernten Piers konnte ich unser Boot sehen, die elf Meter lange Morgan. Sie heißt *Paumanok*; das ist der alte indianische Name von Long Island.

Ich bestellte eine Flasche Banfi Chardonnay, gekeltert auf einem ehemaligen Vanderbilt-Besitz, der fast zu einer Wohnsiedlung mit Einfamilienhäusern geworden wäre. Vielleicht dachte ich, könnte man Stanhope retten, wenn man etwas Besonderes dort pflanzte, Feigen oder Oliven, doch dazu brauchte man viele Lampensonnen. Ich schenkte uns allen Wein ein, und wir stießen miteinander an.

Wir sprachen über die Schule, über Carolyns Reise nach Cape Cod und darüber, daß Edward verspätet und nur sehr widerwillig aus St. Paul's abgefahren war, was tatsächlich mit einem Mädchen zusammenhing, einem etwas älteren Mädchen sogar, einem Erstsemester des nahegelegenen Dartmouth College. Ich fürchte, daß sich Edward in vielen lebenswichtigen Entscheidungen von seiner Libido beeinflussen lassen wird. Doch ich nehme an, das ist normal. Ich bin genauso, und ich bin normal.

Wir unterhielten uns auch über lokale Ereignisse und die Pläne für den Sommer. Nach dem dritten Glas taute Edward merklich auf. Carolyn ist, ob beschwipst oder nüchtern, immer sehr verschlossen, und man bekommt nicht viel aus ihr heraus, ehe sie nicht selbst bereit ist zu reden. Carolyn ist aber auch feinfühlig und so scharfsinnig wie ihre Mutter. »Ist hier bei euch alles in Ordnung?« fragte sie.

Ich hatte keine Lust, so zu tun als ob, und wollte nicht ausweichen; deshalb erzählte ich von unseren neuen Nachbarn.

Edward horchte interessiert auf und fragte dann begeistert: »Kann ich ihn kennenlernen? Was meint ihr, was die anderen in meiner Klasse dazu sagen würden!«

Edward gibt sich trotz seiner Privatschulen und obwohl die meisten Mitglieder von Susans und meiner Familie hochnäsige Arschlöcher sind, ganz locker und ungezwungen. Er ist ein knochiger Junge mit immer ungekämmt aussehendem rötlichem Haar. Auch hängt ihm ständig das Hemd aus der Hose, Schulkrawatte und Blazer sind gewöhnlich fleckig, und seine Schuhe sehen aus, als habe jemand darauf herumgekaut. Im Grunde ist Edward ein noch etwas desorientierter, wenn auch gutherziger Junge, der so tut, als sei ihm alles schnuppe. »Wenn du unseren neuen Nachbarn kennenlernen willst, brauchst du nur bei ihm anzuklopfen«, sagte ich zu ihm.

»Und wenn er seine Gorillas auf mich hetzt?«

Carolyn verdrehte die Augen. Ohne es je auszusprechen, war sie schon immer der Meinung gewesen, ihr jüngerer Bruder sei ein bißchen schwachsinnig. Doch alles in allem kommen sie gut miteinander aus, obwohl – oder vielleicht gerade deshalb, weil – sie so selten zusammen sind.

Ich entgegnete ihm: »Du wirst mit ihnen schon fertig, Skipper.«

Er lächelte, als er seinen alten Spitznamen hörte.

»Ich würde mir von niemandem vorschreiben lassen, mit wem ich verkehren darf«, sagte Carolyn kopfschüttelnd, nachdem wir von dem Abend mit den Bellarosas im *Creek Club* erzählt hatten. Sie ist, wie schon erwähnt, eine ernsthafte junge Frau, selbstsicher, zielbewußt und ehrgeizig. Das Jurastudium wird ihr liegen. Sie ist auf eine gepflegte Weise attraktiv, und ich kann sie mir gut mit Brille vorstellen – obwohl sie keine trägt –, in einem dunklen Kostüm, mit hohen Absätzen und einer Aktenmappe unter dem Arm. »Eine Dame der Rechtswissenschaften«, wie wir alten Hasen sagen.

»Das tun wir ganz bestimmt nicht«, entgegnete Susan. »Aber ein paar von unseren alten Freunden sind pikiert darüber. Dein Vater hat deswegen einen Anruf bekommen, und ich zwei.«

»Warum geht ihr beide nicht ganz einfach weg von hier?« fragte Carolyn. »Diese Gegend ist anachronistisch und diskriminierend.«

»Deshalb sind wir ja gern hier«, sagte ich und wurde mit einem leichten Stirnrunzeln bedacht. Carolyn erinnert mich in mancher Beziehung an meine Mutter, die sie wegen ihres sozialen Engagements bewundert. Sie ist Mitglied verschiedener Campus-Organisationen, die mir suspekt sind, doch ich spreche mit Leuten unter vierzig nicht über Politik. »Und wohin sollten wir deiner Ansicht nach gehen?« fragte ich.

»Nach Galveston. Dort könntet ihr mit Tante Emily am Strand leben.«

»Keine schlechte Idee.« Carolyn mag Emily, weil meine Schwester sich von den Fesseln der gehorsamen Ehefrau befreit hat und jetzt wie eine Strandläuferin lebt. Allerdings würde Carolyn selbst das nie tun. Ihre Generation ist nicht wild wie die meine war, sie zieht sich ganz bestimmt besser an und geht nicht ohne ihre Kreditkarte aus dem Haus.

Beim Essen kam Carolyn wieder auf Frank Bellarosa zu sprechen. »Weiß er, was du beruflich machst?« fragte sie. »Hat er dich wegen seiner Steuern um Rat gebeten?«

»Im Gegenteil, ich habe ihn wegen meiner Steuern um Rat gebeten. Das ist eine lange Geschichte. Doch jetzt möchte er, daß ich ihn vor Gericht vertrete, weil er eine Mordanklage zu erwarten hat.«

Edward fiel fast vom Stuhl. »Mord? Wow! Ist das kein Witz? Hat er wirklich jemanden abgemurkst? Wirst du ihm helfen, da rauszukommen?«

»Ich glaube nicht, daß er den Mord begangen hat, den man ihm möglicherweise zur Last legt.«

»Warum will er, daß du ihn verteidigst, Dad?« fragte Carolyn. »Du übernimmst doch keine Strafsachen.«

»Ich denke, er vertraut mir. Er glaubt, daß es einen guten Eindruck machen wird, wenn ich ihn vertrete. Meiner Meinung nach hätte er mich nicht darum gebeten, wenn er schuldig wäre. Er denkt, wenn ich an seine Unschuld glaube, dann werden auch die Geschworenen mir glauben.«

Edward grinste. »Nimm den Fall an. Wisch dem Staatsanwalt eins aus. Dann wirst du berühmt. Willst du's tun?«

»Ich weiß nicht.«

»Ich habe mich noch nie in die beruflichen Dinge eures Vaters eingemischt«, begann Susan plötzlich. »Doch wenn er diesen Fall übernimmt, stehe ich hinter ihm.«

Susan verkündete selten in der Öffentlichkeit, daß sie hinter ihrem Mann steht, daher konnte ich nicht umhin, mich zu wundern.

Wir aßen zu Abend, wir kamen uns ein bißchen näher, und es war fast so wie in den alten Zeiten, als sie noch nicht ihr eigenes Leben lebten und ich sie nach Herzenslust necken, mit ihnen schimpfen und sie an mich drücken konnte. Ich selbst löste mich von meinem Vater, als ich etwa in dem Alter war wie Carolyn und Edward heute, und wir haben nie wieder zueinandergefunden. Aber ich erinnere mich noch an einen Abend, an dem er auf dem Boot meine Hand gehalten hat.

Während Edward den Nachtisch einschaufelte, verkündete er: »Leute, ich möchte im August zu euch nach East Hampton kommen. Vielleicht die letzten zwei Wochen vor Schulanfang.«

Ich sah Susan an und sagte dann: »Wahrscheinlich verkaufen wir das Haus in East Hampton. Vielleicht haben wir es im August gar nicht mehr.«

Edward blickte von seinem Teller auf, als habe er nicht richtig gehört. »Verkaufen? Das Sommerhaus verkaufen? Warum?«

»Probleme mit der Steuerbehörde.«

»Oh – und ich hab' mich schon darauf gefreut...«

»Du wirst andere Pläne machen müssen, Skipper.«

»Oh!«

Edward schien nur mäßig beunruhigt, wie das bei Kindern eben so ist, wenn Erwachsene über finanzielle Sorgen sprechen. Carolyn dagegen musterte Susan und mich, als versuche sie herauszufinden, ob nicht irgend etwas anderes dahintersteckte. Trotz ihres Interesses für die Unterpriviligierten konnte sie sich kaum vorstellen, daß jemand finanzielle Probleme hatte. Vielleicht befürchtete sie, ihre Eltern wollten sich scheiden lassen.

Nach dem Essen gingen Carolyn und ich zum Pier, an dem die *Paumanok* lag. Susan und Edward waren zum Parkplatz unterwegs, um den Bronco näher heranzufahren.

Ich legte den Arm um Carolyn, und sie legte den Arm um mich. »Wir sprechen nicht mehr oft miteinander, Dad«, sagte sie.

»Du bist nur selten hier.«

»Wir könnten öfter miteinander telefonieren.«

»Das werden wir auch.«

Nach ein paar Sekunden fuhr sie fort: »Hier ist in letzter Zeit viel passiert.«

»Ja, aber nichts, worüber man sich Sorgen machen müßte.«

»Die Beziehung zwischen Mann und Frau geht niemand etwas an, Caro, nicht einmal ihre Kinder. Denk daran, wenn du einmal heiratest.«

Wir kamen zum Pier, blieben stehen und sahen einander an. »Mom ist nicht sie selbst«, sagte Carolyn. »Das merke ich.«

Ich antwortete nicht.

»Und du auch nicht«, fügte sie hinzu.

»Heute abend bin ich es.« Ich gab ihr einen Kuß auf die Wange.

Der Bronco kam angefahren, wir luden aus und stapelten unsere Vorräte auf das Dock. Susan stellte den Wagen auf den Parkplatz zurück, während Carolyn, Edward und ich eine Kette bildeten, um die Sachen an Bord zu schaffen. Ich brauchte keine Anweisungen zu geben, denn das war meine Crew, und wir hatten es im Lauf der Jahre einige hundertmal gemacht.

Ungefähr eine Stunde vor Sonnenuntergang legten wir ab, und ich schaltete den Motor ein, um von den Piers und den vertäuten Booten wegzukommen. Dann stellte ich den Motor wieder ab, und wir setzten Segel. Edward hißte das Großsegel, Carolyn das Stagsegel, und Susan baumte den Spinnaker aus.

Es wehte ein lebhafter südöstlicher Wind, und als Plum Point hinter uns lag, machten wir Fahrt nach Norden zu den offenen Wassern des Sunds. Die *Morgan* ist für den Long Island Sound ideal. Ihr größter Nachteil in den Baien und Buchten ist der tiefe Kiel, aber er wiederum macht sie auf offener See zum sicheren Familienboot. Als J. P. Morgan den Prototyp dieses Bootes baute, hatte er vor allem an seine Kinder gedacht; und daher galt sein Hauptaugenmerk der Sicherheit. Sie ist ein ideales Club-Boot; sieht gut aus, stellt etwas dar, ist aber nicht protzig.

Man könnte mit ihr sogar den Atlantik überqueren, aber ratsam ist das nicht. Und nun, da meine Kinder älter sind, könnten wir schon etwas Schnelleres brauchen als die etwas schwerfällige Morgan. Ich hätte gern eine schnittige siebzehn Meter lange Allied, mit der ich die Welt umsegeln kann. Dafür würde ich natürlich auch eine Crew brauchen, mindestens zwei Leute, besser wären jedoch drei oder vier.

Ich stellte mir John Sutter am Ruder der Allied vor, wie er gen Osten segelte, in Richtung Europa. Am Horizont die aufgehende Sonne; zischend teilte der Bug die Wellen. Ich sah meine Crew bei der Arbeit vor mir: Sally Grace schrubbte das Deck, Beryl Carlisle hielt meine Kaffeetasse, und die bezaubernde Terri massierte mir den Nacken. Unten in der Kombüse machte Sally Ann vom *Stardust Diner* Frühstück, und den Bugspriet zierte der ausgestopfte Kopf von Sansibar.

Ich steuerte die Morgan nach Westen, der sinkenden Sonne entgegen, vorbei an Bayville (wo ich die Lichter des berüchtigten *Rusty Hawsehole* ausmachen konnte), umrundete Matinecoc Point, wendete vor dem Wind und ließ das Boot nach Süden auf Hempstead Harbor zulaufen.

Ich fuhr um die Westseite des Hafens herum, steuerte dann die Hafenmitte an und ließ die Segel niederholen. Carolyn und Edward ließen den Anker fallen, er faßte schnell, und das Boot dümpelte mit dem Wind in der einlaufenden Flut.

In der Ferne am östlichen Ufer klammerte sich das Dorf Sea Cliff an schroffe Felsklippen. Die victorianischen Häuser waren im schwindenden Licht kaum noch zu sehen. Ein paar hundert Meter nördlich von Sea Cliff lag Garvie's Point, wo Susan und ich uns am Strand geliebt hatten.

Die Sonne war hinter den hohen Klippen von Sands Point versunken, und im Osten tauchten die ersten Sterne auf. Ich beobachtete, wie sie hinter dem sich ausbreitenden Purpur blinkend von Ost nach West wanderten.

Keiner sagte etwas, wir machten ein paar Dosen Bier auf, tranken und sahen dem größten Schauspiel auf Erden zu, einem Sonnenuntergang auf dem Meer: rosafarben angehauchte Wolken, am Horizont der bestirnte schwarze Saum, der aufgehende Mond und die Möwen, die über das dunkelnde Wasser gleiten.

21. Kapitel

Ich hätte damals mit meiner Familie die Atlantiküberquerung wagen und nie wieder nach Amerika zurückkehren sollen. Wären wir doch nach Plymouth gesegelt, hätten die *Paumanok* verbrannt, am Strand einen Verkaufsstand für Fisch und Chips aufgestellt und den Rest unseres Lebens dort verbracht!

Aber Amerikaner emigrieren eben nicht. Wir haben uns unser Land und eine eigene Kultur geschaffen und können uns einfach anderswo nicht einfügen, auch nicht in der Heimat unserer Vorfahren, wo man uns kaum erträgt, wenn wir dort vierzehn Tage Urlaub machen. Wenn ich ehrlich bin, bewundere ich die Europäer zwar, finde sie aber ein bißchen langweilig und ermüdend, besonders wenn sie sich über die Amerikaner beklagen.

Wir überquerten also nicht den Atlantik, wir emigrierten nicht, aber wir erlebten ein phantastisches Segelwochenende mit sonnigem Wetter und guten Winden. Freitagabend hatten wir in Hempstead Harbor geankert, bei Tagesanbruch Segel nach Cape Cod gesetzt und waren in Provincetown für ein paar Stunden an Land gegangen, um uns die Gegend anzusehen und ein bißchen einzukaufen. Nach ungefähr einer Stunde in der Stadt erklärte Susan den Kindern, wir beide müßten zum Boot zurück, um meine Brieftasche zu holen. Susan und Edward grinsten verständnisinnig. Ich war ein bißchen verlegen. Susan sagte, wir wollten uns in drei Stunden vor dem alten Hotel Provincetown treffen.

»In drei Stunden?« fragte Edward, noch immer lächelnd.

Ich meine, Kinder sollen ruhig wissen, daß die Eltern noch ein aktives Sexualleben führen, aber sie sollen nicht den Eindruck bekommen, daß man es nicht ein oder zwei Tage *ohne* aushält. Susan blieb jedoch ganz kühl und sagte zu Edward: »Ja, drei Stunden. Seid pünktlich.«

Ich zog meine Brieftasche heraus und gab ihnen ein bißchen Geld – wobei mir zugleich klarwurde, daß das Märchen von der vergessenen Brieftasche nun absolut unhaltbar geworden war. Doch die guten Kinder taten so, als hätten sie die Brieftasche in meiner Hand nicht gesehen.

»Also damit hast du mich regelrecht überrumpelt«, sagte ich auf dem Rückweg zum Dock zu Susan.

»Oh, du hast dich ganz gut gehalten – bis du die Brieftasche herausgeholt hast«, lachte sie.

»Erinnerst du dich, wie wir sie abends in ihre Kojen gesteckt haben und es dann auf dem Kajütdeck gemacht haben?«

»Ich erinnere mich, daß du ihnen erzählt hast, wenn sie auf dem Dach Geräusche hörten, seien das nur Mommy und Daddy, die Gymnastik machten.«

»Ja, Liegestützen.«

Wir lachten beide.

Wir fuhren über die Grenze der Dreimeilenzone hinaus, wo sexuelle Perversitäten erlaubt sind, und suchten uns einen Platz weit entfernt von allen anderen Booten. »Woran hast du gedacht?« fragte ich Susan.

Sie hatte daran gedacht, unter Deck zu gehen und dann splitterfasernackt am Heck aufzutauchen. Wir waren noch unter Segel, ich stand am Ruder, und sie baute sich vor mir auf und sagte: »Captain, erster Steuermaat Cynthia meldet sich wie befohlen zur Bestrafung.«

Du meine Güte. Ich sah sie an, sie hatte militärische Grundstellung eingenommen, die grünen Katzenaugen funkelten in der Sonne, der Wind verwehte ihr langes rotes Haar. Ich liebe den Körper dieser Frau, die straffen Arme und Beine, die helle Haut, den großen roten Buschen ihrer Schamhaare.

»Melde mich wie befohlen zur Bestrafung«, wiederholte sie.

»Gut, gut.« Ich überlegte einen Moment. »Schrubb das Deck.«

»Ja, Sir.«

Sie ging hinunter und kam mit einem Eimer und einer Scheuerbürste wieder. Dann beugte sie sich über die Reling und schöpfte Salzwasser in den Eimer, kniete nieder und begann um meine Füße herum das Deck zu schrubben.

»Bespritz mich ja nicht mit dem Zeug«, sagte ich, »sonst bekommst du ein Dutzend Peitschenhiebe!«

»Ja, Sir... Oh!« Sie warf den Eimer um, und das Salzwasser durchtränkte meine Segelschuhe. Ich denke, das hatte sie absichtlich gemacht.

Sie richtete sich auf die Knie auf und umschlang meine Beine. »O Captain, verzeiht mir! Bitte peitscht mich nicht aus.« Sie vergrub den Kopf in meine Lenden.

Ich befahl ihr, die Segel niederzuholen und den Anker fallen zu lassen, damit wir uns der Bestrafung zuwenden konnten. Ich band sie mit den Handgelenken am Hauptmast fest und gab ihr mit meinem Gürtel ein Dutzend Hiebe auf den Oberkörper. Überflüssig zu sagen, daß es ganz leichte Liebesklapse waren, aber sie krümmte sich trotzdem und bettelte mich an, aufzuhören.

So brachten wir die nächste Stunde hin. Dann fragte sie: »Bitte, Sir, darf ich mich jetzt wieder anziehen?«

»Nein«, erwiderte ich. »Aber du kannst dich vor mir auf die Knie niederlassen und die Beine spreizen.«

Sie tat wie befohlen. Ich ließ mich ebenfalls auf die Knie nieder, machte mich frei und drang von hinten in sie ein. Sie troff vor Nässe, wie ich feststellte, und ich war nicht länger als zehn Sekunden in ihr, als sie kam; bei mir war es fünf Sekunden später soweit.

Auf der Rückfahrt nach Provincetown kam mir Susan – jetzt wieder korrekt angezogen – etwas distanziert vor. Ich hatte den Eindruck, daß etwas sehr Schwerwiegendes sie beschäftigte. Und wenn ich Susans Verhalten während der letzten Monate Revue passieren ließ, stieß ich auf einen ständigen Wechsel zwischen zärtlicher Zuneigung und mürrischer Launenhaftigkeit. Ich bin an ihre Launen und Verrücktheiten gewöhnt, aber das war etwas anderes. Wie Carolyn festgestellt hatte, war Susan nicht sie selbst. Aber auch ich war ja nicht mehr ich selbst.

Als wir nach Provincetown zurücksegelten, sagte ich: »Ich glaube, du hast recht. Vielleicht sollten wir ein bißchen verreisen. Wir könnten mit dem Boot in die Karibik segeln und für ein paar Monate verschwinden. Zum Teufel mit der Zivilisation.«

Sie antwortete nicht sofort, sagte dann aber: »Erst mußt du dein Steuerproblem in Ordnung bringen.«

Womit sie recht hatte; und wie die meisten Amerikaner war ich wütend, weil die Regierung sich störend in mein Leben einmischte. »Gut«, sagte ich, »dann fahren wir, sobald das geregelt ist.«

»Glaubst du nicht, daß du Frank etwas schuldest?« fragte sie.

Ich sah sie an. »Was, zum Beispiel?«

»Du hast ihm doch versprochen, ihn bei seinem Prozeß zu verteidigen.« Sie fügte hinzu: »Als du Carolyn und Edward davon erzählt hast, klang es aber so, als hättest du dich noch nicht endgültig entschieden.«

Ich schwieg und betrachtete eine Weile den Horizont. Eigentlich mag ich es nämlich gar nicht, wenn die Leute mich beruflich zu gängeln versuchen oder mich an etwas erinnern, was ich gesagt haben soll. Ich konnte mich auch nicht entsinnen, Susan erzählt zu haben, daß ich Bellarosas Fall übernehmen würde.

»Habt ihr euch nicht darauf geeinigt, euch gegenseitig einen Gefallen zu tun?« fragte sie.

»Ich glaube ja«, erwiderte ich. »Aber was geht dich das an?«

»Nun, das ist deine Herausforderung. Ich glaube, es würde dir guttun, wenn du dich mal mit einem Kriminalfall befaßt.«

»Ach, wirklich? Begreifst du nicht, daß das wahrscheinlich mein Ende bei *Perkins, Perkins, Sutter and Reynolds* wäre, wenn ich einen Mafia-Don verteidige? Ganz zu schweigen von den Folgen, die es in gesellschaftlicher Hinsicht für uns hätte.«

Sie zuckte mit den Achseln. »Die sind mir egal, John. Und dir auch. Damit bist du innerlich doch längst fertig. Tu es, John!«

»In Ordnung. Ich tu's.«

Am Samstagnachmittag liefen wir von Provincetown aus und wandten uns wieder nach Süden, zurück nach Long Island, sichteten wieder Land am Montauk Point, den wir, gegen starken Wind und tückische Strömungen kämpfend, umsegelten.

Auf dem Atlantik, ungefähr vierzig Meilen südöstlich von Montauk, sahen wir in der Ferne Wale blasen und hielten auf sie zu, konnten die Geschwindigkeit jedoch nicht beibehalten. Obwohl sie noch kein alltäglicher Anblick sind, habe ich in den letzten Jahren immer mehr Wale gesichtet, was ein gutes Zeichen ist. Doch eine Stunde später sichteten wir etwas weitaus weniger Angenehmes; keine fünfzig Meter backbord voraus tauchte der Turm eines riesigen schwarzen U-Bootes aus dem Wasser und wuchs in die Höhe wie ein urzeitlicher Gigant, gegen den unsere Morgan –

Länge elf Meter – wie ein Zwerg wirkte. Auf dem Turm waren Zahlen, doch kein anderes Erkennungszeichen, und Edward stieß hervor: »Mein Gott – ist das eines von uns?«

»Nein. Eines von ihnen«, antwortete ich.

»Ein russisches?«

»Es gehört einer Regierung. Der amerikanischen oder der russischen. Die Sutters besitzen keine Atom-U-Boote.«

Und diese Erkenntnis, denke ich, vollendete die Verwandlung von John Sutter, dem rechtlich denkenden, steuerzahlenden amerikanischen Patrioten, in einen Weltbürger – oder, genauer gesagt, in einen Bewohner des Meeres.

Da uns noch ein paar Stunden Helligkeit blieben, die wir nutzen konnten, und kräftiger Südwestwind wehte, hielt ich auf die Südküste von Long Island zu und segelte an den herrlichen weißen Sandstränden entlang nach Westen. Wir passierten East Hampton und Southampton, drehten dann in die Einfahrt des Shinnecock Inlet ab, segelten am Shinnecock-Reservat vorbei und liefen in den *Southampton Yacht Club* ein, wo wir die Nacht über ankerten.

Am nächsten Morgen nahmen wir Frischwasser an Bord und navigierten dann durch den Kanal in die Great Peconic Bay. Für kleine und mittlere Boote ist das Segeln in der Peconic Bay ein reines Vergnügen, eines der schönsten an der Ostküste, da es die Illusion der offenen See und die Sicherheit geschützter Gewässer bietet. Auch gibt es dort viel zu sehen, andere Boote, Seeflugzeuge, Inseln und eine sehenswerte Küstenlinie; und so wurde der ganze Tag zur Entdeckungsreise. Edward machte mit dem Fernglas Jagd auf barbusige Frauen. Zwischendurch bot er auch mir das Glas an, doch ich versicherte ihm, ich sei nicht interessiert. Susan und Carolyn wiederum forderten ihn jedoch auf, es ihnen zu überlassen, wenn er einen nackten Mann entdeckte. Was für eine Crew!

Am Sonntagabend liefen wir das alte Walfängerdorf Sag Harbor an, um unsere Lebensmittelvorräte zu ergänzen. Susan ist, wie schon erwähnt, auch in ihrer modernen Küche daheim keine große Köchin, daher erwarten wir aus der Kombüse nicht viel. Susan und Edward waren der Meinung, daß die Vorräte aus einem anständigen Essen in einem Restaurant auf der Hauptstraße bestehen sollten, aber Carolyn und ich waren fürs Primitive. Da ich auf der *Paumanok* der Captain bin, setzte ich mich durch. Begreifen Sie jetzt, warum ich so gern segle? Wir machten also einen Spaziergang durch das Dorf, das am Sonntagabend sehr ruhig war, und fanden ein offenes Delikatessengeschäft, wo wir kaltes Bier und Sandwiches kauften. Als wir dann auf dem Achterdeck sitzend Bier und Mortadellasandwiches verzehrten, sagte Susan zu mir: »Wenn wir auf diesem Törn Skorbut kriegen, ist das deine Schuld.«

»Ich übernehme die volle Verantwortung für die *Paumanok* und ihre Crew, Madam. Bei mir an Bord herrscht Disziplin, und ich dulde keine Insubordination.«

Susan schüttelte eine Bierdose, riß sie auf und spritzte mir den Schaum ins Gesicht.

Normalerweise gehört so etwas bei uns zum Vorspiel, aber da die Kinder dabei waren, lachte ich nur mit den anderen. Ha, ha. Aber ich war scharf. Boote machen mich immer scharf.

Am Abend spielten wir Karten, unterhielten uns, lasen und gingen früh schlafen.

Am Montagmorgen standen wir auf, als es dämmerte, und setzten die Segel für die Heimfahrt. Draußen in der Gardiners Bay umsegelten wir Gardiners Island. Die Familie Gardiner war ungefähr zur selben Zeit wie die Sutters in die Neue Welt gekommen, und die Insel, die ihnen von Charles I. übereignet wurde, ist noch in ihrem Besitz. Der derzeitige Bewohner der Insel, Robert David Lion Gardiner, besitzt den einzigen erblichen Titel in Amerika und ist bekannt als der sechzehnte Lord of the Manor. Mein Vater, der mit diesem Gentleman bekannt ist, nennt ihn Bob.

Die Umsegelung der großen Insel war eine knifflige Sache, aber meine Crew war ihr gewachsen. Als wir uns von der Nordküste der Insel entfernten, mußte ich unwillkürlich an die altüberlieferte Meinung denken, daß Land Sicherheit und Nahrung bedeutete, daß Land nie verkauft oder aufgeteilt werden sollte. Daher beneidete ich den sechzehnten Lord of the Manor.

Wir umrundeten Orient Point, holten die Segel nieder und ließen die *Paumanok* treiben, während wir endlich unser Angelzeug auspackten. Susan, Carolyn und ich hatten es auf den Blaufisch abgesehen und benutzten Dosenheringe als Köder. Der tollkühne Edward hatte eine viel größere Angel mit einer Hundert-Pfund-Leine mitgebracht und wollte einen Hai fangen. »Ich hole einen großen weißen heraus«, verkündete er.

Carolyn grinste. »Paß bloß auf, daß er dich nicht hineinholt.«

Edward hatte im Kühlschrank ein ganzes Huhn als Köder aufgehoben, das er mit Draht an dem großen Haken befestigte. Vor Begeisterung übersprudelnd wie früher warf er seine Leine aus.

Wir fingen sechs Blaufische, die wir in einen Eimer mit Seewasser warfen, bis der Captain Zeit hatte, sie zu putzen. Edward erwischte tatsächlich einen Hai, einen Makrelenhai, der im Juli in diesen Gewässern häufig vorkommt. Nach dem Winkel zu schließen, in dem sich die Angelrute bog, handelte es sich um ein zweihundert Pfund schweres Tier. »Ich hab' ihn! Ich hab' ihn!« schrie Edward begeistert. »Er hängt am Haken!«

Die *Paumanok* hat keinen fest verankerten Angelstuhl, den man dringend braucht, wenn man ein Tier von dieser Größe an Bord holen will, aber Edward kämpfte, die Knie gegen die Verschanzung gestemmt, kniend mit dem Fisch. Der Hai war stark genug, das Boot zu schleppen und es sogar zum Überhängen zu bringen, wenn Edward die Leine etwas locker ließ. Nach einiger Zeit war Edward am Ende – im doppelten Sinn: er hatte dem Fisch die ganze Leine gegeben, und er selbst war so erschöpft, daß er kaum sprechen konnte. Der Fisch war jedoch noch voller Kampfkraft. Ich erinnerte mich an einen ähnlichen Zwischenfall, an dem ich, mein Vater und ein Blauhai beteiligt waren. Damals hatte ich nicht zugelassen, daß er mich an der Leine ablöste oder sie kappte, um den ungleichen Kampf zu beenden. Das Ergebnis war, daß nach einer Stunde meine Arme und Hände vor Müdigkeit buchstäblich lahm geworden waren. Ich verlor nicht nur den Hai, sondern auch die teure Angel samt der Rolle. Was ich jetzt beobachtete, kam mir wie ein *déjà vu* vor.

Ein Segelboot ist kein Schiff, mit dem man auf Haifischfang geht, und wenn der Hai tauchte und das Boot kränkte, dachte ich ein paarmal, daß Edward gleich über Bord gehen würde. Endlich, nach fast einer Stunde, sagte ich: »Laß ihn los.«

»Nein.«

»Dann laß dich eine Weile von mir ablösen.«

»Nein.«

Carolyn und Susan angelten nicht mehr und beobachteten Edward schweigend. Er wollte sich natürlich vor den Frauen keine Blöße geben – und vor mir übrigens auch nicht. Ich zerbrach mir den Kopf nach einem für ihn akzeptablen Ausweg, fand jedoch keinen. Und es war ja auch sein Problem, nicht das meine.

Carolyn begoß Edward mit einem Eimer Frischwasser und wikkelte ihm dann ein nasses Handtuch um Kopf und Schultern. Susan hielt ihm Dosen mit Cola an die Lippen, und er trank drei Stück aus.

Ich sah, daß er in keiner guten Verfassung war. Seine Haut war krebsrot, und die Zunge hing ihm buchstäblich aus dem Mund. Seine Augen waren glasig und schienen weit in die Ferne zu blikken, und ich hatte den Verdacht, daß er kurz davor war, vor Hitze und Erschöpfung das Bewußsein zu verlieren. Arme und Beine hatte er so um die Angel geschlungen, daß sie ihm zwar nicht wegrutschen konnte, ihn aber über Bord zerren würde, wenn der Fisch einmal einen mächtigen Satz vorwärts machte.

Insgeheim wünschte ich mir, daß er ohnmächtig würde oder daß die Leine riß oder der Hai ihn von Bord holte. Alles das war besser, als aufgeben zu müssen.

»Laß los, Edward«, sagte Carolyn zu ihm. »Laß ihn los.«

Er konnte nicht mehr sprechen und schüttelte nur den Kopf.

Ich weiß nicht, wie das natürliche Ende ausgesehen hätte, doch dann nahm Susan die Sache in die Hand und kappte die Leine mit einem Messer.

Edward schien eine volle Minute oder noch länger gar nicht zu begreifen, was geschehen war, dann warf er sich der Länge nach auf das Deck und weinte.

Wir mußten ihn hinuntertragen und legten ihn in nasse Handtücher gepackt in eine Koje. Es dauerte eine Stunde, ehe er Arme und Beine wieder bewegen konnte.

Wir setzten die Segel. Jetzt ging es nach Hause. Edward war eine Zeitlang schweigsam und mürrisch, dann sagte er: »Danke für eure Hilfe.«

»Wir hätten dich dem Hai hinterherschmeißen sollen«, sagte Carolyn.

»Hai?« sagte ich. »Ich dachte, er kämpft mit dem toten Huhn.«

Mit einem Lächeln legte Susan den Arm um ihren Sohn. »Du bist genauso starrköpfig und eigensinnig wie dein Vater«, sagte sie.

»Danke«, sagte Edward.

Sonnenverbrannt und erschöpft erreichten wir am späten Nachmittag den *Seawanhaka Corinthian Yacht Club*. Ein Boot ist eine Feuerprobe für Beziehungen; Enge und Einsamkeit knüpfen zwischen den Menschen entweder ein festes Band oder treiben sie zu Meuterei und Mord. Als wir die *Paumanok* an ihrem Liegeplatz vertäuten, lächelten die Sutters sich gegenseitig zu. Der Zauber der See hatte gewirkt.

Aber man kann nicht immer auf See bleiben – es fehlen einfach die nötigen Einrichtungen, um sich beispielsweise schnell einmal den Blinddarm herausnehmen zu lassen. Deshalb laufen wir immer in den Hafen ein, machen unsere Boote fest, klammern uns an unsere elektronischen Rettungsleinen und führen ein Leben in lärmender Verzweiflung.

Ich wußte, daß das Band, das die Sutters auf der *Paumanok* frisch geknüpft hatten, in der Hauptsache zwar fest war, an einer Stelle aber einen gefährlichen Riß hatte – und dieser Riß betraf Susan und mich. Sicher, für den Augenblick hatten uns die Kinder durch ihre bloße Anwesenheit wieder einander nähergebracht. Doch als ich an diesem Abend allein in meinem Arbeitszimmer war, wurde mir klar, daß ich mir wünschte, dieser Sommer möge bald zu Ende sein; ich wünschte mir, Carolyn und Edward wären wieder in der Schule, damit Susan und ich miteinander reden konnten, um wieder einen gemeinsamen Weg zu finden oder endgültig auseinanderzudriften.

Am Freitag fuhren wir zu viert nach East Hampton und suchten den Makler auf, der das Haus für einen schnellen Sommerverkauf in sein Angebot aufnahm. Leider war der Sommer schon ein paar Wochen alt, und die meisten Großkotzer aus Manhattan hatten sich bereits versorgt. Das, in Verbindung mit einem wackligen Aktienmarkt und hohe Hypothekenzinsen, drückte den Sommerhaus-Markt. Trotzdem verlangte ich eine kühle halbe Million, die der Makler als 499900 Dollar notierte. »Nein«, protestierte ich, »ich habe eine halbe Million gesagt.«

»Aber...«

»Ich suche keine dämlichen Käufer. Setzen Sie den Betrag ein, den ich haben will.« Er gab sich geschlagen. Doch selbst wenn ich die halbe Million bekam, blieb nicht viel übrig, wenn ich erst die Hypothek, die Maklerprovision, Melzer, den IRS bezahlt und natürlich die neuen Kapitalgewinne versteuert haben würde. Gott, wie deprimierend. Noch deprimierender war die Tatsache, daß ich das Haus liebte und es das einzige Stück festen Bodens war, das mir gehörte.

Also verbrachten wir den Freitagnachmittag in unserem mit Schindeln verkleideten Stückchen heiler Welt und packten ein paar persönliche Sachen, die wir nicht herumliegen lassen wollten, wenn der Makler Interessenten durch das Haus führte. Alle waren ziemlich still, und ich vermute, sie begriffen langsam, daß hier etwas Unwiederbringliches verlorenging.

Sicher ist auch Ihnen schon der Gedanke durch den Kopf geschossen, daß Susan eigentlich genug Geld haben mußte, um unsere Steuerschuld zu bezahlen. Ich weiß nicht genau, wieviel meine Frau besitzt (schließlich bin ich nur der Ehemann), aber ich schätze, daß es um die sechshunderttausend sind, was im Jahr ungefähr ein Nadelgeld von fünfzigtausend ergibt. Sie verbraucht nicht so viel, und es fließt wahrscheinlich in Aktien und andere

Wertpapiere zurück. Aber die Erbin eines alten Vermögens zu bitten, das Kapital anzugreifen, ist fast so, als wolle man Sex von einer Nonne.

Um sieben Uhr abends machte der Sutter-Clan pflichtgemäß Besuch bei Großmama und Großpapa Sutter im nahen Southampton, die uns, vor Freude überwältigt, sogar die Hand gaben. Sie besitzen eines dieser modernen Häuser aus Glas und Zedernholz, in dem es jede der amerikanischen Zivilisation bekannte Annehmlichkeit gibt. Das Haus hängt praktisch an einer Art Computer mit allen möglichen Sensoren. Sie schließen und öffnen Jalousien je nach dem Stand der Sonne selbsttätig, wässern den Rasen, wenn er Wasser braucht, schalten das Licht aus, wenn seit mehr als fünf Minuten niemand im Zimmer ist, und so weiter. Da es jedoch keine Harnsäuresensoren gibt, muß man die Toilette tatsächlich selbst spülen.

Meine Mutter erklärte, wir sollten uns gar nicht erst setzen; sie würde am liebsten sofort ins Restaurant fahren, anstatt hier etwas zu trinken. Also machten wir kehrt, fuhren getrennt in zwei Wagen und trafen uns im Dorf Southampton in der Job's Lane. Das ist eine interessante Straße, eine der ältesten in Amerika; sie stammt etwa aus den vierziger Jahren des 17. Jahrhunderts. Doch da wir schon von Hiob sprechen – keine der Plagen, keine der Nöte, mit denen Gott den armen Mann heimsuchte, ich wiederhole: keine! kann so schlimm gewesen sein wie ein gemeinsames Abendessen mit Joseph und Harriet Sutter.

Na ja, vielleicht übertreibe ich. Doch soviel will ich sagen: Es gibt Zeiten, in denen ich lieber Würmer in einem Wurzelkeller verspeisen würde, als mit meinen Eltern in ein Restaurant zu gehen.

Wir hatten einen Tisch in einem schicken neuen Restaurant namens *Buddy's Hole* reserviert. Je bescheidener der Name eines Restaurants in dieser Gegend – zum Beispiel *Sammy's Pizza* oder *Billy's Burger* –, um so vornehmer ist das Lokal selbst. Meine Eltern, immer *up to date,* suchen sich diese schrecklichen Etablissements aus, in denen sich die Randfiguren der amerikanischen Literaturwelt zusammendrängen (von der Crème fast nicht zu unterscheiden), außerdem abgetakelte Schauspieler, Möchtegern-Künstler und dazu noch einiges an Euro-Gesindel, das vermutlich herübergeschwommen ist, um bei Millionären zu schmarotzen.

Ich ziehe die alten, gediegenen Restaurants vor: dunkle, zivilisierte Speiseräume ohne hängende Asparaguspflanzen und eine Speisekarte, auf der man nur *ancienne cuisine* findet – also schwere, fette Long-Island-Enten und leichte Kiwi-Früchte.

Sei es, wie es will, man führte uns zu einem hübschen Tisch für zwei mit sechs Stühlen drum herum und ohne Tischtuch. Unter dem Tisch saß die Katze, was heimelig wirken sollte – nur weiß ich, daß sie sie mieten und von Zeit zu Zeit ebenso austauschen wie die Hängepflanzen. Denselben fetten Tigerkater habe ich inzwischen in vier Restaurants getroffen. Ich habe für diese aufgemotzten Lokale nicht viel übrig, wie Sie schon gemerkt haben werden, und das erklärt vielleicht, was später passierte.

Um mit meinem Lamento fortzufahren, der Lärm um uns herum ähnelte dem Soundtrack des Films *Höllenfahrt der Poseidon* in dem Augenblick, in dem sich das Schiff auf den Kopf stellt.

Wir bestellten unsere Drinks bei einem unbeirrbar freundlichen kleinen College-Mädchen, dem nicht klar zu sein schien, daß wir keine netten Leute waren.

Mein Vater, der Patriarch der Familie, hob sein Glas, als wolle er einen Toast ausbringen, und wir taten es ihm alle nach. Es stellte sich jedoch heraus, daß er das Glas nur auf Wasserflecke prüfte. Nachdem er ein paar entdeckt hatte, rief er die Kellnerin und rügte sie. Sie war so übersprudelnd fröhlich und von den Wasserflecken so fasziniert, daß ich annahm, sie müsse sich mit irgend etwas aufgeputscht haben.

Nachdem er ein neues Glas bekommen, untersucht und dann wieder auf den Tisch gestellt hatte, brachte ich den unvermeidlichen Toast aus. »Auf unser Zusammensein und einen Sommer in Liebe, Frieden und Gesundheit.«

Wir stießen miteinander an und tranken. Ein bösartiger Hängefarn versuchte mir ständig seine Ranken um den Hals zu schlingen, also riß ich ein paar davon ab und warf sie auf den Boden, wo sich die Mietkatze an meinem Bein rieb. Als ich eben das flauschige Biest mit einem Tritt quer durch den Raum befördern wollte, ließ das angeturnte College-Mädchen ein mit Speisen vollgeladenes Tablett fallen, und die Katze, die gleich dem Pawlow'schen Hund inzwischen wußte, daß dieses Geräusch Fressen bedeutete, schoß davon. »Dieses Lokal muß ich unbedingt Lester und Judy empfehlen«, sagte ich zu Susan.

Ich versuchte eine Unterhaltung in Gang zu bringen, obwohl meine Eltern sich weder für ihre Familie noch für Lattingtown, Locust Valley oder die Firma interessierten. Ein schwieriges Unterfangen also.

Wie gesagt, ich versuchte es trotzdem. »Habt ihr in letzter Zeit von Emily gehört?« fragte ich. Ich hatte meine Schwester seit Ostern nicht mehr gesehen, im Mai jedoch einen Brief von ihr bekommen.

»Sie hat geschrieben«, sagte mein Vater.

»Wann?«

»Letzten Monat.«

»Was hat sie geschrieben?«

Meine Mutter übernahm. »Alles in Ordnung.«

Pause.

»Carolyn fliegt nächste Woche nach Cuba«, sagte Susan.

»Aber von hier aus darf man nicht hinüber«, ergänzte Carolyn. »Wir müssen zuerst nach Mexiko fliegen.«

»Wie schrecklich«, meinte meine Mutter.

»Ich fahre nach Florida«, sagte Edward.

Meine Mutter sah ihn an. »Wie nett.«

»Laß es dir gutgehen«, fügte mein Vater hinzu.

Ich versuchte nachzuhaken: »Edward würde Ende August gern für einige Zeit herkommen. Wenn ihr also verreist, könnte er bei euch das Haus hüten.«

»Wenn wir verreisen«, teilte mein Vater mir mit, »dann hütet unser Dienstmädchen das Haus.«

Weder Vater noch Mutter fragten, warum Edward nicht in unserem Haus in East Hampton wohnen konnte, also sagte ich: »Wir verkaufen unser Haus.«

»Der Markt ist schlecht«, sagte mein Vater.

»Wir verkaufen es, weil ich Probleme mit der Steuer habe.«

»Ich glaube mich zu erinnern, daß ich dir gesagt habe, sie würden eines Tages hinter dir her sein«, meinte mein lieber alter Daddy.

Pause.

»Wißt ihr, wer neuerdings neben uns wohnt?« fragte Carolyn.

»Ja, wir haben es an Ostern gehört«, antwortete mein Vater.

»Wir haben uns ein bißchen mit ihnen angefreundet«, sagte ich.

Meine Mutter blickte von ihrer Speisekarte auf. »Er macht eine ganz phantastische Pestosoße.«

»Woher weißt du das?«

»Weil ich sie gegessen habe, John.«

»Ihr habt bei Bellarosas gegessen?«

»Nein. Wo ist das?«

Offenbar war ich nicht auf dem laufenden.

»Das Basilikum«, fuhr meine Mutter fort, »bekommt er von einer kleinen Farm in North Sea. Er pflückt es tagtäglich um sieben Uhr abends selbst.«

»Wer?«

»Buddy Bear. Der Besitzer. Er ist ein Shinnecock, aber er kocht phantastisch italienisch.«

»Der Besitzer dieses Lokals ist Indianer?«

»Ein Ureinwohner Amerikas, John. Ein Shinnecock. Und zehn Prozent von jeder Rechnung gehen direkt ans Reservat. Er ist ein reizender Mann. Ihr müßt ihn unbedingt kennenlernen.«

»Okay, wo ist er?« fragte ich liebenswürdig.

»Er ist gewöhnlich am Freitag hier.«

»Vielleicht ist er auf einer indianischen Fete«, meinte Edward.

Meine Mutter warf ihm einen sehr kühlen Blick zu und sagte dann zu meinem Vater: »Wir müssen herauskriegen, wo er seine

Pilze holt. Er sucht die Pilze nämlich selbst«, wandte sie sich an Susan und an mich. »Er weiß, wo sie wachsen, aber er weigert sich strikt, sein Geheimnis jemandem anzuvertrauen.«

Ich war ziemlich sicher, daß Buddy Bear wie jeder andere vernünftige Restaurateur zum Großmarkt geht, aber Mr. Bear erzählte den dämlichen Weißen offenbar den größten Bockmist, den sie dankbar schluckten.

Meine Mutter schien richtig aufgeregt, weil der Besitzer nicht erschienen war, also erkundigte sie sich bei unserer Kellnerin, wo er steckte. Die Kellnerin antwortete: »Oh, er hat schrecklich viel zu tun, wissen Sie? Er kocht nämlich, wissen Sie? Wollen Sie mit ihm sprechen oder so?«

»Wenn er einen Moment Zeit hätte«, entgegnete meine Mutter.

Sie hatte mir vorgeschlagen – oder eher darauf gedrungen –, daß ich mir Mr. Bears Pasta bestellte, die wie Engelshaar aussah und jene drei Ingredienzen enthielt, die Mr. Bear angeblich selbst sammelte: das Basilikum, die Pilze und irgendeinen gräßlichen indianischen Sauerampfer, der wie schimmliges Gras schmeckte.

Während des Essens wurde nicht viel gesprochen, doch nachdem die Teller abgeräumt worden waren, sagte meine Mutter zu meinem Vater: »Jetzt essen wir noch den indianischen Pudding.« Sie wandte sich an uns. »Buddy macht einen echt indianischen Pudding. Ihr müßt ihn versuchen.«

Also bestellten wir sechs indianische Puddings, die, das schwöre ich bei Gott, aus der Dose kamen. Aber ich aß meinen zu einem Glas Cognac, also was soll's?

Die Rechnung wurde gebracht, und mein Vater bezahlte, wie es seine Gewohnheit war. Ich wollte gern gehen, doch wie das Schicksal so spielt, machte eben der große Indianer seine Honneurs an den Tischen, und wir warteten, bis wir an der Reihe waren.

Um das Schweigen zu überbrücken, sagte ich zu meinem Vater: »Edward hatte vorige Woche einen Makrelenhai an der Angel. Ungefähr zweihundert Pfund, schätze ich.«

Mein Vater sagte zu mir, nicht zu Edward: »Jemand hat vor zwei Wochen bei Montauk einen fast fünf Meter langen weißen Hai herausgeholt.«

»Ich habe nichts dagegen, wenn sie gegessen werden«, setzte meine Mutter hinzu, »aber ich finde es schändlich, wenn man sie nur aus Sport jagt.«

»Ich bin derselben Meinung«, sagte ich. »Ein Makrelenhai schmeckt ausgezeichnet. Edward hat eine Stunde lang mit ihm gekämpft.«

»Es ist schrecklich, wenn ein Fisch verletzt ist und sich losreißt«, fuhr meine Mutter fort. »Das ist unmenschlich. Man darf keine Mühe scheuen, ihn zu fangen und von seiner Qual zu erlösen.«

»Und ihn dann essen«, erinnerte ich sie.

»Ja, natürlich. Bei Buddy gibt es Haifisch, wenn er einen bekommen kann.«

Ich blickte erst Edward, dann Susan und Carolyn an, holte tief Atem und sagte zu meinem Vater: »Erinnerst du dich noch an den Tag, an dem ich den Blauhai am Haken hatte, Vater?«

»Ja?«

»Ach, egal.«

Endlich kam Mr. Bear zu uns. Er war ziemlich fett und sah, von seinen langen schwarzen Haaren abgesehen, überhaupt nicht wie ein Indianer aus. Ganz offensichtlich war er ein Weißer mit ein bißchen indianischem und vielleicht schwarzem Blut und – was wichtiger war – einem erstaunlichen Talent, sich selbst in Szene zu setzen. Meine Mutter nahm seine linke Hand, während er neben unserem Tisch stand und uns mit der freien Rechten der Reihe nach die Hand drückte. »So«, sagte Buddy Bear, »war alles zu Ihrer Zufriedenheit?«

Mutter überschlug sich fast mit Lobpreisungen für eine der gräßlichsten Mahlzeiten, die ich je gegessen habe.

Wir gaben ungefähr eine Minute lang dümmliches Restaurantgeschwätz von uns, während Mutter noch immer Mr. Bears Pranke festhielt. Leider mußte der Letzte der Shinnecock dann weiter, doch nicht bevor meine Mutter kokett erklärt hatte: »Eines schönen Tages werde ich Ihnen nachspionieren und entdecken, wo Sie Ihre Pilze holen.«

Er lächelte rätselhaft.

»Gibt es bei Ihnen eigentlich täglich Sauerampfer oder nur, nachdem sie Ihren Rasen gemäht haben?« fragte ich.

Er lächelte, aber diesmal weniger rätselhaft. Sein Lächeln bedeutete im Klartext etwa: Hol dich der Geier!

Edward bemühte sich, ein Lachen zu unterdrücken, doch es mißlang ihm jämmerlich.

Danach verließen wir *Buddy's Hole*, um uns draußen die kühle Abendbrise von Southampton um die Nase streichen zu lassen.

Auf dem Gehsteig von Job's Lane sagte Mutter: »Wir würden euch ja gern noch zu uns einladen, aber wir haben morgen einen langen Tag vor uns.«

»Wir haben uns ja auch nichts zu sagen«, meinte ich, »und wir hatten es nie. Deshalb würde ich, wenn es euch recht ist, mit diesen blödsinnigen gemeinsamen Abendessen gern Schluß machen.«

»Wie kannst du nur etwas so Schreckliches sagen?« fauchte meine Mutter. Mein Vater dagegen sah mich bedrückt an und murmelte: »In Ordnung.«

Auf der Heimfahrt fragte mich Susan: »Wirst du das bereuen?«

»Nein.«

»Hast du es ernst gemeint?« fragte Carolyn vom Rücksitz.

»Ja.«

»Irgendwie tun sie mir leid«, sagte Edward.

Edward liebt zwar nicht die ganze Menschheit, aber er mag Menschen, und alle tun ihm leid. Carolyn tut niemand leid, Susan weiß nicht, was leid tun heißt, und ich – nun ja, ich tu mir manchmal selbst leid. Aber ich arbeite an mir.

Im Grunde ist es gar nicht schwer, Menschen zu sagen, wie man über sie denkt. In den meisten Fällen wissen sie es bereits und sind wahrscheinlich überrascht, daß man es nicht schon früher mitgeteilt hat.

Ich wußte auch, daß der Bruch mit meinen Eltern ein gutes

Training für die Beendigung anderer Beziehungen war. Und Susan, die ja nicht dumm ist, wußte das auch, denn sie sagte zu mir: »Judy Remsen hat mir erzählt, du hättest Lester unmißverständlich aufgefordert, sich zu verp... Steht sonst noch jemand auf deiner Liste?«

Witzbold, der ich bin, zog ich eine Benzinrechnung aus der Tasche und tat so, als studiere ich sie beim Fahren. »Laß mich mal sehen – hier. Neun sind es noch. Ich rufe morgen deine Eltern an, dann bleiben sieben...«

Sie antwortete nicht, weil die Kinder in Hörweite waren.

Wir fuhren am Montag nach Stanhope Hall zurück, und während der nächsten Tage wurde es in unserem Haus lebendig, da die Freunde der Kinder kamen und gingen. Ich mag es, wenn in den Ferien das Haus kurzfristig voller Teenager ist. Zu Weihnachten, Ostern und Thanksgiving trägt die Anwesenheit der jungen Leute entscheidend zur Festtagsstimmung bei und erinnert mich vermutlich an die Zeit, als ich selbst noch aus der Schule nach Hause kam.

Die Kinder aus alten reichen und privilegierten Familien sind wenigstens höflich. Man bringt ihnen sehr früh Manieren bei, und sie wissen, wie man mit Erwachsenen Konversation macht. Sie lernen also sehr früh, wie man Dinge tut, die man nicht tun will, und werden eines Tages erfolgreiche und unglückliche Erwachsene sein.

Carolyn und Edward hatten ihre Flüge selbstverständlich an verschiedenen Tagen gebucht, und das bedeutete, zwei Fahrten zum Kennedy Airport – natürlich zu sehr unbequemen Zeiten. Als die Kinder fort waren, war das Haus still, und es regnete ein paar Tage ununterbrochen. Ich fuhr nach Locust Valley ins Büro, um meine Tage auszufüllen, aber ich schaffte nicht viel, außer daß ich die Akte fand, die ich für das Haus in East Hampton brauchte. Einen Tag verbrachte ich damit, meine Aufwendungen für das Haus zu berechnen, damit ich, sobald es verkauft war, meinen genauen Gewinn und aus dieser Summe wiederum meinen Kapitalgewinn errechnen konnte. Natürlich konnte ich, wie schon einmal, den sogenannten Gewinn in ein anderes Haus investieren, um die Steuer zu umgehen, doch ich wußte, daß ich in nächster Zukunft kein Haus kaufen würde. Vielleicht nie wieder. Die Erkenntnis, die mir durch die nüchterne Beschäftigung mit Zahlen aufgezwungen wurde, traf mich schwer. Aber es war nicht nur eine Frage des Geldes – denn vielleicht ging es mir ja in zwei Jahren finanziell wieder besser. Nein, ich hatte einfach beschlossen, keine langfristigen Pläne mehr zu machen. Das Leben hier lief auf eine verhältnismäßig vorhersehbare Zukunft hinaus: dreißigjährige Hypothek, siebenjährige Depositenzertifikate, eine Zukunft als Schweinezüchter in Nebraska und Pläne für den Ruhestand. Aber die jüngsten Ereignisse hatten mich überzeugt, daß man die Zukunft weder vorhersehen noch planen kann, also zum Teufel mit ihr. Wenn sie da war, würde ich schon wissen, was ich tun mußte.

Mit der Vergangenheit war es eine andere Sache. Man konnte sie nicht ändern, man konnte sich nur von ihr lösen und sie und die Menschen, die zu ihr gehörten, hinter sich zurücklassen. Mein Ziel war es, wie ich vermute, mich in einer ewigen Gegenwart treiben zu lassen; wie der Captain der *Paumanok,* der sich mit den Gegebenheiten des Augenblicks auseinandersetzte, sich des Gewesenen zwar bewußt war, aber ihm nicht nachging, einen allgemeinen Kurs absteckte, doch immer auf rasche Kursänderungen vorbereitet war, die vom Wind, den Gezeiten und von allem anderen abhingen, was man am Horizont sichtete.

Als ich das Büro verlassen wollte, kam Anne, meine Sekretärin, herein. »Ich weiß, Sie haben gesagt, keine Anrufe, Mr. Sutter. Aber es ist Ihr Vater.«

Ich saß einen Moment ganz einfach da und sah uns wieder auf dem Boot, ihn und mich im nächtlichen Hafen. Und sah wie in Großaufnahme meine Hand in der seinen. Aber dann ließ er mich loß, und als ich die Hand wieder nach ihm ausstreckte, war er weggegangen und sprach mit irgend jemand anderem, wahrscheinlich mit meiner Mutter.

»Mr. Sutter?«

»Sagen Sie ihm, ich will nicht mit ihm sprechen.«

Sie schien überhaupt nicht überrascht, nickte nur und ging. Ich beobachtete das grüne Licht an meinem Telefon, und nach ein paar Sekunden ging es aus.

Vom Büro fuhr ich direkt zu meinem Boot, setzte mich in die Kajüte und hörte dem Regen zu. Es war kein Abend, in den man freiwillig hineinsegelte; aber wer hinaus mußte, konnte es tun, und wenn ihn Wind und Regen überraschten, wurde er auch mit ihnen fertig. Es gab andere Stürme, die eine weitaus größere Herausforderung darstellten – eine direkte und ganz unmittelbare Gefahr. Manchmal war sie sogar tödlich.

Anscheinend gab es elementare Lektionen, die einem die See beibrachte. Doch wir neigen dazu, diese Lektionen zu vergessen oder können sie nicht richtig anwenden. Und dadurch geraten wir in Schwierigkeiten.

Wir können die Kapitäne unseres Schicksals, aber nicht seine Meister sein, dachte ich. Oder, wie ein alter Segellehrer mir sagte, als ich noch ein Kind war: »Das Wetter kommt von Gott, Junge. Was du damit tust oder was es mit dir tut – das hängt nur davon ab, ob du ein guter Seemann bist.«

Damit war wohl alles gesagt.

22. Kapitel

Der Freitagmorgen dämmerte hell und klar herauf. Susan war schon ausgeritten, bevor ich überhaupt angezogen war.

Das Bild für die Nachbarn war endlich fertig, und es sollte bei den Bellarosas feierlich enthüllt werden, sobald Anna den richtigen Platz und Susan einen passenden Rahmen dafür gefunden hatte. Ich konnte es kaum erwarten.

Ich trank meine dritte Tasse Kaffee und überlegte, was ich mit dem Tag anfangen sollte, als das Telefon klingelte. Ich ging an den Apparat in der Küche. Frank Bellarosa.

»He, ich muß Sie was fragen. Wo ist hier der Strand?«

»Wir haben ein paar hundert Kilometer Strand hier herum. Welchen meinen Sie?«

»Am Ende der Straße steht ein Haus und davor ein Schild, auf dem steht: *Zutritt verboten*. Bin ich damit gemeint?«

»Das ist Fox Point. Ein Privatbesitz, aber alle Leute aus der Grace Lane benutzen den Strand. Das Anwesen ist unbewohnt, doch wir haben eine Übereinkunft mit den Besitzern.«

»Eine was?«

»Eine Abmachung. Sie können den Strand benutzen.«

»Gut. Ich war vor ein paar Tagen dort. Aber natürlich wollte ich nichts Verbotenes tun.«

»Nein, das wollen Sie natürlich nicht.« Machte der Kerl Witze oder was? »Es wäre nur ein leichtes Vergehen«, fügte ich hinzu.

»Ach ja. Wissen Sie, in unserem Viertel gab's einen Spruch: *Wo man wohnt, da scheißt man nicht hin*. Geht man zum Beispiel nach Little Italy, muß man sich gut benehmen.«

»Außer wenn jemand in einem Restaurant gekillt wird.«

»Das ist etwas anderes. He, machen wir doch dort unten einen Spaziergang.«

»In Little Italy?«

»Nein, Fox Point.«

»Genau. Wir treffen uns bei mir.«

»Am Torhaus?«

»Ja. In fünfzehn, zwanzig Minuten. Sie zeigen mir diesen Besitz, okay?«

Ich nahm an, er hatte etwas zu besprechen, wollte es aber nicht am Telefon tun. Bei unseren seltenen Telefonaten sagte er nie auch nur andeutungsweise etwas, aus dem man hätte schließen können, daß ich sein Anwalt war. Ich denke, er wollte Ferragamo damit überrumpeln und auch die New Yorker Presse überraschen.

»Okay?« fragte er.

»Okay.«

Ich hängte ein, trank meinen Kaffee aus, zog Jeans und Segelschuhe an und achtete darauf, daß zwanzig Minuten vergangen waren, ehe ich mich auf den Weg zum Torhaus von Alhambra machte, wo ich, wie geplant, fast eine Viertelstunde zu spät eintraf. Aber meinen Sie, der Mistkerl war da und wartete ungeduldig auf mich? Nein. Ich trommelte mit der Faust an die Tür des Torhauses. Anthony Gorilla öffnete. »Was is'?«

Ich konnte direkt in das kleine Wohnzimmer sehen, das dem der Allards ähnelte; der Hauptunterschied war, daß darin ein zweiter Gorilla – vermutlich Vinnie – und zwei unglaublich liederlich aussehende Frauen saßen, die möglicherweise Lee und Delia waren. Die beiden Schlampen und Vinnie schienen mich höhnisch anzugrinsen, doch vielleicht bildete ich mir das auch nur ein.

Anthony wiederholte seine Begrüßung: »Was is'?«

Ich wandte meine Aufmerksamkeit wieder Anthony zu und sagte: »Wenn man mich erwartet, dann sagen Sie gefälligst: ›Guten Morgen, Mr. Sutter, Mr. Bellarosa erwartet Sie.‹ Auf keinen Fall sagen Sie ›was ist?‹ *Capisce?*«

Bevor Anthony sich entschuldigen oder etwas anderes tun konnte, erschien Don Bellarosa selbst an der Tür, sagte Anthony etwas auf italienisch, kam dann heraus und führte mich am Arm fort.

Bellarosa trug seine Standarduniform. Blazer, Rollkragenpullover und Sporthose. Die Farben waren diesmal braun, weiß und beige. Im Gehen sah ich auch, daß er sich ein paar teure Segelschuhe zugelegt hatte und am linken Handgelenk eine schwarze Porsche-Uhr trug: sehr sportlich, Kostenpunkt etwa zweitausend Dollar. Der Mann kapierte es beinahe; ich wußte nur noch nicht, wie ich ihn auf seine Nylonstretchsocken ansprechen sollte.

Als wir in Grace Lane entlang auf Fox Point zugingen, sagte Bellarosa: »Diesen Mann sollten Sie mir lieber nicht vergrätzen.«

»Dieser Mann sollte lieber nicht noch einmal *mich* vergrätzen.«

»Ach ja?«

»Hören Sie zu! Wenn Sie mich zu sich einladen, erwarte ich, daß Ihre Lakaien mich mit Respekt behandeln.«

»Ach ja?« Er lachte. »Haben Sie's jetzt vielleicht mit dem Respekt? Sind Sie Italiener oder was?«

Ich blieb stehen. »Mr. Bellarosa, sagen Sie Ihren Schlägern, einschließlich Ihrem debilen Fahrer Lenny und den Halbidioten und Schlampen in Ihrem Torhaus und allen anderen, die für Sie arbeiten, daß Don Bellarosa Mr. John Sutter respektiert.«

Er sah mich ungefähr eine halbe Minute an und nickte. »Okay. Und Sie lassen mich nicht mehr warten. Okay?«

»Ich will mein Bestes tun.«

Wir gingen weiter die Grace Lane entlang, und ich fragte mich, wie viele Leute uns aus ihren Elfenbeintürmen beobachteten. »He, Ihr Junge war vor ein paar Tagen bei uns«, sagte Bellarosa. »Hat er es Ihnen erzählt?«

»Ja. Er hat gesagt, Sie hätten ihn auf dem ganzen Besitz herumgeführt. Das war sehr freundlich von Ihnen.«

»Kein Problem. Netter Junge. Haben uns richtig gut unterhalten. Ist so klug wie sein Vater. Richtig? Auch direkt und offen wie sein Vater. Hat mich gefragt, woher ich das ganze Geld habe, um den Besitz zu renovieren.«

»*Ich* habe ihm bestimmt nicht beigebracht, solche Fragen zu stellen. Hoffentlich haben Sie ihm geantwortet, daß ihn das nichts angeht.«

»Nee. Ich habe ihm gesagt, ich habe hart gearbeitet und kluge Sachen gemacht.«

Ich nahm mir vor, mit Edward darüber zu sprechen, daß Verbrechen sich nicht lohnt. Frank Bellarosas Rat an seine Kinder war vermutlich weniger komplex und ließ sich in vier Worte fassen: Laßt euch nicht erwischen.

Wir kamen zum Ende der Grace Lane, einem großen Wendeplatz mit einem ungefähr zweieinhalb Meter hohen gezackten Felsblock in der Mitte. Einer Legende nach hat Captain Kid, von dem man weiß, daß er am North Shore von Long Island seinen Schatz vergraben hat, diesen Felsen als Ausgangspunkt für seine Schatzkarte genommen. Ich erwähnte das kurz, und Bellarosa fragte: »Heißt die Gegend hier deshalb die Goldküste?«

»Nein, Frank. Sondern weil hier die Reichen leben.«

»Oh! Hat jemand den Schatz gefunden?«

»Nein, aber ich verkaufe Ihnen die Karte.«

»Und Sie bekommen dafür von mir eine Schenkungsurkunde für die Brooklyn Bridge.«

Offenbar färbte mein Witz auf ihn ab.

Wir gingen zur Einfahrt von Fox Point, dessen Torhaus ein Miniaturschloß war. Die ganze Vordermauer des Besitzes war unter wild wuchernden Bäumen und Sträuchern versteckt, und von der Grace Lane aus war nicht das kleinste Stückchen Park zu sehen. Ich holte einen Schlüssel heraus und sperrte das Vorhängeschloß an dem schmiedeeisernen Tor auf. »Wie sind Sie überhaupt hineingekommen?« fragte ich Bellarosa.

»Es war offen, als ich herkam. Ein paar Leute waren am Strand. Bekomme ich auch einen von diesen Schlüsseln?«

»Ich denke schon. Ich lasse einen für Sie machen.« Normalerweise macht sich derjenige, der das Schloß aufsperrt, nicht die Mühe, es hinterher wieder abzuschließen, und so war Bellarosa hineingekommen. Aber dieser Mann hatte etwas an sich, das mich zwang, die einfachsten und nüchternsten Dinge, die ich tat, gründlich zu überlegen und dann noch einmal zu überdenken. Ich bildete mir ein, daß seine Schläger uns folgten oder daß plötzlich Mancuso auftauchen würde. Wenn man wollte, konnte man sehr leicht über die Mauer klettern, aber trotzdem griff ich, nachdem wir das Tor passiert und ich es wieder geschlossen hatte, durch die Gitterstäbe und ließ das Vorhängeschloß zuschnappen. »Sind Sie bewaffnet?« fragte ich Bellarosa.

»Trägt der Papst ein Kreuz?«

»Ich glaube schon.« Wir gingen über die alte Zufahrt, die früher mit Tonnen zermalmter Seemuscheln geschottert gewesen war. Doch im Lauf der Jahre waren sie unter Erde, Gras und Unkraut fast völlig verschwunden. Die Bäume, die die Zufahrt säumten – hauptsächlich Mimosen- und Tulpenbäume –, wucherten so wild, daß sie einen Tunnel bildeten, keine drei Meter breit und so niedrig, daß man kaum aufrecht gehen konnte.

Nach einer Weile endete die üppige Vegetation. Etwas weiter unten stand eine dünne Reihe windzerzauster Bäume, dann kamen Binsen und hohes Gras und schließlich der felsige Strand selbst. »Hier ist es wirklich sehr hübsch«, sagte Bellarosa.

»Danke«, sagte ich und erweckte damit den Eindruck, daß das mein Verdienst sei.

Wir gingen weiter, blieben aber auf der Zufahrt, an der jetzt nur noch ab und zu eine salzverkrustete Tanne oder Zeder langsam verkümmerte, und gelangten endlich zu den Ruinen des großen Hauses von Fox Point. Dieses Haus, Anfang der zwanziger Jahre erbaut, war für seine Zeit sehr ungewöhnlich – ein Bau, wie er heute modern ist, aus Glas und Mahagoni mit Flachdach, offenen Stockwerken und Stangengeländern, einem Luxusdampfer nicht unähnlich und ungefähr genauso groß. Es war vor etwa zwanzig Jahren abgebrannt, aber schon seit den fünfziger Jahren unbewohnt gewesen. Sanddünen waren um das lange, verschachtelte Haus herumgewachsen, und mir kam regelmäßig der Gedanke, daß es dem in sich zusammengesunkenen Skelett eines phantastischen Meerestiers ähnelte, das in grauer Vorzeit an Land gespült worden war. Aber ich erinnere mich, das Haus vor dem Brand gesehen zu haben, wenn auch nur aus großer Entfernung, als ich mit meinem Boot draußen gewesen war. Ich habe oft gedacht, daß ich gern darin leben würde, weil man von den oberen Stockwerken aus die See beobachten konnte.

Bellarosa betrachtete die Ruine eine Weile und ging dann weiter zum Strand. Fox Point war, sogar nach den Maßstäben der Gold Coast, ein märchenhafter Besitz gewesen. Aber mit den Jahren waren die Terrassen, die Bade- und Bootshäuser und die Piers von Stürmen und Erosion zerstört worden. Es gab nur noch zwei intakte Gebäude auf dem ganzen Besitz: den Aussichtspavillon und den Vergnügungspalast. Der Aussichtspavillon balancierte gefährlich auf einem unterspülten Grasplateau und würde wohl vom nächsten Nordweststurm mitgerissen werden.

»So etwas habe ich nicht«, sagte Bellarosa und zeigte auf den Pavillon.

»Nehmen Sie sich ihn, ehe Ihnen das Meer zuvorkommt.«

Aufmerksam sah sich Bellarosa das achteckige Bauwerk aus einiger Entfernung an. »Ich kann ihn nehmen?«

»Kein Mensch kümmert sich darum.«

»Gut. Dominic soll sich die Sache einmal ansehen.«

Ich blickte auf den Sund hinaus. Es war ein strahlend blauer Tag, das Wasser funkelte, bunte Segel glitten am Horizont vorüber, und in der Ferne sah man die Küste von Connecticut. Es war ein Tag, an dem man gern lebte. Bisher jedenfalls.

Bellarosa wandte sich von dem Aussichtspavillon ab und blickte auf ein Gebäude, das ein gutes Stück vom Strand entfernt stand. »Was ist das? Ich hab's schon gesehen, als ich das erstemal hier war.«

»Das ist der Vergnügungspalast.«

»Sie meinen, zum Amüsieren?«

»Ja. Genau dazu.« Tatsächlich haben sich die reichsten und den Freuden des Lebens am meisten zugeneigten Bewohner der Gold Coast abseits ihrer Herrenhäuser diese riesigen Vergnügungspaläste bauen lassen, die ausschließlich Spiel und Spaß dienten. Der Vergnügungspalast auf Fox Point bestand aus Stahl und festem Mauerwerk, und während des Zweiten Weltkriegs lagerte die Küstenwache Munition darin. Doch so fest das Gebäude auch wirkte – oder auf deutsche U-Boote gewirkt haben mußte –, aus der Luft sah man deutlich, daß der größte Teil des Daches aus blauem Glas bestand. Wenn ich hin und wieder mit einem kleinen Flugzeug die Gold Coast überflogen hatte, konnte ich diesen und andere Vergnügungspaläste auf den ersten Blick ausmachen, denn sie haben alle schimmernde blaue Dächer.

»Wie amüsieren?« fragte Bellarosa.

»Sex, Glücksspiele, Trinken, Tennis. Einfach alles.«

»Zeigen Sie ihn mir.«

»Aber gern.«

Wir gingen die hundert Meter zu dem riesigen Bauwerk, und ich führte ihn durch eine zerbrochene Glastür hinein. Die sportlicher Betätigung vorbehaltenen Flügel hatten große Ähnlichkeit mit einem modernen Fitness-Club, aber in den Mosaikböden und den mit Eisenfiligran verzierten Fenstern waren auch elegante Jugendstilelemente zu finden. Wenn man bedachte, daß das Gebäude seit zirka 1929 nicht mehr benutzt worden war, war es in einem guten Zustand.

In einem Flügel befand sich ein für offizielle Tennisturniere geeigneter Sandplatz, über dem sich in ungefähr zehn Meter Höhe ein blaues Glasdach wölbte. Das Dach leckte, und der rote Sand war längst verrottet, und jetzt wuchsen seltsame Pflanzen dort, die offenbar roten Sand und blaues Licht lieben. Da weit und breit kein Netz zu sehen war, fragte mich Bellarosa, dem die Raumaufteilung dieser Häuser ja schon früher einige Rätsel aufgegeben hatte: »Was ist das für ein Raum?«

»Der Salon.«

»Kein Scheiß?«

Dann kamen wir durch einen voll ausgestatteten Turnsaal und eine Schwimmhalle mit einem Swimmingpool, in dem man olympische Wettkämpfe hätte austragen können. Zwischen Turnsaal und Pool lagen Dampfbäder, Duschen, Massageräume und ein Solarium. Im luxuriösen Westflügel waren unter anderem Gästezimmer, eine Küche und die Zimmer des Hauspersonals.

Bellarosa sagte auf unserem Rundgang sehr wenig, nur einmal stellte er fest: »Diese Leute haben gelebt wie die Kaiser von Rom.«

»Sie haben es so gut wie möglich versucht.«

Dann erreichten wir den Ostflügel, der aus einem riesigen Ballsaal bestand. Susan und ich hatten hier einmal einen Ball im Stil der »wilden zwanziger Jahre« mitgemacht. »*Madonna!*« sagte Frank.

»Ja«, pflichtete ich ihm bei. Ich erinnerte mich, daß in der Nähe des Ballsaals eine Cocktail-Lounge gewesen war – eigentlich eine Flüsterkneipe, denn der Palast war während der Prohibition gebaut worden. Aber ich konnte sie nicht finden. Als wir unter den geisterhaft blauen Glasdächern durch das Gebäude gingen, überkam sogar mich, der ich mein Leben lang zwischen den Ruinen der Gold Coast gelebt habe, angesichts der Größe und des Prunks ein

Gefühl der Ehrfurcht. Wir hatten kehrtgemacht und standen jetzt wieder am Pool. »Wir müssen hier eine römische Orgie feiern«, sagte ich zu Bellarosa. »Sie bringen das Bier mit.«

»O ja«, sagte er lachend. »Jesus, müssen diese Leute viele Freunde gehabt haben.«

»Leute mit viel Geld haben viele Freunde.«

»He, steht der Besitz zum Verkauf?«

Ich wußte, was jetzt kam, Bellarosa war ein Typ, der alles kaufen wollte, was er nicht stehlen konnte. »Ja, er steht zum Verkauf«, antwortete ich. »Wollen Sie die ganze Grace Lane kaufen?«

Er lachte wieder. »Ich liebe meine Privatsphäre und möchte ungestört sein.«

»Gehen Sie nach Kansas. Am Wasser kostet der Morgen Land eine halbe Million.«

»Jesus! Wer, zum Teufel, kann sich das leisten?«

Die Mafia-Dons. Ich sagte: »Die Iraner.«

»Wer?«

»Die Iraner verhandeln mit der Familie, der dieser Besitz gehört. Leute namens Morrison, die jetzt in Paris leben. Sie sind stinkreich, aber dieser Besitz interessiert sie nicht. Sie sind nicht einmal mehr amerikanische Staatsbürger. Haben sich ausbürgern lassen.«

Er dachte über meine Worte nach, wobei er, davon bin ich überzeugt, aus meinen spärlichen Informationen eine ganze Reihe von Schlüssen zog. Wir kamen an die zerbrochene Tür und traten ins Freie. »Was, zum Kuckuck, wollen die Iraner mit einem solchen Besitz?« fragte er.

»Nun ja, auf Long Island leben jetzt viele reiche immigrierte Iraner, und sie wollen den Besitz kaufen und aus dem Vergnügungspalast eine Moschee machen. Vielleicht hat das blaue Dach sie dazu angeregt.«

»Eine Moschee? Eine arabische Kirche?«

»Eine islamische Moschee. Die Iraner sind Moslems, aber keine Araber.«

»Alles braune Nigger.«

Warum machte ich mir nur die Mühe, diesem Menschen etwas zu erklären?

Er deutete mit dem Finger auf mich. »Und das werden Sie erlauben?«

»Wen meinen Sie mit ›Sie‹?«

»Sie wissen, wen ich meine. Sie alle hier. Sie werden das erlauben?«

»Ich weise Sie auf den ersten Zusatzartikel zur Verfassung hin, der Religionsfreiheit für alle garantiert.«

»Ja, aber du heiliger Jesus, haben Sie diese Leute einmal beten gehört? Wo ich früher gewohnt habe, trafen sich immer Araber in einem ehemaligen Laden ganz in der Nähe. Einer von diesen Clowns stieg jeden Abend aufs Dach und heulte dort wie eine Hyäne. Jesus, soll das hier wieder losgehen?«

»Durchaus möglich.« Wir hatten uns in Bewegung gesetzt, und ich schlug den Weg zum Aussichtspavillon ein.

Mein Begleiter nahm sich das offensichtlich zu Herzen. »Diese Immobilientussi hat mir kein Wort davon gesagt«, brummte er.

»Mir auch nicht.«

Darüber dachte er einen Moment nach und versuchte sich wahrscheinlich darüber schlüssig zu werden, ob das eine persönliche Beleidigung oder eine Anspielung auf die Mafia war. Dann brummte er: »Diese Scheiß-Iraner...«

Es war wirklich höchste Zeit, diesem Mann eine Lektion in Staatsbürgerkunde zu erteilen, ihn daran zu erinnern, wofür Amerika stand. Er mußte endlich begreifen, daß mir Rassendiskriminierung verhaßt war. Doch das wäre wahrscheinlich so, als wollte ich einem Schwein das Singen beibringen; man vergeudete nur seine Zeit damit und verärgerte das Schwein. Daher sagte ich: »Kaufen Sie es doch.«

Er nickte. »Wieviel? Für den ganzen Besitz?«

»Nun, es gehört nicht annähernd soviel Land dazu wie zu Stanhope oder Alhambra, aber es liegt am Wasser; also würde ich sagen, ungefähr zehn bis zwölf Millionen für Grund und Boden.«

»Das ist eine ziemlich hohe Summe.«

»Sie wird noch höher. Wenn Sie mit den Iranern um die Wette bieten wollen, werden die Sie auf fünfzehn und mehr hinauftreiben.«

»Ich biete nicht gegen andere Leute. Bringen Sie mich mit denen zusammen, mit denen ich reden muß. Mit den Besitzern.«

»Und Sie machen ihnen dann Ihr bestes Angebot und überzeugen sie davon, daß es auch für sie das beste ist.«

»Sie lernen schnell, Anwalt.«

»Was würden Sie mit dem Besitz anfangen?«

»Ich weiß nicht. Schwimmen gehen. Ich würde auch allen erlauben, den Strand zu benutzen. Die beschissenen Araber würden das bestimmt nicht, weil sie was dagegen haben, ein bißchen nackte Haut zu sehen. Sie haben sogar beim Schwimmen diese verdammten Bettlaken an.«

»Daran hab' ich noch gar nicht gedacht.«

Ich fragte mich, ob dieser Mensch tatsächlich Stanhope Hall und Fox Point kaufen und Alhambra trotzdem behalten konnte. Außerdem fiel mir auf, daß er für einen Mann, dem eine Mordanklage ins Haus stand, sehr viele langfristige Pläne hatte. Ganz zu schweigen von all den Feinden, die ihm das Lebenslicht ausblasen wollten... Mumm hatte er, das mußte man ihm lassen.

Wir gingen den Weg zum Aussichtspavillon hinauf und betraten das große achteckige Bauwerk. Es war aus Holz, doch auf der Seeseite war die Farbe ganz verwittert. Innen sah es noch ganz ordentlich aus.

Bellarosa schaute sich alles genau an. »Sie haben ja auch so ein Ding auf Ihrem Besitz. Ja, es gefällt mir. Kann man hübsch drin sitzen und reden. Ich schicke Dominic nächste Woche her.« Er ließ sich auf die Bank nieder, die sich um den ganzen Innenraum herumzog. »Also setzen Sie sich. Dann können wir reden.«

»Ich stehe lieber und höre zu.«

Er holte eine Zigarre aus der Hemdentasche. »Wollen Sie eine? Echt cubanisch.«

»Nein, danke. Sind die hier nicht illegal?«

»Na und?« Er wickelte die Zigarre aus und zündete sie mit einem goldenen Feuerzeug an. Er sagte: »Ich habe Ihren Jungen gebeten, seiner Schwester zu sagen, sie soll mir eine Kiste *Monte Christos* mitbringen.«

»Es wäre mir lieb, wenn Sie meine Familie nicht zum Schmuggeln verleiten würden.«

»Wenn sie erwischt wird, kümmere ich mich darum.«

»Ich bin Anwalt. Ich kümmere mich darum.«

»Was macht sie auf Cuba?«

»Woher wissen Sie, daß sie nach Cuba wollte?«

»Ihr Junge hat es mir erzählt. Er wollte nach Florida. Ich habe ihm ein paar Namen von Leuten genannt, die ich in Cocoa Beach kenne.«

»Was für Namen?«

»Namen von Freunden. Die Leute werden sich um ihn und seine Freunde kümmern.«

»Frank...«

»He, wozu sind Freunde denn da? Aber in Cuba habe ich keine Freunde. Warum ist Ihre Tochter nach Cuba gegangen?«

»Um für den Weltfrieden zu arbeiten.«

»Ach ja? Wie nett. Wie ist die Bezahlung? Vielleicht kann ich sie kennenlernen, wenn sie das nächstemal hier ist.«

»Vielleicht. Sie können ja Ihre Zigarren abholen.«

»O ja. He, wie steht es mit Ihrer Einkommensteuersache?«

»Melzer scheint sie im Griff zu haben. Vielen Dank.«

»Kein Problem. Also keine Strafanzeige, richtig?«

»Das hat er gesagt.«

»Gut, gut. Ich hätte es nicht so gern, wenn mein Anwalt im Gefängnis säße. Wieviel knöpft Melzer Ihnen ab?«

»Zwanzigtausend im voraus und die Hälfte von dem, was er mir erspart.«

»Das ist nicht schlecht. Wenn Sie schnell Bares brauchen, sagen Sie mir Bescheid.«

»Wie hoch sind die Zinsen?«

Er zog lächelnd an seiner Zigarre. »Für Sie erstklassige drei Prozent, genausoviel wie bei der Bank.«

»Danke, aber ich habe das Geld.«

»Ihr Junge hat gesagt, Sie verkaufen Ihr Sommerhaus, um Steuern zu bezahlen.«

Ich antwortete nicht. Daß Edward das gesagt haben sollte, war mir unbegreiflich.

Bellarosa fügte hinzu: »Man verkauft heutzutage keine Immobilien. Man kauft sie.«

»Danke.« Ich stellte den Fuß auf die Bank und schaute aufs Meer hinaus. »Was wollten Sie mit mir besprechen?«

»O ja, diese Grand-Jury-Sache. Sie ist letzten Montag zusammengetreten.«

»Das habe ich gelesen.«

»Dieser Scheiß-Ferragamo quatscht viel zu gern mit der Presse. Jedenfalls wird man mich in zwei, drei Wochen unter Mordanklage stellen. Der Bundesanwalt kriegt von der Grand Jury einen versiegelten Schrieb, in dem die Anklage für begründet erklärt wird. Aber das bleibt geheim, bis die Bombe platzt. In der Zwischenzeit geht der Bundesanwalt mit diesem Schrieb und dem Haftbefehl zu einem Bundesrichter, weil er seine Unterschrift braucht. Das wird an einem Montag passieren, damit sich das FBI am Dienstag in Marsch setzen kann, um Sie abzuholen. Die Kerle klopfen gegen sechs oder sieben Uhr morgens an die Haustür. Verstehen Sie?«

»Nein. Ich bearbeite nur Steuersachen.«

»Na ja, sie kommen so früh, weil sie Sie um diese Zeit gewöhnlich noch mit runtergelassener Hose zu Hause antreffen. *Capisce?*«

»Warum gerade Dienstag?«

»Na ja, Dienstag ist ein guter Tag für die Nachrichten. Montag ist schlecht, Freitag ist schlecht, und das Wochenende können Sie ganz vergessen. Denken Sie, dieser Scheiß-Ferragamo ist blöd?«

»Aber Sie könnten sie doch auch am Mittwoch oder Donnerstag verhaften. Sind das keine medienwirksamen Tage?«

»O ja, das könnten sie natürlich. Doch für die großen Fische ist ihnen der Dienstag am liebsten. Dann kommt der Knüller am

Mittwoch rechtzeitig in die Presse und kriegt am Donnerstag vielleicht noch einen kleinen Nachschlag. Stellen Sie sich vor, sie kommen am Donnerstag und Sie sind nicht zu Hause? Dann müßten sie Sie am Freitag holen, und der Nachrichtenwert wäre gleich Null.«

»Okay. Sie werden also am Dienstag verhaftet. Was passiert dann?«

»Okay. Man holt Sie und bringt Sie zur Federal Plaza runter, ins FBI-Büro. Dort führt man Sie eine Zeitlang vor, damit jeder Sie auch richtig beglotzen kann, dann geht's ab zum Foley Square, ins Bundesgericht. Dort liefern die FBI-Typen Sie gegen neun oder zehn Uhr in Handschellen ab. Bis dahin hat Ferragamo die Hälfte aller beschissenen Presseleute der Welt zusammengetrommelt, und alle halten Ihnen Mikrofone unter die Nase, und die Kameras surren. Dann nimmt man Ihnen die Fingerabdrücke ab, und Sie werden registriert, und dann erlaubt man Ihnen, Ihren Anwalt anzurufen.« Er sah mich an. »Verstehen Sie?«

»Und was ist, wenn Ihr Anwalt gerade seine Tochter in Cuba besucht?«

»Das wird nicht der Fall sein. Tatsächlich brauche ich ihn nicht einmal anzurufen, weil er an den nächsten Dienstagen gegen, sagen wir, fünf Uhr früh zu mir zum Kaffee kommt.«

»Ich verstehe.«

»Ach ja. Wenn also das FBI kommt, ist mein Anwalt zur Stelle, um dafür zu sorgen, daß alles mit rechten Dingen zugeht und die FBI-Typen sich anständig benehmen. Dann steigt mein Anwalt zu Lenny in meinen Wagen und folgt mir zur Federal Plaza und dann zum Foley Square. Mein Anwalt ist also weder in Cuba noch sonstwo, sondern bei seinem Mandanten. *Capisce?*«

Ich nickte.

»Außerdem hat mein Anwalt eine Aktenmappe dabei; und in dieser Aktenmappe sind Bargeld und Besitzurkunden und der ganze andere Scheiß, den er braucht, um für seinen Mandanten die Kaution zu bezahlen. Mein Anwalt wird ungefähr vier bis fünf Millionen herausrücken müssen.«

»Man wird Sie nicht gegen Kaution entlassen, Frank – nicht wenn der Bundesgerichtshof Mordanklage gegen Sie erhebt.«

»Falsch. Hören Sie gut zu. Mein Anwalt wird den Richter davon überzeugen, daß Frank Bellarosa ein verantwortungsbewußter Mann ist, ein Mann, der sich der Allgemeinheit verpflichtet fühlt, ein Mann, der sich um sechzehn streng legale Firmen kümmern muß, ein Mann, der ein Haus und Frau und Kinder hat. Mein Anwalt wird dem Richter erklären, daß sein Mandant noch nie wegen eines Gewaltverbrechens verurteilt worden ist und gewußt hat, daß das FBI ihn abholen würde. Er hat auf die Beamten gewartet und ist friedlich und ohne Widerstand zu leisten mitgegangen. Mein Anwalt kann das bezeugen und wird dem Richter auch sagen, daß er Mr. Bellarosa persönlich kennt und mit ihm *befreundet* ist. Und er kennt auch Mrs. Bellarosa, ist der nächste Nachbar von Mr. und Mrs. Bellarosa und garantiert persönlich dafür, daß Mr. Bellarosa sich der Gerichtsbarkeit nicht entziehen wird. Haben Sie das verstanden?«

»O ja, und ob.«

»Okay. Jetzt muß der Richter, der Mordverdächtige gar nicht gern gegen Kaution aus der Haft entläßt, über diesen ganzen Scheiß sehr ernsthaft nachdenken. Inzwischen wird das FBI Ferragamo auch verklickert haben, daß Bellarosa von seiner bevorstehenden Verhaftung an diesem Morgen wußte, das Geld für die Kaution mitgebracht und einen hochqualifizierten Anwalt hat. Also bewegt Ferragamo seinen Arsch höchstpersönlich in den Gerichtssaal, um ein bißchen Druck auf den Richter auszuüben. Euer Ehren, das ist ein sehr ernster Fall, bla, bla, bla. Euer Ehren, das ist ein gefährlicher Mann, ein Mörder, bla, bla. Aber mein Anwalt nimmt es mit dem Bundesanwalt auf und erklärt, daß die Kaution nicht unbegründet abgelehnt werden darf, bla, bla, und daß die ganze Anklage sowieso Scheiße ist und daß wir fünf Millionen in dieser Tasche haben. Und ich habe persönlich für meinen Mandanten gebürgt, Euer Ehren. John Sutter aus der Wall Street liefert sich Ihnen praktisch aus, Euer Ehren. Diesen Scheiß hat Ferragamo nicht erwartet, und jetzt ist er es, der mit heruntergelassener

Hose erwischt worden ist. Er reißt sich den Arsch auf, damit Frank Bellarosa nicht freikommt. Er ist ganz wild darauf, mich im Knast zu sehen. Und am Abend möchte er sich zu Hause mit seiner Frau und ein paar Freunden beim Abendessen die Scheiß-Nachrichten anschauen, während ich mit einem Korken im Arsch im Knast sitze und alle Mühe habe, die Schwulen von meiner Hintertür zu vertreiben. *Capisce?*«

»*Capisco.*«

»Gut. Und Sie verstehen auch, daß das nicht passieren darf, Anwalt. Daß Sie es nicht zulassen werden.«

»Haben Sie mir nicht gesagt, daß Ferragamo Sie nach der formellen Anklageerhebung auf der Straße sehen will, damit Ihre Freunde oder Feinde Sie vor dem Prozeß umbringen können?«

»Ja. Daran erinnern Sie sich also noch? Also es läuft so: Ferragamo weiß, daß wir gegen die richterliche Verfügung Einspruch erheben werden, wenn sie mich nicht gegen Kaution freilassen. Richtig? Aber das dauert ein paar Wochen. Und wenn wir das nächstemal vor Gericht erscheinen, wird Ferragamo dem Richter hinter vorgehaltener Hand zugeflüstert haben, daß er mit der Kaution einverstanden ist. Er blinzelt dem Richter zu und flüstert ihm ins Ohr: Das FBI soll Bellarosa beschatten. Was für ein Quatsch. Das FBI beschattet mich seit zwanzig Jahren und hat bisher noch nichts zu sehen gekriegt. Also blinzelt der Richter zurück, und ich bin draußen. Aber inzwischen war ich zwei, drei Wochen im Knast. Können Sie mir folgen? Also läßt Ferragamo hintenrum verlauten, daß ich gesungen habe. Daß ich bereit bin, gegen eine geringere Strafe alle möglichen Leute zu verraten. Von da an bin ich eine Leiche. Aber, Anwalt, wenn ich am selben Tag aus diesem Gerichtsgebäude wieder rauskomme, an dem ich dort reingegangen bin, habe ich eine Chance, die Sache im Griff zu behalten. Verstehen Sie?«

»Ja.« Jetzt verstand ich ganz genau, warum ich es war und nicht Jack Weinstein, der Frank Bellarosa vertreten würde. Es war John Whitman Sutter, der Ur-Ur-Großneffe von Walt Whitman, Sohn von Joseph Sutter, der Wall-Street-Legende, Ehemann von Susan

Stanhope, Partner bei *Perkins, Perkins, Sutter and Reynolds*, Mitglied des *Creek*, des *Seawanhaka Corinthian*, außerdem ein hochgeachtetes Mitglied der Episkopalkirche, ein Mann, der in Yale und Harvard studiert hatte, ein Freund der Roosevelts, Astors und Vanderbilts und ganz zufällig auch ein Freund und Nachbar des Beschuldigten. Und dieser John Sutter übernahm vor Gericht die persönliche Garantie, daß sein Mandant Frank Bellarosa nicht fliehen und die Kaution verfallen lassen würde. Und der Richter würde zuhören, und jeder im Gerichtssaal anwesende Reporter würde zuhören, und die Geschichte würde in jeder Zeitung der drei Staaten New York, Connecticut und Massachusetts erscheinen, sie würde in jedem Rundfunksender zu hören und in allen Fernsehnachrichten zu sehen sein – vielleicht sogar im ganzen Land. Dieser Mistkerl war brillant. Er hatte das ausgeheckt – wann? Vielleicht schon an dem Tag, an dem ich ihm vor Hick's Großgärtnerei zum erstenmal begegnet war. *Mr. Sutter? John Sutter, nicht wahr?*

Aber es mußte sogar schon viel früher gewesen sein. Denn als er mich zufällig oder absichtlich getroffen hatte, wußte er bereits genau, wer ich war. Hatte er schon damals im Geist das ganze Szenarium durchgespielt, das er jetzt vor mir ausgebreitet hatte, und sich überlegt, wie er überleben könnte, bevor seine Gegner den ersten Zug machten? Aber noch beeindruckender war die Tatsache, daß er von Anfang an überzeugt gewesen war, mich in der Tasche zu haben, obwohl ich ihm ein paarmal zu verstehen gegeben hatte, er solle sich verziehen. Es war kein Zufall, daß dieser Mann nach dreißig Jahren noch frei und am Leben war. Seine Gegner – der Bundesanwalt, die rivalisierenden Mafia-Bosse, Columbianer und andere – waren nicht faul oder inkompetent. Sie waren Frank Bellarosa einfach nicht gewachsen.

Ich meine, es gab eine Zeit, in der ich ihn gern im Gefängnis gesehen hätte – vielleicht sogar tot. Doch jetzt waren meine Gefühle gemischt, etwa so, wie wenn der Hai am Haken hängt. Man haßt den Hai, man fürchtet den Hai, aber nach zwei Stunden hat man Respekt vor ihm.

»Sie verstehen also?« unterbrach seine Stimme meine Gedanken.

Ich nickte.

»Wir sollten«, fuhr er fort, »das Gerichtsgebäude wieder verlassen haben, bevor sie dort Mittagspause machen. Ich möchte nicht in der Haftzelle zu Mittag essen. Dann suchen wir beide uns ein hübsches, kleines Lokal. Vielleicht das *Café Roma*. Das ist nicht weit vom Gericht. Ich möchte, daß Sie gebackenen Tintenfisch probieren. Um diese Zeit hält Ferragamo eine seiner Scheiß-Pressekonferenzen ab. Er läßt sogar sein Mittagessen sausen, damit sein Gequatsche in den Spätausgaben erscheint und in den Fünf-Uhr-Nachrichten gesendet wird. Er quasselt über die Anklage gegen mich, über meine Verhaftung, über den ganzen Scheiß eben. Und er möchte so gern auch verkünden, daß ich im Knast sitze, aber dazu wird es nicht kommen, so daß er sich von den Presseleuten einiges sagen lassen muß – und sein Boß in Washington wird ihn sich auch vornehmen. Im Grunde ist er aber ein glücklicher Mann, wird's am Nachmittag mit seiner Freundin treiben und dann nach Hause fahren und eine Party geben. Wir hängen inzwischen ein bißchen in der Stadt herum, nehmen uns ein Hotelzimmer, sehen uns Nachrichten an, kaufen ein paar Zeitungen und laden Freunde ein. Sie können vor der Presse ein paar Erklärungen abgeben, aber sagen Sie ja nicht zuviel. Und erinnern Sie mich daran, daß ich meine Frau anrufe. Ach ja, und es wäre nett, wenn Ihre Frau so gegen acht oder neun Uhr morgens zu meiner Frau rüberkommen und bei ihr bleiben könnte. Sie wissen, daß Frauen sich wegen nichts und wieder nichts aufregen können. Na ja, möglicherweise wissen Sie's auch nicht... Aber ich kann Ihnen sagen, sie werden mit so einer Sache nicht besonders gut fertig. Es wäre also schön, wenn Ihre Frau meine Anna ein bißchen ablenken könnte, vielleicht bis ihre dämliche Verwandtschaft bei mir aufkreuzt und abwechselnd flennt und kocht. Okay? Aber sagen Sie Ihrer Frau jetzt noch kein Wort davon. *Capisce?* Und halten Sie sich in den nächsten drei, vier Wochen in der Nähe auf. Fahren Sie in Urlaub oder so?«

»Ich glaube nicht.«

»Gut. Ich verlass' mich drauf. Und gehen Sie montags immer früh schlafen, damit Sie dienstags ausgeruht sind. Üben Sie ein, was Sie bei Gericht sagen werden. Polieren Sie Ihre Eier auf Hochglanz für diese beschissenen Bundesleute. Wir müssen vor Gericht gut aussehen.« Er sah mich an. »Kein Gefängnis, Anwalt. Das habe ich Ihnen versprochen, und das müssen Sie jetzt auch mir versprechen. Verstehen Sie?«

»Ich verspreche Ihnen, mein Bestes zu tun.«

»Gut.« Er stand auf und schlug mir auf die Schulter. »He, ich hab' noch ein anderes Problem. In Brooklyn hatte ich Tomaten, so groß wie Bulleneier. Hier haben wir jetzt Mitte Juli, und ich habe nur lauter kleine grüne Dinger. Aber wie ich sehe, haben Sie hübsche große, und es sind die Pflanzen, die ich Ihnen gegeben habe. Erinnern Sie sich? Muß wohl ein anderer Mutterboden sein. Nicht, daß es mir peinlich ist oder so, aber ich verstehe es nicht. Ich möchte daher ein paar von Ihren Tomaten gegen irgendwas anderes eintauschen. Ich habe eine Unmenge grüner Bohnen. Okay? Abgemacht?«

Ich mag keine grünen Bohnen, doch wir besiegelten den Tausch mit Handschlag.

23. Kapitel

Ein paar Tage nach dem Fox-Point-Palaver war ich am Morgen im Jacht-Club und erledigte ein paar kleinere Instandsetzungsarbeiten auf der Morgan. Es war ein Wochentag, aber wie gewöhnlich schwänzte ich das Büro. Meine Partner haben mich noch nie auf meine häufige Abwesenheit angesprochen, weil sie es im Sommer nicht anders erwarten und weil sie mich für einen gewissenhaften Menschen halten, der die Firma nie im Stich lassen würde. Damit hatten sie allerdings unrecht. Die Arbeit stapelte sich auf meinem Schreibtisch, Anrufe blieben unbeantwortet, und im Büro in Locust Valley stand niemand am Ruder. Aber die Leute arbeiten ohnehin besser, wenn sie unbeaufsichtigt sind.

Zwar macht es mir Spaß, am Boot herumzubasteln, aber das Segeln selbst genieße ich noch mehr. Doch auf einem Segelboot sollte man wenigstens noch zwei Leute an Bord haben, und manchmal ist es schwierig, an Wochentagen eine Crew zu finden. Carolyn und Edward waren ja nicht mehr da, und Susan betreibt den Segelsport ebenso halbherzig wie ich die Reiterei und hat mich gebeten, sie mit solchen Ansinnen zu verschonen.

Dann hörte ich, wie jemand den Pier entlang auf mich zukam. Ich blinzelte gegen die Sonne, um zu erkennen, wer es war. Wer es auch war, er trug einen Anzug, er blieb stehen und sagte: »Bitte um die Erlaubnis, an Bord zu kommen.«

»Nicht in diesen Schuhen.«

Mr. Mancuso vom *Federal Bureau of Investigations* zog sich gehorsam die Schuhe aus und sprang dann in Strümpfen auf das Teak-Deck. »Guten Morgen«, sagte er.

»*Buon giorno*«, antwortete ich.

»Ich bin hier, um eine ganze Menge Kummer und Ärger in Ihr Leben zu tragen«, sagte er lächelnd.

»Ich bin schon verheiratet.«

Er grinste. »Haben Sie ein paar Minuten Zeit?«

»Für mein Land, Mr. Mancuso, habe ich jede Menge Zeit. Aber ich habe kein Geld und wenig Geduld.« Ich machte mich wieder an meine Arbeit, die im Moment darin bestand, eine Leine aufzuschießen.

Mancuso stellte seine Schuhe auf das Deck, sah mir einen Moment lang zu und blickte sich dann um. »Schönes Boot.«

»Vielen Dank.«

»Überhaupt hübsch hier.« Er machte eine weit ausholende Armbewegung, die den ganzen Club umfaßte.

»Wir geben uns Mühe.« Ich war mit der Leine fertig und musterte Mancuso einen Augenblick; er war noch genauso blaß wie im April. Er trug einen hervorragend geschnittenen hellbeigen Anzug aus Sommerwolle, ein schickes Hemd, eine geschmackvolle Krawatte und, wie ich deutlich sehen konnte, sehr hübsche Socken. Aber der fransige Haarkranz und das wollige Büschel amüsierten mich auch heute.

»Wollen Sie hier reden, Mr. Sutter?« fragte er. »Fühlen Sie sich hier wohl? Wollen wir ins Boot hineingehen? Oder woandershin?«

»Wie lange sind ein paar Minuten?«

»Vielleicht eine halbe Stunde. Vielleicht auch eine ganze.«

Ich dachte einen Moment nach und fragte dann: »Können Sie segeln?«

»Nein.«

»Dann lernen Sie es jetzt. Die Krawatte und das Jackett werden Sie wahrscheinlich nicht brauchen.«

»Wahrscheinlich nicht.« Er zog das Jackett aus, und zum Vorschein kam ein Schulterhalfter mit einer großen Automatic, vielleicht einem Browning.

Ich warf einen Blick auf die Nachbarboote und sagte dann: »Vielleicht möchten Sie das unter Deck verstauen. Sie wissen doch, drinnen im Boot.« Ich zeigte ihm den Weg. »Das heißt unter Deck.«

»Klar.« Geduckt kletterte er die Kajüttreppe hinunter und tauchte ein paar Minuten später ohne Krawatte und barfuß wieder auf, die Hemdsärmel aufgerollt. Wenn das überhaupt möglich war, sah er jetzt noch grotesker aus. Ich stand am Ruder und startete den Motor. »Wissen Sie, wie man die Leinen losmacht?«

»Klar, das kann ich.«

Er tat es auch, und ein paar Minuten später waren wir unterwegs. Ich stand am Ruder der Morgan – es ist ein Speichenrad aus Mahagoni – und hatte das Gefühl, zur Abwechslung endlich einmal etwas im Griff zu haben. Natürlich hätte ich es vorgezogen zu segeln, doch mit Mancuso als Crew hielt ich es für besser, mich mit Motorkraft von den vertäuten Booten und aus dem Flachwasser abzusetzen.

Ich steuerte die *Paumanok* um Plum Point herum nach Cold Spring Harbor, richtete dann den Bug zum Sund aus und ging auf kleine Kraft herunter. Noch immer am Ruder stehend, sagte ich zu Mancuso: »Drehen Sie die Kurbel da drüben, dann kommt das Großsegel hoch.«

Er gehorchte, und das Großsegel glitt am Mast nach oben. Eine leichte Brise erfaßte es, und die *Paumanok* bekam Fahrt. Ich schaltete den Motor aus und erklärte Mancuso, wie er das Segel trimmen müsse, dann ließ ich ihn den Klüver hissen, und wir bekamen Fahrt. Der arme Mr. Mancuso kroch in seiner guten Wollhose, die, fürchte ich, völlig ruiniert war, auf dem Deck herum. Alles in allem schien es ihm jedoch Spaß zu machen, und ich war glücklich, weil ich so unerwartet Gelegenheit bekommen hatte zu segeln. Mancuso war natürlich zu mir gekommen, um mit mir zu sprechen, doch im Moment schien er es zufrieden, an Bord der *Paumanok* schanghait worden zu sein.

Mancuso lernte schnell, zumindest die Fachausdrücke, und konnte innerhalb einer Stunde Segelbaum und Spreiz, Vorstengestag und Backstaghebel unterscheiden und wahrscheinlich auch seinen Arsch von seinem Ellenbogen.

Wie ich schon sagte, war der Wind leicht, aber er kam von Süden und brachte uns weit in den Sund hinaus. Ungefähr drei Meilen hinter Lloyd's Neck zeigte ich Mancuso, wie man die Segel niederholte. Wir hatten noch immer südlichen Wind, und die Ebbe hatte eingesetzt, so daß wir sicher von der Küste und dem Flachwasser weggetrieben wurden. Trotzdem ging ich wieder ans Ruder und spielte Captain. »Hat es Ihnen Spaß gemacht?« fragte ich Mancuso.

»Ja, das hat es wirklich.«

»Nachts bei starkem Wind und schwerer See macht es noch mehr Spaß, besonders wenn Ihr Motor streikt.«

»Wieso denn das, Mr. Sutter?«

»Weil Sie glauben, daß Ihre letzte Stunde geschlagen hat.«

»Wirklich sehr spaßig.«

»Nicht wahr? Aber Ihr Ziel ist es natürlich, am Leben zu bleiben. Also setzen Sie alle Ihre Treisegel und versuchen vor dem Wind zu segeln und sich in Sicherheit zu bringen. Oder Sie holen alle Segel nieder, stellen den Motor auf volle Kraft voraus und fahren mit dem Wind. Man muß lebenswichtige Entscheidungen treffen. Anders als bei der Arbeit am Schreibtisch, wo es nicht so darauf ankommt.«

Er nickte. »Ist mir bekannt. Ungefähr einmal im Jahr muß ich mich entscheiden, ob ich meine Waffe ziehen soll oder nicht.«

»Gut.« Nachdem wir uns einig waren, daß keiner den anderen übertrumpfen konnte, ging ich hinunter, füllte zwei Becher mit Kaffee aus meiner Thermosflasche und brachte sie hinauf. »Hier.«

»Danke.«

In ausgeblaßten Jeans und T-Shirt stand ich am Ruder, eine Hand am Rad, in der anderen den Becher. Ich sah wirklich gut aus, während ich den weißhäutigen Mr. Mancuso in seinem albernen Aufzug musterte, der auf einer gepolsterten Kastenbank saß. »Haben Sie vorhin nicht gesagt, daß Sie mit mir reden möchten?« fragte ich.

Er schien zu überlegen, was er eigentlich hatte sagen wollen, so als sei es vielleicht gar nicht mehr relevant. »Mr. Sutter«, begann er endlich, »ich bin jetzt seit fast zwanzig Jahren FBI-Agent.«

»Das muß sehr interessant sein.«

»Das ist es. Den größten Teil dieser Zeit habe ich bei verschiedenen Sondereinheiten verbracht, die das organisierte Verbrechen bekämpfen. Die Mafia ist mein eigentliches Interessengebiet.«

»Wollten Sie vielleicht Zucker in den Kaffee?«

»Nein, danke. Ich habe also das Leben in der Unterwelt sehr genau kennengelernt, Mr. Sutter. Es hat nichts mit Romantik zu tun.«

»Wer hätte das jemals behauptet?«

»Sie verletzen Menschen, Mr. Sutter. Sie verkaufen Drogen an Kinder, zwingen junge Mädchen zur Prostitution, erpressen Geld von ehrlichen Geschäftsleuten. Sie verleihen Geld zu Wucherzinsen und schlagen die Leute zusammen, die sie nicht bezahlen können. Sie korrumpieren Gewerkschaften und Politiker...«

»Also, wer da wen korrumpiert, bleibt wohl dahingestellt.«

»Sie morden...«

»Sie ermorden nur anderen Abschaum. Sie bringen keine Cops um, keine Geschäftsleute, Richter oder Leute wie Sie und mich, Mr. Mancuso. Ich verstehe, was Sie sagen wollen, aber der Durchschnittsbürger ist viel besorgter und empörter über die Gewalttätigkeit auf der Straße, über Sexualverbrecher, Straßenräuber, Autodiebe, bewaffnete Räuber, Einbrecher und Drogensüchtige, die frei herumlaufen. Ich kenne selbst Leute, die durch solche Verbrecher lebenslang geschädigt wurden. Doch ich wüßte niemanden aus meinem engeren Umkreis, der ein Opfer der Mafia geworden wäre. *Capisce?*«

Mancuso lächelte über das letzte Wort und nickte dann zustimmend. »Ja, das gebe ich zu, Mr. Sutter. Aber ich behaupte, daß das organisierte Verbrechen und das Bandenwesen die ganze Nation auf heimtückische Weise schädigen, und...«

»Okay. Das gebe ich zu. Und ich habe Ihnen gesagt, ich würde in einem Verfahren gegen die Mafia gern Geschworener sein. Was viele Bürger nicht tun würden. Wissen Sie auch, warum? Weil sie Angst haben, Mr. Mancuso.«

»Nun, da haben wir's, Mr. Sutter. Die Leute haben Angst vor Gangstern. Die Leute...«

»Natürlich hätten sie Angst, wenn sie auf der Geschworenenbank sitzen müßten. Aber das ist ziemlich unwahrscheinlich und daher weit weg für sie. Wirkliche Angst haben sie davor, nachts auf die Straße zu gehen.«

»Das FBI patrouilliert nicht durch die Straßen, Mr. Sutter. Das, worüber Sie sprechen, ist ein ganz anderes Thema.«

»Gut, dann reden wir also über die Mafia. Warum hätte der Durchschnittsbürger Angst davor, in einem Fall, in dem es um das organisierte Verbrechen geht, Geschworener zu sein oder als Zeuge auszusagen? Ich sage Ihnen, warum. Weil Sie in Ihrem Job zu nachlässig sind und nicht tun, was man von Ihnen erwarten dürfte.«

Zum erstenmal schien Mancuso über mich verärgert. Tatsächlich hatte er dieses und auch schon das letzte Mal viel Geduld bewiesen, aber jetzt merkte ich, daß ich ihn gepackt hatte.

Er setzte den Becher auf dem Deck ab und stand auf. »Sie können überzeugt sein, Mr. Sutter, daß wir unseren Job nicht vernachlässigen, denn, Sir, wir sind dabei, den Krieg gegen das organisierte Verbrechen zu gewinnen.«

»Haben Sie das der Mafia schon gesagt?«

»Die wissen es sehr gut. Besser als die amerikanische Öffentlichkeit, die man hauptsächlich mit negativen Nachrichten abspeist. Ich will Ihnen eine gute Schlagzeile liefern: *DIE MAFIA AUF DER FLUCHT.*«

Ich lächelte, sagte jedoch nichts.

Mancuso fuhr fort: »Seit 1984, Mr. Sutter, hat die Bundesregierung auf der Grundlage verschiedener Gesetze Hunderte von Schuldsprüchen verhängt. Wir haben ein paar Millionen Dollar beschlagnahmt – in Form von Besitz und Bargeld –, und wir haben fast alle vierundzwanzig Verbrecherfamilien ganz oder teilweise zerschlagen. Es gibt in ganz Amerika nur noch eine einzige Festung der Mafia, und zwar hier in New York. Von den hier ansässigen fünf Verbrecherfamilien sind vier durch Strafverfolgung, Tod und vorzeitigen Rücktritt praktisch verkrüppelt. Nur eine Familie bleibt stark, und nur ein Anführer fordert Respekt.«

»Wer könnte das wohl sein?«

Nachdem Mancuso seinen selbstzufriedenen Monolog abgespult hatte, gestattete er sich selbst ein Lächeln. »Sie wissen, wen ich meine.«

»Worauf wollen Sie hinaus?« fragte ich.

»Nun, offensichtlich auf Frank Bellarosa und Ihre Beziehung zu ihm.«

»Ich verstehe.« Mancuso hatte mein Interesse geweckt, und ich hatte den Eindruck, daß er mir mehr Fragen beantworten konnte als ich ihm. »Wie reich ist Mr. Bellarosa?« fragte ich.

Er überlegte einen Moment und antwortete dann: »Wir schätzen, daß ihm seine illegalen Geschäfte im Jahr brutto an die sechshundert Millionen Dollar einbringen...«

»Sechshundert Millionen? *Mamma mia,* Mr. Mancuso.«

»O ja«, sagte er. »Aber ich weiß nicht, wie hoch der Gewinn ist und wieviel er persönlich behält. Wir wissen, daß er an vierzehn legalen Firmen beteiligt ist...«

»Sechzehn.«

Mancuso musterte mich eine Weile forschend und fuhr dann fort: »An vierzehn oder mehr legalen Firmen mit einem vergangenes Jahr einbekannten und zu versteuernden Einkommen von fünfeinhalb Millionen Dollar.«

»Und er bezahlt Steuern?«

»O ja. Er hat sogar zuviel bezahlt. Der IRS hat ihm zweihunderttausend Dollar zurückgegeben. Vor einigen Jahren hatte er ein ernstes Problem mit der Steuerbehörde, das ihm neunzehn Monate eingebracht hat. Seither nimmt er es mit den Steuern aus seinem legalen Einkommen übergenau. Ich würde mich nicht wundern, wenn er Sie eines Tages bitten würde, seine Steuerangelegenheiten zu erledigen.«

Ich überging diese Bemerkung und fragte statt dessen: »Warum, glauben Sie, ist er mit fünf Millionen legalen Dollars pro Jahr nicht zufrieden?«

»Da spielen andere Faktoren hinein, Mr. Sutter. Bellarosa ist eine außergewöhnliche Persönlichkeit. Er trifft seine Entscheidungen nicht wie Sie oder ich. Dieser Mann hat sich an die Spitze der größten Verbrecherfamilien New Yorks durchgekämpft und neun Menschen getötet oder töten lassen, von denen er glaubte, sie seien eine Gefahr für ihn. Persönlichkeiten wie ihn gibt es natürlich, und die Geschichte kennt viele davon. Frank Bellarosa treibt die Gier nach Macht. Das Geld ist nebensächlich. Verstehen Sie?«

»Ja, ich verstehe.«

»Außerdem gefällt es ihm, über dem Abgrund zu leben. Es wird Ihnen vielleicht schwerfallen, das zu glauben, Mr. Sutter, aber auf seine primitive Weise genießt er es, die Zielscheibe von Mördern zu sein. Seine Feinde können ihm kein größeres Kompliment machen, als ihn zu töten versuchen. *Capisce?*«

»*Capisco.*«

»Sehr gut. Aber an Ihrem Akzent müssen Sie noch arbeiten. Soviel ich weiß, spricht Ihre Frau ein bißchen Italienisch. Vielleicht hilft sie Ihnen.«

Ich antwortete nicht, und wir schwiegen eine Zeitlang. Während die *Paumanok* driftete, wurde mir klar, daß ich Mancuso an irgendeinem Punkt wissen lassen mußte, daß ich der Rechtsvertreter des Mannes war, von dem wir sprachen. Doch da er nicht gefragt hatte und auch noch nichts streng Vertrauliches zur Sprache gekommen war, ließ ich es. Ich wollte mehr über meinen Mandanten erfahren, und da mein Mandant nicht einmal zugeben wollte, daß die Mafia überhaupt existierte, war Mancuso wahrscheinlich meine beste Informationsquelle. »Wie groß ist sein Reich eigentlich?« fragte ich. »Ich meine jetzt nicht das Geld, sondern die Menschen.«

Mancuso sah mich eine Weile nachdenklich an und antwortete: »Wieder können wir nur schätzen, aber wir denken, daß Bellarosa das Kommando über ungefähr dreitausend Leute hat.«

»Das ist ein ziemlich großes Unternehmen.«

»Ja. Und der harte Kern seiner Organisation besteht aus dreihundert ›gemachten‹ Männern, wie wir sie nennen. Das sind Männer, die gewissermaßen ihr Soll an Kerben erreicht haben. Verstehen Sie, was das heißt?«

»Ich fürchte ja.«

»Und alle Mafiosi, die zu diesem harten Kern gehören, sind Italiener, hauptsächlich Sizilianer oder Neapolitaner.«

»Und was sind Sie, Mr. Mancuso?«

»Weder – noch. Ich bin ein echter Römer.«

»Interessant. Und Mr. Ferragamo?«

»Ich habe gehört, daß seine Vorfahren aus Florenz stammen. Dort ist man sehr kultiviert. Warum fragen Sie?«

»Ich versuche nur, die Untertitel zu lesen, Mr. Mancuso.«

»Ich versichere Ihnen, es gibt keine, Mr. Sutter.«

»Vielleicht nicht. Aber erzählen Sie mir von diesen Sizilianern und Neapolitanern.«

Er zögerte einen Augenblick und antwortete dann: »Ich nehme an, es könnte von Bedeutung sein, woher die Vorfahren von Bellarosas Verbrecherfamilien stammen. Er hat einen Unterführer namens Salvatore D'Alessio alias Sally Da-da, der mit der Schwester von Bellarosas Ehefrau verheiratet ist. Ein Schwager sozusagen. Familiäre Bindungen sind für diese Leute sehr wichtig. Wenn sie nicht feststellen können, ob eine Blutsverwandschaft existiert, dann forschen sie nach, ob sie irgendwie durch Heirat verwandt oder verschwägert sind. Werden sie auch da nicht fündig, schaffen sie sich Bindungen durch Taufen. Sie wissen schon, Taufpaten und Patenkinder. Diese Bindungen sind wichtig, weil sie dazu benutzt werden, Loyalität zu fordern und zu festigen. Loyalität und Respekt sind Nummer eins und Nummer zwei in den Statuten. Dann erst kommt alles andere. Deshalb waren sie ein ganzes Jahrhundert so erfolgreich – weil es so unglaublich schwierig war, den harten Kern aufzubrechen.«

Ich nickte. »Und deshalb neigen blasse *Wasps* möglicherweise dazu, sie zu idealisieren und mit Romantik zu verbrämen.«

»Vielleicht.«

»Aber Sie sehen sie realistischer, Mr. Mancuso?«

»Ich glaube ja.«

»Gut. Es gibt also einen Unterführer. Wo paßt der *Consigliere* hinein?«

»Er ist das nächste Glied in der Kette. Ihre Hierarchie ist in dieser Beziehung etwas ungewöhnlich. Ein Ratgeber, dem man vertraut, hat oft mehr Macht als der Unterführer. Er ist derjenige, der die Anweisungen an die Capos weitergibt, die Anführer der einzelnen Gangs. Warum wollen Sie das alles wissen?«

»Ich versuche mir nur ein Bild von meinem nächsten Nachbarn zu machen. Wie paßt ein Mann wie Jack Weinstein da hinein?«

»Weinstein? Bellarosas Anwalt?«

»Ja. Welchen Stellenwert hat er?«

»Nun, wenn der Anwalt kein Italiener ist, was ich bei Jack Weinstein voraussetze, dann okkupiert er eine Art Niemandsland. Weinstein hat zwei schwere Fälle für Frank Bellarosa durchgekämpft, bevor Bellarosa der Boß wurde. Dafür ist Bellarosa ihm wahrscheinlich dankbar und respektiert ihn, wie Sie und ich einem Chirurgen dankbar wären, der uns zweimal das Leben gerettet hat. Verstehen Sie?«

»Ja.«

»Warum fragen Sie nach Jack Weinstein, Mr. Sutter?«

»Berufliche Neugier. Und weil ich es langsam satt habe, mich immer nur mit Steuerfragen zu beschäftigen.«

Mr. Mancuso lächelte, doch es war ein sorgenvolles Lächeln. »Das alles ist ziemlich abstrakt, Mr. Sutter«, sagte er. »Ich möchte Ihnen eine Geschichte über Bellarosa erzählen. Es gibt viele, aber diese kann ich beschwören. Als Bellarosa noch Capo war, bestellte er einen gewissen Vito Posilico zu einem Treffen in seinen Club in der Mott Street. Als Mr. Posilico kam, lud Frank Bellarosa ihn zu einem Kaffee ein, und sie saßen beisammen und redeten. Dann beschuldigte Bellarosa den anderen aus heiterem Himmel, er habe Geld zurückbehalten, das er von einem Bauunternehmer erpreßt hatte. Der Bauunternehmer, ein ehrlicher Mann übrigens, hatte Posilico fünfzigtausend Dollar für die Garantie bezahlt, daß in der Zeit, in der er ein großes Bauvorhaben durchführte, auf seiner Baustelle der Arbeitsfrieden nicht gestört wurde. Bellarosa hatte seinen Anteil, der sich auf die Hälfte belief – also fünfundzwanzigtausend Dollar – eingesteckt, behauptete jedoch plötzlich, Posilico habe von dem Bauunternehmer hunderttausend Dollar bekommen. Posilico stritt das natürlich ab und erbot sich, seinem Capo in ein paar Tagen den Beweis dafür zu erbringen. Doch Bellarosa wollte nicht widerlegt werden, ganz besonders nicht vor anderen Leuten. Er wollte, daß Posilico ihm Respekt erwies, ein Geständnis ablegte, vor ihm kroch und um Gnade bettelte. Und wenn er weiterhin seine Unschuld beteuerte, sollte er zumindest zeigen, daß er Angst hatte. Aber Vito Posilico war zu selbstbewußt und wies die Beschuldigung energisch zurück. Er erklärte, der Bauunternehmer könne in einer Viertelstunde hier sein, und dann könne Bellarosa selbst mit ihm sprechen. Dann hob er die Kaffeetasse an die Lippen, um zu trinken, aber Frank Bellarosa hatte plötzlich ein

Bleirohr in der Hand und zerschlug Posilico die Hände, die Tasse und die Zähne. Dann stand er auf und fuhr fort, dem Mann fast jeden Knochen im Leib zu brechen. Das nur als Beispiel.«

Wow. Ich ließ das Ruder los und lehnte mich an die Reling. O ja, ich konnte mir Bellarosa sehr gut vorstellen, wie er, die Zigarre im Mund, ein Bleirohr schwang und einem Mann die Knochen zerschmetterte, weil er ihn des Diebstahls verdächtigte. Wären wir in seinem und nicht in meinem Club gewesen, hätte er dem alten Richard wahrscheinlich den Arm gebrochen, weil er ihm den Salat wegnehmen wollte. Und das war der Mann, den Susan so faszinierend fand... Ich beobachtete das Rad, das sich hin und her bewegte, während der zunehmende Wind und die Strömung das Boot weiter hinaustrugen. Das Böse und die Heimtücke, dachte ich, sind nur in anekdotischer Form ganz zu verstehen. Zu hören, daß ein Mann neun namenlose Menschen ermordet hat, um an die Spitze zu kommen, ist furchtbar, aber wenn man in allen Einzelheiten geschildert bekommt, wie er Vito Posilicos Gesicht und Zähne mit einem Bleirohr zerschlug, dreht sich einem der Magen um.

»Warum«, unterbrach mich Mancuso in meinen Gedanken, »sollte ein Mann wie Sie mit einem solchen Menschen Umgang pflegen?«

»Sind Sie beruflich hier, Mr. Mancuso, oder um meine Seele zu retten?«

»Beides, Mr. Sutter, da sich in diesem Fall beides deckt.« Er sah mich an und sagte: »Ich kenne Sie nicht, aber ich weiß eine Menge über Sie. Ich weiß, daß Sie ein gesetzestreuer und geachteter Bürger, Kirchgänger und Armeeveteran und ein erfolgreicher, angesehener Anwalt sind. Frank Bellarosa dagegen ist eine Pestbeule in der Gesellschaft, ein heimtückischer Krimineller und ein Mann, dessen Seele für alle Ewigkeit in der Hölle brennen wird.«

Diese letzte Bemerkung überraschte mich, und das merkte man mir wohl an. »Ich widerspreche Ihnen nicht«, antwortete ich. »Kommen Sie zur Sache.«

»Ich möchte, daß Sie mir helfen.«

»Wie?«

»Wir haben einen Gerichtsbeschluß, der es uns erlaubt, Bellarosas Telefon anzuzapfen. Aber das weiß er natürlich und sagt daher am Telefon nichts Wesentliches, also ...«

»Und Sie haben unsere Gespräche abgehört?«

»Ja, wir wissen Bescheid über den Stall und daß er Sie gebeten hat, ihn nach Fox Point zu begleiten. Zufällig haben Sie viel Humor, und ich habe mit Vergnügen festgestellt, daß Sie sich von ihm nicht einschüchtern lassen. Er duldet Ihre Sarkasmen, und ich frage mich, warum.«

»Ich glaube, sie sind zu hoch für ihn, Mr. Mancuso.«

»Vielleicht. Auf jeden Fall wissen wir, daß Sie und Ihre Frau einen Abend bei den Bellarosas verbracht haben. Ich habe Fotos, auf denen man sieht, wie Sie uns zuwinken, und Fotos von Ihrem gemeinsamen Spaziergang nach Fox Point. Wir wissen auch, daß Sie ihn und seine Frau in Ihren Country-Club mitgenommen und seither Probleme mit Ihren Freunden haben. Wir haben auch Ihre Frau mit Mrs. Bellarosa und sogar ein paarmal mit ihm selbst telefonieren gehört.« Er beobachtete mich einen Augenblick und fügte dann hinzu: »Ihre Frau verbringt ziemlich viel Zeit auf Alhambra. Unseres Wissens malt sie das Haus. Ist das richtig?«

»Meine Frau ist Malerin von Beruf. Künstler, Autoren und Huren arbeiten für jeden, der das Geld hat.«

»Und Anwälte nicht?«

»Das hängt vom Geld ab.«

»Ihre Frau hat von den Bellarosas kein Geld für das Bild bekommen.«

»Woher wissen Sie das?«

»Es gibt auch Dinge, die ich weiß und gern mit Ihnen teilen möchte, Mr. Sutter, wenn Sie mir ein paar kleine Gefallen täten.«

Ich antwortete nicht.

»Wir möchten«, sagte er, »daß Sie drei oder vier Wanzen in Bellarosas Haus anbringen. Eine in seinem Arbeitszimmer, eine in der Halle, vielleicht eine im Wintergarten und auf jeden Fall eine in der Küche, wo er wahrscheinlich die meisten seiner Geschäfte tätigt, weil er Italiener ist.« Mancuso ließ seine Zahnkronen blitzen.

»Wie wär's mit seinem Schlafzimmer?«

»So etwas tun wir nicht. Dort passiert ohnehin nicht mehr viel«, fuhr er fort. Dann kam er in dem schlingernden Boot auf mich zu und faßte mich an den Armen, als wolle er sich festhalten. »Können wir auf Sie zählen?«

»Nein.«

»Warum nicht?«

»Nun – ich bin sein Anwalt.«

Er wich einen Schritt zurück, als hätte ich gesagt, ich hätte eine ansteckende Krankheit. »Ist das Ihr Ernst?«

»O ja, das ist er. Und vor allem möchte er, daß ich ihm im Mordfall Juan Carranza vertrete.« Ich schaute Mancuso ins Gesicht und sah, daß es nicht das glücklichste war. Er ging auf die Backbordseite und betrachtete das Meer.

Mir wurde klar, daß ich einen taktischen Fehler gemacht hatte, als ich ihm gesagt hatte, was Bellarosa bis zu seiner Verhaftung, Anklageverlesung und der Kautionsverhandlung geheimhalten wollte. Aber das war kein schwerer Fehler, und ich würde bestimmt noch einige machen, da ich sonst hauptsächlich mit Steuersachen und Testamenten zu tun hatte. Außerdem hatte Bellarosa selbst einmal zu mir gesagt, ich solle mit Mancuso über Ferragamo reden. »Wollen Sie wissen, warum ich ihn vertrete?« fragte ich.

Ohne sich umzudrehen, sagte Mancuso: »Ich könnte ein paar Überlegungen anstellen, Mr. Sutter, und wenn ich das täte, würde ich sagen, es hat nichts mit Geld zu tun.«

»Das ist richtig. Ich zeige mich nur für einen Gefallen erkenntlich, den er mir getan hat. Aber vor allem tue ich es, weil ich glaube, daß Bellarosa diesen Mord nicht begangen hat, daß er diesmal unschuldig ist.«

Er drehte sich zu mir um. »Ach wirklich? Und warum glauben Sie das?«

»Unter anderem, weil Bellarosa mich davon überzeugt hat, daß

Bundesanwalt Alphonse Ferragamo ihm den Mord in die Schuhe schieben will. Das heißt, er will viel mehr als nur das, er zielt darauf ab, daß Bellarosa entweder von den Columbianern oder von seinen eigenen Leuten umgebracht wird, die mit den Columbianern Frieden haben wollen.« Ich beobachtete Mancuso sehr genau. Er hatte ein sehr offenes Gesicht, was für einen Cop nicht sonderlich gut ist, und ich sah ihm an, daß er meine Erklärung nicht absurd fand. Als ich diese Beschuldigung aussprach, wurde mir klar, daß Bellarosa recht hatte, wenn er Gesichter beobachtete. »Ich will Ihnen berichten, was ich von Bellarosa erfahren habe.« Und während der nächsten zehn Minuten tat ich genau das. »Bellarosa hat gesagt, daß Sie ein ehrlicher Mann sind. Wenn das zutrifft, dann sagen Sie mir aufrichtig, klingt das plausibel oder nicht?«

Er starrte eine volle Minute auf das Deck hinunter und antwortete dann, ohne aufzublicken. »Ein Bundesanwalt wird wegen einer persönlichen Rache weder seine Karriere noch seine Freiheit aufs Spiel setzen.«

»So hätte ich vor drei Monaten auch gedacht, inzwischen habe ich einiges über die *Paesani* gelernt. *Capisce?*«

Mancuso schien nicht belustigt.

Ich fügte hinzu: »Retten Sie Ferragamos Seele, Mr. Mancuso. Erinnern Sie ihn daran, daß Rache eine Sünde ist. Wenn er sich zurückzieht, hänge auch ich nicht mehr am Haken. Sagen Sie ihm, er soll für Frank Bellarosa etwas Besseres finden, als ihn mit einer falschen Beschuldigung hereinlegen zu wollen. Sagen Sie ihm, er soll fair spielen.«

Mancuso antwortete nicht.

Ich schaute auf meine Uhr und sagte dann zu ihm: »Jetzt zeige ich Ihnen, wie man wendet. Hissen Sie zuerst das Großsegel.«

Und so setzten wir die Segel, lavierten uns durch den Wind und gegen das noch immer ablaufende Wasser. Nach einer Stunde, in der wir nicht sehr weit gekommen waren, sagte Mancuso erschöpft: »Könnten Sie vielleicht den Motor starten?«

»Ich könnte, aber gegen den Wind segeln, ist sehr lehrreich. Ein Test für Können und Geduld.«

»Es ist eine sinnlose Anstrengung«, erklärte die Crew.

Wir umrundeten Plum Point, erwischten einen günstigeren Wind und kamen besser vorwärts. Mancuso kniete auf dem Vordeck und hielt sich an der Reling fest. Ihm schien es zu gefallen, wie der Bug durch das Wasser schnitt. Ich riet ihm, eine Schwimmweste anzulegen oder sich wenigstens mit einer Rettungsleine zu sichern, doch er erklärte, er sei ein ausgezeichneter Schwimmer.

»Haben mich eigentlich Ihre Leute beim IRS hingehängt?« rief ich.

Er drehte sich um, sah mich an und rief zurück: »Nein. Aber wir wissen von der Sache.«

»Davon bin ich überzeugt.«

»Ich war es nicht. Darauf gebe ich Ihnen mein Wort.«

»Vielleicht nicht Sie«, schrie ich, Wind und Wasser übertönend, »aber jemand aus Ihrem Büro!«

»Nein, wir haben mit dem IRS nichts zu tun. Wir trauen den Kerlen nicht.«

»Dann könnten Sie also nicht dafür sorgen, daß die ihre Krallen zurückziehen?«

»Ich könnte ein gutes Wort für Sie einlegen. Doch versprechen kann ich Ihnen nichts.«

Frank Bellarosa und Melzer dagegen konnten mir aus dem Stegreif einiges versprechen. Wie unglaublich deprimierend und demoralisierend.

»Wollen Sie, daß ich ein gutes Wort für Sie einlege?« rief er.

»Klar. Sagen Sie ihnen, daß ich in die Kirche gehe und ein guter Seemann bin.«

»Mach' ich. Werden Sie für mich die Wanzen anbringen?«

»Das kann ich nicht tun.«

»Klar können Sie das. Sie brauchen nur sein Mandat zurückzugeben. Das Berufsethos muß gewahrt bleiben.«

Jetzt hatte Mancuso es auch noch mit dem Berufsethos. »Holen Sie den Klüver nieder!« rief ich ihm zu.

»Den was?«

»Das Segel, das so heftig über Ihrem Kopf flattert.«

Er holte es nieder, dann das Fock- und das Großsegel, und ich ließ den Motor an. Wenn man eine unerfahrene Crew an Bord hat, fährt man am besten mit Motorkraft in den Hafen ein und vermeidet so größeres Unheil wie das Rammen eines vertäuten Bootes, während auf der Clubhausveranda Leute sitzen und gemütlich etwas trinken.

Wir gingen längsseits, und ich schaltete den Motor aus, während Mancuso das Haltetau gekonnt über einen Poller warf, als wäre es ein Lasso. Wir machten die *Paumanok* fest und gingen dann unter Deck, um unsere Sachen zu holen.

Während Mancuso sich Krawatte und Waffe umband, sagte er: »Sie verteidigen Frank Bellarosa nicht nur, weil Sie glauben, daß er diesen Mord nicht begangen hat, Mr. Sutter. Das könnte jeder Anwalt. Ich denke, Sie spielen einfach gern mit hochexplosivem Sprengstoff, weil Sie die Gefahr lieben. Wie nächtliches Segeln bei Sturm. Ich weiß, daß das Leben langweilig sein kann, Mr. Sutter, und Leute, die Zeit und Geld haben, brauchen etwas, das ihr Blut in Wallung bringt. Manche Männer spielen, einige fahren Auto- oder Bootsrennen, manche klettern auf Berge, manche haben Affairen und manche tun das alles zusammen.«

»Zur gleichen Zeit?«

»Aber, Mr. Sutter, jeder Nervenkitzel hat seinen Preis. Gefahr ist gefährlich.«

»Das weiß ich, Mr. Mancuso. Wo haben Sie übrigens Ihr juristisches Staatsexamen abgelegt, wenn ich fragen darf?«

»Georgetown.«

»Ausgezeichnet. Könnte ich Ihr Gehalt verdoppeln, Mr. Mancuso? Wir brauchen einen Katholiken. Sie haben Ihre zwanzig Jahre beim FBI hinter sich.«

Er lächelte. »Ich zähle nicht die Jahre, Mr. Sutter. Ich möchte diesen Job zu Ende bringen. Und wenn es noch einmal zwanzig Jahre dauert, die Mafia in New York zu zerschlagen, dann werde ich, so Gott will, noch immer dabei sein.«

»Denken Sie über mein Angebot nach. Es war ernst gemeint, und...«

»Ich freue mich, daß Sie an mich gedacht haben. Es wäre bestimmt sehr reizvoll. Aber was ich Ihnen noch sagen möchte, Mr. Sutter: Das Böse ist verführerisch...«

»Was haben Sie gesagt?«

»Das Böse ist verführerisch. Verstehen Sie, was ich meine?«

»Ja...«

»Und Tugend ist langweilig. Das Böse scheint sich eher auszuzahlen als die Tugend, aber Tugend, Mr. Sutter, belohnt sich selbst. Das wissen Sie.«

»Natürlich weiß ich das. Ich bin ein ehrlicher Mann. Ich lasse mich mit Frank Bellarosa auf keine Unehrlichkeit ein.«

Mancuso schlüpfte in sein Jackett. »Wer sich mit Bellarosa einläßt, verstößt gegen die Ethik, ist unmoralisch und unklug. Sehr unklug.« Er trat in der kleinen Kombüse, in der wir standen, dicht an mich heran. »Hören Sie, Mr. Sutter! Vergessen Sie, daß ich Sie gebeten habe, Bellarosas Haus zu verwanzen und daß er in diesem Einzelfall vielleicht unschuldig ist. Der Mann ist böse. Ich mag Sie, Mr. Sutter, und möchte Ihnen einen guten Rat geben. Sagen Sie Frank Bellarosa, er soll verschwinden und sich von Ihnen und Ihrer Frau fernhalten.« Er packte mich am Arm und sah mir fest in die Augen. »Dieser Mann wird Sie und Ihre Familie zerstören. Und es wird *Ihre* Schuld sein, nicht die seine. Um der Liebe Gottes willen, sagen Sie ihm, er soll Sie in Ruhe lassen!«

Er hatte natürlich absolut recht. »Danke«, sagte ich. »Sie sind mir sehr sympathisch, Mr. Mancuso, und haben mir meinen Glauben an die Menschlichkeit wiedergegeben. Aber das ist so ziemlich das einzige. Ich werde nachdenken über das, was Sie mir gesagt haben.«

Mancuso ließ meinen Arm los. »Danke für die Fahrt, Mr. Sutter. Einen schönen Tag noch.« Er stieg die Kajüttreppe hinauf und verschwand an Deck.

Ich folgte ihm etwa eine Minute später und sah, wie er sich am Pier die Schuhe anzog. Inzwischen waren noch ein paar andere Leute da, und sie alle hatten den Mann im Anzug gesehen, der von meinem Boot gekommen war. Wahrscheinlich dachten ein paar von ihnen, daß Mr. Mancuso – wie John Sutter – ein Freund von Frank Bellarosa war, und die beiden sich eben auf See einiger Leichen entledigt hatten.

»Ferragamo und Bellarosa gehören in ein und dieselbe Zelle!« rief ich Mancuso nach. »Wir beide sollten wieder einmal zusammen segeln!«

Er winkte mir zu und verschwand dann hinter einer vor Anker liegenden Allied, die ich sofort kaufen würde, wenn ich dreihunderttausend Dollar hätte.

Ich holte die Politur aus dem Kasten und polierte so lange an einer Messinglampe herum, bis sie in der Sonne glänzte.

24. Kapitel

In der Woche nach meinem Segeltörn mit Mancuso pflanzten George Allard und ich Buchsbäume in die unschöne Lücke zwischen den beiden Seitenflügeln des Stalls. Es ist eine schwere Arbeit, und ich hätte einen Gärtner kommen lassen können, aber ich pflanze gern Bäume, und George ist stets von dem Ehrgeiz besessen, dem alten Knicker Stanhope ein paar Dollar zu ersparen.

Wenn Männer zusammenarbeiten, finden sie trotz aller Klassenunterschiede zu einer Art instinktiver Kameradschaft. Ich stellte daher fest, daß es mir Freude machte, mich mit George zu unterhalten, und auch er taute ein bißchen auf, machte Witze und sogar eine indiskrete Bemerkung über seinen Arbeitgeber. »Mr. Stanhope«, sagte er, »hat mir und meiner Frau zehntausend Dollar angeboten, wenn wir aus dem Torhaus ausziehen. Und wer bitte, soll seiner Ansicht nach die ganze Arbeit machen, wenn wir nicht mehr hier sind?«

»Vielleicht hat Mr. Stanhope einen Käufer für den ganzen Besitz«, sagte ich.

»Er hat einen Käufer? Wen?«

»Ich bin nicht sicher, daß er einen hat, George, aber wenn er einen hat, wird er ihm vielleicht ein leeres Torhaus anbieten wollen. Vielleicht möchte er das Torhaus auch separat verkaufen.«

George nickte. »Nun, ich möchte da wirklich nicht im Wege sein, aber...«

»Nur keine Sorge. Ich habe mir August Stanhopes Testament angesehen, und es ist völlig klar, daß Sie und Ihre Frau im Torhaus Wohnrecht auf Lebenszeit haben. Lassen Sie sich von William Stanhope nicht unter Druck setzen, und akzeptieren Sie das Angebot nicht. Sie könnten ein vergleichbares Haus in unserer Gegend nicht für weniger als zwanzigtausend Dollar im Jahr mieten.«

»Oh, das weiß ich, Mr. Sutter. Es war wirklich kein großartiges Angebot. Ich würde auch nicht gehen, wenn er mir mehr anbieten würde. Das hier ist mein Heim.«

»Gut. Und wir brauchen Sie am Tor.«

Es war ein heißer Tag, und die Arbeit bedeutete für einen Mann seines Alters eine ziemliche Strapaze. Aber Männer sind in dieser Beziehung ehrgeizig, und George wollte mir beweisen, daß er noch mithalten konnte.

Gegen Mittag sagte ich: »Das reicht jetzt. Wir treffen uns um zwei Uhr wieder.«

Ich ging nach Hause und aß allein, da Susan nicht da war; dann schrieb ich meiner Schwester Emily. Als ich zurückging, um mich wie verabredet mit George zu treffen, fand ich ihn zwischen den noch nicht gepflanzten Bäumen auf dem Boden liegend. Ich kniete neben ihm nieder, aber er gab kein Lebenszeichen mehr von sich. George Allard war tot. Das Tor von Stanhope Hall war verwaist.

Zur Totenwache in einem Beerdigungsinstitut in Locust Valley kamen viele Gutsbedienstete, die die Allards seit Jahren gekannt hatten. Interessanterweise erschienen auch ein paar ältere Aristokraten, Ladys und Gentlemen aus der alten, versunkenen Welt, die selbst wie Gespenster aussahen und nun einem der ihren die letzte Ehre erweisen wollten.

Auch die Stanhopes fühlten sich natürlich verpflichtet, aus Hilton Head herüberzukommen. Sie hatten George zwar nicht direkt den Tod gewünscht, aber man wußte, daß das Thema im Laufe der Jahre zwischen ihnen unter vier Augen erörtert worden war und zwar so, daß man, wenn man sie zufällig hörte, das Gefühl haben konnte, sie könnten es kaum erwarten, bis er starb.

Susans Bruder, der noch immer nach dem Sinn des Lebens suchte – diesen Monat in Acapulco –, konnte nicht kommen, weil er jetzt über den Sinn des Todes nachdenken mußte.

Ich bedauerte, daß ich Carolyn in Cuba nicht rechtzeitig verständigen konnte, aber Edward flog von Cacao Beach herüber.

Viele meiner Verwandten, die in und um Locust Valley lebten, kamen vorbei, da alle die Allards kannten und mochten. Meine Eltern waren, wie Tante Cornelia mir sagte, in Europa, und so werde ich nie erfahren, ob sie zur Beerdigung gekommen wären. Aber eigentlich ist es mir auch völlig egal, da ich zu dem Schluß gekommen bin, daß bei ihnen keine Geste etwas zu bedeuten hat.

Emily hatte die Allards nicht sonderlich gut gekannt, aber sie schickte mir einen Scheck, den ich Ethel geben sollte. Wenn ein alter Dienstbote stirbt, ist es bei uns üblich, für die Witwe zu sammeln. Wahrscheinlich stammt dieser Brauch noch aus der Zeit, in der Dienstboten keine Lebens- oder Sozialversicherungen hatten. Eine ganze Reihe von Leuten übergaben mir Schecks oder Bargeld, die ich an Ethel weiterleiten sollte. William Stanhope wußte das natürlich, rückte aber selbst keinen Cent heraus. Sein Argument war, daß er Ethel ja weiterhin ihr monatliches Gehalt auszahlen mußte, wie sein Vater Augustus es testamentarisch verfügt hatte; daß Ethel schließlich noch im Torhaus wohnte und George seine letzte Ruhestätte in einer Grabstelle der Stanhopes finden würde, die gewissermaßen auf Vorrat angeschafft worden waren und von denen es noch viele unbesetzte gab – auf jeden Fall mehr als lebende Stanhopes. Wie gewöhnlich verschenkte er etwas, das für ihn ohnehin keinen Wert hatte.

Die Bellarosas hatten keinen Grund, ins Beerdigungsinstitut zu kommen und von George Abschied zu nehmen, aber wie ich im Laufe der Jahre festgestellt habe, lassen sich Italiener nur selten eine Beerdigung entgehen. Also erschienen Frank und Anna eines Nachmittags für zehn Minuten. Ihre Anwesenheit schlug ein paar leichte Wellen, denn die Trauergäste warfen ihnen verstohlene Blicke zu, als handle es sich um Berühmtheiten. Die Bellarosas knieten am Sarg nieder, bekreuzigten sich, begutachteten das Blumenarrangement, das sie geschickt hatten (und das, ganz nebenbei gesagt, von zwei Männern hereingetragen werden mußte), und gingen wieder. Sie machten den Eindruck, als hätten sie Übung darin, sich von Verstorbenen zu verabschieden.

Die Remsens kamen am späten Freitagnachmittag – nach Börsenschluß und vor der blauen Stunde im *Creek Club*. Sie unterhielten sich zwar ein paar Minuten mit Susan, schnitten mich aber demonstrativ.

Leute wie die DePauws, Potters und Vandermeers, von denen ich erwartet hatte, daß sie als unsere Freunde und Nachbarn aus einem gewissen Sinn für *Noblesse oblige* kurz hereinschauen würden, schickten statt dessen nur Blumen.

Wir beerdigten George Allard an einem schönen Samstagvormittag nach einem Trauergottesdienst in der Markuskirche. Der Friedhof ist ein paar Kilometer von Stanhope Hall entfernt und mit verblichenen Reichen gefüllt, denen man nach pharaonischer Sitte ein paar Dutzend besonders treuer Dienstboten zur Seite gegeben hat. (Allerdings war keiner von ihnen eigens für die Beerdigung seines Herrn umgebracht worden.) Außerdem liegen hier ein Dutzend Lieblingshunde und sogar zwei Poloponys, von denen eines den Tod seines Reiters verursacht hatte. Der alte Geldadel nimmt für sich das Recht in Anspruch, bis an sein seliges Ende zu spinnen – und noch darüber hinaus.

Wie ich schon sagte, wurde George in eine Grabstelle der Stanhopes gebettet, die zu einer ziemlich großen Parzelle gehörte und ironischerweise der letzte Landbesitz war, der den Stanhopes auf Long Island gehören sollte.

Am Grab standen ungefähr fünfzehn Menschen; Pfarrer Hunnings, der die Riten vollzog, die Witwe Ethel, Elizabeth, die Tochter der Allards, ihr Mann und die beiden Kinder, William und

Charlotte Stanhope, Susan, Edward und ich und noch ein paar Leute, die ich nicht kannte.

»Asche zu Asche, Staub zu Staub«, sagte Pfarrer Hunnings und warf eine Handvoll Erde auf den Sarg. Damit verdient sich die Geistlichkeit ihr Gehalt. Aber Hunnings kam mir immer wie ein Schauspieler vor, der die Rolle eines Priesters in einem Off-Broadway-Stück spielt, das schon seit Jahren auf dem Spielplan steht. Warum mag ich diesen Mann nicht? Vielleicht weil er alle getäuscht hat.

Hunnings hielt eine wirklich schöne Grabrede, obwohl mir auffiel, daß er kein einziges Mal vom Himmel als einem realen Ort sprach, obwohl George sich dort jetzt doch befinden mußte. Es hat wohl keinen Sinn, über einen Ort zu sprechen, an dem man nie war und den zu erreichen man keine Chance hat.

Irgendwie war ich froh, daß ich der letzte war, der George lebend gesehen hatte, und daß er bei einer Arbeit starb, die ihm Freude machte, und an einem Ort, den er liebte. Ich hatte Ethel und seiner Tochter Elizabeth von unserem letzten Gespräch erzählt und es ihnen zum Trost natürlich ein bißchen ausgeschmückt. Aber im Grunde war George an seinem Todestag glücklich gewesen, und das war mehr, als die meisten von uns sich erhoffen können.

Die Riten waren beendet, und wir warfen Blumen auf den Sarg, als wir auf dem Weg zu unseren Wagen am Grab vorbeidefilierten.

Als ich zu Susan in den Jaguar steigen wollte, blickte ich zufällig zum Sarg zurück und sah, daß Ethel noch dort stand. Die Limousine, die wir für sie und ihre Familie gemietet hatten, hatte zu uns aufgeschlossen, und ich winkte dem Fahrer, er solle anhalten. Das hintere Seitenfenster glitt herunter, und Elizabeth sagte zu mir: »Mutter will eine Weile allein sein. Der Fahrer holt sie dann nachher ab.«

»Ich verstehe«, antwortete ich und fügte hinzu: »Nein, ich werde sie abholen.« Es ist so einfach, die unangenehmen Begleiterscheinungen des Sterbens und des Todes den sogenannten

Fachleuten zu überlassen, und man muß sich schon ein paar Gedanken machen und viel Willenskraft aufwenden, um selbst etwas zu tun.

»Das wäre schön«, antwortete Elizabeth. »Vielen Dank. Wir sehen Sie dann in der Kirche.« Ihr Wagen fuhr ab, und ich glitt hinter das Steuer des Jaguars. »Wo ist Edward?« fragte Susan.

»Er fährt mit seinen Großeltern.«

»In Ordnung.« Ich setzte mich hinter einen anderen Wagen und verließ den Friedhof.

In unserer Gemeinde findet man sich nach der Beerdigung im Versammlungsraum der Kirche zusammen, wo ein Komitee braver christlicher Damen etwas zu essen und alkoholfreie Getränke vorbereitet hatte (obwohl Alkohol genau das ist, was man jetzt bräuchte). Natürlich ist das keine Party; jeder soll nur Gelegenheit haben, über den Toten Gutes zu sagen, die Trauernden ein bißchen aufzurichten und ihnen über die ersten Stunden nach dem Begräbnis hinwegzuhelfen.

Auf der Fahrt zur Kirche zollte ich Ethel meine Hochachtung, weil sie sich nicht in das feste Programm fügte und noch eine Weile am Grabe ihres Mannes verweilte: nur sie und George.

»Würdest du an meinem Grab weinen?« fragte Susan plötzlich.

Natürlich wußte ich, daß sie ein schnelles Ja erwartete, aber ich mußte darüber nachdenken. »Das würde wirklich von den Umständen abhängen«, antwortete ich endlich.

»Was heißt das?«

»Nun, was wäre, wenn wir geschieden wären?«

Sie schwieg einen Augenblick und sagte dann: »Trotzdem könntest du um mich weinen. Ich würde bei deiner Beerdigung bestimmt weinen, selbst wenn wir schon jahrelang geschieden wären.«

»Das kann man leicht sagen. Wie viele Ex-Ehepartner sieht man denn bei Beerdigungen? Eine Ehe kann bis zum Tod halten oder auch nicht. Mit einer Blutsverwandtschaft ist das anders.«

»Bist du Italiener oder was?« Sie lachte.

»Was hast du gesagt?«

»Also ich gehe bestimmt zu deiner Beerdigung. Darauf hast du mein Wort.«

Das Thema behagte mir nicht, also schnitt ich ein anderes an. »Glaubst du, daß Ethel im Torhaus allein zurechtkommen wird?«

»Ich werde öfter nach ihr sehen. Vielleicht könnte sie ein paarmal in der Woche zum Abendessen zu uns kommen.«

»Gute Idee«, meinte ich ohne große Begeisterung.

Mir war aufgefallen, daß William Stanhope Ethel gemustert hatte, als nehme er Maß für ihren Sarg. Ich bezweifelte nicht, daß er mich in den nächsten Tagen irgendwann beiseite nehmen und bitten würde, Ethel vorzuschlagen, sie solle aus dem Torhaus ausziehen. William war natürlich scharf darauf, das anheimelnd altmodische Haus an Yuppies oder erfolgreiche Künstler oder sonst jemanden mit einem romantischen Spleen und einer Viertelmillion Dollar zu verkaufen. Auch für den Fall, daß Bellarosa sich tatsächlich für den ganzen Besitz interessierte, würde William es bestimmt gern sehen, wenn alle Sklaven das Grundstück so rasch wie möglich verließen (es sei denn, er könnte sie gut verkaufen).

Selbstverständlich würde ich meinem Schwiegervater versichern, ich wolle alles daransetzen, um die alte Ethel zum Ausziehen zu überreden; tatsächlich aber würde ich genau das Gegenteil tun, wie schon vor ein paar Tagen bei George. William Stanhope ist ein monumentales Arschloch und so schändlich unsensibel und ichbezogen, daß er tatsächlich glaubt, ich müsse tun, was er will (ohne Honorar), bloß weil ich mit seiner Tochter verheiratet bin. Was für ein Schwein.

»Mutter und Vater sehen gut aus«, sagte Susan.

»Nett, sie einmal wiederzusehen.«

»Sie bleiben noch drei oder vier Tage.«

»Geht es nicht noch länger?«

Sie warf mir einen langen Seitenblick zu, und mir war klar, daß ich den Bogen meiner Glaubwürdigkeit überspannt hatte. Ich hatte William oder seiner Frau noch nicht gesagt, sie sollten sich zum Teufel scheren, was ich mir fest vorgenommen hatte, und ich bin froh, daß ich es bis dahin noch nicht getan hatte; denn das hätte die im Moment ohnehin etwas problematische Beziehung zwischen Susan und mir nur noch mehr belastet.

Ich hielt vor der Kirche, und Susan öffnete die Wagentür. »Das war sehr rührend. Ich meine, daß Ethel noch bei ihrem Mann geblieben ist. Sie waren ein halbes Jahrhundert zusammen, John. Solche Ehen gibt es heutzutage nicht mehr.«

»Nein. Weißt du, warum die Männer vor ihren Frauen sterben?«

»Nein, warum?«

»Weil sie keinen anderen Ausweg mehr sehen.«

»Bis später.« Susan stieg aus dem Wagen und ging rasch auf den Versammlungssaal zu. Ich fuhr zum Friedhof zurück.

Beerdigungen bringen einen natürlich immer dazu, daß man anfängt, über sein Leben nachzudenken. Ich meine, wenn man sich einbildet, unsterblich zu sein, ist dieses Loch in der Erde ein drastischer Beweis dafür, daß man es nicht ist. Daher beginnt man sich zu fragen, ob man es richtig macht; und macht man es richtig, fragt man sich, warum das so wichtig ist. Ich meine, nachdem Hunnings und seine Kohorten die Furcht vor der feurigen Hölle und die Hoffnung auf einen Vier-Sterne-Himmel abgeschafft haben, ist es doch verdammt egal, was man auf der Erde anstellt. Aber mir ist es nicht egal, denn ich glaube noch immer an Recht und Unrecht, und ganz ohne Verlegenheit will ich Ihnen auch sagen, daß ich an einen recht gemütlichen Himmel glaube. Und ich weiß, daß George jetzt in diesem Himmel ist, auch wenn Hunnings es nicht erwähnt hat.

Ich bog in den Friedhof ein und fuhr die im Schatten der Bäume liegende Straße zu den Stanhope-Gräbern entlang. Es war interessant, daß die Stanhopes, die im Leben so viel Land brauchten, im Tode friedlich auf einem halben Morgen vereint waren.

Ich hielt in einiger Entfernung von dem frischen Grab und sah, daß die Totengräber mit dem Zuschütten fast fertig waren. Ethel konnte ich nirgends entdecken.

Ich stieg aus dem Wagen und ging auf das Grab zu, um die Männer zu fragen, wo Ethel sein könnte. Aber dann wandte ich mich zum südlichen Ende der Stanhope-Parzelle, dem älteren Teil, wo die verwitterten Marmorgrabsteine schon fast gänzlich von den Pflanzen überwuchert waren.

Ethel Allard stand, mir den Rücken zukehrend, vor einem Grabstein, der den Namen AUGUSTUS STANHOPE trug.

Ich beobachtete sie ein paar Sekunden, hatte dann jedoch das Gefühl, widerrechtlich in einen sehr privaten Bereich eingedrungen zu sein. Obwohl ich, um die Wahrheit zu sagen, erwartet hatte, Ethel bei diesem Grab zu finden. Ich hätte mich natürlich hinter die Hecken zurückziehen und sie rufen können, wie es der alte John Sutter getan hätte; statt dessen aber sagte ich: »Ethel, es ist Zeit, wir müssen gehen.«

Weder überrascht noch verlegen blickte sie über die Schulter zu mir zurück und nickte. Sie blieb jedoch noch eine Weile stehen und legte dann eine weiße Rose, die sie in der Hand gehalten hatte, auf Augustus Stanhopes Grab. Dann drehte sie sich um und kam auf mich zu. In ihren Augen standen Tränen. Während wir zu meinem Wagen gingen, sagte sie: »Ich habe ihn sehr geliebt.«

Wen? »Ja, das haben Sie wohl.«

»Und er hat mich auch sehr gern gehabt.«

»Davon bin ich überzeugt.« *Wer?*

Sie begann zu schluchzen, ich legte den Arm um sie, und sie lehnte wirklich und wahrhaftig den Kopf an meine Schulter, als ich sie zum Wagen führte. »Aber es durfte nicht sein«, sagte sie. »Nicht damals.«

Ah! Mein Gott, was sind wir doch für komische Menschen! Ich sagte: »Aber es ist gut, daß Sie wenigstens *etwas* hatten. Das ist besser als nichts.«

»Ich vermisse ihn noch immer.«

»Das ist sehr schön. Wirklich schön.« Das war es tatsächlich, trotz der seltsamen Umstände, und auch wenn man bedachte, warum wir hier waren. Und die Moral von der Geschichte war die: Greif zu, es ist später als du denkst.

Ich half Ethel in den Wagen, und wir fuhren, ohne ein weiteres Wort zu wechseln, zurück zur Kirche.

William und Charlotte Stanhope wohnten in einem Cottage des *Creek Club* und nicht bei uns – Gott sei Dank. William nahm die Gelegenheit von Georges Beerdigung wahr, um in New York ein paar geschäftliche Dinge zu erledigen.

Auf Susans Vorschlag vereinbarte Squire Stanhope ein Gespräch mit dem Bischof von Alhambra. Sie trafen sich zuerst auf Alhambra, kamen dann nach Stanhope Hall, gingen umher, redeten und redeten und schlossen einen Pakt. Ich war nicht dabei, als dieser Pakt geschlossen wurde, aber ich sah die beiden vor mir, die Mistgabel in der Hand und mit dem Pferdefuß scharrend. Ihre Hörner berührten sich, und sie wedelten mit dem Schwanz.

Am Abend aßen wir zusammen in Locust Valley: Susan und John, William und Charlotte. William wählte, dem Anlaß entsprechend, ein italienisches Restaurant, ein sehr gutes und sehr teures Restaurant. Anders als meine Eltern hat William, was Restaurants anbelangt, einen guten Geschmack. Aber da William mein Klient war und wir ein paar Minuten über Geschäfte reden würden, erwartete er, daß die Rechnung zu Lasten von *Perkins, Perkins, Sutter and Reynolds* ging. Das machte er jedesmal, wenn er in der Stadt war, obwohl meine Firma an ihm noch nie einen Cent verdient hatte und ich ohne Honorar für ihn arbeiten mußte. Ich bezahlte diese Essen immer mit meiner eigenen Kreditkarte.

Und nun zum Geschäftlichen. »John«, teilte mir William mit, »dein Nachbar hat nicht nur das Haus, sondern das ganze Land gekauft. Morgen setzen wir den Vertrag auf. Zwei Millionen sofort und achtzehn Millionen bei der Übergabe. Wir treffen uns um zehn in deinem Büro in Locust Valley und gehen die einzelnen Punkte durch. Er arbeitet auf dem Immobiliensektor mit *Cooper and Stiles* in Glen Cove zusammen. Du kennst sie, also wird es mit diesem Vertrag keine Schwierigkeiten geben. Die Übergabe kann schon in ein paar Wochen stattfinden – er hat das Geld, wozu also warten? Benachrichtige morgen die Leute von der Steuer, daß sie den Besitz von ihrer Versteigerungsliste streichen. Sag ihnen, sie kriegen ihr Geld in ungefähr dreißig Tagen. Das erledigst du zuallererst. Und dann rufst du sofort *Cooper and Stiles* an und teilst ihnen mit, daß sie den Vertrag morgen nachmittag zur Einsichtnahme bekommen. Und daß sie am nächsten Tag mit dem Vertrag bei ihrem Klienten auf der Matte stehen sollen. Ich wünsche keine juristischen Klimmzüge, die die Sache verzögern. Das Dokument mit der Kapitulationserklärung des japanischen Kaiserreichs war genau eine Seite lang und in fünf Minuten unterzeichnet.«

Woher willst du das wissen? Du warst damals doch in der Nähe von Martha's Vineyard beim Fischen. »Ja, Sir.«

»Und, John, die Sache muß streng vertraulich bleiben.«

»Ja, Sir.«

»Ich glaube«, fuhr William fort, »dieser Idiot bildet sich ein, er kann das Land parzellieren und ein Riesengeschäft damit machen. Ich möchte die Sache unter Dach und Fach haben, bevor er die Wahrheit erfährt. Du sprichst mit *Cooper and Stiles* und bringst ihnen unauffällig bei, was sie ihrem Klienten nicht sagen dürfen. Nun, sie würden ohnehin nichts sagen, weil sie die Provision haben wollen.«

»Ja, Sir.« Frank Bellarosa mochte vieles sein, aber ein Idiot war er bestimmt nicht.

»Wahrscheinlich denkt er, er kann die Regierungsbeamten bestechen oder bedrohen, damit sie das Land anders einstufen. Er muß noch eine Menge darüber lernen, wie wir hier öffentliche Angelegenheiten handhaben.«

»Ich denke, er will das Land haben, um dort unauffällig Leichen zu begraben«, meinte ich.

William sah mich ärgerlich an. Er hat für meinen Humor überhaupt nichts übrig. Wahrscheinlich hasse ich ihn deshalb.

»Selbstverständlich ist auch das Torhaus Vertragsgegenstand«, sagte er. »Bellarosa war ganz und gar nicht glücklich über dieses Wohnrecht auf Lebenszeit für die Allards. Ich habe ihm gesagt, daß die Witwe bestimmt auszieht, wenn er ihr ein vernünftiges Angebot macht. Wenn er sie nicht hinaussetzen kann, dann schafft es niemand.« William lächelte, und ich mußte mich zurückhalten, um ihm nicht in die Fresse zu schlagen. »Bis das Torhaus frei ist«, setzte er hinzu, »will der Mistkerl eine halbe Million bei einem Treuhänder hinterlegen. Also setz das in den Vertrag. Trotzdem sollten wir versuchen, von Ethel die Zusage zu bekommen, daß sie ausziehen wird, und Bellarosa gleich darüber informieren.«

»Ja, Sir.«

Er sah mich an und sagte: »Ich habe erfahren, warum du heute abend nicht im *Creek* essen wolltest, John. Deinetwegen gibt es dort eine hitzige Debatte. Das ist sehr peinlich für mich.«

Und es wird noch viel peinlicher werden, wenn deine Freunde erfahren, daß du Stanhope Hall an Frank Bellarosa verscherbelt hast. »Ja, Sir. Es tut mir leid.«

Er sah mich eindringlich an und sagte: »Ich möchte dir einen Rat geben. Laß dich nicht mit diesem Mann ein.«

»Du hast ihm Stanhope Hall verkauft.«

Er hörte auf zu essen und kniff die gelben Augen zusammen. »Das war ein Geschäft.«

»Und ich habe auch nur beruflich mit ihm zu tun, Sir. Deine Tochter regelt unser gesellschaftliches Leben.«

Es folgte, was man ein tödliches Schweigen nennt, und ich dachte, daß Susan nun eigentlich etwas zu meinen Gunsten sagen könnte. Aber Susan machte mir das Kompliment, mich nicht zu verteidigen und nicht für mich zu sprechen. Ich halte es bei ihr genauso. Endlich brach Charlotte Stanhope das Schweigen. »Arme Ethel«, sagte sie. »Sie hat erschreckend ausgesehen. Glaubt ihr, daß sie es allein schafft?«

Charlotte hat eine Trillerstimme, so daß man immer glaubt, sie wird einen Satz mit einer Reihe von Zwitscherlauten beenden. Sie stammt natürlich aus einer vornehmen Familie und scheint, oberflächlich gesehen, eine nette alte Dame zu sein. Doch auf ihre ruhige Art ist sie genauso gemein und heimtückisch wie ihr Mann.

»John? Glaubst du, daß die arme Ethel es allein schafft?«

»Ich werde sie fragen, sobald eine angemessene Frist verstrichen ist«, antwortete ich.

»Natürlich. Die Ärmste wäre doch bei ihrer Tochter viel besser aufgehoben.«

Wir unterhielten uns beim Essen über dies und das – das heißt, *sie* taten es. *Ich* kochte innerlich.

William kam wieder auf den Verkauf zu sprechen. »Tut mir leid, Susan«, sagte er zu meiner Frau, »wenn dieser Verkauf dir Unannehmlichkeiten bringt. Aber es mußte sein. Und du mußt bestimmt nicht befürchten, daß Stanhope Hall schon demnächst eine riesige Baugrube wird. Jetzt, da das Land Bellarosa gehört, werden wir beide dem Fond zur Erhaltung der Landschaft fünf- oder zehntausend Dollar spenden, anonym natürlich, damit er nicht Wind davon bekommt. Sie werden jahrelang mit ihm prozessieren. Und bis er baut, hat Bellarosa mir versprochen, kannst du dich auf dem Land so frei und ungehindert bewegen wie bisher, zum Reiten, Gärtnern, Spazierengehen, genauso, als ob es noch mir gehörte. Er ist sogar bereit, eine entsprechende Zusatzklausel in den Vertrag aufzunehmen.«

»Lieb von dir, daß du daran gedacht hast, ihn danach zu fragen«, sagte Susan zu Mr. Rücksichtsvoll.

William lächelte seiner Tochter zu. »Es hätte schlimmer kommen können, weißt du. Wenigstens kennt ihr den Kerl. Und er spricht sehr nett von euch.« Er unterbrach sich. »Das ist vielleicht ein Original. Er macht gar nicht den Eindruck eines Gangsters.«

Ich hatte mir schon gedacht, daß William an einem Mann, der ihm demnächst zwanzig Millionen Dollar in die Hand drücken wollte, kaum einen Makel entdecken würde. Was mich wütend machte, war nicht sein Verhalten gegen mich oder die Tatsache, daß er eben ein Vermögen verdient hatte, sondern daß er Stanhope Hall keine einzige Träne nachweinte. Sogar ich, der ich dieses Haus hassen gelernt hatte, trauerte ihm ein wenig nach, obwohl es nicht seit Generationen meiner Familie gehört hatte.

William sprach noch immer mit seiner Tochter. »Ich bin froh, Susan, daß du den Stall noch rechtzeitig versetzen lassen konntest...«

»Ich habe mich zur Hälfte an den Kosten beteiligt«, unterbrach ich.

William sah mich an, wandte sich dann wieder seiner Tochter zu und fuhr fort: »Bellarosa hat mir gesagt, daß er den Liebestempel nach Alhambra versetzen lassen will. Er sagt, dieser Typ, den er an der Hand hat, dieser Dominic, der deinen Stall versetzt hat...«

»Du bist ein Schmuck.«

Er sah mich verblüfft an. »Wie bitte?«

»Du bist ein prinzipienloses Arschloch, ein widerlich zynischer Bastard, eine monumentale Arschgeige und ein hinterhältiges Schwein.«

Charlotte gab Geräusche von sich, als sei sie kurz vor dem Ersticken. Susan aß gelassen ihre Himbeeren weiter. William versuchte etwas zu sagen, doch alles, was er herausbrachte, klang etwa so: »Du – du – du – du...«

Ich stand auf und stieß ihm den Finger in die Brust. »*Du* Geizkragen bezahlst heute das Essen.« Ich berührte Susans Arm. »Und *du* kommst mit mir.«

Wortlos stand sie auf und verließ mit mir das Restaurant.

Auf der Heimfahrt fragte sie mich: »Kann der Liebestempel wirklich versetzt werden?«

»Ja. Bei dieser Bauweise geht das ohne weiteres. Es ist sogar einfacher als bei dem Stall.«

»Interessant. Ich denke, ich muß ein paar Kurse über Bauen und Architektur belegen. Dann würde ich besser verstehen, was ich male, weil ich wüßte, wie es gebaut wurde.«

Wir bogen in die Einfahrt von Stanhope Hall ein. Das Torhaus war dunkel, da Ethel vorläufig bei ihrer Tochter blieb. »George wird mir sehr fehlen«, sagte Susan.

»Mir auch.« Ich machte mir nicht die Mühe, auszusteigen und das Tor zu schließen, da ich die Absicht hatte, es in etwa fünf Minuten noch einmal zu passieren. Susan merkte das natürlich und war auf dem Weg zum Haus sehr still. Ich fuhr den Jaguar vor die Haustür. Susan sah mich an.

Ein paar Sekunden vergingen, dann sagte ich: »Ich komme nicht mit hinein. Meine Sachen hole ich morgen ab.«

»Wohin willst du?«

»Das geht dich wirklich nichts an.«

Sie wollte aussteigen, drehte sich aber noch einmal um und sagte: »Bitte verlaß mich nicht heute abend, John. Aber wenn du gehst«, fügte sie hinzu, »dann nimm bitte deinen eigenen Wagen.« Lächelnd streckte sie die Hand aus. »Die Schlüssel bitte.«

Ich sperrte den Jaguar ab und gab ihr die Schlüssel. Susan schloß die Haustür auf, und wir gingen hinein – ich in die Küche, um meinen Schlüssel zu holen, sie hinauf ins Bett. Als ich bereits wieder auf dem Weg zur Haustür war, hörte ich das Telefon klingeln. Susan nahm oben ab. Ich hörte sie sagen: »Ja, Dad, es geht mir gut.«

Ich öffnete die Tür, um zu gehen, doch da sagte sie: »Tja, so muß er wohl über dich denken, sonst hätte er es nicht gesagt. John ist sehr präzise in seiner Wortwahl.«

Obwohl ich nicht gern lausche, blieb ich an der Haustür stehen. Sie fuhr fort: »Nein, er wird sich nicht entschuldigen, und ich werde mich nicht für ihn entschuldigen.« Stille. Dann: »Tut mir leid, daß Mutter sich aufgeregt hat. Meiner Meinung nach hätte John noch viel mehr gesagt, wenn sie nicht dagewesen wäre.« Wieder Stille, dann: »In Ordnung, Dad, wir reden morgen. Ja, Dad...«

Ich rief die Treppe hinauf: »Sag dem Mistkerl, er soll sich einen anderen Anwalt suchen, dem er nichts zu bezahlen braucht!«

»Bleib noch am Apparat, Dad«, hörte ich Susan sagen. »John hat eben etwas heraufgerufen. Ich zitiere wörtlich: ›Sag dem Mistkerl, er soll sich einen anderen Anwalt suchen, dem er nichts zu bezahlen braucht.‹ Ja...« Sie rief zu mir herunter: »Vater sagt, du seist ein Winkeladvokat, eine Schande für deinen Vater und total unfähig.«

»Sag ihm, er ist nicht einmal *halb* der Mann, der sein Vater war, und der beste Teil von ihm ist an Augustus' Beinen hinuntergelaufen.«

Susan sagte: »John ist nicht deiner Meinung, Dad. Gute Nacht.« Ich hörte, daß sie einhängte. »Gute Nacht, John!« rief sie zu mir herunter.

Ich lief die Treppe hinauf. »Ich brauche meine Reisetasche.«

Notgedrungen ging ich ins Schlafzimmer, um die Tasche aus

dem Schrank zu holen. Susan, die sich ausgezogen haben mußte, während sie telefonierte, lag auf dem Bettlaken, die Beine gekreuzt, und las eine Zeitschrift. Sie war splitterfasernackt.

Je nun, an einer nackten Frau ist schon was dran, wissen Sie, und mich stach wirklich der Hafer. Eben hatte ich William Stanhope gesagt, was ich von ihm hielt, und nun lag seine biestige Tochter splitterfasernackt vor mir. Irgendwie wußte ich instinktiv, daß ich sie jetzt vergewaltigen mußte, um meinen Sieg zu vollenden. Also tat ich es. Sie schien es zu genießen.

Ein wirklich primitiver Mann hätte sie hinterher verlassen, um ihr zu zeigen, wie sehr er sie und ihren ganzen Clan verachtete. Aber ich war ziemlich müde, und es war ziemlich spät. Also schaute ich noch ein bißchen Fernsehen und schlief dann ein.

5. Teil

Die Öffentlichkeit soll der Teufel holen.

William Henry Vanderbilt
(Antwort an einen Zeitungsreporter, 1882)

25. Kapitel

Trotz meiner Ankündigung, daß ich das Haus verlassen würde – oder vielleicht gerade deswegen –, kamen Susan und ich besser denn je miteinander aus. Wir stimmten beide darin überein, daß ich unter finanziellem und beruflichem Streß gestanden hatte. Georges Tod hatte uns beide ziemlich mitgenommen; und der Verkauf von Stanhope Hall hatte wahrscheinlich bei mir das Faß zum Überlaufen gebracht. Ich versicherte Susan aber, daß ich ihren Vater weiterhin für ein Riesenarschloch hielt. Sie schien willens, es dabei bewenden zu lassen.

Ende Juni rief mich Mr. Melzer zu Hause an und informierte mich, daß er sich mit dem IRS geeinigt hatte. Wenn ich ihnen innerhalb von sechzig Tagen 215 000 Dollar zahlte, würden sie die Sache als erledigt betrachten. Melzer schien mit seiner Arbeit außerordentlich zufrieden zu sein. »Damit sparen Sie schließlich 99 513 Dollar.«

»Aber dann würde ich Ihnen fünfzigtausend schulden, Mr. Melzer, und ich habe Ihnen schon zwanzigtausend gezahlt. Also wirklich, Mr. Melzer, wenn Sie nachrechnen, werden Sie feststellen, daß Sie mir nur etwa dreißigtausend Dollar eingespart haben. Das hätte ich selbst auch geschafft.«

»Aber ich habe Ihnen die Arbeit abgenommen, Mr. Sutter.« Er räusperte sich. »Und dann ist da ja noch die Anklage. Das allein rechtfertigt...«

»Drücken Sie sie noch um zehn, sonst können Sie sich Ihr Honorar in den Wind schreiben.«

»Aber...«

Ich legte auf. Nach dem angemessenen Zeitraum von etwa einer Stunde rief Melzer ein weiteres Mal an. »Sie wollen zweihundertzehntausend Dollar, Mr. Sutter. Mehr kann ich nicht machen. Die restlichen fünftausend erlasse ich Ihnen. In Anbetracht der Tatsache, daß sie *immer noch* Anklage gegen Sie erheben könnten, sollten Sie jetzt besser einwilligen.«

»Ich habe nie verstanden, Mr. Melzer, warum der IRS und die Mafia nicht fusioniert haben.«

Melzer kicherte und antwortete: »Berufliche Eifersucht.« Er fügte hinzu: »Haben Sie den Scheck innerhalb von sechzig Tagen?«

»Ja.«

»Fein. Ich bringe den Scheck persönlich zum IRS und vergewissere mich, daß er ordnungsgemäß verbucht wird.«

Das hatte einen nicht allzu subtilen Unterton. Ich sagte: »Und ich nehme an, Sie wollen gleichzeitig Ihren Scheck mitnehmen.«

»Das wäre äußerst angenehm.«

»Gut. Rufen Sie mich in dreißig Tagen an.«

»Bestens. Vielen Dank, Mr. Sutter. Es war mir ein Vergnügen, mit einem so gebildeten Gentleman Geschäfte zu machen.«

Dieses Kompliment konnte ich nicht erwidern, daher sagte ich: »Für mich war es sehr lehrreich.«

»Wie erfreulich.«

»Übrigens, Mr. Melzer, konnten Sie in Erfahrung bringen, wie der IRS auf dieses Versehen meinerseits aufmerksam wurde?«

»Ich habe ein paar Erkundungen über ebendiese Frage eingeholt. Zwar bekam ich keine direkten Auskünfte, aber wir dürfen wohl annehmen, daß diese Routine-Überprüfung Ihrer früheren Steuererklärungen keineswegs zufällig erfolgte.«

»Können wir demnach davon ausgehen, daß mir jemand Schwierigkeiten machen wollte?«

»Mr. Sutter, ich habe Ihnen ja gesagt, Sie sind beim IRS nicht beliebt.«

»Aber ich bin beim IRS nicht beliebt, seit ich vor zwanzig Jahren angefangen habe, sie mit ihren eigenen Waffen zu schlagen. Warum überprüfen sie meine Steuererklärungen ausgerechnet *jetzt?*«

»Oh, ich glaube, sie wissen schon seit Jahren über Ihr Mißgeschick Bescheid, Mr. Sutter. Sie sehen es eben gern, wenn sich Zinsen und Mahngebühren akkumulieren.«

»Ich verstehe.« Aber das konnte ich mir kaum vorstellen – nicht einmal beim Internal Revenue Service. Sie waren hart, aber im allgemeinen ehrlich. Das ging sogar so weit, daß sie Geld zurückzahlten, selbst wenn man gar nicht wußte, daß man zuviel bezahlt hatte.

»Wie dem auch sei«, fuhr Melzer fort, »ich an Ihrer Stelle würde der Sache lieber nicht nachgehen.« Er fügte hinzu: »Sonst werden Sie meine Dienste noch einmal in Anspruch nehmen müssen.«

»Melzer, das wird ganz bestimmt nicht der Fall sein. Und ich lasse mich nicht von einer Regierungsbehörde einschüchtern. Sollte ich den Eindruck gewinnen, daß dies Schikane war, werde ich der Sache ganz bestimmt nachgehen.«

Melzer ließ einen Moment verstreichen, dann sagte er: »Mr. Sutter, wenn ich offen sein darf, der Typ Mann, den Sie verkörpern, ist so gut wie ausgestorben. Akzeptieren Sie den Verlust, pfeifen Sie auf Ihren Stolz und leben Sie Ihr Leben weiter, mein Freund. Es kommt nichts Gutes dabei heraus, wenn Sie es mit Leuten aufnehmen, die am längeren Hebel sitzen als Sie.«

»Ich schätze einen guten Kampf.«

»Wie Sie meinen. Übrigens würde ich Sie immer noch gerne um Ihren beruflichen Rat bitten, wenn ich darf. Ihre Arbeit für mich wäre selbstverständlich streng vertraulich.«

»Noch besser, sie kommt gar nicht erst zustande. Guten Tag.«

Nun, irgendwie scheint sich immer alles trefflich zu fügen, oder nicht? Schon am nächsten Tag, während eines meiner seltenen Besuche in meinem Büro an der Wall Street, bekam ich einen Anruf von einem Mr. Weber, Makler in East Hampton. Er behauptete, er habe eine gute Nachricht für mich, und teilte mir dann mit, daß er ein Angebot über 390 000 Dollar für mein kleines Sommerhaus vorliegen habe. »Das ist überhaupt keine gute Nachricht«, klärte ich ihn auf.

»Mr. Sutter, der Markt ist im Eimer. Das ist das einzige ernst zunehmende Angebot, das wir bekommen haben, und der Mann sieht sich zur Stunde schon nach anderen Häusern um.«

»Ich rufe Sie zurück.« Danach rief ich alle anderen Makler an, die ich mit der Suche nach einem Käufer betraut hatte, und mußte mir eine Menge schlechter Nachrichten und Ausflüchte anhören. Susan, die bekanntlich Miteigentümerin des Sommerhauses ist, war wie üblich nicht da. Also rief ich Weber zurück. »Ich teile die Differenz zwischen Preis und Angebot. Versuchen Sie, ihn bis vierhundertfünfundvierzig zu bringen.«

»Ich versuche es.«

Bereits eine halbe Stunde später rief er mich zurück, und ich fragte mich, ob der Kunde nicht vielleicht in seinem Büro saß.

Weber sagte: »Der potentielle Käufer teilt die Differenz zu Ihrer Forderung noch einmal und nennt 417500 Dollar als letztes Angebot. Ich schlage vor, Sie akzeptieren, Mr. Sutter, denn...«

»Der Immobilienmarkt ist schwach, der Sommer geht dem Ende entgegen, der Aktienmarkt ist heute sechzehneinviertel zurückgegangen. Danke, Mr. Weber.«

»Nun, ich wollte nur, daß Sie die Fakten wissen.«

Weber witterte wohl inzwischen schon seine Provision, die ich auf sechs Prozent und damit runde fünfundzwanzigtausend Dollar schätzte. Daher sagte ich: »Ich möchte vierhundertfünfundzwanzig für mich, daher werden Sie mir den Rest von Ihrer Provision bestreiten.«

Schweigen am anderen Ende, während Weber, der mit feinem Filet gerechnet hatte, sich darüber klarwurde, daß ich ihm Kotelett oder gar nichts bot. Dann räusperte er sich (genau wie Melzer) und sagte: »Das ist machbar.«

»Dann machen Sie es.« Normalerweise wäre ich bei Immobiliengeschäften aggressiver gewesen, aber ich hatte keine starke Verhandlungsposition mehr. Tatsächlich hatte ich, was Weber zum Glück nicht wußte, *überhaupt keine,* und die Zeit wurde langsam knapp...

Weber sagte: »Abgemacht. Habe ich Ihnen gesagt, daß der Kunde das Haus ab sofort mieten möchte? Nein? Nun, er möchte es den ganzen August über nutzen und bietet hundert pro Tag bis Vertragsabschluß. Ich weiß, in der Hauptsaison könnten Sie mehr bekommen, aber das gehört zur Vereinbarung, daher schlage ich vor...«

»Er heißt nicht zufällig Melzer, oder?«

»Nein. Sein Name ist Carleton. Dr. Carleton. Er ist Psychiater in der Stadt. Park Avenue. Sie haben im August keine Sprechstunde, wissen Sie, und er hat Frau und zwei Kinder, daher will er...«

»Meine Familie möchte das Haus im August nutzen, Mr. Weber.«

»Dann platzt das Geschäft, Mr. Sutter. Er besteht darauf.«

»Nun, in diesem Fall sollte ich besser neue Pläne für den Sommer machen, nicht? Vielleicht besuche ich die städtische Müllkippe und schlage die Ratten mit einer Harke tot.«

»Ich könnte Ihnen hier draußen ein anderes Haus suchen...«

»Hören Sie auf. Machen Sie es so, wie Sie und Mr. Carleton es wollen.«

»Ja, Sir. Das Haus gefällt Dr. Carleton wirklich sehr. Auch die Möbel.«

»Wieviel?«

»Noch mal zehntausend.«

»Prima. Hat er das Bild von meiner Frau und den Kindern im Wohnzimmer gesehen?«

Weber kicherte. Ich sagte: »Wenn dieser Patron versucht, billig was für den Sommer zu mieten, hänge ich mir seine Eier an den Kamin.«

»Sir?«

»Kassieren Sie ein Prozent Anzahlung. Sofort. Heute noch. Und ich möchte in einer Woche den Vertrag abschließen – mit zwanzig Prozent Vorkasse.«

»Eine Woche? Aber...«

»Ich faxe Ihnen heute nachmittag noch den Vertrag. Bringen

Sie den Burschen auf Trab, Mr. Weber. Wenn es Probleme gibt, melden Sie sich wieder bei mir. *Pronto.*«

»Ja, Sir.« Er fragte mich: »Möchten Sie ein anderes Anwesen im Osten kaufen?«

»Was haben Sie östlich von Montauk Point?«

»Meer.«

»Wieviel?«

»Das ist kostenlos, Mr. Sutter.«

»Das nehme ich.« Ich legte auf. *Madonna,* wenn die Scheiße kommt, dann aber richtig. Nun, dachte ich, heute habe ich alles ausgeglichen. Nicht schlecht für einen Mann, der erst Mitte Vierzig ist.

Ich fuhr an diesem Abend mit dem Zug nach Hause und traf Susan zum Abendessen im *McGlade's,* wie wir es am Morgen verabredet hatten. Ich berichtete ihr von dem Handel und sagte: »Ich habe versucht, dich anzurufen und deine Zustimmung einzuholen.« Das war mehr, als Frank Bellarosa tat, der Alhambra gekauft hatte, ohne es seiner Frau gegenüber auch nur zu erwähnen.

Susan schien der Verkauf einerlei zu sein. Man weiß eben nie, wie Frauen reagieren. Um Churchills berühmten Ausspruch über die Deutschen abzuwandeln: »Frauen liegen einem entweder zu Füßen oder wollen einem ans Leben.«

Wie auch immer, ich holte den Taschenrechner heraus und stellte beim dritten Gin Tonic einige Berechnungen an. »Wir bezahlen den IRS, wir bezahlen Melzer, wir bezahlen die Maklerprovision, wir lösen die laufende Hypothek aus, wir legen auf jeden Fall Geld beiseite für die Zugewinnsteuer, da wir kein anderes Haus kaufen, und wir zählen die zehntausend für die Möbel und etwa dreitausend für die Miete dazu; wir ziehen die Steuern davon ab, als wäre es Einkommen, damit nichts schiefgeht... dann, mal sehen, bringen wir noch ein paar laufende Kosten in die Berechnung mit ein...«

Susan gähnte. Reiche Leute gähnen stets, wenn man über Geld spricht.

Ich kritzelte ein paar Zahlen auf die Unterlage an meinem Platz. »Ich glaube, wir machen dreiundneunzig Dollar Gewinn.« Dann dachte ich einen Augenblick nach und erklärte: »Potentielles Kapital im Wert von fünfhunderttausend Dollar – futsch.«

»Können wir jetzt das Essen bestellen?«

»Kann ich mir nicht leisten. Ich trinke nur.« Ich schob noch ein paar Zahlen hin und her, konnte mir immer noch kein Essen leisten und bestellte noch einen Gin Tonic.

Susan sagte: »Ach, übrigens, hast du die zwanzigtausend Dollar eingerechnet, die du mir schuldest?«

Ich sah sie an. »Entschuldigung, Mrs. Sutter, das ist eine gemeinsame Verbindlichkeit.«

»Das weiß ich, John. Aber es war nicht meine Schuld.«

Sie müssen bitte begreifen, daß diese Frau zwanzigtausend Dollar etwa so nötig braucht wie ich die Versetzung eines weiteren Stalls auf dem Grundstück. Ich räusperte mich, wie es die Herren Melzer und Weber getan hatten. »Warum kommst du jetzt darauf?«

»Meine Anwälte wollten es wissen ...«

»Dein *Vater.*«

»Nun ... eigentlich liegt mir gar nichts an dem Geld. Aber es ist eine schlechte Angewohnheit, Vermögen zu vermischen, meine ich.«

»Wir vermischen *mein* Vermögen. Sei beruhigt, Susan, ich erhebe keine Ansprüche auf deinen Besitz, auch wenn wir ab und zu Vermögen vermischen. Du hast einen in dieser Hinsicht ausgesprochen rigiden Ehevertrag. Ich bin Anwalt. Also glaub' mir.«

»Das tue ich, John, aber ... ich brauche gar nicht das Geld selbst, sondern nur eine Art Schuldverschreibung. Das ... haben meine Anwälte gesagt.«

»Also gut.« Ich kritzelte eine Schuldverschreibung auf die Tischunterlage mit aufgedruckter Speisekarte – 20000 Dollar –, unterschrieb, setzte das Datum darunter und schob sie ihr hinüber. »Rechtsgültig. Achte einfach nicht auf den Teil über Mittag- und Abendessen, Cocktails, Steaks und Beilagen.«

»Du darfst nicht so empfindlich sein. Du bist Anwalt, also weißt du doch sicher...«

»Ich weiß, daß ich deinem Vater fast zwei Jahrzehnte lang kostenlos Rechtsbeistand geleistet habe. Ich weiß, daß ich die Hälfte der Kosten für die Versetzung deines Stalls bezahlt habe...«

»Dein Pferd steht auch drinnen.«

»Ich will das blöde Pferd nicht. Ich werde es zu Leim verarbeiten lassen.«

»Es ist abscheulich, so etwas zu sagen. Und übrigens hast du das Boot nur auf deinen Namen gekauft.«

»Auf dem Scheck stand auch nur mein Name, Lady.«

»Also gut, dann... Ich komme nicht gern darauf zu sprechen, aber du hast nie eine Hypothek abzahlen oder Miete bezahlen müssen, seit wir verheiratet sind.«

»Und was hast *du* gemacht – abgesehen davon, daß du mit einem silbernen Löffel im Arsch auf die Welt gekommen bist?«

»Sei bitte nicht vulgär, John. Hör zu, ich spreche nicht gern über Geld. Lassen wir das Thema. Bitte!«

»Nein, nein, nein. Wir lassen es nicht. Fechten wir unseren ersten und überfälligen Streit um das liebe Geld aus.«

»Bitte sprich leise.«

Vielleicht habe ich leiser gesprochen, vielleicht auch nicht, aber die Musicbox ging an, und alle Leute, die bis jetzt uns zugehört hatten, mußten jetzt Frank Sinatra zuhören, der »My Way« sang. Tolles Stück. Ich glaube, der Typ an der Bar hat es für mich gespielt. Ich winkte ihm zu und deutete mit dem Daumen nach oben.

Susan sagte: »Das ist sehr häßlich. Ich bin so etwas nicht gewöhnt.«

Ich wandte mich wieder Lady Stanhope zu. »Tut mir leid, daß ich die Beherrschung verloren habe. Du hast natürlich ganz recht. Bitte steck die Schuldverschreibung ein, ich zahle dir das Geld zurück, so schnell ich kann. Aber ich brauche ein paar Tage.«

Jetzt schien es ihr peinlich zu sein. »Vergiß es. Wirklich.« Sie zerriß die Schuldverschreibung. »Ich verstehe das alles nicht.«

»Dann behalte zukünftig deine und unsere Angelegenheiten für dich und unterhalte dich nicht mit deinem Vater darüber. Ich würde vorschlagen, daß du dir einen Anwalt suchst, der nichts mit deinem Vater oder deinen Treuhändern zu tun hat. Mit diesem Anwalt werde ich zukünftige Fragen regeln.« *Einschließlich Scheidung.* »Und bitte denk künftig daran, daß ich, ob es dir paßt oder nicht, dein Mann bin.«

Mittlerweile war sie ziemlich rot geworden, und ich konnte sehen, daß sie heftig überlegte, ob sie mir zu Füßen fallen oder mir nach dem Leben trachten sollte. Schließlich sagte sie: »Also gut, John«, und versteckte sich hinter der Speisekarte.

Ich habe Ihnen schon von dem roten Haar erzählt, und ich weiß, sie schwankte immer noch zwischen ihrer guten Herkunft und ihren schlechten Genen. Als reine Vorsichtsmaßnahme hätte ich vielleicht die Steakmesser aus ihrer Reichweite entfernen sollen, aber das schien mir denn doch ein wenig übertrieben. Ich war natürlich auch ziemlich in Fahrt und mußte daher unbedingt noch eine letzte Spitze loswerden: »Es hat mir überhaupt nicht gepaßt, daß dich dein Vater gestern abend angerufen hat. Glaubt er, daß ich dich schlage?«

Sie sah von der Speisekarte auf. »Natürlich nicht. Das war dumm von ihm.« Sie fügte noch hinzu: »Er ist wirklich ziemlich böse auf dich.«

»Warum? Weil ich die Rechnung ihm überlassen habe?«

»John... was du gesagt hast, war ziemlich grob. Aber... ich soll dir ausrichten, daß er eine Entschuldigung von dir akzeptieren würde.«

Ich klatschte in die Hände. »Welch Bild von einem Mann! Was für ein wunderbares menschliches Wesen!« Ich wischte mir eine imaginäre Träne aus dem Auge.

Das Lied hatte aufgehört, und wir hatten unser Publikum wieder.

Susan beugte sich über den Tisch zu mir und sagte: »Du hast dich ziemlich verändert. Weißt du das?«

»Und was ist mit dir, Susan?«

Sie zuckte die Achseln und wandte sich wieder der Speisekarte zu. Dann sah sie auf und versuchte es noch einmal. »John, wenn du dich entschuldigen würdest, wäre die Lage nicht mehr so gespannt. Für uns alle. Selbst wenn du es nicht ehrlich meinst. Bitte tu es. Mir zuliebe.«

Es war noch gar nicht so lange her, da hätte ich es getan. Aber diese Zeit war vorbei und würde wahrscheinlich auch nicht wiederkommen. Ich antwortete: »Ich werde nichts sagen, was ich nicht ehrlich und aufrichtig meine. Und ich werde weder dir zuliebe noch für sonst jemanden zu Kreuze kriechen. Ich bedaure nur eines, nämlich daß ich ihn nicht an der Krawatte gepackt und sein Gesicht in den Käsekuchen gezogen habe.«

»Du bist echt wütend, was?«

»Nein, Wut geht vorüber. Ich *hasse* dieses alte Arschloch.«

»John! Er ist mein Vater.«

»Darauf würde ich mich nicht verlassen.«

Und so kam es, daß ich alleine zu Abend aß. Aber ich dachte mir, ich sollte mich daran gewöhnen. Eines Tages würde mich meine spitze Zunge in Schwierigkeiten bringen. Nun, vielleicht war es ja schon passiert.

26. Kapitel

Ein älteres Paar betritt mein Büro und erklärt, sie seien fünfzig Jahre lang nicht miteinander ausgekommen und wollten die Scheidung. Sie sehen aus, als wären sie über neunzig (bitte unterbrechen Sie mich, wenn Sie ihn schon kennen), daher sage ich zu ihnen: »Entschuldigen Sie meine Frage, aber warum haben Sie so lange mit der Scheidung gewartet?« Worauf der alte Herr antwortet: »Wir wollten warten, bis die Kinder gestorben sind.«

Nun, manchmal geht es mir genauso. Susan und ich hatten uns wieder versöhnt, ich hatte mich dafür entschuldigt, daß ich an ihrer väterlichen Abstammung gezweifelt und ihre Mutter als Hure bezeichnet hatte. Selbst wenn Charlotte früher einmal auf den Strich gegangen war, was spielte das für eine Rolle? Blieb freilich immer noch die Streitfrage, ob ihr Vater nun ein riesengroßes Arschloch war oder nicht... Ich war weiterhin der aufrichtigen Überzeugung, daß er eines ist; ja, ich habe mir sogar noch ein paar Ausdrücke für ihn aufgeschrieben, falls ich ihn je wiedersehen sollte. Susan wußte natürlich genau, was er war, darum war sie auch nicht allzu böse auf mich. Aber William *war* immerhin ihr Vater. Vielleicht jedenfalls.

Wie auch immer, ich wohnte weiterhin mietfrei in Susans Haus, und wir redeten wieder miteinander, wenn auch nicht in ganzen und zusammenhängenden Sätzen.

Gemäß Bellarosas Vorschlag war ich am Montagabend früh zu Bett gegangen, am Dienstagmorgen früh aufgestanden und noch vor der Morgendämmerung zu ihm zum Frühstück gegangen. Susan hatte sich nicht bei mir erkundigt, warum ich an zwei Dienstagen in aller Herrgottsfrühe zu Fuß nach Alhambra aufgebrochen war, und ich hatte ihr, den Anweisungen meines Klienten folgend, nichts von seiner bevorstehenden Verhaftung erzählt.

Das FBI wußte inzwischen selbstverständlich, daß ich Frank Bellarosas Anwalt war, aber dem Wunsch meines Klienten gemäß sollten sie nicht erfahren, daß wir mit einem dienstäglichen Besuch zu nachtschlafender Zeit rechneten. Aus diesem Grund mußte ich über unser rückwärtiges Grundstück gehen und mich Alhambra von hinten nähern, damit man mich nicht vom Wachtposten bei den DePauws aus erspähte.

Ich war Allen DePauw ein paarmal zufällig im Ort begegnet, und er hatte mich aufgrund seines völligen Mangels an moralischem Ehrgefühl, der Verrätern, Spitzeln und Polizeischnüfflern auf der ganzen Welt eigen ist, nicht etwa geschnitten, sondern begrüßt, als wären wir immer noch alte Kumpels. Als wir uns einmal im Eisenwarenladen trafen, fragte ich ihn: »Vertraust du deiner Frau eigentlich, wenn so viele Männer rund um die Uhr bei dir im Haus sind? Du bist doch ziemlich oft geschäftlich in Chicago.«

Anstatt mir eine runterzuhauen, antwortete er beherrscht: »Sie haben einen Wohnwagen hinter dem Haus.«

»Komm schon, Allen. Ich wette, sie kommen ständig rein und schnorren Milch, während du weg bist.«

»Das ist nicht sehr komisch, John. Ich tue nur, was ich für richtig halte.« Er bezahlte für sein Maschinengewehröl oder was auch immer, und ging.

Nun, vielleicht tat er wirklich nur, was er für richtig hielt. Vielleicht *war* es sogar richtig. Aber ich wußte, er gehörte zu den Leuten im Club, die meinen Ausschluß forderten. Hinter meinem Rücken natürlich.

Um nun aber wieder auf meinen dienstäglichen Frühsport mit anschließendem Frühstück bei Bellarosa zurückzukommen: selbst wenn das FBI Frank Bellarosa an einem anderen Tag besuchen kam, ich war jeden Morgen bereit, aus dem Bett zu springen und so schnell wie möglich nach Alhambra zu eilen. Es war echt aufregend.

Mittlerweile war es Anfang August, und ich sollte eigentlich in East Hampton sein. Aber Dr. Carleton, wer immer das auch sein mochte, war in meinem Haus, hatte die Füße auf dem Tisch liegen und genoß die Sommerfreuden in East End und den kulturellen Reiz, in einer Holzvilla aus dem achtzehnten Jahrhundert zu residieren.

Aber was sollte ich machen? Ich brauchte das Geld für die Jungs vom IRS. Und auf der gegenüberliegenden Straßenseite saßen die Jungs einer anderen staatlichen Behörde und wollten meinen Klienten auffliegen lassen. Und schon deshalb hätte ich zu dieser Zeit nicht in meinem Sommerhaus sein können. Was für ein Trost!

Kaum zu glauben, daß ich noch im März ein solides Leben geführt hatte, dessen einzige Höhepunkte die Scheidung eines Freundes, ans Licht gekommene eheliche Untreue und gelegentlich ein Todesfall gewesen waren. Mein größtes Problem war Langeweile gewesen.

Am Tag nach dem Streit im *McGlade's* hatte ich Lester Remsen angerufen und gesagt: »Verkauf für zwanzigtausend Dollar den einen oder anderen Mist und gib den Scheck bei meiner Sekretärin in Locust Valley ab.«

Er antwortete: »Jetzt ist ein ungünstiger Zeitpunkt, etwas zu verkaufen. Deine Anteile hat es schlimmer erwischt als andere. Behalte alles, wenn du kannst.«

»Lester, ich habe das *Wall Street Journal* auch gelesen. Bitte tu, was ich sage.«

»Ich wollte dich sowieso anrufen. Du hast Effektendifferenzen...«

»Wieviel?«

»Etwa fünf. Soll ich dir die genaue Zahl sagen, damit du mir einen Scheck schicken kannst? Falls Geld ein wenig knapp ist, John, kann ich aber auch noch ein paar Anlagen flüssigmachen, um die Differenz auszugleichen.«

»Verkauf, was nötig ist.«

»Na gut. Dein Aktienpaket wankt etwas.«

In der Wall-Street-Sprache heißt das: »Du hast ein paar reichlich dumme Investitionen gemacht.« Lester und ich kennen uns schon ziemlich lange. Selbst wenn wir nicht miteinander sprechen, reden wir. Zumindest über Anlagen. Mir wurde klar, daß ich mich weder mit Lester noch mit Anlagen abgeben wollte. »Verkauf alles. Jetzt.«

»*Alles?* Warum? Der Markt ist schwach. Im September wird es aufwärtsgehen...«

»Wir sprechen seit zwanzig Jahren über Anlagen. Hast du das nicht satt?«

»Nein.«

»Aber ich. Weißt du, Lester, wenn ich die letzten zwanzig Jahre damit verbracht hätte, nach dem Schatz von Captain Kidd zu suchen, hätte ich weniger Geld verloren.«

»Das ist Unsinn.«

»Lös mein Depot auf«, sagte ich und legte auf.

Und wieder war Dienstag – der erste im August. An diesem verhangenen Morgen machte ich mich wieder einmal im guten Anzug und mit einem Koffer, in dem ich fünf Millionen Dollar in bar und übertragbaren Wertpapieren für die Kaution verstauen wollte, auf den Weg über Land.

Die Wertpapiere war ich eines Abends in Bellarosas Haus durchgegangen, um sie einzusehen und zu beglaubigen. So hatte ich einen kleinen Einblick in das Imperium des Don bekommen. Alles in allem waren es etwa vier Millionen, und um auf Nummer Sicher zu gehen, hatte Bellarosa noch eine Einkaufstüte mit einer Million Dollar in bar auf den Küchentisch gelegt.

Während ich zum dritten Mal in ebenso vielen Wochen den Weg nach Alhambra zurücklegte, sangen die Vögel und die Luft war noch kühl. Über den Feldern zwischen unseren Anwesen lag bis auf Brusthöhe Bodennebel. Es war ein etwas unheimliches Gefühl, durch diese Schwaden zu wandern – so als würde ich gerade in meinem Anzug von *Brooks Brothers* und mit Aktenkoffer in den *Wasp*-Himmel eingehen.

Ich kam zu dem Teich, wo die Statuen von Maria und Neptun einander immer noch böse ansahen, und aus dem Nebel trat eine Gestalt auf mich zu. Es war Anthony, der von einem riesigen Hund Gassi geführt wurde. Er bellte mich an. Der Hund, meine ich. Anthony sagte: »Morgen, Mr. Sutter.«

»Guten Morgen, Anthony. Wie geht es dem Don heute morgen?«

»Er erwartet Sie. Ich bring' Sie rüber.«

»Danke, ich finde den Weg.« Ich ging den Weg zum Haus entlang. Der Gorilla war eigentlich ganz nett, wenn man ihn näher kannte.

Ich näherte mich der Rückseite des großen Hauses und stellte fest, daß die Sicherheitsbeleuchtung noch an war. Dann überquerte ich die große Terrasse und zog an der Glockenschnur. Vinnie erschien am Fenster und steckte höflich die Pistole ins Halfter, als er mich erkannte. »Kommen Sie rein, Anwalt. Der Boß ist in der Küche.«

Ich betrat das Haus von der Rückseite des Palmengartens und bemerkte Lenny, den Chauffeur, der in einem Korbsessel saß und

Kaffee trank. Er und Vinnie hatten sich in Erwartung hohen Besuchs und eines möglichen Ausflugs nach Manhattan ebenfalls in Schale geworfen.

Ich ging allein durch das dunkle Haus, das Eßzimmer, das Morgenzimmer, die Gesindekammer und schließlich in die riesige Küche, wo es nach frischem Kaffee roch.

Die Küche war selbstverständlich völlig neu gestaltet worden, und der Don hatte mir haarklein geschildert, was es gekostet hatte, den halben Kilometer italienischer Schränke, das Hektar italienischer Bodenfliesen und die marmornen Arbeitsplatten zu importieren. Die Elektrogeräte waren vernünftigerweise amerikanischen Ursprungs.

Der Don saß am Kopfende eines langen Küchentischs und las Zeitung. Er trug einen blauen Nadelstreifenanzug, ein hellblaues Hemd (das sich im Fernsehen besser machen würde als ein weißes) und eine burgunderfarbene Krawatte mit dazu passendem Taschentuch. Die Zeitungen hatten ihn »Dandy-Don« getauft, und jetzt wurde mir der Grund dafür klar.

Bellarosa sah zu mir auf. »Setzen Sie sich. Setzen Sie sich.« Er deutete auf einen Stuhl, und ich setzte mich rechts von ihm nahe an das Kopfende des Tisches. Dann schenkte er mir Kaffee ein, ohne die Zeitung wegzulegen.

Ich kostete den schwarzen Kaffee. Wahrscheinlich würde man in einem traditionellen italienischen Haushalt nie einen runden Tisch finden, weil an einem runden Tisch Gleichgestellte saßen. Ein rechteckiger Tisch hat ein Kopfende, wo der Patriarch sitzt. So wie auch jetzt, obwohl wir nur zu zweit waren.

Endlich sah er von der Zeitung auf. »Na, Anwalt, glauben Sie, daß es heute soweit ist?«

»Ich hoffe es. Ich stehe nämlich nicht gern so früh auf.«

Er lachte. »Ach ja? *Sie* stehen nicht gern früh auf. Sie müssen auch nicht ins Gefängnis.«

Ich habe ja auch nicht dreißig Jahre lang das Gesetz gebrochen.

Er legte die Zeitung weg. »Ich sage, heute ist es soweit. Die

Grand Jury tagt seit drei Wochen. Bei Geldsachen würde es noch länger dauern. Für Mord ist das ausreichend.«

»Das stimmt.«

»He, fünfzig Dollar, daß es heute morgen soweit ist.«

»Abgemacht.«

»Glauben Sie vielleicht, daß sie mich nicht holen werden, bloß weil Sie mit Mancuso geredet haben? Dieser Drecksack Ferragamo macht keinen Rückzieher, nachdem er die Grand Jury einberufen hat. Trotzdem bin ich froh, daß Sie mit Mancuso gesprochen haben. Jetzt weiß Ferragamo, daß Bellarosa Bescheid weiß.« Bellarosa schwieg einen Augenblick und meinte dann: »Vielleicht hätten Sie ihm nicht sagen sollen, daß Sie mein Anwalt sind.«

»Wie hätte ich mit ihm über Ihre Angelegenheiten sprechen sollen, ohne ihm zu sagen, daß ich Sie vertrete?«

Er zuckte die Achseln. »Ich weiß nicht. Aber wenn Sie nichts gesagt hätten, hätte er sich Ihnen vielleicht anvertraut.«

»Wollen Sie nun einen korrupten Anwalt oder einen Pfadfinder, Frank?«

Er lächelte. »Okay. Wir spielen nach den Regeln.«

Wir tranken eine Weile schweigend unseren Kaffee, und der Don teilte seine Zeitung mit mir. Es waren die *Daily News*, die morgendliche Stadtausgabe, die ihm jemand frisch von der Drukkerpresse in Brooklyn gebracht haben mußte. Ich blätterte die Leitartikel durch, fand aber keine Vorwarnung, keinen Hinweis von Ferragamo auf eine bevorstehende Verhaftung. »Steht nichts über Sie drin«, sagte ich.

»Ja. So dumm ist der Drecksack nicht. Ich habe meine Leute bei den Zeitungen, das weiß er. Er muß bis zur Spätausgabe um Mitternacht warten. Dieser Pisser liebt die Zeitungen, aber das Fernsehen liebt er noch mehr. Möchten Sie etwas zu essen?«

»Nein, danke.«

»Sind Sie sicher? Ich rufe Filomena. Kommen Sie. Einen Happen. Es wird ein langer Vormittag. Essen Sie.«

»Ich habe keinen Hunger. Wirklich nicht.« Sie wissen ja, wie Italiener sind, wenn es ums Essen geht: Sie sind glücklich, wenn man ißt, und werden regelrecht böse, wenn man sich weigert. Mir ist unbegreiflich, warum ihnen so viel daran liegt.

Bellarosa deutete auf einen dicken Ordner auf dem Tisch. »Das ist das Material.«

»Gut.« Ich schob den Ordner, der die Wertpapiere und alles andere enthielt, in den Aktenkoffer.

Dann holte Bellarosa eine große Einkaufstüte unter dem Tisch hervor. Darin befinden sich hundert Bündel Hundertdollarscheine, jedes Bündel zu hundert Banknoten, alles in allem eine Million Dollar. Sah gut aus.

»Kommen Sie auf dem Weg zum Gericht nicht in Versuchung, Anwalt«, meinte er.

»Geld führt mich nicht in Versuchung.«

»Ach ja? Wenn Sie das sagen. Stellen Sie sich vor, ich komme ins Gerichtsgebäude und stelle fest, Sie haben Lenny ausgetrickst und sind mit dem Geld auf und davon. Ich muß ins Gefängnis und bekomme irgendwann mal eine Postkarte von Ihnen, auf der steht: ›Gehen Sie zum Teufel, Frank.‹« Er lachte.

»Sie können mir vertrauen. Ich bin Anwalt.«

Aus irgendwelchen Gründen lachte er darauf noch lauter, während ich das Geld und die Millionen in Wertpapieren im Aktenkoffer verstaute. Papier, Papier, Papier.

»Sehen Sie, jetzt haben Sie Stanhope Hall in diesem Aktenkoffer. Dazu ein Motel in Florida, eins in Vegas und ein Grundstück in Atlantic City. Land. Das einzige, das zählt auf dieser Welt. Land können sie kein neues mehr herstellen, Anwalt.«

»Nein. Außer in Holland.«

»Früher konnten sie einem kein Land wegnehmen, ohne mit einem zu kämpfen. Heute erledigen sie das über Papierkram.«

»Das stimmt.«

»Sie werden mir mein verdammtes Land wegnehmen.«

»Nein, es wird lediglich als Bürgschaft dienen. Sie bekommen es wieder.«

»Nein, Anwalt, wenn Sie die Scheiße in diesem Aktenkoffer sehen, werden sie Appetit kriegen. Mit Hilfe der RICO-Verordnung werden sie alles einfrieren, was ich besitze, und eines Tages wird es ihnen gehören. Die Sachen, die Sie da drinnen haben, erleichtern ihnen die Arbeit. Diese dumme Mordgeschichte hat eine Menge meiner Anlagen aufgefressen. Aber scheiß drauf. Scheiß auf alle Regierungen. Die wollen einem alle das Eigentum wegnehmen. Scheiß drauf. Wo das herstammt, ist noch mehr.«

Wahrscheinlich, wenn Mancuso recht hatte. Viel mehr.

»He, habe ich Ihnen gesagt, daß ich ein Angebot für Fox Point abgegeben habe? Neun Mille. Ich habe mit dem Anwalt gesprochen, der die Leute vertritt, denen es gehört.« Er fragte mich: »Wollen Sie das Geschäft für mich abwickeln?«

Ich zuckte die Achseln. »Warum nicht?«

»Gut. Ich gebe Ihnen ein Prozent. Das sind neunzig Riesen.«

»Erst abwarten, ob sie neun akzeptieren. Vergessen Sie die Iraner nicht.«

»Scheiß auf die Iraner. Ich gebe mich nur mit Eigentümern ab. Ich habe dem Anwalt klargemacht, daß mein bestes Angebot auch das beste Angebot für seine Klienten ist. Also wird er dafür sorgen, daß sein Klient das einsieht. Seine Klienten werden nichts mehr von iranischen Angeboten erfahren. *Capisce?*«

»Ja. Das war unmißverständlich.«

»Jetzt haben wir die Möglichkeit, schwimmen zu gehen. Ich werde allen Anwohnern von Grace Lane Zutritt zum Strand gewähren. Und keiner muß sich über eine Bande von Sandniggern ärgern, die in Leintücher gewickelt herumlaufen. *Capisce?*«

»Glauben Sie, Sie könnten diesen Ausdruck vermeiden?«

»*Capisce?*«

»Nein, den anderen.«

»Scheiße, wovon reden Sie?«

»Vergessen Sie's.«

Er zuckte die Achseln. »Wie auch immer, Sie dürfen in ein paar Monaten mit neunzig Riesen rechnen. Sind Sie froh, daß Sie gekommen sind?«

»Bis jetzt. Offenbar kümmert es Sie reichlich wenig, daß Sie unter Mordanklage stehen, daß Ihnen möglicherweise das eine oder andere Grundstück weggenommen wird und daß jemand Sie möglicherweise ermorden will.«

»Ach, das ist alles Mist.«

»O nein, Frank.«

»Was soll man machen? Sich hinlegen und sterben? Wenn man ein Geschäft sieht, dann macht man das Geschäft. Das eine hat mit dem anderen nichts zu tun.«

»Aber sicher.«

»Blödsinn. Übrigens, wo waren Sie letzte Woche, als ich Stanhope Hall gekauft habe? Erledigen Sie nicht das Notarielle für Ihren Schwiegervater? Was sind Sie nur für ein Schwiegersohn?«

»Ich dachte, es würde ein Interessenkonflikt vorliegen, wenn ich ihn für diese Transaktion und Sie in der... anderen Angelegenheit vertrete.«

»Ja? Immer denken Sie über solche Sachen nach.« Er beugte sich zu mir. »He, darf ich Ihnen was anvertrauen?«

»Gern.«

»Ihr Schwiegervater ist ein ganz schön harter Brocken.«

Plötzlich hatte ich eine völlig irrationale Eingebung: Ich konnte doch William mit Bellarosas Hilfe beseitigen lassen! Vertrag. Abschluß. *Das ist von deinem Schwiegersohn, du Arschloch. PENG! PENG! PENG!*

»He, hören Sie zu? Ich habe gefragt, wie Sie mit ihm zurechtkommen.«

»Er lebt in South Carolina.«

»Ja. Schön, was? He, möchten Sie das Bild sehen?«

»Ich warte, bis es aufgehängt ist.«

»Wie geht es Susan? Ich sehe sie kaum noch.«

»Tatsächlich?«

»Ja. Ist sie heute hier? Damit sie Anna Gesellschaft leisten kann?«

»Ich glaube schon. Wir tauschen keine Stundenpläne aus.«

»Ja? Sie haben eine moderne Frau. Gefällt Ihnen das?«

»Wie geht es Anna?«

»Sie gewöhnt sich daran, hier zu wohnen. Ihre ganze verrückte

Verwandtschaft kommt her, und sie hält gehörig Hof. Donna Anna.« Er fügte nonchalant hinzu: »Über die Sache mit den Gespenstern ist sie allmählich hinweg.« Er lächelte mich unfreundlich an. »Sie hätten ihr diese verrückte Geschichte nicht erzählen sollen.«

Ich räusperte mich. »Tut mir leid, wenn ich sie beunruhigt habe.«

»Ach ja? Was für eine Geschichte. Kinder, die miteinander fikken. *Madonna*. Ich habe die Geschichte ziemlich vielen Leuten erzählt. Allerdings weiß ich nicht, ob ich alles richtig behalten habe. Dann habe ich sie Jack Weinstein erzählt. Der ist ein kluger Kopf – wie Sie. Er sagt, Sie hätten die Geschichte aus einem Buch. Warum haben Sie das gemacht?«

»Um Ihre Frau zu amüsieren.«

»Sie war ganz und gar nicht amüsiert.«

»Nun, dann eben, um mich selbst zu amüsieren.«

»Ja?« Er schien nicht allzu zufrieden mit meiner Antwort zu sein. »Noch etwas«, sagte er. »Anna glaubt, daß Sie der Kerl sind, der sie angeknurrt hat. Waren Sie es?«

»Ja.«

»Warum haben Sie das getan?«

Ich stellte mir vor, daß ich wahrscheinlich recht bald Bellarosas Radieschen von unten betrachten würde, wenn mir keine bessere Antwort einfiel als »Um mich zu amüsieren«. Daher sagte ich: »Hören Sie, Frank, das ist Monate her. Vergessen Sie es.«

»Ich vergesse nichts.«

Richtig. »Nun, dann akzeptieren Sie meine Entschuldigung.«

»Okay. Das tue ich.« Er fügte hinzu: »Und das ist mehr, als ich für gewöhnlich tue.« Dann sah er mich an und tippte sich an die Stirn. »*Lei è matto. Capisce?*«

Es hilft, wenn sie die Hände benützen. Ich antwortete: »*Capisco.*«

»Ihr seid alle verrückt.«

Wir wandten uns beide wieder der Zeitung zu, aber nach ein paar Minuten fragte er mich: »Wieviel bezahle ich Ihnen?«

»Nichts. Ich revanchiere mich für einen Gefallen.«

»Nee. Das haben Sie, als Sie mit Mancuso geredet haben. Bringen Sie mich heute raus, dann bekommen Sie fünfzig Riesen.«

»Nein, ich...«

»Nehmen Sie es jetzt, Anwalt, denn ich werde Sie wieder brauchen, und wenn Sie sich auf meine Motels und Grundstücke stürzen, bekommen Sie keinen Cent mehr.«

Ich zuckte die Achseln. »Also gut.«

»Gut. Sehen Sie? Jetzt haben Sie schon neunzig und fünfzig und haben noch nicht einmal gefrühstückt.« Er drohte mir mit dem Finger. »Und vergessen Sie nicht, es der Einkommensteuer zu melden«, meinte er lachend.

Ich brachte ein Lächeln zustande. Geh und verpiß dich, Frank.

Dann erschien Filomena in der Küche. Sie und Frank schwatzten ein paar Minuten auf italienisch miteinander. An ihrer ungeduldigen Reaktion erkannte ich, daß sein Italienisch wohl nicht besonders gut war. Sie kramte alle möglichen Keksdosen mit italienischen Etiketten hervor und stellte sie auf den Tisch. Dabei machte sie Bellarosa wegen irgend etwas die Hölle heiß und begann dann anschließend, mir die Hölle heiß zu machen.

Frank erklärte mir: »Sie möchte, daß Sie etwas essen.«

Also aß ich etwas. Es gab verschiedene Frühstücksbrötchen, die mit Butter gar nicht so übel schmeckten. Bellarosa mußte auch essen. Filomena beobachtete uns eine Weile und ermutigte mich, mich vollzustopfen. Bellarosa sagte etwas Unfreundliches zu ihr, und sie zahlte es ihm auf der Stelle mit gleicher Münze heim. Dies war eine Art Machtkampf-Frühstück, und Filomena hatte eindeutig die Oberhand.

Es ging auf acht Uhr zu, und ich dachte schon, es wäre etwas spät für eine Verhaftung, aber da kam Vinnie in die Küche geschlichen, als ginge er auf Eiern. »Boß, Sie sind da. Anthony hat vom Tor angerufen. Sie kommen.«

Bellarosa entließ ihn mit einer Geste, und Vinnie verzog sich. Bellarosa drehte sich zu mir um. »Sie schulden mir fünfzig Dollar.«

Ich hatte das Gefühl, daß er sie auf der Stelle wollte; daher gab ich sie ihm, und er steckte sie in die Tasche. »Sehen Sie?« sagte er. »Ferragamo ist ein Gangster. Er hat die Grand Jury belogen, und sie haben ihm sein Urteil gegeben. Jetzt werde ich für etwas eingesperrt, was ich nicht getan habe, und er *weiß*, daß ich Juan Carranza nicht getötet habe. Jetzt wird Blut auf den Straßen fließen, und unschuldige Menschen werden zu Schaden kommen.«

Menschen, die Ärger mit dem Gesetz bekommen, hören sich an wie Heilige und Märtyrer. Das ist mir auch schon bei meinen Klienten aufgefallen, die bei kreativer Buchführung erwischt worden sind.

Bellarosa stand auf und sagte zu mir: »Für den vierzehnten Januar dieses Jahres, an dem Tag, als Juan Carranza in Jersey von den Jungs der DEA getötet wurde, habe ich ein ausgezeichnetes Alibi.«

»Gut.« Ich stand ebenfalls auf und griff nach dem Aktenkoffer.

»Sie haben mich nie nach meinem Alibi für diesen Tag gefragt, weil Sie kein Strafrechtsanwalt sind.«

»Das stimmt. Ich hätte fragen sollen.«

»Nun, zufälligerweise war ich hier. An dem Tag bin ich hierhergefahren, um mir das Grundstück anzusehen. Ich war fast den ganzen Tag da und ging spazieren – hundert Kilometer von dem Ort entfernt, wo Carranza umgelegt wurde. Sie haben ihm auf dem Garden State Parkway in seinem Auto den Kopf weggepustet. Ich war nicht einmal in der Nähe. Ich war hier.«

»War jemand bei Ihnen?«

»Klar. Es ist immer jemand bei mir. Lenny ist gefahren. Ein anderer hat mir Gesellschaft geleistet.«

Ich schüttelte den Kopf. »Den Mist will niemand hören, Frank. Das ist kein Alibi. Hat jemand von *hier* Sie gesehen?«

Er sah mir in die Augen. Warum hatte ich das nicht vorhergesehen? Ich sagte: »Vergessen Sie's.«

Er deutete mit dem Finger auf mich. »Anwalt, wenn Sie dem Richter bei der Kautionsverhandlung sagen, daß Sie mich an dem fraglichen Tag hier gesehen haben, vermasseln wir Ferragamo die

Tour und ich gehe nach zwei Minuten wieder raus, vielleicht sogar ohne Kaution.«

»Nein.« Ich ging zur Tür.

»He, vielleicht haben Sie mich gesehen. Was haben Sie an dem Tag gemacht? Waren Sie reiten?«

»Nein.«

Er kam auf mich zu. »Vielleicht war Ihre Frau reiten. Vielleicht hat sie mich gesehen. Vielleicht sollte ich mit ihr reden.«

Wir standen etwa dreißig Zentimeter voneinander entfernt, und ich mußte an das Bleirohr denken. »Ich werde keine Falschaussage für Sie machen, und meine Frau auch nicht.«

Wir sahen einander an, und schließlich sagte er leise: »Okay. Wenn Sie glauben, daß Sie das nicht sagen müssen, um mich freizukriegen, dann müssen Sie es nicht sagen. Sehen Sie nur zu, daß Sie mich freikriegen.«

Ich deutete mit dem Finger auf ihn. »Versuchen Sie so eine Scheiße nicht noch einmal, Frank. Verlangen Sie *niemals* von mir, daß ich etwas Illegales tue. Ich möchte eine Entschuldigung, oder ich gehe auf der Stelle.«

Ich konnte seinem sonst so ausdrucksvollen Gesicht nichts entnehmen, nur daß seine Augen in weite Ferne zu blicken schienen. Dann sah er mich an. »Okay. Ich entschuldige mich. Okay? Gehen wir.« Er nahm mich am Arm, ich nahm den Aktenkoffer, und wir gingen hinaus in den Palmenhof.

Lenny und Vinnie standen an den kleinen Gucklöchern neben der Eingangstür. Vinnie drehte sich zu seinem Boß um. »Da ist was faul.«

Bellarosa stieß ihn beiseite und ging zum Fenster. »Hol's der Teufel...« Er drehte sich zu mir um. »He, sehen Sie sich das an.«

Ich ging ans Fenster und wußte nicht, was ich erwarten sollte – Panzer, Sturmtruppen, Hubschrauber? Ich rechnete mit mehreren Fahrzeugen und mindestens hundert Männern: FBI-Typen in Anzügen sowie ein paar uniformierte County-Polizisten und Detectives, damit alle der Meinung waren, sie würden ihr Stück vom Kuchen abbekommen. Statt dessen aber kam ein einzelner Mann zu Fuß die kopfsteingepflasterte Einfahrt entlang, und der ließ sich Zeit und betrachtete die Blumenbeete und Pappeln, als wäre er ein Spaziergänger.

Als der Mann näher kam – eigentlich schon lange vorher –, erkannte ich ihn. Ich drehte mich zu Bellarosa um. »Mancuso.«

»Ach ja?«

Lenny rief am anderen Fenster: »Er ist allein! Der Hurensohn ist *allein.*« Er drehte sich zu Bellarosa um. »Machen wir den Wichser alle.«

Diesen Vorschlag fand ich nicht so gut.

Bellarosa sagte: »Der Mann hat Mut.«

Vinnie war ganz aus dem Häuschen. »Das können sie nicht machen! Sie können doch nicht nur einen Mann schicken!«

Mancuso war selbstverständlich nicht allein, sondern hatte die geballte Macht des Gesetzes hinter sich. Das war die Lektion, die es heute morgen zu lernen galt – und zwar nicht nur für Frank Bellarosa und seine Männer, sondern auch für mich.

Lenny griff mit der rechten Hand ins Jackett – nach seinem Terminkalender, hoffte ich. Aber nein, er zog einen Revolver heraus und fragte: »Sollen wir ihn umlegen, Boß?«

»Sei still«, schnauzte Bellarosa. »Und tu das Ding weg. Verschwindet beide. Dorthin. Anwalt, Sie bleiben hier.«

Es klopfte dreimal. Frank Bellarosa ging zur Tür und machte auf. »He, schau einer an, wer da ist.«

Mancuso hielt seine Dienstmarke hoch, obwohl wir doch alle wußten, wer er war, und kam gleich zur Sache. »Ich habe einen Haftbefehl und muß Sie festnehmen, Frank. Gehen wir.«

Aber Bellarosa traf keine Anstalten, mit ihm zu kommen, und beide Männer sahen sich an, als hätten sie beide jahrelang auf diesen Augenblick gewartet und wollten ihn nun so lange wie möglich genießen. Schließlich sagte Bellarosa: »Sie haben wirklich Mut, Mancuso.«

Mancuso antwortete: »Und Sie sind verhaftet.« Damit zog er ein Paar Handschellen aus der Tasche. »Strecken Sie die Hände aus.«

»He, ich muß vorher noch ein paar Sachen erledigen. Okay?«

»Wollen Sie der Verhaftung Widerstand leisten?«

»Nein, nein. Ich will nur mit meiner Frau sprechen. Keine krummen Touren. Ich habe auf Sie gewartet. Sehen Sie, wir haben einen Rechtsbeistand hier.« Er trat beiseite und deutete auf mich. »Sehen Sie? Sie kennen ihn. Er verbürgt sich für mich.«

Mancuso und ich sahen einander in die Augen, und ich sah, er hatte bereits gewußt, daß ich hier sein würde. »Mr. Mancuso, Sie sehen, daß mein Klient mit der Verhaftung gerechnet und keinen Versuch unternommen hat, zu fliehen oder Widerstand zu leisten. Er möchte nur etwas Zeit, um mit seiner Frau zu reden. Das ist vernünftig und üblich.« Ich wußte nicht, ob das zutraf oder nicht, aber es hörte sich jedenfalls gut an. Ich glaube, so machen sie es immer im Film.

Mancuso sagte zu Bellarosa: »Also gut, Frank. Zehn Minuten. Nur eine Umarmung und ein Kuß. Kein Humba-humba.«

Bellarosa lachte, aber ich war sicher, er hätte Mancuso am liebsten mit einem Bleirohr die Fresse poliert. Dann ging er von der Tür weg, und Mancuso trat in den Palmenhof. Als er Vinnie und Lenny erblickte, drehte er sich um und vergewisserte sich, daß er nicht noch jemanden übersehen hatte.

Bellarosa sagte: »*Benvenuto a nostra casa.*«

Mancuso antwortete auf italienisch, und so konnte ich nicht verstehen, was er sagte. Es hörte sich allerdings nicht wie »Schönen Dank« an. Wenn ich nicht genau gewußt hätte, daß Mr. Mancuso keine Schimpfworte in den Mund nahm, hätte ich sogar geschworen, er hätte gesagt: »Verpissen Sie sich, Frank.« Vielleicht flucht er nur auf italienisch. Wie auch immer, seine Worte hatten zur Folge, daß Frank, Vinnie und Lenny ihren *Paesano* nicht allzu freundlich ansahen.

Frank behielt immerhin sein Lächeln bei, entschuldigte sich und ging die Treppe zum zweiten Stock hinauf.

Mancuso wandte seine Aufmerksamkeit Lenny und Vinnie zu. »Bewaffnet?«

Sie nickten beide.

»Waffenschein?«

Wieder nickten sie.

Mancuso streckte die Hand aus. »Brieftaschen.«

Sie gaben ihm beide die Brieftaschen in die Hand, und er wühlte sie durch und ließ Geld und Kreditkarten auf den Boden fallen, als er die Waffenscheine herauszog. Er verglich ihre Gesichter mit den Fotos und sagte: »Vincent Adamo und Leonard Patrelli. Womit verdient ihr euren Lebensunterhalt, Jungs?«

»Nichts.«

Er warf ihnen die Brieftaschen zu. »Verschwindet.«

Sie zögerten, dann hoben sie Geld und Karten vom Boden auf und gingen.

Danach betrachtete Mancuso den Palmenhof, sah zu den Vögeln, den Hängepflanzen, dem Zwischenstock und den Balkonen hinauf.

Das war wahrhaftig ein ganz anderer Mancuso als der, mit dem ich segeln gewesen war. Er drehte sich um, sah mich an und winkte mich zu einem großen Korbsessel.

Ich setzte mich. Er zog einen Stuhl heran und nahm ebenfalls Platz. Wir hörten eine Weile den Vögeln zu, dann wandte er sich zu mir und fragte: »Wo liegt das Problem, Mr. Sutter?«

»Problem? Was für ein Problem?«

»Das frage ich Sie. Sie haben ein Problem, sonst wären Sie nicht hier. Probleme mit der Familie? Geld? Ihrer Frau? Dem Leben? Hier werden Sie kein Problem lösen. Wollen Sie sich etwas beweisen? Was macht Sie unglücklich?«

»Momentan Sie.«

»Glück ist auch nicht mein Beruf.«

»Ist Priester Ihr Beruf?«

»Manchmal. Hören Sie, ich lasse Bellarosa seinen Anwalt Jack Weinstein anrufen. Er wird ihn im Gerichtsgebäude in Empfang nehmen. Und Ihnen gebe ich fünf Minuten Zeit, damit Sie Bellarosa erklären können, warum Sie ihn nicht vertreten und auch nicht wiedersehen wollen. Glauben Sie mir, Mr. Sutter, er wird es verstehen.«

»Sie dürfen nicht versuchen, sich zwischen einen Anwalt und seinen Klienten zu stellen.«

»Kommen Sie mir nicht mit dem Gesetz, Mr. Sutter. Sie wissen, als FBI-Agent, der diese Verhaftung durchführt, ist es mir einerlei, wer Bellarosas Anwalt ist. Aber als Bürger und Mensch bekümmert es mich, daß Sie dieser Anwalt sind.«

Ich dachte einen Augenblick darüber nach und antwortete dann: »Ich bin Ihnen sehr dankbar. Wirklich. Aber ich kann ihn nicht im Stich lassen, Mr. Mancuso. Nur ich weiß, wie und warum ich hierhergekommen bin. Ich muß es durchstehen, sonst komme ich nie auf der anderen Seite raus. Verstehen Sie das?«

»Ich habe es immer verstanden. Aber Sie hätten sich eine Alternative überlegen sollen.«

»Das hätte ich wohl.«

Wir saßen ein paar Minuten schweigend da. Dann hörte ich Bellarosas schwere Schritte auf der Treppe.

Mancuso stand auf und erwartete ihn mit gezückten Handschellen am Ende der Treppe. »Bereit, Frank?«

»Klar.« Bellarosa streckte die Hände aus, und Mancuso legte ihm die Handschellen an. Mancuso sagte: »An die Säule.«

Bellarosa lehnte sich an die Marmorsäule, und Mancuso filzte ihn. »Okay.«

Bellarosa richtete sich auf, und Mancuso sagte zu mir: »Da Sie schon mal hier sind, können *Sie* ihn ja über seine Rechte aufklären.«

Ich konnte mich nicht an den exakten Wortlaut des sogenannten *Miranda-Waver* erinnern, was ein wenig peinlich war. (Schließlich habe ich meistens mit Steuern, Testamenten und Immobiliengeschäften zu tun.) Wie auch immer, Mancuso und Bellarosa halfen mir dabei; Mancuso hielt mir sogar einen kleinen Spickzettel hin. »Okay? Weiß Ihr Klient jetzt über seine Rechte Bescheid?«

Ich sah Bellarosa und nickte.

Mancuso nahm meinen Klienten am Arm und wollte ihn wegführen, aber ich sagte: »Ich möchte gerne den Haftbefehl sehen.«

Mancuso schien erbost, holte ihn aber aus der Tasche und gab ihn mir. Ich studierte ihn sorgfältig. Da ich noch nie einen gesehen hatte, fand ich ihn ungemein interessant. Schließlich aber merkte ich, daß Mancuso und selbst Bellarosa ein klein wenig ungeduldig wurden; daher gab ich Mancuso den Haftbefehl zurück und überlegte mir, ob ich eine Kopie für meine Unterlagen verlangen sollte.

Mancuso führte Bellarosa zur Tür, und ich folgte ihnen. »Fahren Sie direkt zum FBI-Büro am Federal Plaza?«

»Ganz recht.«

»Wie lange werden Sie dort sein?«

»So lange es dauert, meinen Häftling einzutragen.«

»Und wenn Sie meinen Klienten eingetragen haben, bringen Sie ihn direkt zum Bundesgericht am Foley Square?«

»Das ist richtig.«

»Werden Reporter dort sein?«

»Das ist nicht meine Sache, Mr. Sutter.«

»Aber die von Alphonse Ferragamo. Er wird einen riesigen Medienrummel veranstalten.«

»Es ist dennoch nicht meine Sache.«

»Ich habe vor, meinen Klienten auf Schritt und Tritt zu begleiten, Mr. Mancuso. Ich erwarte, daß alles korrekt abgewickelt wird.«

»Darauf können Sie sich verlassen, Mr. Sutter. Und jetzt würde ich mich gerne auf den Weg machen.«

»Gewiß.« Zu Frank Bellarosa sagte ich: »Wir sehen uns am Federal Plaza.«

Bellarosa, der trotz der Handschellen und Mancusos Hand auf seiner Schulter bemüht war, gelassen und unbekümmert zu wirken, sagte scherzend: »Vergessen Sie nicht den Aktenkoffer, machen Sie keine Kaffeepause unterwegs und verlaufen Sie sich nicht. *Capisce?*«

»*Capisco.*«

Er lachte und sagte zu Mancuso: »Sehen Sie? Noch ein paar Monate, und ich habe ihn soweit, daß er auf italienisch flucht.«

»Gehen wir, Frank.« Mancuso führte Bellarosa zur Tür hinaus.

Ich stand unter der offenen Tür, und Lenny und Vinnie gesellten sich zu mir. Und so sah ich zu, wie Mancuso Bellarosa die lange Einfahrt entlang zum Tor führte, wo Anthony stand und wartete. Dieses Bild hat etwas an sich, das ich mein Lebtag nicht vergessen werde. Ich glaube allerdings nicht, daß Anthony, Vinnie oder Lenny von dieser Szene ebenso beeindruckt waren; und sie zogen auch sicher nicht den logischen Schluß daraus, daß Verbrechen sich nicht auszahlt.

Lenny sagte zu mir: »Bereit, Anwalt?« Ich nickte und nahm den Aktenkoffer, während Lenny zum Cadillac ging.

Ich stand neben Vinnie, der immer noch erbost schien, daß das Haus nicht von Sturmtruppen und Scharfschützen umstellt worden war. »Wir hätten den Wichser alle machen sollen. Finden Sie nicht auch? Verdammt, für wen hält der sich?«

»Für das Gesetz.«

»Ach ja? Der Teufel soll ihn holen.« Vinnie stapfte zur Tür hinaus.

Ich wollte ihm folgen, hörte aber ein Geräusch hinter mir und drehte mich um. Anna, in Morgenmantel und Pantoffeln, kam die Treppe herunter und schluchzte, was ihre gewaltigen Lungen hergaben. Ich wollte gerade zur Tür hinaus, aber sie sah mich. »John! John! Mein Gott, John!«

Madonna. Mußte das sein?

»John!« Sie kam auf mich zu wie ein Buick von '54 mit übergroßer Stoßstange. »John! Sie haben Frank mitgenommen! Sie haben ihn mitgenommen!« Sie stieß mit mir zusammen – Bumm! – und schlang die Arme um mich, womit sie gerade noch verhinderte, daß ich zu Boden fiel. Dann vergrub sie das Gesicht an meiner Brust und ließ Ströme von Tränen auf meine Hermès-Krawatte fließen. »O John! Sie haben ihn verhaftet!«

»Ja, ich war sogar dabei.«

Sie schluchzte weiter und drückte mich. *Madonna mia.* Diese Titten und Arme preßten mir die Luft aus den Lungen. »Aber, aber«, schnaufte ich. »Nicht weinen. Setzen wir uns.«

Ich manövrierte sie zu einem Korbsessel, was ungefähr so war, als würde man eine Rinderhälfte durch die Gegend schieben. Sie hatte unter dem Morgenmantel nicht viel an, und trotz der Umstände und der frühen Stunde erregte mich ihre Nähe. Ein verrückter Gedanke schoß mir durch den Kopf, und ich verdrängte ihn sofort wieder, bevor er mein Ende besiegeln konnte.

Sie saß jetzt und quetschte meine Hände in den ihren. »Warum haben sie meinen Frank geholt?«

Liebe Zeit, Anna, das kann ich mir auch überhaupt nicht erklären. »Ich bin sicher, es ist ein Irrtum. Machen Sie sich keine Gedanken. Bis heute abend ist er wieder zu Hause.«

Sie zog mich auf die Knie, wobei unsere Gesichter sich fast berührten. Mir fiel auf, daß sie trotz ihrer Konfusheit lange genug oben geblieben war, um ihr Haar zu kämmen, etwas Make-up aufzulegen und sich mit ihrem angenehmen Parfüm zu besprühen. Sie sah mir direkt in die Augen und sagte: »Schwören Sie es mir, John. Schwören Sie mir, daß Sie Frank nach Hause bringen werden.«

Mamma mia, was für ein Morgen. Bei einem Hausverkauf hatte ich solche Probleme nie. Ich räusperte mich und sagte: »Ich schwöre es.«

»Beim Grab Ihrer Mutter. Schwören Sie es beim Grab Ihrer Mutter.«

Soweit ich wußte, erfreute sich Harriet noch bester Gesundheit. Aber da ich schon oft das Gefühl hatte, meine Eltern seien längst gestorben, sagte ich: »Ich schwöre beim Grab meiner Mutter, daß ich Frank nach Hause bringen werde.«

»Oh... lieber Gott...« Sie küßte mir die Hände und blubberte unartikulierte Silben vor sich hin. Es gelang mir, auf die Uhr zu sehen. »Anna, ich muß Frank nachfahren.« Ich stand auf, aber sie ließ meine Hände nicht los. »Ich muß wirklich gehen...«

»He, Anwalt! Wir müssen los!« Das war Vinnie. Als er aber sah, daß mich Mrs. Bellarosa daran hinderte, meinte er: »Oh. Hi, Mrs. Bellarosa. Tut mir leid. Ich muß Mr. Sutter zum Gericht bringen.«

Ich entzog Anna meine Hände und sagte zu ihr: »Rufen Sie Susan an, sie kommt herüber und leistet Ihnen Gesellschaft. Vielleicht können Sie einkaufen gehen oder Tennis spielen.« Dann eilte ich zur Tür, schnappte den Aktenkoffer und stürmte hinaus.

Auf der Schnellstraße Richtung Manhattan sagte Lenny: »Ist Ihnen aufgefallen, wie gelassen der Don war?«

Vinnie, der neben ihm saß, antwortete: »Ja. Der hat vor nichts Angst.« Er drehte sich zu mir um. »Richtig, Anwalt?«

Ich war ein wenig sauer auf die beiden, weil sie nun schon seit zehn Kilometern ein Loblied auf Bellarosa sangen. »Nun, er muß auch vor nichts Angst haben – außer vor schlechten Fahrern auf der Schnellstraße.«

Lenny brummte etwas Unverständliches, und dann schwiegen beide eine Weile, was mir ganz recht war. Ich saß also nun mit zwei Ganoven der Mafia in einem schwarzen Cadillac und fuhr direkt ins klaffende Maul der Bundesgerichtsbarkeit.

Ich sah auf die Uhr: neun. Keine Stoßzeit mehr, aber es war trotzdem noch reichlich viel los. Daher sah ich die Chance als gering an, daß wir Mancuso überholen würden, und außerdem wußte ich ja auch gar nicht, was für einen Wagen er fuhr. Dafür aber stellte sich heraus, daß uns vier unauffällige graue Fords folgten – und zwar seit geraumer Zeit.

Lenny meinte: »Seht euch diese Wichser an.«

Das tat ich. In jedem Auto saßen zwei Männer, die uns beobachteten, während sie spielerisch die Positionen um uns herum wechselten. Das Auto vor uns wurde plötzlich langsamer, und Lenny mußte auf die Bremse treten. »Wichser!«

Die grauen Fords rechts und links und hinter uns umzingelten uns und bremsten uns bis auf fünfzehn Stundenkilometer aus, was die anderen Fahrer auf dem Long Island Expreßway, die nicht einmal unter Idealbedingungen als besonders höflich bekannt sind, beinahe zur Raserei brachte. Hupkonzerte ertönten, Beleidigungen wurden gebrüllt, Fahrer schlugen sich die Stirn gegen die Lenkräder. Sie waren echt sauer da hinten.

Und so kam es, daß wir eine »größere Verkehrsbehinderung« (wie sie im Radio sagten) bildeten, während wir uns dem Midtown Tunnel näherten.

Dies war selbstverständlich nicht nur eine Einschüchterung, sondern ein reichlich unmoralischer Versuch, mich von meinem Klienten zu trennen. Ich zweifelte nicht daran, daß Ferragamo hier die Hand im Spiel hatte, und hegte die Vermutung, daß nicht das FBI in diesen Autos saß, sondern Ferragamos Männer von der Bundesanwaltschaft. Also sagte ich zu Lenny: »Fahren Sie gleich zum Bundesgericht am Foley Square.«

»Aber der Don hat gesagt, wir sollen uns im FBI-Hauptquartier mit ihm treffen.«

»Tun Sie, was ich Ihnen sage.«

»Er bringt uns um!«

»Tun Sie, was ich sage!«

Vinnie, der offenbar ein halbwegs funktionierendes Gehirn besaß, sagte: »Er hat recht. Wir fahren direkt zum Gericht.«

»Okay. Aber dafür übernimmst du die Verantwortung, Vinnie.«

Ich lehnte mich in den Sitz zurück und lauschte den Hupen, die um uns plärrten. Ich konnte mir gut vorstellen, daß Mancuso einen Anruf über Autofunk bekommen würde, er solle direkt zum Gerichtsgebäude fahren. Bellarosa sollte dort eingesperrt werden, und nicht im FBI-Hauptquartier. Dann würde er zur Anklageverlesung dem Richter vorgeführt werden, und der Boß der größten Verbrecherfamilie New Yorks würde in seinem edlen Anzug, aber ohne seinen Anwalt vor ihm stehen. Der Richter würde die Anklage verlesen und Bellarosa bitten, sich zu bekennen. Bellarosa würde sagen »Nicht schuldig«, und der Richter würde die Untersuchungshaft verhängen. Frank würde einen großen Aufstand machen, aber vergebens. Mord ist eine schwerwiegende Anklage, und ich würde etwa zwei Wochen brauchen, um eine Kautionsverhandlung zu erreichen. In diesem Fall wäre ich wirklich gut beraten, mit dem Geld nach Rio abzuhauen und eine Postkarte zu schicken.

Ich betrachtete die Aktentasche neben mir. Manche Wertpapiere waren Verhandlungssache, außerdem aber hatte ich eine satte Million in bar. Die Brasilianer stellen nicht viele Fragen, wenn man eine Million US-Dollar einzahlt – höchstens, welche Farbe man für seine Schecks möchte.

Ich sah auf die Uhr. Inzwischen waren sie wahrscheinlich am Foley Square, aber die Aufnahme mußte selbst bei einem beschleunigten Verfahren nach den Buchstaben des Gesetzes durchgeführt werden: Leibesvisitation, Fingerabdrücke, Fotos, Lebenslauf, Formulare ausfüllen. Erst dann konnten sie Bellarosa vor den wartenden Richter zerren. Es war daher möglich, daß ich ins Gerichtsgebäude stürmte, herausfand, wo Bellarosas Anklageverlesung stattfand, und gerade noch rechtzeitig in den Gerichtssaal kam. *Es war möglich.*

Mir fiel ein, daß ich einmal einen Hausverkauf in Oyster Bay abwickeln mußte und mein Auto Motorschaden hatte... aber das war vielleicht kein guter Vergleich.

Doch was konnte ich tun? Ich schrieb die Nummern unserer Eskorte auf, sah sie böse an und schlug dann die Zeitung auf, die auf dem Sitz lag. Die Mets hatten Montreal geschlagen; noch zwei Spiele trennten sie jetzt von der Tabellenspitze. Ich sagte zu meinen Freunden vorne: »He, was ist mit den Mets?«

Vinnie sagte: »Ja, haben Sie das gestern abend gesehen?«

Wir unterhielten uns eine Weile über Baseball. Ich wußte, wir mußten *noch* etwas gemeinsam haben – außer demselben Boß und der Angst um unser Leben.

Hinten war ein Autotelefon, und ich hätte Susan anrufen können, aber das wollte ich nicht. Wenn sie das nächstemal von mir hören würde, dann in den Nachrichten um fünfzehn Uhr. Aber dann fiel mir ein, daß sie ja grundsätzlich keine Nachrichten ansah, hörte oder las. Vielleicht würde sie in diesem Fall eine Ausnahme machen. Danke übrigens für die Herausforderung, Susan.

Wir näherten uns den Gebührenschranken am Tunnel, und ich sah auf die Uhr. Es würde verdammt knapp werden.

27. *Kapitel*

Im Midtown Tunnel hängten wir unsere Eskorte ab und gelangten auf den FDR Drive. Wie sich herausstellte, war Lenny ein besserer Fahrer als Gesprächspartner (was freilich nicht viel heißen will) und brachte uns rasch zu den und durch die engen, überfüllten Straßen von Manhattan. Aber je näher wir Foley Square kamen, desto langsamer floß der Verkehr. Ich sah auf die Uhr. Es war zwanzig vor zehn, und ich schätzte, daß Mancuso und Bellarosa seit etwa dreißig Minuten am Foley Square sein konnten. Die Räder der Strafjustiz mahlen langsam, aber sie können auch verdammt schnell sein, wenn jemand wie Alphonse Ferragamo daneben steht und sie ölt.

Die Räder des Cadillacs bewegten sich ganz und gar nicht schnell. Wir steckten in der Nähe des City Hall Park im Stau, und die Anklagevertretung würde um zehn anfangen. *Verdammt.* Ich packte den Aktenkoffer und riß die Tür auf.

»Wohin gehen Sie?« fragte Vinnie.

»Rio.« Ich stieg aus dem Auto aus, bevor er das verarbeiten konnte.

Außerhalb des klimatisierten Cadillacs war es schwül und warm, und es ist nicht einfach, mit Gamaschenschuhen zu laufen. Aber jeder Anwalt hat das einmal mitgemacht, und so lief ich einigermaßen flott die Centre Street entlang Richtung Foley Square. Unterwegs probte ich meinen Text: »Euer Ehren! Schlagen Sie nicht mit dem Hammer zu! Ich habe Geld!«

Die Straßen und Gehwege waren überfüllt; viele Leute in diesem Stadtteil sind Beamte von Stadt, Staat oder Bundesregierung und haben es naturgemäß nicht besonders eilig. Aber es waren auch noch ein paar andere Läufer in Anzügen von *Brooks Brothers* unterwegs, die ich für Anwälte in ähnlichen Missionen wie meiner eigenen hielt. Ich klinkte mich hinter einen guten Slalomläufer ein und hatte zehn Minuten später schweißgebadet und mit schmerzenden Armen (fünf Millionen Dollar in einem Aktenkoffer haben ein ganz schönes Gewicht) Foley Square erreicht. Ich bin ziemlich gut in Form, aber im Anzug durch Hitze und Kohlenmonoxid von Manhattan zu laufen, ist etwa gleichwertig mit drei Runden hartem Tennis im Club.

Vor den vierzig oder fünfzig Stufen des Gerichtsgebäudes blieb ich stehen und betrachtete einen Augenblick den Gipfel, dann holte ich tief Luft und sprintete auf den gewaltigen, von Säulen flankierten Eingang zu. Ich sah im Geiste vor mir, wie ich das Bewußtsein verlor und barmherzige Samariter sich um mich drängten, die Hermès-Krawatte lockerten und mir meine Fünf-Millionen-Dollar-Last abnahmen. Dann müßte ich per Anhalter nach Rio.

Aber dann war ich auch schon in der kühleren Lobby des Bundesgerichtsgebäudes, ging zielstrebig über den eleganten elfenbeinfarbenen Marmorboden und durch den Metalldetektor, der nicht aufheulte. Aber ein US-Marshal, den mein zerzaustes Äußeres und der große Aktenkoffer offenbar mißtrauisch machten, forderte mich auf, den Koffer auf einen langen Tisch zu stellen und aufzumachen. Ich stand also in der geräumigen Lobby des Gerichtsgebäudes inmitten des Trubels um zehn Uhr und machte einen Aktenkoffer voller Geldscheine auf. Wenn Sie jemals am Zoll einen Beutel mit schmutziger Unterwäsche aufmachen mußten, dann kennen Sie das Gefühl.

Der Marshal, ein älterer Mann, der wahrscheinlich dachte, daß alle Marshals wie Wyatt Earp aussehen und handeln sollten, hatte die Daumen in den Gürtel gehakt und kaute einen Pfriem. Trotz seiner Cowboy-Pose trug er weder Stiefel noch Sporen, sondern nur die Standarduniform eines US-Marshals, die aus grauen Hosen, weißem Hemd, roter Krawatte und einem blauen Blazer mit dem Abzeichen des Marshals bestand. Seine Schuhe waren Trottoirbeleidiger, und die Dienstwaffe hatte er nicht wie in *Zwölf Uhr mittags* um die Taille geschnallt, sondern irgendwo anders, wahrscheinlich in einem Schulterhalfter. Seine Ausstattung enttäuschte mich zutiefst, aber ich beschloß, nichts zu sagen. Wyatt Earp fragte: »Was ist das?«

Geld, du dummes Arschloch. »Kautionsgeld, Marshal.«
»Ach ja?«
»Ja. Ich habe einen Klienten, dem heute morgen die Anklage verlesen wird.«
»Tatsächlich?«
»Ja. Und ich will das nicht verpassen, daher...«
»Warum schwitzen Sie so?«
»Ich bin gelaufen, damit ich nicht zu spät komme.«
»Sind Sie wegen irgendwas nervös?«
»Nein. Ich bin nur gelaufen.«
»Ja? Können Sie sich ausweisen?«
»Ich glaube schon.« Ich zog die Brieftasche heraus und zeigte ihm den Führerschein mit meinem Foto und meine Anwaltskarte. Mittlerweile waren bereits ein paar andere Marshals hinzugekommen und betrachteten mich und das Geld. Wyatt Earp reichte meinen Führerschein herum, und alle sahen ihn sich an. Unnötig zu sagen, daß die Menge, die die grünen Scheine bestaunte, größer wurde; daher klappte ich den Aktenkoffer wieder zu.

Nachdem mein Führerschein jedem gezeigt worden war, einschließlich einem vorübergehenden Hausmeister, bekam ich ihn wieder. Earp fragte mich: »Wer ist Ihr Klient?«
Ich zögerte, dann antwortete ich: »Bellarosa, Frank.«
Der Marshal zog die Brauen hoch. »Ach ja? Dieses Arschloch haben sie erwischt? Wann?«
»Er wurde heute morgen festgenommen. Ich möchte wirklich gerne im Gerichtssaal sein, bevor er dem Richter vorgeführt wird.«
»Immer mit der Ruhe. Er kann von Glück sagen, wenn er vor dem Mittagessen einen Richter zu sehen bekommt. Sind Sie neu hier?«
»Gewissermaßen.« Ich fügte hinzu: »Ich muß vor der Anklageverlesung mit meinem Klienten sprechen. Also mache ich mich besser auf den Weg.« Und das tat ich dann auch.
»Warten Sie!«

Ich blieb stehen. Der Marshal kam zu mir gestapft, irgendwie O-beinig, als wäre er den ganzen Morgen geritten oder hätte Hämorrhoiden. »Wissen Sie, wo Sie hinmüssen?«

»Eigentlich nicht.«

»Dann will ich's Ihnen sagen. Sie gehen zum dritten Stock...«

»Danke.«

»Langsam. Der geschlossene Trakt ist zwischen den Marshal-Büros, wo Ihrem Burschen die Fingerabdrücke abgenommen und die Fotos gemacht werden, und...« Er verstummte und kam näher zu mir. »Müssen Sie aufs Klo, oder was?«

Ich muß wohl ein wenig zappelig ausgesehen haben, denn er sah mich wieder ziemlich argwöhnisch an. Daher beschloß ich, den Stier bei den Hörnern zu packen. »Sehen Sie, Marshal, mein Klient wird sehr rasch durch die Prozedur geschleust werden, weil er eben Bellarosa ist. Vielleicht ist er sogar schon durch. Ich will die Anklageverlesung nicht versäumen, denn wenn ich das tue, wird er sehr unzufrieden mit mir sein.« Ich hätte beinahe »*Capisce?*« hinzugefügt, aber der Bursche vor mir schien irischer Abstammung zu sein.

Er grinste. »Klar, *die* Anklageverlesung sollten Sie nicht versäumen. Sie wissen, wo Sie hinmüssen?«

»Dritter Stock?«

»Ganz recht. Ist Ihr Bursche angeklagt und festgenommen worden? Oder ist er nur festgenommen worden und wartet auf die Anklage?«

»Angeklagt und festgenommen.«

»Okay, dann müssen Sie nicht zum Magistrat, sondern zum Bezirksrichter, Trakt eins.«

Mamma mia, ich wollte nur in den dritten Stock, ehe es zu spät war. Aber ich durfte nicht völlig verzweifelt aussehen, weil das meinen *Cicerone* nur bewegt hätte, noch hilfsbereiter oder noch argwöhnischer zu sein. Also lächelte ich. »Trakt eins. Richtig.«

»Ja. Trakt eins. Dritter Stock.« Er sah auf die Uhr. »He, es ist schon nach zehn. Sie machen sich besser auf den Weg.«

»Ja, das sollte ich vielleicht.« Wohlgemerkt, ich *rannte* nicht, ich *ging* zum Fahrstuhl. »Ich hoffe, Sie haben genügend Geld dabei.«

Ich hoffe, ich habe genügend Zeit, Wyatt. Ich fuhr mit dem Fahrstuhl zum dritten Stock.

Das Unglück wollte es, daß der Fahrstuhl nicht in Trakt eins, sondern vor dem Magistratsgericht hielt. Also hatte ich schon so gut wie verloren. Ich entschied mich für eine Richtung und ging weiter. Auf den Fluren des Gerichts warteten Dutzende Kriminelle in Handschellen. Dazu US-Marshals, FBI-Beamte, Staatsanwälte, Anwälte der Beschuldigten, Zeugen und alle möglichen anderen Leute. Keiner sah aus, als wäre er besonders glücklich, hier zu sein. Die Flure in einem Gerichtsgebäude haben etwas einzigartig Deprimierendes.

Ich entschied mich für einen Flur und ging ihn entlang. Die Bundesgerichte unterscheiden sich deutlich von den staatlichen oder städtischen Gerichten, und zwar in vielerlei Hinsicht. Zunächst einmal hat man es mit qualitativ besseren Verbrechern zu tun, mit Wall-Street-Typen und anderen Betrugskünstlern mit weißer Weste. Ab und zu sieht man einen Spion oder Verräter, und hin und wieder (aber längst nicht oft genug) einen Kongreßabgeordneten oder ein Kabinettsmitglied. Aber ich hatte gehört – und sah es jetzt mit eigenen Augen –, daß mit der wachsenden Zahl der Drogenfälle bei der Bundesbehörde die Qualität der Angeklagten nicht mehr ganz dem Standard früherer Jahre entsprach. Ich sah Männer, die eindeutig zum internationalen Pharmaziegeschäft zu gehören schienen, und mir wurde klar, warum Frank Bellarosa, obwohl er ein harter Bursche war, liebend gern darauf verzichtete, die Bekanntschaft dieser Burschen zu machen.

Mir für meinen Teil graute schon davor, mich auf demselben Flur wie diese gefährlichen Kriminellen zu bewegen, auch wenn sie Handschellen trugen. Der Gestank, der von ihnen ausging, war überwältigend. Ich hatte diesen Geruch des Junkie einmal vor einem staatlichen Strafgericht kennengelernt; zunächst wirkt er beinahe süßlich, aber unter diesem Aroma liegt der Gestank eines verwesenden Tieres. Es würgte mich beinahe, als ich den Flur entlangging. John Sutter, was hast du hier zu suchen? Geh wieder zur Wall Street, wo du hingehörst. Nein, verdammt, steh es durch. Wo ist dein Mumm, du elende Memme? Los, weiter.

Also ging ich weiter durch den stinkenden Flur des Magistratsgerichts und fand schließlich Trakt eins, wo die Angeklagten keine Handschellen trugen und besser rochen.

Ich fragte einen Hilfsmarshal: »Ist Frank Bellarosa schon dem Richter vorgeführt worden?«

»Bellarosa? Der Mafia-Boß? Wußte gar nicht, daß der hier ist.«

»Er muß hier sein. Ich bin sein Anwalt. Könnte es sein, daß die Anklageverlesung schon stattgefunden hat?«

Er zuckte die Achseln. »Vielleicht. Richter Rosen verliest schon eine ganze Weile Anklagen.«

»Wo ist sein Gerichtssaal?«

»Ihrer. Richter Rosen ist eine Frau.«

»Wie viele Richter verlesen heute morgen Anklagen?«

»Einer. Wie immer. Sind Sie neu hier?«

»Sozusagen. Wo ist der Gerichtssaal von Richter Rosen?«

Er sagte es mir und fügte hinzu: »Bei Kautionen ist sie eine harte Nuß, besonders wenn sie es mit Klugscheißern zu tun hat.«

Nach dieser ermutigenden Auskunft ging ich eilig zu der Tür mit der Aufschrift RICHTER SARAH ROSEN und öffnete sie.

Das Gericht tagte tatsächlich. Zwei Marshals starrten mich an, als ich eintrat. Auf den Bänken, wo bei einer Verhandlung normalerweise die Zuschauer sitzen, saßen etwa dreißig Leute, hauptsächlich Männer. Wahrscheinlich waren fast alle Verteidiger, obwohl auch ein paar Polizisten in Zivil oder Angeklagte, die als ungefährlich eingestuft wurden und daher keine Handschellen trugen, darunter sein konnten. Ich hielt nach dem blauen Anzug meines Klienten und nach Mancusos unverwechselbarem Schädel Ausschau, konnte aber weder den einen noch den anderen entdekken.

Es war gerade eine Anklageverlesung im Gange. Ein Angeklagter und sein Verteidiger standen vor Richter Rosen. Rechts vom Angeklagten saß eine junge Bundesanwaltsassistentin, eine Frau

Mitte Zwanzig. Aus irgendwelchen Gründen erinnerte sie mich an meine Tochter Carolyn. Alle sprachen so gedämpft, daß ich nur ein oder zwei Worte mitbekam. Ich konnte nur eines deutlich hören, nämlich als der Angeklagte, ein gutangezogener Mann in mittleren Jahren, laut und vernehmlich »Nicht schuldig«, sagte – so als wäre es sein voller Ernst.

Das Strafgerichtssystem in Amerika ist im Grunde genommen ein moralisches Schauspiel aus dem achtzehnten Jahrhundert – mögen die Schauspieler sich auch redlich bemühen, es der Gesellschaft des zwanzigsten Jahrhunderts anzupassen. Das gesamte Konzept der Anklageverlesung zum Beispiel, das Feilschen um die Kaution in einer öffentlichen Sitzung – das alles wirkt irgendwie archaisch, finde ich jedenfalls. Aber ich glaube auch, es ist besser als manch anderes System, wo der Gerechtigkeit an dunklen, abgeschiedenen Orten Genüge getan wird.

Einer der Marshals bedeutete mir, mich zu setzen; und so setzte ich mich.

Die Anklageverlesung war zu Ende, eine Kaution wurde abgelehnt und der Angeklagte in Handschellen abgeführt. Nicht gut.

Der Saaldiener rief den nächsten Fall auf: »Johnson, Nigel!«

Wenig später kam ein großer, hagerer Farbiger mit Dreadlocks und weißem Anzug zur Seitentür herein und rieb sich die Handgelenke an der Stelle, wo die Handgelenke gewesen waren. Ein Anwalt stand auf und begab sich zur Richterbank. Wahrscheinlich war der Herr vor Richter Rosen Jamaicaner, und die Anklage hatte mit Drogenschmuggel oder illegaler Einwanderung oder beidem zu tun. Die Anklageverlesung konnte gut und gerne fünfzehn Minuten dauern, wenn es zum Streit wegen der Kaution kam. In der Zwischenzeit könnte Ferragamo veranlassen, daß mein Klient sich vor einem anderen Richter im Brooklyn Federal Count wiederfand. Es war kühl im Gerichtssaal, aber ich schwitzte immer noch. Denk nach, Sutter.

Beim Nachdenken fiel mir auf, daß die Tür hinter mir mehrmals auf und zu ging, und ich sah, daß Männer und Frauen den Gerichtssaal betraten und Plätze suchten. Ich bemerkte auch zwei

Männer und eine Frau auf der sonst leeren Geschworenenbank. Es waren Zeichner, was bei einer Anklageverlesung ziemlich ungewöhnlich ist.

Ein paar Schritte links von mir war ein Anwalt, der gerade einigen Papierkram auf seinem Aktenkoffer erledigte. Ich beugte mich zu ihm und fragte: »Sind Sie schon lange hier?«

Er sah mich an. »Seit neun.«

»Wurde Frank Bellarosas Fall schon aufgerufen?«

Er schüttelte den Kopf. »Nein. Findet die Verlesung hier statt?«

»Ich weiß nicht. Ich vertrete ihn, bin aber nicht mit den Bundesgerichten vertraut. Wie kann ich...«

»Ruhe im Gerichtssaal!« bellte der dicke Marshal, der mich wahrscheinlich mehr sah als hörte. Diese Burschen mit ihren Pistolen und Abzeichen und Schmerbäuchen nehmen sich ungeheuer wichtig. Mir fiel ein, daß Mark Twain einmal gesagt hatte: »Wenn Sie den Abschaum der Menschheit sehen wollen, gehen Sie zum Gerichtsgebäude und sehen Sie sich die Wachablösung an.«

Richter Rosen hatte begonnen, die Anklage zu verlesen. Ja, es ging tatsächlich um Drogen. Bundesanwaltsassistentin, Verteidiger und Richter Rosen verhandelten miteinander. Offenbar konnte sich der Verteidiger mit seiner Meinung nicht durchsetzen, denn die Frau Richter schüttelte den Kopf, und die junge Bundesanwältin sah sehr zufrieden aus, während der Angeklagte betreten auf seine Füße blickte. Nach einer Weile kam ein Sicherheitsbeamter, und der Angeklagte wurde wieder zum Häftling. *Eine harte Nuß bei Kautionen.* Ja, wahrhaftig. Wenn Frank Bellarosa tatsächlich dieser Frau vorgeführt wurde, würde es wohl schlichtweg unmöglich sein, einen Grund zu finden, weshalb sie ihn – noch dazu bei einer Mordanklage – auf Kaution freilassen sollte.

Je länger ich saß, desto überzeugter wurde ich, daß die ganze Sache von langer Hand gegen mich eingefädelt worden war. Ich war überzeugt, daß mein Klient derzeit vor dem Bundesgericht in Brooklyn stand. Sollte dies wirklich der Fall sein, konnte ich eine

Kautionsanhörung oder Haftprüfung beantragen und versuchen, ihn in naher Zukunft freizubekommen. Aber das wollte er nicht, und dafür wurde ich nicht bezahlt. Also nahm ich meinen Aktenkoffer und ging.

Ich ging zu den Untersuchungszellen am anderen Ende des dritten Stocks und erkundigte mich bei dem US-Marshal, der die Aufsicht hatte. Aber mein Klient war von der Bildfläche verschwunden, als hätte ihn der Gulag verschlungen.

Ich ging zu einer öffentlichen Telefonzelle und rief in meinen beiden Büros an, aber mein Klient hatte keine Nachricht hinterlassen. Danach setzte ich mich und überlegte meinen nächsten Schritt. In diesem Augenblick kam der Hilfsmarshal, mit dem ich mich über die Verlesung unterhalten hatte, auf mich zu. »Bin ich froh, daß ich Sie gefunden habe, Sir. Ihr Klient, Bellarosa, wird im Brooklyn Federal Court vorgeführt.«

Ich sprang auf. »Sind Sie sicher?«

»Das habe ich eben von meinem Boß gehört. Zu schade. Ich hätte ihn gerne gesehen.«

»Ich besorge Ihnen ein Autogramm«, sagte ich, während ich zu den Fahrstühlen sauste. Ich fuhr zur Lobby hinunter, lief die Tür hinaus, die Stufen hinunter und rief auf dem Foley Square ein Taxi. In etwa zwanzig Minuten konnte ich beim Bundesgericht sein. Ein Taxi hielt an, und ich riß die Tür auf, aber als ich gerade einsteigen wollte, sah ich einen Funkwagen von *NBC News.* Damit war mir alles klar: die Leute, die in den Gerichtssaal gekommen waren, die Zeichner auf der Geschworenenbank... »Verdammt!« Ich ließ die Taxitür offenstehen und lief zum Gerichtsgebäude zurück. »Dieser Dreckskerl! Dieser Scheiß-Ferragamo!« Ich holte tief Luft und rannte zum zweiten Mal die Stufen hinauf – es waren vierundsechzig. Die fünf Millionen wurden immer schwerer.

Wieder ging ich durch den Metalldetektor und lächelte Wyatt Earp zu, der mich überrascht ansah, wie ich mit großen Schritten zu den Fahrstühlen ging. Ich stieg ein und fuhr zum dritten Stock.

Unverzüglich marschierte ich in Trakt eins, zog die Tür zu Richter Rosens Gerichtssaal auf und kam gerade noch rechtzeitig, um zu hören: »Bellarosa, Frank!«

Ein Murmeln lief durch die Menge, wie man so sagt; einige Leute standen sogar auf und traten in den Mittelgang, um besser zu sehen. Ich drängte mich zwischen ihnen durch.

Der Saaldiener rief: »Ruhe im Gericht! Setzen Sie sich! Setzen Sie sich!«

Ich erhaschte einen Blick auf Bellarosa, der zur Seitentür hereingeführt wurde.

Während ich mich nach vorne drängte, rief der Gerichtsdiener: »Ist der Anwalt von Mr. Bellarosa anwesend?«

Ich gelangte zur Zuschauerbarriere und sagte: »Hier!«

Bellarosa drehte sich zu mir um, lächelte nicht, nickte aber anerkennend, um zu zeigen, daß er meine Findigkeit zu schätzen wußte. Ich war ausgesprochen stolz auf mich, obwohl mein Tun der Menschheit oder der westlichen Zivilisation nicht im geringsten dienlich war.

Rasch ging ich durch die Klapptür der Barriere und stellte den Aktenkoffer auf den Tisch der Verteidigung. Ich sah Richter Rosen an, die nicht überrascht schien, mich zu sehen, und entschied, daß sie nichts mit der Verschwörung zu tun hatte. Dafür schien die junge Bundesanwaltsassistentin überrascht, und sie konnte es auch nicht verbergen. Hastig sah sie sich im Gerichtssaal um, als erwartete sie, daß ihr jemand zu Hilfe käme.

Richter Rosen sagte zu mir: »Haben Sie das Gericht von Ihrer Anwesenheit in Kenntnis gesetzt?«

»Nein, Euer Ehren, ich bin eben erst eingetroffen.«

Sie sah mich an, und ich wußte, daß sie mich schon vorher bemerkt hatte. Dann zuckte sie mit den Achseln. »Ihr Name?«

»John Sutter.«

»Das Protokoll soll vermerken, daß der Angeklagte einen Rechtsbeistand hat.« Richter Rosen unterrichtete Frank Bellarosa von seinen Rechten. »Haben Sie verstanden?« fragte sie dann in einem Tonfall, der deutlich machte, wie wenig sie von dieser berüchtigten Persönlichkeit beeindruckt war.

»Ja, Euer Ehren«, antwortete Bellarosa mit angenehmer Stimme.

Die Richterin sah auf das Anklageformular, das ihr gereicht worden war, und studierte es eine Weile. Dann las sie Bellarosa die Mordanklage vor und fragte ihn: »Haben Sie die gegen Sie erhobenen Vorwürfe verstanden?«

»Ja, Euer Ehren.«

»Haben Sie eine Kopie der Anklageschrift erhalten?«

»Nein, Euer Ehren.«

Richter Rosen runzelte die Stirn. »Wurde Ihnen eine Kopie der Anklageschrift übergeben, Mr. Sutter?«

»Nein, Euer Ehren.«

Richter Rosen wandte sich an die Bundesanwaltsassistentin. »Miß Larkin, warum haben weder Angeklagter noch Verteidiger eine Kopie der Anklageschrift zu sehen bekommen?«

»Beim Angeklagten bin ich nicht sicher, Euer Ehren. Der Verteidiger war während der Aufnahme des Angeklagten heute morgen nicht anwesend –«

»Nun, jetzt ist er anwesend. Geben Sie ihm eine Kopie der Anklageschrift.«

»Ja, Euer Ehren.«

Ich ging zum Tisch der Verteidigung, und Miß Larkin reichte mir einen großen Stapel Papier. Ich sah ihr direkt in die Augen, und sie sagte laut: »Vielleicht möchten Sie ein paar Stunden Zeit, um das alles zu lesen. Ich hätte nichts gegen eine zweite Anklageverlesung einzuwenden.«

»Aber ich.«

Sie nickte und sah Frank Bellarosa an. »Wie bekennen Sie sich im Sinne der Anklage?«

»Nicht schuldig!« antwortete er in einem Tonfall, als wäre er beinahe betroffen darüber, welch monumentale Ungerechtigkeit ihm angetan wurde.

Richter Rosen nickte – etwas geistesabwesend, wie ich fand. Dann sagte sie zu Bellarosa: »Sie haben das Recht, gegen eine angemessene Kaution auf freien Fuß gesetzt zu werden. Aber«, und dabei blickte sie mich an, »bei einem Mordfall wird gewöhnlich keine Kaution gewährt, Mr. Sutter. Hinzu kommt, daß bei Fällen vor dem Bundesgericht, die mit Drogen zu tun haben, bis zum Beweis der Unschuld eine Rechtsvermutung gegen den Angeklagten besteht. Ich gehe davon aus, Sie wollen mir etwas mitteilen, das diese Rechtsvermutung aufhebt.«

»Ja, Euer Ehren. Dürfte ich einen Moment mit meinem Mandanten sprechen?«

»Wenn Sie wollen.«

Ich beugte mich zu Bellarosa und flüsterte: »Wir sind aufgehalten worden.« Ich erklärte ihm kurz, was geschehen war.

Er nickte und sagte: »Sie spielen nicht fair. Sehen Sie?« Dann fügte er hinzu: »He, ich habe von dieser Richterin gehört. Eine harte Nuß. Sie haben dafür gesorgt, daß sie heute morgen Anklageverlesungen macht. Verstehen Sie?«

Ich betrachtete Richter Rosen einen Augenblick. Sie war eine Frau etwa Mitte Vierzig, also ziemlich jung für eine Bundesrichterin, und schon irgendwie attraktiv, wenn man auf gestrenge Damen steht. Ich schätzte, mein jungenhafter Charme würde mir hier nichts nützen, es sei denn, sie fuhr darauf ab, jungenhafte Männer niederzumachen.

Richter Rosen sah zur Bundesanwaltsassistentin und fragte sie: »Miß Larkin? Möchten Sie etwas sagen?«

Miß Larkin antwortete: »Euer Ehren, angesichts der Rechtsvermutung laut den Statuten beantragt die Bundesanwaltschaft, daß Frank Bellarosa in Haft behalten wird. Sollte das Gericht willens sein, sich Argumente für eine Freilassung auf Kaution anzuhören, kann und wird die Bundesanwaltschaft auf eine dreitätige Untersuchungshaft während der Kautionsverhandlungen drängen.«

»Warum?«

»Damit die Bundesanwaltschaft Beweise sammeln kann, weshalb der Angeklagte in Haft bleiben soll.«

»Sind Sie damit einverstanden, Mr. Sutter?« fragte Richter Rosen.

»Nein, Euer Ehren. Das bin ich nicht.«

»Warum nicht, Mr. Sutter?«

»Ich sehe keinen Grund, weshalb mein Klient drei Tage in Haft verbringen sollte. Die Bundesanwaltschaft ermittelt seit Januar in diesem Fall. Sie dürften also bereits alles über meinen Mandanten wissen. Jedenfalls ist es unwahrscheinlich, daß sie in den nächsten zweiundsiebzig Stunden etwas Neues erfahren werden.«

Richter Rosen nickte und sagte zu Miß Larkin: »Antrag abgelehnt.«

Miß Larkin sah nicht sehr glücklich aus. »Euer Ehren, in diesem Fall wünscht der Bundesanwalt persönlich bei der Anhörung über eine Kaution anwesend zu sein.«

»Warum?«

Miß Larkin antwortete: »Wegen der... schwerwiegenden Anklage und der berüchtigten Person des Angeklagten.«

Richter Rosen wandte sich an mich: »Mr. Sutter? Möchten Sie sich gerne mit Ihrem Klienten beraten? Wir können die Kautionsanhörung auf heute nachmittag vertagen.«

Ich antwortete: »Nein, Euer Ehren. Wir haben auf nicht schuldig plädiert und bitten um eine Festsetzung der Kaution auf einhunderttausend Dollar, die wir hier und jetzt hinterlegen können.«

Nach dieser Ankündigung zog Richter Rosen die Brauen hoch. Dann wandte sie sich wieder an Miß Larkin und sagte: »Wenn Mr. Ferragamo bei dieser Verhandlung anwesend sein möchte, dann müßte er jetzt gleich erscheinen. Der Anwalt des Angeklagten hat zum Ausdruck gebracht, daß er sofort über eine Festsetzung der Kaution verhandeln möchte.« Richter Rosen fügte hinzu: »Ich gehe davon aus, Sie haben die Anklageschrift gelesen und sind mit dem Fall vertraut, Miß Larkin. Sicher können Sie uns die Argumente der Bundesanwaltschaft hinsichtlich einer Inhaftierung erläutern.«

Damit meinte sie im Klartext, daß es unnötig sei, den Bundesanwalt mit dieser Sache zu behelligen, da ohnedies keine Kaution gewährt werden würde; also weiter im Text. Aber Miß Larkin hatte trotz ihrer Jugend bereits ein Gespür für brenzlige Situationen entwickelt und kannte die Grenzen ihrer Befugnisse. Daher antwortete sie: »Euer Ehren, würden Sie bitte den Gerichtsdiener bitten, Mr. Ferragamos Büro zu verständigen? Inzwischen können wir fortfahren.«

Richter Rosen machte dem Gerichtsdiener ein Zeichen, woraufhin er im Ankleidezimmer der Richter verschwand. Ich fragte mich, wie schnell wohl Ferragamo mit Gamaschenschuhen laufen konnte.

Ich sah in den Gerichtssaal und stellte fest, daß es sich herumgesprochen hatte: Der Saal war überfüllt. Die drei Zeichner auf der Geschworenenbank kritzelten inzwischen wie die Geistesgestörten.

Richter Rosen wandte sich wieder an mich: »Bitte fahren Sie fort, Mr. Sutter, und nennen Sie mir Ihre Argumente für eine Freilassung auf Kaution.«

»Ja, Euer Ehren.« Ich konnte buchstäblich hören, wie im Gerichtssaal hinter mir Kugelschreiber klickten. Normalerweise bin ich bei Gerichtsverhandlungen ziemlich gelassen, aber diesmal verspürte ich sogar so etwas wie Angst. Und die Ursache dieser Angst war nicht das Publikum oder Miß Larkin oder die Richterin, sondern mein Mandant, der in zehn Minuten draußen sein wollte.

Ich sprach im normalen Konversationston, aber in dem Gerichtssaal war es totenstill geworden, und ich wußte, daß man auch in der letzten Reihe jedes meiner Worte verstand. »Euer Ehren, zunächst einmal möchte ich Ihr Augenmerk auf die Tatsache richten, daß mein Mandant durch die Zeitungen bereits seit einiger Zeit wußte, daß der Bundesanwalt einer Grand Jury Beweise für eine Mordanklage sammelte. In dieser Zeit hat er keinen Versuch unternommen, zu fliehen. Des weiteren hat er mich in Kenntnis gesetzt, daß eine Anklageschrift ausgefertigt und ein Haftbefehl beantragt werden könnte und mich gebeten, für diesen Fall in der Nähe zu bleiben. Auch er blieb für den Fall einer Verhaftung verfügbar, und als die Verhaftung heute morgen um acht Uhr stattfand, war ich bei ihm und kann bezeugen, daß er keinen Versuch machte, zu fliehen oder Widerstand zu leisten.« Ich fügte hinzu: »Falls Mr. Mancuso, der Beamte, der die Verhaftung durchgeführt hat, anwesend ist, kann er das ebenfalls bestätigen.«

Richter Rosen blickte in den Gerichtssaal. »Ist Mr. Mancuso anwesend?«

Eine Stimme rief von der Seite des Gerichtssaals: »Hier, Euer Ehren.«

Während sich Mancuso durch die Menge auf den Stehplätzen drängte, flüsterte ich Bellarosa zu: »Sie haben versucht, mich nach Brooklyn zu schicken. Ihr Freund Alphonse ist eine Schlange.«

Er lächelte. »Ja, wir hätten wissen sollen, daß sie es mit faulen Tricks versuchen. Ich war nie im FBI-Hauptquartier. Mancuso bekam über Funk einen Anruf, und ehe ich mich's versah, fuhren wir in den Innenhof des Gerichtsgebäudes. Sehen Sie, wie hinterfotzig Alphonse ist!«

Mancuso blieb ein paar Schritte von uns entfernt stehen. Bellarosa sagte so laut zu mir, daß er es hören konnte: »Sie wollten Sie zum FBI-Hauptquartier locken und herumschicken, bis hier alles gelaufen wäre. Aber ich habe die Aufnahme verzögert. Sechsmal habe ich ihnen die Fingerabdrücke versaut.« Er lachte und stieß mich in die Rippen. »Ich wußte, daß Sie dahinterkommen würden. Sie sind ein kluger Junge. He, was meinen Sie, gehen wir gemeinsam hier raus?«

»Vielleicht.«

Richter Rosen unterbrach uns: »Brauchen Sie eine Pause, Mr. Sutter?«

»Nein, Euer Ehren.«

Sie wandte sich an Mr. Mancuso: »Bitte schildern Sie die Umstände der Verhaftung des Angeklagten.«

Mancuso berichtete knapp und präzise von den Ereignissen am Morgen. Nur die Unterhaltung mit mir überging er.

»Sie wollen damit sagen, Mr. Mancuso, daß Mr. Bellarosa Sie erwartet zu haben schien und keinen Versuch unternahm, sich einer Festnahme zu entziehen?«

»Das ist richtig.«

»Danke, Mr. Mancuso. Bitte bleiben Sie im Gerichtssaal.«

»Ja, Euer Ehren.« Mancuso drehte sich um und blickte zuerst mich und dann Bellarosa an. Aber ich sah nichts als Müdigkeit in seinem Gesichtsausdruck.

Er setzte sich an den Tisch der Bundesanwaltschaft.

Richter Rosen sagte zu mir: »Offensichtlich hat der Angeklagte tatsächlich keinen Versuch unternommen, zu fliehen oder Widerstand zu leisten. Dennoch werde ich keine Kaution einzig und allein aufgrund dieser Tatsache gewähren. Wenn Sie mich nicht eines Besseren belehren können, Mr. Sutter – und zwar sehr schnell –, werde ich anordnen, daß der Angeklagte unverzüglich zum Metropolitan Correctiuon Center gebracht wird.«

Jetzt ging es also ums Ganze. »Euer Ehren, ich möchte Sie weiterhin darauf hinweisen, daß mein Mandant noch von keinem Gericht wegen Gewaltverbrechen verurteilt worden ist.« Jemand im Gerichtssaal lachte. »Weiterhin, Euer Ehren, ist mein Klient ein angesehener Geschäftsmann...« Ich konnte doch tatsächlich hinter mir jemanden kichern hören. Die Leute sind vielleicht zynisch heutzutage. »...dessen Abwesenheit von seinen Unternehmen ihm eine unangemessene Härte auferlegen, seinen Lebensunterhalt und den Lebensunterhalt der Menschen, die als Angestellte von meinem Mandanten abhängig sind, gefährden würde...«

Das Lachen wurde jetzt etwas dreister, und selbst Richter Rosen konnte ein Lächeln nicht unterdrücken, besann sich dann aber und schlug mit dem Hammer auf den Tisch. »Ruhe im Saal!«

Unwillig zog sie die Brauen in die Höhe und war offensichtlich im Begriff, mich hinaus- und Bellarosa in den Bau zu werfen, als sich glücklicherweise Miß Larkin einmischte. »Euer Ehren, darf ich Sie sprechen?«

Richter Rosen nickte ihr zu. »Bitte.«

»Euer Ehren, ob der Angeklagte sich ohne Widerstand verhaften ließ, ist bei einem Mordfall nicht relevant für die Festsetzung der Kaution. Und jetzt ist auch nicht Anlaß oder Zeit, andere Gründe zu erwägen, die die Verteidigung dem Gericht nahebringen möchte. Die Bundesanwaltschaft hat Grund zu der Annahme, daß der Angeklagte einen Mord begangen hat, eine Gefahr für die Allgemeinheit darstellt und über die Mittel verfügt, sich ins Ausland abzusetzen, wenn er auf Kaution freigelassen wird.«

Richter Rosen, die noch vor einem Augenblick die Schnauze voll von mir gehabt hatte, fühlte sich nun anscheinend verpflichtet, dem Verteidiger das letzte Wort zu überlassen, bevor sie mich hinauswarf. »Mr. Sutter?«

Ich sah Miß Larkin an, die mich immer noch an Carolyn erinnerte. Ich verspürte den Drang, mit ihr zu schimpfen, sagte aber statt dessen: »Miß Larkin, die Andeutung, daß mein Klient eine Gefahr für die Allgemeinheit ist, ist lächerlich.« Ich wandte mich an Richter Rosen und fuhr so laut fort, daß es jeder hören konnte: »Euer Ehren, es handelt sich um einen Mann in mittleren Jahren, der ein Haus, eine Frau und drei Kinder hat und wegen keinem Gewaltverbrechen vorbestraft ist.« Ich konnte nicht anders, ich mußte zu Mancuso sehen, der ein Gesicht machte, als wäre ich ihm gerade auf den Fuß getreten. »Euer Ehren, in diesem Aktenkoffer habe ich Namen und Anschriften aller Firmen, mit denen mein Klient zu tun hat.« Nun, vielleicht nicht *alle*, aber die meisten. »Ich habe außerdem den Paß meines Klienten und bin bereit, ihn dem Gericht zu übergeben. Des weiteren habe ich...«

In diesem Augenblick ging die Seitentür auf, und Alphonse Ferragamo kam herein. Er war ein großer, schlanker Mann mit einer Hakennase zwischen den Augen, die wie müde Austern aussahen. Sein sandfarbenes Haar war schütter, und die dünnen, blassen Lippen hätten ein wenig mehr Durchblutung oder einen Lippenstift vertragen können.

Sein Erscheinen sorgte für ein Raunen im Saal, weil ihn fast jeder der Anwesenden kannte; so ausgeprägt war seine Fähigkeit, das Gesicht im Blickfeld der Öffentlichkeit zu halten. Es war kein Geheimnis, daß Ferragamo es auf das Haus des Gouverneurs oder auf das größere Haus in Washington abgesehen hatte. Sein Hauptproblem dabei war wahrscheinlich, daß er ein Gesicht hatte, das keiner mochte. Aber ich glaube, das wollte ihm wohl keiner sagen.

Richter Rosen kannte ihn selbstverständlich und nickte ihm zu, sagte aber zu mir: »Fahren Sie fort.«

Und so fuhr ich fort: »Ich bin außerdem befugt, eine substantielle Kaution zu hinterlegen, ausreichend ...«

»Euer Ehren«, unterbrach Alphonse Ferragamo und setzte sich damit über jedwede Gerichtsetikette hinweg. »Euer Ehren, ich kann nicht *glauben*, daß das Gericht sich *überhaupt* auf eine Diskussion über Kaution im Falle eines kaltblütigen, vorsätzlichen *Mordes* einläßt, eines Mordes im Stile einer *Hinrichtung*, der im Zusammenhang mit *Drogen* steht.«

Der Pisser fuhr fort und beschrieb den Mord an Juan Carranza mit mehr Adjektiven, als ich in einem einzigen Plädoyer für möglich gehalten hätte. Außerdem betonte er einzelne Worte überdeutlich, was ich bei Gerichtsverhandlungen ärgerlich, beinahe weinerlich finde.

Richter Rosen schien nicht allzu erbaut zu sein, daß Alphonse Ferragamo in ihren Gerichtssaal geplatzt war wie ein – verzeihen Sie den Ausdruck – Gangster und nun die Klappe nicht mehr zukriegte. Zu meiner Überraschung aber machte sie aus ihrem Unwillen keinen Hehl: »Mr. Ferragamo, die Freiheit eines Mannes steht auf dem Spiel, und der Verteidiger hat angedeutet, daß er dem Gericht gewisse Fakten vorlegen möchte, die die Entscheidung über eine Freilassung auf Kaution beeinflussen könnten. Mr. Sutter hatte gerade das Wort, als Sie eingetreten sind.«

Aber Alphonse begriff den Wink mit dem Zaunpfahl nicht und schaltete das Mundwerk sofort wieder ein. Der Mann war ungeheuer erregt und wollte aus irgendwelchen Gründen – Gerechtigkeit oder persönliche *Vendetta* – Frank Bellarosa mit aller Gewalt ins Gefängnis bringen. Derweil verzog sich Miß Larkin, die auf ihre Weise diesen Fall viel besser gehandhabt hatte, indem sie manchmal einfach den Mund hielt. Still und leise setzte sie sich neben Mancuso an den Tisch der Bundesanwaltschaft.

»Euer Ehren«, fuhr Ferragamo fort, »der Angeklagte ist ein berüchtigter *Gangster*, ein Mann, der laut Informationen der Bundesanwaltschaft der Kopf der größten Verbrecherfamilie der Nation ist, ein Mann, der, wie wir aufgrund von Ermittlungen und Zeugenaussagen annehmen müssen, einen *Mord* im Drogenmilieu begangen hat.«

Dieser Mann war ganz eindeutig schon lange nicht mehr in einem Gerichtssaal gewesen. Ich meine, ich habe auch nicht viel vor Gericht zu tun, aber selbst ich konnte meine Sache besser machen als dieser Clown. Schweigend hörte ich mir an, wie sich Ferragamo allerbeste Mühe gab, die bevorstehende Niederlage in einen Sieg zu verwandeln. Ich war mehrmals versucht, ihn zu unterbrechen, aber wie der alte machiavellistische Napoleon Bonaparte einmal gesagt hat: »Unterbrich niemals einen Gegner, wenn er dabei ist, einen Fehler zu machen.«

Ich betrachtete Richter Rosen und sah, daß sie eindeutig und unverhohlen erzürnt war. Aber selbst eine Richterin muß es sich zweimal überlegen, bevor sie einem Bundesanwalt sagt, daß er die Klappe halten soll. Und je länger Ferragomo redete, um so mehr Zeit würde ich bekommen, meine Argumente darzulegen.

Das Interessante an Ferragamos derzeitigen Ausführungen war, daß sie gar nicht direkt mit der Frage einer Kaution zu tun hatten. Statt dessen ließ sich Ferragamo weitschweifig über Bellarosas mutmaßliche Probleme im Drogengeschäft aus, unter besonderer Berücksichtigung der Konkurrenz durch die Columbianer und konkurrierende Mafiabanden. Der Mann hörte sich an, als hielte er eine Pressekonferenz ab – was er ja eigentlich auch tat. »Das Heroingeschäft, das traditionell von der *Cosa Nostra* kontrolliert wird, ist heute nur noch ein kleiner Teil des lukrativen Geschäftes mit illegalen Drogen. Die *Verbrecherfamilie* Bellarosas versucht, ins Geschäft mit Kokain und Crack einzusteigen, und um das zu bewerkstelligen, muß sie ihre Konkurrenten *eliminieren*. Darum wurde Juan Carranza ermordet.«

Großer Gott, Alphonse, warum malen Sie Bellarosa nicht einfach eine Zielscheibe auf die Stirn und setzen ihn in einem Columbianerviertel aus? Ich sah Frank an und stellte fest, daß er geheimnisvoll lächelte.

Richter Rosen hüstelte diskret und sagte: »Mr. Ferragamo, ich glaube, wir wissen jetzt, Sie sind davon überzeugt, daß der Angeklagte einen Mord begangen hat. Darum ist er hier. Aber Untersuchungshaft ist keine Bestrafung, sondern eine Vorsichtsmaßnahme, und Mr. Bellarosa ist so lange unschuldig, bis seine Schuld bewiesen ist. Bitte erklären Sie mir doch einmal, warum Sie der Meinung sind, daß er seine Kaution verfallen lassen und fliehen wird.«

Ferragamo schwieg einen Augenblick und dachte nach. Derweil stand Frank Bellarosa einfach da – Mittelpunkt der ganzen Aufmerksamkeit, wenn auch ohne Sprechrolle. Doch er tat genau das Richtige. Er fauchte Ferragamo nicht an, er war nicht schnippisch oder arrogant, aber er schien auch nicht unterwürfig oder betroffen zu sein. Er stand einfach da, als hätte er einen Sony-Walkman auf und würde sich Verdis *La Traviata* anhören, während er auf den Bus wartete.

Anstatt Richter Rosens direkte Frage zu beantworten, hatte Alphonse Ferragamo eine Belehrung für sie, und sie begriff die Worte, auch wenn ihr der Tonfall mißfiel. Was er sagte, lief auf folgendes hinaus: »Hören Sie, Lady, wenn Sie diesen Burschen auf Kaution freilassen, wird die öffentliche Meinung (die Presse) Sie teeren und federn. Und falls er aus dem Land flieht, können Sie gleich mit ihm gehen.«

Richter Rosen schien nicht glücklich über diese Belehrung zu sein, sah aber ein, daß sie zutreffend war. Aber dennoch wandte sie sich an mich – um Ferragamo eins auszuwischen, vermute ich. »Mr. Sutter?«

Ich begann meinen Gegenangriff, aber der Hurensohn unterbrach mich immer wieder. Ich sammelte Punkte, doch das Heimteam hatte eindeutig einen gewaltigen Vorsprung. Eigentlich konnte ich nichts weiter tun, als Richter Rosen daran zu hindern, mit dem Hammer zu klopfen und der ganzen Sache ein Ende zu machen. Ich meine, was brachte es ihr schon, mit zuzuhören, wie ich ihr riet, eine durch und durch irrsinnige Entscheidung zu fällen, die ihre Karriere gefährden und Gerüchte heraufbeschwören konnte, daß sie auf der Gehaltsliste des Mobs stand oder mit italienischen Gangstern herumhurte? Für sie sprang überhaupt nichts dabei heraus, sie war lediglich sauer wegen Ferragamos Großkotzigkeit und tief im Inneren nicht völlig überzeugt, daß Bellarosa ein Kautionsrisiko sein würde. Kurz gesagt, ihr lag daran, daß Gerechtigkeit geschah.

Ich fuhr mit meiner Beschreibung von Bellarosa fort, als wollte ich ihn für einen hohen Verdienstorden vorschlagen. Schließlich kam ich zu dem Teil, der am heikelsten für mich war: »Seit einiger Zeit ist er mein Nachbar, und ich kenne diesen Mann persönlich.« Das löste ein Murmeln unter den Zuschauern aus, aber da ich diesen Kurs nun mal eingeschlagen hatte, um einen nautischen Ausdruck zu verwenden, mußte ich darauf weitersegeln. »Und ich hatte Gelegenheit, einen Teil seiner Familie kennenzulernen...« *Scheiße, falsches Wort.* Alle lachten, und der Hammer knallte wieder herunter. »Ruhe!«

Ich überging den Ausrutscher geschickt und fuhr fort: »Euer Ehren, ich verbürge mich persönlich dafür, daß mein Mandant den südlichen Bezirk von New York nicht verlassen und am Tag der Verhandlungseröffnung vor Gericht erscheinen wird. Ich wiederhole, Euer Ehren, trotz aller gegenteiligen Gerüchte, Unterstellungen und öffentlichen Anfeindungen ist mein Mandant ein loyaler Steuerzahler, ein geachteter Mann mit Fam...– mit Verwandten überall in der Stadt, ein Mann, der zahlreiche prominente Geschäftsleute, Priester und Politiker zu seinen Freunden zählt...« Neuerliches Kichern von den billigen Plätzen, aber ich stellte fest, daß ich wieder ein paar Punkte gemacht hatte. Zählte überhaupt jemand mit? »Und weiterhin, Euer Ehren...«

Ferragamo hielt es nicht aus, sich selbst so lange nicht reden zu hören, daher unterbrach er mich wieder. »Euer Ehren, das ist *lächerlich.* Dieser Mann ist ein bekannter *Gangster...«*

Nun war es an Richter Rosen, zu unterbrechen. »Die Anklage vor Gericht lautet auf Mord, Mr. Ferragamo, nicht auf Gangstertum. Würde die Anklage auf Gangstertum lauten, hätte ich bei seiner Stellung in der Gesellschaft längst eine Kaution festgesetzt. Mich interessieren keine Gerüchte über Gangstertum. Mich interessiert die Frage, ob dieser Mann sich einer Mordanklage im Zusammenhang mit Drogen durch Flucht entziehen wird.«

Ferragamo war erbost. Er blickte Bellarosa an, und sie schauten einander zum ersten Mal in die Augen. Dann sah er mich an, als wollte er sagen: »Zum Teufel, wer sind Sie eigentlich, sich in diese Sache zwischen Ferragamo und Bellarosa einzumischen?« Ferragamo sagte zur Richterin: »Dann wollen wir uns auf diesen Aspekt konzentrieren. Der Angeklagte ist ein Mann, der über gewaltige *Mittel* verfügt, nicht nur in *diesem* Land, sondern auch im *Ausland*, und es ist nicht undenkbar, daß er...«

»Euer Ehren«, unterbrach ich, denn dies schien mir die Methode, einen Gleichstand mit Ferragamo herbeizuführen, »Euer Ehren, ich habe bereits deutlich gemacht, daß ich den Paß meines Mandanten hier habe...«

Doch Ferragamo unterbrach mich gleich wieder, indem er mich direkt anbrüllte: »Ihr Mandant, Mr. Sutter, kann sich *fünfzig* Pässe kaufen!«

Und ich brüllte zum ersten Mal in meinem Leben ebenfalls vor Gericht. »Mr. Ferragamo, ich habe dem Gericht mein Ehrenwort gegeben! Ich verbürge mich persönlich dafür...«

»Wer sind *Sie* denn, persönlich zu garantieren...?«

»Wer sind *Sie*, daran zu zweifeln...?«

So ging es hin und her, und bald hatten wir die schönste Gerichtssaalkeiferei. Alle freuten sich daran, ausgenommen Richter Rosen, die mit dem Hammer klopfte. »Genug! Mr. Sutter, das Gericht weiß Ihr persönliches Ehrenwort zu schätzen und ist beeindruckt von Ihrer Voraussicht, einen Koffer voll Geld in den Gerichtssaal zu schleppen« – Gelächter – »und es weiß auch Ihr Angebot zu schätzen, den Paß des Angeklagten abzugeben. Dennoch wird Ihr Antrag auf Kaution ab...«

»Euer Ehren! Eines noch, wenn Sie gestatten.«

Sie verdrehte die Augen, dann winkte sie mir resigniert, fortzufahren.

»Euer Ehren... Euer Ehren...«

»Ja, Mr. Sutter? Bitte sprechen Sie.«

Ich holte tief Luft, sah Bellarosa in die Augen und sagte: »Euer Ehren, was die Anklage selbst betrifft... die verlesene Anklage... die Anklage lautet eindeutig, daß der Mord an diesem Juan Carranza am vierzehnten Januar dieses Jahres in New Jersey stattfand. Nun, Euer Ehren, mein Klient hat ein Alibi für diesen Tag. Ich hielt es nicht für angemessen oder ratsam, dieses Alibi bereits im Anfangsstadium preiszugeben, aber es ist eindeutig, daß ich mich auf das Alibi berufen muß.«

Es herrschte Schweigen im Gerichtssaal, das aber gleich wieder durch Ferragamos zeternde Stimme unterbrochen wurde. »*Was* für ein Alibi, Mr. Sutter? Ich möchte wissen, was *Sie* für ein Alibi haben.« Er sah die Richterin an. »Euer Ehren, ich habe *fünf* Zeugen, die unter *Eid* vor der *Grand Jury* ausgesagt und Frank Bellarosa im *Mordfall* Juan Carranza belastet haben. Die Anklagekammer hat beschlossen, den Angeklagten aufgrund dieser Aussagen anzuklagen. Welches *mögliche* Alibi könnte der Verteidiger hier präsentieren...?« Er warf die Hände hoch, eine dramatische Geste. »Das ist doch lächerlich. Wirklich, Mr. Sutter. *Wirklich.* Sie vergeuden nur unser aller Zeit.«

Er sah wirklich wütend aus. *Wirklich.* Aber ich war noch wütender. Je mehr der Dummkopf sagte, desto klarer wurde mir, daß er ein ruchloser, egozentrischer Medienhai war. Ich sagte so laut zu ihm, daß es jeder hören konnte: »Mr. Ferragamo, ich habe die Nummern von vier Autos aufgeschrieben, die versucht haben, mein Erscheinen hier vor Gericht zu verzögern. Ich bin sicher, wenn ich diese Nummern in den Fahndungscomputer eingebe, werde ich feststellen, daß sie auf das Büro des Bundesanwalts eingetragen sind. Ich bin überzeugt, daß Sie in einen ungesetzlichen Versuch verwickelt sind, mich...«

»Wie können Sie es wagen? Wie *können* Sie es wagen?«

»Wie können *Sie* es wagen?« schoß ich zurück und übte mich selbst ein wenig in Wortbetonung. »Wie können *Sie* es wagen, mich zu hindern...«

»Haben Sie den Verstand verloren?«

Ich meine, inzwischen war ich wirklich auf hundertachtzig. Es erübrigt sich wohl zu sagen, daß es äußerst ungünstig ist, sich so einen Mann zum Feind zu machen, aber scheiß drauf, ich hatte mittlerweile viele Feinde an höchster Stelle: im IRS, dem FBI, dem *Creek,* bei der Stanhope-Dynastie und ihren Anwälten und so weiter. Auf einen mehr kam es jetzt auch nicht mehr an. Ich sagte: »Ich bin nicht derjenige, der vor Gericht ungebührliches Verhalten an den Tag legt.«

»*Was?*«

Die Menge raste. Raste *buchstäblich.* Erst vor zehn Minuten hatten sie noch eher gelangweilt die morgendliche Routine über sich ergehen lassen, und plötzlich war Frank Bellarosa hereinspaziert, gefolgt von seinem zerzausten Anwalt, der ein kleines bißchen verrückt zu sein schien, und dem ehrgeizigen Alphonse Ferragamo, der seinerseits völlig ausrastete. Ich sah in den Gerichtssaal und stellte fest, daß die Reporter wie besessen mitschrieben und die Blicke der Zeichner zwischen der Richterin, dem Bundesanwalt und mir hin und her gingen, als würden sie einem unkonventionellen Tennismatch *à trois* folgen. Die anderen Zuschauer grinsten gebannt, als hätten sie den ersten Akt eines langweiligen Theaterstücks erduldet, um nun festzustellen, daß es im zweiten Akt eine Nacktszene gab.

Bellarosa und ich sahen einander in die Augen, und er lächelte mir zu.

Derweil schlugen Alphonse und ich verbal aufeinander ein, ohne ein bestimmtes Thema zu verfolgen, abgesehen von geballter Selbstdarstellung. Richter Rosen ließ uns etwa eine Minute gewähren, weil sie nicht als Spielverderberin dastehen wollte, aber schließlich klopfte sie wieder mit dem Hammer. »Das genügt, Gentlemen. Mr. Sutter, das ist eine schwerwiegende Anschuldigung, aber selbst wenn sie der Wahrheit entspricht, hat sie keinerlei Einfluß auf diese Verhandlung. Was das von Ihnen angesprochene Alibi für den Tag des Verbrechens betrifft, so könnte dieses als Beweis vom Gericht in Erwägung gezogen werden, um zu entscheiden, ob eine Kaution festgesetzt wird oder nicht. Aber ich sehe nicht, wie ich Ihren Argumenten Glauben schenken soll, wenn Sie keine Zeugen hier vor Gericht haben. Und selbst wenn, Mr. Sutter, ich bin nicht bereit, die Anklageverlesungen des heutigen Vormittags zu verzögern, indem ich Zeugen vereidige.« Sie fügte hinzu: »Es tut mir leid, Mr. Sutter, aber die Frage einer Kaution muß in einer späteren Verhandlung geklärt werden...«

»Euer Ehren«, sagte ich hastig, »Euer Ehren, am fraglichen Tag, dem vierzehnten Januar dieses Jahres...«

»Mr. Sutter...«

»Mein Mandant, Euer Ehren, hat ein Grundstück besichtigt, das direkt an mein Grundstück auf Long Island angrenzt. Er war mir zwar damals nicht persönlich bekannt, aber ich kannte ihn aus Zeitungen und durch das Fernsehen und war mir darüber im klaren, daß ich tatsächlich Mr. Frank Bellarosa gesehen hatte.«

Richter Rosen beugte sich zu mir und sagte, nachdem die Ausrufe der Verblüffung abgeklungen waren: »Mr. Sutter, wollen Sie damit sagen, daß *Sie* Mr. Bellarosas Alibi sind?«

»Ja, Euer Ehren.«

»Sie haben ihn am vierzehnten Januar gesehen?«

»Ja, Euer Ehren. Ich war an jenem Tag zu Hause. Ich habe in meinem Terminkalender nachgesehen.« Das hatte ich nicht, hätte es aber tun sollen, bevor ich eine Falschaussage machte. Ich fuhr fort: »Ich bin mit meinem Pferd ausgeritten und habe Mr. Bellarosa und zwei andere Herren gesehen, die das Grundstück besichtigten, das er anschließend gekauft hat. Sie winkten mir zu, und ich winkte zurück, obwohl wir noch nicht miteinander gesprochen hatten. Ich war nicht weiter als zehn Meter von Frank Bellarosa entfernt und erkannte ihn sofort. Das war um neun Uhr. Dann sah ich, wie sie gegen Mittag in einen schwarzen Cadillac einstiegen und wegfuhren. Mr. Carranza wurde etwa gegen Mittag ermordet, als er mit dem Wagen auf eine Ausfahrt des Garden State Parkway in New Jersey hinausfuhr. Er war also über hundert Kilometer von der Stelle entfernt, wo ich Mr. Bellarosa zur gleichen Zeit gesehen habe.«

Was konnte Alphonse Ferragamo darauf sagen? Nur ein Wort, und das sagte er auch: »Lügner.«

Ich sah ihn mit meinem vernichtendsten *Wasp*-Blick an, und er wandte tatsächlich die Austern-Augen ab.

Richter Rosen saß etwa eine Minute schweigend da und fragte sich wahrscheinlich, warum sie unbedingt Richterin hatte werden wollen. Schließlich fragte sie mich: »Wieviel Geld haben Sie dabei, Mr. Sutter?«

»Fünf Millionen, Euer Ehren. Vier in verschreibbaren Wertpapieren, eine Million bar.«

»Gut. Akzeptiert. Gehen Sie hinunter zur Buchhaltung.« Dann klopfte sie mit dem Hammer, während Ferragamo laut aufheulte. Doch sie achtete nicht auf ihn. »Nächster Fall!«

Auf dem Weg zur Buchhaltung sagte Bellarosa zu mir: »Sehen Sie, ich wußte, daß Sie es schaffen.«

Mein Magen brannte wie Säure, ich hatte Kopfschmerzen, und, ja, auch Herzschmerzen. Ich hätte mir nie träumen lassen, daß ich mich für *irgend etwas* vor Gericht zu einer Falschaussage hinreißen lassen würde, schon gar nicht, um einen Mafia-Don freizubekommen.

Aber ich hätte mir auch nicht träumen lassen, daß ich aufgrund eines geplatzten Geschäftes wegen Steuerhinterziehung angeklagt werden würde. Und ich hätte mir auch nicht träumen lassen, daß ein US-Staatsanwalt wegen eines persönlichen Grolls versuchen würde, sich der Gerechtigkeit in den Weg zu stellen, indem er mich zuerst daran zu hindern versuchte, in den Gerichtssaal zu gelangen, und mich dann nach Brooklyn in die Wüste schicken wollte. Ja, ich weiß, daß zwei Fehler nichts Richtiges ergeben – das habe ich bereits als kleiner Junge gelernt –, aber ein Teil des Lebens und Erwachsenwerdens ist die Fähigkeit, das zu tun, was zum Überleben erforderlich ist. Und wenn sich der Einsatz von Baseballkarten zu einer Frage von Leben und Tod wandelt, muß man eben manchmal Zugeständnisse machen. Und manchmal muß man auch lügen.

Die Weltgeschichte ist voll von Märtyrern, die keine Kompromisse eingehen wollten. Früher habe ich sie bewundert. Heute denke ich, daß die meisten wohl ziemlich dumm gewesen sind.

Bellarosa sagte zu mir: »Haben Sie gesehen, was der Kerl für ein Pisser ist?«

Ich antwortete nicht.

Er fuhr fort: »Sie haben ihn wütend gemacht. Das wollte ich nicht. Für ihn ist es eine persönliche Sache, aber für mich nicht. *Capisce?*«

»Frank. Halten Sie den Mund.«

Ich war immer noch wie benommen, während wir durch die Flure des Gerichtsgebäudes schritten und Reporter mit Block und Bleistift sich um uns drängten. Sie dürfen keine Kameras und Kassettenrecorder mit ins Gerichtsgebäude bringen, aber mir ist unbegreiflich, warum sie diese Wahnsinnigen überhaupt hereinlassen. Pressefreiheit gut und schön, aber wenn sie einem dabei den Weg versperren...

Als wir schließlich auf der Treppe des Gerichtsgebäudes standen, ich ohne die Aktentasche und ohne meine Jungfräulichkeit, liefen wir wieder der Presse in die Arme, die sich nach einem taktischen Rückzug mit Fotografen und Kameraleuten neu gruppiert hatte. Die Reporter stellten alle möglichen angemessenen und gefährlichen Fragen, aber als Antwort bekamen sie vom Don lediglich forsche Sprüche, wie etwa: »He, was machen Sie denn alle hier? Keine Autogramme. Soll ich lächeln?« Und so weiter.

Darüber hinaus kannte er einige der Reporter persönlich. »He, Lorraine, lange nicht gesehen. Wo haben Sie nur diese Bräune her?« Lorraine strahlte.

»Tim, immer noch bei der Zeitung? Wissen die nicht, daß Sie trinken?« Ha, ha, ha.

Ein Fernsehreporter hielt Bellarosa ein Mikrofon unter die Nase und fragte: »Glauben Sie, daß Alphonse Ferragamo einen persönlichen Rachefeldzug gegen Sie führt?«

Frank zündete sich eine Zigarre an – *Monte Christo* aus Cuba. »Nee. Die Leute lügen ihn an, was meine Person betrifft, und er muß der Sache eben nachgehen. Er ist ein guter Kumpel von mir.»«

Alle lachten.

»Sind Sie froh, daß Sie heute morgen ein freier Mann sind, Frank?«

Er paffte den Lungentorpedo. »Ich will Ihnen was sagen, ich hatte da drinnen das schlechteste Frühstück meines Lebens.«

Das sorgte für einen guten Lacher, und als deutlich wurde, daß Bellarosa keine Aussagen für die Nachrichten machen würde, verlagerte sich das Interesse auf den Unterhaltungswert der Story. Frank war ein guter Entertainer. Jemand fragte ihn: »Wieviel hat der Anzug gekostet, Frank?«

»Einen Appel und ein Ei. Ich habe eine kleine Schneiderei in der Mott Street. Sie könnten auch einen guten Schneider vertragen, Ralph.«

So hielt er ein paar Minuten Hof, während wir die vierundsechzig Stufen des Gerichtsgebäudes zur Straße hinuntergingen, umgeben von etwa fünfzig Reportern, einschließlich Kameramännern und Fotografen. Schlimmer war, daß sich eine Menge von mehreren hundert Schaulustigen versammelt hatte.

Ich wurde selbstverständlich nicht völlig ignoriert, und die Reporter, die die Aufmerksamkeit des Don nicht erringen konnten, begnügten sich mit mir, aber ich rezitierte mein Mantra, und das lautete: »Kein Kommentar, kein Kommentar, kein Kommentar.«

Wir hatten das Ende der Stufen fast erreicht, aber die Menge um uns herum war mittlerweile so dicht, daß ich nicht wußte, wie wir zu der Nebenstraße kommen sollten, wo Lenny mit dem Auto auf uns wartete.

Ein Reporter fragte mich: »Wieviel wiegen fünf Millionen Dollar?«

Es kam mir albern vor, auf eine alberne Frage mit »Kein Kommentar« zu antworten, daher sagte ich: »So viel, daß ich sie wirklich für eine übertriebene Kaution halte.«

Nun, man sollte diese Leute nicht ermutigen. Da ich nun endlich eine Frage beantwortet hatte, stieg mein Kurswert sprungartig. Sie heizten mir jetzt echt ein, und ich sah zu Bellarosa, der mir durch den Zigarrenqualm einen warnenden Blick zuwarf.

»Mr. Sutter«, fragte mich ein Zeitungsreporter, »Sie haben vor Gericht gesagt, daß Sie auf dem Weg hierher von vier Autos aufgehalten wurden. Wie haben sie Sie aufgehalten?«

»Kein Kommentar.«

»Haben sie Sie blockiert?«

»Kein Kommentar.«

»Glauben Sie wirklich, daß diese Autos von Alphonse Ferragamos Leuten gefahren wurden?«

»Kein Kommentar.«

Und so ging es weiter. Mittlerweile hatte ich ständig ein Mikrofon unter der Nase, das mein »Kein Kommentar« für die Nachwelt aufzeichnete. Ich sah den Cadillac, der etwa fünfzig Meter entfernt im Halteverbot stand – mit Lenny am Steuer. Dann sah ich Vinnie, der sich mit zwei Streifenpolizisten im Schlepptau dem Gerichtsgebäude näherte.

Mittlerweile gingen mir die Presseleute wirklich auf die Nerven. *Wirklich.* Ich sah meinen Klienten an und stellte fest, daß er immer noch lächelte, immer noch paffte und immer noch entspannt zu sein schien, obwohl er von aggressiven Gemeingefährlichen umzingelt war. Eigentlich stand Bellarosa nicht in dem Ruf, ein Publicity-Hai zu sein. Er konnte mit der Presse umgehen, war aber nicht besonders erpicht darauf, im Rampenlicht zu stehen – anders als manche seiner Vorgänger, von denen einige (sicherlich aufgrund ihrer Angewohnheit, der Presse zuviel zu erzählen) tot und begraben waren.

Eine besonders hartnäckige und dreiste Reporterin, die ich von einem Fernsehsender kannte, bedrängte mich wegen des Alibis: »Sind Sie *sicher*, daß Sie Frank Bellarosa gesehen haben?«

»Kein Kommentar.«

»Sie meinen, Sie sind *nicht* sicher, daß Sie Frank Bellarosa gesehen haben?«

»Kein Kommentar.«

»Aber Sie haben *gesagt*, es war Frank Bellarosa.«

Und so ging es weiter, als wären wir verheiratet oder so was. »Mr. Sutter«, sagte sie schließlich ausgesprochen rotznäsig, »Mr.

Ferragamo hat fünf Zeugen, die Frank Bellarosa am Schauplatz des Mordes gesehen haben. Wollen Sie sagen, daß alle Lügner sind, oder sind *Sie* ein Lügner?«

Vielleicht lag es an der Hitze und wahrscheinlich an meiner geistigen Verfassung; möglicherweise ging mir auch der Tonfall der Frau auf den Wecker. Jedenfalls fuhr ich sie an: »Ferragamos Zeugen sind alle Lügner, und er *weiß*, daß sie Lügner sind. Diese ganze Sache ist eingefädelt, eine persönliche Vendetta gegen meinen Mandanten und ein Versuch, zwischen...«

Ich verstummte, denn ich sah, wie Bellarosa warnend den Zeigefinger an die Lippen hielt.

»... Zwischen rivalisierenden Banden Unruhe zu stiften?«

Jemand anders, ein Mafia-Groupie oder so, fragte mich: »Unruhe in seiner eigenen Bande? Ärger mit seinem Unterboß? Mit Sally Da-da?«

Mafiapolitik war nicht meine starke Seite, aber offensichtlich kannten die Eingeweihten den gesamten Unterweltklatsch und gingen davon aus, daß ich auch Bescheid wußte.

»Ärger mit wem?« fragte jemand anders. »Mit den columbianischen Drogenkönigen? Mit Juan Carranzas Freunden?«

»Mister Sutter, stimmt es, daß die Mafia versucht, die Columbianer aus dem Markt zu drängen?«

Schließlich drangen die beiden Polizisten, von Vinnie angefeuert, zu uns durch. Frank verabschiedete sich sehr liebenswürdig von der Presse, winkte, lächelte und folgte Vinnie und den beiden Polizisten durch das Gedränge, wobei ich die Nachhut bildete. Wir gelangten zur Straße, wo Lenny das Auto zentimeterweise zwischen den Schaulustigen hindurch zu uns heranfuhr. Ich war wütend, daß die Regierung die Bühne für einen Medienrummel organisierte und dann keine Ordner bereitstellte.

Vinnie kam zum Cadillac und machte die hintere Tür auf. Bellarosa schlüpfte hinein, und einer der Polizisten meinte: »Nehmen Sie's leicht, Frank.«

»Danke, Jungs. Ich bin euch was schuldig«, sagte Bellarosa zu den beiden Polizisten.

Ich selbst konnte einen Polizisten nicht einmal dazu bringen, mir verwirrende und widersprüchliche Parkverbotsschilder zu erläutern. Jedenfalls bis gestern. Heute tippte der Polizist neben der offenen Autotür an die Mütze, als ich zum Don auf den Rücksitz kletterte. Was für ein Scheißland.

Vinnie war auf den Beifahrersitz gesprungen, und Lenny fuhr langsam durch die Menge. Nachdem wir sie hinter uns gelassen hatten, drückte er aufs Gas.

Wir fuhren Richtung Innenstadt. Dann bog Lenny nach Westen zum World Trade Center ab und fuhr anschließend wieder Richtung Innenstadt und Wall Street. Offenbar versuchte er, mögliche Verfolger abzuschütteln.

Wir kamen an meinem Büro vorbei, dem J. P. Morgan Building, 23 Wall Street, und obwohl ich eigentlich noch dort arbeitete, verspürte ich plötzlich Heimweh, als hätte ich die Firma schon vor Jahren verlassen.

Wir fuhren eine Weile herum, und keiner sagte viel, außer Vinnie und Lenny, die dem Boß bis zum Erbrechen zu seinem großartigen Entkommen gratulierten – als ob er etwas damit zu tun hätte. Arschkriecher kann ich wirklich nicht ausstehen.

Bellarosa antwortete kaum etwas, nur einmal beugte er sich zu mir. »Sie haben Ihre Sache wirklich gut gemacht, Anwalt. Bis zum Ende.«

Ich antwortete nicht.

Er fuhr fort: »Nur müssen Sie vorsichtig sein, was Sie der Presse sagen. Die drehen einem das Wort im Mund herum.«

Ich nickte.

Er sagte weiter: »Die Presse ist nicht auf Fakten aus. Das denken sie, aber sie wollen nur eine gute Story. Manchmal hat eine gute Story überhaupt keine Fakten. Manchmal ist sie nur sehr komisch. Ja, sie halten das alles für sehr komisch. Alles, was mit der Mafia zu tun hat. Die großen Cadillacs, die Zigarren, die teuren Anzüge. Aber das macht nichts. Besser, als wenn sie denken würden, daß es eigentlich gar nicht komisch ist. Und eben darum sorgt man dafür, daß es komisch wirkt. Man schildert ihnen komische

Einzelheiten. Man ist komisch. Also lachen sie. Tun Sie so, als wäre es komisch, als erzählten Sie gerade einen tollen Witz. *Capisce?*«

»*Capisco.*«

»Gut. Sie sind wunderbar mit der Richterin ausgekommen. Alphonse hat sich selbst alles vermasselt. Er redet zuviel. Jetzt ist er wütend, aber er wird noch viel wütender sein, wenn die Presse anfängt, ihn nach der Scheiße mit den Autos heute morgen zu fragen. Sie hätten das nicht alles sagen müssen. Wissen Sie das?«

»Frank, wenn Sie nicht damit zufrieden sind, wie ich...«

Er tätschelte mein Knie. »He, Sie haben das gut gemacht. Ich will Sie nur auf ein paar Kleinigkeiten aufmerksam machen. Damit Sie es künftig wissen. Okay? He, Sie haben mich rausgepaukt. Richtig?«

»Richtig.«

Wir fuhren weiter durch Manhattan. Frank befahl Lenny, an einem Kiosk anzuhalten, und Vinnie stieg aus und kaufte die *Post* für Frank, das *Wall Street Journal* für mich und ein paar medizinische Zeitschriften für sich selbst – hauptsächlich Gynäkologie und Afterkunde.

Ich hatte ein wenig Papierkram wegen der Kaution dabei: die Quittung für fünf Millionen Dollar, die Belehrung, in welchen Fällen die Kaution verfiel, und ein paar andere bedruckte Sachen, die ich durchblätterte. Am wichtigsten war natürlich die Kopie der Anklageschrift, die ungefähr achtzig Seiten stark war. Ich wollte sie in aller Ruhe lesen, überflog sie aber trotzdem hier und jetzt und stellte fest, daß die alleinigen Beweise gegen Frank Bellarosa tatsächlich die fünf Zeugenaussagen waren. Keine der Spuren am Tatort wies auf seine Anwesenheit hin, und alle Zeugen hatten Namen, die spanisch klangen.

Ich hatte Bellarosa nie nach dem tatsächlichen Mord gefragt, und an die Presseberichte darüber konnte ich mich nur noch schwach erinnern. Soviel ich den Zeugenaussagen entnehmen konnte, hatte Juan Carranza am Steuer seines Wagens, einer Corvette, am vierzehnten Januar gegen Mittag den Garden State

Parkway an der Ausfahrt Red Bank verlassen. Ramona Velarde, seine Freundin, war bei ihm. Ein Auto vor der Corvette hielt auf der einspurigen Ausfahrt an, und Carranza war gezwungen, ebenfalls anzuhalten. Dann stiegen zwei Männer aus dem Auto hinter Carranza aus, gingen auf die Corvette zu, und einer gab einen Schuß durch die Scheibe ab, der Carranza ins Gesicht traf. Danach öffnete der Attentäter die Beifahrertür und feuerte die verbleibenden vier Schüsse aus dem Revolver in Carranzas Kopf. Die Freundin blieb unverletzt. Dann warf der Attentäter der Freundin den Revolver in den Schoß, worauf er und sein Begleiter in das vordere Auto einstiegen, das die Ausfahrt versperrt hatte, und das Auto hinter Carranzas Wagen stehen ließen.

Zeugen dieses Attentats waren Ramona Velarde und die vier Männer, die in dem Wagen hinter dem Auto saßen, aus dem die Attentäter ausgestiegen waren. Die vier männlichen Zeugen hatten alle augesagt, daß sie Carranzas Leibwächter seien. (Mir fiel auf, daß keiner ausgesagt hatte, sie hätten auf die Männer geschossen, die ihren Boß umgelegt hatten.) Dann hätten sie Ramona Velarde in ihr Auto geholt und seien über die Grasnabe um das zurückgelassene Auto und die Corvette herumgefahren, hätten aber keinen Versuch unternommen, die Attentäter zu verfolgen. Im Klartext hieß das: Sie nahmen an, daß ihr Boß vom italienischen Mob getötet worden war, und wollten nicht den Heldentod sterben. Die Staatspolizei von New Jersey war zur Überzeugung gekommen, daß die Ermordung im Zusammenhang mit Drogengeschäften und Gangstertum stand, und hatte das FBI eingeschaltet. Durch einen anonymen Hinweis wurde Ramona Velarde festgenommen, anschließend identifizierte sie die vier Leibwächter, die alle innerhalb der nächsten Wochen festgenommen wurden oder sich stellten. Alle hatten eingewilligt, als Zeugen der Bundesbehörde aufzutreten.

Die Frage der Identifizierung schien mir etwas vage. Ramona Velarde war zwar nur ein paar Schritte von dem Attentäter entfernt gewesen, aber mir war nicht klar, wie sie sein Gesicht in der tiefliegenden Corvette hatte erkennen können, da er ja stand. Sie konnte höchstens die Hand mit der Waffe gesehen haben. Ebenso mußten der Attentäter und sein Partner, als sie aus dem Auto ausgestiegen waren, den vier Leibwächtern den Rücken zugekehrt haben. Aber alle vier Männer hatten ausgesagt, daß der Attentäter und sein Partner sich mehrmals zu ihnen umgedreht haben, während die beiden Männer zu Carranzas Corvette gegangen waren. Alle vier behaupteten, sie hätten das Gesicht von Frank Bellarosa erkannt. Und Ramona Velarde hatte Bellarosas Foto unter denen verschiedener anderer Straftäter herausgefunden.

Nun, diese interessanten Berichte über Mord im Bandenland hörten sich ganz eindeutig wie ein Gangsterattentat im italienischen Stil an. Ich meine, das war geradezu klassische Mafia: das eingekesselte Auto, die Freundin, die in Ruhe gelassen wurde, die Leibwächter, die unversehrt blieben, damit die Sache nicht zum Massaker wurde und eine schlechte Presse nach sich zog. Das zurückgelassene Auto war selbstverständlich gestohlen, und die Mordwaffe wurde zurückgelassen und war blitzblank. Nur Amateure benützen immer wieder dieselbe Waffe, bis jemand damit erwischt wird und die Ballistiker beweisen, daß etwa ein Dutzend Morde damit verübt worden sind.

Ich dachte an Bellarosas Cadillac über die Zeugenaussagen nach. Es war denkbar, daß sich der Mord genau auf diese Weise zugetragen hatte und die Zeugen die Wahrheit sagten – abgesehen von der Identifizierung Bellarosas. Ich bin kein Polizist, aber man brauchte nicht viel Gehirn, um einzusehen, daß ein Mann wie Frank Bellarosa einen Mord nicht am hellichten Tage begehen würde, obwohl ihn die halbe Einwohnerschaft von New York identifizieren könnte.

Aber offenbar betrachtete jemand beim FBI oder im Büro des Bundesanwalts diesen Mord als eine günstige Gelegenheit, Probleme in der Unterwelt zu verursachen. Warum sollte man ihn da nicht gleich dem obersten Mafiaboß in die Schuhe schieben? Und ich dachte mir, wenn Bellarosa recht hatte und wirklich die Drug Enforcement Administration hinter dem Mord steckte, war es eigentlich logisch, daß die DEA einen Modus operandi der Unterwelt wählen würde; z. B. einen Überfall mit einer Uzi-Maschinenpistole, um die Columbianer nachzuahmen, Messer oder Machete, wie es die Jamaicaner bevorzugen, einen Bombenanschlag, was die Koreaner ein paarmal gemacht hatten, oder den saubersten, sichersten und am leichtesten nachzuahmenden Überfall – eine Mafia-Hinrichtung.

Ich formulierte in Gedanken bereits das Plädoyer der Verteidigung, aber darüber hinaus versuchte ich mich selbst davon zu überzeugen, daß ich einen unschuldigen Mann verteidigte. Ich versuchte, objektiv zu sein, rekapitulierte, was ich bisher über den Fall wußte, und kam zu dem Ergebnis, daß begründete Zweifel an der Schuld von Frank Bellarosa bestanden.

»Sie haben die Namen der Männer, die mich belastet haben. Richtig?« fragte Bellarosa.

»Ja. Vier Männer und eine Frau.«

»Ach ja. Carranzas Freundin. Ich entsinne mich, das stand in der Zeitung. Sie sagt, sie hat mich gesehen?«

»Ja.«

Er nickte, schwieg aber.

»Und sie werden alle durch die Kronzeugenregelung der Bundesbehörde geschützt. Keine guten Zeugen für die Geschworenen. Keine anständigen Bürger.«

Er zuckte die Achseln und wandte sich wieder seiner Zeitung zu. Lenny hielt vor dem Coffee Shop am Broadway an. Vinnie nahm die Kaffeebestellung entgegen, ging rein und holte vier Becher.

Wir fuhren durch den Holland Tunnel nach New Jersey und kehrten durch den Lincoln Tunnel nach Manhattan zurück.

Das Autotelefon hinten läutete, und Bellarosa bedeutete mir, es abzunehmen, daher gehorchte ich. »Hallo?«

Eine vertraute männliche Stimme fragte: »Ist Mr. Bellarosa da?«

John Sutter lernt ziemlich schnell, daher sagte ich: »Nein, er ist zur Messe gegangen. Wer spricht?«

Bellarosa kicherte. Der Mann beantwortete meine Frage mit einer Gegenfrage: »Ist dort John Sutter?«

»Hier spricht Mr. Sutters Kammerdiener.«

»Ich mag Ihren Humor nicht, Mr. Sutter.«

»Da sind Sie nicht allein, Mr. Ferragamo. Was kann ich für Sie tun?« Ich sah Bellarosa an.

»Ich hätte gerne die Erlaubnis, mit Ihrem Klienten zu sprechen.«

Bellarosa hatte bereits die Hand nach dem Telefon ausgestreckt, daher gab ich es ihm. »Hallo, Al... Ja... Ja, nun, das alles ist gewissermaßen noch neu für ihn. Sie wissen ja.« Er hörte eine Weile zu, dann sagte er: »Sie halten sich auch nicht an die Spielregeln. Sie haben kein Recht, sich zu beschweren.« Er hörte wieder zu, diesmal mit gelangweiltem Gesichtsausdruck. »Ja, ja, ja. Na und? Hören Sie, man tut, was man tun muß. Beschwere ich mich etwa? Heule ich mir den Mund fransig?«

Ich konnte natürlich die Stimme am anderen Ende der Leitung nicht hören, aber was ich von Frank hörte, war schon unglaublich genug. Die beiden unterhielten sich so, als hätten sie gerade eine Meinungsverschiedenheit wegen eines Bocciaspiels gehabt.

Bellarosa sagte: »Glauben Sie, ich würde schmutziges Geld für die Kaution nehmen? Prüfen Sie es nach, Al. Wenn Sie herausfinden, daß es schmutzig ist, gehört es Ihnen, und ich komme wieder ins Gefängnis... Ja.« Er sah mich an und meinte dann ins Telefon: »Er ist ein netter Kerl. Lassen Sie ihn in Ruhe. Er ist ein anständiger Bürger. Verarschen Sie ihn nicht, Al. Wenn Sie ihn verarschen, kriegen Sie ernsthafte Probleme. *Capisce?*«

Ich? Sprach er über *mich?*

Bellarosa sagte zum Bundesanwalt: »Tut mir leid, daß Sie sauer sind, aber Sie sollten trotzdem darüber nachdenken. Okay?... Ja. Das werde ich machen. Bis bald.« Er legte auf und wandte sich wieder der Zeitung zu.

Madonna mia. Diese Leute waren verrückt. Ich meine, es war, als würden sie in der Öffentlichkeit Amerikaner spielen, aber zwischen ihnen fand eine Art uraltes Ritual statt.

Eine Zeitlang sagte niemand etwas, dann sah Bellarosa von seiner Zeitung auf und sagte zu seinen Jungs: »Okay?«

Lenny antwortete: »Ich hab' keinen gesehen, Boß.«

Bellarosa sah auf die Uhr. »Haben Sie Hunger, Anwalt?«

»Nein.«

»Brauchen Sie einen Drink?«

»Ja.«

»Gut. Da weiß ich genau das Richtige.« Er sagte zu Lenny: »Fahr zur Mott Street. Wir essen eine Kleinigkeit.«

Das *Café Roma* ist ein berühmtes Lokal im Herzen von Klein Italien. Ich war mit Auswärtigen ein paarmal zum Essen dort gewesen. Aber es lag nicht an der Mott Street. Also sagte ich zu Bellarosa: »Mulberry Street.«

»Was?«

»Das *Café Roma* ist in der Mulberry Street.«

»O ja. Aber dorthin gehen wir nicht. Wir gehen zu *Giulio's* in der Mott Street.«

Ich zuckte die Achseln.

Da er sah, daß mir die Bedeutung seiner Worte nicht klar war, gab er mir noch eine Lektion. »Noch etwas, das Sie lernen müssen, Anwalt – was man tut und was man sagt, sind immer zwei Paar Stiefel. Man geht nie dorthin, wo man sagt, daß man hingeht. Man gibt keine Informationen an Leute, die sie an andere Leute weitergeben könnten. Sie sind Anwalt. Sie wissen das.«

Das wußte ich in der Tat, aber ein Restaurant, wo ich essen ging, war keine Information, die ich geheimhielt.

Aber mich wollte ja auch beim Essen niemand erschießen.

28. Kapitel

Little Italy ist nicht weit vom Foley Square entfernt und ebenfalls nahe an der Police Plaza, dem FBI-Hauptquartier an der Federal Plaza und den Strafgerichten von Stadt und Bundesstaat. Diese geographische Nähe ist angenehm für Anwälte, Gesetzeshüter und gelegentlich bestimmte Personen, die in Little Italy wohnen und mit einer der Regierungsagenturen offizielle Geschäfte haben. Eigentlich hätten wir binnen fünf Minuten vom Foley Square zu *Giulio's* in der Mott Street in Little Italy fahren können, aber aufgrund anderer Erwägungen brauchten wir fast eine Stunde. Andererseits war es jetzt erst jetzt zwölf, also Mittagessenszeit.

Giulio's, sah ich, war ein altmodisches Restaurant im Erdgeschoß eines dieser sechsstöckigen Mietshäuser der Jahrhundertwende. Links befand sich eine Glastür, rechts ein Schaufenster, das halb von einem roten Café-Vorhang verdeckt wurde. Das Wort *Giulio's* stand in verblaßten Goldbuchstaben auf der Scheibe.

Sonst war nichts im Fenster, keine Speisekarten, keine Presseberichte, keine Kreditkartenaufkleber. Das Etablissement sah weder verlockend noch einladend aus. Wie ich schon sagte, ich komme ab und zu nach Little Italy, normalerweise mit Klienten, da die Wall Street nicht weit entfernt ist. Aber dieses Restaurant war mir noch nie aufgefallen, und wenn, hätte ich es nicht betreten. Um der Wahrheit die Ehre zu geben, meine Klienten (und ich) ziehen die schicken Restaurants der Mulberry Street vor, die voller Touristen und Einheimischer sind, welche einander anstarren und herauszufinden versuchen, wer zur Mafia gehört.

Lenny suchte einen Parkplatz, und Vinnie betrat das Restaurant. Ich vermute, er war der Kundschafter. Ich stand auf dem Gehweg neben Bellarosa, der die Straße entlangblickte. »Warum stehen wir hier draußen?«

Bellarosa antwortete: »Man sollte sie besser wissen lassen, daß man kommt.«

»Ich verstehe. Und man kann nicht vorher anrufen, oder?«

»Nein. Das sollte man nicht tun.«

»Richtig.« Er sah mich nicht an, sondern behielt die Gegend im Auge. Ich sah eine gräßliche Schlagzeile vor meinem geistigen Auge aufleuchten: DANDY DON UND SEIN HANDLANGER IM LOKAL ERSCHOSSEN.

Ich fragte meinen Gastgeber: »Ist hier schon mal jemand umgelegt worden?«

Er sah mich an. »Was? Oh ... nein. Doch. Einmal. Ja, damals, während der Prohibition. Ist lange her. Mögen Sie frittierte Tintenfische? *Calameretti fritti?*«

»Wahrscheinlich nicht.«

Vinnie machte die Tür auf und streckte den Kopf heraus. »Okay.«

Wir traten ein. Das Restaurant war lang und schmal, auf den Tischen lagen rotkarierte Tischdecken. Der Boden bestand aus uralten weißen Keramikfliesen, die Decke aus gestanztem, weißlackiertem Blech. Drei Deckenventilatoren drehten sich träge und verteilten den Knoblauchgeruch, der in der Luft hing. An den schlichten weißen Rauhputzwänden hingen billige Drucke, die allesamt Bilder vom sonnigen Italien zeigten. Das Restaurant sah nicht besonders einladend aus, wirkte aber authentisch.

Es waren nicht viele Gäste anwesend, und ich sah Kellner in roten Jacketts herumstehen, die Don Bellarosa alle verstohlene Blicke zuwarfen. Ein Mann im schwarzen Anzug eilte auf uns zu und begrüßte Bellarosa auf italienisch. Bellarosa nannte ihn Patsy, stellte ihn mir aber nicht vor, obwohl es sich ganz eindeutig um den Oberkellner handelte.

Patsy zeigte uns einen Tisch in der Ecke hinten. Es war ein hübscher, gemütlicher Tisch direkt in der Schußlinie.

Lenny war jetzt ebenfalls eingetroffen und setzte sich mit Vinnie an einen Tisch in der Nähe des Schaufensters, von wo aus man einen guten Blick auf die Tür hatte.

Patsy machte einen Bückling nach dem anderen, als wir vorübergingen, und ein Mann und eine Frau, offenbar die Besitzer, kamen aus der Küche gestürzt und hätten sich beinahe vor Bellarosa auf die Knie geworfen. Alle lächelten, nur Frank zog eine Art Mafia-Pokerface, wie ich es noch nie bei ihm gesehen hatte. »Kommen Sie oft hierher?« fragte ich ihn.

»Ja.« Er sagte etwas auf italienisch zu dem Inhaber, und der Mann stürmte davon, möglicherweise, um sich umzubringen, vermutete ich. Kurz darauf aber kam er mit einer Flasche Chianti und zwei Gläsern zurück. Patsy entkorkte die Weinflasche, aber Frank schenkte ein. Nach einigem Hin und Her an unserem Tisch wurden wir schließlich in Ruhe gelassen. Frank stieß sein Glas an meins und sagte: *»Salute!«*

»Prost«, antwortete ich und trank den Wein, der wie mit Gerbsäure verdünnter Grappa schmeckte. *Bäh!*

Frank schmatzte mit den Lippen. »Aahh... gut. Ein ganz besonderer Wein. Direkt von drüben importiert.«

Dort hätten sie ihn lassen sollen.

Ein paar neue Gäste waren eingetreten, und ich sah mich um. Die Kundschaft zur Mittagszeit schien hauptsächlich aus Einheimischen zu bestehen, größtenteils waren es alte Männer mit ausgebeulten Anzügen ohne Krawatten. Ich konnte eine Mischung aus Englisch und Italienisch um mich herum hören.

Es waren auch ein paar jüngere Männer in guten Anzügen anwesend, und wie ein Vampir, der Angehörige seiner eigenen Art auf den ersten Blick erkennen kann, wußte ich sogleich, daß es sich um Wall-Street-Typen und Schickimickis handelte, die *Giulio's* »entdeckt« hatten, so wie Columbus Amerika – will heißen, es existierte nicht, bis ich es gefunden habe.

Hier und da sah ich Tische, an denen Männer saßen, die meiner Meinung nach in Franks Gewerbe zu tun hatten. Tatsächlich nickte Frank ein paar von diesen Leuten zu, und sie nickten zurück. Obwohl das Restaurant nicht sehr förmlich wirkte und es sehr heiß war, hatten nur die alten Männer und ein paar der Wall-Street-Typen die Jacketts ausgezogen. Die restlichen Gäste, dachte ich, trugen entweder Schulterhalfter oder wollten alle Welt glauben machen, daß sie welche trugen.

»Sollen wir uns über die Anklage unterhalten?« fragte ich Bellarosa.

»Ich habe Ihnen gesagt, es ist Mist. Es kommt nicht zur Verhandlung.«

»Möglicherweise doch. Denken Sie an die fünf Zeugen.«

»Wahrscheinlich hat Ferragamo sie bestochen. Sie haben vielleicht das Attentat gesehen, aber nicht mein Gesicht.«

Ich nickte. »Okay. Ich glaube Ihnen.«

»Gut. Dann haben Sie heute morgen das Richtige getan.«

»Nein. Ich habe eine Falschaussage gemacht.«

»Machen Sie sich deshalb keine Gedanken.«

Der Besitzer, der Lucio hieß, kam mit einer Schüssel frittierter Zwiebelringe, und ein Kellner stellte zwei kleine Teller vor uns.

»*Mangia*«, sagte Frank und krallte sich sofort eine Handvoll Zwiebelringe.

»Nein, danke.«

»Los doch. Essen Sie.«

Ich legte ein paar der Zwiebelringe auf meinen Teller, dann nahm ich einen in den Mund und spülte ihn mit Chianti hinunter. Bäh-bäh! Ein großer Laib italienisches Brot lag unaufgeschnitten direkt auf dem Tischtuch, und Frank riß mit seinen großen Pranken Stücke davon ab und schnippte ein paar in meine Richtung. Ich sah keinen Brotteller und würde wahrscheinlich auch keinen zu sehen bekommen. Also aß ich ohne Teller von dem Brot; es war das beste, das ich je gegessen hatte.

Bellarosa sagte mit vollem Mund: »Jetzt haben Sie gesehen, welchen Respekt ich vor dem Gesetz habe. Mancuso ist ganz allein zu mir gekommen, und ich habe auf die verdammten Handschellen gewartet. Was meinen Sie, wie sie einen Columbianer abholen müssen? Sie müssen mit einem ganzen, bis zu den Zähnen bewaffneten Bataillon anrücken, seine Leute wegprügeln und den Burschen aus dem Haus zerren. Fast immer kriegt jemand dabei eins über den Schädel oder wird erschossen. Sehen Sie den Unterschied? Glauben Sie, Mancuso ist ein Held? Nein. Er wußte, daß ich ihn nicht wegpusten würde.«

»Trotzdem war es mutig, Frank.«

Er lächelte. »Ja. Dieser magere kleine Itaker klopft an meine Tür und sagt: ›Sie sind verhaftet.‹ Ja.« Er fügte hinzu: »Aber glauben Sie, deshalb wird Mancuso ein Star? Ausgeschlossen. Ferragamo zieht die Show auf seine Weise durch. Er wird der Star sein. Sie werden es in den Nachrichten sehen.«

Der Kellner brachte unaufgefordert eine Schüssel mit etwas, das wie Kammuscheln in roter Soße aussah. Bellarosa schaufelte ein paar zu den frittierten Tintenfischen auf meinen Teller. »Das sind *Scungili.* Wie Schellfisch. *Sono buone.*«

»Kann ich etwas von der Speisekarte bestellen?«

»Probieren Sie das. Essen Sie. Essen Sie.«

Ich brachte den Wein und ein Stück Brot in Position, schluckte ein Stück Muschel, trank Chianti und biß von dem Brot ab.

»Schmeckt es?«

»Sono buone.«

Er lachte.

Wir aßen, tranken und redeten eine Weile. Niemand brachte uns eine Speisekarte, und mir fiel auf, daß die meisten Gäste keine Speisekarten nahmen, sondern sich mit den Kellnern in einem Mischmasch aus Englisch und Italienisch über das Essen unterhielten. Die Kellner schienen freundlich, glücklich, enthusiastisch, wissend, geduldig und hilfsbereit. Es waren eindeutig keine Franzosen.

Während ich dort saß, kam mir der Gedanke, daß dieses Restaurant hundert Jahre alt sein mochte, älter als *The Creek,* älter als der *Seawanhaka Corinthian.* Und sehr wenig hatte sich in dem Restaurant verändert – weder die Küche noch die Kundschaft. Im Grunde genommen war Little Italy ein Ort, wo die Zeit stillstand, eine Bastion italienischer Einwandererkultur, die sich jeglichen Veränderungen zu widersetzen schien. Hätte ich wetten müssen, was bis ins nächste Jahrhundert überleben würde, Little Italy oder die Gold Coast, hätte ich auf Little Italy gesetzt.

Ich beobachtete Frank Bellarosa beim Essen. Hier wirkte er sichtlich entspannter als im *Creek.* Er gehörte hierher, war Teil dieses Orts. Ich betrachtete ihn, wie er mit gelockerter Krawatte und einer in den Kragen gestopften Serviette dasaß und das Essen genoß. Er wußte, daß ihm hier niemand etwas nehmen würde; weder sein Essen noch seinen Stolz.

Wir arbeiteten an unserer zweiten Flasche Chianti, als ich zu ihm sagte: »Sie stammen aus Brooklyn, nicht aus Little Italy.«

»Ja. Aber Brooklyn existiert größtenteils nicht mehr. Hier ist noch alles wie früher. Verstehen Sie?«

»Wie das?«

»Ich meine, jeder Italiener in New York kommt mindestens einmal im Leben hierher. Sie fühlen sich hier wohl, wissen Sie, da ihre alte Heimat heute von Niggern und dergleichen bewohnt wird. Sie leben in den Vororten, aber das hier ist ihre alte Heimat. *Capisce?* Und auch ich komme gerne hierher, wissen Sie, gehe durch die Straßen, rieche die Bäckereien, den Käse, die Restaurants. Viele Leute kommen zu San Gennaro – Sie wissen schon, das Fest von San Gennaro, dem Schutzheiligen von Napoli... Neapel. Sie kommen auch zum Fest des Heiligen Antonius. Sie kommen hierher, um italienisch zu essen, Italiener zu sehen, sich wie Italiener zu fühlen. Verstehen Sie?«

»Kommen Sie deshalb hierher?«

»Ja. Manchmal. Ich habe hier auch geschäftlich zu tun. Ich treffe Leute. Und ich habe meinen Club hier.«

»Den *Italian Rifle Club?*«

»Ja.«

»Können Sie mich dorthin mitnehmen?«

»Klar. Sie haben mich ja auch in den *Creek Club* mitgenommen.« Er lächelte. »Ich nehme Jack Weinstein immer dorthin mit. Ihm gefällt es. Ich mache ihn betrunken, dann gehen wir in den Keller, und ich lasse ihn auf Zielscheiben schießen. Eine davon ist die Silhouette eines Menschen, und darauf steht Alphonse Ferragamo.«

Ich lächelte. »Ich glaube, im Büro des IRS werfen sie Wurfpfeile auf mein Bild.«

»Tatsächlich? Wurfpfeile? Wurfpfeile sind Scheiße.« Er deutete mit dem Zeigefinger auf mich und krümmte den Daumen. »Peng. Peng. So macht man Löcher in Zielscheiben.«

Er trank sein Weinglas leer und schenkte uns beiden nach. Der Chianti wurde allmählich besser. Nach der dritten Flasche würde er wie *Brunello di Montalcino*, Jahrgang 1974, schmecken.

Ich sah mich wieder in dem Restaurant um. Während meiner geistigen Abwesenheit war es voll geworden, lärmend und lebhaft. »Gefällt mir hier«, sagte ich zu Bellarosa.

»Gut.«

Ich fühlte mich tatsächlich wohl. Es war wie das Hochgefühl, das man empfindet, wenn man knapp davongekommen ist. Ich wurde noch nicht mit der Falschaussage fertig, verstehen Sie mich recht, aber ich arbeitete daran. Ich holte sogar meinen Terminkalender aus der Tasche und schlug zum ersten Mal den vierzehnten Januar auf. Ich schreibe mit Tinte, weil ich weiß, daß mein Terminkalender, da ich Anwalt bin, gewissermaßen so gut wie ein gesetzliches Dokument ist und deshalb mit Tinte geschrieben werden sollte, falls ich ihn einmal als Beweismittel vorlegen muß. Andererseits schreibe ich immer mit demselben Füller, dem Montblanc, und stets mit derselben schwarzen Montblanc-Tinte, daher könnte ich notfalls auch nachträglich etwas einfügen. Aber das mache ich nicht gern.

Wie auch immer, ich suchte mit einer gewissen Besorgnis nach dem vierzehnten Januar, weil ich wußte, daß eine Menge davon abhing, und las: *Leichter Schneefall. Vormittags zu Hause. Mittagessen mit Susan im Creek, nachmittags im Büro Locust Valley, Besprechung 16.00 Uhr.*

Ich studierte den Eintrag eine Weile. *Vormittags zu Hause.* War ich an jenem Tag wirklich reiten? Möglich. War ich nach Alhambra geritten? Möglich. Hatte ich die drei Mafiosi herumspazieren sehen? Ich hatte es ausgesagt.

Ich wollte das Buch schon zuschlagen, und da fiel mir der Eintrag vom fünfzehnten Januar auf: *7.40 Uhr Eastern Flug 119, West Palm Beach.* Wäre ich am Morgen des vierzehnten nach Florida geflogen, hätten Ferragamo und das FBI das herausgefunden, indem sie meinen Terminkalender als Beweismittel verlangt hätten. Und John Sutter würde zusammen mit Frank Bellarosa in einer Zelle sitzen. Aber so war ich aus dem Schneider. *Vormittags zu Hause!* Das Glück blieb den Sutters treu. Wäre ich katholisch, hätte ich mich bekreuzigt und einen Rosenkranz gebetet. Ich steckte das Buch in die Tasche.

Bellarosa sagte: »Haben Sie noch einen Termin?«

»Nein. Ich habe nur etwas überprüft.«

»Ja? Paßt es?«

»Es paßt.«

»Gut.« Er sah mir direkt in die Augen. »*Grazie*«, sagte er; und das war der ganze Dank, den ich je bekommen würde, und mehr als ich wollte.

Bellarosa fuhr fort: »Ich möchte einmal abends mit den Frauen hierherkommen. Abends wird es Ihnen hier gefallen. Ein alter *Ginzo* spielt Quetschkommode« – er ahmte jemanden nach, der Akkordeon spielt – »Wie sagt man? *Ziehharmonika.* Und sie haben eine dicke alte *Donna* hier, die wie ein Engel singt.«

Ich fragte: »Ist das nicht gefährlich – in Ihrer Begleitung?«

»He, wieso kommen Sie nur immer wieder darauf?« Er klopfte sich gegen die Brust. »Wenn es jemand auf mich abgesehen hat, dann hat er es auf mich abgesehen. Glauben Sie, jemand interessiert sich für einen Scheißdreck wie Sie?« Er lachte und schlug mir auf die Schulter. »Sie sind vielleicht komisch.«

»Sie auch.« Ich kippte ein weiteres Glas von diesem Nektar der Götter hinunter und fragte ihn: »Und was ist mit den anderen? Den Spaniern? Den Jamaicanern? Halten die sich an die Spielregeln?«

Er kaute mittlerweile Oliven und spuckte beim Sprechen Kerne aus. »Ich will Ihnen eine Regel sagen, an die sie sich halten: Wenn sie nach Little Italy kommen und jemanden umlegen, dann wird kein verdammter Nigger oder Spanier in New York übrigbleiben. Die Regel kapieren sie. Machen Sie sich also keine Gedanken.«

New York hat mir stets wegen seiner Völkervielfalt gefallen – der große amerikanische Schmelztiegel. *Give me your tired, your poor, your huddled masses*... Den Rest hatte ich vergessen. Vielleicht hatten wir ihn alle vergessen.

Bellarosa beugte sich zu mir und sagte: »Wenn Ihnen das soviel Kopfschmerzen bereitet – haben Sie schon mal daran gedacht, sich einen Waffenschein zu besorgen? Wenn Sie bei uns bleiben, sollten Sie darüber nachdenken.«

»Warum?«

Er zitierte: »Das Unglück, das es bringt, unbewaffnet zu sein, schließt die Verachtung anderer mit ein.‹ Wer hat das gesagt?«

»Mutter Theresa?«

Er lachte. »Kommen Sie. Machiavelli. Richtig?«

»Richtig. Bekomme ich Gefahrenzulage?«

»Klar. He, ich schulde Ihnen fünfzig Riesen. Richtig?«

»Nein. Ich will sie nicht.«

»Das spielt keine Rolle. Sie haben sie.«

Der Kellner stellte einen Teller *Antipasti* vor uns hin. Das Essen schien keiner bestimmten Reihenfolge zu folgen, jedenfalls keiner mir ersichtlichen.

Bellarosa deutete auf den Teller. »Das sind *Prosciutto* – das kennen Sie, richtig? Das hier ist *Stracchino*, und das hier *Taleggio*. In diesem Käse hier sind Würmer, daher werde ich nicht darauf bestehen, daß Sie davon essen.«

»Bitte?«

»Würmer. Kleine Würmer. Wissen Sie? Sie geben dem Käse seinen Geschmack. Die Würmer ißt man natürlich nicht mit. Man zerkrümelt den Käse, genau so, und holt die Würmer raus. Sehen Sie? Haben Sie ihn gesehen?«

Ich stand auf. »Wo ist die Herrentoilette?«

Er deutete mit dem Daumen über die Schulter. »Da hinten.«

Ich ging zur Herrentoilette, einem gräßlichen kleinen Loch, und wusch mir Gesicht und Hände. *Würmer?*

Die Tür ging auf und Lenny kam herein. Er stellte sich neben mich ans Waschbecken und kämmte sich das pomadisierte Haar. Er fragte mich: »Schmeckt Ihnen das Essen?«

»Sollten Sie nicht die Tür draußen im Auge behalten?«

»Vinnie hat zwei Augen.« Er wusch sich die Hände. »Verfluchter Dreck. Alles hier ist dreckig.« Er trocknete sich die Hände an einem dreckigen Handtuchspender ab. »Sie sind der Anwalt des Don, daher haben Sie keine Wanze. Richtig?«

»Wanze? Haben Sie den Verstand verloren?«

»Nein. Manchmal haben Leute Wanzen an sich. Manchmal gehen sie aufs Scheißhaus, um eine Wanze loszuwerden, manchmal holen sie eine ab. Wenn ich sehe, daß Leute aufs Scheißhaus gehen, die mit dem Don sprechen, denke ich an Wanzen. An Knarren.«

»Ich glaube, Sie sehen zuviel fern.«

Er kicherte. »Ach ja? Darf ich?« Er streckte mir die frischgewaschenen Hände entgegen.

Ich stand einen Augenblick da, dann nickte ich. Das Arschloch filzte mich von oben bis unten, dann sagte er: »Okay. Wollte mich nur vergewissern. Wir müssen alle unsere Arbeit machen.«

Ich legte einen Vierteldollar aufs Waschbecken. »Das ist für Sie, Lenny. Gute Arbeit.« Mann, allmählich hatte ich es wirklich raus. Ich ging zum Tisch zurück und sah, daß der Wurmkäse vom Vorspeisenteller verschwunden war.

Frank sagte: »Ich habe ihn Ihretwegen entfernen lassen. Waren Sie mit dem Abort zufrieden?«

»Womit?«

Er lachte. »Dem Abort. So sagt man in Little Italy. Früher lag es noch abseits vom Haus, eben Abort. Klar?«

»Ja, alles klar.« Ich sah, wie Lenny zu seinem Tisch zurückging und mir einen bösen Blick zuwarf, als er sich setzte. Ich fragte Bellarosa: »Haben Sie ihn reingeschickt, damit er mich filzt?«

»Nee. Das macht er eben. Hören Sie, Mancuso hat versucht, Sie weichzumachen, und ich vertraue Ihnen mehr, als ich vielen meiner Leute vertraue. Aber wenn ich *weiß*, daß ich mit einem Mann rede, der sauber ist, geht es mir viel besser.«

»Mr. Bellarosa, ein Anwalt kann nicht, wird nicht und darf nicht als Agent der Regierung gegen seinen eigenen Klienten tätig werden.«

»Ja. Vielleicht schreiben Sie darüber mal ein Buch.« Er lachte. »Scheiß drauf. Essen wir. Hier. Das heißt *Manteche*. Keine Würmer.« Er legte ein Stück Käse auf eines der Plätzchen, die er *Frisalle* nannte, und hielt es mir vor den Mund. »Los doch. Versuchen Sie das.«

Ich versuchte es. War gar nicht schlecht. Ich trank etwas Chianti und warf mir eine schwarze Olive in den Mund. Diese Leute aßen anders, als ich es gewohnt war. Beispielsweise war kein einziger Teller abgeräumt worden, und Bellarosa machte sich wieder über seine frittierten Tintenfische her.

Ich sagte zu ihm: »Mancuso hat mir gesagt, Sie haben einmal einen Ihrer Männer mit einem Rohr verprügelt und ihm jeden Knochen gebrochen.«

Er sah von den Tintenfischen auf. »Ach ja? Warum hat er Ihnen das gesagt? Was hatte er vor? Mich als schlechten Menschen hinzustellen?«

»Nun, das ließ Sie sicher nicht im besten Licht erscheinen.«

»Mancuso sollte lernen, wie man seine Klappe hält.«

»Mancuso ist nicht das Thema, Frank. Das Thema ist, ob Sie einen Mann mit einem Rohr zusammengeschlagen haben.«

»Das ist kein Thema.« Er riß beim Sprechen ein Stück Brot ab und tunkte es in die rote Soße. »Wenn man jung ist, macht man manchmal Sachen, die man nicht will, aber tun muß. Ich war nicht der Boß, als es passierte. Der Boß war ein Mann, den Sie bestimmt kennen. Er ist inzwischen gestorben. Wenn er zu mir sagte: ›Frank, tu dies oder tu das‹, dann habe ich gehorcht. *Capisce?*«

Ich antwortete nicht.

»Wie in der Armee oder der Kirche. Man befolgt Befehle. Heute gebe ich die Befehle, und ich mag Brutalität nicht. Die Zeiten ändern sich. Nicht jeder will mehr ins Geschäft einsteigen. Man muß seine Leute besser behandeln.«

»Wenigstens muß man ihnen Erste Hilfe und Krankenversicherung bieten.«

Das fand er komisch. »Ja. Wenn man ihnen die Beine bricht, sind sie wenigstens versichert. Ja. Krankenversicherung.«

Es gab keinen Grund, weiter über das Zusammenschlagen zu reden; mir war nur wichtig, daß er erfuhr, daß ich über diesen seltsamen Führungsstil Bescheid wußte. Um ehrlich zu sein, manchmal war mir auch danach zumute gewesen, meine Partner mit einem Bleirohr zusammenzuschlagen, aber das hätte ihnen nur als Ausrede gedient, anschließend dasselbe mit mir zu machen. Dabei mußte ich wieder an Signore Niccolo Machiavelli denken. Ich sagte zu Frank: »Ein Feind muß entweder verhätschelt oder vernichtet werden.«

Er sah vom Teller auf. »Ja, das ist das Problem, wenn man jemanden vor den Kopf stößt, Anwalt. Freut mich, daß Sie das einsehen. In meiner Branche behandelt man die Leute mit Respekt oder man beseitigt sie. Zum Beispiel die Sache mit dem Rohr. Das war keine gute Idee. Hinterher hatten wir einen stinksauren *Paesano*, und ich wußte, wenn es ihm wieder besser ging, mußte ich die Sache aus der Welt schaffen. Er mußte verhätschelt oder vernichtet werden. Man läßt nicht Menschen frei herumlaufen, die eine *Vendetta* gegen einen haben.«

»Also haben Sie ihn zum Essen eingeladen und befördert.«

»Ja.« Er dachte einen Moment nach, dann fügte er hinzu: »Ich will Ihnen den Hauptfehler der Religion nennen. Das ist der Mist mit der anderen Wange, die man hinhalten soll. Wenn man das tut, bekommt man von jedem eine ins Gesicht gescheuert. Aber manchmal muß man eben einen Schlag einstecken. Zum Beispiel mit Ferragamo. Ich kann überhaupt nichts gegen ihn tun. Ich kann nur darauf achten, daß er auch nichts gegen mich tun kann. Begreifen Sie? Und wenn man sich einen Burschen nicht vom Hals schaffen kann, tritt man ihm nicht auf die Füße, auch wenn er hinter einem her ist.«

»Aber Sie treten Ferragamo ja allein dadurch, daß Sie leben, auf die Füße.«

Er lächelte. »Ja. Das ist *sein* Problem. Aber *Sie* haben ihn wütend gemacht, weil Sie ihn verarscht haben.«

»Na und? Er kann mir nichts tun.«

»Vielleicht nicht, vielleicht doch. Vielleicht wischt er Ihren

Freunden eins aus. Vielleicht sollten Sie ihn anrufen und den Fall mit ihm besprechen. Das würde ihm gefallen. Wenn Sie ihm etwas Respekt erweisen.«

»Der Mann ist ein Arschloch, Frank, das weiß jeder in New York.«

»Darum braucht er allen Respekt, den er bekommen kann.«

Darüber lachten wir beide. Bellarosa sagte: »He, vielleicht wird der Hurensohn eines Tages Gouverneur oder sogar Präsident. Seien Sie nett zu ihm. Dann macht er Sie zum Bundesanwalt.«

Da ich Frank Bellarosa als Klienten genommen hatte, würde man mich niemals mehr für ein öffentliches Amt in Erwägung ziehen. Nicht, daß ich Richter werden oder mich für die Staatsanwaltschaft bewerben wollte, aber diese Möglichkeit spukt jedem Anwalt im Hinterkopf herum. Ich bin einmal in den Stadtrat von Lattingtown gewählt worden, aber nach diesem Fiasko würde ich gut daran tun, mich mindestens ein Jahrzehnt vom öffentlichen Leben fernzuhalten.

Frank sagte: »Vielleicht rufen Sie ihn an. Ich gebe Ihnen seine Privatnummer.«

»Sie meinen, ich soll mich bei ihm entschuldigen?«

»Sie müssen ja nicht sagen: ›Tut mir leid, Mr. Ferragamo, daß ich Sie wie ein Arschloch und einen Dummkopf habe aussehen lassen.‹ Erwähnen Sie das überhaupt nicht. Unterhalten Sie sich einfach respektvoll mit ihm über den Fall. Er wird Ihnen verzeihen, weil er ein Arschloch ist. *Capisce?*«

Hier hatte ich einen Klienten vor mir, der wollte, daß ich den Vertreter der Anklage anrief – nicht, um eine Absprache zu treffen, sondern um mich dafür zu entschuldigen, daß ich dem Staatsanwalt vor Gericht die Hosen heruntergezogen hatte. *Mamma mia.* Ich kann mich nicht erinnern, daß sie uns das in Harvard beim Jurastudium beigebracht haben. Trotzdem antwortete ich: »Ich ruf' ihn an.«

»Na also. Manchmal sitzen Arschlöcher in wichtigen Positionen. Was soll man machen? Man muß sehen, wie man mit ihnen auskommt.« Er schenkte uns Wein nach. »Bereit für die Pasta?«

Wir waren schon eine Stunde hier, und ich hatte eine Menge gegessen, hauptsächlich Brot, Käse und Oliven, das einzig Eßbare, das bis jetzt serviert wurde. Der Chianti arbeitete sich allmählich durch meinen Zwölffingerdarm. Ich sagte: »Für mich keine Pasta.«

»Doch. Sie müssen Pasta essen. Sie haben *Lingue de Passero* hier – Sperlingszungen.«

»Kann ich statt dessen Fleischbällchen haben?«

»Es sind keine echten Sperlingszungen. Die Nudeln heißen so. Glauben Sie, wir würden Sperlingszungen essen?«

»Schließlich essen Sie auch Würmer und Schafsköpfe.«

»Also, Sie nehmen Sperlingszungen. Sie kommen aus einer kleinen Stadt namens Faro San Martino in Abruzzi – der Provinz von Brutus. Von dort stammt die Familie meiner Frau. Sie sind ausgesprochen dickköpfig dort. Aber sie haben ausgezeichnete *Pasta.*« Er führte Daumen und Zeigefinger an die Lippen und küßte sie. »*Magnifico.* Und sie bereiten sie *a la puttanesca.* Mit Hurensoße.«

»Wie bitte?«

»Hure. Hure. Ich weiß nicht, warum sie sie so nennen. Vielleicht, weil Sardellen darin sind.« Er lachte. »Sie verstehen?«

»Ich glaube schon.«

Er hob einen Finger, und ein Kellner kam. Bellarosa machte eine ausholende Geste mit der Hand, worauf der Kellner mit den Fingern schnippte und zwei Jungs herbeigeeilt kamen, die den ersten Gang abräumten.

Ich lehnte mich auf dem Stuhl zurück und trank etwas Wasser. Mir fiel auf, daß die Wall-Street-Typen gegangen waren. Aber die alten Männer waren immer noch da und tranken Wein oder Kaffee. Und die Männer, die wie Frank aussahen, waren ebenfalls noch da.

Frank stand auf und entschuldigte sich, ging aber nicht auf den Abort. Statt dessen begab er sich zu einem Tisch, wo vier Männer in dunklen Anzügen saßen. Sie begrüßten ihn herzlich, aber eindeutig reserviert. Ich sah, wie ein Kellner mit einem Weinglas hinhastete, und einer der Männer schenkte Bellarosa etwas Chianti ein. Sie stießen alle an, und ich hörte, wie sie »*Salute*« murmelten. Nachdem sie getrunken hatten, beugten sie sich alle über den Tisch und sprachen ein Dankgebet. Na ja, vielleicht auch nicht.

Großer Gott, dachte ich, diese Leute existieren wirklich. Ich meine, direkt hier, keine zwanzig Schritte entfernt, saßen fünf Mafiosi und tranken Wein in einem Restaurant in Little Italy. Ich bedauerte, daß ich keine Videokamera mitgebracht hatte. Seht her, Kinder, hier ist Daddy beim Essen mit einem Mafia-Don. Jetzt geht der Don an den Nachbartisch und redet mit seinen Gangsterfreunden. Seht ihr? Okay, die Kamera schwenkt zu den beiden Männern an der Tür. Seht ihr sie? Das sind die Leibwächter des Don.

Ich beobachtete sie ohne Videokamera. Sie redeten alle mit den Händen. Einer machte eine Bewegung, als würde er etwas in den Tisch stoßen, einer griff sich mit dem Zeigefinger ans rechte Auge, ein anderer stemmte den Daumen unters Kinn. Was sie mit den Händen nicht machten, war aufeinander deuten oder einander berühren.

Mir fiel auch auf, daß ihre Gesichter weitgehend stoisch blieben – wie das *Mafia-Pokerface*, das Frank aufgesetzt hatte, als wir hereinkamen.

Ich hatte natürlich keine Ahnung, worüber sie sich unterhielten, aber ich vermutete, daß Bellarosa ihnen von heute morgen erzählte. Vielleicht hatten sie schon von der Verhaftung gewußt. Wie auch immer, der Ausgang der Gerichtsverhandlung würde sie sicher interessieren. Die Tatsache, daß Bellarosa im *Giuilio's* saß, war ein Punkt zu seinen Gunsten, was mögliche Gerüchte in der Stadt betraf, er würde Geschäfte mit Alphonse Ferragamo machen.

Die andere geschäftliche Sache war selbstverständlich das Problem Juan Carranza. Mittlerweile konnte ich mir tatsächlich eine Unterhaltung zwischen diesen Leuten vorstellen. Frank sagte etwas in der Art: »Wir müssen in dieser Carranza-Sache zusammenhalten. Okay? Wir wollen uns nicht von den Columbianern zu etwas verleiten lassen, das uns nicht paßt. Richtig? Und wir wollen nicht, daß das verfluchte FBI uns gegeneinander aufhetzt. Kapiert? Wir wollen uns gegenseitig das Geschäft nicht verderben, und wenn wir schon mit den Columbianern in den Clinch müssen, dann kurz und schmerzlos. *Capisce?*«

Wie war das? Das Furchterregende ist, wenn ich diese Unterhaltung vor vier Monaten gehört hätte, hätte ich nicht die Hälfte davon verstanden. Jetzt konnte ich sie mir sogar ausdenken. *Madonna.* Was war mit mir los? Ich wußte es nicht, aber es war interessant. Ich betrachtete Lenny und Vinnie an ihrem netten Tischchen für zwei in der Ecke. Soweit ich sehen konnte, hatten sie keinen Alkohol getrunken, aber sie hüllten sich in Rauch und tranken eine Tasse Kaffee nach der anderen. Die Italiener scheinen stundenlang an einem Tisch sitzen, reden und essen zu können. Lenny und Vinnie schienen damit zufrieden zu sein, nichts zu tun und die Tür zu beobachten. Aber ich schätze, die Tür zu beobachten war momentan die wichtigste Aufgabe bei *Giulio's.* Die beiden betrachteten auch die verbliebenen Gäste, wie mir auffiel, besonders die vier Männer bei Frank. Aber alle schienen den Kellnern und dem Oberkellner bekannt zu sein; daher hielt ich es für unwahrscheinlich, daß plötzlich einer aufstehen und losballern würde. Nein, die Tür mußte beobachtet werden. Und daher unterstützte ich Vinnie und Lenny und beobachtete ebenfalls die Tür.

Nach etwa fünfzehn Minuten kam Frank wieder an unseren Tisch zurück. »Tut mir leid, Anwalt, das war geschäftlich.«

»Kein Problem.«

Die *Pasta* kamen, und Frank haute sofort rein. »Was meinen Sie? Riecht wie eine Hurenmöse? Ja? Nein?«

»Kein Kommentar.«

Ich stocherte in den *Pasta,* die wohl tatsächlich wie kleine Sperlingszungen aussahen. Sie waren eigentlich gar nicht schlecht, einschließlich der Fischsoße, aber ich war pappsatt.

Bellarosa brach ein Stück Brot ab und tauchte es tatsächlich in meinen Teller. »Hier, tunken Sie ein. Nur keine falsche Scham.«

Ich mag es nicht einmal, wenn Susan von meinem Teller ißt. Aber ich nahm das Brot und aß es. Dann sah ich auf die Uhr. »Möchten Sie nicht Ihre Frau anrufen?«

»Ja. Später.«

»Vielleicht sollten wir sie wissen lassen, daß Sie auf Kaution freigekommen sind.«

»Kein Problem.«

»Als Sie fort waren, war sie ganz aufgeregt.«

»Ach ja? Ich habe ihr gesagt, sie soll oben bleiben. Sehen Sie? Sie hört nicht mal mehr auf mich.«

»Trotzdem, ein Anruf...«

»Wieso denken Sie überhaupt an meine Frau? Wegen der Pasta *a la puttanesca?*« Er lachte. »Haben Sie darum gedacht, meine Frau anzurufen?«

Auf dieses Thema wollte ich mich nicht einlassen. Also stocherte ich weiter in den *Pasta* herum und trank Wein.

Bellarosa aß die Nudeln und schob sich dann welche von meinem Teller auf seinen, wobei er bemerkte: »Sie essen gar nichts. Schmeckt es Ihnen nicht?«

»Ich bin wirklich satt.« Ich sah auf die Uhr. Es war halb drei. »Ich habe Ihrer Frau gesagt, ich würde Sie bis heute abend wieder daheim abliefern.«

»Ja? Warum? Ich habe Ihnen doch gesagt, wir müssen hier in der Gegend bleiben. Ich muß noch mit einigen Leuten reden. Außerdem möchte ich, daß Sie später etwas zu den Reportern sagen. Wir haben eine hübsche Suite im *Plaza.* Wir bleiben ein paar Tage in der Stadt.«

»Ein paar Tage?«

»Ja.«

»Frank, ich habe geschäftliche Termine...«

»Was soll ich Ihnen sagen? Die Kacke ist am Dampfen, Anwalt. Ich komme dafür auf.«

Tatsächlich hatte ich keine Termine und praktisch kein Geschäft mehr, über das ich mir Gedanken machen mußte. Und für fünfzig Riesen konnte ich eine Weile bleiben.

Frank nahm den Rest meiner Pasta. »Ja, wir schicken jemand zu Ihnen, der was zum Anziehen holt. Ihre Frau wird Ihnen ein paar Sachen einpacken.«

»Tatsächlich?«

»Klar. Dazu sind Frauen ja da.«

Er winkte mit der Hand über den Tellern, als wollte er, daß sie von allein weggingen, aber sogleich stürzte ein Kellner herbei und räumte ab.

Ein anderer Kellner brachte zwei Salatteller, und Frank goß Essig und Öl über die Salatblätter und Tomaten auf seinem Teller und auf meinem Teller. »Essen Sie. Essen Sie«, befahl er.

Ich stocherte in dem Salat herum.

»Essen Sie. Der Essig hilft Ihnen verdauen.«

»Und was macht das Öl?«

»Hilft Ihnen scheißen. *Mangia.*«

Als ich mit dem Salat fertig war, bat ich: »Bestellen Sie nichts mehr für mich.«

»Aber Sie müssen doch das Hauptgericht probieren. Weshalb sind Sie denn hier?« Bellarosa rief den Kellner. Sie unterhielten sich auf italienisch über das Hauptgericht, dann drehte sich Bellarosa zu mir um. »Was möchten Sie? Kalb? Huhn? Schweinefleisch? Fisch?«

»Lammkopf.«

»Ja?« Er sagte etwas zu dem Kellner, und ich hörte das Wort *Capozella.* Sie lachten beide. Dann wandte er sich wieder an mich. »Sie haben hier ein ganz spezielles Huhngericht. Gut und leicht. Okay? Wir teilen es uns.«

»Fein.«

Bellarosa bestellte und wandte sich erneut mir zu. »Ein dummer Itaker geht in eine Pizzeria, wissen Sie, und sagt zum Koch: ›Ich will eine ganze Pizza.‹ Und der Koch sagt: ›Soll ich sie in acht oder zwölf Stücke aufschneiden?‹ Worauf der dumme Itaker sagt: ›Zwölf. Ich hab' einen Riesenhunger.‹ Kapiert?«

»Ich glaube schon.«

»Erzählen Sie mir einen.«

»Okay. Ein *Wasp* kommt zu *Brooks Brother*, Sie wissen schon, und sagt: ›Was kostet dieser dreiteilige Nadelstreifenanzug?‹ Und der Verkäufer sagt: ›Sechshundert Dollar.‹ Und der *Wasp* sagt: ›Gut. Ich nehme ihn.‹« Ich machte mich über den Salat her.

Bellarosa ließ ein paar Minuten verstreichen, dann sagte er: »Das ist alles? Das war der Witz? Aber das ist nicht komisch.«

»Genau das ist es ja.«

»Was?«

»*Wasps* sind nicht komisch.«

Darüber dachte er einen Moment nach und zuckte dann die Achseln.

Wir tranken eine Weile, dann kam ein hübsches kleines Geflügelgericht, das ausgereicht hätte, den halben Speisesaal von *The Creek* zu verköstigen. Bellarosa schaufelte alles auf zwei Teller. »Es heißt *Pollo Scarpariello.* Sagen Sie es.«

»*Pollo... Scarp...*«

»*Scarpariello.* Hühnchen à la Schuster. Vielleicht hat es ein Schuster erfunden. Vielleicht machen sie es mit alten Schuhen.«

Ich drehte ein Stück Fleisch mit der Gabel um. »Was für ein Teil vom Huhn ist das?«

»Das sind Würste. Man macht es auch mit Würsten. Sie werden in Öl und Knoblauch sautiert.«

»Klingt echt leicht.«

»Essen Sie. Hier, versuchen Sie das. Das sind Winterendivien, ebenfalls mit Öl und Knoblauch. Der Knoblauch vertreibt den Mösengeschmack aus Ihrem Mund. Hier. Sie müssen alles probieren.«

Ich winkte den Kellner her. »Bringen Sie mir eine Flasche Mineralwasser und ein Glas Eiswürfel.«

»Ja, Sir.«

Er brachte eine grüne Flasche mit der Aufschrift *Pellegrino*, und ich merkte mir den Namen für die Zukunft. Ich schenkte ein und trank drei Gläser Blubberwasser, während Frank Huhn und Würstchen aß.

Es war fast halb vier, aber das Restaurant war immer noch nicht völlig leer. Franks vier Freunde waren gegangen, aber ein paar alte Männer saßen noch immer mit Kaffee und Zeitungen herum. Zwei dösten sogar. Vinnie und Lenny tranken immer noch Kaffee und rauchten.

Die Tür ging auf, und mein Körper verkrampfte sich unwillkürlich. Ein etwa fünfzigjähriger Mann mit dunkelgrauem Anzug und Sonnenbrille trat ein. Hinter ihm kam ein jüngerer Mann, der wieselflink von einem Tisch zum anderen sah. Ich stubste Bellarosa am Arm, er sah mich an und dann zur Tür. Ich blickte auf Vinnie und Lenny und merkte, daß sie auf der Hut waren. Die beiden Männer, die hereingekommen waren, hatten Bellarosas Leibwächter auch gesehen; daher vermieden sie wohl jegliche heftige Bewegung, blickten nur zu Bellarosa und mir herüber. Die Kellner standen wie erstarrt da und betrachteten ihre Schuhe. Die wenigen alten Männer im Saal warfen nur einen kurzen Blick auf die Neuankömmlinge und wandten sich wieder ihrem Kaffee und ihren Zeitungen zu.

Frank stand auf und ging auf die beiden zu. Der Mann mit der Sonnenbrille nahm diese ab und kam ihm entgegen. Sie trafen sich in der Mitte des Restaurants und umarmten einander, aber ich sah, daß es mehr eine Demonstration als Zuneigung war.

Frank und sein Kumpel nahmen an einem freien Tisch Platz. Der Partner oder Leibwächter des Mannes setzte sich auf deren Einladung zu Vinnie und Lenny. Ich konzentrierte mich wieder auf Bellarosa und seinen *Paesano*. Wenn man diese Leute lange genug beobachtete, kam man hinter die Hackordnung. Bischof Frank Bellarosa schien diesseits von Caesar Augustus keine Ebenbürtigen zu haben, aber dieser Mann kam gleich unter ihm. Gerade hatte er Bellarosas Zigarette angezündet, aber auf eine Art und Weise, die deutlich machte, daß er es nicht gerne tat und möglicherweise nicht noch einmal machen würde. Bellarosa seinerseits blies dem Mann absichtlich Rauch ins Gesicht. Sie lächelten beide, aber mir würde es ganz und gar nicht gefallen, wenn mir jemand auf diese Weise zulächeln würde.

Die Unterhaltung dauerte fünf Minuten, dann klopfte der

Mann Bellarosa auf die Schulter, als wollte er ihn dafür beglückwünschen, daß er dem Knast entronnen war. Sie standen beide auf, umarmten einander wieder, und der Mann entfernte sich gemeinsam mit seinem Freund.

Die Kellner erwachten wieder zum Leben. Ich entspannte mich ein wenig, aber mir entging nicht, daß Lenny und Vinnie die Tür jetzt nicht mehr aus den Augen ließen.

Frank nahm mir gegenüber Platz. »Das war ein Mann, der für mich gearbeitet hat.«

»Der, dem Sie alle Knochen gebrochen haben?«

»Nein. Ein anderer.«

»Er kam mir bekannt vor. Ist sein Bild manchmal in der Zeitung?«

»Manchmal.«

Frank Bellarosa wirkte ein wenig zerstreut. Dieser Mann hatte offenbar etwas gesagt, das meinen Klienten beunruhigte. Was immer es auch sein mochte, ich würde es wahrscheinlich nie erfahren.

Mir war jedoch klargeworden, daß Frank Bellarosa ein wenig Werbung in eigener Sache betrieb und daß er noch mehr persönliche Auftritte hinter sich bringen mußte. Ich hatte auch das Gefühl, daß ihm das lästig war, daß er es aber dennoch tun würde. Er machte vielleicht keine Abmachungen oder Kompromisse mit dem Gesetz, Schwarzen, Spaniern oder Frauen. Aber er mußte sich mit seinesgleichen abgeben, und er mußte es mit genau der richtigen Mischung von Macht und Respekt tun.

Dann schien er seine gedrückte Stimmung überwunden zu haben und sagte zu mir: »He, trinken Sie Cappuccino, Espresso oder amerikanischen Kaffee?«

»Amerikanischen.«

Er winkte dem Kellner und gab die Bestellung auf. Der Kaffee kam, und gleich danach ein Kellner mit einer Schüssel Gebäck. *Mamma mia*, ich konnte nicht einmal mehr meine eigene Spucke schlucken. Aber der gute alte Frank, der Gastgeber und Kellner in einem spielte, beschrieb sämtliche Gebäckstücke für mich, bevor er mich aufforderte, zwei für mich auszusuchen. Ich hatte gar keine andere Wahl, daher suchte ich mir zwei aus, und Bellarosa sagte, die würden mir nicht schmecken, und gab mir zwei andere.

Ich knabberte an dem Gebäck, das so gut war, daß ich noch Platz dafür fand. Wir schwatzten ein wenig mit Patsy, Lucio und seiner Frau. Alle schienen glücklich zu sein, daß das Essen einen unblutigen Ausgang genommen hatte. Patsy lächelte mich an. »Hat es Ihnen geschmeckt?«

»Ausgezeichnet.«

»Sie kommen wieder einmal zum Essen. Okay?«

»Unbedingt.«

»In welchem Jahr?«

Er zuckte die Achseln. »Ich weiß nicht. Ich glaube, 1900.«

Dann kam auch der Koch, bewaffnet mit Schürze und Kochmütze, die er aber abnahm, bevor er sich vor dem Don verbeugte. Man hätte meinen können, Bellarosa wäre ein Filmstar.

Wir schwatzten noch ein Weilchen. Ich kam mir ein wenig fehl am Platze vor, fühlte mich aber nicht unbehaglich. Lucio und Gefolgschaft sahen selbstverständlich, daß ich eine wichtige Persönlichkeit war, aber eben kein Italiener. Ich kam mir beinahe wie ein amerikanischer Tourist in Italien vor.

Frank stand auf, und ich stand auf, und wir bekamen beide die Stühle weggezogen. Alle grinsten noch breiter und hielten dabei den Atem an. Noch eine Minute, und sie konnten sich alle erleichtert zu Boden fallen lassen.

Ich stellte fest, das einzige, was bei dem Essen fehlte, war die Rechnung. Aber dann zog Frank ein Bündel Scheine aus der Brieftasche und warf Fünfziger auf den Tisch. Er warf dem Koch und Patsy einen Fünfziger zu, und auch die drei Kellner bekamen je einen Fünfziger. Ja, er rief sogar die jungen Kellnerlehrlinge zu sich und gab jedem einen Zehner. Der Mann wußte, wie man sich beliebt macht. Nun sagten wir einander alle *Buon Giorno* und *Ciao*.

Lenny fuhr den Cadillac vor das Restaurant, und Vinnie öffnete die hintere Tür, während wir noch im Restaurant standen. Erst als Vinnie durch die Glastür winkte, verließ Bellarosa das Restaurant.

Ich ging hinter ihm, hielt aber ein wenig Abstand. Er schlüpfte auf die Rückbank, ich folgte ihm. Vinnie sprang auf den Beifahrersitz, und Lenny gab Gas und brauste davon. Und der Mann wollte die Frauen mit hierherbringen? Mach keine Witze, Frank!

Aber vielleicht waren das nur normale Vorsichtsmaßnahmen. Ich meine, vielleicht war Frank Bellarosa auch dann ein vorsichtiger Mensch, wenn gerade Frieden in der Unterwelt herrschte. Vielleicht würde ich ja doch mit Susan und den Bellarosas hierherkommen. Konnte nicht schaden. Richtig?

Wir fuhren nach Süden durch die Mott Street. Frank sagte zu Lenny: »*Plaza Hotel.*«

Dann drehte er sich zu mir und sagte: »Ich habe nachgedacht. Vielleicht haben Sie genug von dieser ganzen Scheiße.«

Vielleicht. Vielleicht auch nicht. Ich antwortete nicht.

Er fuhr fort: »Sie haben getan, was ich von Ihnen wollte. Sie haben mich rausgepaukt. Klar? Jack Weinstein kann den Fall übernehmen. Er weiß, wie man mit den Drecksäcken von der Staatsanwaltschaft umspringen muß.«

»Das liegt bei Ihnen, Frank.«

»Ja. Es könnte ein Schlamassel geben. Sie haben eine hübsche Anwaltskanzlei und eine nette Familie. Die Leute werden Ihnen die Hölle heiß machen. Sie und Ihre nette Frau sollten irgendwo Urlaub machen.«

Was für ein besorgter Mensch. Ich fragte mich, was er im Schilde führte. »Es ist Ihre Entscheidung, Frank.«

»Nein, jetzt ist es Ihre Entscheidung. Sie sollen nicht denken, daß Sie unter Druck stehen. So oder so, kein Problem. Wenn Sie wollen, lasse ich Sie am Bahnhof aussteigen, und Sie können nach Hause fahren.«

Ich schätze, es wurde Zeit für mich, einen Rückzieher zu machen oder den Treueschwur zu leisten. Der Mann wußte, wie er einen herumkriegen konnte. Aber ich durchschaute ihn. Also sagte ich: »Vielleicht haben Sie recht. Sie brauchen mich nicht mehr.«

Er klopfte mir auf die Schulter. »Richtig. Ich brauche Sie nicht. Ich *mag* Sie.«

Immer wenn ich denke, ich habe alles verstanden, stelle ich fest, daß es doch ganz anders ist. Und so fuhren wir zum *Plaza Hotel*.

Ich wußte nicht, daß sich die halbe Mafia von New York an diesem Abend dort einfinden würde.

29. Kapitel

Das *Plaza* ist mein Lieblingshotel in New York, und ich war froh, daß Frank und ich wenigstens in dieser Hinsicht den gleichen Geschmack besaßen, zumal es so aussah, als würde ich eine Zeitlang dort verbringen.

Wir bezogen eine große Suite mit drei Schlafzimmern und Blick auf den Central Park. Die Mitarbeiter schienen zu wissen, wer wir waren – oder wer Bellarosa war –, aber niemand schien über Gebühr nervös zu sein.

Frank Bellarosa, Vinnie Adamo, Lenny Patrelli und John Whitman Sutter saßen im geräumigen Wohnzimmer der Suite. Der Zimmerservice brachte Kaffee und Sambuca und für mich Mineralwasser Marke *Pellegrino* (wie ich festgestellt hatte, ein Gegengift gegen italienische Völlerei). Mittlerweile war es fünf Minuten vor fünf, und ich schätze, wir wollten alle die Fünf-Uhr-Nachrichten im Fernsehen sehen. Ich sagte zu Frank: »Möchten Sie vor fünf noch Ihre Frau anrufen?«

»Ach ja.« Er ging zum Telefon, nahm den Hörer ab und wählte. »Anna? Oh...« Er kicherte. »Wie geht es Ihnen? Ich habe Ihre Stimme gar nicht erkannt. Ja. Mir geht es gut. Ich bin im *Plaza*... Ja. Auf Kaution frei. Nichts Besonderes. Ihr Mann hat seine Sache großartig gemacht.« Er zwinkerte mir zu, lauschte ein paar Sekunden und sagte dann: »Ja, nun, wir waren eine Kleinigkeit essen und haben ein paar Leute getroffen. Ich konnte nicht vorher anrufen. Nein, wecken Sie sie nicht. Lassen Sie sie schlafen. Ich ruf' später wieder an ... Ja, er ist hier bei mir.« Er nickte mit dem Kopf, während meine Frau mit ihm sprach, und fragte dann: »Möchten Sie ihn sprechen?« Bellarosa warf mir einen Blick zu, dann sagte er ins Telefon: »Okay. Vielleicht ruft er Sie später an. Hören Sie, wir müssen ein paar Tage hier bleiben ... Ja. Packen Sie ein paar Sachen für ihn ein, und sagen Sie Anna, ich möchte den blauen und den grauen Anzug, die beiden, die ich in Rom habe machen lassen ... Ja. Und Hemden, Krawatten, Unterwäsche und so weiter. Geben Sie alles Anthony, er soll jemanden damit herschicken. Heute abend. Okay? ... Schalten Sie die Nachrichten ein. Sehen Sie sich an, was sie zu sagen haben, aber glauben Sie kein Wort davon ... Ja.« Er lachte und lauschte wieder. »Ja ... Okay ... Auf bald.« Damit legte er auf und meinte: »Ihre Frau wünscht alles Liebe.«

Wem?

Es klopfte an der Tür, und Vinnie spritzte hoch und verschwand im Foyer. Lenny griff nach seiner Pistole. Wenig später kam ein Zimmerservicekellner mit einem Tablett herein, auf dem sich eine Flasche Champagner, eine Käseplatte und eine Schale Obst befanden. Der Kellner sagte: »Mit besten Empfehlungen von der Geschäftsleitung, Sir.«

Bellarosa winkte Vinnie, der dem Mann ein Trinkgeld gab. Der Kellner verbeugte sich und ging rückwärts zur Tür hinaus. Bellarosa sagte zu mir: »Möchten Sie Champagner?«

»Nein.«

»Möchten Sie Ihre Frau zurückrufen und ihr sagen, was Sie brauchen?«

»Nein.«

»Ich wähle für Sie.« Er nahm den Hörer ab. »Sie können in Ihr Zimmer gehen, da sind Sie ungestört.«

»Später, Frank. Legen Sie auf.«

Er zuckte die Achseln und legte den Hörer auf.

Vinnie schaltete den Fernseher für die Fünf-Uhr-Nachrichten ein. Ich hatte nicht mit dem Aufmacher gerechnet, aber sieh an, der Sprecher Jeff Jones sagte: »Unsere Top-Story: Frank Bellarosa, mutmaßlich Chef der größten der fünf New Yorker Verbrecherfamilien, wurde heute morgen vom FBI in seinem Haus auf Long Island festgenommen. Bellarosa wurde in einer nichtöffentlichen Sitzung einer sechzehnköpfigen Grand Jury des Mordes an Juan Carranza angeklagt, einem columbianischen Drogenkönig, der am vierzehnten Januar dieses Jahres auf dem Garden State Parkway im Stil einer Unterwelt-Hinrichtung getötet wurde.«

Jeff Jones fuhr fort: »Eine verblüffende Wendung ergab sich, als Richter Sarah Rosen Bellarosa für fünf Millionen Dollar Kaution freiließ, nachdem sich John Sutter, Verteidiger des mutmaßlichen Unterweltbosses, als Alibi für seinen Klienten zur Verfügung gestellt hatte.«

Ich fragte mich, ob sich Susan an den Morgen des vierzehnten Januar erinnerte. Es war freilich einerlei, denn ich wußte, sie würde mich decken, damit ich Frank Bellarosa decken konnte.

Auf dem Bildschirm sah man gerade Alhambra, wo Dutzende von Journalisten und Kameraleuten auf Frank Bellarosa warteten, der natürlich immer noch nicht eingetroffen war. Dann erschien wieder Jeff Jones, bedankte sich bei seinem unermüdlich auf verlorenem Posten ausharrenden Kollegen und sagte: »Hier nun unser Bericht von den Geschehnissen heute morgen im Gerichtssaal. Reporterin ist Jenny Alvarez.«

Der Bildschirm zeigte das Videoband von heute morgen: Frank Bellarosa und John Sutter, die die Stufen des Gerichtsgebäudes herunterkommen, während entfesselte Reporter ihnen Fragen entgegenbrüllten. Meine blaue Hermès-Krawatte wirkte vor der Kamera leicht aquamarin, und mein Haar war etwas zerzaust, aber ansonsten strahlte ich den stillen Optimismus eines Anwalts aus, der seiner Sache sicher ist. Jetzt fiel mir auf, daß die schnippische und aufdringliche Reporterin schon auf mich angesetzt gewesen war, als wir das Gerichtsgebäude verlassen hatten. Ich sah auch am Mikrofon, daß es ihr Sender war, den wir gerade sahen. Offensichtlich war sie Jenny Alvarez. Sie rief mir zu: »Mr. Sutter? Mr. Sutter? Mr. Sutter?«

Aber weder ich noch Frank hatten viel gesagt, während wir die Treppe hinuntergegangen waren, daher kam jetzt ein Schnitt auf die unteren Stufen, wo wir eine Weile festsaßen. Und da stand nun der große Caesar, hinter sich die klassischen Säulen des Gerichtsgebäudes, paffte seinen Lungentorpedo, gab klugscheißerische Bemerkungen von sich und zog seine Show für die Kameras ab.

Frank sagte zu uns dreien: »Ich sollte etwas abnehmen. Seht nur, wie das Jackett spannt.«

Vinnie sagte: »Sie sehen großartig aus, Boß.«

Lenny stimmte zu: »Toll. Super.«

Jetzt war ich an der Reihe. »Zehn Pfund weniger könnten nicht schaden.«

»Ja? Vielleicht liegt es nur am Anzug.«

Ich konzentrierte mich wieder auf den Fernseher. Man konnte ein paar Fragen und Antworten hören, aber größtenteils war es lediglich Entertainment, ein Straßen-Happening, Stegreiftheater. Doch dann zeigte der Kameramann Miß Schnippisch in Großaufnahme, wie sie mich in die Zange nahm. »Mr. Sutter, Mr. Ferragamo hat fünf Zeugen, die Frank Bellarosa am Schauplatz des Mordes gesehen haben. Wollen Sie sagen, daß alle Lügner sind, oder sind *Sie* ein Lügner?«

Und der dumme John antwortete: »Ferragamos Zeugen sind alle Lügner, und er *weiß*, daß sie Lügner sind. Diese ganze Sache ist eingefädelt, eine persönliche *Vendetta* gegen meinen Klienten und ein Versuch, zwischen...«

»...zwischen rivalisierenden Banden Unruhe zu stiften?« fragte Miß Schnippisch.

Frank sagte nichts, aber ich hatte den Eindruck, als wäre er nicht gerade glücklich darüber, daß dies übers Fernsehen nach Little Italy, Little Colombia, Little Jamaica, Chinatown und andere nette kleine Viertel gesendet wurde, wo exotische Leute mit extremer Paranoia sich entschließen könnten, einen »Mord im Zusammenhang mit Drogen« zu begehen.

Ich sah wieder zum Fernseher. Die klassischen Säulen und

überfüllten Stufen des Gerichtsgebäudes waren nicht mehr da, der Hintergrund zeigte jetzt grauen Stein. Und da war Mrs. Alvarez live; offenbar war sie beizeiten von ihrem Einsatz in Manhattan zurückgekehrt. Sie trug jetzt nicht mehr den Hosenanzug von heute morgen, sondern ein hautenges rotes Fick-mich-Kleid, und hielt sich ein gewaltiges Phallussymbol an die Lippen. Aber nahm sie es in den Mund? Nein. Sie sprach hinein. »Und dies ist Stanhope Hall. Jedenfalls die Mauern und hohen Tore. Und gleich rechts da drüben ist das Torhaus, wo uns eine alte Frau vor wenigen Minuten wegjagen wollte.«

Komisch, aber ich hatte den Ort erst gar nicht erkannt. Seltsam, daß man manchmal der Scheinwelt des Fernsehens glauben konnte, aber wenn es sich um irgend etwas handelte, was man persönlich kannte, sah es auf einmal unwirklich aus; die Perspektive schien falsch, die Farben wirkten unecht. Allein die Verkleinerung machte die Person oder den Ort beinahe unkenntlich. Aber es stimmte tatsächlich: das Tor von Stanhope Hall war im Fernsehen.

Mrs. Alvarez schilderte zehn Sekunden lang das Anwesen hinter sich, dann fuhr sie fort: »Man kann das Fünfzig-Zimmer-Palais von hier nicht sehen, aber in diesem Palais leben John Whitman Sutter und Susan Stanhope Sutter.«

Das stimmte ja überhaupt nicht! Ich würde Mrs. Alvarez schreiben.

Wie dem auch sei, Jenny Alvarez erzählte weiter von Blaublütigen, der High Society, Susans Eltern und dem ganzen Unsinn. Dann kam sie zur Sache: »Wieso verteidigt John Sutter, ein geachteter und erfolgreicher Anwalt der alten Wall-Street-Kanzlei *Perkins, Perkins, Sutter and Reynolds* Bischof Frank Bellarosa in einer Mordanklage? Wo liegt die Verbindung zwischen den beiden Männern und ihren Familien? Hat John Sutter tatsächlich Frank Bellarosa am Morgen des vierzehnten Januar gesehen, wo doch Alphonse Ferragamo behauptet, Bellarosa habe zur gleichen Zeit Juan Carranza in New Jersey ermordet? Hat sich Sutter darum entschieden, den Fall zu übernehmen? Oder ist mehr an der Sache?«

Es ist mehr an der Sache, Miß Schnippisch.

Bellarosa fragte: »Wo haben sie die ganze Scheiße über Sie her, Counselor?«

»Ich habe persönlich Presseinfos verteilt.«

»Ach ja?«

»Nur ein Scherz, Frank.«

Mrs. Alvarez ließ nicht locker. Sie hatte »die ganze Scheiße« wohl von Mancuso oder Ferragamo. Man nannte das »Heimzahlen« oder auch »Geh und verpiß dich, Sutter«. Danke, Jungs.

Frank Bellarosa sagte halb im Spaß: »He, wer ist eigentlich der große Star dieser Vorstellung? Ich oder Sie? Ich wußte gar nicht, daß Sie so eine große Nummer sind.«

Ich stand auf und ging in Richtung meines Schlafzimmers.

»Wohin gehen Sie?«

»Auf den Abort.«

»Können Sie es sich nicht verkneifen? Sie versäumen ja alles.«

»Ich werde es ganz und gar nicht versäumen.« Damit ging ich durch mein Schlafzimmer ins Bad. Ich schälte mich aus dem Jakkett und wusch mir Gesicht und Hände. »Großer Gott...« Nun, abgesehen von meinen persönlichen Gründen, dort zu sein, blieb die Tatsache, daß Frank Bellarosa nicht des Mordes an Juan Carranza schuldig war. »Nicht schuldig«, sagte ich laut. »Nicht schuldig.«

Ich sah in den Spiegel und blickte mir selbst in die Augen. »Du hast es versaut, Sutter. Oh, dieses Mal hast du es echt versaut, Goldjunge. Komm schon, gib's zu.«

»Nein«, antwortete ich, »ich habe getan, was ich tun mußte. Was ich tun wollte. Dies ist eine bereichernde Erfahrung, John. Eine lehrreiche Erfahrung. Mir geht es blendend.«

»Sag mir das in ein oder zwei Wochen.«

Da ich der einzige bin, der mich bei einem Streitgespräch übertrumpfen kann, wandte ich mich ab, bevor ich etwas sagte, das mir leid tun würde.

Ich warf meine Sachen auf den Boden im Bad und ging unter die

Dusche. Oh, tat das gut. Die drei besten Dinge im Leben sind Steak, Duschen und Sex. Ich ließ das Wasser über meinen müden Körper fließen.

Morgen würde die Story in sämtlichen Zeitungen stehen. Als Schlagzeile in der *Post* und in der *Daily News*, in der New Yorks getreueste Chronisten der Mafia schrieben. *USA Today* würde darüber berichten, und das *Wall Street Journal* würde zwar keinen echten Nachrichtenwert in der Story sehen, sie aber trotzdem bringen. Möglicherweise aber würden sie zu der Überzeugung kommen, daß nicht Frank Bellarosa, sondern John Sutter von *Perkins, Perkins, Sutter and Reynolds* die Sensation war. Möglicherweise massakrierten sie mich. Dann wehe mir.

Und morgen früh würde jeder in Lattingtown, Locust Valley und den anderen Gemeinden entlang der Gold Coast, der die Story in den oben erwähnten Zeitungen, im Radio oder in einem der zwölf Fernsehsender von New York versäumt hatte, alles in *Newsday*, der Lokalzeitung von Long Island, nachlesen können. Mit besonderer Betonung auf John Sutter, dem Jungen aus der Gegend. Ich sah die Schlagzeile schon vor mir: GOLDJUNGE VON DER GOLD COAST SITZT IN DER SCHEISSE. Nun, vielleicht nicht gerade in diesen Worten. Aber *Newsday* war eine linksliberale Zeitung in einem fast ausschließlich von Republikanern beherrschten County, und sie genossen es, dem fast ausgestorbenen Landadel feindselig gegenüberzustehen. Sie würden ihren Spaß dabei haben.

Ich versuchte mir vorzustellen, wie meine Partner, meine Mitarbeiter und meine beiden Sekretärinnen es aufnehmen würden, wenn sie herausfanden, daß Mr. Sutter den Aufgabenbereich von *Perkins, Perkins, Sutter and Reynolds* nun auch aufs Strafrecht ausgedehnt hatte. Ich sah im Geiste meinen Vater und meine Mutter, die irgendwo im finstersten Europa (dorthin waren sie nach unserer letzten Begegnung verreist) den *International Herald Tribune* durchblätterten und über eine seltsame kleine Meldung über Frank Bellarosa, Bandenführer der Mafia in New York, stolperten. Meine Mutter würde sagen: »Ist das nicht der Mann, der neben unserem Sohn wohnt?« Und Vater würde antworten: »Ja, ich glaube... sieh mal, hier wird John Sutter erwähnt. Das muß unser John sein.« Und Mutter würde sagen: »Das muß er sein. Habe ich dir eigentlich von diesem entzückenden kleinen Café am Montmartre erzählt, das ich gestern gefunden habe?«

Meine Freunde im *Creek* würden sich natürlich etwas mehr dafür interessieren. Ich stellte mir vor, wie Lester, Martin Vandermeer, Randall Potter, Allen DePauw und ein paar andere in der Bar saßen, wissend nickten, fassungslos die Köpfe schüttelten oder in anderer mimischer und gestischer Form die für solche Augenblicke angemessenen Empfindungen zum Ausdruck brachten. Dann würde Lester sagen: »Wenn John nur mehr Charakter gehabt hätte. Susan und die Kinder tun mir so leid.«

Jim und Sally Roosevelt dagegen waren wirkliche Freunde. Ich konnte davon ausgehen, daß sie mir ins Gesicht sagen würden, was sie von mir hielten. Deshalb hatte ich vor, ihnen etwa einen Monat aus dem Weg zu gehen.

Dann waren da noch die Verwandten, Onkel Arthur, Tante Cornelia, meine Vettern, deren Angetraute und die ganze Bande von Dummköpfen, mit denen ich mich an Ostern, Thanksgiving, Weihnachten sowie bei Hochzeiten und Beerdigungen abgeben mußte. Nun, Thanksgiving war noch drei Monate entfernt, von bevorstehenden Hochzeiten wußte ich nichts, und niemand schien vor einem Herzinfarkt zu stehen (obwohl ich mir nach dem heutigen Tag bei Tante Cornelia nicht mehr so sicher war). Es wäre mir scheißegal, wenn sie mich alle meiden würden, aber höchstwahrscheinlich würden sie mich alle wegen meinem geheimen Leben als Handlanger der Mafia nerven.

Und dann waren da natürlich noch Carolyn und Edward. Ich war froh, daß ich sie vorab informiert hatte, denn wenn sie es nun aus anderen Quellen hörten, konnten sie sagen: »Ja, das wissen wir alles. Wir unterstützen unseren Vater, was immer er auch tut.« Großartige Kinder.

Und was meine Schwester Emily anbetraf, die hatte ihre Midlife-Crisis-bedingte Rebellion gegen alle Werte der gehobenen Mittelschicht bereits hinter sich und war auf der anderen Seite. Ich wußte, sie würde dort auf mich warten, wenn ich das Ziel meiner Reise ins Ungewisse erreicht hatte.

Ethel Allard. Das war eine harte Nuß. Wahrscheinlich aber war sie insgeheim erfreut, daß wieder einmal ein Blaublütiger als moralisch korrupt bloßgestellt worden war. Speziell ich, da sie nie einen Flecken auf meiner weißen Weste gefunden hatte. Ich meine, ich habe nie meine Frau geschlagen (es sei denn, sie hatte mich darum gebeten), schuldete niemandem Geld, vögelte nicht mit anderen Frauen im Torhaus, ging zur Kirche, betrank mich äußerst selten einmal und behandelte sie hinreichend gut. »Aber«, würde sie fragen, »wieviel Gutes haben Sie in letzter Zeit getan, Mr. John Sutter?« Nicht viel, Ethel. Na ja.

Ich bin nur froh, daß George nicht mehr lebt und das alles miterleben muß, denn es hätte ihn ganz bestimmt umgebracht. Und wenn nicht, dann wäre er mir mit seinem mißbilligenden Gehabe auf den Wecker gegangen, und dann hätte *ich* ihn umgebracht.

Aber Sie wissen ja, jede noch so dunkle Wolke hat auch ihren Silberstreif. Pfarrer Hunnings zum Beispiel würde sich diebisch darüber freuen, daß endlich meine wahre Persönlichkeit bloßgestellt wurde: ein Gangster-Groupie, der höchstwahrscheinlich mit Drogen dealte, um seine Alkoholabhängigkeit zu finanzieren. Der Gedanke an seinen mutmaßlichen Glückszustand erfreute mich. Ich konnte es gar nicht erwarten, nächsten Sonntag zur Kirche zu gehen und meinen Umschlag mit tausend Dollar darin in den Klingelbeutel zu stecken.

Dann waren da die Frauen; Sally Grace Roosevelt zum Beispiel, die Susans Beschreibung von Don Bellarosa so interessant gefunden hatte. Und dann natürlich Beryl Carlisle: Ich war sicher, daß sie nächstens ihr feuchtes Höschen in dem Augenblick ausziehen würde, wenn ich den Raum betrat. Und es gab Frauen wie die göttliche Terri, die mich nach dieser Sache ein wenig ernster nehmen werden.

Aha, wir kommen dem springenden Punkt dieser Sache etwas näher, werden Sie jetzt sagen. Möglich. Aber erwähnen wir noch ganz kurz Charlotte und William Stanhope: zum Teufel mit ihnen.

Und nun zu Susan. Nein, *ihr* kann ich nicht die Schuld daran geben, daß ich momentan mit einem Gangster, der wegen Mordes angeklagt ist und dem schätzungsweise zweihundert Menschen nach dem Leben trachten, im *Plaza Hotel* sitze. Und ich kann ihr nicht die Schuld an der unliebsamen Publicity geben, die uns nun auf unbestimmte Zeit ziemlich zu schaffen machen würde. Nein, die Schuld daran kann ich ihr wirklich nicht geben. Aber Sie sehen sicher ein, daß sie der entscheidende Grund dafür war.

Susan fand Frank Bellarosa interesssant und möglicherweise männlicher als ihren eigenen Ehemann. Ihrem Ehemann, dem wirklich und wahrhaftig daran gelegen ist, was seine Frau von ihm denkt, gefiel das ganz und gar nicht. Ihr Ehemann ist ein eifersüchtiger Patron. Und ihr Ehemann denkt, er ist mindestens ebenso männlich wie Frank Bellarosa. In mancher Hinsicht noch männlicher. Aber es nützt überhaupt nichts, das zu sagen. Man muß es beweisen.

Und als sich nun die Gelegenheit bot, genau das zu tun – ironischerweise durch die Person von Frank Bellarosa selbst –, legte der Ehemann mehr gekränktes Ego als Vernunft an den Tag und machte sich daran, sein Leben zu ruinieren, damit er es allen zeigen konnte.

Bedauerte ich diese Entscheidung? Eigentlich nicht. Tatsächlich ging es mir so gut wie schon lange nicht mehr. Das hatte ich vorhergesehen.

Ich trat aus der Duschkabine und trocknete mich ab. Dann grinste ich mein Ebenbild in dem beschlagenen Spiegel an. »Lächle, Dummkopf, du hast, was du wolltest.«

Es war eine wilde Nacht. Das Telefon läutete ununterbrochen. Leute kamen und gingen. Offensichtlich versteckte sich der Don nicht, sondern hielt lediglich statt zu Hause in Alhambra hier im *Plaza* Hof.

Auch die Nachrichtenmedien riefen an, und ich vermutete, die

Neuigkeit war entweder vom Hotelpersonal oder einem der geladenen Gäste weitergegeben worden. Aber Bellarosa nahm keine Anrufe der Presse entgegen und sagte mir, ich sollte vor morgen früh keine Verlautbarungen machen. Ein paar geschäftstüchtige Reporter waren sogar ins Hotel gekommen und hatten an die Tür der Suite geklopft. Sie wurden von Vinnie empfangen, der einen ziemlich komischen Satz für sie auf Lager hatte: »Okay, ich lass' Sie rein, aber Sie kommen nicht wieder raus.« Niemand nahm die Einladung an. Einmal glaubte ich die Stimme von Jenny Alvarez zu hören, die sich mit einer solchen Auskunft natürlich nicht begnügen wollte.

Kellner richteten eine Bar ein und brachten die ganze Nacht Essen. Der Fernseher lief ununterbrochen, ein Nachrichtenkanal, der die Geschichte von Bellarosa jede halbe Stunde mit kleinen Variationen wiederholte. Ich konnte den Fernseher in dem Lärm kaum hören, aber ich konnte Bellarosa und mich sehen, die jede halbe Stunde die Treppe des Gerichtsgebäudes heruntergingen.

Die meisten Männer, die der Suite einen Besuch abstatteten, schienen Vasallen des großen *Padrone* zu sein. Sie umarmten und küßten ihn, die niedrigeren Chargen gaben sich mit einem Handschlag zufrieden. Ein paar ältere Männer verbeugten sich sogar, wenn er ihnen die Hand schüttelte. Sie waren offenbar gekommen, um ihrem Don den Treueeid abzuleisten. Bizarr, dachte ich; Bellarosas sogenanntes Imperium erinnerte mich an ein mittelalterliches Fürstentum, wo Treueschwüre bis zum Tode bindend waren, Hofintrigen Amok liefen und Familienbande, Loyalität und Bruderkämpfe den Zugang zur Macht ermöglichten.

Die anwesenden Männer trugen Standard-Mafiaanzüge in Blau, Grau und Schwarz, manche mit Nadelstreifen. Man hätte die Anzüge fast für Wall Street halten können, aber es gab einige subtile Unterschiede. Die Hemden waren weitgehend aus glänzendem Satin oder Seide, die Krawatten einfarbig. Jede Menge goldene Manschettenknöpfe, teure Uhren, sogar juwelenbesetzte Krawattennadeln, und an jedem linken kleinen Finger im Zimmer war ein Diamantring, nur an meinem nicht.

Aber nicht alle, die in die Suite im *Plaza* kamen, waren hier, um ihren Respekt zu bekunden und den Treueeid zu leisten. Ein paar Männer kamen mit ihrem eigenen Gefolge; Männer mit unangenehmen Gesichtern, deren Umarmungen und Küsse wirklich rein gar nichts mit Herzlichkeit zu tun hatten. Darunter waren auch die Vier aus dem *Giulio's* und der harte Typ, der später mit seinem Leibwächter aufgetaucht war. Mit diesen Männern ging Bellarosa ins Schlafzimmer, wo sie zehn oder fünfzehn Minuten später Arm in Arm wieder herauskamen. Aber mir war nicht klar, wer da drinnen wen gefickt hatte.

Es waren ständig etwa hundert Menschen in dem großen Wohnzimmer, doch wie gesagt, sie kamen und gingen; ich schätze, daß bis zehn Uhr etwa dreihundert Leute hier gewesen waren. Ich fragte mich, wie die Weihnachtsfeier der Organisation aussehen mußte.

Wie dem auch sei, Bellarosa kümmerte sich kaum um mich, wollte aber, daß ich im Zimmer blieb: wahrscheinlich, um mich vorzuzeigen und in die Welt der Mafia einzuführen. Aber er stellte mich kaum jemandem vor, und wenn er sich doch einmal die Mühe machte, wurde ich nicht umarmt und geküßt, sondern bekam bestenfalls einen überraschend schlappen Händedruck.

Es war im wesentlichen eine Party von Italienern unter sich, bis Jack Weinstein aufkreuzte. Ich war in meinem ganzen Leben noch nie so froh gewesen, einen jüdischen Anwalt zu sehen. Weinstein kam ohne Umschweife zu mir und stellte sich vor. Er schien überhaupt nicht eifersüchtig zu sein und sagte sogar: »Sie haben gute Arbeit geleistet. Ich selbst hätte ihn nie rausbekommen.«

Ich antwortete: »Hören Sie, Mr. Weinstein ...«

»Jack. Ich bin Jack. Nennt man Sie Jack oder John?«

Eigentlich nennt man mich Mr. Sutter, aber ich antwortete: »John ist gut. Hören Sie, Jack, ich glaube nicht, daß ich mich weiter um den Fall kümmern sollte. Ich habe sonst nichts mit Strafprozessen zu tun und weiß überhaupt nicht, wie das am Foley Square läuft.«

Er klopfte mir auf die Schulter. »Keine Bange, mein Freund. Ich stehe die ganze Zeit hinter der Bühne. Sie *schmusen* einfach nur mit Gericht und Geschworenen. Glauben Sie mir, sie werden Sie mögen.«

Ich lächelte höflich und sah ihn einen Augenblick an. Er war ein großer, hagerer Mann um die Fünfzig, braungebrannt, mit dunklen Augen und einer Nase, die man als semitisch oder auch als römisch bezeichnen konnte. Weinstein hätte sogar als *Paesano* durchgehen können. Giovanni Weinstein.

»Das mit Ferragamo hätten Sie nicht sagen sollen. Von wegen ungebührlichem Verhalten vor Gericht. Verrückte sind ausgesprochen empfindlich, wenn man sie als verrückt bezeichnet.«

»Der Teufel soll ihn holen.«

Weinstein schmunzelte.

Ich sagte: »Wie dem auch sei, Sie wissen sicher, Frank denkt, es wird gar nicht zum Prozeß kommen. Er denkt, er wird entweder... Sie wissen schon... vorher, oder Ferragamo wird aus Mangel an Beweisen auf die Anklage verzichten.«

Weinstein sah sich um und meinte dann leise: »Genau darum geht es hier ja. Diese Versammlung. Das ist Öffentlichkeitsarbeit. Er muß zeigen, daß er keine Angst hat, daß er von seinen Geschäftspartnern unterstützt wird und immer noch ein fähiger Manager ist.«

»*Capisco.*«

Weinstein kicherte und fuhr dann fort: »Ich will Ihnen auch nicht Ihre Worte zu dieser Reporterin vor dem Gerichtsgebäude zum Vorwurf machen, John, denn als ich anfing, für das *Unternehmen* zu arbeiten, habe ich selbst manchmal die Klappe zu weit aufgerissen. Aber Sie müssen vorsichtig sein. Diese Leute sprechen ihr eigenes Englisch. Nehmen Sie einfach mal die Worte ›Kumpel‹ und ›Plausch‹. Wenn jemand zu Ihnen sagt: ›He, Kumpel, gehen wir mal auf einen Plausch nach draußen‹, dann gehen Sie nicht mit. Dasselbe gilt für ›Gehen wir spazieren‹. *Capisce?*«

»Klar. Aber...«

»Ich will Sie nur darauf hinweisen – Ausdrücke, Nuancen, Doppelbedeutungen und so weiter. Seien Sie auf der Hut. Und kümmern Sie sich nicht um ihre Mimik und die Gesten mit den Händen – die verstehen Sie sowieso nie. Hören Sie nur genau hin, sehen Sie genau hin, halten Sie die Hände ruhig, machen Sie ein unbeteiligtes Gesicht und sagen Sie so wenig wie möglich. Sie sind ein *Wasp*. Sie können das.«

»Richtig. Ich glaube, ich weiß schon Bescheid.«

»Gut. Jedenfalls freut es mich, daß Sie heute morgen zur Stelle waren. Wir sind davon ausgegangen, daß sie Frank an einem Dienstag abholen würden; daher war ich nicht sonderlich überrascht, als mich unser Spitzel gestern nacht anrief und sagte, daß es heute morgen um sieben passieren würde.«

»Welcher Spitzel?«

»In Ferragamos Büro... oh... vergessen Sie, von wem Sie das gehört haben.«

»Klar.« Ich dachte einen Moment nach. Dieser Hurensohn hatte mich um fünfzig Scheine beschissen. Nicht zu glauben. Ein Mann, der mit Fünfzigern um sich warf, der mir exorbitante Honorare für wenig Arbeit anbot, betrog mich um fünfzig Mäuse. Offensichtlich ging es dabei nicht ums Geld, sondern um seinen besessenen Drang, zu gewinnen und den Leuten zu imponieren. Das war auch der Mann, der mir zwei Minuten vor seiner Festnahme sein Alibi nannte, mich gleich darauf bat, es wieder zu vergessen und mir fast im selben Augenblick zu verstehen gab, daß er nicht eine einzige Minute im Gefängnis verbringen wollte. Ein gerissener Bursche.

Weinstein sagte: »Sehen Sie, was ich meine? Ich war davon ausgegangen, Sie wüßten das. Man wird aus diesen Leuten nicht schlau, John.«

Ich hakte nach: »Ist er tatsächlich in Gefahr? Ich frage nur, weil ich nicht ins Kreuzfeuer geraten will, und das meine ich nicht im übertragenen Sinne.«

Weinstein blickte sich noch einmal um und senkte wieder die Stimme: »Die spanischen Herrschaften werden ihn nie erwischen, und sie wollen ihn eigentlich auch gar nicht erwischen, weil ihnen das jede Menge Probleme bescheren würde. Das ist gut, weil sie dazu neigen, sorglos mit ihren Maschinenpistolen umzugehen, ohne Ansehen der Person. Aber« – er ließ beim Sprechen ständig seine Blicke durchs Zimmer schweifen – »jemand hier drinnen kann und wird ihn abservieren, wenn sie Schwäche spüren, wenn sie der Meinung sind, er ist kein Garant mehr, sondern ein Risiko.« Er fügte hinzu: »Stellen Sie sich ein Becken mit jungen Haifischen vor, und stellen Sie sich weiter vor, der größte und stärkste Hai hat eine blutende Wunde. Wie lange hat dieser Hai noch zu leben? Verstehen Sie?«

Ich nickte.

»Nicht, daß sie ihn nicht mögen«, fuhr Weinstein fort, »oder daß er seine Arbeit nicht gut gemacht hat. Aber das ist Schnee von gestern. Sie wollen wissen, wie es um das Heute und Morgen steht. Diesen Leuten geht es nur um zweierlei: nicht ins Gefängnis zu kommen und Geld zu scheffeln.«

»Nein«, widersprach ich ihm, »nicht ins Gefängnis zu kommen und Geld zu scheffeln sind Zwischensummen. Worum es diesen Leuten wirklich geht, ist Respekt. Äußerer Schein. Macht. *Capisce?*«

Er lächelte. »Ich gebe es zu. Sie lernen sehr schnell.« Dann meinte er: »Rufen Sie mich an, wenn Sie Zeit haben. Wir müssen uns über einiges unterhalten. Gehen wir zusammen essen.«

»Überall, nur nicht nach Little Italy.«

Er lachte, drehte sich um und begrüßte jemanden auf italienisch. Sie umarmten einander, küßten sich aber nicht. In etwa einem Jahr oder so würde es mir so gehen, wenn ich nicht aufpaßte.

Ein sehr kleiner, sehr dicker Mann kam auf mich zu, und sein Bauch rempelte mich an, bevor ich ausweichen konnte. Er sagte: »He, ich kenne Sie. Sie arbeiten für Jimmy, richtig? Jimmy Lip. Richtig?«

»Richtig.«

Er streckte mir eine feiste, schwitzende Hand entgegen. »Paulie.«

Ich schüttelte sie und sagte: »Johnny. Johnny Sutta.«

»Ja. Sie sind Aniellos Patenkind, richtig?«

»Das stimmt.«

»Wie geht es ihm?«

»Ausgezeichnet.«

»Hat der Krebs ihn noch nicht umgebracht?«

»Äh... nein...«

»Ein zäher Hurensohn. Haben Sie ihn letzten Monat bei Eddie Loulous Beerdigung gesehen? Waren Sie dort?«

»Selbstverständlich.«

»Klar. Aniello kommt rein, das halbe Gesicht fehlt ihm, und die verfluchte Witwe fällt fast tot zu Eddie in den Sarg.« Er lachte, und ich auch. Ha, ha, ha. Dann fragte er mich: »Haben Sie das gesehen?«

»Ich habe davon gehört, als ich hingekommen bin.«

»Ja. Herrgott, warum trägt er keinen Schal oder so was?«

»Ich sage es ihm, wenn wir wieder essen gehen.«

Wir unterhielten uns noch ein paar Minuten. Normalerweise bin ich ziemlich gut bei Cocktailparty-Palaver, aber es fiel mir äußerst schwer, Gemeinsamkeiten mit Paulie zu finden, zumal er mich für jemand anderen hielt. Ich fragte ihn: »Spielen Sie Golf?«

»Golf? Nein. Warum?«

»Ein sehr entspannendes Spiel.«

»Ach ja? Wollen Sie entspannen? Wozu? Man entspannt sich, wenn man alt wird. Wenn man tot ist. Was treibt Jimmy denn so?«

»Immer noch die gleiche Scheiße.«

»Ja? Sollte besser auf seinen Arsch achtgeben. Geht mich ja nichts an, aber ich an seiner Stelle würde eine Zeitlang die Schlitzaugen in Ruhe lassen. Sie verstehen?«

»Habe ich ihm auch gesagt.«

»Ja? Gut. Man kann mit den Schlitzaugen einiges treiben, aber wenn man es zu weit treibt, geht man ihnen auf die gelben Eier und sie schlagen zurück. Jimmy sollte das wissen.«

»Sollte er.«

»Ja. Sagen Sie Jimmy einen Gruß von Paulie.«

»Auf jeden Fall.«

»Erinnern Sie ihn an das Haus in den Canal Street, das wir uns ansehen müssen.«

»Geht in Ordnung.«

Paulie watschelte davon und rempelte gegen jemand anderen. Ich ging ein paar Schritte auf die Bar zu, und jemand klopfte mir auf die Schulter. Als ich mich umdrehte, erblickte ich einen großen Gentleman, dessen Gesichtszüge an einen Cromagnon erinnerten. Er fragte mich: »Worüber hat der fette Paulie mit Ihnen gesprochen?«

»Die übliche Scheiße.«

»Und was ist die übliche Scheiße?«

»Wen interessiert das?«

»He, Kumpel, wenn du nicht weißt, wer ich bin, solltest du dich mal umhören.«

»Okay.« Ich ging zur Bar und schenkte mir einen Sambuca ein. Wie, fragte ich mich gekränkt, konnte mich, John Whitman Sutter, hier jemand für einen der Ihren halten? Ich betrachtete mich in einem Wandspiegel. Keine Veränderungen. Aber vielleicht roch mein Atem noch nach Sauce *Puttanesca* und Knoblauch.

»Wer ist das?« fragte ich den jungen Mann hinter der Bar und neigte den Kopf in Richtung des Cromagnon.

Er sah den Mann an, dann mich. »Sie wissen nicht, wer das ist? Sind Sie aus Chicago oder vom Mars?«

»Ich habe meine Brille vergessen.«

»Ja? Wenn Sie nicht wissen, wer das ist, brauchen Sie es auch nicht zu wissen.«

Das hörte sich nach einem italienischen Haiku an, daher ließ ich das Thema fallen. »Spielen Sie Golf?«

»Nee.« Der junge Mann beugte sich zu mir und flüsterte: »Das ist Sally Da-da.«

»Richtig.« Jetzt hatte ich drei Sallys in meinem Leben: Sally Grace, Sally vom *Stardust Diner* und einen Herrn, der, wenn ich Mancusos Worte richtig in Erinnerung hatte, als Salvatore mit einem vollständigen Nachnamen geboren worden war, aber nach dem Säuglingsalter offensichtlich nicht mehr nennenswert sprechen gelernt hatte. Wie geht es dem kleinen Sally? Da-da-da. Will Sally ba-ba? Ich sagte: »Der Schwager des Bischofs.«

»Ja. Warum fragen Sie nach Sally Da-da?«

»Er hat gesagt, ich sollte mich nach ihm erkundigen.«

»Ja? Warum?«

»Er wollte wissen, worüber ich mit dem fetten Paulie gesprochen habe.«

»Sie sollten sich mit dem fetten Paulie über gar nichts unterhalten.«

»Warum nicht?«

»Wenn Sie das nicht wissen, sollten Sie es besser herausfinden.«

»Der fette Paulie redet zuviel«, mutmaßte ich.

»Da haben Sie ganz recht. Der fette Paulie sollte besser auf seinen Arsch aufpassen.«

»Und Jimmy Lip sollte besser auch auf seinen Arsch aufpassen«, sagte ich.

»Warum?«

»Er macht zuviel mit den Chinesen.«

»Schon wieder? Was ist bloß los mit dem Arschloch?«

»Er hört zu sehr auf ein Patenkind.«

»Welches Patenkind?«

»Aniello. Nein, Johnny. Nein...« Ich mußte überlegen, wie das war.

Der junge Mann lächelte. »Ich dachte schon, Sie sagen, auf sein Patenkind Joey. Ich bin nämlich Joey. Und wer sind Sie?«

»John Whitman Sutter.«

»*Wer?*«

»Der Anwalt des Bischofs.«

»Oh... klar... ich hab' Sie in den Nachrichten gesehen. Ist Jack raus?«

»Nein, Jack ist noch dabei. Ich mache die Vorarbeit.«

»Ja, klar. Das habe ich gehört. Was wollen Sie von Sally Da-da?«

»Nur reden.«

»Ach so. Sie sollten sich von dem Kerl fernhalten. Lassen Sie den Bischof mit ihm reden.«

»*Capisco. Grazie.*« Ich ging zum Fenster und sah auf den Central Park. Im Grunde genommen sind alle Cocktailparties gleich. Richtig? Man muß nur ein paar Drinks reinschütten, sich aufwärmen und durchs Zimmer schlendern. Eigentlich fehlten nur Frauen bei dieser kleinen Versammlung. *Capisce?*

Gegen zehn Uhr kam ein kleiner, untersetzter Herr mit haarigen Händen, der vier Koffer auf einem Gepäckwägelchen hereinrollte; einer davon sah wie mein *Lark*-Handkoffer aus. Lenny führte den Mann in die jeweiligen Schlafzimmer. Ob es Lady Stanhope gefallen hatte, meinen Koffer zu packen? Ich war froh, daß Frank sie gefragt hatte und nicht ich.

Um elf Uhr schaltete jemand die Nachrichten eines Kabelkanals ein und drehte die Lautstärke hoch. Die Leute wurden leiser und versammelten sich um den Fernseher.

Aufmacher war immer noch die Verhaftung von Frank Bellarosa, aber den Schwerpunkt bildete dieses Mal die Pressekonferenz von Alphonse Ferragamo am Nachmittag, die vorher nur kurz erwähnt worden war. Ich zweifelte nicht daran, daß das Büro des Bundesanwalts sich mit Nachdruck über die Sensationsgeilheit der Medien und zuviel Hintergrundinformationen über Don Bellarosa und seinen Anwalt beschwert hatte. Also: Zeit für echte Nachrichten.

Nachdem John Sutter und Frank Bellarosa wieder einmal die Treppe vor dem Gerichtsgebäude hinabgeschritten waren, wechselte der Schauplatz, und man sah einen überfüllten Pressekonferenz-Saal. Eine Nahaufnahme des Podiums zeigte Alphonse Ferragamo, der gefaßter wirkte, als ich ihn vom Gericht in Erinnerung hatte. Ein paar Leute um mich herum gaben interessante Kommentare zum US-Anwalt ab, beispielsweise »Arschficker«, »Schwanzlutscher«, »Pißkopf« und »Schwuchtel«.

Ferragamo sortierte ein paar Papiere und verlas eine vorbereitete Erklärung. »Um sieben Uhr vierzig heute morgen«, begann er, »vollzogen Agenten des *Federal Bureau of Investigation,* die innerhalb einer Spezialeinheit ›Organisiertes Verbrechen‹ arbeiteten, in Zusammenarbeit mit Beamten der Drogenfahndung und der Polizei von Nassau County die Festnahme von Frank Bellarosa in seinem Haus auf Long Island.«

Ich hätte schwören können, daß nur Mancuso da war. Aber ich schätzte, alle anderen warteten draußen auf der Grace Lane und wollten eben auch erwähnt werden.

Schließlich fuhr Ferragamo fort: »Diese Verhaftung bildete den Höhepunkt einer sieben Monate dauernden Ermittlung der Staatspolizei von New Jersey, die in Übereinkunft mit der Bundesanwaltschaft und dem FBI arbeitete. Die Beweise, die der Grand Jury vorgelegt wurden und zum Erlaß des Haftbefehls und der Verhaftung von Frank Bellarosa führten, belasten Bellarosa als Mörder des mutmaßlichen columbianischen Drogenkönigs Juan Carranza.«

Ferragamo sprach weiter und flocht eine Henkersschlinge für meinen Klienten, und ich fragte mich, wer in diesem Zimmer sie ihm um den Hals legen würde. Ich sah zu Bellarosa hinüber, doch sein Gesicht verriet keine Gefühlsregung oder Unsicherheit. Offensichtlich hörte er wieder *La Traviata.* Aber mehrere andere Männer im Zimmer sahen sehr unbehaglich drein. Andere schienen ziemlich nachdenklich, manche warfen Bellarosa verstohlene Blicke zu.

Ferragamo band den letzten Knoten der Schlinge, indem er verkündete: »Die Zeugen der Staatsanwaltschaft haben in einer nichtöffentlichen Anhörung ausgesagt, daß in Bellarosas Organisation ein anhaltender Machtkampf stattfindet und daß der Mord an Juan Carranza nicht von der Organisation oder den vier anderen Verbrecherfamilien in New York sanktioniert wurde. Der Mord wurde von Bellarosa und einer Splittergruppe seiner Organisation ausgeführt, die wieder die Vorherrschaft über das Drogengeschäft zurückerlangen und die Columbianer sowie die Zulieferer aus der Karibik und Ostasien ausschalten möchte.«

Ferragamo fuhr fort: »Diese Mordanklage ist die erste von vielen, die im Kampf gegen das organisierte Verbrechen noch folgen werden. Die Ermittlungen wurden ausgeweitet auf andere Vorwürfe gegen Frank Bellarosa, einschließlich der Anklage des Gangstertums gemäß der RICO-Verordnung. Gegen andere Personen aus Bellarosas Organisation laufen ebenfalls Ermittlungen.«

Dafür gab es keinen Beifall im Raum. Natürlich wußten alle, daß Ferragamo nur auf den Busch klopfte und abwartete, wer in Panik geraten und singen würde. Andererseits aber hatte jeder hier im Zimmer einen Freund oder Verwandten im Gefängnis. Mancuso hatte recht gehabt, die Bande war durch die jüngsten Verhaftungswellen dezimiert. Aber manche mochten darin vielleicht eine Gelegenheit sehen, einmal richtig aufzuräumen. Raus mit dem alten Blut, rein mit dem neuen.

Und da wir gerade bei Bandenkriegen sind, da konnte Ferragamo auch noch einen draufsetzen. Er sagte: »Das Büro des Bundesanwalts und andere staatliche, städtische und Bundesbehörden befürchten, dieser Machtkampf um Kontrolle über das Drogengeschäft könnte zu einer neuen Form von Bandenkrieg auf den Straßen von New York führen: einen Krieg zwischen verschiedenen ethnischen Gruppen, die augenblicklich in friedlicher Koexistenz miteinander leben, in der jetzigen Situation aber auf Gewaltanwendung zurückgreifen könnten.« Ferragamo sah von seiner vorbereiteten Rede auf.

Eine halbe Stunde konnte man das Atmen im Zimmer um mich herum hören, dann fragte ein Reporter Ferragamo: »Haben Sie erwartet, daß Bellarosa mit einem Anwalt von der Wall Street und fünf Millionen Dollar auftauchen würde?«

Ein paar Besucher der Pressekonferenz lachten, und im Hotelzimmer drehten sich zahlreiche Köpfe in meine Richtung.

Ferragamo lächelte sardonisch. »Wir hatten einige Hinweise, die dafür sprachen.«

Und da war sie plötzlich, Miß Schnippisch alias Jenny Alvarez, die aufstand und fragte: »Sie haben fünf Zeugen, Mr. Ferragamo, die sagen, sie hätten gesehen, wie Frank Bellarosa Juan Carranza erschossen hat. Aber John Sutter, Bellarosas Anwalt, behauptet, er habe ihn zur selben Zeit auf Long Island gesehen. Wer lügt?«

Alphonse Ferragamo zuckte auf liebenswert italienische Weise die Schultern. »Nun, darüber sollen die Geschworenen befinden.« Er fügte hinzu: »Wer lügt, wird jedenfalls wegen Falschaussage angeklagt.«

Einschließlich dir, Alphonse. Diesen Tanz mache ich nicht allein.

So ging das noch eine Minute, dann wurde es Zeit, zur Standardstory über den Brand in der South Bronx überzugehen – was nur deshalb Stoff für die Nachrichten abgab, weil niemand sich vorstellen konnte, daß es dort überhaupt noch etwas gab, das abbrennen konnte. Ich bin überzeugt davon, wenn nichts los ist, wiederholen sie einfach Bilder vom letzten Brand.

Lenny schaltete auf die beiden anderen Nachrichtensender um, bekam aber immer nur die letzten Sekunden von Ferragamos Pressekonferenz mit, die offenbar allerorten der Aufmacher gewesen war. Dann schaltete Lenny wieder auf den ersten Nachrichtenkanal um, wo gerade Sport lief. Die Mets hatten es wieder geschafft und Montreal sechs zu eins geschlachtet. Was für ein Tag.

Nun, es wurde Zeit, sich zu verkrümeln, wie man so sagt, daher öffnete ich die Tür zu meinem Schlafzimmer, mußte aber feststellen, daß es gerade für eine Konferenz benützt wurde. Auf meinen Sesseln und dem Bett saßen sechs unfreundlich dreinblickende Männer, darunter Mr. Sally Da-da, der mich anstarrte und fragte: »Ja?«

»Das ist mein Zimmer.«

Sie sahen vom einen zum anderen, dann wieder zu mir. »Und?«

»Ich gebe Ihnen zehn Minuten«, sagte ich, machte die Tür zu und ging schnurstracks zur Bar. Eigentlich konnten sie es ja auch länger haben, wenn sie unbedingt wollten.

Mittlerweile waren nur noch etwa dreißig Männer da, und mir fiel auf, daß Jack Weinstein ebenfalls gegangen war. Ich nahm meinen Drink, ging wieder zu einem der Fenster, machte es auf und atmete frische Luft ein.

Frank Bellarosa gesellte sich mit einem Drink in der Hand und einer Zigarre im Mund zu mir. Wir sahen beide über den Park und die Lichter der Großstadt. Schließlich sagte er: »Haben Sie sich heute abend amüsiert?«

»War interessant.«

»Sie haben mit Jack gesprochen?«

»Ja. Kluger Bursche.«

»Stimmt. Mit wem haben Sie sonst gesprochen?«

»Mit dem fetten Paulie und ein paar anderen Leuten. Ich habe nicht viele Namen mitbekommen.«

»Ach ja? Haben Sie meinen Schwager kennengelernt?«

»Gewissermaßen.« Ich fügte hinzu: »Er ist gerade mit fünf anderen Männern in meinem Schlafzimmer.«

Bellarosa sagte nichts.

Wir sahen weiter in die Sommernacht hinaus, und ich mußte an den Abend auf seinem Balkon zurückdenken. Er bot mir eine Zigarre an, und ich nahm sie. Wieder zündete er sie mit einem goldenen Feuerzeug an, und ich blies den Rauch zum Fenster hinaus.

»Wir haben einen langen, schweren Kampf vor uns, Anwalt. Aber wir haben heute eine Runde gewonnen.«

»Ja. Übrigens, ich hätte gerne meine fünfzig Dollar zurück.«

»Was?«

»Ich habe von Ihrem Spitzel in Ferragamos Büro gehört.«

»Ach ja? Von wem?«

»Das ist unwichtig.«

Er kramte in der Tasche und gab mir den Fünfziger zurück. »Wollen Sie noch eine Wette machen?«

»Was für eine?«

»Ich wette, Sie haben mich zum letzten Mal beim Mogeln erwischt.« Er lachte und schlug mir auf den Rücken.

Wir pafften die *Monte Christos*, dann sagte er zu mir: »Eine Menge dieser Goombahs halten Sie für einen Zauberer oder so was. *Capisce?* Sie respektieren Ihre Welt. Sie denken, Sie und Ihresgleichen halten immer noch die Macht in Händen. Vielleicht stimmt das ja. Wie dem auch sei, wenn sich die Italiener und die

Anglos irgendwie zusammenraufen könnten, würden wir New York vielleicht zurückerobern. Vielleicht das ganze Land.«

Ich antwortete nicht, weil mir nicht klar war, ob er es ernst meinte, Witze machte oder verrückt war.

Er sagte: »Wie dem auch sei, Sie haben so eine... wie nennt man es... eine Art Aura um sich, Sie wissen schon, als wären Sie mit gewaltigen Mächten verbündet. Das haben sie vorher im Fernsehen gesagt. Und das glauben viele dieser Goombahs.«

»Sie haben eindeutig etwas für Ihre fünfzigtausend bekommen.«

Er lachte. »Stimmt.«

»Ihnen ist hoffentlich klar, daß ich diese Macht nicht habe. Ich habe gesellschaftliche und finanzielle Beziehungen, aber überhaupt keine politischen.«

Er zuckte die Achseln. »Na und? Das bleibt unter uns.«

»Also gut. Ich gehe ins Bett. Kann ich Ihren Schwager aus meinem Zimmer werfen?«

»Später. Wir warten noch auf die Spätausgabe. Ich kann die *Post* und die *Daily News* in einer halben Stunde frisch aus der Druckerei bekommen.« Dann fragte er mich: »He, haben Sie Ihre Frau angerufen?«

»Nein. Sie Ihre?«

»Ja, sie hat sich vorhin gemeldet. Es geht ihr gut. Ich soll Sie grüßen. Sie mag Sie.«

»Sie ist eine gute Frau.«

»Ja, aber sie macht mich verrückt mit ihren Sorgen. Frauen. *Madonna.*« Er wartete eine oder zwei Sekunden, dann sagte er: »Vielleicht ist es gut, daß wir ein paar Tage von ihnen getrennt sind. Klar? Sie schätzen einen mehr, wenn man eine Zeitlang weg war.«

Ich fragte mich, ob Anna ihren Mann mehr schätzen würde, wenn er von einer zweijährigen Haftstrafe im Gefängnis heimkam. Vielleicht. Wenn ich wegen Falschaussage verdonnert und fünf Jahre auf Eis gelegt wurde, würde mich Susan vielleicht wirklich schätzen. Vielleicht aber auch nicht.

Gegen Mitternacht, es waren noch etwa ein Dutzend Männer anwesend, kamen innerhalb weniger Minuten zwei Kuriere mit einem Stapel Zeitungen: einer mit der *Post*, bei der die Druckerschwärze noch feucht war, der andere mit der *Daily News.*

Ich las die Schlagzeile der *Post:* FRANK GESCHNAPPT! Die *Post* ist nicht eben subtil. Unter der Schlagzeile befand sich ein ganzseitiges Foto von Frank Bellarosa, der in Handschellen einen Flur des Bundesgerichts entlanggeführt wurde, wobei Mancuso ihn am Arm hielt. Aus der Bildlegende erfuhr ich, daß Mr. Mancuso mit Vornamen Felix hieß.

Es war offensichtlich, daß Ferragamo dafür gesorgt hatte, daß die Tageszeitungen sich über das Fotografierverbot im Gerichtsgebäude hinwegsetzen und Aufnahmen machen konnten, solange Bellarosa noch Handschellen trug. Ein Bild sagt mehr als tausend Worte, und es bringt vielleicht auch ebenso viele Stimmen, wenn es darauf ankommt.

Bellarosa nahm eine Ausgabe der *Post* und betrachtete das Foto. »Ich bin größer als Mancuso. Sehen Sie? Ferragamo hat gern große FBI-Agenten neben Leuten in Handschellen. Er mag Mancuso aus verschiedenen Gründen nicht. Auch, weil der Typ so klein ist.« Er lachte.

Die restlichen Anwesenden im Zimmer, darunter ich, Frank, Lenny, Vinnie, Sally Da-da und zwei seiner Schläger sowie ein paar vom Fußvolk, nahmen beziehungsweise teilten sich je eine Zeitung. Ich griff nach einer Ausgabe der *Daily News,* deren Schlagzeile lautete: BELLAROSA UNTER MORDANKLAGE.

Wieder ein ganzseitiges Foto, dieses Mal von Bellarosa, wie er die gefesselten Hände hochhielt – die Siegergeste eines Preisboxers. Die Legende lautete: *Frank Bellarosa, mutmaßlicher Boß von New Yorks größter Verbrecherfamilie, gestern morgen in Haft im Bundesgerichtsgebäude.* Ich hielt Bellarosa die Zeitung hoch. »Die Aufnahme wird Ihnen gefallen.«

Er nahm die Zeitung. »Ja. Gutes Bild. Daran kann ich mich erinnern.«

Vinnie sagte: »Sie sehen großartig aus, Boß.«

Lenny nickte. »Stimmt. Tolle Aufnahme.«

Alle beglückwünschten ihn zu der gelungenen Aufnahme, ohne weiter auf die Handschellen einzugehen. Ich fragte mich, ob Frank Bellarosa diese Vollzeit-Speichellecker nicht einmal satt kriegen würde.

Mir fiel auf, daß Sally Da-da keine Glückwünsche beisteuerte, sondern die *News* las. Ich mochte den Mann nicht, und das wußte er. Und er mochte mich auch nicht, was ich wußte, so daß, schätze ich, eine Art Gleichstand herbeigeführt war. Aber davon abgesehen, daß ich ihn nicht leiden konnte, traute ich ihm auch nicht.

Ich schlug die *Daily News* auf und las einen zugehörigen Artikel, zu dem ein kleines Foto von Bellarosa und einem Mann gehörte, der mir vage bekannt vorkam. Unter dem Bild stand: *Bellarosa verläßt den Gerichtssaal mit seinem Anwalt John Sutter.* Aha.

Bellarosa, der die *Post* las, rief: »He, hört euch das an. ›Frank Bellarosa erschien in Begleitung des blaublütigen Anwalts John Sutter aus Lattingtown, Long Island, zur Anklageverlesung – ein Vorgehen, das selbst altgediente Gerichtsreporter in Erstaunen versetzte.‹« Bellarosa sah mich an. »Haben Sie wirklich blaues Blut?«

»Selbstverständlich.«

Er lachte, beugte sich wieder über den Artikel und las: »›Sutter ist der Mann von Susan Stanhope Sutter, Erbin einer angesehenen Familie der Gold Coast.‹« Wieder unterbrach er und sah mich an. »Bedeutet das, Ihre Frau hat auch blaues Blut?«

»Auf jeden Fall.«

Bellarosa überflog den Artikel und sagte: »Die haben hier eine Menge Scheiße über Sie, Anwalt. Ihre Anwaltskanzlei, Ihre Clubs und so weiter.«

»Hübsch.«

»Ja? Was meinen Sie, woher sie das alles so schnell haben? Von Ihrem Kumpel Mancuso und dem Drecksack Alphonse. Richtig? Sie geben sich wirklich größte Mühe, Ihnen den Arsch aufzureißen.«

Was ihnen wirklich ausgezeichnet gelang, wie ich hinzufügen möchte. Na ja, was hatte ich denn erwartet? Wenn Leute wie ich über die Stränge schlagen, klopft ihnen die Regierung sofort auf die Finger, und die Presse stürzt sich geradezu darauf. Auch in dieser Gesellschaft gibt es ungeschriebene Gesetze, wie in der von Bellarosa, und wenn man diese ungeschriebenen Gesetze übertritt, wird einem zwar nicht das Lebenslicht ausgeblasen, aber dafür die Existenz ruiniert.

Ich überflog den Artikel in der *Daily News* und fand meinen Namen. Nachfolgend alles, was nicht in dem Artikel stand: »John Sutter ist ein guter Mensch, ein passabler Ehemann und ziemlich guter Vater. Er hat ehrenvoll in der US-Army gedient und ist Mitglied zahlreicher ehrenamtlicher Komitees. Er spendet Tausende Dollar für wohltätige Zwecke, ist ein großzügiger Arbeitgeber und spielt ausgezeichnet Golf.«

Nachfolgend alles, was in dem Artikel stand: »Gegen Sutter selbst ermittelte der IRS wegen Steuerhinterziehung.«

Ich dachte, dieses Problem hätte ich gelöst. Aber es kommt wohl auf den Tempus an. Ermittelt*e*. Hatte ermittelt. Journalismus war interessant. Eine Kunstform. Ich fragte mich, ob ich einen Brief an den Chefredakteur schreiben oder Klage einreichen sollte. Wahrscheinlich keines von beidem.

Ich schenkte mir einen Scotch mit Soda ein, ging in mein Schlafzimmer und machte die Tür zu, ohne meinen Zechbrüdern gute Nacht zu sagen.

Dann öffnete ich meinen Koffer. Susan hatte sich dem Anlaß entsprechend große Mühe gegeben. Ein Kulturbeutel. Ein grauer und ein leichter blauer Sommeranzug. Dazu passende Krawatten, Hemden und Einstecktücher. Dazu genügend Unterwäsche für etwa zwei Wochen, was ein Wink mit dem Zaunpfahl sein konnte.

Beim Auspacken sah ich einen Umschlag mit meinem Namen darauf und öffnete ihn.

Es war ein »Lieber-John«-Brief von Susan, den ich beim Zähneputzen im Bad las.

Lieber John,
Du hast im Fernsehen großartig ausgesehen – wenn die grüne Krawatte vielleicht auch nicht ganz zum blauen Anzug paßte. Oder haben die Farben des Fernsehers nicht gestimmt? Mit dieser dreisten Reporterin bist Du ja ganz gut fertig geworden. Ich habe den Tag bei Anna verbracht, die sehr beeindruckt von Dir war und Dir danken läßt. Leider mußte ich durch die Gärten nach Hause schleichen, da vor beiden Häusern Reporter lauerten. Wie lange wird dieser Unsinn dauern? Jede Menge Nachrichten auf den Anrufbeantwortern, ich habe meine noch gar nicht abgehört. Es kam ein Fax von Deinem New Yorker Büro, Du möchtest zurückrufen. Dringend. Ich frage mich, was das soll? Welch ein Glück für Frank, daß Du ihn an diesem Tag gesehen hast. Bin ich mit dir ausgeritten? Ruf mich heute abend an, wenn Du einen Augenblick Zeit hast.

Alles Liebe
Susan

Nun, das war durch und durch Susan Stanhope. Anna Bellarosa hatte wahrscheinlich den ganzen Tag über geblubbert und geflennt, und Susan hatte den Tag über Blumen gesteckt. Nun, sehen Sie, so sind wir Leute eben. Wir *können* leidenschaftlich, hingebungsvoll, wütend, traurig oder was auch immer sein, aber wir zeigen es kaum. Ich meine, was nützt das schon? Es ist ungehörig, und entgegen der landläufigen Meinung geht es einem hinterher nicht besser.

Wie dem auch sei, Susans Brief war ein wenig *sang froid*, um einen französischen Ausdruck zu benützen. Andererseits hatte ich überhaupt nicht mit einem Brief gerechnet. Ich fragte mich, ob sie Bellarosa geschrieben hatte.

Dann zog ich mich aus, und da sie mir keinen Schlafanzug eingepackt hatte, ging ich in Unterwäsche zu Bett. Nein, ich hatte nicht vor, sie anzurufen.

Ich trank meinen Scotch und lauschte dem gedämpften Straßenlärm von Manhattan acht Stockwerke tiefer. Immer noch roch ich diese gräßliche Fischsoße und den Knoblauch in meinem Atem.

Ich bin möglicherweise eine Weile eingedöst, aber dann wachte ich auf und erinnerte mich, daß ich Jimmy Lip ausrichten mußte, der fette Paulie wolle sich mit ihm ein Haus in der Canal Street ansehen. Außerdem mußte ich Jimmy sagen, er solle die Finger von den Schlitzaugen lassen.

Das Telefon klingelte, und es war Susan; ich unterhielt mich mit ihr, aber um die Wahrheit zu sagen, ich glaube, es war ein Traum.

Dann klingelte das Telefon wieder, und diesmal war es Jenny Alvarez mit einem interessanten Vorschlag. Ich sagte zu ihr: »Kommen Sie rauf. Sagen Sie Lenny oder Vinnie, daß es in Ordnung geht. Ich bin im ersten Schlafzimmer links.«

Später hörte ich, wie an meine Schlafzimmertür geklopft wurde, und sie kam herein. Ich sagte zu ihr: »Wenn Sie mich mögen, warum waren Sie dann so gemein zu mir?«

»Das ist meine Art.«

Sie zog die Schuhe aus, aber nicht das rote Fick-mich-Kleid, und legte sich neben mich. Welche Verlockung. Ich wollte sie küssen, hatte aber Skrupel wegen meinem Sardellen- und Knoblauchatem.

Ich weiß nicht, was als nächstes passiert ist, aber als ich wieder aufwachte, war sie weg. Ich bezweifle, daß sie überhaupt da war.

30. Kapitel

Am nächsten Morgen während des Frühstücks in der Suite rief ich ein paar ausgewählte Zeitungsredakteure an, deren Namen mir Bellarosa gegeben hatte. Ich gab nachfolgende Erklärung ab: Frank Bellarosa wolle eine schnelle Verhandlung binnen des nächsten Monats, jedwede Verzögerung seitens des Büros der Bundesanwaltschaft würden wir als Verweigerung von Gerechtigkeit werten. Mr. Bellarosa sei im Sinne der Anklage unschuldig und wolle das im Prozeß vor einem öffentlichen Gericht beweisen.

Das würde natürlich Alphonse Ferragamo in Zugzwang bringen. Er würde seinen Fall möglichst rasch aufbauen müssen, und da es offenbar keinen Fall gab, mußte Ferragamo die Anklage entweder fallenlassen oder mit so gut wie keiner Siegeschance vor Gericht gehen. Ferragamo wollte keins von beidem; er wollte, daß jemand Bellarosa so schnell wie möglich umlegte.

Wie dem auch sei, nach dem Frühstück im chaotischen Wohnzimmer der Suite ging ich in mein Schlafzimmer und rief Susan an. »Hallo«, sagte ich.

»Hallo«, antwortete sie.

»Ich bleibe ein paar Tage in der Stadt. Das wollte ich dir nur sagen.«

»Okay.«

»Danke, daß du meinen Koffer gepackt hast.«

»Gern geschehen«, sagte sie.

»Trotzdem danke.« Wenn Eheleute sich auseinanderleben, könnte man meinen, sie sind völlig Fremde – und das sind sie eigentlich auch.

Susan sagte: »Hast du meinen Brief gesehen?«

»Brief...? O ja, habe ich.«

»John...?«

»Ja?«

»Wir müssen wirklich darüber reden.«

»Über den Brief?«

»Über uns.«

»Nicht *uns,* Susan. Über *dich.*«

Sie schwieg ein paar Sekunden und fragte dann: »Wieso *über mich?* Was beschäftigt dich meinetwegen?«

Ich holte tief Luft. »Hast du gestern nacht angerufen? Haben wir miteinander gesprochen?«

»Nein.«

»Dann war es also ein Traum. Aber ein sehr realistischer Traum, Susan. Ich glaube, mein Unterbewußtsein wollte mir etwas sagen. Etwas, das ich seit einiger Zeit weiß, mit dem ich aber nicht zurande gekommen bin. Ist dir das auch schon einmal in einem Traum passiert?«

»Möglich.«

»Nun, in meinem Traum ist mir klargeworden, daß du ein Verhältnis mit Frank Bellarosa hast.«

Jetzt hatte ich es also gesagt. Wieder vergingen ein paar Sekunden; dann fragte Susan: »Bist du darum so schlecht gelaunt? Du hast geträumt, daß ich ein Verhältnis mit Frank habe?«

»Ich glaube, es war mehr als ein Traum. Es war eine nächtliche Eingebung. Schon seit Monaten denke ich darüber nach. Und das ist es, was zwischen uns steht, Susan.«

Nach einem längeren Schweigen sagte sie: »Wenn du etwas vermutest, John, hättest du dir Klarheit verschaffen sollen. Statt dessen bist du verschlossen geworden. Du hast dich in die Rolle des Mafia-Handlangers geflüchtet und deine sämtlichen Freunde und Verwandten vor den Kopf gestoßen. Was geschehen ist, ist wahrscheinlich ebensosehr deine Schuld wie meine.«

»Zweifellos.«

Wieder schwiegen wir beide, weil keiner von uns auf das Thema Ehebruch zurückkommen wollte. Aber da ich nun schon einmal so weit gegangen war, fragte ich: »Und? Ja oder nein? Sag es mir.«

Sie antwortete: »Du hast einen dummen Traum gehabt.«

»Also gut, Susan, wenn du das sagst, akzeptiere ich es, weil du mich noch nie belogen hast.«

»John... wir müssen darüber reden... persönlich. Wir haben wahrscheinlich eine Menge voreinander verheimlicht. Du weißt, ich würde nie etwas tun, was dich verletzt... es tut mir leid, wenn du die vergangenen Monate über beunruhigt warst... Du bist ein einzigartiger Mann, ein ganz besonderer Mann. Das ist mir jetzt klar. Und ich will dich nicht verlieren. Ich liebe dich.«

Nun, so rührselig war Susan noch nie gewesen. Zwar war das kein umfassendes Geständnis ehelicher Untreue, kam ihm aber ziemlich nahe, gewissermaßen wie eine außergerichtliche Absprache. Ich war ziemlich erschüttert, wie ich Ihnen ganz offen sagen will. Regungslos saß ich auf dem Bett in meinem Zimmer, mein Herz klopfte, und mein Mund war trocken. Wenn Sie Ihrer Teuersten jemals sexuelles Fehlverhalten vorgeworfen haben, werden Sie das Gefühl kennen. Schließlich sagte ich: »Also gut. Wir reden, wenn ich wieder daheim bin.« Ich legte auf, sah das Telefon an und wartete, bis es klingeln würde, aber es klingelte nicht.

Sie müssen verstehen, vor dem Tag bei Gericht war ich nicht bereit gewesen, diese andere Frage wegen Susan und Frank anzugehen. Aber jetzt, da ich mein altes Leben für immer hinter mir gelassen hatte und es mir ausgesprochen gutging, war ich darauf vorbereitet, meine Frau sagen zu hören, daß sie ein sexuelles Verhältnis mit Frank Bellarosa gehabt hatte. Mehr noch, ich liebte sie immer noch und war bereit, ihr zu verzeihen und noch einmal ganz von vorne anzufangen, denn in gewisser Weise hatten wir beide ein Verhältnis mit Frank Bellarosa gehabt, und Susan hatte völlig recht, alles war ebenso meine Schuld wie ihre. Aber Susan hatte den Punkt noch nicht erreicht, wo sie mir sagen konnte, daß es wahr war, und ihm, daß es vorbei war.

Und da mir ein Geständnis von Susan fehlte, blieb ich in diesem Schwebezustand des Ehemannes, der weiß, aber nichts weiß, der weder um die Scheidung bitten noch seine Verzeihung anbieten kann, und der mit den Beteiligten umgehen muß, als wäre nichts geschehen, wenn er sich nicht völlig zum Narren machen will.

Oder ich konnte Frank auch einfach fragen: »He, Goombah, fickst du mit meiner Frau, oder was?«

Später, am selben Morgen, gingen Bellarosa und ich hinunter, wo Lenny und Vinnie mit dem Cadillac vor dem *Plaza* auf uns warteten. Wir fuhren nach Little Italy, wo wir Bellarosas Club einen Besuch abstatteten und einen Espresso tranken. Der *Italian Rifle Club* wies, wie Sie sich sicher denken können, wenig Ähnlichkeiten mit *The Creek* auf, einmal davon abgesehen, daß auch er privat war und die Männer sich dort darüber unterhielten, wie man die Republik zum Wohle der Clubmitglieder manipulieren könnte. Vielleicht gab es doch mehr Ähnlichkeiten, als ich glaubte.

An diesem Morgen hatte Bellarosa einige Treffen in seinem Club vereinbart, der eigentlich aus einem großen dunklen Saal mit schwarzbemaltem Schaufenster sowie mehreren düsteren Kaffee- und Privatzimmern bestand.

Ich selbst wurde meistens weitgehend ignoriert. Meistens unterhielten sie sich auf italienisch, und manchmal, wenn jemand anwesend war, der kein Italienisch sprach, wurde ich gebeten, das Zimmer zu verlassen, und zwar mit den Worten: »Das möchten Sie sicher nicht hören, Anwalt.« Ich war sicher, sie hatten recht.

Und so trank ich den ganzen Morgen Kaffee, las die Morgenzeitungen und sah ein paar alten Tattergreisen bei einem Kartenspiel zu, das ich nicht verstand. Nach etwa einer Stunde im Club stiegen wir wieder ins Auto und fuhren zu *Ferrara's*, wo Bellarosa ein Dutzend Naschereien für Anna aussuchte, die in einen hübschen weißen Karton mit roten und grünen Bändern verpackt wurden. Bellarosa selbst trug sie zum Wagen. Ich kann Ihnen nicht sagen, warum mir der Anblick dieses großen Mannes, der das kleine Päckchen fröhlich an den Bändern trug, so zivilisiert erschien, aber es war so. Er war nicht gerade Aristoteles, der vor der Büste Homers in sich ging, aber sein Tun an sich war so durch und durch menschlich, daß ich den Mann, den Gatten und den Vater in ihm erkannte. Ja, auch den Liebhaber. Hatte ich Bellarosa stets als harten Männertyp betrachtet, so wurde mir nun klar, daß mein erster Eindruck von ihm als Mann, der auf Frauen attraktiv wirkte, zutreffend war. Nun, nicht auf alle Frauen, aber auf manche. Ich konnte mir Lady Susan Stanhope gut vorstellen, wie sie sich danach sehnte, von diesem Barbaren erniedrigt und sexuell mißbraucht zu werden. Vielleicht hatte es etwas damit zu tun, daß sie ihre Mutter einmal mit einem Stallburschen oder Gärtner oder was auch immer im Bett gesehen hatte. Vielleicht handelt es sich auch um eine sexuelle Phantasie aller hochwohlgeborenen Damen: daß sie vor einem Mann die Kleider ausziehen, der ihnen weder gesellschaftlich noch intellektuell ebenbürtig ist, sondern sie einfach nur sexuell anmacht. Warum sollte das auch so eine schockierende Erkenntnis für Männer sein? Die Hälfte der wohlhabenden und erfolgreichen Männer, die ich kenne, haben mit ihren Sekretärinnen, Cocktailkellnerinnen und sogar ihren Hausmädchen gevögelt. Aber vielleicht hatten Susan Stanhope und Frank Bellarosa doch eine noch kompliziertere Beziehung.

Wie dem auch sei, wir verbrachten den restlichen Vormittag in Little Italy, Greenwich Village und Umgebung und machten nur ab und zu einmal kurz halt, um Proviant zu kaufen und in den Cadillac zu laden. Bald roch das Auto nach Käse und Gebäck und einem gräßlichen gesalzenen Fisch, der *Baccalà* hieß und den man, vermute ich, wegen der Hitze nicht im Kofferraum verstauen konnte. Bellarosa erklärte mir: »Die Sachen lasse ich später alle nach Hause schicken. Es sind alles Sachen, die Anna mag. Möchten Sie Ihrer Frau auch etwas schicken?«

Es erboste mich, daß er Susan immer nur als meine Frau bezeichnete und nie ihren Namen gebrauchte. Wie nannte er sie wohl, wenn sie allein waren?

»Möchten Sie etwas kaufen? Blumen oder so?«

»Nein.«

»Ich schicke ihr die Süßigkeiten von *Ferrara's,* als wären sie von Ihnen.«

»Nein.«

Er zuckte die Achseln.

Während wir Richtung Midtown fuhren, sagte er zu mir: »Haben Sie heute morgen angerufen? Zu Hause alles in Ordnung?«

Ich antwortete: »Ja. Wie geht es *Ihrer* Frau? Haben Sie heute morgen angerufen? Zu Hause alles in Ordnung?«

»Klar. Ich frage nur, weil Sie mit den Gedanken nicht bei der Arbeit sind, wenn Sie zu Hause Probleme haben. Und weil wir Freunde sind. Richtig?«

»Wie war ich gestern vor Gericht?«

»Sie waren toll.«

»Thema abgeschlossen.«

Er zuckte wieder die Achseln und sah zum Fenster hinaus.

Wir hielten vor dem *Italian Seamen's Club* in der West 44th Street, und Bellarosa ging persönlich hinein. Fünfzehn Minuten später kam er mit einer braunen Papiertüte zurück und stieg wieder ins Auto ein. Was, meinen Sie, war in dieser braunen Papiertüte? Drogen? Geld? Geheimbotschaften? Nein. Die Papiertüte war voll kleiner, krummer Zigarren. »Die stammen aus Neapel«, sagte er. »Man bekommt sie hier nicht.« Er zündete sich eine an, und mir wurde klar, warum nicht. Ich kurbelte das Fenster auf.

»Möchten Sie eine?«

»Nein.«

Er reichte Lenny und Vinnie die Tüte, die sich je eine Zigarre nahmen und anzündeten. Alle schienen glücklich über die kleinen zollfreien Zigarren zu sein. Heute waren es nur Zigarren, aber morgen konnte es etwas anderes sein, das aus dem *Italian Seamen's Club* kam. Interessant.

Statt einem dreistündigen Mittagessen in einem italienischen Restaurant hielten wir heute vor einer italienischen Würstchenbude in der Nähe des Times Square. Bellarosa stieg aus und begrüßte den Inhaber, einen alten Mann, der Bellarosa umarmte und küßte und beinahe zu weinen anfing. Ohne zu fragen, was wir wollten, bestellte Bellarosa uns allen lange scharfe Würste mit Zwiebelringen und Pepperoni. (»Ohne Mayo«, konnte ich gerade noch sagen.) Wir aßen vor dem in zweiter Reihe geparkten Auto und schwatzten mit dem alten Mann, und Bellarosa gab ihm ein Stück Ziegenkäse aus Little Italy und drei krumme Zigarren. Ich glaube, wir haben das bessere Geschäft gemacht.

Wenn man einen Mann durch die Gesellschaft charakterisieren kann, in der er sich aufhält, dann war Frank Bellarosa eine Art

Mann des Volkes, der sich unters Volk mischte wie die frühen Caesaren, der sich vom gewöhnlichen Volk umarmen, küssen, hofieren und berühren ließ. Gleichzeitig mischte er sich unter die Hochwohlgeborenen, aber wenn das *Plaza* ein verläßlicher Indikator war, schien er die Mächtigen mit kühler Verachtung zu behandeln.

Der Würstchenmann kümmerte sich nicht um seine Bude und scheuchte sogar ein paar Leute weg, damit er sich besser um seine Mittagsgäste kümmern konnte, die in teuren Anzügen in der Hitze des Times Square im Freien dinierten, während der Cadillac den Verkehr behinderte. Was für eine bizarre Szene, dachte ich.

Wir wischten uns die Finger an Papierservietten ab, wünschten unserem Gastgeber *Buon Giorno* und stiegen wieder ins Auto ein. Bellarosa, der den Mund immer noch voll Würstchen hatte, meinte zu Vinnie: »Sag Freddie, er soll den Burschen fünfzig Cent mehr pro Pfund für die Wurst verlangen und an die Kunden weitergeben lassen.« Zu mir sagte er: »Ein gutes Produkt, und alle essen es – auch die Spanier lieben diesen Mist. Wohin gehen sie hier in der Gegend zum Mittagessen? *Sardi's?* Die Coffee Shops servieren nur Scheiße. Also essen sie hier auf der Straße und sehen den Mösen nach, die vorbeigehen. Richtig? Das ist einen zusätzlichen Vierteldollar wert. Richtig? Hat Ihnen das Sandwich geschmeckt? Würden Sie noch zwei Münzen dafür springen lassen? Klar. Also knöpfen wir den Inhabern noch fünfzig Cent mehr pro Pfund ab, und die geben es an die Kunden weiter. Kein Problem.«

Es war beeindruckend, wie sich Bellarosa selbst um die kleinsten Außenposten seines Imperiums kümmerte. Ich glaube, er ging davon aus, wenn er sich um den Preis von Würstchen kümmerte, würden die größeren Probleme schon von ganz alleine verschwinden.

Wir fuhren über den East River in das Viertel von Brooklyn, das den Namen Williamsburg trägt. Hinter der Williamsburg Bridge verlor ich den Überblick. Brooklyn ist ein ewiges Geheimnis für mich, und ich hoffe, daß das so bleibt. Unglücklicherweise hatte ich einen Führer dabei, der mir alles erklärte, wie es Menschen eben so an sich haben, wenn sie denken, es liege einem was an dem trostlosen Flecken der Welt, wo sie aufgewachsen sind. Bellarosa sagte: »Da oben, auf dem Dach dieses Hauses, habe ich zum ersten Mal meinen Finger feucht gemacht.«

Ich hatte den Eindruck, daß er nicht vom Daumenlutschen sprach. »Wie interessant.«

Wenig später hielten wir vor einer wunderschönen alten Barockkirche mit rußgeschwärzten Mauern. »Das ist meine Kirche«, erklärte Bellarosa. »*Santa Lucia.*«

Wir stiegen aus dem Auto aus, liefen zum Pfarrhaus und klopften an die Tür, die von einem alten Priester aufgemacht wurde, welcher sofort die Küß-und-umarm-Nummer abzog.

Bellarosa und ich wurden in einen Aufenthaltsraum im ersten Stock geführt, wo sich zwei weitere ältere Priester zu uns gesellten und wir Kaffee tranken. Diese Leute trinken eine ganze Menge Kaffee, aber es geht ihnen nicht um das Koffein, sondern um das gemeinsame Erlebnis. Es handelt sich sozusagen um eine feuchte Abwandlung des gemeinsamen Brotbrechens. Und wo immer Frank Bellarosa auftauchte, wurde selbstverständlich Kaffee gemacht und serviert, meistens mit etwas Süßem.

Der Obermacker erzählte, daß der Bischof (der echte Bischof der Diözese) *Santa Lucia* schließen wollte, wenn sich die Kirche nicht selbst erhalten konnte, was unwahrscheinlich schien, zumal kaum noch ausreichend italienische Katholiken in der Gemeinde waren. Der Pater erklärte feinfühlig, daß die spanischen Katholiken der Gemeinde, die weitgehend aus Mittelamerika stammten, der Meinung waren, zehn Cent im Klingelbeutel würden sämtliche Unkosten decken. Dann wandte er sich an mich und sagte: »Die älteren Leute dieser Gemeinde können nicht in eine andere Kirche gehen. Sie wollen in der Nähe ihrer Kirche sein und hier ihre Beerdigung haben. Und dann haben wir selbstverständlich ehemalige Gemeindemitglieder wie Mrs. Bellarosa, der es das Herz brechen würde, wenn wir schließen müßten.«

Okay, Pater, zum Geschäft.

Er räusperte sich. »Es kostet etwa fünfzigtausend Dollar im Jahr, Kirche und Pfarrei zu heizen und das Essen auf den Tisch zu bekommen.«

Ich griff nicht nach meiner Brieftasche, aber während der Priester mir das alles erklärte, damit der Don es hören konnte, schrieb ebendieser Don einen Scheck aus und legte ihn verkehrt herum auf den Kaffeetisch.

Nach ein paar Minuten verabschiedeten wir uns, umarmten einander, bekamen Gottes Segen und gingen.

Draußen auf der Straße sagte Bellarosa zu mir: »Niemand kann einen so in die Mangel nehmen wie ein katholischer Priester. *Madonna,* sie haben mir fünfzig Riesen abgeknöpft. Aber was soll man machen? Haben Sie eine Ahnung?«

»Einfach nein sagen.«

»*Nein?* Wie kann man denn nein sagen?«

»Man schüttelt den Kopf und sagt: ›Nein.‹«

»Ach, das kann man nicht machen. Sie wissen, man hat das Geld, und erzeugen Schuldgefühle in einem.« Er kicherte, dann fügte er hinzu: »Wissen Sie, ich wurde hier in Santa Lucia getauft, mein Vater und meine Mutter wurden hier getauft, ich habe hier geheiratet, Anna hat die Kinder hier taufen lassen, Frankie hat hier geheiratet, mein alter Herr wurde hier begraben, meine Mutter...«

»Ich verstehe schon. Ich habe auch so eine Kirche. Ich gebe fünf Piepen pro Woche. An Ostern und Weihnachten zehn.«

»Hier ist es anders.«

Bellarosa stieg nicht ins Auto ein, sondern drehte sich um, betrachtete die alte, traurige Kirche und sah die gefährlichen Straßen um uns herum entlang. »Ich habe auf den Stufen der Pfarrei hier Stoopball gespielt. Kennen Sie Stoopball?«

»Ich habe davon gehört.«

»Ja. Slumkinder spielen es. Was haben Sie gespielt? Golf?« Er lächelte.

»Ich habe am Aktienmarkt gespielt.«

»Ach ja?« Er lachte. »Nun, wir haben genau hier Stoopball gespielt. Ich und meine Freunde...« Er schwieg ein paar Sekunden, dann sagte er: »Pater Chiaro – das war der alte Priester, mit dem Sie gerade gesprochen haben – kam immer aus der Pfarrei gestürmt und hat uns weggejagt. Aber wenn er einen von uns erwischt hat, hat er ihn an den Ohren in die Pfarrei gezerrt und irgendeinen Scheißjob erledigen lassen. Haben Sie die Türknöpfe da drinnen gesehen? Die sind aus Messing, aber das sieht man ihnen heute nicht mehr an. Ich mußte diese verdammten Türknöpfe polieren, bis sie wie Gold glänzten.«

»Er hält Sie immer noch an den Ohren fest, Frank.«

Er lachte. »Stimmt. Der alte Surenhohn.«

»Was?«

Er lächelte. »So hat mein Großvater immer gesagt. *Surenhohn*. Hurensohn.«

»Ich verstehe.« Nun, ich gab mir Mühe, mir den kleinen dicken Frank Bellarosa vorzustellen, wie er hier auf der Straße Ball spielte, Schleudern bastelte, im Beichtstuhl kniete, sich den Finger feucht machte, wieder im Beichtstuhl kniete und so weiter. Und da ich selbst ein Mensch mit nostalgischen Anwandlungen bin, fühle ich mich zu Leuten hingezogen, die sentimentale Erinnerungen an ihre Kindheit haben. Aber ich glaube, bei Bellarosa war es mehr als das. Ich glaube, er wußte damals schon, daß er zum letzten Mal heimkehrte und sich um *Santa Lucia* kümmern mußte, damit sich die alten Priester um ihn kümmerten, wenn die Zeit gekommen war. In den letzten zehn Jahren sind immer wieder Artikel über Priester und Kirchen in den Zeitungen aufgetaucht, die sich geweigert haben, Männern in Franks Gewerbe ein christliches Begräbnis zuteil werden zu lassen. Ich glaube, das machte Frank Bellarosa angst, hatte er doch sein Leben lang geglaubt, daß er es mit einer Kirche zu tun hatte, die direkte Anweisungen von Gott empfing, jedem zu verzeihen. Aber inzwischen versuchten Menschen, die Regeln zu ändern, und Bellarosa, der keine unnötigen Risiken einging und wußte, daß er nichts mitnehmen konnte, bezahlte seine Beerdigung in Santa Lucia im voraus.

Bellarosa steckte die Hände in die Taschen und sah die Querstraße hinunter. »Damals konnte man spät in der Nacht auf diesen Straßen spazierengehen, und niemand hat einen behelligt, aber jede Menge alte Damen riefen mir von den Fenstern herunter zu: ›Mach, daß du heimkommst, Frankie, bevor dich deine Mutter umbringt.‹ Können Sie sich vorstellen, daß das heute noch jemand hier in der Straße sagt?«

»Ich bezweifle es.«

»Ja, ich auch. Möchten Sie sehen, wo ich als Kind gewohnt habe?«

»Gerne.«

Wir stiegen nicht in den Wagen ein, sondern gingen in der drükkenden Hitze zu Fuß – so wie Bellarosa es früher oft gemacht haben mußte. Lenny und Vinnie folgten uns im Cadillac. Die Gegend um die Kirche wurde mittlerweile hauptsächlich von Schwarzen bewohnt, und die Leute blieben stehen und sahen uns nach.

Vor einem ausgebrannten fünfstöckigen Backsteinmietshaus blieben wir stehen, und Bellarosa sagte: »Wir haben im obersten Stock gewohnt. Fünfunddreißig Grad im Sommer, aber im Winter hübsch warm, mit großen Dampfheizungen, die immer gepoltert haben. Ich hatte mit drei Brüdern ein Zimmer. Aber dann hat mich mein Onkel hier rausgeholt und nach La Salle geschickt, und die Schlafsäle dort kamen mir wie ein Penthouse in der Park Avenue vor. Mir wurde klar, daß es eine Welt außerhalb von Williamsburg gab. Klar?« Er schwieg eine Weile, dann sagte er: »Aber wenn ich an dieses Haus in den fünfziger Jahren zurückdenke, muß ich Ihnen sagen, daß ich hier glücklich war.«

»Das waren wir alle.«

»Ja.« Wir stiegen ins Auto ein und fuhren ein paar Blocks zu einer besseren Straße, und er zeigte mir eine fünfgeschossige Mietskaserne, wo er und Anna nach ihrer Heirat gelebt hatten. Er sagte: »Das Haus gehört mir immer noch. Ich habe die Wohnungen in jedem Stock herrichten lassen und ein paar alte Leute einquartiert. Eine alte Tante von mir wohnt da. Sie zahlen der Kirche, was sie können. Verstehen Sie? Die Kirche kümmert sich um alles. Es ist ein gutes Haus.«

Ich fragte: »Wollen Sie in den Himmel kommen?«

»Ja, aber nicht diese Woche.« Er lachte, dann fügte er hinzu: »Alles zu seiner Zeit, Anwalt.«

Wir fuhren weiter durch den italienischen Teil von Williamsburg oder was davon noch übrig war. Es stellte sich heraus, daß der Ausflug nicht rein nostalgischer, sondern teilweise auch geschäftlicher Natur war. Wie ich schon sagte, es muß äußerst schwierig sein, ein Verbrechensimperium zu leiten, wenn man das Telefon und die Post nicht benützen kann. Diese Tatsache machte offenbar lange Fahrten und viele kurze Zwischenstops erforderlich.

Schließlich ließen wir Williamsburg hinter uns und fuhren in die etwas belebteren italienischen Viertel von Bensonhurst, Bay Ridge und Coney Island, wo wir uns in Restaurants und Hinterzimmern von Ladengeschäften mit weiteren Leuten trafen. Ich war offen gesagt erstaunt über die Anzahl der Büros und Tochtergesellschaften der Bellarosa GmbH – oder sollte man besser Konzessionen und Zweigstellen sagen? Noch erstaunlicher – es schien keine geschriebene Liste von diesen Geschäften zu existieren. Bellarosa sagte nur ein paar Worte zu Vinnie oder Lenny, beispielsweise: »Fahren wir zu Pasquale im Fischladen«, und dann fuhren sie irgendwohin. Ich konnte mir kaum vorstellen, daß sie derart viele Standorte in ihren Spatzenhirnen gespeichert haben konnten, aber warhrscheinlich hatten sie einen guten Ansporn, der ihr Gedächtnis schärfte.

Wir verließen Brooklyn und fuhren nach Ozone Park, Queens, ebenfalls ein Italienerviertel. Frank hatte Verwandte dort, und wir besuchten sie in ihrem Reihenhaus und spielten in einer Seitengasse Boccia mit einigen seiner alten Goombahs, die ausgebeulte Hosen und Dreitagesbärte trugen. Danach saßen wir alle auf der Terrasse und tranken selbstgemachten Rotwein, ein gräßliches Gesöff, sauer und voll Gerbsäure. Aber ein alter Mann tat Eiswürfel in meinen Wein und mischte ihn ausgerechnet mit Zitronenlimonade. Anschließend schnitzelte er Pfirsiche in mein Glas. Frank trank seinen Wein ebenso. Ich schätzte, das war eine Art italienischer Sangria, und mir kam die Idee, das Rezept zu vermarkten und an Schickeria-Restaurants wie *Buddy's Hole* zu verkaufen, wo die Kundschaft es zu ihren Grasspitzen trinken konnte. *Ozone Park Goombah Bowle.*

Wie auch immer, am Spätnachmittag fuhren wir weiter und besuchten noch ein paar bescheidene Mietshäuser in anderen Stadtteilen von Queens.

Frank Bellarosa hatte im *Plaza* die Macher und Herrscher seiner Welt unterhalten. Jetzt ging er auf die Straße und kümmerte sich um sein Volk, wie ein Politiker, der sich um ein Amt bewirbt. Aber – anders als ein Kandidat – machte er nie irgendwelche Versprechen und – anders als ein Mafia-Don – sprach er auch nie eine Drohung aus. Er »ließ einfach sein Gesicht sehen« – ein Ausdruck, den ich bei seinen Leuten immer wieder hörte.

Der Mann besaß einen natürlichen Instinkt für Macht, das mußte ich ihm lassen. Er begriff, daß sich wahre Macht nicht auf Schrecken gründet, nicht einmal auf Loyalität gegenüber einer abstrakten Idee oder Organisation. Wahre Macht beruhte auf persönlicher Loyalität, der Loyalität der Massen gegenüber der Person von Don Bellarosa, wie ich sie bei dem Würstchenbudenbesitzer und allen anderen erlebte, die wir besuchten. Der Mann war wahrhaftig ein charismatischer Führer – der letzte der großen Dons.

Und so böse er war, er tat mir beinahe leid, weil er jetzt von Feinden im Inneren wie Äußeren umgeben war. Aber auch der stolze Luzifer in Miltons *Verlorenem Paradies* hatte mir leid getan, als er von Gott und den himmlischen Heerscharen rechtschaffener androgyner Engel zu Fall gebracht worden war. Ich scheine einen ernsten Charakterfehler zu haben.

Nach Einbruch der Dunkelheit fuhren wir nach Manhattan zurück. New York ist wahrhaftig eine Stadt der Völkervielfalt, doch normalerweise verspüre ich kein allzu großes Verlangen, mich mit ethnischen Minderheiten abzugeben. Ich muß aber gestehen, daß mich die italienische Subkultur, wie ich sie an diesem Tag kennengelernt hatte, in ihren Bann zog. Es war eine Welt, die gleichzeitig zu leben und zu sterben schien, und während wir im Wagen nach

Manhattan zurückfuhren, sagte ich zu Bellarosa: »Ich dachte, diese ganze italienische Tradition würde bereits der Vergangenheit angehören.«

Er schien zu verstehen, was ich meinte, und antwortete: »Es gehört der Vergangenheit an. Es gehörte schon der Vergangenheit an, als mein alter Herr mich samstags mitnahm, um mit den Goombahs herumzusitzen, Wein zu trinken und zu reden. Es gehörte immer der Vergangenheit an.«

Die alten Einwandererkulturen, überlegte ich, übten immer noch einen gewaltigen Einfluß auf ihr Volk und die amerikanische Gesellschaft aus. Aber in Wahrheit verloren sie alle allmählich ihre Identität, verschmolzen miteinander, und ironischerweise verloren sie ihre Macht, während sie das Vakuum füllten, das der sogenannte Niedergang der *Wasps* mit sich brachte. Aber irgendwo im Schatten, in den äußersten Randbezirken, waren die neuen Einwanderer, die Zukunft, die weder Frank Bellarosa noch ich verstanden oder zu bedenken wünschten.

Als sich das Auto der Skyline von Manhattan näherte, sagte Bellarosa zu mir: »Hat es Ihnen heute gefallen?«

»Es war interessant.«

»Ja. Manchmal muß ich einfach losziehen und die Leute persönlich sehen. Klar? Muß mich vergewissern, daß alle noch da sind. Ich habe mich irgendwie in Alhambra eingeigelt und den Kontakt verloren. Das darf man nicht. Man muß dorthin gehen, und wenn einen jemand umlegen möchte, dann ist man wenigstens auf offener Straße gefallen und nicht irgendwo in einem Versteck, wo man nur darauf wartet, bis sie einen in die Enge treiben. Verstehen Sie das?«

»Ja, ich verstehe. Aber brauchen Sie einen Anwalt bei sich, wenn Sie das Schicksal herausfordern?«

»Nein. Ich brauche einen Freund.«

Mir lagen mehrere sarkastische Bemerkungen auf der Zunge, aber ich sprach keine aus, was alles sagte.

Er fügte hinzu: »Ich mache aus Ihnen einen ehrbaren Italiener – wie aus Jack Weinstein. Würde Ihnen das gefallen?«

»Klar, solange es mich nicht zur ehrbaren Zielscheibe macht.«

Er lachte ein wenig, aber ich glaube, er fand das Thema seiner möglichen Ermordung zunehmend weniger lustig. Dann meinte er jedoch: »Ich habe mit ein paar Leuten gesprochen. Sie brauchen sich keine Sorgen zu machen. Sie sind immer noch Zivilist.«

Hervorragende Neuigkeiten. Und ich konnte diesen Leuten vertrauen, richtig?

31. Kapitel

Wir fuhren zum *Plaza Hotel* zurück. Bellarosa gab Vinnie und Lenny die Nacht frei, und Frank und ich bestellten das Essen auf die Suite.

Beim Essen im Eßzimmer übten wir uns in gepflegter Konversation, hauptsächlich über Gemüse und Immobilien. Ich schnitt mein Steak, und während ich das tat, überlegte ich mir, welche neue und aufregende Richtung mein Leben einschlagen würde, wenn ich Bellarosa das Steakmesser ins Herz stieß.

Offensichtlich hatte er meine Gedanken erraten, denn er sagte: »Wissen Sie, Anwalt, Sie denken vielleicht, Ihr Leben ist versaut und ich bin derjenige, der es Ihnen versaut hat. Falsch. Sie haben es selbst versaut, und zwar schon bevor Sie mich zum ersten Mal gesehen haben.«

»Vielleicht. Aber Sie sind auch kein Teil der Lösung.«

»Aber sicher. Ich habe Ihnen geholfen, die ganze Scheiße Ihres Lebens über Bord zu werfen. Jetzt können Sie weitermachen.«

»Danke.«

»Ja. Sie halten mich für einen dummen Itaker. Wieder falsch.«

Mittlerweile ging mir der Gute etwas auf den Wecker. Ich sagte: »Nur dumme Menschen halten Sie für dumm. Ich weiß es besser.«

Er lächelte. »Ja. Ein alter italienischer Trick. In der Bronx habe ich jemanden in meiner Organisation – Sie kennen ihn –, der sich seit zehn Jahren dumm stellt, weil ihm das FBI auf den Fersen ist. Klar? Aber Ferragamo *ist* dumm und denkt, daß ich dumm bin. Daher gelingt es mir jedesmal, ihn zu überraschen, aber er ist so dumm, daß er das nie kapiert.« Er lachte.

Wir machten uns wieder über die Steaks her und sprachen erst beim Kaffee miteinander; da fragte er: »Haben Sie sich schon mal dumm gestellt?«

»Manchmal.«

»Zum Beispiel, Sie *wissen* etwas, verraten aber nicht, daß Sie es wissen. Sie behalten es für sich, bis der richtige Zeitpunkt gekommen ist. Sie stürmen nicht wütend los und kommen selber zu Schaden. Sie warten.«

Ich antwortete: »Manchmal behalte ich etwas *immer* für mich. Manchmal warte ich einfach ab, bis der andere überschnappt, weil er nicht weiß, ob ich es weiß.«

Er nickte zustimmend. »Ja. Was, zum Beispiel? Geben Sie mir ein Beispiel.«

Wir sahen einander über den Tisch hinweg an, und ich antwortete: »Zum Beispiel die Scheiße mit dem IRS, Frank. Sie sagen Melzer, er solle zu seinen Freunden beim IRS gehen und zusehen, ob sie etwas gegen mich finden würden, und das haben sie. Dann schicken Sie mich zu Melzer, der die Sache für mich ausbügelt, und ich schulde Ihnen einen Gefallen. Sie sind ein echter Kumpel.«

Er rührte in seinem Kaffee und antwortete nicht.

Ich fragte: »Aber was wäre, wenn ich mit dem Problem nicht zu Ihnen gekommen wäre?«

Er zuckte die Achseln.

»Dann«, sagte ich, »hätten Sie ein anderes Problem für mich gefunden. Oder vielleicht hätten Sie mir noch einen anderen Gefallen getan – so wie das Versetzen des Stalls. Ich bin nicht sicher, ob das Zufall oder eingefädelt war, aber offenbar hört meine Frau auf Sie, und durch sie können Sie mich erreichen.«

Der Mann wußte offenbar, daß es Probleme zwischen Susan und mir gab, und falls er ein Gewissen hatte, mußte er jetzt eigentlich Schuldgefühle empfinden. Er sah sogar etwas unbehaglich aus. Ich meine, abgesehen von Klassenunterschieden und politischen Differenzen und kulturell und rassisch bedingten Spannungen sowie allen anderen Problemen, die die Menschen in einer Gesellschaft miteinander haben, ist sexuelles Besitzdenken die elementarste und primitivste Ursache von Gewalt, Mord und Aufruhr. Um es einfacher auszudrücken, die Leute werden wütend, wenn jemand ihren Partner fickt oder es versucht. Wie auch immer, Bellarosa mußte sich nicht wohl in seiner Haut gefühlt haben, sonst hätte er das Thema nicht angeschnitten, um meine Reaktion zu sehen. Er sah mich an und wartete, glaube ich, tatsächlich darauf, daß ich die Sache zwischen Susan und ihm ansprechen würde. Aber da er sich unbehaglich fühlte, nicht ich, beschloß ich, ihn noch eine Weile zappeln zu lassen.

Ohne ein weiteres Wort stand ich auf und ging zum Sideboard, wo ein paar Nachrichten lagen, darunter auch eine von Susan, in der sie mir mitteilte, daß sie sich eine neue Telefonnummer hatte geben lassen. Wahrscheinlich hatten ihr die Presseleute zu sehr eingeheizt, ganz zu schweigen von unseren Freunden und Verwandten. Ich warf den Zettel mit der neuen Telefonnummer in den Papierkorb und verließ die Suite.

Unten in der Lobby wurde ich von keiner Geringeren als Jenny Alvarez empfangen, der Frau in Rot, nur trug sie heute abend kein Rot. »Hallo, Mr. Sutter«, sagte sie.

Sie hatte ein schwarzes Seidenkleid an, eine Art Abendkleid, schätze ich, als wäre sie gerade vom Dinner gekommen. Sie sah wirklich gut aus, und ich wollte sie schon fragen, ob wir die Nacht gemeinam verbracht hatten, sagte dann aber nur: »Hallo.«

»Kann ich Sie auf einen Drink einladen?« fragte sie.

»Ich trinke nicht.«

»Kaffee?«

»Ich bin in Eile.«

Sie sah gekränkt drein, und ich kam beinahe zu der Überzeugung, daß wir wirklich die Nacht zusammen verbracht hatten. Man kann mir viel nachsagen, aber ein ungehobelter Klotz bin ich nicht; daher nahm ich die Einladung zum Drink an, und wir gingen in die *Oak Bar* und setzten uns an einen Tisch. Sie bestellte Scotch mit Soda, und ich schloß mich an. Dann sagte sie: »Ich habe heute morgen Ihr Statement in den Zeitungen gelesen.«

»Ich wußte gar nicht, daß Fernsehjournalisten Zeitung lesen. Oder überhaupt lesen.«

»Werden Sie nicht frech.«

»Okay.«

»Wie dem auch sei, ich würde gerne ein Interview mit Ihnen machen.«

»Lieber nicht.«

»Es dauert nicht lange. Wir können es hier im *Plaza* machen, live für die Elf-Uhr-Nachrichten.«

»Dann wäre ich bis zu den Frühnachrichten tot.«

Sie lachte, als wäre das ein Witz. Dabei war es gar kein Witz. Dann meinte sie: »Könnten Sie Mr. Bellarosa nicht auch dazu überreden?«

»Glaube ich nicht.«

»Vielleicht könnten wir ein ausführliches Interview aufzeichnen und es in der nächtlichen Nachrichtensendung um halb zwölf senden. Die wird bundesweit gesendet. Damit hätten Sie die Möglichkeit, Ihre Seite des Falles zu präsentieren.«

»Wir haben eigentlich vor, unsere Seite vor Gericht zu präsentieren.«

In dem Stil ging es noch eine Weile weiter, und Mrs. Alvarez dachte, ich würde bloß den Unnahbaren spielen, während ich, um der Wahrheit die Ehre zu geben, sie nicht davonjagte, weil ich gern in ihrer Gesellschaft war. Sie hatte schöne, volle Lippen.

Wir bestellten eine zweite Runde. Sie konnte natürlich nicht verstehen, daß nicht jeder in Amerika im Fernsehen sein wollte. Als mir ihre Besessenheit schließlich doch auf die Nerven ging, sagte ich: »Gestern nacht habe ich geträumt, ich hätte mit Ihnen geschlafen.«

Sie schien eine hartgesottene Dame zu sein, die schon vieles gehört hatte, aber das überraschte sie doch, und sie wurde tatsächlich ein bißchen rot. Ich empfand tiefste Genugtuung. »Hören Sie, Mrs. Alvarez – darf ich Sie Jenny nennen?«

»Ja.«

»Hören Sie, Jenny, Sie müssen einsehen, daß diese Leute nicht im Fernsehen auftreten. Sie haben größere Chancen, das Staatsoberhaupt der Sowjetunion in Ihre Sendung zu bringen als Frank Bellarosa.«

Sie nickte, aber offensichtlich nur, damit ihr Gehirn besser funktionierte. Dann sagte sie: »Aber *Sie* sind nicht bei der Mafia...«

»Es gibt keine Mafia.«

»*Sie* können mit uns reden. Mr. Ferragamo hat zugesagt, daß er in die Sendung kommt...«

»Der würde auch in einer Comedy-Serie mitspielen, wenn die Einschaltquoten hoch genug sind.«

Sie kicherte. »Kommen Sie, Mr. Sutter... John. Ist Ihnen nicht klar, daß das Ihrem Mandanten helfen kann?«

Und so gingen wir mit der dritten Runde Drinks in die dritte Verhandlungsrunde. Sie zählte alle möglichen Gründe für einen Fernsehauftritt auf, aber ich fürchte, ich schenkte ihr zuwenig Aufmerksamkeit. Irgendwann einmal sagte ich: »Es war ein sehr realistischer Traum.«

Sie erklärte: »Hören Sie, wenn wir sie damit zu einem Auftritt bewegen können...«

Ich wurde hellhörig. »Ja?«

»Nun... wir können Sie löschen.«

»Bitte?«

»Sie wissen schon. Gesicht und Stimme unkenntlich machen. Löschen. Niemand wird wissen, daß Sie es sind.«

»Wenn Sie mich nicht mit Namen vorstellen.«

»Seien Sie nicht albern. Welchen Sinn hätte es...?«

Ich wollte mich nicht vom Thema abbringen lassen. »Sie hatten das rote Kleid an.«

»Das Inkognito-Interview hätte natürlich ein anderes Thema. Nicht John Sutter als Anwalt, sondern als unbekannte Quelle. Das haben wir schon früher bei Berichten über das organisierte Verbrechen gemacht. Sie könnten über...«

»Haben Sie eine Wohnung in der Stadt?«

Runde drei endete mit einem Unentschieden, und wir gingen in die vierte Runde, beide optimistisch. Da ein Glas in der *Oak Bar* sieben Piepen kostete, stand einer von uns beiden schon mit sechsundfünfzig Dollar in der Kreide, plus Steuer und Trinkgeld.

Sie fuhr fort und sah ein paarmal auf die Uhr. Ich fragte: »Machen Sie heute abend die Nachrichten?«

»Ich glaube nicht, daß ich heute abend einen Aufmacher habe, da Sie nicht kooperieren wollen.«

»Werden Sie trotzdem bezahlt?«

»Vielleicht. Hören Sie, überlegen Sie es sich wenigstens mit der Sendung um halb zwölf. Die Sendung steht, aber wir brauchen noch einen Brennpunkt.«

»Soll das heißen, daß Sie mein Gesicht nicht löschen wollen?«

»Ich meine einen *Aufmacher*. Ich möchte, daß jemand intelligent über die verschiedenen Aspekte dieses Falles redet. Ich will keine sogenannten Experten mehr. Ich will jemanden, der dem amerikanischen Volk die Kehrseite der Medaille zeigen kann.«

»Welche Kehrseite?«

»Die Frage der Verfassungsmäßigkeit der RICO-Verordnung zum Beispiel. Und Ferragamos Äußerungen über einen möglichen Bandenkrieg zwischen Columbianern und Italienern. So etwas. Ich will einen anderen Standpunkt zu dem Thema hören.«

»Klingt nach einer guten Sendung. Werde ich mir ansehen.«

»Fragen Sie Mr. Bellarosa. Mal sehen, ob er persönlich interviewt werden möchte. Mal sehen, ob sein Anwalt weitermachen soll.«

»Bleiben Sie hier.« Ich stand auf, ging zu einem Haustelefon und wählte die Suite an, aber es war besetzt. Selbstverständlich hatte ich nicht die Absicht, Bellarosa das Angebot von Mrs. Alvarez zu unterbreiten, aber ich wollte wissen, ob er noch da war. Also ging ich wieder in die *Oak Bar*, setzte mich und teilte Mrs. Alvarez mit: »Er sagt nein. Und nein heißt auch nein.«

»Und wie ist es mit Ihnen?« fragte sie. »Gehen Sie auf Sendung?«

»Was springt dabei für mich raus?«

»Ich ziehe das rote Kleid an.«

»Vor oder nach der Sendung?«

Sie sah auf die Uhr. »Vorher.« Dann fügte sie hinzu: »Ficken Sie mich, aber sorgen Sie dafür, daß ich hinterher nicht die Gefickte bin.«

Wir lächelten beide. Nun, Träume werden wahr, wenn man sie läßt. Aber dieser roch nach Ärger. Ich stand auf. »Tut mir leid. Ich könnte meinen Teil der Vereinbarung nicht erfüllen. Aber es war mir ein Vergnügen.« Ich ließ ihr die Rechnung.

In der Halle waren ein paar Fernseh- und Presseleute. Die meisten Anwälte hätten diese Gelegenheit, zu Ruhm und Ehre zu gelangen, beim Schopf ergriffen. Aber Gangsteranwälte wie Jack Weinstein und John Sutter mußten sich mit einem »Kein Kommentar« und zwielichtigem Geld begnügen, das gemäß der RICO-Verordnung beschlagnahmt werden konnte.

Wie auch immer, ich wandte mich zur Tür und wollte den Spaziergang machen, den ich die ganze Zeit vorgehabt hatte, aber Jenny Alvarez lauerte mir erneut auf. Sie sagte: »Ich will Ihnen eine Frage stellen. Eine persönliche Frage, nicht fürs Fernsehen.«

»Ich mag die normale Missionarsstellung am liebsten, bin aber für alles offen.«

»Ich möchte wissen, warum haben Sie sich mit Frank Bellarosa eingelassen?«

»Das ist eine lange Geschichte. Wirklich.«

»Ich meine, ich habe Ihr Grundstück draußen auf Long Island gesehen. Mein Gott. Ich wußte nicht, daß Menschen überhaupt noch so wohnen.«

»Ich bewohne das Gästehaus auf dem Anwesen. Das haben Sie im Fernsehen falsch gebracht. Und was für eine Rolle spielt es schon, wo ich wohne?«

»Eine große. Wir sprechen hier vom Fernsehen, John. Unterhaltung. Sie sind ein Star. Sie sehen wie ein Star aus. Sie benehmen sich wie ein Star. Sie sind gut gekleidet, haben gutes Benehmen und können sich ausgezeichnet ausdrücken. Sie sind erste Klasse.«

»Vielen Dank.«

»Obwohl Sie mir die Rechnung überlassen haben.«

»Das ist das Feinste, was ich die ganze Woche über getan habe. Hören Sie... Jenny, Sie sind sehr attraktiv, und ich würde Sie gerne mit nach oben nehmen, aber ich glaube, Sie verzapfen dann nur eine Menge dummes Zeug, weil Sie etwas von mir wollen, aber keinen Sex. Und ich kann Ihnen nicht dienlich sein, weder mit Sex noch Informationen. Ich bin ein treuer Ehemann, außerdem bin ich impotent und einfältig. Daher...«

»Was ist denn los?«

Aus der Richtung der *Oak Bar* kamen Lenny und Vinnie und sahen mich an. Ich denke, sie hatten mich in der Bar gesehen und sich gefragt, was ich wohl mit dieser Journalistin zu verhackstükken hatte. Das Gesicht von Jenny Alvarez ist in New York bestens bekannt, und sogar Kretins wie Lenny und Vinnie sehen sich die Nachrichten an. Wie auch immer, Kretin Eins und Kretin Zwei machten alberne Gesten mit den Köpfen und gaben mir zu verstehen, daß ich zu ihnen kommen sollte.

»Wer sind diese Männer?« wollte Mrs. Alvarez wissen.

»Das sind meine Anwaltsgehilfen.« Der beste Weg, mich abzusichern, bestand natürlich darin, Lenny und Vinnie von vornherein klarzumachen, daß meine Absichten mit Mrs. Alvarez sexueller und nicht verräterischer Natur waren. Ist das nicht eine tolle Begründung? Daher legte ich den Arm um sie und führte sie zum Fahrstuhl. »Trinken wir was in meinem Zimmer«, schlug ich vor.

»Einverstanden.«

Lenny und Vinnie stiegen mit uns in den Fahrstuhl ein. Während wir hochfuhren, sagte ich zu meinen Kumpels: »Das ist Jenny Alvarez. Eine berühmte Fernsehjournalistin.«

Sie sahen einander an. Vinnie fragte: »Will der Don sie sehen?«

»Nein, *ich* will sie sehen. Allein. Und ich will nicht gestört werden.«

Beide grinsten, gafften und sabberten. Klasse Schauspieler.

Im achten Stock stiegen wir aus. Lenny schloß die Tür der Suite auf, und wir traten alle ein. Bellarosa lag ohne Schuhe auf dem Sofa und sah fern.

Jenny Alvarez ging ohne Umschweife zu ihm und stellte sich vor, während er aufstand. Bellarosa sagte: »Ach ja. Sie sind die Dame, die unserem Freund hier so eingeheizt hat. Sie sind jetzt Freunde?«

Sie lächelte. »Ja, das sind wir.«

Nun, als nächstes löcherte sie den guten Frank natürlich wegen eines Interviews. Richtig? Falsch. Wie sich herausstellte, war *sie* die Schauspielerin des Abends. Sie sagte nur: »John hat mich auf einen Drink eingeladen. Ich hoffe, ich störe nicht bei etwas Geschäftlichem.«

Bellarosa antwortete: »Nee. Wir sind im Urlaub.«

»Gehen wir in mein Zimmer«, sagte ich zu Mrs. Alvarez. Ich schnappte mir eine Flasche Scotch und einen Eiskübel von der Bar, und sie nahm zwei Gläser und eine Flasche Soda.

Ich ließ sie in mein Zimmer eintreten, aber als ich ihr gerade folgen wollte, klopfte mir Bellarosa auf die Schulter. Dann schloß er die Tür zu meinem Zimmer und sagte zu mir: »Konnten Sie sich keine Hotelhure suchen? Mußten Sie diese Fernsehschlampe heraufbringen?«

Ich antwortete gereizt: »Es ist meine Sache, mit wem ich meine Freizeit verbringe. Aber damit keine Mißverständnisse aufkommen, meine Beziehung zu dieser Frau ist rein platonisch, und so wird es auch bleiben.«

Bellarosa betrachtete Scotch und Eiskübel in meinen Händen und lächelte. Ich schätze, das war eine ziemlich dumme Bemerkung von einem Mann von Welt zum anderen. Aber ich fügte hinzu: »Und es ist auch keine Geschäftsbeziehung.«

»Ach ja? Aber kein Bettgeflüster. Okay? Passen Sie auf, was Sie zu ihr sagen. Verstanden?«

Ich ging zur Tür, aber er gab den Weg nicht frei. Statt dessen sagte er: »Was geht in Ihnen vor, Anwalt? Was quält Sie?«

»Wenn Sie heute abend mit meiner Frau gesprochen haben, und davon gehe ich aus, dann wissen Sie es.«

Er schwieg einen Moment, dann sagte er: »Ja. Okay. Ich habe mit ihr gesprochen. Aber Sie irren sich. An so etwas Schlimmes sollte man gar nicht denken. Es ist gefährlich, wenn sich ein Mann so etwas einredet. Ich habe schon miterlebt, wie Menschen wegen so etwas leiden und sterben mußten. Also denken Sie nicht mehr daran. Okay?«

Somit wurde ich also zwei zu eins überstimmt, was die Frage einer sexuellen Dreiecksbeziehung anbelangt. Ich sagte: »Also gut, Frank. Thema erledigt. Machen Sie mir die Tür auf.«

Er öffnete die Schlafzimmertür; und ich nahm Eiskübel und Scotch hinein und kickte sie hinter mir zu. Dann stellte ich beides auf den Cocktailtisch.

Jenny Alvarez sagte: »Sind Sie sicher, daß ich Sie in nichts Geschäftlichem störe?«

»Ganz sicher. Machen Sie es sich gemütlich. Setzen Sie sich.«

Wir nahmen in zwei gegenüberstehenden Sesseln in der Ecke Platz und stellten die Drinks auf den Cocktailtisch zwischen uns.

Als ich Eis in die Gläser tat, fiel mir auf, daß meine Hände leicht zitterten. Der eigenen Frau Ehebruch vorzuwerfen, war sicher aufreibend, aber den anderen Mann damit zu konfrontieren, besonders wenn dieser andere Mann ein Killer war, war noch etwas anstrengender. Aber ich fühlte mich sehr erleichtert, so als hätte ich mir eine große Last von der Seele geschafft und sie den Leuten zurückgegeben, die sie mir aufgebürdet hatten. Ich meine, wenn man es ruhig und logisch analysierte, war es ja wirklich nicht mein Problem, wenn ich es nicht dazu machte. Aber ich wußte, diese nüchterne Logik würde schließlich erdverbundeneren Gefühlen wie Liebeskummer, Schmerz, Eifersucht und anderen ehelichen Standardproblemen weichen. Heute abend jedoch fühlte ich mich erleichtert, und außerdem hatte ich jemanden, mit dem ich trinken konnte.

»Hübsche Suite. Verbrechen zahlt sich aus«, sagte Jenny Alvarez.

»Danke, daß Sie Bellarosa abgewimmelt haben.«

»Ich bin raufgekommen, um mit Ihnen was zu trinken.«

»Richtig.« Obwohl ich ein Zyniker bin, glaubte ich ihr, und es war schön, zur Abwechslung mal wieder zu glauben, was andere Leute sagten. Ich machte uns Scotch mit Soda, wir stießen an und tranken. Ich muß es Ihnen ganz ehrlich sagen: Ich war ziemlich nervös. »Müssen Sie nicht noch im Fernsehen auftreten?«

»Sie sind mein einziges Thema heute abend. Und da Sie nicht im Fernsehen auftreten, muß ich es auch nicht. Aber ich werde später anrufen. So spät, daß sie mich nicht vor Beginn der Sendung auf etwas anderes ansetzen können. Ich habe also heute abend frei. Herrlich.«

Alle Wetter, sie verschob ihren ganzen Zeitplan, nur damit sie mit mir einen trinken konnte. Was sollte ich machen? Sie nach dem ersten Glas rauswerfen? Uns vom Zimmerservice ein Monopolyspiel bringen lassen? Ich räusperte mich. »Ich fühle mich ausgesprochen geschmeichelt.«

Sie lächelte. Diese Lippen. Ich muß Ihnen sagen, normalerweise stehe ich nicht auf klassische Schönheiten, aber diese Frau war absolut einmalig. Sie hatte eine samtbraune Haut, dunkle, leuchtende Augen und dichtes schwarzes Haar, das ihr über die Schultern fiel. Wenn sie lächelte, zeigten sich auf ihren Wangen Grübchen.

Sie sagte: »Soweit ich weiß, leben Sie getrennt.«

»Das wußte ich nicht.«

»Aber ich.«

»Von wem?«

»Von Ihren Nachbarn.«

»Tatsache? Ich höre zum ersten Mal davon.«

Sie lächelte. »Unter diesen Umständen würden die meisten Männer die Frage einfach bejahen.«

»Ich bin nicht die meisten Männer. Ich halte viel von der Wahrheit. Sind *Sie* verheiratet?«

»Ich war es. Ich bekam ein Baby im Fernsehen. Wissen Sie nicht mehr?«

Ich glaubte, mich an eine peinliche und geschmacklose Reportage über ihre Schwangerschaft und Entbindung zu erinnern. Aber ich sehe nicht viel Fernsehnachrichten, und mir wurde erst jetzt klar, daß es sich um ein und dieselbe Frau handelte. »Ja, daran erinnere ich mich. Fernsehkameras im Kreißsaal. Irgendwie vulgär.«

Sie zuckte die Achseln. »Nicht fürs Fernsehen.«

»Ich glaube, ich erinnere mich auch an einen stolzen Vater.«

»Heute bin ich geschieden.«

»Also keine Babys mehr im Fernsehen.«

Sie lächelte. »In nächster Zeit nicht.«

Wir schwatzten eine Weile, aber ich paßte sorgfältig auf, wieviel Scotch ich trank, falls ich mich doch noch aus gegebenem Anlaß erheben mußte. Wenn ich zu voll bin, kriege ich nämlich keinen hoch, was frustrierend ist, weil ich es gerade dann meistens am dringendsten machen will. Alkohol ist eine grausame Droge.

Ich sagte: »Hören Sie, ich habe Sie nur heraufgebeten, damit ich vor den beiden Gorillas ein Alibi habe. Klar?«

»Ich glaube schon. Soll ich Orgasmuslaute vortäuschen und dann gehen?«

»Hm ... nein. Ich unterhalte mich gerne mit Ihnen. Aber ... ich wollte Ihnen nur sagen, warum ich Sie heraufgebeten habe.«

»Jetzt weiß ich es. Wissen Sie, warum ich die Einladung angenommen habe?«

»Sie finden mich interessant.«

»Das stimmt. Sehr interessant. Faszinierend. Sie faszinieren mich.«

»Freut mich zu hören. Sie werden es vielleicht nicht glauben, aber ich war einmal ziemlich langweilig.«

»Das ist unmöglich.« Sie lächelte. »Wann war das?«

»Oh, März, April. Ich war echt langweilig. Darum hat mich meine Frau verlassen.«

»Sie sagten, davon wüßten Sie nichts.«

»Nun, ich war seit ein paar Tagen nicht mehr zu Hause. Vielleicht sollte ich meinen Anrufbeantworter abrufen.«

Aber das ließ ich bleiben. Wir unterhielten uns über dies und das, plänkelten und neckten einander, sprachen aber nicht mehr über Frank Bellarosa. Doch mir kam der Gedanke, daß es mehr als eine Methode gab, ihm ein Messer ins Herz zu stoßen. Ich meine, ich konnte diese Frau als Mittlerin zu den Nachrichtenmedien benützen. Ich konnte anonym bleiben, und sie würde sich für die Glaubwürdigkeit ihres Informanten verbürgen. Ich konnte den Medien alle möglichen Geschichten über Frank Bellarosa auftischen, die ihn ins Gefängnis oder ins Grab bringen würden. Damit wäre ich aus dem Schneider, was meine Falschaussage hinsichtlich des Alibis anbelangte, und Bellarosa würde aus meinem Leben verschwinden. Ich erwähne das nur, weil es mir durch den Kopf gegangen ist. Wahrscheinlich war ich einfach schon zu lange mit Bellarosa zusammen. Dann aber ließ ich (vorläufig jedenfalls) von meinen Rachegedanken ab und wandte mich wieder naheliegenderen Dingen zu. Ich sagte zu Jenny Alvarez: »Wissen Sie, es gibt keine Belohnung. Ich meine, selbst wenn Sie die Nacht hier verbringen würden, würde ich Ihnen nichts sagen.«

»Ich habe Ihnen gesagt, ich bin hier, weil ich bei Ihnen sein möchte. Ich schlafe mit niemandem für Stories. Das unten war ein Spiel.«

»Und das hier oben ist ein anderes Spiel. Und ich bin aus der Übung.«

»Sie machen es ganz gut. Ich bin immer noch interessiert. Übrigens, haben Sie sich im Fernsehen gesehen?«

»Klar.«

»Ihr Haar war zerzaust.«

»Ich weiß. Und die Farbe meiner Krawatte schien nicht zum Anzug zu passen. Aber das stimmt nicht. Ich kann Ihnen die Krawatte zeigen.«

»Oh, ich glaube Ihnen. Das kommt im Fernsehen manchmal vor.«

Das Telefon läutete, aber ich nahm nicht ab. Jenny rief in ihrem

Studio an und sagte, daß sie für heute fertig sei. Ich trank ein Mineralwasser, sie noch einen Scotch. Irgendwann zogen wir beide die Schuhe aus. Im Zimmer stand ein Fernseher, und wir sahen beide die Elf-Uhr-Nachrichten an. Bellarosa bekam eine Minute. Hauptsächlich waren es Meldungen über die Zeitungsberichte, einschließlich meiner Presseerklärung. Ferragamo, der bei Kurzauftritten erste Sahne war, sagte: »Wir überprüfen Mr. Bellarosas Alibi am fraglichen Tag, und wenn wir Beweise finden, die diesem Alibi widersprechen, werden wir beantragen, daß die Kaution aufgehoben und Mr. Bellarosa wieder in Haft genommen wird. Außerdem werden wir uns Schritte gegen die Person vorbehalten, die das Alibi geliefert hat.«

Zehn Sekunden zum Thema. Der Mann war ein Profi.

Mrs. Alvarez wollte wissen: »Er meint Sie, nicht?«

Ich antwortete: »Schätze schon.«

»Was für Schritte? Was können sie gegen Sie tun?«

»Nichts. Ich habe die Wahrheit gesagt.«

»Also lügen die fünf anderen Zeugen? Nein, antworten Sie nicht. Nichts Geschäftliches. Ist eine Gewohnheit. Entschuldigung.« Sie schien gedankenverloren, dann platzte sie heraus: »Aber es ergibt einfach keinen *Sinn,* John.«

»Ergibt es einen Sinn, daß Frank jemanden am hellichten Tag erschießen würde?«

»Nein, aber... sind Sie sicher, daß Sie ihn gesehen haben?«

»Ist das offiziell?«

»Nein, inoffiziell.«

»Okay... ich bin hundertprozentig sicher, daß er es war.«

Sie lächelte. »Wenn Sie geschäftlich werden, gehe ich.«

»Tur mir leid.«

Es folgten die Sportnachrichten, und ich sah zu meinem Entzücken, daß die Mets Montreal wieder geschlachtet hatten – neun zu drei. »Sie schaffen es«, sagte ich.

»Vielleicht. Aber die Yankees machen die ersten vier der Serie.«

»Die Yankees? Die können sich glücklich schätzen, wenn sie die Spielzeit überstehen.«

»Dummes Zeug«, sagte sie. »Haben Sie die Yankees dieses Jahr gesehen?«

»Da gibt es nichts zu sehen.«

Darüber unterhielten wir uns ein paar Minuten, und ich stellte fest, daß sie gut informiert war, wenn auch parteiisch. Ich erklärte: »Sie haben keinen einzigen Schläger für weite Bälle in der Mannschaft.«

»Fänger sind heute gefragt, Kumpel, und da haben die Yankees echt einen auf der Pfanne.«

Ausgesprochen frustrierend. Ich versuchte, ihr die harten Fakten des Baseball zu erklären, aber sie sagte: »Hören Sie, ich kann uns die Pressetribüne im Yankee-Stadion reservieren lassen. Sehen Sie sich ein Spiel der Yankees an, dann können wir wie zwei vernünftige Menschen darüber reden.«

»Keine zehn Pferde würden mich in die Bronx bringen. Aber ich sehe mir ein Spiel der Yankees mit Ihnen im Fernsehen an.«

»Gut. Nächste Woche will ich mir das Spiel gegen Detroit ansehen.«

Wie dem auch sei, es war ein schöner Abend, wir amüsierten uns königlich, und am nächsten Morgen ging es mir etwas besser als am Morgen zuvor. *Capisce?*

32. Kapitel

Wir blieben noch ein paar Tage im *Plaza*, aber weder Frank noch ich kamen noch einmal auf meinen Vorwurf zu sprechen, meine Frau könnte seine Geliebte sein. Ich sah jedoch, daß ihn das Thema immer noch betrübte, und er sah, daß das bei mir eindeutig nicht der Fall war. Ich will damit nicht sagen, daß ich mit ihm spielte; er war nicht der Mann, der mit sich spielen ließ. Offenbar hatte er jedoch ein paar menschliche Regungen wie wir anderen Sterblichen auch, und ich spürte, er war der Überzeugung, daß er selbst die Grenzen machiavellistischen Verhaltens überschritten und tatsächlich eine Todsünde begangen hatte. Nun, sein Pater würde ihm sicher gleich die Absolution erteilen – vielleicht sogar am Telefon: »Beten Sie zwei Vater unser, Frank, wenn Sie dazu kommen. Wir sehen uns beim Abendmahl.«

An einem Tag aß ich im *Plaza* mit Jack Weinstein, mit dem ich mich immer mehr anfreundete. An einem anderen Tag rief ich Alphonse Ferragamo an, den ich immer weniger leiden konnte. Ich war jedoch sehr nett zu Alphonse, wie es mein Klient befohlen hatte, und Mr. Ferragamo willigte ein, daß wir fair und sauber kämpfen würden. Aber wir logen beide.

Alphonse – nicht ich – brachte das Thema zur Sprache, mein Klient könnte in anderen Fragen mit der Bundesanwaltschaft zusammenarbeiten, und als Gegenleistung würde er die Mordanklage fallenlassen. Ich antwortete: »Er hat diesen Mord nicht begangen.«

»Das sehen wir anders«, sagte Ferragamo. »Aber ich würde mit Washington über Straffreiheit sprechen, falls er reden möchte.«

»Wie wäre es mit Absolution?«

Ferragamo kicherte. »Das muß er zwischen sich und seinem Priester abmachen. Ich meine Straffreiheit und keine gerichtliche Verfolgung für gute Informationen. Immunität bei allem, was er unter Eid aussagt«, fügte Alphonse hinzu, was nicht ganz dasselbe ist wie Straffreiheit bei nicht eidesstattlichen Aussagen. Der Bursche war wirklich gerissen. Ich dachte einen Augenblick nach. Wenn Bellarosa tatsächlich singen würde, wäre die Mafia in New York auf Jahre hinaus angeschlagen, vielleicht für alle Zeiten. Möglicherweise wollten manche seiner *Paesani* ihn allein aus diesem Grund eliminieren. Er hatte einach zu viele Informationen und ein zu gutes Gedächtnis.

Ferragamo fuhr fort: »Überbringen Sie Ihrem Mandanten diesen Vorschlag, Mr. Sutter. Sie scheinen mir ein kluger und vernünftiger Mann zu sein. Vielleicht könnten Sie Ihren Klienten davon überzeugen, einen wirklich klugen Schachzug zu machen.«

»Ich werde ihm sagen, worüber wir gesprochen haben.« Nun müssen Sie verstehen, daß jeder Staatsanwalt in Amerika einmal im Leben so einen Coup landen möchte; ein böser Bube aus der obersten Etage, der bereit ist, ein Jahr lang wie eine Heidelerche auf Band zu singen und damit tausend andere böse Buben ans Messer zu liefern. Um Ihnen die Wahrheit zu sagen, es *war* ein gutes Geschäft; Ferragamo bot Bellarosa *de facto* sein Leben an. Aber die wenigsten dieser *Paesani* machten solche Geschäfte, und Frank Bellarosa war der letzte Mann in Amerika, dem man ein Angebot der Regierung unterbreitete. Aber es war meine Pflicht, sein Angebot weiterzuleiten.

Ich wechselte das Thema: »Auf jeden Fall hätten wir gerne einen baldigen Verhandlungstermin, Mr. Ferragamo, sonst muß ich anfangen, mich gegenüber der Presse zu beschweren.«

»Die Anklage ist abgeschlossen, Mr. Sutter. Mein Büro arbeitet an einem Termin.«

Dummes Zeug. »Gut. Wann kann ich mit den Zeugen der Anklage sprechen?«

»Bald.«

Absolut dummes Zeug. »Danke.«

Sie müssen wissen, daß Staatsanwälte normalerweise nicht oft mit Verteidigern sprechen, und wenn, dann meist ziemlich arrogant und einschüchternd. Aber Ferragamo hatte offenbar in den Zeitungen über John Whitman Sutter gelesen und war zur Überzeugung gekommen, daß ich ein Mann mit Einfluß und Beziehungen war. Daher war er zumindest so lange nett zu mir, bis er alles überprüft hatte. Und er wollte mich natürlich dazu bringen, Frank zum Ausverkauf zu überreden. Aber da war noch die Frage meiner Falschaussage. Ich sagte zu Alphonse: »Ich habe Sie gestern abend im Fernsehen gesehen, Mr. Ferragamo, und die Andeutung, ich könnte hinsichtlich des Aufenthaltsortes meines Klienten gelogen haben, hat mir ganz und gar nicht gefallen.«

»Ich habe nicht gesagt, daß Sie lügen, und ich habe auch nicht Ihren Namen genannt. Ich sagte, wir überprüfen das Alibi.«

»Was bedeutet, Sie schicken Leute der Bundesanwaltschaft in

meinen Wohnort und meine Büros, damit sie herausfinden, ob jemand bezeugen kann, wo *ich* am vierzehnten Januar dieses Jahres war. Das paßt mir nicht.«

»Das mag sein, Mr. Sutter, aber es ist nun mal meine Vorgehensweise.« Er fügte hinzu: »Es könnte sich ja schließlich um eine Verwechslung Ihrerseits handeln, nicht wahr?«

»Ich weiß, wen ich gesehen habe.«

»Nun, wenn Sie das sagen und zehn Jahre Gefängnis wegen Falschaussage Sie nicht einschüchtern, werden Sie wohl wissen, wo Sie am vierzehnten Januar waren. Das war der Tag, bevor Sie nach Florida in den Urlaub geflogen sind, richtig?«

Mamma mia, zuerst der IRS und jetzt dieser Hampelmann. Warum waren nur alle so scharf darauf, mich in ein Bundesgefängnis zu bringen? Mußte an meinem Verhalten liegen. Ich antwortete: »Sie vergeuden Ihre Zeit und das Geld der Steuerzahler, Mr. Ferragamo. Aber ich respektiere Ihre Gründlichkeit und Entschlossenheit.«

»Danke. Bitte denken Sie über meine Worte nach. Was wir für Ihren Klienten ausarbeiten können, können wir auch für Sie ausarbeiten.«

Ich biß mir auf die Lippen, die Zungenspitze und einen Bleistift und antwortete: »Vielen Dank, daß Sie mir Ihre Zeit geopfert haben.«

Jedenfalls unterhielt ich mich am nächsten Tag mit Jack Weinstein in seinem Büro darüber, da man solche Dinge nicht am Telefon bespricht. Ich erläuterte ihm, was Alphonse Ferragamo gesagt hatte, und fügte hinzu: »Ich weiß, wie Franks Antwort ausfallen wird, aber dies ist vielleicht seine letzte Chance, sein Leben zu retten und ein neues Leben anzufangen.«

Weinstein schwieg ein paar Minuten, dann sagte er zu mir: »Okay, John, ich bin Ferragamo, ich habe Sie wegen Falschaussage in der Hand, und Sie können mit etwa zehn Jahren in einem Bundesgefängnis rechnen. Okay, ich will sämtliche Informationen von Ihnen, die Sie haben, über Freunde, Verwandte, Geschäftspartner – alles, wegen Steuerhinterziehung, unlauterem Wettbewerb, vielleicht Koks und Marihuana, illegale Preisabsprachen und all die anderen kleinen Wirtschaftsverbrechen, von denen Sie im Lauf der Zeit erfahren haben. Gut, also Ihre Partner wandern ins Gefängnis, die Verwandten Ihrer Frau wandern ins Gefängnis, *Ihre* Familie wandert ins Gefängnis, Ihre alten Schulkameraden wandern ins Gefängnis, und Sie gehen straffrei aus. Was sagen Sie, John?«

»Ich sage: Hol Sie der Teufel, Alphonse.«

»Genau. Und bei diesen Leuten geht das noch tiefer, mein Freund. Es ist ein uraltes Mißtrauen gegenüber Regierungen, ein primitiver Kodex der Ehre und des Schweigens. *Capisce?*«

»Ja, aber die Welt hat sich gewandelt, Jack. Wirklich.«

»Ich weiß. Aber das hat diesen Leuten noch niemand gesagt. Gehen Sie zu Frank, sagen Sie ihm, die Welt hat sich gewandelt und er soll jeden einzelnen *Paesano* fallenlassen, den er kennt. Sagen Sie ihm das.«

Ich stand auf, um zu gehen. »Ich schätze, indem Frank Bellarosa nach den alten Regeln spielt, hält er die Alte Welt zusammen.«

»Das wird es wohl sein.« Er fügte hinzu: »Aber Sie müssen ihn von dem informieren, was Ferragamo gesagt hat. Planen Sie etwa zwei Minuten für das Gespräch ein.«

»Richtig.«

»He, wie hört sich *Weinstein and Sutter* an?«

Nicht besonders toll, Jack. Aber ich lächelte und antwortete: »Wie wäre es mit *Sutter, Weinstein and Melzer?*«

Er lachte. »*Melzer?* Mit dem Burschen will ich nichts zu tun haben.«

Ich verließ Weinsteins Büro mit dem Wissen, daß ich trotz meiner gemischten Gefühle ob der Tatsache, daß Frank Bellarosa am Leben, bei guter Laune und frei war, meinen Job erledigt hatte.

Um ganz sicherzugehen, legte ich Bellarosa Ferragamos Angebot vor. Ich brauchte die ganzen geplanten zwei Minuten aber nicht, denn nachdem er etwa dreißig Sekunden nachgedacht hatte, sagte Bellarosa: »Der Teufel soll ihn holen!«

»Ist das Ihre endgültige Entscheidung?«

»Der Teufel soll ihn holen! Was glaubt der eigentlich, mit wem er es zu tun hat?«

»Er hat es eben versucht. Nehmen Sie es nicht persönlich. Er muß auch seine Arbeit machen.«

»Der Teufel soll ihn und seine Arbeit holen!«

Hochmut kommt vor dem Fall, richtig?

Wie auch immer, Frank und ich und Lenny und Vinnie fuhren eines Abends zum *Rifle Club*. Wir gingen zusammen mit ein paar anderen Sportsmännern, die alle mit Revolvern und Pistolen bewaffnet waren, in den Keller hinunter, pusteten Silhouetten aus Pappkartons weg und tranken die ganze Nacht Wein. Ein Mordsspaß, fast wie das Spatzenschießen draußen in den Hamptons, nur die wunderschöne herbstliche Landschaft, die tweedgekleideten alten Herren und die Spatzen fehlten. Aber ansonsten für Manhattan gar nicht schlecht.

Lenny und Vinnie waren, wie sich herausstellte, echt gute Schützen, was ich hätte wissen müssen, denke ich. So fand ich es auf recht schmerzhafte Weise heraus: Am Ende schuldete ich ihnen an die zweihundert Dollar nach Punkten.

Irgendwann waren wir alle ein bißchen vom Wein benebelt, die Schüsse wurden ungenauer, und da präsentierte jemand Bellarosa eine Silhouette, auf die das Gesicht von Alphonse Ferragamo gemalt war. Das Bild war sicher kein Michelangelo, aber es war auch nicht schlecht, und man konnte Alphonse mit seinen Eulenaugen, der Hakennase und den schmalen blutleeren Lippen gut erkennen. Frank hängte die Zielscheibe auf und schoß ihr auf dreißig Schritte Entfernung zum allgemeinen Entzücken vier von sechs Schuß mitten ins Herz. Kein schlechter Schütze, wenn man bedachte, daß er kaum noch sicher auf den Füßen stehen konnte. Aber der ganze Vorfall erweckte in mir doch ein etwas unbehagliches Gefühl.

Wir verließen das *Plaza* am Sonntag und kehrten als Konvoi von drei Autos, allesamt vollgestopft mit italienischen Männern und italienischem Essen, nach Long Island zurück. Ich saß mit Bellarosa im mittleren Wagen, dessen Inneres nach reifendem Käse und Zigarren roch. Gelegentlich fragte ich mich, ob ich den Anzug kochen oder verbrennen mußte.

Was Susan betraf, sie hatte nicht mehr angerufen; zumindest *mich* nicht. Ich hatte ihren Anruf nicht beantwortet und hätte es auch nicht gekonnt, selbst wenn ich gewollt hätte – schließlich hatte ich ihre neue Geheimnummer weggeworfen. Daher war ich, ehrlich gesagt, ein wenig nervös bei dem Gedanken, ihr jetzt unter die Augen zu treten.

Bellarosa sagte zu mir: »Die Mädchen werden sich freuen, uns zu sehen.«

Ich antwortete nicht.

»Wahrscheinlich haben sie gedacht, daß wir es uns in der Stadt gutgehen lassen. Wenn man weggeht, um Geschäfte zu machen, denken sie gleich, man macht eine Sause. Dabei reißt man sich den Arsch auf, um ein paar Piepen zu verdienen. Richtig?«

»Richtig.«

»Jedenfalls kocht Anna heute abend meine sämtlichen Lieblingsgerichte.« Worauf er seine sämtlichen Lieblingsgerichte in dem typischen Singsang herunterleierte, in den Italiener stets verfallen, wenn sie vom Essen sprechen. Ein paar Sachen kannte ich sogar schon. Ich bin auf dem besten Wege, ein *ehrenwerter* Italiener zu werden. Jedenfalls schien das ganze Gerede vom Essen ihn hungrig gemacht zu haben, denn er riß eine Packung *Biscotti* auf und packte ein Stück Käse aus, der wie alte Turnsocken roch. Dann borgte er sich ein *Stiletto* von Vinnie und machte sich über den Käse her. Abendbrot eines leitenden Angestellten. Er fragte: »Möchten Sie?«

»Nein, danke.«

»Wissen Sie, wie in italienischen Vierteln das Müllauto genannt wird?«

»Nein, weiß ich nicht.«

»Essen auf Rädern.« Er lachte. »Erzählen Sie mir einen.«

»Haben Sie schon den von dem dummen Mafioso gehört, der versucht hat, ein Auto vollzupumpen?«

»Nein.«

»Er hat sich den Mund am Auspuff verbrannt.«

Der gefiel ihm. Er schob sogar die Plexiglastrennwand auf und erzählte ihn Lenny und Vinnie, die lachten, obwohl ich sah, daß sie ihn nicht verstanden hatten.

Eine Weile schwiegen wir beide, und ich dachte über den Stand der Dinge nach. Trotz der unausgesprochenen und ungelösten Dinge zwischen Frank Bellarosa und mir war ich immer noch sein Anwalt und, wenn ich seinem Wort glauben durfte, sein Freund. Das hätte ich glauben können, wäre da nicht die Tatsache gewesen, daß ich gleichzeitig sein Alibi war – was der ganzen Sache ein wenig Farbe gab.

Eigentlich wollte ich nicht mehr sein Anwalt, sein Freund oder sein Alibi sein. Vor ein paar Tagen hätte ich ihm das sagen können, aber seit der Anklageverlesung war es mir unendlich schwer geworden, die Bande zu ihm zu zerschneiden. Das, was ich gesagt hatte, war eine Falschaussage, auch wenn ich nicht unter Eid gestanden hatte. Wenn ich diese Aussage widerrief, war ich als Anwalt erledigt und hatte wahrscheinlich über kurz oder lang eine Kugel im Kopf. Aber selbstverständlich hatte es noch eine andere Seite, zum ehrenwerten Italiener gemacht zu werden. Es war nicht nur Wein und Rigatoni, es war auch *Omertà* – Schweigen –, es war *wir gegen sie*, und es war eine Art unausgesprochener Treueeid, den ich geleistet haben mußte, als ich Frank Bellarosa als meinen Don akzeptierte. *Mamma mia*, das sollte einem Mitglied der Episkopalkirche nicht passieren.

Bellarosa spießte ein Stück Käse mit der Messerspitze auf und hielt es mir unter die Nasse. »Hier. Sie machen mich nervös, wenn Sie mir beim Essen zusehen. *Mangia*.«

Ich nahm den Käse und biß hinein. Er schmeckte nicht schlecht, stank aber zum Himmel.

Bellarosa betrachtete mich zutiefst befriedigt. »Gut?«

»*Molto bene.*« Wir waren nicht nur Gangsterbrüder, allmählich ähnelten wir uns auch in dem, was wir sagten und nach was wir rochen.

Nach einem Schweigen von ein paar Minuten sagte er: »He, ich weiß, Sie sind wegen ein paar Dingen sauer und glauben, ich hätte sie Ihnen eingebrockt, beispielsweise die Sache mit Melzer. Aber ich habe Ihnen ja schon einmal gesagt, manchmal kann man nicht ausgleichen. Manchmal muß man den Schlag einstecken und froh sein, daß man noch auf den Beinen ist. Beim nächsten Mal ist man dann etwas härter im Nehmen und etwas schlauer.«

»Danke, Frank. Ich wußte gar nicht, was Sie alles für mich getan haben.«

»Doch, wußten Sie.«

»Tun Sie mir keinen Gefallen mehr, okay?«

»Okay. Aber ich gebe Ihnen noch einen kostenlosen Rat. Reden Sie nicht mehr mit Leuten wie dieser Journalistenschlampe, und kommen Sie nicht auf den Gedanken, sich zu revanchieren. Ich sage Ihnen das nur zu Ihrem eigenen Besten. Weil ich Sie mag und nicht mit ansehen möchte, daß Ihnen etwas zustößt.«

»Hören Sie, Frank, ich bin nicht scharf auf *Vendetta* so wie Sie. Ich habe den Schlag eingesteckt und meine Lektion gelernt, wie Sie gesagt haben. Aber wenn ich auf Rache wegen der Sache mit Melzer und allem anderen aus wäre, dann garantiere ich Ihnen, würden Sie es nicht einmal kommen sehen. Darum schlage ich vor, wir lassen das Vergangene ruhen, bringen unsere Sache zu Ende und trennen uns als Freunde. *Capisce?*«

Er sah mich lange an und sagte schließlich: »Ja, Sie sind schlau genug, mir eins auszuwischen, aber nicht zäh genug.«

»Verarschen Sie mich noch mal, dann werden wir es herausfinden.«

»Ja?«

»Ja.«

Ich sah ihm an, daß er nicht glücklich über meine Worte war, aber er sagte: »Nun, ich werde Sie nicht noch mal verarschen, und deshalb werden wir es nie herausfinden. Okay?«

»Klar.«

Er streckte mir die Hand entgegen, und ich nahm sie. Wir schüttelten uns die Hände, aber ich war nicht sicher, welche Übereinkunft wir damit besiegelten, und er wußte es wohl auch nicht. Natürlich glaubte er mir nicht, daß ich nicht mehr auf Rache sann, während ich nicht glaubte, daß er mich nicht sofort wieder verarschen würde, wenn es seinen eigenen Interessen diente.

Wie auch immer, als wir uns der Ausfahrt Lattingtown näherten, sagte er in versöhnlichem Tonfall: »He, kommen Sie doch heute abend zum Essen vorbei. Anna hat ein paar Leute eingeladen. Nur Verwandte. Keine Geschäftspartner.«

»Sind wir Verwandte?«

»Nein, aber es ist eine Ehre, zu einer Familienfeier eingeladen zu werden.«

»Danke«, sagte ich unverbindlich.

»Gut. Susan natürlich auch. Ich glaube, Anna hat schon mit ihr gesprochen.« Er fügte hinzu: »He, ich habe eine Idee. Heute könnten wir doch das Bild enthüllen. Es sind alle da, denen ich das Bild zeigen möchte. Und Ihre Frau ist Ehrengast. Einverstanden?«

Nun, die Vorstellung, den Abend als Gast bei einer italienischen Heimkehrfeier für einen Mafia-Don zu verbringen, obendrein mit meiner entfremdeten Ehefrau als Ehrengast, war nicht unbedingt sonderlich verlockend, wie Sie sicher nachempfinden können.

»Okay? Dann sehen wir uns um sechs.«

Plötzlich fing Vinnie brüllend an zu lachen, schob die Plexiglasscheibe zurück und sah mich an. »Den Mund am Auspuff verbrannt! Jetzt hab' ich's kapiert.«

Ich hätte mit dem Zug heimfahren sollen.

33. Kapitel

Der Konvoi bog Richtung Stanhope Hall ab und fuhr den Schotterweg von Bellarosas neu erworbenem Herzogtum entlang, bis wir die kleine Enklave von Susan Stanhope erreichten, wo ich meinen Gangsterfreunden einen guten Tag wünschte und meinen Koffer zur Eingangstür trug.

Susans Jaguar stand an seinem Platz, aber bei Pferdenarren bedeutet das nicht zwangsläufig, daß jemand daheim ist, und als ich ins Haus trat, fand ich es einsam und verlassen vor.

Ich ging ins Wohnzimmer und löschte die Nachrichten auf meinem Anrufbeantworter; dann nahm ich einen Stapel Faxe und verbrannte sie ungelesen im Kamin. Die Post ging ich durch, weil ich handgeschriebene Briefe respektiere. Aber es war nur ein solcher dabei, ein Brief von Emily, den ich beiseite legte. Alles andere entpuppte sich als geschäftliche Korrespondenz, Rechnungen, Werbung und ähnlicher Müll, den ich ebenfalls verbrannte.

Dann setzte ich mich und las Emilys Brief:

> Lieber John,
> in Gottes Namen, woher hast Du diese gräßliche Krawatte? Ich habe die Farben am Fernseher dauernd nachgestellt, aber sie hat nur zu Deinem Anzug gepaßt, wenn Dein Gesicht grün war. Und wie ich gesehen habe, hast Du immer noch keinen Taschenkamm dabei. Ich habe diese spanische Frau gesehen – (ich glaube sie heißt Alvarez), als der Bericht im hiesigen Sender ausgestrahlt wurde. Entweder sie liebt Dich, oder sie haßt Dich. Finde unbedingt heraus, was von beidem sie für Dich empfindet. Gary und mir geht es gut. Komm uns besuchen. Bald!
>
> Alles Liebe,
> Dein Schwesterherz

Ich legte den Brief in meine Schreibtischschublade und ging in die Küche. Dort haben wir ein Zentrum für familieninterne Mitteilungen, früher kurz Pinnwand genannt, aber die einzige Mitteilung dort lautete: *Sansibar, Tierarzt, Dienstag vormittag.* Der Teufel soll Sansibar holen. Er kann nicht einmal lesen und darf sowieso nicht in die Küche.

Ich trug den Koffer nach oben und betrat das ehemalige Elternschlafzimmer, heute Damenschlafzimmer genannt, wo ich den Koffer in die Ecke warf. Dann zog ich Jeans, Turnschuhe und ein T-Shirt an und ging ins Bad. Mein Mund schmeckte immer noch nach diesem Käse, daher gurgelte ich mit Pfefferminzmundwasser, aber das half nicht viel. Das Zeug war mir wohl schon ins Blut übergegangen.

Ich verließ das Haus und stieg in den Bronco ein, den ich nur mit Mühe an bekam, wenn er eine ganze Weile gestanden hatte. Schließlich sprang der Motor doch an, und ich fuhr die Einfahrt entlang. Ich wollte nach dem Boot sehen, aber als ich mich dem Torhaus näherte, kam Ethel in ihrem geblümten Sonntagskleid heraus und stellte sich auf den Weg. Ich bremste den Bronco ab und stieg aus. »Hallo, Ethel.«

»Hallo, Mr. Sutter.«

»Wie geht es Ihnen?«

»Gut«, antwortete sie.

»Sie sehen auch gut aus.« Eigentlich nicht, aber ich bin stets sehr behutsam gegenüber frisch Verwitweten, Waisen und stark Behinderten.

Sie sagte zu mir: »Es steht mir nicht an, das zu sagen, Mr. Sutter, aber ich finde, die Presse behandelt Sie unfair.«

War das wirklich Ethel Allard? Hatte sie tatsächlich den typischen George-Ausdruck »es steht mir nicht an« gebraucht? Diese Frau war offensichtlich vom Geist ihres toten Mannes besessen. Ich antwortete: »Vielen Dank, daß Sie das sagen, Mrs. Allard.«

»Das muß eine große Belastung für Sie sein.«

Ich glaube, ich habe die Augen himmelwärts gewandt, um zu sehen, ob George da oben war und zu mir herablächelte. »Tut mir leid, Mrs. Allard, wenn Sie Ärger mit ungebetenen Besuchern hatten.«

»Das macht nichts, Sir. Es ist mein Job.«

Wirklich? »Dennoch danke ich Ihnen sehr für Ihre Geduld. Ich befürchte nur, es könnte noch eine Weile so bleiben.«

Sie nickte – tatsächlich neigte sie sogar den Kopf, wie George es immer gemacht hatte, um zu zeigen, daß er etwas verstanden und eingesehen hatte. Das kam mir ein wenig unheimlich vor, und so sagte ich: »Passen Sie auf sich auf, Mrs. Allard.«

»Mrs. Sutter und ich waren heute morgen in der Kirche«, berichtete sie mir.

»Wie schön.«

»Sie sagte, daß Sie heute vielleicht nach Hause kommen.«

»Ja.«

»Ich soll Ihnen ausrichten, daß sie heute nachmittag hier ist. Sie kümmert sich um den Garten, reitet oder ist im Stall. Sie möchten bitte nach ihr sehen.« Ethel fügte zögernd hinzu: »Sie schien in den letzten Tagen nicht sie selbst zu sein.«

Sie auch nicht, Ethel. Niemand hier in der Nachbarschaft. Augenblicklich hätte ich alles darum gegeben, wieder im April zu sein, als die Welt noch sicher und langweilig war.

Eigentlich wollte ich lieber nach meinem Boot als nach Susan sehen, aber da ich Ethels Nachricht nicht gut in den Wind schlagen konnte, sagte ich: »Danke. Ich werde sie suchen.« Damit stieg ich in den Bronco ein, wendete und fuhr die lange Einfahrt zurück.

Ich fuhr zum Stall und sah hinein, aber Susan war nicht da, obwohl beide Pferde darin standen. Also legte ich den Allradantrieb des Bronco ein, fuhr über das Grundstück zum Hauptgebäude und sah in ihren Gemüsegarten bei der Terrasse, aber weit und breit keine Susan, die Bellarosas Radicchio pflegte. Dann fuhr ich am Aussichtspavillon und dem Irrgarten vorbei. Nichts.

Während ich über das Gelände fuhr, wurde mir klar, daß dies nicht mehr Stanhope-Besitz war, sondern Bellarosa-Besitz, und unser einziger Zugang zur Grace Lane war die lange Einfahrt, die jetzt Bellarosa gehörte, aber ich vermutete, daß Williams neuer

Anwalt schlau genug gewesen war, ein Wegrecht eintragen zu lassen. Aber was kümmerte mich das? Schließlich gehörte mir das Gästehaus ja nicht. Susan und Frank konnten sich über ein Wegrecht einigen.

Ist das nicht ein Musterbeispiel für weinerliches Selbstmitleid? Aber versetzen Sie sich einmal in meine Lage: ohne Grundbesitz, ohne Geld, ohne Macht, ohne Job und gehörnt. Aber ich war auch frei. Und das konnte ich bleiben, wenn ich nicht dumm genug war, mir Land, Geld, Macht, einen Job und meine Frau zurückzuholen.

Als ich um den Pflaumengarten herumfuhr, bemerkte ich einen Strohhut auf einer Steinbank und bremste. Ich stieg aus und sah neben dem Strohhut einen Strauß Wildblumen, deren Stiele mit einem Band des Hutes zusammengebunden waren.

Nach einem kurzen Zögern betrat ich den Hain. Die Pflaumenbäume waren weit auseinander gepflanzt worden, und obwohl sie im Lauf der Jahre wild gewachsen waren, war der Hain immer noch weitgehend offen.

Dann erblickte ich sie. Sie trug ein weißes Baumwollkleid, hatte einen Weidenkorb in der Hand und sammelte Pflaumen auf. Ich beobachtete sie eine Weile, und obwohl ich ihr Gesicht auf die Entfernung nicht genau erkennen konnte, machte sie einen niedergeschlagenen Eindruck. Wenn Ihnen diese ganze Szene ein wenig inszeniert erscheint, lassen Sie sich versichern, ich hatte denselben Gedanken. Immerhin hatte sie ja Ethel gebeten, mir auszurichten, daß ich nach ihr sehen sollte. Doch wenn sie sich die Mühe gemacht hatte, diese Szene einzurichten, sagte das auch schon etwas aus. Ich meine, wenn ich sie bei Bellarosas Gemüse angetroffen hätte, hätte das auch zu bestimmten Schlußfolgerungen Anlaß gegeben. Richtig? Nun, genug mit der Gartenbau-Psychologie. Sie schien zu spüren, daß sie nicht allein war, denn sie sah auf und lächelte mir zögernd zu.

Und jetzt stellen Sie sich vor, wie wir durch den »Heiligen Hain« aufeinander zulaufen, in Zeitlupe, wie sich die Zweige teilen, wie der Weidenkorb beiseite geworfen wird und Sonnenschein unsere lächelnden Gesichter und ausgebreiteten Arme erhellt. Stellen Sie sich das vor.

Schnitt zurück auf John Sutter, der die Hände in den Jeanstaschen hat und seine Frau kühl und unbeteiligt ansieht. Nahaufnahme von Susans zögerndem Lächeln, das noch zögernder wird.

Jedenfalls kam sie auf mich zu und rief aus: »Hallo, John.«

»Hallo.«

Sie kam näher, der Korb schwang sanft an ihrer Seite. Mir fiel auf, daß sie barfuß lief und ihre Sandalen in dem Korb waren. In diesem Augenblick sah sie wie neunzehn aus, und ich fühlte, wie mein Herz klopfte, während sie sich mir näherte. Sie nahm eine Pflaume aus dem Korb und hielt sie mir hin. »Möchtest du eine?«

Ein Vorfahre von mir hat einmal in einem Garten von einer Frau eine Frucht angenommen; und da ihm das bösen Ärger eingebracht hat, sagte ich: »Nein, danke.«

Wir standen ein paar Schritte voneinander entfernt, und schließlich begann ich: »Ethel hat mir gesagt, du wolltest mich sprechen.«

»Ja, ich wollte dich zu Hause willkommen heißen.«

»Danke. Aber ich bin nicht zu Hause.«

»Das bist du, John.«

»Hör zu, Susan, wir alle, die nicht in einem Herrenhaus zur Welt kommen, lernen als erstes im Leben, daß man seinen Kuchen nicht bekommen *und* auch noch essen kann. Wenn man seinen Neigungen nachgeht, muß man einen Preis bezahlen. Du hast deine Entscheidungen getroffen, Susan, und du mußt die Verantwortung für dein Tun übernehmen.«

»Danke für diese protestantische Mittelschichtpredigt. Du hast recht, ich wurde anders großgezogen, aber ich habe mich weitaus besser an die tatsächlichen Gegebenheiten angepaßt als du. Ich war dir eine gute Frau, John, und habe eine bessere Behandlung verdient.«

»Tatsächlich? Soll das heißen, du leugnest sexuelle Beziehungen zu Bellarosa?«

»Ja, das leugne ich.«

»Ich glaube dir nicht.«

Ihr Gesicht wurde rot. »Warum fragst du ihn dann nicht selbst?«

»Das muß ich nicht, Susan, da du ihm gesagt hast, was ich zu dir gesagt habe. Soll ich ihm oder dir glauben, wo doch offensichtlich ist, daß ihr unter einer Decke steckt? Hältst du mich für einen Idioten?«

»Nein, für einen gewieften Anwalt. Aber du bist übertrieben argwöhnisch und zynisch geworden.« Sie machte eine Pause und sah mich an. »Aber ich will dir was sagen. Frank und ich sind gute Freunde geworden. Ja, wir unterhalten uns, wir reden über dich und anderes, und das hat wohl den Eindruck bei dir erweckt, daß ich dir untreu wäre. Ich entschuldige mich dafür.«

Ich sah ihr in die Augen und wollte ihr glauben, aber es gab zu viele Indizienbeweise, die für das Gegenteil sprachen. »Susan, sag mir, daß du ein Verhältnis mit ihm hast, und ich verzeihe dir. Dann ist die Sache vergessen, und wir sprechen nie wieder davon. Darauf hast du mein Wort. Aber du mußt es mir jetzt sagen – jetzt, in diesem Augenblick.« Ich fügte hinzu: »Ich mache dieses Angebot nur einmal.«

Sie antwortete: »Ich habe dir die Wahrheit über unsere Beziehung gesagt. Sie war eng, aber es war nichts zwischen uns. Vielleicht war sie zu eng, das werde ich abstellen. Ich entschuldige mich nochmals dafür, daß ich ihn ins Vertrauen gezogen habe. Aber du bist der einzige Mann, den ich liebe.« Sie fügte hinzu: »Ich habe dich vermißt.«

»Ich habe dich auch vermißt.« Das war die Wahrheit. Susan dagegen war unehrlich; sie plädierte auf ein weniger schwerwiegendes Verbrechen. Das ist ein alter Trick. Ich sah, daß das zu nichts führte. Susan ist ziemlich kaltschnäuzig, und wenn sie acht Stunden im Zeugenstand und ich ein brutaler Anwalt wäre, könnte ich sie doch nicht erschüttern. Sie hatte die Entscheidung gefällt zu lügen, oder besser gesagt, Bellarosa hatte sie für sie getroffen. Wäre es um einen anderen als ihn gegangen, hätte sie mir die Wahrheit gesagt. Aber dieser Mann übte einen so starken Einfluß auf sie aus, daß sie mir in die Augen sehen und lügen konnte, obwohl es ihrer Erziehung und ihrer Natur völlig zuwiderlief.

Ich fühlte mich in diesem Augenblick beschissener, als wenn sie gesagt hätte: »Ja, es stimmt, ich vögle seit drei Monaten mit ihm.« Ich hatte sogar ein wenig Angst um sie, weil sie mit Bellarosa und seiner Verderbtheit nicht so gut fertig wurde wie ich. Doch ich wußte instinktiv, dies war nicht der richtige Zeitpunkt, ihr weiter zuzusetzen. Ich sagte: »Also gut, Susan, ich verstehe, daß er dich auf andere Weise verführt hat. Ja, ich bin wütend und eifersüchtig auf deine Beziehung zu ihm, auch wenn sie nicht sexueller Natur ist. Ich wünschte, sie wäre einfach nur physisch und nicht metaphysisch.« Das stimmte natürlich nicht, denn ich bin in erster Linie ein Mann, und erst in zweiter, dritter oder vierter Linie ein feinfühliger, intellektueller, moderner Ehemann. Aber es schien mir die angemessene Antwort auf ihr Eingeständnis emotionaler Untreue zu sein.

Sie sagte zu mir: »Du bist auch von ihm verführt worden, John.«

»Das stimmt.«

»Können wir Freunde sein?«

»Wir können daran arbeiten. Aber ich bin immer noch wegen einigem wütend. Du vielleicht auch.«

»Ja, ich bin wütend, weil du mir Ehebruch vorgeworfen hast und seit Monaten so verschlossen bist.«

»Nun«, sagte ich, »vielleicht sollten wir uns eine Zeitlang trennen.«

Sie schien darüber nachzudenken, dann antwortete sie: »Mir wäre es lieber, wir könnten unsere Probleme bereinigen und dabei unter einem Dach wohnen. Wir müssen nicht miteinander schlafen, aber ich hätte dich gerne im Haus.«

»In *deinem* Haus.«

»Ich habe meine Anwälte angewiesen, die Besitzurkunde in unser beider Namen auszufüllen.«

Das Leben bietet eine Überraschung nach der anderen, nicht? Ich sagte zu ihr: »Sag ihnen, daß sie das nicht machen sollen.«

»Warum nicht?«

»Ich will keinen Besitz, solange ich Probleme mit der Steuer habe. Und deinen Besitz will ich unter gar keinen Umständen. Trotzdem danke für die Geste.«

»Also gut.« Dann fragte sie: »Und, wirst du bleiben?«

»Ich muß darüber nachdenken. Ich werde ein paar Tage auf dem Boot verbringen. Daher, fürchte ich, daß ich heute abend bei der Enthüllung deines Bildes nicht dabei sein kann.«

Sie antwortete: »Wenn du willst, sage ich... Anna, daß wir nicht kommen können.«

»Nein, Anna wäre enttäuscht. Bitte sag ihr, es tut mir leid.«

»Mach' ich.«

»Wir sehen uns in ein paar Tagen.« Ich wandte mich ab.

»John?«

»Ja?«

»Mir ist gerade eingefallen, daß Mr. Melzer gestern hier war.«

»Und?«

»Er sagte, du müßtest sofort eine Anzahlung auf deine Steuerschuld leisten.«

»Hast du ihm gesagt, daß wir das Haus in East Hampton noch nicht verkaufen konnten?«

»Ja, das habe ich. Er meinte, er würde sehen, was sich machen läßt, aber er klang ziemlich besorgt.«

»Ich melde mich bei ihm.« Ich zögerte, dann sagte ich: »Susan, wir haben noch einen weiten Weg vor uns.«

Sie nickte. »Vielleicht können wir zusammen weggehen, sobald sich die Lage beruhigt hat, John. Nur du und ich. Wir könnten mit dem Boot in die Karibik segeln, wenn du möchtest.«

Sie gab sich große Mühe, und ich mir überhaupt keine. Aber der Schmerz saß zu tief, und ihre Lügen machten es nicht besser.

»Denk darüber nach, John.«

»Das werde ich.«

»Oh, Edward und Carolyn haben angerufen. Sie lassen dir liebe Grüße ausrichten. Sie wollen dir beide schreiben, aber das könnte noch eine Weile dauern.« Sie lächelte.

»Ich ruf' sie an, wenn ich wieder da bin. Wir sehen uns in ein paar Tagen.«

»Sei vorsichtig, John. Du solltest nicht allein segeln.«

»Ich bleibe in der Bucht. Nichts Aufregendes. Ich komme schon zurecht.« Ich fügte noch hinzu: »Viel Spaß heute abend.« Dann drehte ich mich um und stieg in den Wagen. Sie rief mir nach: »Geh nicht ohne mich in die Karibik.«

Eine Stunde später bog ich in den Jachtclub ein, nachdem ich unterwegs in einem Lebensmittelladen Bier, Cervelatwurst und Brot gekauft hatte. Man kann an Bord drei Tage von Bier, Cervelatwurst und Brot leben, bevor Skorbut und Nachtblindheit zuschlagen.

Ich schleppte Bier und Lebensmitteltüte zum Boot und stellte alles auf dem Dock ab. Als ich gerade an Bord springen wollte, fiel mir ein in durchsichtiges Plastik eingeschweißtes Kartonsiegel auf, das an der Bugreling hing. Ich bückte mich und las das Schild:

WARNUNG

Gepfändet durch die Regierung der Vereinigten Staaten

Dieses Objekt wurde infolge von Einkommensteuerschulden von *John Sutter* gemäß Vollstreckungsbescheid des Bezirksdirektors des *Internal Revenue Service* gepfändet. Personen, die sich in irgendeiner Form an diesem Objekt zu schaffen machen, müssen mit strengen Strafen rechnen.

Ich studierte das Schild eine Weile und versuchte zu begreifen, wie dieses Ding an mein Boot gekommen war. Nach einer vollen Minute stand ich auf und lud den Proviant an Bord.

Als ich mit dem Ablegemanöver anfing, fiel mir auf, daß mich die Leute auf den benachbarten Booten anstarrten. Ich meine, wenn ich eine allerletzte Demütigung brauchte, da war sie. Aber es hätte schlimmer kommen können. Vergessen wir nicht, daß in der Kolonialzeit Leute hier auf Long Island in Holzkäfige gesperrt und unter Wasser getaucht, geteert und gefedert, an den Pranger gestellt und öffentlich ausgepeitscht wurden. So gesehen war ein kleines Pappkartonschild nichts Tragisches. Wenigstens mußte ich es nicht um den Hals tragen.

Ich ließ den Motor an und steuerte die *Paumanok* auf die Bucht hinaus. Dabei bemerkte ich, daß auf der Tür nach unten dasselbe Schild klebte. Und ich sah, daß ein weiteres an den Hauptmast geklebt war. Na gut, ich konnte nicht sagen, ich hätte es nicht gesehen, oder?

Ich stellte die Maschine ab und ließ das Boot mit Gezeiten und Wind treiben. Es war Spätnachmittag, ein schöner Sommertag im August, ein klein wenig kühler als normal, aber trotzdem angenehm.

Das hatte ich in Manhattan wirklich vermißt: den Geruch des Meeres, den Horizont, die Einsamkeit und Stille. Ich machte eine Dose Bier auf, setzte mich an Deck und trank. Dann machte ich mir ein Cervelatsandwich und öffnete noch ein Bier. Nach fünf Tagen Menüs, Zimmerservice und Restaurants war es schön, ein Cervelatsandwich zu essen und dazu Bier aus der Dose zu trinken.

Während ich das Boot durch die Bucht treiben ließ, dachte ich über den Sinn des Lebens nach, besonders natürlich darüber, ob ich mich gegenüber Susan richtig verhalten hatte. Oder hätte ich ihr doch ins Gesicht sagen sollen, daß ich ihr ihre Geschichte nicht abkaufte? Nun, im tiefsten Innern meines Herzens wußte ich, daß mir wirklich nichts daran lag, mutwillig einen völligen Bruch zu riskieren. Eigentlich wollte ich ja, daß alles wieder ins Lot kam. Ich meine, eigentlich liebten wir einander ja immer noch, aber es gibt nichts Peinlicheres als Mann und Frau, die zusammenleben, während der eine ein Verhältnis hat und der andere Partner davon weiß. (Was *ich* getan hatte, nennt man einen *Seitensprung*. Susan dagegen hatte ein *Verhältnis*. Bellarosa hatte uns das ja an jenem Abend beim Essen im *Creek* erklärt. Richtig?) Nun, dann schläft man eben nicht mehr miteinander, aber man muß sich ja auch nicht notwendigerweise trennen und die Scheidung einreichen. Besonders, wenn man sich noch liebt.

Nun hatte Susan aber nicht verbal eingestanden, daß sie ein Verhältnis mit unserem Nachbarn hatte, was die Situation irgendwie komplizierte. Um einen juristischen Vergleich zu ziehen, ich hatte eine Anklage ausgesprochen, ohne jemals eine Anklageschrift mit den Namen der Beteiligten abzufassen, und die Beschuldigte machte von ihrem Recht Gebrauch, zu schweigen, bokkig und verschlossen zu sein. Zwar hatte Bellarosa das Verhältnis zu meiner Frau indirekt eingestanden, aber dennoch hatte ich ausschließlich Indizienbeweise, was Susan betraf. Ich denke, wir gingen beide davon aus, wenn wir einfach das Thema und einander mieden, würden wir schließlich beide glauben, daß gar nichts passiert war.

Wie auch immer, so beim zehnten oder elften Bier war ich zur Überzeugung gekommen, daß Frank Bellarosa einer echten und dauerhaften Aussöhnung zwischen Susan und mir im Weg stand.

Nun, der Himmel färbte sich purpurn, die Möwen kreisten tief, es wurde Zeit, zurückzukehren. Ich stand unsicher auf, ging nach unten und holte die Feueraxt, die am Bug festgeklammert war. Dann begab ich mich in die vordere Bugkammer, schwang die Axt und schlug unterhalb des Wasserspiegels einen zehn Zentimeter langen Riß in die Hülle. Nachdem ich die Axt wieder herausgezogen hatte, sah ich zu, wie Meerwasser zwischen Spüle und Dusche hereinspritzte. Dann schwang ich die Axt noch ein paarmal und schlug ein beachtliches Loch in die Hülle. Das Wasser schoß herein, überflutete den Boden und drang in die angrenzende Kabine ein.

Ich ging an Deck, machte die Flaggenkiste auf, holte sieben Wimpel heraus und klipste sie an den Fall. Dann zog ich die Wimpel am Hauptmast empor.

Ich war stolz auf meine absolute Dummheit, und während sich

die *Paumanok* nach Steuerbord neigte, neigte ich mich nach Backbord, sprang aufs Achterdeck hinunter und zog ein kleines aufblasbares Rettungsboot unter dem Cockpitsitz hervor. Nun legte ich die restlichen Bierdosen und zwei Ruder in das Boot und setzte mich hinein. Dann riß ich eine Dose auf und trank Bier, während mein Boot immer tiefer ins Wasser sank.

Das Wasser spülte zuerst die Steuerbordseite, dann schwappte es über das Kippdeck und hob das Rettungsboot ein paar Zentimeter.

Es dauerte lange, bis die *Paumanok* gesunken war, aber schließlich war auch das Achterdeck unter Wasser, und das Rettungsboot trieb über das völlig überflutete Achterdeck hinweg. Ich betrachtete mein Boot, das langsam im Meer versank, etwa fünfundvierzig Grad nach Steuerbord geneigt, den Bug noch über der Wasserfläche, und am Mast die sieben Wimpel, die aller Welt verkündeten: *Geht und verpißt euch.*

Inzwischen war es fast dunkel, und je weiter ich wegtrieb, desto schwieriger wurde es für mich, mein Boot zu sehen, aber ich konnte immer noch Mast und Wimpel erkennen, die mittlerweile fast parallel zum Meer lagen. Es hatte den Anschein, als wäre der Kiel auf Grund gestoßen und würde nicht mehr weitersinken.

Ich ließ mich eine Weile von der Flut treiben, trank noch ein Bier und dachte über dies und das nach. Was ich getan hatte, war ganz eindeutig verabscheuungswürdig, ganz zu schweigen davon, daß es sich dabei um eine Straftat erster Klasse handelte. Na und? Ich meine, schließlich war auch jemand verabscheuungswürdig gemein zu mir. Richtig? Zum Beispiel Mr. Ferragamo und Mr. Novac. *Es kommt nichts Gutes dabei heraus, wenn Sie sich mit Leuten anlegen, die mächtiger sind als Sie.* Richtig, aber der Kampf machte mir einen Heidenspaß.

Der Verlust meines Bootes dagegen ganz und gar nicht, da es im Lauf der Jahre auf beinahe mystische Weise zu einem Teil von mir geworden war. Die *Paumanok* war immer mein As in der Rückhand gewesen, mein Raumschiff zu anderen Galaxien, meine Zeitmaschine. Darum hatten sie sie mir genommen.

Wäre ich nicht so gemein und impulsiv gewesen, hätte ich das Boot ja zurückbekommen, wenn ich meine Steuern bezahlt hätte. Aber darum ging es nicht. Es ging darum, daß die *Paumanok* nicht als Schachfigur oder Messer in meinen Rippen benützt werden sollte. Außerdem hatte mein Boot die Schmach nicht verdient, von einem Pfändungsbescheid der Regierung verunziert zu werden. Daher trank ich noch ein Bier auf ihr Andenken, legte mich im Rettungsboot zurück und ließ mich durch die Bucht treiben.

Gegen Mitternacht, als ich eine Milliarde Sterne gezählt und mir bei einem Dutzend Sternschnuppen etwas gewünscht hatte, setzte ich mich wieder auf.

Ich trank die letzte Hälfte eines Biers leer, orientierte mich und ruderte ans Ufer. Beim Rudern fragte ich mich: »Was kann sonst noch schiefgehen?« Aber diese Frage sollte man sich niemals stellen.

6. Teil

Zwei Stunden nach Mitternacht kam in einer Entfernung von zwei Seemeilen Land in Sicht.

Christopher Columbus
Tagebuch der ersten Reise,
12. Oktober 1492

34. Kapitel

»Sie müssen die *Sfogliatelli* versuchen«, sagte Frank Bellarosa.

Susan nahm das Gebäck und legte es neben zwei anderen »Müssen-Sie-versuchen«-Gebäckstücken auf ihren Teller. Diese Frau, die aussah wie eine Plakatwerbung für Hungerkuren, konnte seltsamerweise eine gesamte »Müssen-Sie-versuchen«-Mahlzeit verdrücken, ohne auch nur grün im Gesicht zu werden.

Anna Bellarosa dagegen mußte auf ihr Gewicht achten, wie sie schätzungsweise sechsmal verkündet hatte, und »naschte nur«. Sie naschte sich durch soviel Essen, daß man damit das Elendsviertel von Kalkutta eine ganze Woche lang hätte durchfüttern können. Sie naschte auch zweimal Gebäck, tat dann aber Süßstoff in den Kaffee.

Dies alles spielte sich im *Giulio's* ab, und es war inzwischen Mitte September. Um genau zu sein, es war Freitag, der siebzehnte September, und Sie werden bald verstehen, warum mir dieses Datum so genau im Gedächtnis geblieben ist.

Was die feierliche Enthüllung des Bildes betrifft, soweit ich weiß, waren alle von Susans malerischen Ruinen hingerissen und hatten auch sonst ihren Spaß. Großartig. Nun, wenn nötig, hatte ich eine gute Entschuldigung dafür, daß ich das Kunstereignis des Jahres versäumt hatte: »Tut mir leid, aber ich war damit beschäftigt, mein eigenes Boot zu versenken, um dem IRS eine vor den Latz zu knallen.« Bisher hatte ich allerdings noch nichts vom IRS gehört, und ich bezweifle, ob sie überhaupt wußten, daß die *Paumanok* nicht mehr da war. Ihnen lag offenbar nicht soviel an ihr wie mir. Letztendlich war es vielleicht eine vergebliche Geste, aber ich bereute sie nicht. Und wenn sie mich danach fragten, würde ich sagen: »Ja, ich habe sie versenkt, so wie meine Vorfahren Tee in den Bostoner Hafen gekippt haben. Freiheit oder Tod.« Wahrscheinlich würde ich ein Jahr und eine sechsstellige Geldstrafe aufgebrummt bekommen.

Aber ich hatte einen Notarstermin für das Haus in East Hampton und würde meine Steuerschuld aller Wahrscheinlichkeit nach in den nächsten Wochen begleichen können. Danach konnte ich meine Taucherausrüstung holen und die Pfändungsbescheide von der *Paumanok* entfernen.

Was meinen ehelichen Status anbetraf, so war ich auf Susans Vorschlag eingegangen und im Haus geblieben. Aber wir waren nurmehr *dem Namen nach verheiratet*. So nennt man das, wenn ein Paar in einem Haus wohnt, gemeinsam auf Gesellschafts- und Familienfeste geht, aber keinen Sex mehr hat. Für unsere Vorfahren mag das in Ordnung gewesen sein, aber für die meisten modernen Paare ist es die allerschlechteste Alternative.

Wie auch immer, im *Giulio's* flötete die dicke Dame immer noch italienische Weisen – eine Mischung aus lieblichen und traurigen Liedern, die die alten Goombahs zum Weinen brachte. Dazu gab es noch ein paar Stücke, die reichlich pikant gewesen sein müssen, was man daran erkennen konnte, wie verrucht sie sie sang und wie die Gäste reagierten.

Die Gäste unterschieden sich übrigens ein wenig von den Mittagsgästen. Es waren, um das klarzustellen, ein paar todsichere Mafiosi anwesend, aber auch ein paar Leute aus den besten Vierteln von Manhattan: solche nämlich, die ihr ganzes Leben damit verbringen, neue Restaurants zu entdecken, die noch keiner kennt –, außer ihnen und den zweihundert anderen Gästen dort. Nun, diese Leute sollten nach dem Essen etwas Interessantes zu berichten haben. Außerdem waren noch jede Menge pomadige Guidos mit ihren Freundinnen da, die wie schlanke Annas aussahen und nur auf die Heirat warteten, damit sie aufgehen konnten wie gefüllte *Cannelloni*.

Und da war noch ein alter Kauz mit Viertagesbart, der die – wie-heißt-sie-doch-gleich – Ziehharmonika spielte, während die dicke Dame sang. Frank gab dem alten Herrn einen Zwanziger, damit er »Santa Lucia« spielte, was die Nummer eins der Goombah-

Hitparade sein mußte, denn alle sangen mit, einschließlich Susan, die irgendwie alle italienischen Worte kannte. Eigentlich ist es ein sehr schönes Lied, und ich summte es ebenfalls mit. Nun, das Restaurant war proppenvoll und stank nach Knoblauch und Parfüm, und alle waren in heiterster Stimmung.

Susan schien von *Giulio's* und seinen Gästen fasziniert zu sein. Ihre gelegentlichen Ausflüge nach Manhattan beschränken sich auf die Innenstadt, den Broadway und die East Side. Wahrscheinlich war sie nicht mehr in den alten Einwanderervierteln gewesen, seit meine Firma vor fünf Jahren eine Feier in Chinatown veranstaltet hatte. Hätte ich gewußt, daß ihr das gefallen würde, hätte ich sie auch nach Little Italy, Chinatown, Spanish Harlem oder sonstwohin geführt, nur nicht in den *Creek Club*. Aber ich hatte es nicht gewußt. Und sie, nebenbei bemerkt, auch nicht.

Nun, ein paar Dinge hatten sich seit der Nacht, in der ich die *Paumanok* versenkte, doch noch ereignet und sind vielleicht der Erwähnung wert. Edward und Carolyn waren aus den südlicheren Gefilden zurückgekehrt, Edward braungebrannt und Carolyn mit mehr Verständnis für das cubanische Volk und einer Kiste *Monte Christo*. Somit war der Sutter-Klan etwa eine Woche vor dem Labor Day vereint, und wir hatten viel Spaß, obwohl die *Paumanok* auf dem Grund des Meeres lag und das Haus in East Hampton verkauft war. Ich hatte Susan übrigens nicht gesagt, daß ich das Boot versenkt hatte, und hätte es auch nicht getan, aber als Edward und Carolyn nach Hause kamen, wollten sie segeln gehen. Daher versammelte ich alle um mich und sagte: »Die Regierung hat eine Steuerpfändung an die *Paumanok* beklebt, und das sah so obszön aus, daß ich in die Mitte der Bucht gefahren bin und sie versenkt habe.« Ich fügte hinzu: »Ich glaube, der Mast ragt noch aus dem Wasser, wenn ja, könnt ihr die sieben Signalwimpel sehen. Hoffentlich ist sie kein Hindernis für die Schiffahrt, aber wenn, wird sich schon die Küstenwache darum kümmern.«

Es folgte eine Minute fassungslosen Schweigens, dann sagte Edward: »Gut für dich.« Carolyn pflichtete bei. Susan sagte nichts.

Jedenfalls machten wir ein paar Tagesausflüge, sahen uns eine

Matinee in Manhattan an, gingen am Fox Point schwimmen und spielten an einem Tag sogar Golf im *The Creek*, obwohl ich das unbestimmte Gefühl hatte, daß uns manche Leute schnitten. Ich trat am nächsten Tag aus dem Club aus – nicht weil ich (um Groucho Marx, einen ehemaligen Bewohner der Gold Coast, zu zitieren) »keinem Club angehören möchte, der bereit wäre, mich als Mitglied aufzunehmen«, sondern weil ich dorthin gehörte, wo ich hingehörte. Und da ich nicht dorthin gehörte, gehörte ich auch nicht dorthin. *Capisce?*

Wie auch immer, am Tag nach Labor Day beschloß Susan, ihre Eltern in Hilton Head zu besuchen, womit Carolyn, Edward und ich Gelegenheit hatten, den Rest der Schulferien allein zu verbringen. Es waren ein paar schöne Tage, und wir verbrachten sie weitgehend in Stanhope Hall, ritten und gingen auf dem Grundstück spazieren. Carolyn setzte sich in den Kopf, eine Fotosafari über das Anwesen zu machen, was zwei volle Tage dauerte, während ich mich bemühte, den historischen Hintergrund für die Bildlegende beizusteuern. Carolyn ist kein sentimentaler Typ, aber sie wußte, daß dies eine Art Abschied von Stanhope Hill war. Eines Nachts campierten Edward, Carolyn und ich in Schlafsäcken im Herrenhaus und veranstalteten auf dem Marmorboden ein Picknick bei Kerzenschein.

An diesem Abend sagte Carolyn zu mir: »Du hast dich verändert, Dad.«

»Tatsächlich? Inwiefern?«

Sie dachte einen Moment nach, dann sagte sie: »Du bist... erwachsener.« Sie lächelte.

Ich lächelte ebenfalls. »Ja , ich bin jetzt schon im Stimmbruch.« Natürlich wußte ich, was sie meinte. Die vergangenen Wochen waren eine Zeit der Herausforderungen und Veränderungen gewesen, was, vermute ich, gut für meinen Charakter gewesen war. Die meisten amerikanischen Männer der gehobenen Mittelschicht werden eigentlich nie erwachsen, wenn sie nicht das Glück haben, einen Krieg, Bankrott, eine Scheidung oder eine andere bedeutende Herausforderung durchzumachen. Dies war also der Sommer, in dem ich Haare an den Eiern bekam, und es war gut und schlecht zugleich. Ich fragte Edward: »Findest du auch, daß sich dein alter Herr verändert hat?«

Edward, der normalerweise keinen ausgeprägten Draht für die Feinheiten menschlichen Verhaltens hat, antwortete: »Ja, ich glaube schon.« Und fügte hinzu: »Kannst du dich wieder zurückverwandeln?«

»Nein. Es gibt kein Zurück.«

Ein paar Tage danach mietete ich einen Lieferwagen und fuhr die Kinder zu ihren Schulen zurück.

Als Carolyn und ich Edward auf seinem College abgeliefert hatten und uns auf dem Weg nach Yale befanden, fragte sie mich: »Wollt ihr euch scheiden lassen?«

»Nein. Deine Mutter wollte einfach ihre Eltern besuchen.«

»Ist es eine Art Trennung auf Probe?«

»Nein.«

»Warum schlaft ihr in verschiedenen Zimmern?«

»Weil wir nicht in verschiedenen Städten schlafen wollen. Ende der Diskussion.«

Was meine Anwaltslaufbahn betraf, meine Zugehörigkeit zu *Perkins, Perkins, Sutter and Reynolds* schien mittlerweile eher vage und möglicherweise gefährdet zu sein. Ich setzte mich auf halbes Gehalt, was meines Erachtens fair war, da ich die halbe Woche in meinem Büro im Locust Valley verbrachte, wenn auch bei verschlossener Tür und abgestelltem Telefon. Aber ich fühlte mich meinen alten Klienten gegenüber verantwortlich und versuchte, ihre Angelegenheiten in einen Anschein von Ordnung zu bringen, um sie dann den anderen Anwälten der Firma abzugeben. Meine Wall-Street-Klienten würden einen Anwalt feuern, wenn er zweimal nicht ans Telefon gegangen ist, daher war mein Loyalitätsgefühl gegenüber diesen Typen mit den gelben Krawatten nicht besonders entwickelt. Natürlich mußte ich irgendwann einmal die Frage meines Status in der Firma klären. Gelegentlich, wenn ich einmal im Büro in der Wall Street vorbeischaute, konnte ich mich ja mit meinen Seniorpartnern darüber unterhalten.

Was schließlich den Fall *Vereinigte Staaten vs. Frank Bellarosa* betraf, so schien er langsamer in Gang zu kommen als Mr. Ferragamo versprochen hatte. Wir hatten nicht nur keinen Verhandlungstermin, ich hatte auch noch keine Gelegenheit gehabt, einen der fünf Zeugen gegen meinen Klienten zu verhören. Alphonse informierte mich eine Tages am Telefon: »Wir halten sie alle gemäß der Kronzeugenregelung versteckt. Sie haben Angst, vor Gericht gegen einen Mafiaboß auszusagen.«

»Es gibt keine Mafia.«

»*Ha, ha*«, sagte Alphonse, und fügte hinzu: »Mit der Grand Jury hatten sie keine Probleme, aber jetzt bekommen sie kalte Füße.«

»Vier columbianiche Drogenkämpfer und eine Gangsterbraut kriegen kalte Füße?«

»Warum nicht? Aus diesem Grund, Mr. Sutter, habe ich um eine Vertagung der Verhandlung gebeten. Ich halte Sie auf dem laufenden.« Er fügte hinzu: »Was soll die Eile? Sie sollten froh sein. Vielleicht weigern sich die Zeugen, vor Gericht auszusagen.«

»Vielleicht haben sie von Anfang an gelogen«, konterte ich.

»Warum sollten sie das tun?«

Wir wußten beide, warum, aber es war mir ja nicht gestattet, ihn zu reizen. »Vielleicht«, meinte ich, »handelt es sich ja um eine Verwechslung. Alle Italiener sehen gleich aus, oder nicht?«

»Eigentlich nicht, Mr. Sutter. Ich zum Beispiel sehe Frank Bellarosa *überhaupt nicht* ähnlich. Da wir übrigens gerade bei Verwechslungen sind, ich habe herausgefunden, daß Sie am 14. Januar gegen ein Uhr mit Ihrer Frau zum Essen in Ihrem Club waren.«

»Na und? Ich habe Bellarosa gegen neun Uhr gesehen, und dann noch einmal gegen Mittag.«

»Und dann sind Sie nach Hause gegangen, haben das Pferd versorgt, möglicherweise geduscht, einen Anzug angezogen und waren um ein Uhr im Club?«

»Man nennt mich nicht umsonst Superman.«

»Hmmm«, sagte Alphonse. Offensichtlich hielt sich der Bursche für Inspektor Porfirij Petrowitsch, der den armen Raskolnikoff zum Geständnis zwingt, aber ich fand ihn bloß langweilig.

Wie auch immer, ich war mehr denn je davon überzeugt, daß Alphonse auf Zeit spielte und es auch weiterhin tun würde, bis jemand auf der Straße das Problem für ihn löste. Er mußte nicht lange warten.

Meine Beziehungen zu Freunden und Verwandten lagen ebenfalls auf Eis. Ein Grund dafür war, daß ich mich rar machte, was heutzutage nicht einfach ist. Versuchen Sie es einmal. Aber ich meldete den Faxanschluß ab, ließ mir eine Geheimnummer geben und veranlaßte, daß meine gesamte Post in einem Postfach im Postamt von Locust Valley landete, wo ich sie nie abholte. Ethel erwies sich als wahrer Zerberus und ließ niemanden zu mir.

Jenny Alvarez. Nun, auch diese Beziehung lag auf Eis, was für alle Beteiligten das Beste war, wie Männer und Frauen immer zueinander sagen, wenn sie sich auf etwas einlassen, in Panik geraten, weglaufen, nachdenken, anrufen, weglaufen, und so weiter. Doch schließlich gab es auch keinen Grund, die Situation noch komplizierter zu machen, als sie ohnehin schon war. Im Grunde genommen wußte ich ja gar nicht, ob Jenny Alvarez noch etwas an mir lag; und ich wäre erleichtert gewesen zu hören, daß dies nicht der Fall war – aber auch erbost und ziemlich verletzt. Doch ich sah sie praktisch jeden Abend in den Elf-Uhr-Nachrichten, und Susan fragte mich einmal, ob ich plötzlich nachrichtensüchtig geworden wäre.

Insgeheim hoffte ich ja, Jenny Alvarez würde eines Abends auf Sendung zusammenbrechen und schreien: »John! John! Du fehlst mir!« Konnte ihr nicht wenigstens, wenn sie vor Ort berichtete und an Jeff Wie-hieß-er-doch-gleich im Studio zurückgab, der Versprecher »Zurück ins Studio zu John« herausrutschen? Nein, nicht einmal das passierte, jedenfalls nicht an den Abenden, wenn ich zusah.

Wie auch immer, ich war in ein Gästezimmer im Gästehaus umgezogen, das kleinste und häßlichste, in das wir immer die Gäste abschoben, die wir nicht länger als vierundzwanzig Stunden bei uns haben wollten. Susan hatte zu mir gesagt: »Ich verstehe natürlich deine Gründe, warum du nicht in einem Bett mit mir schlafen willst. Aber ich bin froh, daß du dich entschieden hast, nicht auszuziehen. Ich wünsche mir von ganzem Herzen, daß du bleibst.«

»Dann bleibe ich. Was kostet das Zimmer?«

»Für dieses Zimmer wären zwanzig Dollar angemessen, aber ich kann dir für nur fünf Dollar mehr ein viel schöneres geben.«

»Ich bleibe in dem kleineren.«

Nun, wir machten immer noch Witze, was ein hoffnungsvolles Zeichen ist. Richtig? So lebten wir in dieser kühlen Vorhölle, die Ehemänner und -frauen zu dem Zweck erfunden und perfektioniert haben, auf daß sie miteinander auskommen können, bis der Möbelwagen auftaucht oder sie einander in die Arme fallen und sich ewige Liebe und Treue schwören – was bei Eheleuten etwa dreißig Tage bedeutet.

In Wahrheit war ich jeden Morgen wütend, verletzt und nachtragend, aber bis Mittag war ich philosophisch, resigniert und bereit, dem Schicksal seinen Lauf zu lassen. Am Abend dagegen war ich einsam und wollte rückhaltlos vergeben und vergessen. Und am nächsten Tag fing der Kreislauf von vorne an. Unglücklicherweise rief mich Susan eines Morgens um acht, als ich gerade in Phase eins war, von Hilton Head an, und ich sagte ein paar Dinge, die ich am Abend bedauerte. Zum Beispiel: »Wie geht es William Schwachkopf von Hilton Head?«

»Reg dich ab, John.«

Oder: »Wolltest du mit Sansibar sprechen?«

»Trink einen Kaffee und ruf mich zurück.«

Das hatte ich dann am Abend nach diesem Morgen auch getan, aber sie war nicht da. Wie auch immer, seit sie wieder zu Hause war, hatte ich mich zivilisiert verhalten.

Wir saßen also im *Giulio's* beim Dinner, was ein wenig bizarr erscheinen mag, wenn man die Umstände bedenkt. Aber mein Klient hatte nachdrücklich auf dieser kleinen Zusammenkunft bestanden. Mir war unklar, welchen Zweck er damit verfolgte, einmal davon abgesehen, daß er sich gerne in Little Italy zeigte, wo ihn die Leute kannten. Das hatte natürlich auch seine negativen

Seiten, besonders wenn man zur Zielscheibe erkoren worden war. Ich meine, wenn wirklich ein Kopfgeld auf diesen Mann ausgesetzt war, dann hätte jeder Goombah im Restaurant einen anderen Goombah anrufen können, und irgendwann einmal hätten die falschen Goombahs davon erfahren, und der Aufenthalt von Bischof Frank Bellarosa wäre für fündundzwanzig Cent Telefongebühren preisgegeben worden. Aber ich glaube nicht, daß das am Abend des siebzehnten September passiert ist. Ich bin ziemlich sicher, es war Lenny, der seinen Boß ans Messer geliefert hat.

Wie auch immer, ich hatte dem Dinner zugestimmt, weil eine Absage meinerseits un-machiavellistisch gewesen wäre. Ich war z. B. immer noch stinksauer auf den alten Frank und Mrs. Sutter, aber wenn ich ihnen das gezeigt hätte, wären sie ja vorgewarnt gewesen. Weshalb? Rache? *Vendetta?* Hatte ich Frank und mich selbst belogen? Suchte ich immer noch nach einer Möglichkeit, es ihm heimzuzahlen? Jede Wette. Ich hatte zwar keine Ahnung, was ich den beiden antun wollte, aber mir war auf jeden Fall daran gelegen, daß sie keinen Verdacht schöpften und mir alle Optionen blieben.

Wir tranken also Kaffee und aßen Gebäck. Die üblichen Sicherheitsvorkehrungen waren getroffen worden, Vinnie und Lenny saßen an ihrem Lieblingstisch in der hinteren Ecke. Und Frank saß auf seinem Lieblingsstuhl, Blick zum Lokal, Rücken zur Wand.

Während des Essens hatte Susan einmal zu Frank gesagt: »Ich finde es großartig, daß Sie Ihre Angestellten zum Essen einladen. Die meisten Männer schicken Auto und Chauffeur einfach weg, bis sie gehen wollen.«

Das war entweder die drolligste oder naivste Bemerkung, die ich das ganze Jahr über gehört hatte.

Ich betrachtete Anna Bellarosa. Seit dem Morgen, als sie sich in Alhambra bei mir ausgeheult hatte, hatte ich nicht mehr mit ihr gesprochen. Sie war mir zweifellos dankbar dafür, daß ich ihren Mann herausgehauen hatte, aber ich war ziemlich sicher, daß eine traditionelle italienische Frau einen Mann nicht anrief, besuchte oder ihm schrieb, wenn er nicht ihr Vater oder Bruder war. Wie unterdrückt diese Frauen waren, dachte ich, wie durch und durch abhängig von ihren Männern, und zwar in jeder Hinsicht, einschließlich ihrer Meinung und vielleicht ihren Gefühlen. Ich meine, die Frau hatte nicht einmal einen Führerschein.

Für einen Unbeteiligten mochte es so aussehen, als hätten wir alle viel Spaß beim Essen, aber das stimmte nicht. Zunächst einmal bemühte sich Bellarosa krampfhaft, Susan gegenüber zurückhaltend zu sein und mich als den besten Anwalt in New York zu preisen. Der Mann versuchte offenbar zu beweisen, daß zwischen ihm und meiner Frau absolut nichts los war.

Susan schien sich bei Bellarosas mageren schauspielerischen Leistungen gar nicht wohl zu fühlen. Aber auch sonst wirkte sie ziemlich nervös, was man ja schließlich auch erwarten durfte.

So geriet das Gespräch mehr als einmal ins Stocken, und auch Franks Unterhaltungskunst kam nicht recht zum Zuge, zumal ihm klarwurde, daß der Abend nicht so verlief, wie er es geplant hatte. Wahrscheinlich fiel das auch Anna auf, aber ich fragte mich, ob sie schlau genug war, den Grund dafür zu erkennen. Sollte ich ihr eröffnen, daß ihr Mann mit meiner Frau vögelte? Aber wenn sie schon nicht glaubte, daß ihr Mann ein Mafia-Boß war, warum sollte sie dann glauben, daß er ein Ehebrecher war? Und selbst wenn, was konnte sie schon dagegen unternehmen?

Frank übernahm die ganze Rechnung und zahlte wie immer in bar. Vinnie und Lenny hatten bereits das Lokal verlassen. Der Boß sagte zu uns: »Ihr bleibt alle hier und trinkt euren Kaffee. Ich kümmere mich um den Wagen.«

Anna sah mit gesenktem Kopf auf den Tisch und nickte. Sie kannte dieses Ritual. Susan schien darauf zu brennen, endlich aufzubrechen, doch sie gehorchte – wie Anna – dem großen Frank. Ich dagegen wollte nicht bei den Frauen sitzenbleiben, während Mr. Macho hinausging und den Brückenkopf sicherte. Daher stand der dumme John auf und sagte: »Ich komme mit Ihnen.«

Ich kam mit. Bellarosa und ich gingen zur Tür, wo Vinnie auf dem Gehweg stand und den Block im Auge behielt. Unser Wagen fuhr vor, ein langer schwarzer Cadillac, den Frank eigens zu diesem Anlaß hatte kommen lassen. Lenny saß am Steuer. Vinnie gab uns ein Zeichen, und wir gingen zur Tür hinaus auf den Gehweg.

Es war ein milder Abend mit einem Hauch Herbst in der Luft. Natürlich waren noch einige Passanten unterwegs – wie immer in Little Italy –, aber keiner sah verdächtig aus. Wie immer wußte niemand, wo Bellarosa an diesem Abend sein würde, abgesehen von Frank selbst und seiner Frau. Nicht einmal Susan und ich hatten es gewußt, obwohl ich natürlich vermutet hatte, daß wir im *Giulio's* essen gehen würden. Vinnie und Lenny vermuteten es vielleicht ebenfalls, aber eigentlich hätten wir in jedem der schätzungsweise dreitausend Restaurants in New York, New Jersey, Connecticut oder Long Island essen können. Mit Sicherheit wußten die beiden erst Bescheid, als wir bereits im *Giulio's* waren, und Vinnie war nie von unserer Seite gewichen. Nur Lenny hatte sich zeitweise von uns entfernt, als er den Wagen in einer nahegelegenen Garage parkte. Wie schon gesagt, alle Anwesenden im *Giulio's* hätten den Anruf machen können, aber ich bin ziemlich sicher, daß es Lenny der Kretin war.

Es waren zwei, und beide trugen schwarze Trenchcoats und Handschuhe. Ich bin nicht sicher, woher sie genau gekommen sind, denn sie tauchten plötzlich auf der anderen Seite der Limousine auf. Vielleicht hatten sie auf der Fahrerseite hinter dem Wagen gekauert und waren aufgestanden, als Vinnie am Griff der hinteren Beifahrertür zog und die Innenbeleuchtung der Limousine anging. Vinnie mag damit vielleicht unwissentlich den beiden Männern das Signal zum Aufstehen gegeben haben. Jedenfalls zerrte er weiter an der Tür, die offenbar verschlossen war, und schlug mit der Handfläche gegen die Scheibe. »He, Lenny! Mach die verdammte Tür auf. Bist du blöd, oder was?« Gleich darauf sah er auf und erblickte die beiden Männer über das Autodach hinweg. »*Heilige Mutter Gottes...*«

Ich sah die beiden Männer an und blickte in die Mündungen von zwei doppelläufigen Schrotflinten, die keine zehn Schritte entfernt waren. Beide Männer stützten sich zum Zielen auf dem Dach der Limousine ab, aber mit Schrotflinten auf zehn Schritt Entfernung muß man eigentlich nicht besonders zielen. Das alles spielte sich natürlich sehr schnell ab, aber keiner der beiden Männer schien es eilig zu haben oder nervös zu sein – sie wirkten nur sachlich.

Ich sagte: »Frank...« und gab ihm einen Schubs.

Vinnie hatte natürlich nach der Pistole gegriffen, aber der erste Schuß traf ihn aus etwa dreißig Zentimeter Entfernung mitten ins Gesicht und pustete ihm buchstäblich den Kopf weg, so daß Stücke davon auf mich und Bellarosa spritzten.

Frank und ich drehten uns zu den beiden Attentätern um, als der erste Schuß Vinnie köpfte. Bellarosa trat einen Schritt zurück, hielt sich die Hände vors Gesicht und rief: »He, he!«

Der zweite Mann feuerte beide Läufe auf einmal ab, und Frank, der einen oder zwei Schritte von meiner linken Schulter entfernt gestanden hatte, bekam beide Salven in die Brust und stürzte ins Schaufenster von *Giulio's*.

Der Mann, der einen Lauf seiner Flinte auf Vinnie abgefeuert hatte, sah mich an, und ich sah die Schrotflinte an, die auf mich gerichtet war. Aber ich war ja Zivilist und mußte mir keine Sorgen machen. Richtig? Aber warum war die Flinte dann auf *mich* gerichtet? Ich wußte irgendwie, daß ich den Blitz des Mündungsfeuers sehen, aber die Explosion nicht hören würde. Menschen, die ein ähnliches Erlebnis hatten, haben es mit »als würde man eine Ewigkeit warten« umschrieben. Das stimmt ganz genau.

Nun, der einzige Grund, weshalb ich Ihnen das alles noch erzählen kann, ist möglicherweise der, daß der Mann mich angrinste. Ich aber wollte das letzte Wort haben und zeigte ihm das, was man bei uns den italienischen Gruß nennt. Er lächelte, schwenkte den Lauf der Schrotflinte von mir weg und feuerte. Ich *hörte* die Schrotkörner wie wütende Bienen an meinem linken Ohr vorbeisummen und vernahm gleichzeitig Bellarosas Stöhnen... Ich drehte mich um und sah ihn im Restaurant liegen – Oberkörper drinnen, Beine draußen. Seine Hose war zerfetzt, und mir wurde klar, daß der zweite Schuß seine Beine durchlöchert hatte. Ich sah sogar Blut an Socken und Knöcheln herabrinnen – er hatte im Verlauf der Geschehnisse die Schuhe verloren –, und dieses Blut bildete Pfützen auf dem Gehweg.

Dann hörte ich hinter mir auf der Straße ein Geräusch, das wie ein weiterer Schuß klang, drehte mich um und sah, daß die beiden Schützen in die Limousine eingestiegen waren – was ich gehört hatte, war das Zuschlagen der Tür. Der lange schwarze Wagen fuhr mit normaler Geschwindigkeit davon. Jetzt fiel mir auf, daß die beiden Schrotflinten auf der Straße lagen. Dann sah ich auf Vinnies enthaupteten Leichnam, aus dessen Hals Blut strömte – nur wenige Zentimeter von meinem Schuh entfernt. Ich wich einen Schritt zurück.

Niemand auf der Straße um uns herum schrie oder lief weg; alle standen nur vollkommen regungslos da. So etwas kommt auf der Mott Street selbstverständlich nicht jeden Tag vor, aber alle wußten genau, was passiert war, aber selbstverständlich hatte niemand etwas gesehen.

Im Restaurant freilich war die Hölle los, und ich konnte mir die Szene da drinnen gut vorstellen – überall Glas, Bellarosas Körper halb auf dem Tisch am Fenster und sein Blut, das auf den weißen Fliesenboden tropfte.

Nun, auf der Straße konnte man nichts mehr tun, daher machte ich kehrt und ging wieder in das Restaurant. Übrigens, die Zeitspanne zwischen dem Augenblick, als ich die beiden Schützen gesehen hatte, und meiner Rückkehr in das Lokal dürfte etwa zwei Minuten betragen haben. Susan und Anna waren immer noch am Ecktisch, aber sie waren aufgestanden, wie alle anderen, und Anna starrte mich mit vor Schrecken weit aufgerissenen Augen an. Susan sah mich auch an, aber es schien mir, als blickte sie über meine Schulter hinweg, als würde sie nach Bellarosa suchen. Da dämmerte es mir: Keinem hier war klar, daß es Frank Bellarosa war, der das Restaurant durchs Fenster wieder betreten hatte. Ich drehte mich um und sah, weshalb sie es nicht wissen konnten. Als Bellarosa durchs Fenster gesegelt war, hatte er auch eine Vorhangstange und einen roten Vorhang mitgerissen, und dieser Vorhang verdeckte weitgehend sein Gesicht und seinen Oberkörper. Er hatte die Arme von sich gestreckt; sein Kopf hing über den Rand des Tisches herab. Überall lagen Glasscherben, auf dem Tisch, auf dem Boden und auf Frank Bellarosa.

Und dann hörte ich Annas kreischende Stimme: »Nein! Nein! Frank! Es ist Frank! Mein Gott, mein Gott!«

Während ich auf Bellarosa zuging, sah ich nach links und erblickte Susan, die jetzt wenige Schritte entfernt stand und in Bellarosas aufwärts gerichtetes Gesicht sah. (Sie selbst war blaß, machte aber einen gefaßten Eindruck.) Dann wandte sie sich von ihm ab und blickte mich an, sah mir direkt in die Augen. Ich wußte, ich hatte Blut und Fleischfetzen auf dem Anzug und sogar im Gesicht; und ich war ziemlich sicher, daß es nicht *mein* Blut war, sondern die Überbleibsel von Vinnies Kopf. Das konnte Susan jedoch nicht wissen, und trotzdem machte sie keinen Schritt auf mich zu, um sich zu vergewissern, ob mit mir alles in Ordnung war.

Anna dagegen riß sich von den Kellnern los und stürzte zu ihrem Mann. Sie sank auf dem mit Scherben und Blut bedeckten Boden auf die Knie und nahm den Kopf ihres Mannes zwischen die Hände und schluchzte laut, während sie das blutige Gesicht liebkoste.

Ich selbst war an diesem Punkt irgendwie weggetreten – und ich will auch gar nicht so tun, als wäre mir alles, was ich hier beschreibe, genau in dem Augenblick aufgefallen, als es geschah. Um Susan Gerechtigkeit widerfahren zu lassen – sie stand möglicherweise unter Schock, was ihren teilnahmslosen Zustand erklären könnte.

Wie auch immer, ich riß mich zusammen, kniete neben Anna in eine große Blutlache und wollte sie trösten und wegbringen. Da merkte ich, daß der Vorhang von Franks Gesicht geglitten war und seine Augen offen waren – aber ihr Ausdruck war nicht der wie bei einem Toten. Seine Augen tränten sogar und waren vor Schmerz zusammengekniffen. Mir fiel auch auf, daß sich seine Brust hob. Ich riß den Vorhang vollends weg und sah, daß Krawatte, Jackett und Hemd zahlreiche winzige Löcher aufwiesen, aber kein größeres Loch. Die doppelläufige Schrotflinte hatte ihm also nicht Herz und Lungen zerfetzt. Ich riß das Hemd auf und erblickte – selbstverständlich – eine kugelsichere Weste, auf deren silbergrauem Stoff Dutzende Schrotkügelchen lagen.

Ich sah Bellarosa ins Gesicht und stellte fest, daß sich seine Lippen bewegten. Dann aber – und das war wesentlich wichtiger – sah ich, warum er so viel Blut verloren hatte: Eine Glasscherbe war ihm seitlich in den Hals eingedrungen, Blut strömte unter dem Kragen hervor und floß auf den Boden. Der Mann verblutete.

Tja, zu dumm, nicht? Das nenne ich eine rasche und einfache Lösung für ein kompliziertes Problem. Andererseits hatte ich noch nichts von dem bekommen, was er mir schuldete, aber ich konnte ja auch alles als Lehrgeld für Erfahrungen, die das Leben bereichern, abschreiben. Ganz im Sinne von Frank.

Derweil standen sämtliche Gäste und Kellner tatenlos herum; ich schätze, es war kein Arzt im Haus und niemand begriff, daß Bellarosa Erste Hilfe brauchte. Anna weinte immer noch und hielt den Kopf ihres Mannes.

Frank machte die Augen auf, wir sahen einander an, und ich glaube, er lächelte. Ich nahm an, daß die Wucht der Schüsse ihm die Rippen gebrochen haben mußte, und wenn jemand versuchte, ihn zu bewegen, würden die gebrochenen Rippen die Lunge durchbohren. Aber bislang kam kein Blut aus dem Mund, und sein Atem war zwar flach, aber regelmäßig. Aber was tun? Zufällig Pfadfinder gewesen? Zufällig ja. Sogar *Eagle Scout.*

Daher machte ich ihm den Kragen auf und sah daran, wie das Blut spritzte, daß die Wunde möglicherweise an der Schlagader war. Also tastete ich nach dem Puls unter der Verletzung und fand ihn. Ich drückte die Finger auf den Puls, und die Blutung ließ nach. Nun legte ich seinen Nacken in meine Armbeuge, hob den Kopf auf eine Ebene mit dem Herzen, damit das Gehirn mit Blut versorgt wurde, und preßte eine Papierserviette auf die Wunde. Ich wußte nicht, ob das Wirkung zeigen würde, aber Mr. Jenkins, mein Pfadfinderführer, wäre stolz auf mich gewesen.

Ich drehte mich um und sagte zu den Leuten, die um uns herumstanden: »Bitte treten Sie zurück. Jemand soll sich um die Frau kümmern. Danke.«

Da kniete ich also, von oben bis unten besudelt mit Teilen von Vinnies Gehirn und Bellarosas Blut, und hatte die Finger am Hals des Don, wo ich sie schon eine ganze Weile haben wollte – wenn auch aus anderen Gründen. Alles in allem war es keiner meiner besten Abende in der Stadt.

Ich sah kurz auf die Uhr. Es war wenige Minuten vor Mitternacht. Dann betrachtete ich Bellarosas Gesicht und stellte fest, daß seine Haut sehr blaß war, wodurch die Bartstoppeln dunkel hervortraten. Aber er atmete noch regelmäßig, und ich konnte den Puls gut spüren. Und ich spürte auch, wie mir die Sauce *Puttanesca* wieder hochkam, kämpfte aber erfolgreich gegen meine Übelkeit an.

Ich sah ihm wieder ins Gesicht, und er betrachtete mich, wenn auch mit verschwommenem Blick. »Durchhalten, Frank. Sie halten sich hervorragend. Alles wird gut. Entspannen Sie sich.« Solche Dinge soll man machen, damit sie keinen Schock bekommen. Aber niemand kam auf den Gedanken, *mich* zu ermutigen; dabei war mein Mund trocken, mein Magen drehte sich um, und mir war schwindlig im Kopf. *Durchhalten, Sutter.*

Ich hörte eine Polizeisirene, sah durch das zerbrochene Fenster hinaus und stellte fest, daß sich eine Menge Leute eingefunden hatten. Da sie offenbar Vinnies geköpftem Leichnam nicht zu nahe kommen wollten, hatten sie einen weiten Halbkreis um das Restaurant gebildet. Die Sirene war jetzt ganz nahe.

Ich sah ins Restaurant zurück und entdeckte Susan ein paar Tische entfernt; sie saß auf einem Stuhl, beobachtete mich und hatte die Beine übereinandergeschlagen und die Arme vor der Brust verschränkt, als wäre sie aus irgendeinem Grund böse auf mich.

Inzwischen waren Polizisten draußen, und als ich aufsah, erblickte ich einen auf dem Gehweg und hörte ihn sagen: »Großer Gott! Wo ist denn sein Kopf?«

Auf meiner Krawatte.

Dann stürzten zwei Polizisten mit gezückten Pistolen durch die Tür des Restaurants herein. Nachdem sie aber die Situation mit einem Blick erfaßt hatten, steckten sie die Waffen wieder weg. Ich sagte zu einem: »Dieser Mann hat eine Schlagaderverletzung, also sagen Sie mir nicht, ich soll zurücktreten. Holen Sie die Notärzte rein, aber schnell.«

Sie gehorchten.

Die beiden Notärzte hörten mir ein paar Augenblicke zu, dann legten sie Bellarosa auf eine Rollbahre, ohne die Lunge mit den gebrochenen Rippen zu durchbohren. Ein Polizist preßte den Druckverband auf die Wunde am Hals.

Ich wandte mich ab und überließ den Profis das Feld. Irgendwann im Verlauf der Geschehnisse würden die Jungs in Blau die Identität des verletzten Mitbürgers herausfinden (wahrscheinlich von einem Kellner, von mir jedenfalls nicht), und danach lag es an ihnen, ob sie Don Bellarosa auf dem Weg ins St. Vincent's Krankenhaus verbluten ließen oder nicht. Nicht mehr mein Problem.

Nun, ich für meinen Teil hatte genügend Aufregung für einen Abend und wäre gerne nach Hause gegangen, aber mein Wagen war fort, und Lenny, mein Fahrer, saß wahrscheinlich bereits im Flugzeug nach Neapel.

Außerdem waren die Detectives eingetroffen, und die hatten sich in den Kopf gesetzt, daß ich mit aufs Revier kommen und ihnen alles erzählen sollte. »Morgen«, sagte ich. »Ich stehe unter Schock.« Aber sie ließen nicht locker, und so handelte ich folgende Abmachung mit ihnen aus: Sie erklärten sich bereit, Susan nach Long Island und Anna ins St. Vincent's Krankenhaus zu fahren, und als Gegenleistung kam ich mit ihnen aufs Revier. In dieser Stadt gibt man nichts umsonst, schon gar nicht den Bullen. Richtig, Frank?

Während all das vonstatten ging, hatte mir Lucio, der Inhaber des vom Schicksal heimgesuchten Restaurants, ein schönes heißes Handtuch gebracht, und ich wischte mir Vinnies Hirn und Franks Blut von Händen und Gesicht. Dann sagte ich zu Lucio: »Es tut mir sehr leid«, obwohl es selbstverständlich nicht meine Schuld war. Aber es war sonst niemand da, der sich für die zerschellte Fensterscheibe, das Tohuwabohu und das unbezahlte Essen entschuldigen konnte. Und ich mochte Lucio und seine Frau. Aber das entgangene Geld würde er locker wieder reinholen, denn nun gehörte *Giulio's* ja auch zu den berühmten Restaurants mit Schießereien und einer Wertung von vier Patronen im Gourmetführer.

Was mich daran erinnerte, daß die Presse mittlerweile zweifellos auf dem Weg hierher war. Und natürlich hatte ich nicht die geringste Lust, jede Menge dumme Fragen beantworten zu müssen, zum Beispiel: »Haben Sie die Gesichter der Männer gesehen, die Frank Bellarosa erschossen haben?« Ich *wäre* vielleicht geblieben, wenn ich damit hätte rechnen können, daß auch Jenny Alvarez auf dem Weg hierher war, aber es war Freitag nach Mitternacht, und sie war wahrscheinlich schon längst zu Hause und las ein gutes Buch. Also sagte ich zu einem der Detectives: »Bringen Sie mich hier weg.«

»Okay. Gehen wir.«

»Moment noch.« Mit dem Handtuch in der Hand ging ich zu Anna, die von drei Polizisten gestützt wurde. Ich sagte zu ihr: »Ihm wird nichts geschehen. Ich verspreche es Ihnen.«

Sie blickte mich an, als würde sie mich gar nicht erkennen, und ihre Augen waren vom Weinen tatsächlich so aufgequollen und tränenverschleiert, daß sie wohl kaum etwas sehen konnte. Aber dann streckte sie die Hand aus und berührte meine Wange. Ihre Stimme klang völlig kraftlos. »John... oh, John...«

»Ich versuche, später im Krankenhaus zu Ihnen zu kommen.«

Dann sah ich Susan an, die immer noch auf demselben Stuhl saß. »Die Polizei bringt dich nach Hause«, sagte ich zu ihr. »Ich muß mit aufs Revier kommen.«

Sie nickte.

»Glaub mir, er kommt durch.«

Sie nickte wieder.

»Alles klar?«

»Ja.«

Ich hatte noch immer den Eindruck, als wäre sie wegen irgend etwas böse. Nun, die Situation war ja auch nicht sonderlich angenehm. »Okay«, sagte ich.

»John?«

»Ja?«

»Hast du ihm das Leben gerettet?«

»Ich habe es versucht, ja.«

»Warum?«

»Er schuldet mir Geld.«

Sie sagte: »Ich an deiner Stelle hätte es nicht getan.«

Interessant. »Wir sehen uns zu Hause.« Ich ging zu dem Detective, der auf mich wartete. Aber Susan rief mir nach: »John!«

Ich drehte mich um, sie lächelte mich an und formte die vollen Lippen zu einem Kuß. *Madonna,* sie war verrückt. Aber war ich denn normaler – ich, der ich sie immer noch liebte?

Ich folgte den Detectives auf den Gehweg. Die Polizisten hatten einen ganzen Abschnitt der Mott Street geräumt und abgesperrt. Die blau-roten Lichter der Streifenwagen warfen ihren flackernden Schein auf die Häuser. Der Detective sagte zu mir: »War das Ihre Frau?«

»Ja.«

»Hübsche Frau.«

»Danke.«

Wir gingen zu einem Zivilfahrzeug, und er sagte: »Sind Sie nicht Bellarosas Anwalt? Mr. Sutter?«

»Richtig.«

»Vielleicht haben sie Sie deshalb ungeschoren gelassen. Sie legen keine Anwälte um.«

»Ich Glücklicher.«

Er machte mir die Beifahrertür auf und sagte: »Sie haben Ihren Anzug ruiniert, Mr. Sutter.«

»Das ist ein alter.« Aber die Krawatte war neu.

Die nächsten Stunden verbrachte ich mit den beiden Detectives in Midtown South und beschrieb die Ereignisse, die sich während etwa zehn Minuten abgespielt hatten. Ich war zur Zusammenarbeit bereit, obwohl ich als Anwalt des Opfers dazu nicht verpflichtet war. Als sie mich jedoch fragten, wer meiner Meinung nach für das Attentat verantwortlich sein könnte, bat ich sie, sich mehr an die gesicherten Fakten zu halten. Einer der Detectives fragte mich trotzdem nach Sally Da-da, worauf ich ihm den Rat gab, sich an Sally Da-da zu wenden, wenn er etwas über Sally Da-da wissen wollte. Aber wie sich herausstellte, war Mr. Da-da in Florida. Wirklich geschickt.

Dann fragte mich ein Detective: »Warum haben Sie ihm das Leben gerettet?«

»Er schuldet mir Geld.«

Der andere meinte: »Er schuldet Ihnen das Leben. Treiben Sie das ein.«

»Wie geht es ihm?«

»Er lebt noch.«

Midtown South ist kein gewöhnliches Polizeirevier, sondern eine Art Hauptquartier für diesen Teil von Manhattan. Im zweiten Stock, wo sie mich verhörten, befand sich auch ein großes Zimmer mit einer umfangreichen Verbrecherkartei. Dort verbrachte ich etwa eine Stunde mit einem Polizisten, der mir mehrere Alben reichte, die die Aufschrift »Bösewichter« trugen, was ich ausgesprochen komisch fand.

Nun, ich sah mir in einer Stunde mehr italienische Gesichter an, als ich in Lattingtown in zehn Jahren zu Gesicht bekomme; aber keines der Fotos zeigte einen der beiden Sportsfreunde mit den Schrotflinten.

Mir fiel ein Satz ein, den ich einmal in einem alten Gangsterfilm gehört hatte, und ich meinte: »Vielleicht haben sie Leute von außerhalb engagiert. Ein paar Jungs, die von Chicago abkommandiert wurden. Überprüfen Sie die Bahnhöfe?«

»Bahnhöfe?«

»Na gut, vielleicht die Flughäfen.«

Nach den Fotoalben der Verbrecherkartei kamen Dias von ein paar Dutzend *Paesani*, die von einer versteckten Kamera in ihrer natürlichen Umgebung aufgenommen worden waren. Der Detective erklärte: »Diese Männer sind nie verhaftet worden, daher haben wir sie nicht in der Kartei. Aber es sind allesamt Bösewichter.«

Also sah ich mir Dias an, bis mir die Augen weh taten und ich Kopfschmerzen bekam. Einer der Detectives sagte: »Wir wissen Ihre Zusammenarbeit wirklich sehr zu schätzen.«

»Kein Problem.« Aber würde ich die beiden Schützen tatsächlich anschwärzen, wenn ich ihre Gesichter erkannte? Wollte ich mich als Kronzeuge zur Verfügung stellen, um ein Gangsterattentat aufzuklären? Nein, das wollte ich nicht, aber ich würde es tun. Abgesehen von dem ganzen Mist der vergangenen Monate war ich immer noch ein guter Bürger, und hätte ich das Gesicht eines der beiden Männer erkannt, hätte ich sogleich gerufen: »Stoß! Der war dabei!« Doch bis jetzt war mir keines der Gesichter bekannt vorgekommen.

Dann aber *sah* ich bekannte Gesichter und blinzelte. Die Dias, die sie mir jetzt zeigten, waren zweifellos jene, die vom Haus der DePauws aufgenommen worden waren; im Hintergrund war Alhambra zu sehen. Tatsächlich handelte es sich um Aufnahmen von dem Osterdingsda, und die vergrößerten, körnigen Dias zeigten eine Menge Leute in Sonntagskleidung, die aus großen schwarzen Autos ausstiegen. Ich sagte: »He, an den Tag kann ich mich erinnern.« Und da war auch Sally Da-da mit einer Frau, die gut und gerne Annas Schwester sein konnte. Es folgte der fette Paulie mit einer Frau, die sein Bruder sein konnte. Dann kamen weitere Gesichter, die ich aus *Giulio's* und dem *Plaza Hotel* kannte, aber keines davon hatte ich am Lauf einer der großen Flinten entlangblicken gesehen.

Danach sah ich Alhambra bei Nacht und davor den Klugscheißer John Sutter, der in die Kamera winkte. Neben ihm stand die hübsche Susan in ihrem roten Kleid, die ihm einen verwirrten, ungeduldigen Blick zuwarf. Ich sagte: »Das ist der Bursche! Das Gesicht werde ich nie vergessen.«

Die beiden Detectives kicherten. Einer sagte: »Sieht wie ein Killer aus.«

»Tückische Augen«, fügte der andere hinzu.

Nun, auch die Diavorführung ging zu Ende, und ich sagte: »Hören Sie, ich bin gerne bereit, das noch einmal zu machen, aber nicht heute nacht.«

»Jetzt ist die Erinnerung noch frisch, Sir.«

»Sicher. Aber *zu* frisch für meinen Geschmack. Ich sehe nur vier schwarze Mündungen vor mir.«

»Das verstehen wir.«

»Danke. Dann also gute Nacht.«

Aber soweit war es noch nicht. Ich verbrachte noch ein paar Stunden mit einer Polizeizeichnerin, einer ziemlich hübschen jungen Frau, was die Sache einigermaßen erträglich machte. Mehr als einmal war ich versucht, ihr das Gesicht von Alphonse Ferragamo zu beschreiben, aber Polizisten nehmen solche Sachen ernst, und ich auch, fürchte ich. Daher versuchte ich, ihr mit Worten zu beschreiben, wie zwei Goombahs aussahen, die sich auf einer spärlich beleuchteten Straße mit Schrotflinten, welche ihre Gesichter teilweise verdeckten, hinter einem Auto versteckten. Linda – so hieß die Zeichnerin – gab mir ein Buch mit Skizzen von Augen und Mündern, und wir spielten Puzzle, was mir sogar Spaß machte, zumal wir Schulter an Schulter vor dem Skizzenblock saßen. Sie hatte ein angenehmes Parfüm – *Obsession*, wie sie sagte. Was mich betraf, mein Deodorant versagte gegenüber dem immer intensiveren Geruch der winzigen Fleischfetzen auf meinem Anzug. Jedenfalls brachte sie zwei Skizzen zustande, die den Jungs mit den Schrotflinten erstaunlich ähnlich sahen. Aber inzwischen war ich so übermüdet, daß ich buchstäblich nicht mehr aus den Augen sehen konnte. Linda sagte: »Sie haben ein erstaunlich präzises Gedächtnis. Die meisten Menschen rasten in solchen Situationen aus und können einem nachher nicht einmal sagen, ob der Bursche schwarz oder weiß war.«

»Danke. Habe ich erwähnt, daß der Bursche rechts eine winzige Narbe am Kiefer hatte?«

Sie lächelte. »Tatsächlich?« Sie nahm einen frischen Block und sagte: »Sitzen Sie still.« Dann machte sie rasch eine Kohlezeichnung von mir, was mir ein wenig peinlich war. Die Frau hatte offensichtlich schon zu lange Straftäter gezeichnet, denn der Typ auf dem Bild sah wie ein schlimmer Übeltäter aus. Ich sagte: »Ich brauche Schlaf.«

Nun, es dämmerte fast, und ich dachte wieder einmal, ich hätte es überstanden, aber was meinen Sie, wer nun im Revier Midtown South aufkreuzte? Mr. Felix Mancuso vom *Federal Bureau of Investigation.*

»Wie geht es meinem Klienten?« erkundigte ich mich.

»Er lebt, aber es geht ihm nicht besonders gut, fürchte ich. Er hat ziemlich viel Blut verloren, und die Ärzte sprechen von möglichen Gehirnschäden.«

Ich antwortete nicht.

Mancuso und ich unterhielten uns etwa zehn bis fünfzehn Minuten unter vier Augen, und ich nehme an, er glaubte mir, daß ich wirklich nicht mehr wußte als das, was ich der New Yorker Polizei gesagt hatte. Ich deutete jedoch an, daß Lenny Patrelli etwas mit dem Attentat zu tun haben könnte.

Er antwortete: »Das wissen wir. Die Limousine parkte am Flughafen Newark, und Patrellis Leichnam lag im Kofferraum.«

»Wie schrecklich.«

Mr. Mancuso sah mich an. »Es hätte auch Sie erwischen können, wissen Sie das?«

»Ich weiß.«

Er sagte: »Sie überlegen sich vielleicht noch, ob sie Sie umbringen sollen.«

»Vielleicht.«

»Glauben Sie, es sind Menschenfreunde, weil sie Sie am Leben gelassen haben? Sind Sie ihnen vielleicht auch noch dankbar?«

»War ich. Aber es läßt nach.«

»Möchten Sie den Schutz des FBI?«

»Nein, ich habe schon genügend Probleme. Ich glaube wirklich nicht, daß ich auf der schwarzen Liste dieser Gentlemen stehe.«

»Früher vielleicht nicht, aber jetzt vielleicht schon. Sie haben ihre Gesichter gesehen.«

»Aber das werden wir doch der Presse nicht erzählen, oder?«

»Nein, aber die Schützen wissen, daß Sie sie aus nächster Nähe gesehen haben, Mr. Sutter. Wahrscheinlich haben sie nicht damit gerechnet, daß Sie ihnen oder Mr. Bellarosa so nahe sein würden, und hatten keine Ahnung, wer Sie sind. Profis halten sich strikt an ihre Anweisungen und legen niemanden um, für dessen Ermordung sie nicht bezahlt werden. Sie hätten ja auch ein Polizist sein können oder ein Priester in Zivil. Daher haben sie Sie am Leben gelassen – um keinen Ärger mit ihren Auftraggebern zu riskieren. Aber jetzt haben wir eine andere Situation.« Er sah mich eindringlich an.

Ich sagte: »Ich mache mir keine allzu großen Sorgen. Diese Männer waren Profis, wie Sie gesagt haben, und sie kommen bestimmt aus einer anderen Stadt, Mr. Mancuso. Sie sind längst über alle Berge. Nun, vielleicht auch nicht. Es würde mich nicht überraschen, wenn man sie auch in einem Kofferraum findet.«

»Sie sind ein tapferer Mann, Mr. Sutter.«

»Nein, nur ein realistischer Mann, Mr. Mancuso. Bitte versuchen Sie nicht, mir Angst zu machen. Ich habe schon genug Angst.«

Er nickte. »Okay.« Dann sah er mir direkt in die Augen und meinte: »Aber ich habe Sie gewarnt, nicht wahr? Ich habe es Ihnen *gesagt*, daß nichts Gutes dabei herauskommt. Korrekt?«

»Korrekt. Und ich habe *Ihnen* gesagt, Mr. Mancuso, was Alphonse Ferragamo im Schilde führt. Korrekt? Wenn Sie also einen weiteren Beteiligten an diesem Mordversuch suchen, dann reden Sie mit ihm.«

Der arme Mancuso sah verschlafen und traurig und aufrichtig angewidert aus. »Abscheulich, dieser Anschlag.«

Ich informierte Sankt Felix, daß ich seine Gefühle teilte. Dann sagte ich: »Ich stinke nach Blut. Ich gehe jetzt.«

»Na gut. Ich fahre Sie. Wo wollen Sie hin?«

Ich dachte einen Moment nach und antwortete: »*Plaza Hotel.*«

»Nein, Sie wollen nach Hause.«

Vielleicht hatte er recht. »Okay. Macht es Ihnen etwas aus?«

»Nein.«

Nach ein paar Formalitäten – ich mußte versprechen, daß ich die Stadt nicht verlassen würde – verließen wir Midtown South, gingen zu Mancusos Regierungswagen und fuhren durch den Midtown Tunnel auf der Schnellstraße nach Norden. Die Sonne ging auf, und es war ein herrlicher Morgen.

Mancuso und ich müssen ähnliche Gedanken gehabt haben, denn er sagte: »Sind Sie froh, daß Sie am Leben sind?«

»Auf jeden Fall.«

»Freut mich zu hören.«

Mich auch. Ich fragte ihn: »Wie geht es Mrs. Bellarosa?«

»Als ich sie vor ein paar Stunden gesehen habe, schien es ihr ganz gut zu gehen.« Er sah mich an: »Und Mrs. Sutter? Ist sie sehr verstört?«

»Als ich sie zuletzt gesehen habe, machte sie einen ziemlich gefaßten Eindruck.«

»Vielleicht stand sie noch unter Schock. Die Reaktion kommt dann manchmal erst später. Sie sollten sie im Auge behalten.«

Ich hätte sie seit April im Auge behalten sollen; und ich glaube, das hatte er auch gemeint. »Sie ist eine starke Frau.«

»Gut.«

Dann döste ich ein und wurde erst wach, als er mich anstubste und wir durch das Tor von Stanhope Hall fuhren, das Susan offengelassen hatte. Mancuso fuhr mich zum Gästehaus, ich stieg aus und bedankte mich schlaftrunken murmelnd bei ihm. Er sagte: »Da wir schon einmal hier sind, können wir auch *Ihr* Haus im Auge behalten.«

»Richtig.«

»Möchten Sie diese Zeichnung? Sollen Sie das etwa sein?«

»Behalten Sie sie.« Ich stolperte zur Tür des Gästehauses und ging hinein. Auf dem Weg die Treppe hinauf zog ich die blutigen Sachen aus und ließ sie verstreut auf der Treppe liegen. Lady Stanhope konnte die Schweinerei wegräumen. Splitterfasernackt kam ich im Gästebad an und duschte im Sitzen. *Madonna*, was für eine beschissene Nacht.

Dann ging ich in mein kleines, häßliches Zimmer und fiel ins Bett. Dort lag ich und starrte zur Decke, während die Morgensonne zum Fenster hereinschien. Ich hörte Susan im Flur und auf der Treppe. Anscheinend sammelte sie gerade die Kleidungsstücke ein.

Ein paar Minuten später klopfte es an der Tür, und ich sagte: »Herein.«

Susan trat ein; sie trug einen Bademantel und hatte ein Glas Orangensaft in der Hand. »Trink das«, sagte sie.

Ich nahm den Orangensaft und trank ihn, obwohl mein Magen nach dem vielen Kaffee völlig übersäuert war.

Sie sagte: »Der Polizist, der mich nach Hause gefahren hat, meinte, daß du wirklich Glück gehabt hast.«

»Ich habe eindeutig eine Glückssträhne. Morgen gehe ich zum Fallschirmspringen.«

»Du weißt, wie er es gemeint hat«, sagte sie. »Ich bin froh, daß ich dich noch habe.«

Ich antwortete nicht, und auch sie schwieg eine Weile. Schließlich fragte sie mich: »Ist er tot?«

»Nein. Aber sein Zustand ist kritisch.«

Sie nickte.

»Was empfindest du?« wollte ich wissen.

Sie antwortete: »Ich weiß nicht.« Und fügte hinzu: »Vielleicht hast du richtig gehandelt.«

»Die Zeit wird es zeigen. Aber jetzt bin ich wirklich müde.«

»Dann lasse ich dich schlafen. Kann ich sonst noch etwas für dich tun?«

»Nein, danke.«

»Schlaf gut.« Sie ging und machte die Tür hinter sich zu.

Während ich da lag, hatte ich das beunruhigende Gefühl, daß ich das Richtige getan *hatte*, aber aus dem falschen Grund. Ich meine, mein Instinkt hatte mir befohlen, ein Leben zu retten. Aber mein Intellekt hatte mir gesagt, daß die Welt ohne Frank Bellarosa besser dran wäre. Besonders dieser Teil der Welt.

Aber ich *hatte* sein Leben gerettet, und nun versuchte ich mir einzureden, ich hätte es getan, weil es richtig war. Doch in Wahrheit hatte ich es getan, weil ich ihn leiden lassen wollte. Das Wissen sollte ihn demütigen, daß er zur Zielscheibe seiner eigenen Leute geworden war und sich dem Urteil der Gesellschaft stellen mußte, nicht dem Urteil des Abschaums, der keinerlei gesetzliches oder moralisches Recht hatte, ein Leben zu beenden – auch nicht das Leben von einem der Ihren.

Außerdem wollte ich mein Geld.

Doch während ich mir diese Wahrheit vorsagte, mußte ich mir eingestehen, daß ich den Burschen immer noch mochte. Ich meine, zwischen uns hatte es gleich zu Anfang gefunkt.

Da das alles so schrecklich kompliziert war, leistete ich mir eine sexuelle Phantasie mit Linda, der Zeichnerin, und schlief ein.

35. Kapitel

Der zähe Hurensohn überlebte natürlich, was größtenteils meiner Erste-Hilfe-Ausbildung bei den Pfadfindern und der Armee zu verdanken war. Die Presse hatte viel Wind darum gemacht, daß ich Bellarosas Leben gerettet hatte. Einer dieser geistlosen Fotoartikel in der Regenbogenpresse stellte die Frage: *Würden Sie einem sterbenden Mafia-Boß das Leben retten?* Alle sechs Befragten sagten ja und führten Humanität und Christentum und dergleichen an. Hätte man Sally Da-da gefragt, hätte er vielleicht eine andere Antwort parat gehabt.

Jedenfalls war es inzwischen Mitte Oktober – Columbustag, um ganz genau zu sein. Vielleicht reifte deshalb in mir der Entschluß, Frank Bellarosa, der vor etwa einer Woche aus dem Krankenhaus entlassen worden war und sich in Alhambra erholte, einen Besuch abzustatten.

Seit unserem unglücklichen Abendessen im *Giulio's* hatte ich ihn nicht mehr gesehen und auch nicht mit ihm gesprochen; ich hatte nicht einmal eine Karte oder Blumen geschickt. Eigentlich schuldete er ja *mir* Blumen. Aber ich hatte die Nachrichten über seine Genesung verfolgt. Außerdem hatte ich mich ab und zu mit Jenny Alvarez in Manhattan getroffen, und sie versorgte mich mit dem jüngsten Gangsterklatsch. Das Neueste war: Anders als bei anderen mißlungenen Mafia-Anschlägen, wo dem überlebenden Opfer eine Art Aufschub gewährt wird, falls es sich einsichtig und reumütig zeigt, stand Bischof Frank Bellarosa weiterhin auf der Abschußliste.

Mrs. Alvarez und ich hatten übrigens in unserer Beziehung eine höhere seelische und intellektuelle Ebene erreicht, was bedeutet, daß ich nicht mit ihr vögelte. Na gut. Das macht sowieso alles nur komplizierter.

So kam es, daß ich am sonnigen, milden Vormittag des Columbustags durch den Garten nach Alhambra hinüberging, wo ich in der Nähe der Jungfrau Maria von zwei Männern in blauen Windjacken aufgehalten wurde, die die Aufschrift FBI trugen. Sie waren beide mit schwarzen M-16 bewaffnet. Ich stellte mich vor, sie aber verlangten meinen Ausweis, obwohl sie zu wissen schienen, wer ich war. Ich zeigte meinen Ausweis, und einer holte ein Handfunkgerät hervor und rief jemanden an. Ich konnte einen Teil des Gesprächs hören, und es schien, als müßte sich der Bursche am anderen Ende vergewissern, ob Bellarosa heute empfing, wie man so sagt. Wohl schon, denn einer der FBI-Leute sagte, er müsse mich durchsuchen, was er dann auch tat. Danach begleitete er mich zum Haus.

Ich wußte natürlich, daß in Alhambra eine Wachablösung stattgefunden hatte. Nun, zwei Männer aus einem Gefolge waren natürlich tot. Aber Anthony und die anderen Gestalten, mit denen ich im Laufe des Sommers das Vergnügen gehabt hatte, waren ebenfalls verschwunden – entweder aus freien Stücken, oder auf Anweisung der Regierung. Wie auch immer, das FBI hatte jetzt das Sagen; und Frank war zwar nicht mehr so gefährdet wie zuvor, aber dafür auch nicht mehr so frei – ganz wie seine Vögel in den goldenen Käfigen. Nicht, daß er unter Arrest stand – laut Presse hatte er die Seiten gewechselt. He, konnte man ihm daraus einen Vorwurf machen?

Jedenfalls sagte der FBI-Mann mit der M-16 beim Gehen zu mir: »Ihnen ist natürlich klar, daß er Sie als seinen Anwalt entlassen hat und alles, was er Ihnen sagt, keine vertraulichen Informationen sind.«

»Das habe ich mir fast gedacht.« Viele FBI-Agenten sind Anwälte, und vielleicht war auch dieser Bursche mit seinen regierungseigenen L. L. Bean-Klamotten und dem Gewehr einer. Ich sehe es gern, wenn Anwälte solche Macho-Sachen machen. Das ist gut für das Ansehen unseres Berufs.

Ich fragte: »Ist seine Frau zu Hause?«

»Heute nicht. Sie ist ab und zu bei Verwandten.«

»Ist Mr. Mancuso da?«

»Ich bin nicht sicher.«

Wir gingen über die mit Herbstlaub bedeckte Veranda und an dem Pizzaofen vorbei, dessen Tür rostig geworden war. Wir betraten das große Haus durch die Hintertür, wo ein anderer Agent mit Anzug und Krawatte mich übernahm und durch den Palmenhof führte.

Der Palmenhof stand voll mit Buketts und Blumen und Genesungswünschen und roch wie eine Leichenhalle. *Mamma mia*, diese Leute hatten es aber wirklich mit Schnittblumen. Ich betrachtete die, die an dem größten Strauß hing: *Frank, willkommen daheim. Werd gesund. Alles Liebe, Sal und Marie.* Nein. Konnte das Sally Da-da sein? Wie hieß Annas Schwester? Ich glaube, sie hieß *wirklich* Marie. Was für eine ungeheure Dreistigkeit.

Im Palmenhof waren noch ein paar andere *Federals.* Einer strich mit dem Metalldetektor über mich, während ich die Blumen bewunderte.

Der Detektor sprach an, und der Mann sagte: »Bitte leeren Sie Ihre Taschen.«

»Er ist losgegangen, weil ich Eier aus Eisen habe«, sagte ich zu ihm, leerte die Taschen aber dennoch. Ich hatte eine Schützenjacke aus Tweed an, vielleicht nicht gerade die geschmackvollste Wahl für diesen Anlaß, und in der Seitentasche war tatsächlich ein Klappmesser, mit dem ich normalerweise eingeklemmte Schrotpatronen herausholte. Das erwähnte ich selbstverständlich nicht, weil die Burschen auch so nervös genug aussahen.

»Bitte geben Sie mir das, Sir.«

Ich gab ihm das Messer, und er strich noch einmal mit dem Detektor über mich. Dabei erblickte ich eine Krankenschwester, die durch den Palmenhof ging. Es war eine ältere Frau, kein schnuckeliges Häschen, und sie sah aus, als könnte sie Eiswasserklistiere ohne Gleitmittel verabreichen.

Der Bursche führte mich die Treppe hinauf, und ich sagte: »Wenn er in seinem Zimmer ist, finde ich den Weg.«

Er antwortete: »Ich muß Sie bis dorthin begleiten, Sir.«

Großer Gott, war dieses Haus jetzt ungastlich!

Wir gingen zur geschlossenen Tür des Zimmers, wo der Agent einmal anklopfte und aufmachte. Ich trat ein, und der Agent schloß die Tür hinter mir.

Bellarosa saß in seinem Lieblingssessel – wie an jenem Abend, als wir zusammen Grappa getrunken hatten. Er trug einen blaugestreiften Bademantel und Pantoffel, wodurch er älter und auch gutartiger aussah. Mir fiel auf, daß er sich dringend rasieren mußte.

Er streckte mir sitzend die Hand entgegen und sagte: »Ich kann nur mühsam aufstehen.«

Ich nahm seine Hand und schüttelte sie. Jetzt fiel mir auf, daß seine sonst braungebrannte Haut teigig wirkte; und dann erblickte ich die purpurnen Blutergüsse an Gesicht und Hals, wo ihn Schrotkugeln getroffen hatten. »Wie geht es Ihnen, Frank?«

»Nicht schlecht.«

»Sie sehen beschissen aus.«

Er lachte. »Ja. Ich komme nicht viel herum. Keine Übung. Sie finden immer noch Scheißschrot in meinen Beinen, und die Brust fühlt sich an, als wäre ich von einem LKW gerammt worden. Ich muß jetzt mit Krücken gehen.« Er griff nach einer Krücke, die neben dem Sessel stand. »Wie meine Großmutter.« Er hob die Krücke. »Ich verpasse jedem eine, der vorbeigeht.« Er schwang die Krücke spielerisch nach meiner Hüfte und lachte. »Wie meine alte Großmutter. Setzen Sie sich.«

Ich nahm im Sessel ihm gegenüber Platz.

»Möchten Sie Kaffee? Filomena ist noch da. Als einzige. Alle andern sind FBI-Leute. Sogar die Krankenschwester. Beschissen ist das. Möchten Sie Kaffee?«

»Gern.«

Er nahm ein Walkie-Talkie zur Hand und bellte hinein: »Kaffee!« Grinsend legte er das Funkgerät wieder weg. »Ich halte sie alle auf Trab.«

Er sah wirklich beschissen aus, aber von Gehirnschaden bemerkte ich nichts. Er schien so fit wie immer zu sein, vielleicht ein wenig langsamer, aber das konnte die Folge von Schmerztabletten sein. Ich fragte: »Wie geht es Anna?«

»Gut. Sie ist in Brooklyn bei ihrer verdammten Schwester.«

»Bei Marie? Die mit Sally Da-da verheiratet ist?«

Er sah mich an und nickte.

Ich sagte: »Wissen Sie, daß das FBI der Meinung ist, es war Ihr Schwager?«

Er zuckte die Achseln.

Ich fuhr fort: »Er hat jetzt die Macht. Richtig?«

»Welche Macht?«

»Über das Imperium.«

Er lachte. »Imperium? Ich weiß nichts von einem Imperium.«

»Das sollten Sie aber, Frank, sonst wachen Sie eines Morgens auf, und draußen steht niemand mehr mit einer M-16. Und Sie sind ganz allein mit Ihren Krücken und Sally Da-da, der auf Besuch kommt. *Capisce?*«

Er lächelte. »Hör sich das einer an. Sie reden wie dieser verdammte Mancuso.«

»In den Zeitungen stand, daß Sie mit ihnen zusammenarbeiten.«

Er schnaubte. »Das ist nur Scheiße. Scheiße von Ferragamo, der versucht, mich als Verräter hinzustellen. Er will immer noch, daß ich abserviert werde.«

In Wahrheit hatte ich nicht einen Augenblick geglaubt, daß Frank Bellarosa jetzt für Alphonse Ferragamo arbeitete. Ich sagte: »Hören Sie, Frank, laut Jack Weinstein bin ich nicht mehr Ihr Anwalt, aber wenn ich es wäre, würde ich Ihnen den Rat geben, mit der Regierung zusammenzuarbeiten. Ich gehe davon aus, daß Sie zumindest daran gedacht haben, sonst wären Sie nicht von FBI-Leuten umgeben.«

Er spielte eine Weile mit einer Krücke. Dann sagte er: »Ich werde beschützt, weil ich Zeuge eines Mordes bin. Des Mordes an Vinnie. Wie Sie. Wußten Sie das? Außerdem bin ich ein Opfer des organisierten Verbrechens.« Er grinste.

Ich sagte: »Frank, Sie haben keine Verpflichtung Leuten gegenüber, die versucht haben, Sie umzubringen. Dies ist Ihre letzte Chance, am Leben zu bleiben, nicht ins Gefängnis zu kommen und irgendwo mit Anna neu anzufangen.«

Er sah mich sehr lange an, dann sagte er: »Was liegt Ihnen daran?«

Gute Frage. Ich antwortete: »Vielleicht liegt mir etwas an Anna. Vielleicht liegt mir etwas an Gerechtigkeit.«

»Ach ja? Dann will ich Ihnen mal was sagen. Frank Bellarosa singt nicht beim FBI.«

»Ihre eigenen Leute haben versucht, Sie umzubringen.«

»Das war ein Mißverständnis. Sie wissen, wie das passiert ist. Der verdammte Ferragamo hat mich angeschwärzt. Aber ich habe das mit meinen Leuten geklärt.«

»Tatsächlich? Dann machen Sie doch einmal mit Sally Da-da einen Ausflug aufs Land.«

»He, Anwalt, Sie haben keine Ahnung in solchen Sachen.«

»Ich weiß, daß ich das funktionierende Ende von zwei doppelläufigen Schrotflinten gesehen habe. Ich habe gesehen, wie Vinnies Kopf wie ein Kürbis geplatzt ist und Sie einen Salto rückwärts durchs Fenster gemacht haben.«

Er lächelte. »Sehen Sie, warum ich meinen Anwälten soviel bezahle?«

Nun, ich hatte noch keinen roten Heller von ihm gesehen, aber das wollte ich jetzt nicht zur Sprache bringen. Ich sagte jedoch: »Bitte erklären Sie mir, warum ich gefeuert worden bin.«

Er zuckte die Achseln. »Ich weiß nicht. Aus unterschiedlichen Gründen. Was hat Jack Ihnen gesagt?«

»Nicht viel. Er meinte, ich sollte mich freuen, weil ich jetzt eine Verschnaufpause hätte. Das tue ich auch. Dann aber hat er noch gesagt, er würde mich als Ihren Alibizeugen aufrufen, sollte es zu einer Mordanklage gegen Sie kommen. Das ist weniger erfreulich.«

»Ja. Nun, wir werden sehen.« Er schwieg einen Augenblick und meinte dann: »Das FBI mag Sie nicht, daher habe ich ihnen einen Gefallen getan und Sie gehen lassen.«

»Interessant. Und was für einen Gefallen tun sie Ihnen als Gegenleistung?«

Er ging nicht auf meine Frage ein, sondern sagte: »Das heißt nicht, daß wir nicht trotzdem Freunde sein können. Als Freunde und Nachbarn sind wir sogar besser dran. Richtig?«

»Kann sein. Bin ich immer noch ein ehrenwerter Italiener?«

Er lachte. »Klar. He, noch besser, ich mache Sie zu einem ehrenwerten *Napoletano*. Wissen Sie, warum? Weil Sie dastanden und dem Burschen den Vogel gezeigt haben, als er überlegt hat, ob er Sie wegpusten soll.«

Wie in Gottes Namen konnte er das wissen? Aber ich war schlau genug, nicht zu fragen.

Bellarosa fragte grinsend: »He, ficken Sie immer noch mit dieser Schlampe Alvarez, oder was?«

»Ich bin ein verheirateter Mann.«

Sein Grinsen wurde noch breiter.

Ich sagte: »Sie hat mir gesagt, man munkelt, daß Ihr Schwager immer noch ein Kopfgeld auf Sie ausgesetzt hat. Und Sie lassen Ihre Frau dort schlafen?«

»Das eine hat nichts mit dem anderen zu tun.«

Ich schätze, ich verstand italienische Familienbeziehungen immer noch nicht. Ich versuchte mir vorzustellen, daß Susan zu Verwandten ging, die versuchten, mich umzubringen. Im Grunde genommen passiert so etwas jedesmal, wenn sie nach Hilton Head geht. Aber William Schwachkopf *will* nur meinen Tod; er ist zu knausrig, jemanden anzuheuern, der diesen Wunsch verwirklicht. Ich sagte zu Bellarosa: »Sally hat Ihnen Blumen geschickt. Kommt er auch auf Besuch hierher?«

Er beantwortete meine Frage nicht direkt, sondern sagte: »Der Bursche ist Sizilianer. Die Sizilianer haben einen Ausdruck: Man muß seinen Freunden nahe sein, aber seinen Feinden noch näher. *Capisce?*«

»Schon. Aber ich finde, ihr seid alle ziemlich verrückt.«

Er zuckte die Achseln.

Ich fragte ihn: »Bezahlen Sie die Männer auch für ein mißlungenes Attentat?«

Bellarosa lächelte. »Sie können die Hälfte behalten, die sie im voraus bekommen haben. Die andere Hälfte bekommen sie nicht.« Er fügte hinzu: »Ich hätte es anders gemacht.«

»Wie?«

Er antwortete, als hätte er gründlich darüber nachgedacht. »Nun, die Schrotflinten sind ganz gut, um jemanden abzuknallen und die Leute ganz aus dem Häuschen zu bringen. Klar? Aber man muß den Burschen, hinter dem man her ist, mit einer Kugel in den Kopf abservieren, weil viele Leute heutzutage Westen tragen. Richtig?«

»Es gibt unterschiedliche Techniken, da bin ich ganz sicher. He, Frank, wie kommt es, daß Sie eine kugelsichere Weste getragen haben und ich nicht?«

»Ich habe Ihnen doch gesagt, Sie sind Zivilist. Machen Sie sich keine Sorgen. He, möchten Sie eine Weste? Ich gebe Ihnen eine von meinen.« Er lachte.

Es klopfte an der Tür, und ein FBI-Mann kam herein, gefolgt von Filomena, die ein Tablett trug. Ich stand auf, um ihr zu helfen, aber sie machte mir deutlich, daß ich ihr nur im Weg herumstand;

daher setzte ich mich wieder. Es gibt nicht viele Frauen, deren Aussehen durch einen Vollbart verbessert werden würde, aber Filomena gehörte dazu.

Sie stellte das Tablett auf den Tisch und schenkte zwei Tassen Kaffee ein. Frank sagte etwas auf italienisch zu ihr, sie antwortete, und schon war wieder der schönste Streit im Gange. Während sie über was auch immer zankten, tat sie Milch und Zucker in seinen Kaffee und bestrich ihm einen Bisquit mit Butter. Trotz des ewigen Gezänks verband die beiden offensichtlich eine große Zuneigung. Ich sagte zu Bellarosa: »Sagen Sie ihr, daß ich sie mag.«

Er lächelte und sagte etwas auf italienisch zu Filomena.

Sie sah mich an, grunzte und fauchte mir etwas entgegen.

Bellarosa übersetzte: »Sie sagt, Sie haben eine wunderschöne Frau und sollten sich anständig benehmen.« Er fügte hinzu: »Wenn man italienischen Frauen ein Kompliment macht, denken sie, man will mit ihnen ins Bett. Sie denken, daß alle Männer Schweine sind.«

»Da haben sie recht.«

Filomena warf mir einen Blick zu und ging.

Ich sah, daß Bellarosa weder seinen Kaffee noch den Bisquit anrührte. Ich sagte zu ihm: »Frank, ich bin nicht hier, um die Arbeit der Regierung zu machen. Aber vielleicht sollten Sie doch Ihre machiavellistische Denkerkappe absetzen und überlegen, was gut für Sie und Ihre Frau und Ihre Söhne ist.« Ich fügte hinzu: »Ich sage Ihnen das, weil ich Sie mag.«

Er schien tatsächlich darüber nachzudenken, dann antwortete er: »Ich will Ihnen was sagen, Anwalt: Alles ist jetzt vollkommen anders geworden. Vor zwanzig Jahren hat niemand mit dem Bezirksanwalt oder dem FBI geredet. Heute gibt es Typen, die beides wollen. Sie wollen das Geld verdienen, das schöne Leben leben, und wenn sie Ärger mit dem Gesetz bekommen, wollen sie ihre Zeit nicht absitzen. Klar? Also singen sie. Sie begreifen nicht, daß man bereit sein muß, zwanzig Jahre abzusitzen, wenn man sich entschließt, in diesem Geschäft tätig zu werden. Denn sonst *wird man nicht* in diesem Geschäft tätig. Aber heute haben sie allesamt

Mittelschichtambitionen, diese Männer. Sie wollen jede Nacht mit ihren Frauen und Freundinnen schlafen, ihre Kinder zur Schule bringen, sogar Golf spielen. Zur Zeit meines Onkels hat ein Mann seine zwanzig Jahre abgesessen, ohne auch nur piep zu sagen. Und wenn er herauskam, hat seine Frau ihn umarmt, seine Kinder haben ihm die Hände geküßt, und die Partner haben ihn über das Neueste unterrichtet. Verstanden? Aber wer hat heute noch diesen Mumm? Also bietet dieses Arschloch von Bundesanwalt mir ein *Geschäft* an. Aber ich mache keine Geschäfte mit dem FBI, um meinen Arsch zu retten. Meine Freunde hätten das wissen sollen. Sie sollten wissen, daß Frank Bellarosa seine Kumpel nicht verrät. Wissen Sie, was ich in La Salle gelernt habe? Man führt, indem man ein Beispiel gibt. Man weicht nicht von seiner Ehre ab. Wenn diese Sache, die Organisation, weiter fortbestehen soll, dann muß ich jedem zeigen, wie sie fortbestehen muß. Ich muß ein Beispiel geben, auch wenn sie versucht haben, mich zu töten und ich jetzt von FBI-Leuten umgeben bin. Das ist Mumm, Anwalt. Mumm. *Capisce?*«

»*Capisco.*«

Er lächelte. »Ja. He, die Organisation ist heutzutage vielleicht ein bißchen am Arsch, aber man kann nicht sagen, daß nicht noch etwas Klasse und Stil vorhanden sind. Immerhin haben sie Sie verschont, oder nicht?«

Ich antwortete: »Sie wissen eben, daß man negative Schlagzeilen vermeiden muß.«

»Klar. Aber deshalb bekommen wir immer noch gute Schlagzeilen. Die *Melanzane* und die Spanier legen einfach alle um und fragen sich hinterher, warum keiner sie mag. Richtig?«

»Wie schon gesagt, es gibt unterschiedliche Techniken.«

»Ja, aber diese Arschlöcher haben gar keine Technik.«

Ich wollte mich wirklich nicht über Wert und Unwert rivalisierender Banden unterhalten. Aber Bellarosa hatte schon irgendwie recht. Also: Selbst wenn Sally Da-da mich umlegen wollte – ein Mord an einem blaublütigen Anwalt würde negative Schlagzeilen nach sich ziehen und wäre nicht gut fürs Geschäft. Daher schritt

Gentleman John Sutter durch Gewehrfeuer und Blut und ruinierte sich dabei nur Anzug und Krawatte, weil er von der Aura gesellschaftlicher Achtung beschützt wurde. Kein blaues Blut auf den Gehwegen von Little Italy. Kein Wunder, daß Frank der Meinung war, ich bräuchte keine kugelsichere Weste. Dennoch hätte ich gerne eine angehabt, als der Goombah mit der Flinte auf mich zielte.

Ich betrachtete Bellarosa einen Augenblick. Sein Gesicht wirkte zwar hager, und der Körper schien irgendwie in sich eingesunken, aber dennoch versuchte er den Bauch aus dem Bademantel herauszudrücken. Von zwei Schrotschüssen Kaliber 8 getroffen zu werden, war selbst mit Weste nicht gut für die Gesundheit. Als ich ihn so vor mir sah, ein körperliches Wrack, fragte ich mich, ob nicht auch sein Geisteszustand irgendwie gelitten haben konnte. Ich meine, er schien soweit in Ordnung zu sein, und trotzdem war er irgendwie anders. Vielleicht lag es an den FBI-Leuten im Haus. Das konnte einen natürlich ganz schön deprimieren.

Er bat mich, ihm eine Flasche Sambuca zu holen, die er in einem Regal hinter Büchern versteckt hatte, und ich fand sie. Außerdem sah ich einen Strauß frisch gepflückter Ringelblumen auf dem Regal, große gelbe Ringelblumen, wie George und ich sie auf Stanhope Hall gepflanzt hatten. Interessant.

Ich gab ihm die Flasche, und er schenkte sich eine gute Dosis in die Kaffeetasse ein, trank sie leer und schenkte noch einmal ein. »Auch einen?«

»Es ist noch etwas früh.«

»Ja.« Er sagte: »Dieses Miststück von einer Krankenschwester läßt mich nichts trinken. Wegen der Antibiotika, die ich nehme. Scheiße, der verdammte Sambuca ist auch ein Antibiotikum. Richtig? Hier, stellen Sie ihn rasch weg.«

Ich versteckte die Flasche wieder hinter den Büchern. Herrje, wie sich in Alhambra alles verändert hatte. Jetzt war *ich* deprimiert. Ich sah auf die Uhr, als müßte ich gehen. Er bemerkte es und meinte: »Bleiben Sie noch einen Moment. Ich muß Ihnen etwas erzählen.« Er winkte mich zu sich. »Setzen Sie sich hier auf den Schemel.« Er deutete mit dem Daumen zur Decke, was ich dahingehend interpretierte, daß in dem Zimmer möglicherweise Wanzen waren.

Ich setzte mich auf den Schemel.

Er beugte sich zu mir und sagte leise: »Jetzt will ich Ihnen einen Rat geben, Anwalt. Ich kriege im Moment nicht viel von draußen mit, aber ich habe gehört, daß Ferragamo es auf Sie abgesehen hat. Das macht er nicht nur, um mein Alibi zunichte zu machen, sondern auch, weil Sie ihn vor Gericht bloßgestellt und das Attentat vermasselt haben. Jetzt steht ihm der Sinn nach *Vendetta*. Also hüten Sie sich.«

»Ich weiß.« Die Ironie der Ironien: Frank Bellarosa wurde ein Geschäft vorgeschlagen, und ich sah mich zehn Jahren wegen Falschaussage gegenüber. Und der Mann, der gegen mich aussagen konnte, war Frank Bellarosa. Das wußte Bellarosa natürlich, und ich bin sicher, daß ihm die Ironie nicht entging. Er lächelte sogar und sagte: »He, Anwalt, ich verpfeife Sie nicht. Auch wenn sie mich an den Eiern haben und ich ein paar Leute verpfeifen muß, Sie werde ich Ferragamo nicht ans Messer liefern.«

Also wirklich, der Bursche brachte einen erst in ernste Schwierigkeiten, dann holte er einen heraus und sagte einem, daß man ihm für seine Hilfe einen Gefallen schuldete, dann tat man ihm einen Gefallen, der einen in noch mehr Schwierigkeiten brachte, und so fort. Und jetzt wollte er wohl, daß ich mich bei ihm auch noch dafür bedankte. Ich sagte mit ebenso gedämpfter Stimme wie er: »Frank, *bitte* tun Sie mir keinen Gefallen mehr. Noch einen Gefallen von Ihnen überlebe ich nicht.«

Er lachte, aber seine Rippen mußten wirklich ziemlich lädiert sein, denn er zuckte zusammen, und sein Gesicht wurde noch blasser. Hastig trank er den letzten Rest Sambuca und saß ganz still, bis sich sein Atem beruhigt hatte. Dann richtete er sich ein wenig auf und fragte: »Wie geht es Ihrer Frau?«

»Welcher?«

Er lächelte. »Susan. Ihrer Frau.«

»Warum fragen Sie mich das? Sie kommt doch selbst hierher.«

»Ja... aber ich habe sie schon eine Weile nicht mehr gesehen.«

»Ich auch nicht. Sie ist erst gestern nach Hause gekommen.«

»Ja. Sie hat die Kinder in der Schule besucht. Richtig?«

»Das stimmt.« Davor hatte sie einen Ausflug nach Hilton Head unternommen, einschließlich einer Reise nach Key West, um ihren Bruder Peter zu besuchen.

Susan und ich hatten uns nie richtig ausgesprochen, aber wir hatten ein paar Worte gewechselt, und ich hatte vorgeschlagen, daß sie nicht mehr hierherkommen sollte. Sie schien damit einverstanden zu sein, war aber möglicherweise trotzdem gekommen – vielleicht sogar erst gestern, wenn die Blumen wirklich von ihr waren. Das mußte Frank irgendwie entfallen sein.

Ich hätte natürlich ausziehen sollen, aber ausziehen ist ein schwerer Schritt. Mir war klar, daß ich für alles, was seit April passiert war, mitverantwortlich war. Außerdem war Susan mehr unterwegs als zu Hause, daher war ein Umzug kein drängendes Thema. Susan und ich können wochenlang nebeneinanderher leben, ohne ein Wort zu sprechen. Außerdem war meine finanzielle Situation alles andere als rosig; und zu guter Letzt liebte ich sie immer noch, und sie mich auch. Und schließlich hatte sie mich ja gebeten, zu bleiben.

Da war ich also – ein einsamer Hausmann, der ohne Miete zu zahlen bei seiner Frau lebte, kurz vor der Pleite, immer noch als Zeuge für einen Mafia-Don am Haken, mögliches Ziel eines Attentats, gesellschaftlicher Paria, Kapitän ohne Boot und eine Peinlichkeit für meine Anwaltskanzlei. Die Kanzlei hatte mir übrigens einen eingeschriebenen Brief in mein Büro in Locust Valley geschickt, den ich aufgemacht hatte. In dem Schreiben wurde ich gebeten, meine Verbindung mit der Kanzlei *Perkins, Perkins, Sutter and Reynolds* unverzüglich zu beenden. Der Brief war von allen Seniorpartnern unterschrieben, ob aktiv oder im Ruhestand, auch von denen, die sich nicht einmal mehr an ihren eigenen Namen erinnern konnten, geschweige denn an meinen. Eine Unterschrift stammte von Joseph P. Sutter. Mein Vater ist wirklich ein Witzbold.

Nun, scheiß auf *Perkins, Perkins, Sutter and Reynolds.* Die könnten alle ein paar Schläge mit einem Bleirohr vertragen. Auf jeden Fall könnten sie mir eine Entschädigung dafür anbieten, daß ich gehe.

Bellarosa sagte: »Ich bin froh, daß sie nicht sauer auf mich ist.«

Ich sah ihn an. »Wer?«

»Ihre Frau.«

»Warum sollte sie?«

Er antwortete: »Weil ihr Mann meinetwegen fast ermordet worden wäre.«

»Machen Sie sich nicht lächerlich, Frank. Erst gestern hat sie zu mir gesagt: ›John, ich kann es gar nicht erwarten, bis es Frank bessergeht, damit wir alle wieder im *Giulio's* essen gehen können.«

Er versuchte, nicht zu lachen, konnte sich aber nicht beherrschen, und die Rippen taten ihm wieder weh. »He... hören Sie auf... Sie bringen mich um.«

Ich stand auf. »Okay, Frank. Noch etwas, das nicht so komisch ist. Sie wissen verdammt gut, daß Susan und ich kaum miteinander sprechen, und Sie wissen auch verdammt gut, warum das so ist. Wenn sie hierherkommen will, dann ist das ihre Sache, aber ich möchte nicht, daß Sie sich mit mir über sie unterhalten, als würden wir höfliche Konversation machen. Okay?«

Bellarosa sah ins Leere. Ich wußte mittlerweile, das war seine Art mir zu zeigen, daß er das Thema wechseln wollte. Ich sagte zu ihm: »Ich muß gehen.« Ich ging zur Tür. »Soll ich der Schwester sagen, daß Sie aufs Töpfchen müssen?«

Er achtete nicht auf die Hänselei, sondern sagte: »He, habe ich Ihnen schon dafür gedankt, daß Sie mir das Leben gerettet haben?«

»Ich kann mich nicht erinnern.«

»Ja. Und wissen Sie auch, warum? Weil ›Danke‹ in meiner Welt einen Scheißdreck wert ist. ›Danke‹ sagt man zu Frauen und Außenstehenden. Ich sage Ihnen, Anwalt, ich schulde Ihnen was.«

»Heiliger Himmel, Frank, ich hoffe, Sie meinen keinen Gefallen.«

»Doch. Einen Gefallen. Sie verstehen nicht, was ein Gefallen ist. Bei Italienern sind Gefallen wie Geld auf der Bank. Wir sammeln Gefallen, tauschen Gefallen, zählen sie wie Guthaben, sparen sie und sammeln Zinsen darauf. Ich schulde Ihnen einen großen Gefallen. Für mein Leben.«

»Behalten Sie ihn.«

»Nein. Sie müssen mich um einen Gefallen bitten.«

Ich sah ihn an. Es war, als hätte ich einen italienischen Flaschengeist. Aber Flaschengeistern kann man nicht trauen. Schließlich sagte ich: »Wenn Sie wegen Mordes vor Gericht müßten und ich Sie bitten würde, daß mich Jack Weinstein nicht als Ihren Zeugen aufruft – würden Sie darauf eingehen, auch wenn Sie wüßten, daß Sie deshalb für einen Mord verurteilt werden, den Sie nicht begangen haben?«

Er zögerte nicht einmal. »Wenn Sie darum bitten – natürlich. Ich verdanke Ihnen mein Leben.«

Ich nickte. »Ich denke darüber nach. Vielleicht fällt mir noch ein größerer und besserer Gefallen ein.«

»Klar. He, schauen Sie mal wieder vorbei.«

Ich machte die Tür auf und kehrte ihm den Rücken zu, dann drehte ich mich noch einmal zu ihm um. »He, ein paar Indianer stehen am Ufer, wissen Sie, und Columbus kommt an Land und sagt zu ihnen: ›*Buon giorno*.‹ Darauf dreht sich einer der Indianer zu seiner Frau um und sagt: ›Scheiße, jetzt ist diese Gegend im Eimer.‹« Als ich die Tür hinter mir zumachte, hörte ich ihn lachen und husten.

36. Kapitel

Endlich beschloß ich, meinem Büro in der Wall Street einen Besuch abzustatten und dort meine Angelegenheiten in Ordnung zu bringen. Ich saß in meinem Büro, dem alten Büro meines Vaters, und fragte mich, wie ich so viele Jahre meines Lebens dort hatte verplempern können. Dann überwand ich mich zu einem letzten guten Werk; das heißt, ich schrieb Notizen zu jedem Klienten und jedem Fall und wies ihn demjenigen Anwalt zu, der meines Erachtens für den jeweiligen Klienten und den jeweiligen Fall am besten geeignet war.

Wie auch immer, trotz meiner Loyalität und meines Verantwortungsgefühls war ich in Nr. 23 Wall Street so willkommen wie ein Absacken des Dow-Jones-Indexes um vierhundert Punkte. Dennoch rackerte ich über eine Woche, sprach mit niemandem, außer mit Louise, meiner Sekretärin, die böse auf mich zu sein schien, weil ich sie die vergangenen Monate über so schmählich im Stich gelassen hatte.

Wie auch immer, damit ich meine langen Tage im Büro der Wall Street mit mehr Schwung in Angriff nehmen konnte, lebte ich im *Yale Club* in Manhattan. Es handelt sich um ein sehr großes und sehr komfortables Anwesen in der Vanderbilt Avenue, und die Zimmer sind recht hübsch. Frühstück und Dinner sind auch nicht schlecht, und die Bar ist sehr gemütlich. Vor dem Cocktailsalon steht ein Börsenfernschreiber, damit man sehen kann, ob man sich die Unterkunft noch leisten kann; weiterhin gibt es eine Turnhalle mit Swimmingpool und Squashplätzen, und die Klientel ist voll und ganz Yale. Was kann ein Mann mehr verlangen? Man könnte fast für immer hierbleiben, und viele Mitglieder in meiner Situation würden genau das tun, aber der Club duldet keine allzu langen Aufenthalte abtrünniger Ehemänner. Abtrünnige Ehefrauen gibt es hier erst seit einigen Jahren. Was letztere betrifft, könnte man im Club Ärger bekommen, aber ich hatte schon genügend Ärger, daher las ich nach dem Dinner nur die Zeitungen im großen Salon, rauchte eine Zigarre und trank Port und ging früh zu Bett.

An einem Abend lud ich Jenny Alvarez zum Dinner ein, und sie sagte hinsichtlich des Clubs: »In was für einer Welt Sie leben.«

»Ich schätze, ich habe nie darüber nachgedacht.«

Beim Essen sprachen wir über alles – außer über Bellarosa, Fernsehnachrichten und Sex. Ich schätze, wir wollten einander nur beweisen, was für eine solide, auf gemeinsamen Interessen basierende Freundschaft uns verband. Wie sich freilich herausstellte, hatten wir außer Baseball praktisch keine gemeinsamen Interessen. Und obwohl deutlich wurde, daß wir immer noch scharf aufeinander waren, bat ich sie nicht auf mein Zimmer.

Nun, letzten Endes verbrachte ich fast zwei Wochen im *Yale Club*, was recht angenehm war, da ich mich so nicht um Freunde und Verwandte auf Long Island kümmern mußte. Am Wochenende besuchte ich Carolyn und Edward in ihren Schulen.

Mitte der folgenden Woche waren mir die Entschuldigungen ausgegangen, mich von Lattingtown fernzuhalten. Daher verließ ich den *Yale Club*, kehrte nach Stanhope Hall zurück und stellte fest, daß Susan schon wieder einen Besuch in Hilton Head und auf Key West plante. Sie beneiden Menschen wie uns jetzt möglicherweise um Zeit, Geld, die wir aufwenden, um Unangenehmem aus dem Weg zu gehen, und vielleicht sind Sie mit gutem Grund neidisch. Aber zumindest in meinem Fall wurde das Geld wie die Zeit knapp, und das tat mir nicht weniger weh, als wenn ich Lohnarbeiter oder Beamter gewesen wäre. Es mußte einfach etwas geschehen. Ich sagte zu Susan vor ihrer Abreise: »Wenn wir auf Dauer von hier wegziehen, komme ich, glaube ich, mit der Vergangenheit ins reine. Dann könnten wir noch einmal ganz von vorne anfangen.«

Sie antwortete: »Ich liebe dich, John, aber ich will nicht wegziehen. Und ich finde auch nicht, daß es eine gute Idee wäre. Wir sollten unsere Probleme *hier* lösen oder uns *hier* trennen.«

Ich fragte sie: »Machst du immer noch Besuche nebenan?«

Sie nickte.

»Mir wäre es lieber, du würdest es lassen.«

»Ich muß es auf meine Weise machen.«

»Was?«

Sie antwortete nicht direkt, sondern sagte zu mir: »Du hast auch einen Besuch nebenan gemacht. Und du bist nicht mehr sein Anwalt. Warum bist du zu ihm gegangen?«

»Susan, wenn ich dort hingehe, ist das nicht dasselbe, als wenn du hingehst. Und mach mich nicht wütend, indem du mich fragst, warum.«

Sie antwortete: »Nun, dann muß ich dir aber sagen, daß *du* vielleicht auch nicht hingehen solltest.«

Und mit dieser Bemerkung brach sie zum Flughafen auf.

Nun, ich schlug Susans gutgemeinten Rat in den Wind und ging etwa eine Woche später los, um das Geld einzutreiben, das mir Bellarosa schuldete, und – noch wichtiger – einen Gefallen von ihm zu verlangen. Wegen des schlechten Wetters – es war ein wüster, regnerischer Novembertag – ging ich durch den Vordereingang. Die drei FBI-Männer dort waren besonders offiziell, und ich sehnte mich einen Augenblick lang nostalgisch nach Anthony, Lenny und Vinnie.

Während ich unter dem Baldachin des Torhauses stand, sah ich einen FBI-Mann drinnen, der mich durch das Fenster betrachtete, während er mit jemandem telefonierte. Zwei weitere Agenten standen mit gezogenen Waffen neben mir. Ich sagte zu ihnen: »Stimmt etwas mit meinem Paß nicht? Empfängt der *Duce* heute nicht? Was ist eigentlich los?«

Einer der Agenten zuckte die Achseln. Nach einer Weile kam der andere aus dem Torhaus und klärte mich auf, daß Bellarosa nicht zur Verfügung stand. Ich sagte: »Meine Frau geht hier ein und aus, wie es ihr paßt. Und Sie nehmen jetzt noch mal das verfluchte Telefon und sorgen dafür, daß ich reinkomme, aber *pronto*.«

Das tat er. Aber er schien aus irgendwelchen Gründen sauer auf mich zu sein.

So wurde ich von einem Typen mit Gewehr die Zufahrt entlanggeführt, an der Tür einem anderen Burschen mit Krawatte übergeben und nach gefährlichen Metallgegenständen durchsucht. Ihnen war eines nicht klar: Wenn ich Bellarosa hätte umbringen wollen, dann hätte ich es mit meinen bloßen Händen getan.

Mir fiel auf, daß alle Blumen entfernt worden waren und der Palmenhof irgendwie größer und leerer aussah. Dann stellte ich fest, daß alle Vogelkäfige verschwunden waren. Ich fragte einen der FBI-Männer danach, und der antwortete: »Niemand hat sich um sie gekümmert. Außerdem sind sie ein paar von den Männern auf die Nerven gegangen.« Er fügte lächelnd hinzu: »Wir haben nur noch einen Singvogel. Der ist *oben*.«

Dann führte er mich nach *oben* – diesmal in Bellarosas Schlafzimmer.

Es war etwa fünf Uhr nachmittags, aber Frank war im Bett. Er saß zwar aufrecht, sah aber nicht gut aus.

Ich war noch nie im Elternschlafzimmer von Alhambra gewesen, sah aber jetzt, daß das Zimmer, in dem ich mich befand, Teil einer großen Suite war, zu der noch ein Wohnzimmer und ein Ankleidezimmer gehörten, möglicherweise auch noch ein Bad. Das Schlafzimmer selbst war nicht besonders groß, und durch das dunkle, mediterrane Mobiliar und die roten Samtvorhänge sah es noch kleiner und deprimierender aus. Es gab nur ein einziges Fenster, gegen das der Regen trommelte. Wenn ich krank wäre, würde ich lieber im Palmenhof liegen.

Bellarosa winkte mich zu einem Sessel neben dem Bett, aber ich sagte: »Ich stehe lieber.«

»Und was kann ich für Sie tun, Anwalt?«

»Ich bin gekommen, um Schulden einzutreiben.«

»Ach ja? Brauchen Sie einen Gefallen? Sagen Sie mir, was Sie wollen.«

»Eins nach dem anderen. Ich bin auch gekommen, um die Rechnung einzutreiben. Ich habe Ihnen vor mehr als zwei Wochen eine Nachricht nebst Rechnung geschickt.«

»O ja.« Er nahm ein Glas Rotwein vom Nachttisch und trank davon. »Ja… nun, ich bin kein freier Mann mehr.«

»Das heißt?«

»Ich habe mich verkauft wie eine Hure. Ich mache jetzt, was sie sagen.«

»Haben sie Ihnen gesagt, Sie sollen die Rechnung nicht bezahlen?«

»Ja. Sie sagen mir jetzt, welche Rechnungen ich bezahlen soll. Ihre gehört nicht dazu, Anwalt. Das verdanken Sie Ihrem Kumpel Ferragamo. Aber ich werde Ihretwegen mit einem höheren Tier sprechen. Okay?«

»Keine Umstände. Ich werde es als Erfahrung abschreiben.«

»Sagen Sie mir Bescheid.« Dann fragte er: »Möchten Sie Wein?«

»Nein.« Ich ging durch das Zimmer und bemerkte ein Buch auf seinem Nachttisch. Es war nicht Machiavelli, sondern ein Bildband über Neapel.

Bellarosa sagte zu mir: »Mir tut es echt weh, daß ich mich nicht mehr um meine Leute kümmern kann. Für einen Italiener ist das, als würde man ihm die Eier abschneiden. *Capisce?*«

»Sie arbeiten jetzt also für Alphonse Ferragamo?« fragte ich.

Das gefiel ihm ganz und gar nicht, aber er sagte nichts.

Ich fragte ihn: »Können Sie mir sagen, was diese Bulldozer mit Stanhope Hall machen?«

»Ja. Sie graben Fundamente. Legen Straßen an. Der IRS hat mich gezwungen, das Land an Bauunternehmer zu verkaufen.«

»Tatsache? Meine gesamte Welt ist im Arsch, und jetzt sagen Sie mir noch, daß ich von Traktorschuppen umgeben sein werde.«

»Was soll das heißen, Traktorschuppen? Schöne Häuser. Sie werden eine Menge reizender Nachbarn bekommen.«

Nun, es war ja nicht mein Land, was da aufgeteilt wurde; daher interessierte es mich auch nicht besonders. Aber ich fragte ihn: »Was passiert mit dem Herrenhaus?«

»Ich weiß nicht. Der Makler sagt, er hat Interessenten aus Japan, die eine Art Erholungszentrum auf dem Land bauen wollen.

Klar? Diese neurotischen Leute brauchen ein Haus, wo sie sich ausruhen können.«

Das waren wahrhaft deprimierende Neuigkeiten. Ein Erholungszentrum für ausgebrannte japanische Geschäftsleute, umgeben von dreißig bis vierzig Häusern auf einem einst wunderschönen Anwesen. Ich fragte ihn: »Wie haben Sie die Genehmigung bekommen?«

»Ich habe jetzt Freunde an höchster Stelle. Zum Beispiel beim IRS. Ich sagte Ihnen doch, die wollten jede Menge Kohle, daher mußte ich mit ihrer Hilfe alles losschlagen. Und Ferragamo hat eine RICO-Ermittlung gegen mich eingeleitet; er versucht, sein Stück vom Kuchen zu bekommen, bevor der IRS seins bekommt. Sie sind wie Wölfe, die mich zerreißen wollen.«

»Wollen Sie mir damit sagen, daß Sie pleite sind?«

Er zuckte die Achseln. »Wie ich einmal gesagt habe, Anwalt: Gib dem Caesar, was des Caesars ist. Nun, Caesar sitzt jetzt im Nebenzimmer und verlangt seinen Teil.«

»Aber nie mehr als fünfzehn Prozent, Frank.«

Er lächelte gezwungen. »Vielleicht hat er diesmal mehr bekommen. Aber ich komme mit dem Rest noch ganz gut zurecht.«

»Gute Nachrichten.« Ich betrachtete ihn einen Moment, und er sah wirklich wie ein gebrochener Mann aus. Es ging ihm zweifellos gesundheitlich nicht gut, aber entscheidender war, daß sein Elan, seine Tatkraft und seine überschäumende Art dahin waren. Ich schätze, das hatte ich sehen wollen, als ich ihm das Leben gerettet hatte, aber nun machte es mir keinen Spaß. Auf eine perverse Weise bewundern wir alle den Rebellen, den Piraten, den Gesetzlosen. Seine Existenz ist Beweis dafür, daß das Leben nicht alle besiegt und der Überstaat von heute uns nicht alle in den Schwitzkasten nehmen kann. Aber das Leben und der Staat hatten den größten Gesetzlosen der Nation schließlich doch bezwungen. Es war unausweichlich, und er selbst hatte es schon gewußt, während er noch Pläne für seine Zukunft schmiedete, die es nie geben würde.

»Und Alhambra?« fragte ich.

»Ach ja. Das mußte ich auch verkaufen. Die Bundesbehörde will es abreißen lassen. Scheißkerle. Als wollten sie nicht, daß die Leute sagen: ›Hier hat einmal Frank Bellarosa gewohnt.‹ Der Teufel soll sie holen. Aber ich habe mit ihnen vereinbart, daß Dominic die Häuser für den Burschen bauen darf, der das Land kauft. Ich sorge dafür, daß Dominic viele kleine Alhambras baut, hübsche kleine Stuckvillen mit roten Ziegeldächern.« Er lächelte. »Komisch, hm?«

»Wahrscheinlich. Und Fox Point?«

»Das haben die Araber bekommen.«

»Die Iraner?«

»Ja. Der Teufel soll sie holen. Ihre ganzen Arschlöcher, die mich nicht in der Straße haben wollten, können jetzt mit ansehen, wie die Sandnigger mit ihren Riesenautos zu ihrer Moschee fahren und die ganze Nachbarschaft mit ihrem Geheul nerven.« Er lachte und bekam einen Hustenanfall.

Ich fragte ihn: »Alles in Ordnung?«

»Ja. Nur eine verdammte Erkältung. Diese Scheiß-Krankenschwester ist ein Miststück. Sie haben Filomena eines Tages gefeuert, ohne mir einen Ton zu sagen, und Anna lassen sie immer nur ein paar Tage zu mir. Sie ist wieder in Brooklyn. Ich habe hier keinen, mit dem ich reden kann. Nur diese Scheiß-FBI-Leute.«

Ich nickte. Die Bundesanwaltschaft konnte wahrhaft gemein und kleinkariert sein, wenn sie wollte, und wenn einem noch gleichzeitig der IRS auf den Fersen war, dann konnte man getrost den Kopf zwischen die Beine stecken und seinem Arsch einen Abschiedskuß geben. Ich sagte: »Und das haben Sie alles zugelassen – wofür? Für Ihre Freiheit?«

»Ja. Für meine Freiheit. Ich bin frei. Alles ist vergeben. Aber ich muß jeden verpfeifen und zulassen, daß sie mit mir spielen wie mit einem Spielzeug. Lieber Gott, diese Burschen sind schlimmer als Kommunisten.« Er sah mich an. »Das war doch Ihr Rat, Anwalt, oder nicht? Machen Sie den Ausverkauf, Frank. Fangen Sie ein neues Leben an.«

»Ja, das war mein Rat«, erwiderte ich.

»Großartig. Und ich habe auf Sie gehört.«

»Nein, Sie haben Ihre eigene Entscheidung getroffen, Frank.« Ich fügte hinzu: »Ich glaube, das Entscheidende – das Wichtige an der Sache – ist, ein neues Leben anzufangen. Ich gehe davon aus, daß Sie mit einer neuen Identität von hier verschwinden können.«

»Ja, ich werde jetzt von der Kronzeugenregelung geschützt. Wenn ich brav bin, bekomme ich als nächstes eine neue Identität. In meinem neuen Leben möchte ich Priester werden.« Er zwang sich zu einem müden Lächeln und richtete sich noch weiter auf. »Hier, trinken Sie etwas Wein mit mir.« Er griff nach einem sauberen Wasserglas und goß es voll mit Wein. Ich nahm es und trank davon. Chianti *acido*, in Batterien fermentiert. Wie konnte ein kranker Mann nur so etwas trinken?

Er sagte: »Ich darf niemandem sagen, wohin ich gehe, aber ich kehre nach Italien zurück.« Er klopfte auf das Buch auf dem Nachttisch. »Komisch, wie wir ›zurück‹ sagen, als würden wir von dort kommen. Ich bin hier die dritte Generation. Ich war in den letzten dreißig Jahren vielleicht zehnmal in Italien. Aber wir sagen ›zurück‹. Sagen Sie zurück nach... wohin? England?«

»Nein, das sage ich nicht. Ich denke es vielleicht manchmal. Aber ich bleibe hier, Frank. Ich bin Amerikaner. Und Sie auch. Sie sind so verdammt amerikanisch, daß Sie es selbst nicht glauben würden. Verstanden?«

Er lächelte. »Ja. Ich weiß, ich weiß. Das Leben in Italien wird mir nicht gefallen, was? Aber es ist besser als das Gefängnis und besser als der Tod, denke ich. Das FBI hat alles mit der italienischen Regierung besprochen. Vielleicht können Sie mich eines Tages besuchen kommen.«

Ich antwortete nicht. Wir schwiegen beide eine Weile und tranken unseren Wein. Schließlich sprach Bellarosa wieder, aber ich glaube, nicht zu mir, sondern zu sich selbst und seinen *Paesani*, die er im Dutzend billiger verkaufte. Er sagte: »Der alte Schweigekodex ist nicht mehr. Die wahren Männer, die Rechtschaffenen, die Helden, sind ausgestorben, und zwar auf beiden Seiten des Gesetzes. Heute sind wir alle Papiertiger der Mittelschicht, die Bullen und die Schurken; und wenn es nötig ist, machen wir Geschäfte, um unsere Haut, unser Geld und unser Leben zu retten. Wir verpfeifen alle, und wir ergreifen die Chance mit Freuden.«

Ich antwortete wieder nicht.

Er sagte zu mir: »Ich war einmal im Gefängnis, Anwalt. Glauben Sie mir, das ist kein Platz für unsereinen. Es ist für die bösen Menschen, die Finsterlinge, die harten Burschen. Meine Leute haben keinen Mumm mehr. Wir sind wie *Ihre* Leute. Wir sind zu weich geworden.«

»Nun, vielleicht können Sie den Bauernhof bei Sorrent beackern.«

Er lachte. »Klar. Bauer Frank. Tolle Möglichkeit.« Er sah mir in die Augen. »Vergessen Sie das Wort ›Sorrent‹, *Capisce?*«

»Schon verstanden.« Ich fügte mit leiser Stimme hinzu: »Ein guter Rat, Frank. Verlassen Sie sich nicht zu sehr darauf, daß das FBI Ihre neue Adresse so geheimhält. Wenn sie Sie nach Sorrent schicken, bleiben Sie nicht zu lange dort.«

Er zwinkerte mir zu. »Ich hatte recht, Sie zum *Consigliere* zu machen.«

»Ich nehme an, Anna geht mit Ihnen. Achten Sie daher auf die Poststempel der Briefe, die sie nach Hause schickt. Besonders bei den Briefen an ihre Schwester.« Ich fragte: »Sie kommt doch mit, oder?«

Er zögerte einen Moment, dann sagte er: »Ja, sicher. Sie ist meine Frau. Was soll sie schon machen? Aufs College gehen und für IBM arbeiten?«

»Wird dieser Umzug sie so unglücklich machen wie der Umzug hierher?«

»Müssen Sie das fragen? Herrgott, sie wollte nie das Haus ihrer Mutter verlassen. Denken Sie an die Emigrantinnen, die aus dem sonnigen Italien hierherkamen und sich in den Mietshäusern von New York ein neues Leben aufbauten. Und heutzutage haben die Töchter und Enkelinnen dieser Emigrantinnen Anfälle, wenn der Geschirrspüler kaputt ist. Klar? Aber, he, wir sind auch nicht besser. Richtig?«

»Richtig.« Ich sagte: »Vielleicht gewöhnt sie sich an Italien besser als an Lattingtown.«

»Nee. Alle verheirateten italienischen Frauen sind unglücklich. Sie sind glückliche Mädchen und glückliche Witwen, aber unglückliche Ehefrauen. Man kann sie nicht glücklich machen, also ignoriert man sie am besten.« Er fügte hinzu: »Wie auch immer, meine Kinder sind noch hier. Das wird Anna verrückt machen. Vielleicht wollen sie mitkommen und drüben leben. Wer weiß? Vielleicht kann ich ja auch eines Tages zurückkommen. Vielleicht betreten Sie eines Tages eine Pizzeria in Brooklyn und ich stehe hinter dem Tresen. Möchten Sie die Pizza in acht oder zwölf Stücke geschnitten haben?«

»Zwölf. Ich hab' einen Riesenhunger.« Ich konnte mir Frank Bellarosa hinter einem Tresen nicht vorstellen, aber das konnte Frank Bellarosa wohl auch nicht. Teilweise war das sicher alles nur Theater, vielleicht für mich, vielleicht auch für das FBI, das möglicherweise mithörte. Ein Bursche wie Bellarosa mochte eine Zeitlang am Boden zerstört sein, aber er würde nie aufgeben. Sobald er aus den Klauen der Bundesbehörde heraus war, würde er wieder mit zwielichtigen Geschäften anfangen. Wenn er je eine Pizzeria betrat, dann nur, um den Besitzer zu erpressen.

Er sagte: »Ich denke über den Gefallen nach, den ich Ihnen schulde.«

Ich stellte das Weinglas ab und sagte: »Okay, Frank, ich möchte, daß Sie meiner Frau sagen, daß es zwischen Ihnen beiden aus ist und daß Sie sie nicht mit nach Italien mitnehmen werden, was sie meiner Meinung nach zu denken scheint. Außerdem sollen Sie ihr sagen, daß Sie sie nur benützt haben, um an mich ranzukommen.«

Wir sahen einander an, und er nickte. »Abgemacht.«

Ich ging zur Tür. »Wir werden uns nicht wiedersehen, aber Sie verzeihen mir wohl, wenn ich Ihnen nicht die Hand schüttle.«

»Klar.«

Ich öffnete die Tür.

»John!« rief er.

Ich glaube, er hatte mich vorher noch nie mit meinem Vornamen angesprochen. Daher blieb ich überrascht stehen und wandte mich zu der sitzenden Gestalt im Bett um. »Was?«

»Ich sage ihr, daß ich sie benützt habe, wenn Sie das wollen. Aber so war es nicht. Das müssen Sie wissen.«

»Ich weiß es.«

»Okay. Wir sind jetzt beide auf uns allein gestellt, Anwalt, und in den kommenden Jahren werden wir uns an diese Zeit zurückerinnern. Denn es war eine schöne Zeit, eine Zeit des Gebens und Nehmens, in der wir klüger wurden, je besser wir einander kennenlernten. Okay?«

»Klar.«

»Und geben Sie auf Ihren Arsch acht. Sie haben jetzt ein paar meiner *Paesani* im Nacken – Alphonse und den anderen Burschen. Aber damit werden Sie fertig.«

»Auf jeden Fall.«

»Ja. Viel Glück.«

»Ihnen auch.« Damit ging ich.

37. Kapitel

Ich hatte beschlossen, Emily in Galveston zu besuchen, und packte genügend Kleidungsstücke für einen längeren Aufenthalt ein. Besuche bei Verwandten sind eine Form, den Ehepartner zeitweise zu verlassen. Susan hatte *ihre* Verwandten besucht; jetzt war sie wieder da, und nun mußte ich *meine* besuchen.

Ich wollte mit dem Bronco fahren, denn die Staaten westlich von New York sollte man vielleicht nicht nur überfliegen, sondern bereisen.

Und so freute ich mich schon auf meinen ersten Besuch bei *McDonald's*, auf Übernachtungen in Motels, die aus Betonblocks gebaut waren, und darauf, in einem 7-11 Supermarkt RC Cola zu kaufen. Die Vorstellung, selbst zu tanken, machte mich ein wenig nervös, weil ich nicht wußte, wie man das machte. Ich konnte aber wohl vom Straßenrand aus zusehen, wie alle anderen es machten. Wahrscheinlich bezahlte man zuerst und pumpte dann.

Jedenfalls hatte ich vor, am nächsten Morgen unmittelbar bei Tagesanbruch aufzubrechen. Seit meinem letzten Besuch bei Frank Bellarosa waren erst ein paar Tage vergangen. Mittlerweile war Susan fit und braungebrannt von ihrem Besuch in Hilton Head und Florida heimgekommen. Ihr Bruder, informierte sie mich, liebte Key West und hatte beschlossen, sich endgültig dort niederzulassen und etwas Sinnvolles mit seinem Leben anzufangen.

»Zum Beispiel?« fragte ich. »Sich die Haare schneiden lassen?«

»Sei nicht zynisch, John.«

Sie sah meinem Überlandausflug mit gemischten Gefühlen entgegen. Einerseits würde meine Abwesenheit zu einer deutlichen Entspannung der Situation führen; andererseits schien sie mich, wenn wir getrennt waren, aufrichtig zu vermissen.

Als ich am betreffenden Abend packte, kam Susan zu mir ins Gästezimmer, wo ich immer noch wohnte, und sagte: »Ich gehe ausreiten.«

Sie hatte Reithosen an, Stiefel, Rollkragenpullover und eine maßgeschneiderte Tweedjacke. Sie sah gut aus, besonders mit der Bräune. Ich antwortete: »Die Planierraupen haben das Gelände verändert, Susan. Sei vorsichtig.«

»Ich weiß. Aber heute abend ist es taghell.«

Das stimmte. Ein riesiger orangefarbener Jägermond ging auf; und es war eine so wunderschöne Nacht, daß ich ihr beinahe angeboten hätte, sie zu begleiten. Da die beiden Anwesen in Bauplätze aufgeteilt werden würden, Fox Point in iranischen Besitz überging und der verbleibende Landadel nicht mehr mit uns sprach, waren die Tage des Ausreitens ohnedies gezählt. Dennoch beschloß ich, nicht mit ihr zu reiten. Ich muß wohl gespürt haben, daß sie allein sein wollte.

Sie sagte: »Es kann spät werden.«

»Gut.«

»Wenn ich dich heute abend nicht mehr sehe, John, dann weck mich bitte, bevor du gehst.«

»Mach' ich.«

»Gute Nacht.«

»Hals- und Beinbruch.«

Sie ging. Rückblickend muß ich sagen, daß sie vollkommen normal gewirkt hatte. Aber ich habe Ihnen ja schon gesagt, daß sie verrückt war, und der Vollmond machte das nicht besser.

Gegen elf Uhr überlegte ich, ob ich mich zur Ruhe begeben sollte, da ich ja früh aufstehen wollte und ein langer Tag auf der Straße vor mir lag. Aber Susan war immer noch nicht zu Hause, und Sie wissen ja selbst, wie das bei Eheleuten mit dem Einschlafen ist, wenn einer noch nicht daheim ist. Wahrscheinlich ist es teilweise Sorge und teilweise Eifersucht, die den zu Hause gebliebenen Ehepartner wachhalten, bis er das Auto des anderen in die Garage fahren hört. Und diese merkwürdige Unruhe verliert sich auch dann nicht, wenn man kaum mehr mit dem Partner spricht.

In diesem Fall wartete ich selbstverständlich nicht auf ein Auto, sondern auf Hufgetrappel, das ich manchmal hören kann, da der Stall ja jetzt näher am Haus liegt. Aber es *war* ein Auto, das vor dem Haus hielt, und ich sah die Scheinwerfer die Zufahrt entlangkommen, noch bevor ich die Reifen im Kies knirschen hörte. Zu dieser Zeit war ich in meinem Zimmer im zweiten Stock, aber immer noch angezogen; und während ich die Treppe hinunterging, hörte ich die Autotür zuschlagen und dann unsere Klingel.

Ein fremdes Auto, das um elf Uhr nachts vor der Tür steht, und jemand, der läutet – das sind normalerweise keine guten Zeichen. Ich machte auf und sah Mr. Mancuso mit einem seltsamen Gesichtsausdruck draußen stehen. »Guten Abend, Mr. Sutter.«

»Was'n los?« konnte ich nur sagen, weil mir das Herz bis zum Hals schlug.

»Ihre Frau ...«

»Wo ist sie? Ist alles in Ordnung?«

»Ja. Tut mir leid, ich wollte nicht... sie ist nicht verletzt. Aber ich glaube, Sie sollten mit mir kommen.«

Hastig folgte ich ihm zum Auto und stieg ein. Wir redeten kein Wort, während er die dunkle Zufahrt zurückfuhr. Als wir am Torhaus vorbeikamen, sah ich Ethel Allard, die zum Fenster hinausblickte; wir waren uns so nahe, daß wir einander in die Augen schauen konnten, und ich fragte mich, ob ich ebenso besorgt aussah wie sie. Wir fuhren auf die Grace Lane und bogen nach links ab, Richtung Alhambra. Ich sagte zu Mancuso: »Ist er tot?«

Er sah mich an und nickte.

»Ich schätze, diesmal hat er keine kugelsichere Weste angehabt.«

»Nein.« Er fügte hinzu: »Haben Sie einen kräftigen Magen?«

»Ich habe mit vollem Magen gesehen, wie einem Mann der Kopf weggepustet worden ist.«

»Das stimmt. Nun, ich bin zu Ihnen gekommen, Mr. Sutter, um Ihnen einen Gefallen zu tun. Sie sollen noch einmal mit Ihrer Frau sprechen können, ehe die County Detectives eintreffen.«

»Danke.« Ich fügte hinzu: »Sie haben mir keinen Gefallen geschuldet, daher schulde ich Ihnen jetzt wohl einen.«

»Na gut. Hier ist der Gefallen, um den ich Sie bitte: Bringen Sie die Trümmer Ihres Lebens wieder in Ordnung. Das würde mir gefallen.«

»Abgemacht.«

Mancuso schien es nicht eilig zu haben; es war, als zögerte er unbewußt. Daher brauchten wir eine ganze Weile, bis wir die Kopfsteinpflasterzufahrt hinter uns hatten. Mir fiel auf, daß jedes Fenster von Alhambra erleuchtet war. Mancuso sagte zu mir: »Was für ein Haus! Aber wie schon Jesus Christus sagte: ›Was nützt es einem Menschen, so er die ganze Welt gewinnt und dabei seine Seele verliert?‹«

Ich glaubte nicht, daß Sankt Felix die wahre Natur von Frank Bellarosa verstand. Daher sagte ich: »Er hat seine Seele nicht verkauft, Mr. Mancuso. Er war mehr Käufer.«

Mancuso sah mich von der Seite an. »Da haben Sie wohl recht.«

»Ist Mrs. Bellarosa da?« fragte ich.

»Nein. Sie ist in Brooklyn.«

»Darum war meine Frau hier.«

Er antwortete nicht.

Ich fügte hinzu: »Es war ausgesprochen bequem für Mr. Bellarosa und Mrs. Sutter, daß Mrs. Bellarosa ständig auf ausgedehnte Besuche nach Brooklyn geschickt wurde.«

Wieder keine Antwort.

Ich sagte: »Sie haben das nicht nur zugelassen, Sie haben es geduldet und unterstützt.«

Diesmal antwortete er: »Es ging uns nichts an, Mr. Sutter. Es war Ihre Sache. Das wissen Sie.«

»Mir ist klar, daß Sie Ihre Kronzeugen bei Laune halten müssen, Mr. Mancuso, aber deshalb müssen Sie ja nicht den Zuhälter für sie spielen.«

»Ich verstehe Ihre Verbitterung.«

»Dann verstehen Sie bitte auch, Mr. Mancuso, daß wir beide nicht mehr so rein und unschuldig wie vergangene Ostern sind.«

»Das weiß ich. Es war ein außerordentlich schmutziger Fall. Und ich kann nicht einmal sagen, daß das Ergebnis die Mittel rechtfertigte. Aber ich werde auf meine Weise meinen Frieden damit machen. Und Sie werden das auch, das weiß ich.«

»Ich versuche es.«

»Vom FBI ist niemand besonders glücklich darüber, daß Mr. Bellarosa gestorben ist, bevor er uns alles sagen konnte, was er wußte. Niemand ist glücklich darüber, was Mrs. Sutter getan hat. Vielleicht haben wir für unser Tun bekommen, was wir verdient haben, weil wir sie hierherkommen ließen und sie nicht einmal mit dem Metalldetektor untersucht haben. Dafür werden wir geradestehen müssen. Vielleicht tröstet Sie das etwas.«

»Kein bißchen.«

Das Auto hielt vor Alhambra an, ich stieg rasch aus und ging ins Haus. Im Palmenhof warteten sechs FBI-Männer, zwei in Freizeitkleidung und mit Gewehren über dem Rücken, vier in Anzügen. Sie drehten sich alle um und sahen mich an. Zwei kamen auf mich zu und durchsuchten mich; dann unterzogen sie mich der Untersuchung mit dem Metalldetektor, die sie bei meiner Frau »vergessen« hatten.

Als ich mich umsah, bemerkte ich als erstes eine große Topfpalme, die neben dem Bogendurchgang zum Eßzimmer umgestürzt auf dem Boden lag. Der Tontopf war zerbrochen, Erde und Palmenwurzeln waren auf dem roten Fliesenboden verstreut. Hinter dem großen Topf und teilweise verborgen durch das Blattwerk lag ein Mann auf dem Boden. Ich ging zu ihm.

Frank Bellarosa lag auf dem Rücken und hatte Arme und Beine von sich gestreckt; sein Bademantel war offen, man konnte den nackten Körper sehen. Ich sah die verheilten Wunden und Narben, wo Schrotkugeln ihn vor wenigen Monaten an Armen, Hals und Beinen getroffen hatten. Nun aber hatte er drei neue Verletzungen, eine über dem Herzen, eine am Bauch und eine direkt im Unterleib. Ich fragte mich, welchen Schuß sie wohl als ersten abgefeuert hatte.

Natürlich war jede Menge Blut da, auf seinem Körper und dem Bademantel, auf dem Boden, sogar auf der Pflanze. Auf den drei Wunden hatte sich teilweise Schorf gebildet, sie sahen wie roter Eischnee aus. Dann fiel mir auf, daß auch ein Stück von seinem Leichnam entfernt Blutspuren waren, und ich sah, daß er vom Zwischenstock heruntergestürzt war. Ich schaute auf und stellte fest, daß ich unterhalb der Stelle stand, wo sich die Tür zu seinem Schlafzimmer befand.

Dann betrachtete ich Frank Bellarosas Gesicht. Er hatte die Augen weit offen, aber diesmal war kein Leben und kein Schmerz in ihnen, nur Ewigkeit. Ich kniete mich nieder und drückte ihm die Augen zu; doch da hörte ich Mancusos Stimme hinter mir: »Bitte fassen Sie nichts an, Mr. Sutter.«

Nun stand ich wieder auf und betrachtete Frank Bellarosa zum letzten Mal. Mir wurde klar, die Italiener hatten immer begriffen, daß der Kern aller Probleme des Lebens Männer mit zuviel Macht, zuviel Ausstrahlung und zuviel Ambitionen waren. Die Italiener machten aus solchen Männern Halbgötter, aber gleichzeitig haßten sie sie wegen ebendieser Eigenschaften. Daher war die Ermordung eines Caesar, eines Don, eines *Duce* ein psychologisch komplexes Unterfangen, das Sünde und Erlösung in ein und derselben Tat vereinte.

Vielleicht hatte Susan, die eigentlich nicht der Typ war, irgend jemandem aus irgendwelchen Gründen Schaden zuzufügen, nicht nur den Samen ihres Liebhabers empfangen, sondern auch einen Teil seiner Psyche, und hatte beschlossen, Bellarosas Lösung für ein Bellarosa-Problem anzuwenden. Aber wie sollte ich das mit Sicherheit wissen? Vielleicht projizierte ich nur meine Empfindungen auf sie.

Mancuso berührte sachte meinen Arm und lenkte meine Aufmerksamkeit auf die andere Seite des Palmenhofs.

Susan saß mit übergeschlagenen Beinen in einem Korbsessel zwischen einer Säule und einer Topfpflanze, so daß sie den Leichnam nicht sehen konnte. Sie war vollständig angezogen, aber ich wußte damals nicht und sollte es auch nie erfahren, ob sie vorher auch vollständig angezogen gewesen war. Doch ihr langes rotes Haar, das sauber unter der Reitmütze versteckt gewesen war, war jetzt offen und zerzaust. Ansonsten sah sie sehr gefaßt aus. Sogar bildschön. Ich ging zu ihr.

Als ich nur noch ein paar Schritte von ihr entfernt war, sah sie auf, kam mir aber nicht entgegen. Jetzt sah ich, daß ein FBI-Mann neben der Säule stand und Susan beobachtete, im Grunde genommen sogar bewachte. Sie sah zu ihm auf, und erst als er nickte, stand sie auf und ging mir entgegen. Seltsam, dachte ich, wie selbst die Hochwohlgeborenen so schnell lernen, sich wie Gefangene zu verhalten. Eigentlich deprimierend.

Wir standen wenige Schritte voneinander entfernt, und ich sah, daß sie geweint hatte, jetzt aber ruhig war. Gefaßt, wie schon gesagt. Ich nehme an, unser Publikum wartete darauf, daß wir einander umarmten, einander an die Gurgel gingen oder daß einer von uns zusammenbrechen würde. Mir wurde deutlich, daß sich sechs oder sieben Männer darauf vorbereiteten, schnellstens einzuschreiten, falls es tatsächlich zu Handgreiflichkeiten kam. Die Typen waren natürlich nervös, hatten sie doch eben schon eine Person verloren, die sie eigentlich beschützen sollten.

Schließlich sagte ich zu meiner Frau: »Alles klar?«

Sie nickte.

»Woher hast du die Waffe?«

»Er hat sie mir gegeben.«

»Wann? Warum?«

Sie schien leicht weggetreten zu sein, was unter diesen Umständen nicht verwunderlich war; dann aber antwortete sie: »Als er aus dem Krankenhaus kam. Das FBI durchsuchte sein ganzes Haus, und er hatte eine Pistole versteckt, die er mir gab, damit ich sie für ihn aufbewahrte.«

»Ich sehe.« Du hast es versaut, Frank. Aber wenn es keine Pistole gewesen wäre, dann eben ein Messer, ein Schürhaken oder sonst etwas, das sie in die Finger bekommen konnte. Die Wut der Hölle ist nicht schlimmer als die einer verschmähten Rothaarigen. Glauben Sie mir. Ich fragte sie: »Hast du schon jemandem hier eine Erklärung abgegeben?«

»Erklärung...? Nein... ich habe nur gesagt... ich habe vergessen...«

»Sag nichts zu ihnen oder der Polizei, wenn sie eintrifft.«

»Die Polizei...?«

»Ja, sie sind unterwegs.«

»Kann ich nicht nach Hause?«

»Ich fürchte nein.«

»Muß ich ins Gefängnis?«

»Ja. Ich versuche, dich morgen auf Kaution freizubekommen.« Aber vielleicht auch nicht.

Sie nickte und lächelte zum ersten Mal. Es war ein gezwungenes Lächeln, aber trotzdem aufrichtig. Dann sagte sie: »Du bist ein guter Anwalt.«

»Richtig.« Ich sah, daß sie blaß und zittrig war, daher führte ich sie zum Sessel zurück. Sie sah zu der Schweinerei am anderen Ende des Palmenhofs und sagte: »Ich habe ihn umgebracht.«

»Ja. Ich weiß.« Ich setzte sie auf den Sessel, kniete mich hin und nahm ihre Hand. »Möchtest du was trinken?«

»Nein, danke.« Sie fügte hinzu: »Ich habe es für dich getan.«

Ich beschloß, diese Bemerkung zu überhören.

Die County-Polizisten kamen, uniformierte Beamte, Detectives in Zivil, Gerichtsmediziner, Notärzte, Polizeifotografen und andere Leute, die am Schauplatz eines Verbrechens etwas zu suchen hatten. Die Pracht von Alhambra schien sie mehr zu interessieren als der tote Besitzer, aber schließlich waren sie dienstlich hier.

Susan beobachtete die Aktivitäten, als hätten sie gar nichts mit ihr zu tun. Keiner von uns sagte etwas, aber ich blieb bei ihr, kniete an ihrer Seite und hielt ihre Hand.

Ich sah, wie Mancuso mit einem großen, groben Klotz mit puterrotem Gesicht sprach, und dabei sahen sie zu Susan und mir. Schließlich kam der grobe Klotz zu uns herüber, und ich stand auf. Eine uniformierte Polizeibeamtin gesellte sich zu ihm.

»Sind Sie ihr Mann?« fragte der grobe Klotz.

»Und ihr Anwalt. Wer sind Sie?«

Ihm gefielen mein Ton und meine Frage offenbar nicht, aber bei diesen Leuten muß man gleich von vornherein Schlechtwetter machen, denn darauf läuft es sowieso früher oder später hinaus. Er sagte: »Ich bin Lieutenant Dolan, County-Mordkommission.« Dann wandte er sich an Susan: »Und Sie sind Susan Sutter?«

Sie nickte.

»Okay, Mrs. Sutter, ich kläre Sie nun im Beisein Ihres Mannes, der auch Ihr Anwalt ist, über Ihre Rechte auf.« Dolan hatte wie Mancuso einen kleinen Spickzettel und las ab. Großer Gott, man sollte meinen, sie können sich ein paar einfache Zeilen merken, wenn sie sie zwanzig Jahre lang gesagt haben. Ich meine, ich kann immer noch den gesamten Prolog von Chaucers *Canterbury Tales* aufsagen, und zwar fünfundzwanzig Jahre, nachdem ich ihn auswendig gelernt habe. Und der ist in Mittelenglisch.

Dolan fragte Susan: »Haben Sie verstanden?«

Sie nickte wieder.

Er sah mich an. »Hat sie verstanden?«

»Eigentlich nicht«, antwortete ich. »Aber fürs Protokoll: ja.«

Er wandte sich wieder an Susan. »Möchten Sie jetzt schon eine Aussage machen?«

»Ich...«

Ich unterbrach sie. »Nein. Sie wird ganz sicher keine Aussage machen, Lieutenant.«

»Gut.« Dolan gab der uniformierten Polizistin ein Zeichen und wandte sich wieder an Susan. »Bitte stehen Sie auf, Mrs. Sutter.«

Susan stand auf.

Dolan sagte zu ihr: »Sie sind wegen Mordes festgenommen. Bitte drehen Sie sich um.«

Die Polizistin drehte Susan an der Schulter herum und wollte ihr die Hände mit den Handschellen auf den Rücken fesseln, aber ich hielt der Frau die Hand fest. »Nein. Vorne.« Ich sah Dolan an. »Sie wird nicht versuchen, Sie mit den Handschellen zu erwürgen, Lieutenant.«

Das paßte ihm überhaupt nicht, aber nach einer Menge böser Blicke in alle Richtungen sagte Dolan zu der Polizistin: »Vorne.«

Bevor Susan die Handschellen angelegt bekam, half ich ihr aus der Tweedjacke, worauf die Frau Susans Hände vorne fesselte. Das ist bequemer, nicht so demütigend und sieht besser aus, weil man einen Mantel oder eben eine Tweedjacke über die Handschellen werfen kann.

Mittlerweile verstanden Dolan und ich uns ein wenig besser, und keinem gefiel, was er verstand. Dolan sagte zu der Polizistin, aber so, daß ich es hören konnte: »Mrs. Sutter wurde von den Bundesbeamten durchsucht, als sie sie gestellt hatten. Wie man mir sagte, hat sie keine Waffen mehr, aber Sie müssen sie im Revier noch einmal durchsuchen. Suchen Sie nach Gift oder anderen Mitteln zum Selbstmord, und halten Sie die ganze Nacht Wache bei ihr.« Er sah mich an, dann sagte er zu der Polizistin: »Okay. Führen Sie sie ab.«

»Moment«, sagte ich. »Ich möchte mit meiner Klientin sprechen.«

Aber Dolan war ebensowenig zu Zugeständnissen bereit wie

Mancuso an genau derselben Stelle vor wenigen Monaten. »Wenn Sie mit ihr reden wollen, kommen Sie mit aufs Revier«, sagte er.

»Ich habe vor, jetzt mit ihr zu sprechen, Lieutenant.«

Nun, bevor die Situation außer Kontrolle geraten konnte, kam Mancuso herüber, legte einen Arm um Dolan und führte ihn weg. Sie unterhielten sich kurz; dann drehte sich Dolan zu uns um und gab der Polizistin ein Zeichen, daß sie sich entfernen sollte.

Ich nahm Susans gefesselte Hände in meine, und wir sahen einander an. Sie sagte nichts, sondern drückte nur meine Hände. Schließlich sagte ich: »Susan... ist dir klar, was hier passiert?«

Sie nickte und sah mir in die Augen. »John, es tut mir so leid. Ich hätte warten sollen, bis du weg bist.«

Das wäre eine gute Idee gewesen, aber Susan hatte nicht die Absicht, mich so leicht davonkommen zu lassen. Ich sagte: »Vielleicht hättest du ihn überhaupt nicht umbringen sollen.«

Entweder war sie mit den Gedanken woanders, oder sie wollte diese Bemerkung nicht zur Kenntnis nehmen, denn sie sagte: »Könntest du mir einen Gefallen tun? Sansibar ist draußen festgebunden. Reitest du ihn nach Hause? Er kann nicht die ganze Nacht hierbleiben.«

Ich antwortete: »Ich werde mich ganz sicher um Sansibar kümmern.«

»Danke. Und könntest du Sansibar und Yankee morgen früh versorgen?«

»Gut.«

»Bin ich bis morgen nachmittag wieder zu Hause?«

»Möglicherweise. Wenn eine Kaution gewährt wird.«

»Mein Scheckbuch ist im Schreibtisch.«

Ich antwortete: »Ich glaube nicht, daß sie Schecks nehmen, Susan. Aber ich lasse mir was einfallen.«

»Danke, John.«

Es gab wirklich nicht mehr viel zu sagen, schätze ich, nachdem die Pferde versorgt waren und ich wußte, wo ihr Scheckbuch war. Nun, es war vielleicht nicht der geeignete Zeitpunkt für Sarkasmus, aber ich müßte lügen, wenn ich Ihnen sagen würde, daß ich bei alledem nicht meinen Spaß hatte. Aber echten Spaß hatte ich nicht daran, und ich konnte auch nicht darüber weinen, bevor ich es völlig begriffen hatte. Daher fragte ich wider besseres Wissen: »Warum hast du ihn umgebracht?«

Sie sah mich an, als wäre das eine dumme Frage. »Er hat uns kaputtgemacht. Das weißt du.«

Okay. Belassen wir es dabei. Wir hatten die Chance, unser Leben von diesem Ausgangspunkt an neu aufzubauen, wenn wir wollten. Sie hatte es für uns getan. Ende der Geschichte. Aber man kann einen Neubeginn nicht auf Lügen gründen, und so sagte ich: »Susan, lüg mich nicht an. Hat er dir gesagt, daß er dich verläßt? Hat er dir gesagt, daß er Anna deinetwegen nicht sitzenläßt? Daß er dich nicht mit nach Italien nehmen würde? Hat er dir gesagt, daß er dich nur benützt hat, um an mich ranzukommen?«

Sie sah mich an, eigentlich durch mich hindurch, und ich sah, daß sie wieder fern in Susanland war. Ich glaube, wir hätten einen besseren Zeitpunkt für diese Unterhaltung finden können, aber ich war tatsächlich neugierig, ob Bellarosas mögliche Todesursache war, daß er ihr gesagt hatte, er habe sie nur benützt, um an mich ranzukommen. Und Sie fragen sich vielleicht, ob er gewußt oder geahnt hat, was geschehen würde, nachdem ich das in Gang gebracht hatte. Das ist eine komplexe Frage. Darüber muß ich nachdenken.

Ich sah Susan an. »Wenn du es für uns getan hast, Susan, dann danke ich dir für den Versuch, unsere Ehe und unser Leben zu retten. Aber du hättest ihn nicht *umbringen* müssen.«

»*Doch*. Er war böse, John. Er hat uns beide verführt. Schlag dich nicht auf seine Seite. Er hat sich immer wegen irgend etwas auf deine Seite gestellt, und jetzt stellst du dich auf seine. Und ich bin auf euch *beide* böse. Männer sind alle gleich, stehen immer füreinander grade, aber *er* war anders als andere Männer, und ich war ihm hörig, versuchte aber, mich dagegen zu wehren, wirklich. Ich konnte mich aber nicht von ihm trennen, nicht einmal, als du mich darum gebeten hattest. Und er hat sich Vorteile verschafft, hat mich benutzt, hat mir versprochen, er würde Stanhope Hall erhalten, aber das hat er nicht getan. Und dich hat er auch benutzt, John, und du hast genau gewußt, was los ist, also schau mich nicht so an.«

Susan machte noch eine ganze Weile so weiter, und mir wurde klar, daß ich auf Unzurechnungsfähigkeit plädieren konnte, aber morgen früh würde sie wieder die alte sein, was nicht heißen soll, daß sie dann weniger verrückt war, aber wenigstens würde sie ihre Verrücktheit nicht mehr an die große Glocke hängen.

Ich nahm ihren Kopf zwischen meine Hände und spielte mit ihrem weichen, roten Haar. Sie hörte auf zu plappern und sah mich an. Diese katzenartigen grünen Augen sahen in mein Innerstes, und dann sagte sie mit kristallklarer Vernunft zu mir: »Ich habe es getan, weil du es nicht konntest, John. Ich habe es getan, um dir die Ehre wiederzugeben. *Du* hättest es tun sollen. Du hattest recht, ihn nicht sterben zu lassen, aber du hättest ihn umbringen sollen.«

Nun, hätten wir in einer anderen Zeit oder in einem anderen Land gelebt, hätte sie recht gehabt. Aber nicht in dieser Zeit und nicht in diesem Land. Aber vielleicht hätte ich, wie Frank Bellarosa, wie Susan, meinen primitiveren Instinkten folgen sollen, den vergangenen menschlichen Erfahrungen von fünfzigtausend Jahren. Statt dessen hatte ich vernunftmäßig begründet, philosophiert und intellektualisiert. Dabei hätte ich auf meine Emotionen hören sollen, die mir immer gesagt hatten: »Er ist eine Bedrohung für dein Überleben. Bring ihn um.«

Ich sah Susan an, und sie sagte: »Küß mich« und spitzte ihren unvergleichlichen Schmollmund. Ich küßte sie. Sie drückte den Kopf an meine Brust und weinte eine Weile, dann wich sie zurück. »Nein«, sagte sie mit spröder, kalter Stimme, »ab ins Gefängnis. Ich möchte morgen früh wieder draußen sein, Anwalt.«

Ich lächelte.

»Sag mir, daß du mich liebst«, verlangte sie.

»Ich liebe dich.«

»Und ich habe dich immer geliebt, John. Ewig.«

»Ich weiß.«

Die Polizistin kam näher und nahm Susan sanft am Arm, dann führte sie sie zur Eingangstür.

Ich sah ihr nach, bis sie weg war, aber sie drehte sich nicht zu mir um. Mir wurde bewußt, daß viele stumme Männer sich im Palmenhof aufhielten, und so hielt ich es für das beste, möglichst schnell zu gehen, damit sie ihrer Arbeit nachgehen konnten.

Ich ging zur Rückseite des Hauses, um Sansibar zu holen, wie ich es versprochen hatte. Während ich über den Hof ging, konnte ich meine Schritte auf dem Fliesenboden hallen hören, und aus dem Augenwinkel sah ich links von mir Bellarosas Leichnam, der immer noch nicht zugedeckt worden war. Frank Bellarosa war nun wieder von Leuten umgeben, die ihn interessant fanden: einem Polizeifotografen, zwei Laborassistentinnen und einem Gerichtsmediziner.

Als ich an dem Leichnam vorbeiging, bemerkte ich etwas zu meiner Rechten. Ich blieb stehen, drehte mich um und betrachtete es. Es war eine große Schmuckstaffelei aus Messing, auf der ein Ölgemälde in einem pastellfarbenen, grün marmorierten Rahmen stand. Es handelte sich natürlich um das Bild des verfallenen Palmenhofs von Alhambra. Es war wirklich ziemlich gut, möglicherweise eines von Susans besten Bildern. Aber was verstand ich schon von Kunst?

Ich betrachtete das Gemälde des verfallenen Palmenhofs, die Sonnenstrahlen, die durch das zerbrochene Glasdach hereinfielen, die verfallenden Stuckwände, die Reben, die sich um rissige Säulen rankten, und den gesprungenen Boden, aus dem die Vegetation emporwucherte. Und ich sah, daß dies nicht eine launenhafte oder romantische Darstellung von Verfall war, sondern das Spiegelbild eines zerstörten Geistes – keine versunkene Welt einstiger Größe, sondern eine versunkene Welt geistiger und seelischer Gesundheit. Aber was verstand ich schon von Psychologie? Ich holte aus und schlug mit der Faust durch die Leinwand, so daß das Bild samt Staffelei durch den Palmenhof flog.

Es schien niemanden zu stören.

38. Kapitel

Es war Januar, und die Tage waren kurz und kalt. Und so dämmerte es bereits um vier Uhr nachmittags; aber ich brauchte nicht viel Licht.

Die schmiedeeisernen Tore von Alhambra waren vom Bauunternehmer verkauft und durch ein Stahltor mit Kette ersetzt worden, das aber nicht so dicht schloß, daß ich nicht hätte hineinschlüpfen können.

Ich ging am Torhaus vorbei, das jetzt als Büro des Bauunternehmers benützt wurde, aber es war Sonntag, und in dem kleinen Haus brannte kein Licht. In meinen Wollparka eingemummt stapfte ich die lange Zufahrt entlang. Auch das Kopfsteinpflaster war verkauft worden, die Zufahrt war nur noch gefrorener Schlamm und an manchen Stellen ziemlich rutschig, daher ließ ich mir Zeit.

Die Blumen am Rand der Zufahrt waren selbstverständlich nicht mehr da, aber die Pappeln standen noch; sie waren jetzt grau und spindeldürr.

Auch der verzierte Springbrunnen im Vorhof war noch da, aber jemand hatte vergangenen Herbst vergessen, ihn abzustellen; und so war der Marmor gesprungen und mit schmutzigem Eis gefüllt. Jenseits des Hofes, wo Alhambra einmal gestanden hatte, war nur noch ein riesengroßer Schutthaufen: rote Dachziegel, weißer Stuck, Balken und Latten. Sie hatten tatsächlich das ganze Haus abgerissen, wie Bellarosa vorhergesagt hatte. Ich hatte keine Ahnung, ob das aus Rachsucht geschehen war oder ob der Bauunternehmer den weißen Elefanten einfach nur loswerden wollte.

Da es Sonntag war, standen die Baumaschinen still, und es schien niemand in der Nähe zu sein. Es war sehr still, diese tiefe Winterstille, bei der man den Boden unter den Füßen knirschen hört, und das Ächzen der Bäume in dem eisigen Wind. Ich könnte Ihnen sagen, daß ich auch geisterhafte Hufschläge auf dem gefrorenen Boden hörte, weil ich an Susan und unsere winterlichen Ausritte denken mußte.

Ich dachte auch an den letzten Januar und den schwarzen Cadillac, der hier gewesen war (oder auch nicht), und an den Mann, den ich gesehen hatte (oder auch nicht). Und ich dachte mir, wenn er sich an jenem Tag nicht verfahren und dieses Haus nicht gesehen hätte, dann wäre heute alles ganz anders, wahrscheinlich besser, denn ich konnte mir nicht vorstellen, wie es noch schlechter sein könnte.

Was Bellarosas Tod betraf, hatte ich immer noch gemischte Gefühle. Anfangs war ich erleichtert gewesen, beinahe froh, um ganz ehrlich zu sein.

Ich meine, der Mann hatte viel Unglück über mich gebracht und meine Frau verführt (oder war es umgekehrt?), und sein Tod hatte eine Menge Probleme für mich gelöst. Nicht einmal als ich ihn halbnackt und blutüberströmt auf dem Boden liegen gesehen hatte, hatte mich das berührt. Aber jetzt, nachdem einige Zeit vergangen war, merkte ich, daß er mir tatsächlich fehlte, daß er nie mehr wiederkommen würde und ich einen Freund verloren hatte. Aber wie ich schon sagte, ich habe immer noch gemischte Gefühle.

Jedenfalls bemerkte ich vier lange Kisten auf dem Boden bei dem Schutt, ging näher und sah, daß sie die vier karthagischen Säulen enthielten, die alle zum Verschiffen bereit waren, obwohl ich keine Ahnung hatte, wohin sie diesmal gehen würden. Nicht nach Karthago zurück, soviel stand fest, aber vielleicht in ein Museum oder das Haus eines anderen reichen Mannes. Vielleicht hatte die Regierung sie auch zu gepfändetem Eigentum erklärt, und sie würden nun bis in alle Ewigkeit in einem Lagerhaus verschimmeln.

Ich setzte meinen Spaziergang fort und ging um den Geröllhaufen herum zum hinteren Teil des Grundstücks. Um mich herum standen überall Baumaterialstapel und Baumaschinen. Ich bemerkte Vermessungspflöcke, die mit Schnüren verbunden waren, im Boden, dazu Gerüstpflöcke, Maurermarkierungen und alle möglichen anderen Kennzeichnungen, die wie Stecknadeln in die aufgeworfene Erde gesteckt waren.

Beim Gehen stellte ich fest, daß die meisten der etwa fünfzig Fundamente gegraben und ausgegossen worden waren, und obwohl viele Bäume verschont geblieben waren, war das Gelände unwiderruflich verändert, von Wasser- und Gasleitungen und Senkgruben durchzogen, einem Wirrwarr von Stromkabeln, und darüber Beton und Asphalt. Wieder waren mehrere Hektar Land den Vorstädten anheimgefallen, unberührter Boden, der nun entweiht war. Und Hunderte Menschen von hier und da waren auf dem Weg hierher, auch wenn sie es noch nicht wußten, und sie brachten ihre Sorgen und zukünftigen Scheidungen mit, ihre Gasgrills, ihre Briefkästen mit Hausnummern und ihre Hoffnungen auf ein neues Leben und ein hübscheres Zuhause als das letzte. Wissen Sie, der amerikanische Traum braucht dauernd neue Landschaften.

Auch das Gelände von Stanhope Hall ist nicht mehr. Dort sind ein paar Häuser bereits fast fertiggestellt, moderne Häuser aus Holz und Thermopren mit jeder Menge Oberlichtern und riesigen Garagen und Klimaanlagen. Nicht so schlecht, wie ich gestehen muß, aber auch nicht sonderlich gut.

Das große Haus ist tatsächlich an irgendeine japanische Firma verkauft worden, aber ich sehe keine überarbeiteten japanischen Geschäftsleute mit nervösen Zuckungen, die auf den Wegen spazierengehen oder auf dem großen Rasen Yoga machen. Tatsächlich sieht das Haus so verlassen wie in den letzten zwanzig Jahren aus.

Gerüchte im *McGlade's Pub*, wo ich viel zu oft bin, wollen wissen, daß die kleinen Leutchen es Stein für Stein abtragen und nach Japan schicken wollen; aber aus welchem Grund, das scheint niemand zu wissen.

Auch der Liebestempel hat überlebt, und der Unternehmer, der das Stanhope-Anwesen erschließt, hat ein Foto davon für seine Werbekampagne verwendet und den ersten hundert Leuten, die Anzahlung und Hypotheken für seine Traktorschuppen aufbringen können, Glanz und Gloria des Lebens an der Gold Coast versprochen.

Der »Heilige Hain« dagegen ist nicht mehr, weil sich niemand für ein paar Hektar absterbende Pflaumenbäume in seinem Garten interessiert.

Aber der Aussichtspavillon und das Heckenlabyrinth gehören zum großen Haus, daher wäre es möglich, daß sie überleben, obwohl ich ausgerasteten japanischen Geschäftsleuten nicht empfehlen würde, im Irrgarten spazierenzugehen.

Die Anwesen Alhambra und Stanhope sind also aufgeteilt wie Kriegsbeute, die Mauern und Tore taugen nicht mehr dazu, Menschen fernzuhalten, die großen Gebäude sind zerstört oder werden anderswo als Baumaterial verwendet. Aber das ist nicht mehr mein Problem.

Ich ging weiter über den gefrorenen Boden bis zu der Stelle, wo der Teich mit den Statuen gewesen war. Dort war jetzt eine offene Baugrube, und eine ungeteerte Straße verlief über die Stelle, wo der klassische Neptun und die künstlichen römischen Ruinen gestanden hatten. Auch Neptun und Maria waren nicht mehr da; sie hatten sich höchstwahrscheinlich mit Grausen abgewendet.

Ich machte kehrt und ging zu dem Geröllhaufen zurück, und zwar auf dem Weg, auf dem Anna mich an jenem Ostermorgen gesehen hatte. Die hintere Veranda war noch unversehrt, aber die Lampen und der Pizzaofen waren verschwunden.

Ich schritt über die Veranda und betrachtete das abgerissene Haus. Die Hälfte des Schutts war schon abtransportiert worden, aber ich konnte immer noch den größten Teil der Zimmer erkennen, besonders den Palmenhof; und ich sah deutlich die Stelle, wo der tote Frank Bellarosa gelegen hatte.

Rechts von mir waren Küche und Frühstücksraum, wo die Bellarosas uns in mehr als einer Weise unterhalten hatten, und links war der Ballsaal, zunächst Wohnzimmer genannt. Dahinter war der inzwischen abgerissene Wintergarten gewesen.

Ich wandte mich vom Haus ab und ging in der zunehmenden

Dämmerung zwischen dem Bauschutt dahin, bis ich wieder vor dem Herrenhaus war, auf dem Vorhof, beim gesprungenen Brunnen, wo wir beide einst gestanden hatten wie in einem Werbespot für etwas Gutes und Teures. Hier hatten wir beide an jenem Frühlingsabend gewartet, bis Frank uns die Tür aufmachte.

Ich duckte mich unter der eisigen Wucht des Windes und ging die lange Zufahrt zurück. Auf der anderen Seite der Grace Lane, hinter dem Tor, sah ich das Haus der DePauws, aus dessen großen Kolonialfenstern Licht schien. Ein fröhlicher Anblick, es sei denn, man war nicht in Stimmung für fröhliche Anblicke.

Jetzt dachte ich an Susan, wie ich sie zum letzten Mal gesehen hatte. Das war im November, in Manhattan. Im Bundesgericht am Foley Square war eine Anhörung anberaumt worden, bei der auch ich anwesend war, aber nicht als Susans Anwalt oder Mann, sondern als Zeuge der Ereignisse im Zusammenhang mit der Ermordung des Zeugen der Bundesanwaltschaft, Frank Bellarosa. Wie sich herausstellte, wurde ich nicht einmal vernommen, und die Kommission brauchte nur ein paar Stunden, um zu dem Ergebnis zu kommen, daß man den Fall nicht einmal einer Grand Jury vorlegen sollte, da Susan Sutter, deren Vorgehen freilich nicht zu rechtfertigen war, keinerlei Verantwortung dafür trug. Dies alles schien mir reichlich vage, aber man sprach von verminderter Zurechnungsfähigkeit und einem Versprechen der Stanhopes, ihre Tochter in entsprechende Behandlung zu geben. Jedenfalls bestand die Bundesanwaltschaft nicht auf einer Verhandlung; und Justitia hatte keine Fehlgeburt: sie hatte eine Abtreibung. Ich mache der Bundesanwaltschaft keinen Vorwurf daraus, daß sie diesen komplizierten und empfindlichen Fall fallengelassen hat; und ich bin froh darüber, denn meine Frau gehört nicht ins Gefängnis.

Ich richtete es so ein, daß ich auf den Stufen des Gerichtsgebäudes mit Susan zusammentraf. Sie war umringt von ihren Eltern, drei Anwälten ihrer Eltern und zwei Psychiatern, Freunden der Familie. William schien aus irgendwelchen Gründen nicht eben erfreut zu sein, mich zu sehen, und Charlotte streckte die Nase in die Luft, wie man es in alten Filmen sieht. Man muß sehr vorsichtig sein, wenn man das auf einer Treppe macht.

Jedenfalls riß sich Susan von der Bewachung der Stanhopes los und kam auf der Treppe zu mir. Sie lächelte. »Hallo, John.«

»Hallo, Susan.« Ich hatte ihr zu ihrem erfolgreichen Auftreten vor Gericht gratuliert, und sie hatte einen fröhlichen und ausgelassenen Eindruck gemacht. Das ist auch nicht verwunderlich, wenn man von einem Mord freigesprochen wird, bei dem schätzungsweise sechs FBI-Agenten Zeugen gewesen sind, die sich aber glücklicherweise nicht mehr genau an den Vorfall erinnern können.

Wir hatten ganz kurz miteinander gesprochen, hauptsächlich über die Kinder und nicht über die Scheidung. Dann fragte ich sie: »Bist du wirklich verrückt?«

Sie lächelte. »Nur so sehr, daß ich freigesprochen wurde. Aber nicht weitersagen.«

Ich lächelte ebenfalls. Wir waren uns darin einig, daß Anna uns beiden leid tat, aber wahrscheinlich besser dran war, was nicht stimmte. Dann fragte mich Susan, ob ich bei Franks Beerdigung gewesen sei, was ich bejahte. Susan sagte: »Ich hätte selbstverständlich auch hingehen sollen, aber es wäre möglicherweise etwas peinlich gewesen.«

»Möglicherweise.« Immerhin hast du ihn umgebracht. Also wirklich, Susan. Aber vielleicht hatte sie diesen unangenehmen Vorfall schon verdrängt.

Sie sah übrigens sehr gut aus, hatte einen maßgeschneiderten Rock aus grauer Seide an und eine ebensolche Jacke, genau das richtige für einen Auftritt vor Gericht. Und sie trug Stöckelschuhe, konnte es aber wahrscheinlich kaum erwarten, sie auszuziehen.

Ich wußte nicht, wann oder ob ich sie wiedersehen würde; daher sagte ich: »Weißt du, ich liebe dich immer noch.«

»Das will ich dir auch geraten haben. Auf ewig?«

»Ja, auf ewig.«

»Ich auch.«

Nun, wir verabschiedeten uns auf den Stufen, sie ging nach Hilton Head, ich nach Long Island zurück. Ich wohne bei Ethel Allard im Torhaus, die darauf bestanden hatte, mich aufzunehmen, als Susan das Gästehaus verkaufte. Ethel und ich kommen etwas besser miteinander aus als früher. Ich fahre sie zum Einkaufen und sonntags in die Kirche, aber ich selbst gehe kaum noch in Geschäfte oder Kirchen. Die Übereinkunft scheint zu funktionieren: Ich bin froh, daß ich jemandem helfen kann, der Hilfe braucht, und Ethel ist froh, daß sie endlich die Möglichkeit hatte, einen Heimatlosen aufzunehmen. Pater Hunnings findet das auch gut.

Das Gästehaus, in dem Susan und ich die zweiundzwanzig Jahre unserer Ehe gewohnt und in dem wir unsere Kinder großgezogen haben, wurde von einem jungen Paar gekauft, das von der Firma, wo sie arbeiten, hierherversetzt worden ist und sich nun emsig die Karriereleiter hinaufarbeitet. Sie fahren beide vor Dämmerung nach Manhattan und kehren erst nach Einbruch der Dämmerung zurück. Sie sind sich noch nicht sicher, wo sie geographisch und gesellschaftlich stehen, aber sie können es kaum erwarten, daß die Bebauung von Stanhope abgeschlossen ist, damit sie Freunde finden und einen Kegelclub gründen können.

Jenny Alvarez und ich treffen uns ab und zu noch, aber sie hat jetzt ein Verhältnis mit einem Baseballspieler, der ausgerechnet Mittelfeldspieler bei den Mets ist. Aber ich ziehe sie nicht damit auf, wenn wir uns sehen.

Ich war tatsächlich bei Bellarosas Begräbnis gewesen, wie ich Susan gesagt hatte. Die Messe fand natürlich in *Santa Lucia* statt, und Monsignore Chiaro hielt einen wunderbaren Gottesdienst ab und sagte nur Gutes über den Verschiedenen. Daher gehe ich davon aus, daß der Scheck nicht geplatzt ist.

Das Begräbnis selbst fand auf einem alten Friedhof in Brooklyn statt und war eine echte Mafiosiangelegenheit mit hundert schwarzen Limousinen und so vielen Blumen am Grab, daß sie noch ein Dutzend andere Gräber in sämtlichen Richtungen bedeckten. Selbstverständlich war Sally Da-da anwesend, und wir nickten einander zu. Auch Jack Weinstein war da – wir trafen eine unbestimmte Verabredung zum Essen. Dann natürlich Anthony, der wegen des einen oder anderen Vergehens angeklagt, aber auf Kaution frei war, der fette Paulie und ein Mann, dessen halbes Gesicht vom Krebs weggefressen war und in dem ich meinen Paten Aniello vermutete. Und viele andere Gesichter, die ich aus dem *Plaza* und von *Giulio's* kannte. Anna sah in Schwarz nicht besonders gut aus – eigentlich sah sie überhaupt nicht besonders gut aus. Sie war von so vielen Klageweibern umgeben, daß sie mich gar nicht sah, was auch ganz gut war.

Bei Anna waren selbstverständlich die drei Söhne Franky, Tommy und Tony. Ich erkannte Franky, weil er der älteste war, eine Art Tolpatsch, der eher tapsig als gefährlich wirkte. Tommy, der Cornell-Student, sah wie ein amerikanischer Durchschnittsjunge aus. Tony war in der La-Salle-Uniform da und sah sehr adrett und geschniegelt aus, aber wenn man durch die Uniform unter das kurzgeschorene Haar sah, erblickte man Frank Bellarosa. Man sah Augen, die alles und jeden abschätzten. Er blickte mich sogar eine Weile an, als würde er Maß nehmen, und die Ähnlichkeit mit seinem Vater war so groß, daß ich blinzeln mußte, um sicherzustellen, daß ich kein Gespenst sah. Während der Beerdigung sah ich einmal, wie Tony seinen Onkel Sal alias Sally Da-da anblickte. Nun, wenn ich Onkel Sal gewesen wäre, würde ich den Jungen im Auge behalten.

Auch Mancuso war anwesend, hielt sich aber taktvollerweise zusammen mit vier Fotografen, die das Ereignis wohl fürs Familienalbum aufnahmen, im Hintergrund.

Am Grab zitierte Monsignore Chiaro einen Satz aus dem Evangelium nach Timotheus: *Wir haben nichts in diese Welt gebracht, und es ist gewiß, daß wir nichts mitnehmen.* Das ist die beste Nachricht, die ich gehört habe seit jener anderen einfachen Wahrheit: »Wir gehen diesen Weg nur einmal.«

Und so, dachte ich, während ich zwischen den stattlichen Pappeln von Alhambra dahinschritt, die Frank Bellarosa so gefallen hatten, herrschen Ebbe und Flut in allen menschlichen Belangen: Abriß und Aufbau, kurze verzauberte Augenblicke in der Geschichte und den kurzen Leben von Männern und Frauen, Staunen und Zynismus, Träume, die in Erfüllung gehen, und Träume, die nie in Erfüllung gehen können.

Wissen Sie, es gab einmal eine Zeit (und die gehört noch gar nicht so lange der Vergangenheit an; ich bin in dieser Zeit großgeworden), da glaubten alle an die Zukunft und fieberten ihr entgegen. Heute dagegen versuchen mehr und mehr Menschen, die ich kenne oder kannte, die Geschwindigkeit der Welt zu bremsen, weil die Zukunft mehr und mehr wie ein Ort aussieht, wo man lieber nicht sein möchte. Aber das ist vielleicht gar kein kulturelles oder nationales Phänomen, sondern nur meine Midlife-Crisis, meine momentane Verfassung, verbunden mit der unfreundlichen Winterzeit.

Aber der Frühling kommt so sicher wie der Winter aufhört. Richtig? Und ich habe ein Auge auf eine gebrauchte Achtzehn-Meter-Jacht geworfen, die ich im Winter für einen Appel und ein Ei bekommen kann, wenn ich meine penible Anwaltskanzlei dazu bringen kann, sich wieder mit mir zu versöhnen. Und Carolyn und Edward werden an Ostern die Mannschaft für meine Jungfernfahrt sein. Und im Sommer werde ich wieder mit meinen Kindern kreuzen, und auch sonst mit allen, die bereit sind, auf der *Paumanok II* zu segeln. Ich werde in Galveston anlegen und Emily besuchen, und wenn ich sie und Gary shanghaien kann, dann segeln wir vielleicht um die Welt. He, warum nicht? Man lebt nur einmal.

Ich schlüpfte zum Tor von Alhambra hinaus und ging die Grace Lane entlang zum Torhaus und zu Ethels Sonntagsschmorbraten.

Und wenn ich wieder in Amerika bin, dachte ich, mache ich vielleicht einen Besuch in Hilton Head und finde heraus, ob ewig tatsächlich ewig ist.

Dank des Autors

Ich danke Daniel und Ellen Barbiero für die wertvollen Einblicke in das Leben an der Gold Coast und Audrey Randall Whiting dafür, daß sie mich an ihrem Wissen über die Geschichte der Gold Coast teilhaben ließ.

Außerdem möchte ich John und Harry Mariani für die Gastfreundschaft und die Unterstützung danken, die sie mir an der Gold Coast boten.

Ferner gebührt mein Dank Pam Carletta für ihre unermüdliche und fachkundige Arbeit am Manuskript dieses Buches.

Und noch einmal meinen tief empfundenen Dank an Ginny DeMille, Lektorin, Publizistin und gute Freundin.

ERLESENES VON GOLDMANN

JANOSCH
Polski Blues

LUCIANO DE CRESCENZO
Helena, Helena, amore mio

GABRIEL GARCIA MARQUEZ
Der General in seinem Labyrinth

TSCHINGIS AITMATOW
Der Junge und das Meer

BRYCE COURTENAY
Im Glanz der Sonne

MICHEL FOLCO
Die rechte Hand Gottes

NELSON DEMILLE
In der Kälte der Nacht

E. M. FORSTER
Wiedersehen in Howards End

SIDNEY SHELDON
Schatten der Macht

ROBERT GODDARD
Dein Schatten, dem ich folgte

ALEXANDRE JARDIN
Hals über Kopf

WALTER KEMPOWSKI
Tadellöser & Wolff

Das besondere Geschenk in exquisiter Ausstattung